SPIEGEL
BUCH

Buch

Dreieinhalb Jahrzehnte lang – von den eisigen Zeiten des Kalten Krieges, über die Entspannungspolitik bis zur Wiedervereinigung Deutschlands – hat der Ostberliner Rechtsanwalt Wolfgang Vogel als Beauftragter der DDR-Regierung zwischen Ost und West vermittelt. Er handelte den Freikauf von 33 755 politischen Häftlingen aus und ermöglichte 215 019 DDR-Bürgern die Ausreise im Rahmen der Familienzusammenführung. Doch die heikelsten Geschäfte erledigte er unter vollkommener Geheimhaltung: den Austausch von im Osten und Westen inhaftierten Spionen. Der Grenzgänger, der auf beiden Seiten des Eisernen Vorhangs Anerkennung erfuhr, aber auch Argwohn erweckte, hat alle seine Aktivitäten akribisch notiert. Mit seinem Buch bringt Norbert F. Pötzl Licht in ein dunkles Kapitel der Ost-West-Beziehungen. Er beschreibt die »Wechselkurse« der Agenten-Tauschbörse und enthüllt die Mechanismen eines Menschenhandels, wie er bis dahin einmalig in der Geschichte der Spionage war.

Autor

Norbert F. Pötzl arbeitet seit 1972 beim SPIEGEL. Er schrieb mehrere Sachbücher, u. a. »Der Fall Barschel«.

Norbert F. Pötzl

Basar der Spione

Die geheimen Missionen
des DDR-Unterhändlers
Wolfgang Vogel

GOLDMANN

Umwelthinweis:
Alle bedruckten Materialien dieses Taschenbuches
sind chlorfrei und umweltschonend.

Vollständige Taschenbuchausgabe Juli 1999
Wilhelm Goldmann Verlag, München,
in der Verlagsgruppe Bertelsmann GmbH
© 1997 Hoffmann und Campe Verlag, Hamburg,
in Zusammenarbeit mit dem SPIEGEL-Buchverlag, Hamburg
Umschlaggestaltung: Design Team München
nach einem Entwurf von Thomas Bonnie
unter Verwendung eines Fotos aus dem SPIEGEL-Bildarchiv
Druck: Presse-Druck Augsburg
Verlagsnummer: 12965
KF · Herstellung: Sebastian Strohmaier
Made in Germany
ISBN 3-442-12965-6

1 3 5 7 9 10 8 6 4 2

Inhalt

PROLOG:
»ICH BIN EIN SAMMLER«
Wolfgang Vogels geheime Akten *9*

1. KAPITEL:
DECKNAME »EVA«

Vogel wird »Geheimer Informator« der DDR-Staatssicherheit *15* • Ein westlicher Geheimdienst versucht Vogel zu ködern *27* • Traute Harmonie von Caritas und Konspiration *31* • Vogel tischt dem Anwaltskollegium ein Märchen auf *36* • Die Stasi sieht »große Perspektiven« für Vogel *42*

2. KAPITEL:
»EINE ART PROBELAUF«

Vogel lotet die Möglichkeiten eines Agentenaustauschs aus *46* • Heinz Volpert wird Vogels Kontaktmann bei der Stasi *50* • Die Stasi-Führung entdeckt Vogels besonderes Talent *55* • Eine frisierte Akte über Vogels ersten Austauschfall *62* • Bonn hält sich nicht an die Abmachungen *68*

3. KAPITEL:
»VERRAT IST SCHLIMMER ALS MORD«

Durch die Geschichte der Spionage zieht sich eine lange Blutspur *77*

4. KAPITEL:
»SIE WOLLEN DIESELBE
WARE ZWEIMAL VERKAUFEN«

Vogel löst den Fall Abel/Powers durch ein Dreiecksgeschäft *84* • Ein Spitzel meldet Fluchtabsichten Vogels *94* • Ein mysteriöser Besucher horcht Vogel aus *102* • Abels US-

Anwalt mißtraut Vogel *111* • Eine Freundschaft überbrückt Ost-West-Gegensätze *125*

5. KAPITEL:
»MIT DIESEM ANGEBOT VERDIRBT MAN NOCH DIE PREISE«

Die ersten erfolgreichen deutsch-deutschen Austauschfälle *132* • Rivalität mit SED-Staranwalt Kaul *136* • Bonn bietet der DDR den Freikauf politischer Häftlinge an *142* • Zwei Anwältskanäle werden gegeneinander ausgespielt *151*

6. KAPITEL:
»NUN BIN ICH WIRKLICH AM ENDE«

Zwei Topspione: SPD-Politiker Frenzel und KGB-Maulwurf Felfe *166* • Das KGB nimmt eine westdeutsche Touristin als Geisel *173* • Die größte Schlappe des BND *179* • Vogel gewinnt Herbert Wehners Vertrauen *187* • Die »Kofferfälle« und das Treffen Honecker/Wehner *222*

7. KAPITEL:
»HIER KOMMT SO EINIGES AUF UNS ZU«

Nervenkrieg um den Kanzlerspion Günter Guillaume *234* • Vogel entlarvt eine Stasi-Legende *246* • Eine tödliche Panne des BND *255* • Die schwarze Kasse des Ministerialdirektors *277*

8. KAPITEL:
»ES GEHT UM MEHR ALS UM MEINE EHRE«

Vogel vermittelt Agenten-Tauschaktionen für 23 Staaten *281* • Ein Iraner versucht zuviel herauszuhandeln *298*

9. KAPITEL:
»DIE MARKTBEDINGUNGEN TESTEN«

Rätsel um den KGB-Spion Robert G. Thompson *302* • Ein mysteriöses Tauschangebot: US-Kriegsgefangene in Vietnam *309* • Ein amerikanischer Anwalt als Trittbrettfahrer *315* • Zwei Israelis knüpfen Kontakte zu Vogel *325* • Der Rabbi und der Kongreßabgeordnete *330* • Mosambik läßt einen Israeli frei *338*

10. KAPITEL:
»DA MUSSTEN WIR RICHTIG BLUTEN«

Der Osten entläßt 25 Gefangene für vier Agenten im Westen *355* • Vogel wird von der CIA ausgespäht *362* • Ein DDR-Physiker geht dem FBI in die Falle *372* • Der HVA-Professor läuft zu den Amerikanern über *395*

11. KAPITEL:
»VOGEL WAR GUT IM KUHHANDEL«

Honecker will den Rummel auf der Glienicker Brücke *409* • Großes Brimborium in einem Tiroler Bergdorf *421* • Westliche Kritik an dem Tauschhandel *436*

12. KAPITEL:
»BEWÄHRTER KUNDSCHAFTER IN HILFLOSER LAGE«

Der Fall Marcus Klingberg *447* • Spekulationen um den Flugnavigator Ron Arad *462* • Vogel sondiert im Nahen Osten *467* • »Dieser Fall ist nicht verhandelbar« *477*

13. KAPITEL
»MEINE SEITE WIRD DURCHHALTEN«

Ex-BND-Chef Kinkel und die Gefährtin des »Roten Admirals« *482* • Bonner Botschaften als Schleichwege in den Westen *494* • Die Stasi lauscht im Innerdeutschen Ministerium *502* • Der letzte Austausch zwischen Bonn und Ost-Berlin *509*

EPILOG:
»IN MIELKES AUGEN ZU NACHGIEBIG UND KOMPROMISSBEREIT«

Zeitzeugen über Wolfgang Vogel *522*

DANKSAGUNG *532*

LITERATUR *535*

NAMENREGISTER *537*

PROLOG
»Ich bin ein Sammler«

Wolfgang Vogels geheime Akten

> »Er ist den kurzen Griff nach Akten und Fotos gewöhnt
> und will Nachweise führen, wo er geht und steht,
> möglichst schwarz auf weiß.«
> Der Schriftsteller Ben Witter über Rechtsanwalt
> Wolfgang Vogel in der *Zeit* vom 20. Juni 1986

So hat es der penible Jurist immer gehalten: Über jeden seiner Schritte, die sich in dreieinhalb Jahrzehnten verschwiegener Pendeldiplomatie zu einem Marathon humanitärer Vermittlertätigkeit summierten, hat Wolfgang Vogel, Ost-Berliner Rechtsanwalt und Unterhändler des DDR-Staatsratsvorsitzenden Erich Honecker, akribisch Buch geführt. Alles schriftlich zu fixieren, was irgendwie von Belang schien, war ihm in Fleisch und Blut übergegangen.

Auch in turbulenter Zeit blieb er seiner Gewohnheit treu. Als der SED-Staat zusammenbrach, zog Vogel in 52 Zeilen eine Bilanz seiner politischen Arbeit. Am 30. November 1989, drei Wochen nach dem Mauerfall, schrieb er für Honeckers kurzzeitigen Nachfolger Egon Krenz auf, was der über die zwischenstaatlichen Aktivitäten des Advokaten wissen sollte.

Auf einem Blatt Papier mit seinem Kanzlei-Briefkopf schilderte Vogel kurz und knapp, wie »1964 von beiden Kirchen in der BRD und auch in der DDR« der Freikauf von politischen Häftlingen aus ostdeutschen Gefängnissen »vorgeschlagen, organisiert und zwischen beiden Regierungen durch Vermittlung von Rechtsanwälten vereinbart worden« war. Auf einem zweiten Briefbogen resümierte der Anwalt, wie »der Austausch von Inhaftierten wegen nachrichtendienstlicher Tätigkeit in aller Welt« begonnen hatte und »seither gewohnheitsrechtliche Praxis« wurde.

Was der Anwalt da mit dürren Worten umriß, füllt etliche Regalmeter in seinem Privatarchiv. Denn Wolfgang Vogel hat nicht nur Berge von Papier vollgeschrieben, sondern auch mit der ihm eigenen Pedanterie aufgehoben und abgelegt. »Ich bin ein Sammler«, sagt Vogel von sich selbst, »das ist ein Grundwesenszug von mir«, und so hat er alles abgeheftet, zwischen Aktendeckeln einsortiert oder in Pappschachteln gehortet, was im Laufe seiner beruflichen Karriere anfiel: Karteikarten aus seiner Büro-Registratur, die Schriftwechsel mit Mandanten und Angehörigen; Vermerke, die er für sich, für den Generalstaatsanwalt der DDR, für seine Kontaktleute bei der Staatssicherheit oder für seine westlichen Gesprächspartner gefertigt hat; Notizzettel, auf denen er Verhandlungskonzepte skizzierte, und Rohskripte für Briefe.

Vogels Aktenordner und Schnellhefter enthalten Anklagen und Verteidigungsreden, Urteile und Gnadengesuche sowie die Korrespondenz mit westlichen Anwaltskollegen, mit denen er kooperierte. Die geheimen Dossiers sind, im Unterschied zu Vogels offiziellen Archivalien, an hellblauen »Aktenschwänzen« zu erkennen: Kunststoff-Laschen, die an den hinteren Einbanddecken angeheftet sind und auf denen nur die Namen der Betroffenen stehen. Diese Ordner tragen keine Registriernummern – abgesehen von den allerersten Fällen, als der Anwalt an eine solche Vorsichtsmaßnahme noch nicht gedacht hatte. Und sie lagerten auch nicht in der Kanzlei-Registratur, vielmehr verwahrte sie Vogel in einem speziellen Schrank in seinem Arbeitszimmer.

Flugtickets, Bordkarten und Hotelausweise dokumentieren Vogels Auslandstrips ebenso wie die Stempel in seinen Pässen: »Der Westen wußte immer, wo ich war.« Wenn er von Tempelhof, später von Tegel aus seine Reisen antrat, mußte er an der Polizeistation seine Ausweispapiere vorlegen und Fragebogen ausfüllen; an den West-Berliner Flughäfen wurden alle Passagiere nach alliiertem Recht kontrolliert. Um Auskunft gebeten, wo er übernachte, gab er, ob es stimmte oder nicht, meist das Hotel Steigenberger an. So hatte er es, um journalistische oder nachrichtendienstliche Fährtensucher abzulenken, mit seinen Bonner Gesprächspartnern verabredet.

Aus den Hotels, in denen er wirklich abstieg, nahm er Streichholzbriefchen mit, auf die er in seiner eckigen Handschrift die Aufenthaltsdaten kritzelte. Und von jeder Dienstfahrt brachte er Fotos nach Hause, die er säuberlich in Alben klebte. Vogel hatte stets »eine eigene Kamera dabei«, und dann, berichtet er, »habe ich fotografiert: das Hotel, den Flugplatz, Land und Leute«. Bei den Austauschvorgängen selbst habe er natürlich vorsichtig sein müssen und um Erlaubnis gefragt, »um nicht in den Verdacht zu geraten, ich würde das für irgendwelche geheimdienstlichen Zwecke tun«.

Zum ersten Mal öffnete Wolfgang Vogel einem Journalisten sein gesamtes Büroarchiv, dessen Auswertung allein durch die anwaltliche Pflicht zur Verschwiegenheit beschränkt war; wo nötig und möglich, wurde das Einverständnis der Betroffenen eingeholt, ihre Erlebnisse auch anhand der Akten zu schildern. Vogel will damit, so sagt er, sich der Aufarbeitung der DDR-Vergangenheit stellen.

Vogels Fundus gewährt einen Einblick in die Mechanismen der internationalen und innerdeutschen Agenten-Tauschbörse, aber seine Aufzeichnungen bilden naturgemäß nur den ostdeutschen Anteil ab. Wie seine Verhandlungspartner agierten, welche Konzepte sie – oftmals hinter seinem Rücken und daher ohne sein Wissen – verfolgten, erhellen zusätzliche Dokumente, die ebenfalls erst seit kurzem zugänglich sind.

Die einst als geheim klassifizierten Dossiers und Schriftwechsel des Washingtoner Außenministeriums geben Aufschluß über jede einzelne Phase diplomatischer Verhandlungstaktik. Interne Informationen der amerikanischen CIA (»Central Intelligence Agency«) und des sowjetischen KGB (»Komitee für Staatssicherheit«) spiegeln die jeweils eigenen Ambitionen und die Erwartungen an die Gegenseite wider. Und mit wahrer Besessenheit, wenn auch nicht unbedingt wahrheitsgetreu, haben die Mitarbeiter des ehemaligen DDR-Ministeriums für Staatssicherheit (MfS) in ihrem schauderhaften Stasi-Deutsch ihre Erfolgsberichte verfaßt.

Papierene Belege unterschiedlichen Ursprungs, ausführliche Gespräche mit Vogel und Erinnerungen von Zeitzeugen, die ihrerseits oft noch eigene Aufzeichnungen zu Rate ziehen können, förderten viele bislang unbekannte Details und Zusammenhänge zutage. Die Erkenntnisse aus den verschiedenartigen Quellen, angereichert durch zeitgenössische Zeitungsartikel, lassen sich wie Folien übereinander legen. Daraus ergibt sich zum ersten Mal ein plastisches, mehrdimensionales Gesamtbild von einem Menschenhandel, der im Spionage-Handwerk – dem nach der Prostitution wohl zweitältesten Gewerbe der Welt – bis dahin nicht üblich war.

Begonnen hatte Vogels Vermittlerkarriere, so die bisher bekannte Version, am 10. Februar 1962, als der in den USA verurteilte Sowjetagent Rudolf Abel und der über Sibirien abgeschossene amerikanische Spionageflieger Francis Gary Powers über die Glienicker Brücke gingen. Was sich damals hinter den Kulissen wirklich abspielte, blieb jedoch bis heute verborgen im Dunkel geheimdienstlicher Geheimniskrämerei.

Erstmals kann jetzt belegt werden, daß Vogel mit seiner Agenten-Tauschbörse schon früher experimentierte, als bislang an die Öffentlichkeit gedrungen ist:

– Bereits im Januar 1956 hatte ein West-Berliner Mitarbeiter des amerikanischen Geheimdienstes CIC dem jungen Ost-Anwalt die wechselseitige Rückgabe inhaftierter Agenten vorgeschlagen – die Idee wurde damals nicht weiter verfolgt, weil der CIC-Mann selbst in den Ostsektor entführt und dort verurteilt wurde.

– Ein Jahr später stellte ein russischer Emigrant dasselbe Ansinnen an Vogel, um einen nach Ost-Berlin verschleppten Kameraden zurückzuholen – Vogels Bemühungen gingen jedoch ins Leere: Das allmächtige Ministerium für Staatssicherheit, das in der DDR über alle existentiellen Fragen entschied, mochte sich auf einen solchen Handel mit ungewissen Konsequenzen noch nicht einlassen.

– Im Frühjahr 1958 gelang das Geschäft zum ersten Mal, allerdings nur halb: Die DDR ließ einen inhaftierten West-Berliner kurz nach seiner Verurteilung frei, doch Vogels Verhandlungspartner in Bonn erfüllten die vereinbarte Gegenleistung nicht – der vorgesehene Austauschpartner mußte seine Strafe bis zum letzten Tag ohne jeden Nachlaß absitzen.

Trotz dieses Rückschlags setzte der Ost-Berliner Anwalt unbeirrt seine Bemühungen fort. Außerdem vermittelte er, von 1964 an, 33 755 Häftlingsfreikäufe – im Unterschied zu aufgeflogenen Geheimdienst-Mitarbeitern wurden politische Gefangene von der Bundesregierung meist gegen Geld oder Warenlieferungen aus DDR-Haft erlöst. Und er bewerkstelligte, daß im Rahmen der sogenannten Familienzusammenführung

215019 Menschen, vor allem Kinder, die DDR mit amtlicher Genehmigung verlassen durften.

Unter Einschaltung des DDR-Anwalts Vogel kehrten bis zum Untergang der DDR rund 150 in Gefangenschaft geratene Spione aus 23 Ländern heim, die meisten Fälle wurden nie publik. Die Agenten-Deals blieben im dunkeln, denn Vogel bewahrte strenges Stillschweigen – auf Wunsch und Weisung seiner Auftraggeber, aber auch aufgrund eigener, aus Erfahrung gewonnener Einsicht, daß öffentliches Aufsehen der Sache schade. Aus derselben Überzeugung heraus bestand der Westen ebenfalls auf äußerster Diskretion.

Auch Ludwig Rehlinger, der auf westdeutscher Seite fast ebensolange wie DDR-Vogel im Agenten-Tauschhandel tätig war, verzichtete in seinen Erinnerungen (»Freikauf«, 1991) darauf, Einzelheiten der Absprachen preiszugeben. »Es wäre reizvoll«, bekannte der pensionierte Staatssekretär, »diese Aktionen nachzuzeichnen, die Schwierigkeiten zu schildern und aufzuzeigen, wer gegen wen und aus welchen Gründen gewichtet wurde.« Die Akten, weiß Rehlinger, »geben Stoff her, der auch von den besten Kriminalromanen nicht übertroffen wird und Material für spannendste Filme liefern würde: eiskalte Taktik, schonungslose Härte, ja Grausamkeit neben der Verirrung von Gefühlen, mißgeleitetem Idealismus und auch ganz handfestem Desperadotum«.

Der Ruheständler behielt sein Wissen für sich: »Die Vorgänge sind zwar abgeschlossen und liegen zum Teil schon viele Jahre zurück, doch geben sie Einblick in Denkweisen, politische Lagebeurteilungen von Regierungen und Überlegungen, die über den Tag hinaus Gültigkeit haben.«

Wolfgang Vogel war mit dem DDR-Geheimdienst zwangsläufig verwoben, aber kein Staatsfunktionär. »Im Westen«, schrieb die Gerichtsreporterin Gisela Friedrichsen im SPIEGEL, »war er in seiner großbürgerlichen Bonhomie und Zuverlässigkeit einer von uns, im Osten pflegte er verläßlich und höchst einträglich für beide Seiten die Kontakte zur Staatssicherheit.« Vogel war, unvermeidlich in seiner Funktion, ein Grenzgänger und Gratwanderer, der auf beiden Seiten des Eisernen Vorhangs Anerkennung erfuhr, aber auch Argwohn erweckte.

Das wußte Vogel, und deshalb schrieb er über jeden seiner Schritte, nicht zuletzt zum eigenen Schutz, Vermerke nieder:

»Ich war immer bestrebt, für das, was ich getan habe, abgedeckt zu sein, auf beiden Seiten. Man sollte im Westen Bescheid wissen, was ich mache, und man sollte im Osten Bescheid wissen. Das war meine Überlegung: Wenn ich mal Schwierigkeiten bekomme von einer Seite, wenn mir jemand an den Kragen will, daß ich dann immer sagen konnte, da bin ich gedeckt.« Bei aller Umsicht konnte Wolfgang Vogel nicht ahnen, daß nach der deutschen Wiedervereinigung eifernde Juristen versuchen würden, sein Lebenswerk in Frage zu stellen.

Dieses Buch handelt von dem Anwalt Wolfgang Vogel, der auf dem Basar der Spione als Makler zwischen den Regierungen und ihren Geheimdiensten vermittelte. Deren Agenten, auch die im Osten bisweilen zu Unrecht beschuldigten, wurden ohne finanzielle Leistungen wechselseitig ausgetauscht – jedenfalls in der Regel, die Ausnahmen zuließ. Deshalb vermischen sich Agenten-Schicksale manchmal auch mit solchen Fällen, in denen politische Häftlinge, ebenfalls durch Vogels Vermittlung, gegen Geld freikamen.

Das Buch handelt *nicht* von Vorgängen, derentwegen Wolfgang Vogel seit 1992 von einer geschichtsblinden Staatsanwaltschaft verfolgt wurde. Mit fragwürdigen juristischen Konstrukten versuchte ein eifernder Ankläger, den Anwalt Vogel zu kriminalisieren, der zwar durchaus das Ohr Erich Honeckers hatte, aber keineswegs zu den Entscheidungsträgern in der DDR-Nomenklatura zählte. Wolfgang Vogel, konstatierte die SPIEGEL-Reporterin Friedrichsen, »war ein Werkzeug«. Für die Justiz sei es jedoch »eine Versuchung, das Werkzeug anstelle seiner Benutzer zu schelten, weil man ihrer nicht mehr habhaft wird oder werden will«. Vom Bundesgerichtshof wurde Vogel im Sommer 1998 rehabilitiert.

Dieses Buch versucht, die wichtigsten Stationen des westöstlichen Agentenhandels, vornehmlich anhand von Dokumenten, nachzuzeichnen. Es versucht nicht, aus einem Menschen mit Fehlern und Schwächen einen Heiligen zu schnitzen. Es deckt deshalb auch den Teil der Biographie Vogels auf, der ihm heute unangenehm ist und den er gern verdrängen würde: seine frühe Stasi-Verstrickung. Aber ohne diesen dunklen Fleck in seiner Vergangenheit wäre nicht erklärbar, wie Wolfgang Vogel zu seiner einzigartigen Rolle gekommen ist.

1. KAPITEL
Deckname »Eva«

*Vogel wird »Geheimer Informator«
der DDR-Staatssicherheit*

Zielstrebig steuerte der ehrgeizige Nachwuchsjurist eine Außenseiterrolle an. Mit Bedacht, brüstete er sich schon ein paar Jahre später, habe er »eine der letzten Prüfungen nach den Bedingungen der Ausbildungsordnung vom 16. 12. 1946« absolviert. Der DDR-Student hatte sich beim Justizprüfungsamt in West-Berlin erkundigt und die Auskunft erhalten, solche Examen würden auch im Westen als »vollwertig« anerkannt.

Damit hob sich Wolfgang Vogel von fast allen seinen Kommilitonen ab. Der Arbeiter-und-Bauern-Staat züchtete in seinen rechtswissenschaftlichen Fakultäten lieber windschnittige Verwalter des Sozialismus heran, die in ihrem Studium mehr Marx und Lenin als Recht und Gesetz büffelten. Von den acht Semestern gingen drei allein fürs Grundlagenstudium drauf, in dem Ideologie und Klassengeschichte gedrillt wurden, und auch sonst bimsten die Studenten mehr Gesellschaftslehre als Paragraphen. Ihre schmalspurige Ausbildung schlossen sie als »Diplom-Juristen« ab.

Wolfgang Vogel hingegen, am 30. Oktober 1925 als drittes von vier Kindern eines Dorfschullehrers im niederschlesischen Wilhelmsthal (Kreis Habelschwerdt) geboren, absolvierte noch den klassischen Ausbildungsgang mit zwei Staatsexamen, zwischen denen er einen zweieinhalbjährigen Referendardienst ableistete. Zwischendurch wurde er für ein halbes Jahr an die »Deutsche Verwaltungsakademie ›Walter Ulbricht‹« im sächsischen Forstzinna delegiert. Am 18. September 1952 bestand Vogel vor einer Prüfungskommission des Ost-Berliner Justizministeriums das Zweite juristische Staatsexamen mit der Note »befriedigend« und legte damit den Grundstein zu seiner späteren außergewöhnlichen Karriere. Das »Befähigungszeugnis« erlaubte ihm die »Ausübung des Berufes als Richter, Rechtsanwalt und Staatsanwalt«.

In der ostdeutschen Republik, die sich demonstrativ von westlichen Werten und Traditionen abzukoppeln versuchte, besaß das Zertifikat bald Seltenheitswert: In den fünfziger Jahren gab es in der ganzen DDR nur noch ein halbes Dutzend solcher Volljuristen, die westdeutschen Kollegen als ebenbürtig galten.

Vogels erste Referendarstation, nach seinem Studium in Jena und Leipzig, war das Amtsgericht in der sächsischen Kleinstadt Waldheim. Dem »dringenden Ersuchen« des dortigen Gerichtsdirektors Rudolf Reinartz »um Zuweisung von Kräften« war im Mai 1949 durch Vogels Abordnung, wie das Landes-Justizministerium in Dresden konstatierte, »insoweit nachgekommen« worden. Mit seinem Ausbilder, Sohn eines Leipziger Handlungsgehilfen und zehn Jahre älter als Vogel, freundete sich der junge Referendar rasch an.

Reinartz war, was er 1946 beim Eintritt in die ostzonale KPD verständlicherweise verschwiegen hatte, seit Beginn des »Dritten Reichs« Mitglied des Nationalsozialistischen Studentenbundes und seit 1937 der NSDAP gewesen. Auch Vogel kannte die braune Vergangenheit seines Mentors nicht, der Ende der vierziger Jahre, als sie sich erstmals begegneten, dem SED-Ortsvorstand in Waldheim angehörte. Im Krieg war Reinartz schwer verwundet worden, beide Beine hatten ihm nach Erfrierungen bei Stalingrad amputiert werden müssen.

Als Vogel nach einem halben Jahr zum Landgericht Leipzig weiterzog, stellte ihm Reinartz ein freundliches Zeugnis aus: Vogel sei ein »befähigter Jurist mit guten theoretischen und praktischen Rechtskenntnissen«. Besonders gut wisse er »auf dem Gebiete des Wirtschaftsplanungsrechts und des Wirtschaftsstrafrechts« Bescheid. Und: »Er haftet nicht kritiklos an Vorentscheidungen und Kommentarauffassungen, sondern untersucht die Rechtsfragen auf gesellschaftswissenschaftlicher Grundlage.«

Zur selben Zeit begann Vogel, an seiner Dissertation zu schreiben (Titel: »Die Wiedergutmachung faschistischen Unrechts in der Deutschen Demokratischen Republik«). Die 164 Schreibmaschinenseiten umfassende Doktorarbeit, 1952 in Leipzig abgeschlossen und im selben Jahr an der Berliner Humboldt-Universität eingereicht, wurde, obwohl sie reichlich sozialistische Bekenntnisformeln enthielt, nicht angenommen – vielleicht, weil Vogel darin allzu schwärmerisch zum »Kampf um die Einheit Deutschlands« aufrief und pathetisch-larmoyant die »Misere unseres gespaltenen, unglücklichen Vaterlandes« beklagte.

Zwar lag der junge Doktorand mit seinem flammenden Appell durchaus im Trend der Zeit: Im März 1952 hatte der sowjetische Diktator Josef Stalin die Wiedervereinigung vorgeschlagen, freilich um den Preis der Neutralisierung Gesamtdeutschlands, was der auf die Westbindung fixierte Bonner Kanzler Konrad Adenauer strikt ablehnte. Vogels Dissertation ging jedoch von einem idealistischen Standpunkt aus, den die real existierende DDR nicht einnehmen konnte: Eine Wiedergutmachung, wie sie Vogel vorschwebte, hätte den ostdeutschen Staat schon damals in den Ruin getrieben. Offiziell verschanzte sich die DDR hinter dem Argument, sie habe als antifaschistischer Staat mit Hitler-Deutschland nichts zu schaffen und sei daher zu keiner Entschädigung verpflichtet.

Gegen die Ablehnung seiner Promotion begehrte Vogel nicht auf, sondern fügte sich resignativ in das Unabänderliche: Die Machtverhältnisse in der DDR waren eben so, daß eine politisch unliebsame Promotionsarbeit einfach in der Versenkung verschwand.

Entsprechend der alten Ausbildungsordnung brachte Vogel seine weiteren Pflichtstationen hinter sich: beim Rat der Stadt Leipzig, bei einem Leipziger Rechtsanwalt, beim örtlichen Amtsgericht und beim Oberlandesgericht Dresden. Anfang März 1952, Vogel hatte zwei Wochen zuvor – nach dem Intermezzo an der sozialistischen Kaderschmiede in Forstzinna – seinen Dienst beim Landgericht Leipzig angetreten, traf dort ein Telegramm aus Berlin ein: Das »Erscheinen des Referendars Wolfgang Vogel ... am Sonnabend, 8. März, im Ministerium der Justiz, Berlin, Personalabteilung« sei »dringend erforderlich«.

Nach dem Vorstellungsgespräch wurde der Leipziger Landgerichtspräsident lapidar davon in Kenntnis gesetzt, daß »der Referendar Wolfgang Vogel ab 1. 4. 1952 an das Ministerium der Justiz der DDR abzuordnen« sei. Der Gerichtspräsident solle »umgehend Bescheid« geben, »ob einer Abordnung V.s nach Berlin nichts im Wege steht«. Die Mitteilung duldete keinen Widerspruch.

Hinter der eiligen Versetzung steckte Vogels Gönner Rudolf Reinartz, der im Ost-Berliner Justizministerium inzwischen Abteilungsleiter in der Hauptabteilung Gesetzgebung geworden war und nun seinen Schützling nachholte. Nachdem Vogel seine Referendarzeit beendet hatte, rückte er nahtlos auf eine Planstelle als Hauptreferent in der Reinartz-Abteilung vor.

Vogels Dienstzimmer befand sich im ersten Stock des Gebäudes an der Clara-Zetkin-Straße (die jetzt wieder in Dorotheenstraße rückbenannt ist), an der äußersten Ecke des rechten Flügels. Von seinem Schreibtisch aus blickte er direkt auf das Hauptportal, über dem das Ministerbüro lag. Justizminister war Max Fechner, Jahrgang 1892, ein gelernter Werkzeugmacher und ehemaliger Sozialdemokrat, der in der Weimarer Republik Mitglied des Preußischen Landtags war und während der Nazi-Zeit ein Lebensmittelgeschäft in Berlin-Neukölln geführt hatte, mit dem er die Diktatur überlebte. Nach der Zwangsvereinigung von SPD und KPD im April 1946 wurde Fechner, als sozialdemokratisches Pendant zu dem Kommunisten Walter Ulbricht, stellvertretender Vorsitzender der neuen Einheitspartei. Er gehörte dem SED-Zentralkomitee an und wurde mit einem Ministeramt betraut. Doch der Alt-Sozi diente Ulbricht und seinen Genossen nur als Feigenblatt.

Das Ministerium für Staatssicherheit (MfS) hatte auf Vogels Karriere von Anbeginn an ein Auge geworfen. Die Headhunters des DDR-Geheimdienstes ahnten, wenn auch zunächst nur vage, daß ihnen der Nachwuchsjurist später irgendwie nützlich sein könnte. Mit seiner nach DDR-Maßstäben anachronistischen Ausbildung war Vogel viel zu schade, um in der Ministerialbürokratie zu versauern.

Ehe die Stasi erstmals Kontakt zu Vogel aufnahm, durchforschte sie mehr als ein Jahr lang seinen bisherigen Werdegang. Am 19. September 1952, exakt einen Tag nach Vogels zweitem Staatsexamen, legte der MfS-Hauptmann Werner

Johde eine Personalakte über den Wunschkandidaten an. Johde war Referent in der Stasi-Abteilung V/5, die unter anderem subversive Infiltrationsversuche abzuwehren hatte, die von West-Berlin ausgingen.

Die Akte enthielt ein Paßfoto Vogels und seine Personalien, wobei die sonst so allwissende Geheimpolizei mächtig schlampte. Die MfS-Außenstelle Frankfurt (Oder) berichtete beispielweise, der Anwalt sei seit 1952 Mitglied der SED, was nicht stimmte: Vogel war am 20. November 1945 in Jena der Liberal-Demokratischen Partei (LDP) beigetreten, hatte sie aber am 16. März 1951 wieder verlassen. Allerdings hatte er seine »Mitteilung zu den Personalakten« des sächsischen Justizministeriums über seinen Austritt aus der LDP mit dem Zusatz versehen, er werde sich »zu gegebener Zeit ... um eine Mitgliedschaft in der SED bemühen«. Die Stasi-Rechercheure mochten also die erklärte Absicht für die vollendete Tat gehalten haben.

Als Motiv für seinen Beitritt zur LDP nannte Vogel in einem am 1. April 1949 verfaßten Lebenslauf, er habe »offen gegen das Stellung nehmen« wollen, »was hinter uns lag«, und geglaubt, »in den Reihen einer jeden der demokratischen Parteien dazu ein hinreichendes Betätigungsfeld zu finden«. Vogel deutete an, daß er in seinen »Erwartungen auch teilweise enttäuscht worden« sei, er habe sich aber »bisher nicht dazu entschließen« können, »meine Partei zu wechseln, vielmehr sollen mir künftige Ereignisse den richtigen politischen Weg in konkreto weisen«.

Seinen Austritt begründete Vogel später unterschiedlich – für jeden Adressaten anders. Im Osten schrieb er, er habe sich der LDP entfremdet, »nachdem ich mich mit der Wissenschaft des Marxismus-Leninismus beschäftigt hatte«. Im Westen gab er an, er habe seinen »Austritt erklärt, weil ich mit den Zielen der Partei nicht mehr einverstanden sein konnte«, ohne dies näher zu erläutern. Vogel vermied es schon früh, seine eigene Position klar zu definieren.

Auf dem Deckblatt der Stasi-Personalakte vom September 1952 stand nur, mit Schreibmaschine über eine gepunktete Unterschriftslinie getippt: »unterzeichnet, Wolfgang Vogel« sowie das Datum. Der Akte war ein Bericht über Vogels Arbeit im Justizministerium beigefügt. Darin hieß es, der Kandidat habe sich mit Kriegsentschädigungsleistungen, Devisengesetzen, Ausländereigentum und Zahlungssystemen zwischen der DDR und der Bundesrepublik befaßt. Tatsächlich lag Vogels fachlicher Schwerpunkt jedoch ganz woanders, nämlich auf dem Strafprozeßrecht. Davon zeugt auch ein Artikel des Ministerialreferenten (»Zur Frage der Anrechnung der Untersuchungshaft«), der im August 1953 im Fachblatt *Neue Justiz* veröffentlicht wurde.

In der Phase, in der Vogel unter heimlicher Beobachtung des MfS stand, setzte Erich Mielke, zu jener Zeit Staatssekretär im MfS, die »Richtlinie 21« in Kraft. Diese regelte »die Suche, Anwerbung und Arbeit mit Informatoren, geheimen Mitarbeitern und Personen, die konspirative Wohnungen unterhalten«. Die neue Richtlinie entsprach der SED-Propaganda zu Zeiten des Korea-Kriegs (1950–1953), als sich die DDR von Aggressoren umzingelt sah und die Angst schürte, der Klassenfeind könne jederzeit auch im ostdeutschen Arbeiter-und-Bauern-Staat einmarschieren. »Alle friedliebenden Kräfte«, tönte Ulbricht, müßten sich bewußt sein, daß die in Korea »angewandten Methoden der Kriegsprovokation auch in Magdeburg oder in Gebieten an der Zonengrenze Anwendung finden können«.

Die Stasi konzentrierte daher einen wesentlichen Teil ihrer operativen Arbeit auf die Abwehr gegnerischer Subversion, die von westlichen Geheimdiensten gesteuert wurde. Für ebenso aggressiv wie die Schlapphut-Institutionen hielten Mielkes Mannen das von dem Christdemokraten Jakob Kaiser geleitete Ministerium für gesamtdeutsche Fragen (»Kaiser-Zentrale«) und die »gefährlichste und wirksamste feindliche Organisation«, das Ostbüro der SPD (nach dem Vorsitzenden der westdeutschen Sozialdemokratie, Kurt Schumacher, als »Schumacher-Zentrale« bezeichnet). »Zerschlagen« werden sollten vor allem die West-Berliner »Kampfgruppe gegen Unmenschlichkeit« und der »Untersuchungsausschuß Freiheitlicher Juristen«.

Als Bediensteter des Justizministeriums kam Vogel erstmals auf Tuchfühlung mit Sowjet-Menschen. Reinartz schickte seinen Mitarbeiter einmal im Quartal zu einem Obersten ins sowjetische Hauptquartier in Berlin-Karlshorst, um Gesetzentwürfe und geplante Erlasse des Ministeriums zur Genehmigung vorzulegen – die Besatzungsmacht hielt die junge DDR noch in straffer Abhängigkeit.

Der Karlshorster Kontaktmann schenkte seinem Gast jedesmal Wassergläser voller Wodka ein, den Vogel, wenn er sich unbeobachtet wähnte oder der Oberst gerade mal das Zimmer verließ, in eine Palme kippte, die in einem Blumenkübel zwischen den Korbmöbeln im Wintergarten stand. Als der Oberst versetzt wurde und sich von Vogel verabschiedete, klärte er den jungen Juristen auf, daß er die verstohlene Entsorgung des hochprozentigen Getränks durchaus bemerkt habe: »Die Palme«, sagte er dem verdutzten Vogel, »ist sehr gut geworden von Ihrem Wodka.«

Der »Gesellschaft für Deutsch-Sowjetische Freundschaft«, einer DDR-Massenorganisation mit schließlich 6,3 Millionen Mitgliedern, war Vogel 1950 beigetreten – eine nicht weiter bedeutsame Formalie wie auch die Zugehörigkeit zum »Freien Deutschen Gewerkschaftsbund« (seit 1949) oder zur »Demokratischen Sportbewegung« (seit 1951), bei der er, ein passionierter Alpinist, als Sektionsleiter für Skisport fungierte.

Die SED-Führung beschwor zwar dauernd die »ewige« und »unverbrüchliche« Freundschaft mit der Sowjetunion, doch im Volk waren die Besatzer verhaßt. Trotz ideologischer Brüderschaft hatte der Sowjet-Diktator Josef Stalin das kleine Land nach dem Krieg ausgeplündert. Solange die DDR existierte, litt sie unter den Auszehrungen der Reparationsleistungen, die sie an Moskau hatte entrichten müssen. Die Hälfte der 1938 zwischen Elbe und Oder bestehenden industriellen Anlagen war demontiert worden.

Gerade in den frühen fünfziger Jahren verschärften sich die Versorgungsengpässe, während gleichzeitig die von amerikanischen Aufbauhilfen und Ludwig Erhards sozialer Marktwirtschaft gepäppelte Bundesrepublik aufblühte. Die Diskrepanz zwischen westdeutschem Wirtschaftswunder und ostdeutscher Mangelwirtschaft wurde immer größer und übte einen Sog auf die DDR-Bürger aus, ihrer Republik den Rücken zu kehren. Allein in einem einzigen Monat, im März 1953, verließen 58 000 Ostdeutsche ihre Heimat.

Um das neiderregende Wohlstandsdefizit auszugleichen, versuchte die DDR-Führung, ihre Bevölkerung zu höheren Produktivleistungen anzuspornen. Am 28. Mai 1953 beschloß der Ministerrat, die Arbeitsnormen um durchschnittlich mindestens zehn Prozent anzuheben. Damit brachte die Regierung erst recht das Volk gegen sich auf.

Die Wut über den unrealistischen Normdruck entlud sich zuerst am 16. Juni bei den Bauarbeitern in der Ost-Berliner Stalinallee. In Marschkolonnen zogen sie ins Stadtzentrum zur Leipziger Straße, vor das Haus der Ministerien, wo vordem Hermann Görings Reichsluftfahrtministerium seinen Sitz hatte. Auf dem Weg dorthin schlossen sich viele Menschen an. Die Demonstranten forderten freie Wahlen und den Rücktritt Ulbrichts. Die Losung hieß: »Der mit dem Bart muß weg!«

Was als lokaler Protestzug begann, weitete sich tags darauf zum Flächenbrand aus. Nie zuvor und nie danach bis zum Herbst 1989 stand das kommunistische Regime so nah vor dem Zusammenbruch. Aufgeregt telegrafierte Henry Heckscher, der CIA-Resident in West-Berlin, in die Geheimdienst-Zentrale nach Langley (US-Bundesstaat Virginia) und bat darum, die Aufständischen mit Gewehren und Maschinenpistolen ausrüsten zu dürfen. Heckschers Vorgesetzte lehnten ab, und die Erhebung der Werktätigen brach binnen Stunden zusammen. Gegen Mittag walzten sowjetische Panzer den Aufruhr blutig nieder. Auf den Straßen fanden über 500 Menschen den Tod, 92 wurden standrechtlich erschossen.

Die DDR-Führung mußte verdutzt zur Kenntnis nehmen, daß unter den mehr als 5000 Verhafteten fast ein Drittel Volkspolizisten und SED-Funktionäre waren, die zu den protestierenden Bürgern übergelaufen waren. Eine Säuberungswelle rollte nun durch die Republik und erfaßte auch die Justiz. Minister Fechner hatte in einem »Interview«, für das er auch die Fragen selbst formuliert hatte und das er am 28. Juni im SED-Zentralorgan *Neues Deutschland* veröffentlichen ließ, Verständnis für die Forderungen der Arbeiter geäußert und auf das in der DDR-Verfassung verbriefte Streikrecht hingewiesen.

Es werde »keinerlei Sondergerichte« geben, versicherte Fechner, die Verhandlungen seien öffentlich, und die Richter seien von seinem Ministerium angewiesen worden, »die Verfahrensvorschriften genauestens einzuhalten«. Jeder Inhaftierte müsse die Möglichkeit haben, »sich in jeder Phase des Verfahrens eines Verteidigers zu bedienen«. Und es dürften »nur solche Personen bestraft werden, die sich eines schweren Verbrechens schuldig machten«.

Für die Hardliner in der SED war das alles bourgeoises Gequatsche. Ihnen galten die Streikenden unterschiedslos als

»Verbrecher des Juni-Putsches«, für die es keine Gnade oder Rechtfertigung geben durfte, sondern mit denen kurzer Prozeß gemacht werden mußte. Prompt wurde Fechner am 15. Juli entlassen und durch die Scharfmacherin Hilde Benjamin ersetzt. Die berüchtigte »Rote Hilde«, 1902 geboren und seit 1927 Mitglied der KPD, hatte sich als Vizepräsidentin des Obersten Gerichts der DDR seit 1949 und Vorsitzende in zahlreichen Schauprozessen ihren Spitznamen erworben.

Am 21. Juli, knapp eine Woche nach ihrem Amtsantritt, erklärte die neue Ministerin im *Neuen Deutschland*, daß auch innerhalb der DDR-Justiz Saboteure am Werk gewesen und Provokateure von höchster Stelle gedeckt worden seien. »In dem bekannten Interview Fechners fand dies eklatanten Ausdruck«, sagte Benjamin. »Dieses Interview hat mit Recht unter unserer Bevölkerung Unruhe und Proteste hervorgerufen, weil es den grundsätzlichen Fehler beging, einen versuchten Staatsstreich und faschistischen Putsch als einen Streik zu rechtfertigen.«

Vier Wochen nach dem Volksaufstand ließ SED-Chef Ulbricht den Ex-Minister verhaften. Fechner wurde, auch wegen homosexueller Verfehlungen mit Untergebenen, zu acht Jahren Zuchthaus verurteilt und aus der SED verstoßen. Drei Jahre später, im Zeichen der Abkehr vom Stalinismus, wurde er jedoch begnadigt. Die Partei nahm ihn 1958 wieder in Ehren auf und verlieh ihm 1960 den Orden »Banner der Arbeit«, später auch den »Karl-Marx-Orden« und den »Vaterländischen Verdienstorden« in Gold.

Zunächst aber zettelte Ulbricht eine gnadenlose Hexenjagd an. Auch der Minister für Staatssicherheit, Wilhelm Zaisser, strauchelte über den Juni-Aufstand. Das Frühwarnsystem der Staatspartei hatte eklatant versagt, und so wurde das Ministerium für Staatssicherheit zum Staatssekretariat herabgestuft und ins Innenministerium eingegliedert. Neuer Chef des Sicherheitsapparats wurde Ernst Wollweber, der in den dreißiger Jahren als militanter Untergrundaktivist Sprengstoffanschläge auf Schiffe Nazi-Deutschlands und seiner Verbündeten verübt hatte. Aufs Konto der »Wollweber-Organisation« waren mindestens zehn solcher Sabotageakte gegangen, die Hitler mit als Vorwand beim Überfall auf die Sowjetunion im Juni 1941 gedient hatten.

Noch Anfang Juni hatte Wollweber, damals Staatssekretär für

Schiffahrt, über Ulbricht gespottet. Nach Stalins Tod, drei Monate zuvor, war der DDR-Statthalter von den neuen Herren im Kreml zum Abschuß freigegeben worden, weil er der vorsichtigen Kurskorrektur in Moskau nicht folgen und die Politik des verschärften Klassenkampfes nicht mildern mochte. Der SED-Chef, feixte Wollweber auf einer Party hochrangiger Genossen, habe »den Bogen entschieden überspannt«, jetzt könne er »im günstigsten Fall noch Gewerkschaftsvorsitzender werden«.

Der Aufstand am 17. Juni rettete Ulbrichts politisches Überleben – die Sowjets mußten sich notgedrungen auf seine Seite schlagen. Widerwillig akzeptierte Ulbricht seinen Gegenspieler Wollweber als Stasi-Chef. Die beiden gerieten immer wieder aneinander, weil Wollweber die Abwehr westdeutscher und ausländischer Agenten für wichtiger hielt als die Bespitzelung der eigenen Untertanen.

In dieser innenpolitisch hochexplosiven Gemengelage machte Stasi-Hauptmann Johde am 31. August 1953 den schriftlichen »Vorschlag zur Anwerbung« Vogels. Als willkommener Anlaß diente Johde ein Vorfall, den ihm der 1. Parteisekretär im Justizministerium gemeldet hatte: Der junge Hauptreferent Vogel habe dem SED-Kader berichtet, »daß während seiner Abwesenheit eine fremde Person mit einem Nachschlüssel in seinem Schreibtisch gewesen« sei.

DDR-Amtsstuben wurden über Nacht nicht nur abgeschlossen, sondern obendrein mit Wachs und Kordel versiegelt, so daß unbefugte Eindringlinge zwangsläufig Spuren hinterließen. Eines Morgens bei Dienstantritt hatte Vogel gesehen, daß das Siegel am Türpfosten seines Zimmers aufgebrochen war. Die Schubladen seines Schreibtischs waren herausgezogen und durchwühlt. Den Vorfall hatte Vogel dem Personalchef des Justizministeriums angezeigt.

Das Interesse des Einbrechers, kombinierte Vogel, müsse dem Entwurf einer Neufassung der Strafprozeßordnung gegolten haben, an der er gerade in einer Kommission mit Vertretern mehrerer Ministerien arbeitete und die als geheime Verschlußsache behandelt wurde. Reinartz gehörte diesem Gremium nicht an, und so verdächtigte Vogel insgeheim seinen Vorgesetzten, den Einbruch begangen zu haben, ohne jedoch seine Vermutung ausdrücklich gegenüber dem Parteisekretär zu äußern.

Der Stasi-Offizier Johde hingegen lenkte den Verdacht auf eine Kollegin Vogels, »die belastet wird, mit einem Westberliner Rechtsanwalt befreundet zu sein«. Die Frau schien ihm als Zielperson geeignet, auf die Vogel angesetzt werden konnte. Außerdem, meinte Johde, könne Vogel der Stasi über weitere Kollegen in der Strafrechtsabteilung des Ministeriums berichten, zu denen er »aufgrund seiner guten kollektiven Haltung einen guten Kontakt« habe. Johde empfahl seinen Oberen, Vogel »in das Zimmer 120« zu bestellen; dort solle mit ihm »zuerst über seine allgemeine Arbeit gesprochen« werden, »um dann später zur Verpflichtung überzugehen«.

Die nach dem Juni-Aufstand zutiefst verunsicherte Staatssicherheit war darauf bedacht, durch Spitzel einen Überblick über Fechners Anhänger im Justizapparat zu gewinnen und Abweichler von der Parteilinie zu eliminieren. Auch Vogels Mentor Reinartz, der als ein Mann Fechners galt, geriet ins Visier der Stasi. Reinartz wurde verdächtigt, für die CIA spioniert zu haben. Um die eigene Haut zu retten, denunzierte er Fechner wegen dessen Homosexualität.

Reinartz wußte, daß er allenfalls ein bißchen Zeit gewonnen hatte und sich aus der DDR absetzen mußte. Seine Flucht nach West-Berlin bereitete er umsichtig vor. Seit Anfang Oktober ließ er durch seine Schwiegereltern, die in West-Berlin lebten, bei jedem ihrer Besuche nach und nach Wäsche und Kleidungsstücke über die Sektorengrenze schaffen. Am 22. Oktober, einem Donnerstag, bündelte Reinartz dienstliche Unterlagen in einem Schnellhefter. Mit den internen Dokumenten wollte er sich im Westen ein günstiges Entrée verschaffen. Sein Schwiegervater, Amtsrat in der West-Berliner Außenstelle des Bundesfinanzministeriums, überredete Reinartz, nicht, wie geplant, das Wochenende abzuwarten, sondern die Flucht sofort zu wagen.

Der Schwiegervater hatte auch vorgesorgt, daß Reinartz von der West-Berliner Justiz übernommen würde. Dazu brauchte der Flüchtling eine positive Beurteilung durch den Untersuchungsausschuß Freiheitlicher Juristen (UFJ), einen 1949 in West-Berlin gegründeten stramm antikommunistischen Verein, der sich in Personalangelegenheiten der Justizbehörden ein Mitspracherecht gesichert hatte.

Da Freiheit nicht zu den markanten Verfassungsprinzipien

der DDR zählte, schrieben deren Funktionäre das Adjektiv im Vereinsnamen (»freiheitlich«) penetrant klein und verwendeten folgerichtig auch ihr eigenes Kürzel (»UfJ«). Ebenso verschmolzen sie im Sinne ihrer Drei-Staaten-Theorie, wonach West-Berlin eine von der Bundesrepublik losgelöste selbständige politische Einheit sei, die geographische Kennzeichnung in den Städtenamen und schrieben »Westberlin« stets in einem Wort.

Schon am 20. Oktober, zwei Tage bevor Reinartz tatsächlich in den Westen ging, stellte der UFJ in einem vorbereiteten Gutachten dem DDR-Abtrünnigen einen Persilschein aus. Reinartz sei zwar SED-Mann, aber seine Aussage erscheine »glaubwürdig, daß er zu einem belastenden Brief über Fechner gezwungen worden sei und deswegen geflohen sei«. Ob Reinartz, wie gemunkelt wurde, Verbindung zur CIA hatte, konnte der UFJ nicht klären: »Von einer Arbeit für die Amerikaner ist nicht die Rede.«

Gleich nach seinem Übertritt wurde Reinartz durch seinen Schwiegervater dem Bundesministerium für gesamtdeutsche Fragen zugeführt, das den Flüchtling über die DDR-Justiz ausforschte. Anschließend wurde Reinartz bei den Geheimdiensten herumgereicht. Den Amerikanern erzählte er, wie die Stasi durch ihre dort plazierten Spitzel erfuhr, »Charakteristiken und gründliche Personenbeschreibungen mit besonderer Neigung des einzelnen von 50 bis 60 Mitarbeitern des Ministeriums der Justiz«. Sein Wissen hatte Reinartz »als Leitungsmitglied der Grundorganisation« erlangt, und »damit er auch keinen vergißt«, meldeten die Stasi-Späher, »ist er abteilungsweise durchgegangen«.

Während der fünf Tage, in denen Reinartz von der CIA in die Mangel genommen wurde, bekundeten auch schon die Engländer Interesse an dem Überläufer. Die britische Dienststelle wollte sich vor allem über den »neuen Kurs« in der DDR-Justiz informieren und hätte gern etwas über »Maßnahmen auf wirtschaftlichem Gebiet« erfahren, aber da mußte Reinartz passen.

Von West-Berlin aus schickte Reinartz eine schriftliche Botschaft an Vogel. Zwar war das Schreiben frankiert, aber es kam nicht mit der Post, sondern ein Bote warf es in den Hausbriefkasten ein. Empfänger und Wohnort waren auf dem Kuvert mit

Schreibmaschine getippt, die Straße hatte jemand von Hand in Druckbuchstaben hinzugefügt, ebenso den Absender auf der Rückseite: »Helmut Pielke, Berlin N 4, Chausseestr. 110«. Der Name war fiktiv, die angegebene Adresse willkürlich.

Ein westlicher Geheimdienst versucht Vogel zu ködern

Die 16-Zeilen-Nachricht, die Wolfgang Vogel Anfang November 1953 ins Haus flatterte, veränderte nicht nur schlagartig sein Leben – der Brief hatte auf lange Zeit Folgen für die Beziehungen zwischen den beiden deutschen Staaten und zwischen vielen Regierungen weltweit.

Wolfgang Vogel war gerade 28 geworden. Mit seiner kleinen Familie lebte der junge Hauptreferent für Straf- und Strafprozeßrecht seit Januar 1953 zur Miete in einem gemütlichen Dreieinhalb-Zimmer-Haus mit Spitzdach und kleinem Vorgarten, Kastanienstraße 38 in der märkischen Gemeinde Neuenhagen, gleich hinter der Stadtgrenze Ost-Berlins in Richtung Strausberg. Mit seiner Frau Eva, einer gelernten Kindergärtnerin, die ein Jahr jünger war als er, hatte Vogel einen sechsjährigen Sohn und eine Tochter von 18 Monaten.

Der Brief klang mysteriös, aber Vogel konnte ihn nicht mißverstehen: Der Jurist, so der Reinartz-Rat, solle in den Westen gehen, solange dazu noch Gelegenheit bestand, und sich westlichen Geheimdiensten anvertrauen. Für einen Briefschreiber, dessen Korrespondenz üblicherweise von Sekretärinnen erledigt wurde, war das Schriftstück auffallend säuberlich und fehlerfrei getippt – offenbar hatte ihm jemand die Schreibarbeit abgenommen. Auch der Inhalt des Briefes sprach dafür, daß ein Geheimdienst dem Verfasser die Feder geführt hatte.

»Mein lieber Wolfgang«, schrieb Reinartz, »leider konnte ich in den letzten Tagen nicht mit Dir zusammentreffen.« Geheimnisvoll werbend fuhr der Absender fort: »Ich habe Dir jedoch interessante Dinge zu erzählen, die für Dich von größter Bedeutung sind. Du kennst mich seit Jahren so genau, daß Du weißt, ich handel nur in Deinem ureigensten Interesse« – »Dich« und »Deinem« von Hand unterstrichen.

Reinartz bat Vogel, sich »am kommenden Sonntag, dem 8. November«, um 11 Uhr mit ihm »auszusprechen«. Als »Treffpunkt, der für Dich absolut sicher ist«, schlug Reinartz die »Schultheiß-Quelle« am Kurfürstendamm, »unmittelbar am U-Bahnhof Uhlandstraße«, vor: »Ich sitze in der hinteren Gaststube, die sehr intim ist.« Im Verhinderungsfall solle Vogel seine Frau schicken, »die ich ja auch gut kenne«, aber selbstverständlich sei »eine Aussprache zwischen uns beiden wesentlich wertvoller«.

Abschließend versicherte Reinartz noch einmal, »daß die Unterhaltung nicht meinen, sondern ausschließlich *Deinen* Interessen dient«. Unter der Unterschrift fügte Reinartz in Sütterlinschrift hinzu: »Erkennungszeichen: Stock in der Hand.« Eine solche Abrede war freilich merkwürdig, schien sie doch überflüssig bei zwei Männern, die sich seit Jahren gut kannten. Wollte Reinartz signalisieren, daß er nicht selbst in der Gaststätte warten würde?

Als Nachweis, daß er selbst Urheber des Briefes war, erwähnte Reinartz in einem Nachsatz ein Erlebnis, über das nur Vogel Bescheid wissen konnte: »Lieber Wolfgang«, stand da, erst maschinegeschrieben, dann derselbe Text in deutscher Schreibschrift wiederholt, »denkst Du noch daran, daß Du während meines Ostsee-Urlaubs meinen Wagen zum Üben benutzt hast?« Mit Bedacht sollte die Authentizität des Absenders dokumentiert werden, was auf geheimdienstliche Urheberschaft schließen ließ.

Der Reinartz-Brief trug das Datum vom 4. November. Vogel erhielt das Schreiben jedoch erst am 9. November. Zu diesem Zeitpunkt hätte das Treffen mit Reinartz schon stattgefunden haben sollen. Vogel war und ist deshalb »überzeugt, daß der Brief abgefangen worden ist«, die Stasi also den Inhalt kannte. Möglicherweise, kombinierte er, wollte sie ihn in eine Falle locken, zumindest aber ihn auf die Probe stellen, wie er sich auf den Brief verhalten würde.

Am nächsten Morgen, gleich nach Dienstantritt, gab Vogel den Reinartz-Brief im Ministerbüro ab. Nun sah Stasi-Hauptmann Johde seine Stunde gekommen. Er ließ den Hauptreferenten in das ominöse Zimmer 120 rufen. Eingeschüchtert stand Vogel zwei Männern in Ledermänteln gegenüber, die sich ihm nicht namentlich vorstellten, sondern gleich zur Sache kamen.

Der eine, den Vogel später als Johde kennenlernte, erkundigte sich erst einmal nach dem Einbruch in das Dienstzimmer. Der Stasi-Mann forschte nach dem Eindringling: »Kann das Ihr Chef gewesen sein?« Obwohl Vogel selbst zunächst diesen Verdacht gehegt hatte, fand er ihn nun abwegig: »Wenn Reinartz sich über den Stand der Arbeit an der Strafprozeßordnung hätte informieren wollen, hätte er mich direkt fragen können, und ich hätte sie ihm natürlich gezeigt.«

Der Einbruch in sein Zimmer könnte fingiert, der Verdacht gegen Reinartz konstruiert gewesen sein, schoß es Vogel durch den Kopf. Der Reinartz-Brief offenbarte, daß zwischen ihm und seinem früheren Vorgesetzten ein Vertrauensverhältnis bestand. Vogel überlegte, was ihm die Stasi anhängen konnte.

Ihm war nicht verborgen geblieben, daß sein Chef öfters nach West-Berlin gefahren war, aber er hatte sich nichts Schlimmes dabei gedacht – Reinartz konnte ja seine Eltern besucht haben. Andererseits hatte sich Reinartz so merkwürdig benommen, als ob er etwas zu verbergen hätte. Vogel überlegte: Hatte Reinartz mit einem westlichen Geheimdienst angebandelt? Er habe, sagt Vogel heute, »vor allem befürchtet, daß man aus meiner Freundschaft mit Reinartz konstruiert, daß ich ein Komplize sei«. Unumwunden räumt Vogel ein: »Ich hatte Angst.«

Nach dem Gespräch fertigte Johde einen »Verpflichtungsbericht«. Mit Vogel sei »eine formale Unterhaltung geführt« worden »betreffs seiner Arbeit«. Dabei sei man »auf den Brief zu sprechen« gekommen, den ihm seine Frau »am 9. 11. 53, als er vom Dienst nach Hause kam«, übergeben habe. Seine Frau, so Vogel laut Stasi-Bericht, habe ihm gesagt, »daß er diesen Brief im Ministerium abgeben müsse und daß er unter keinen Umständen nach Westberlin gehen darf«. Vogel beteuerte, nach Johdes Niederschrift, er könne »nicht verstehen«, daß Reinartz »gerade an ihn schreibt, denn er stand nicht gut mit Reinartz«. Vogel verleugnete seinen Förderer, der ihm seine bisherige Karriere geebnet hatte.

Johde erklärte Vogel, daß er »damit rechnen könne, noch einmal von Reinartz angeschrieben zu werden«. Laut Johde bekräftigte Vogel wörtlich: »Und wenn er mich noch 10mal anschreibt, würde ich nicht nach Westberlin gehen.« Der Stasi-Sachbearbeiter legte Vogel dar, daß sich Reinartz aus dem Westen womöglich auch bei anderen ehemaligen Ost-Berliner Kollegen melde. Es sei »notwendig, daß in Erfahrung gebracht wird, wer diese Personen sind«. Johde notierte, er habe Vogel gefragt, »ob er bereit wäre, den Sicherheitsorganen dabei zu helfen«, Vogel habe »ohne Bedenken« eingewilligt.

In seinem maschinenschriftlichen Bericht protokollierte Johde: »Vogel wurde die Verpflichtung diktiert, die er ruhig und überzeugend schrieb.« Der Satz wurde hinterher mit einem Füllfeder-Strich wieder getilgt. Stehengeblieben ist der Satz: »Er wählte sich den Decknamen ›Eva‹ und verpflichtete sich, alle seine Berichte mit diesem Namen zu unterschreiben.« Eva hieß Vogels Frau, die er im April 1946 geheiratet hatte. Wolfgang Vogel wurde als »Geheimer Informator«, Stasi-Kürzel: GI, bei der Stasi-Abteilung V/5 unter der Nummer 4148/53 registriert. Der Ministerialreferent war nun formal einer von damals rund 20 000 Zuträgern der DDR-Staatssicherheit, die überall Staatsfeinde witterte.

Rudolf Reinartz erhielt zwar im Februar 1954 eine Aufenthaltsgenehmigung für West-Berlin, aber keine Anerkennung als politischer Flüchtling, weil er zum Zeitpunkt seiner Flucht nicht an Leib und Leben bedroht gewesen sei. Daß er den westlichen Geheimdiensten Interna aus der DDR-Justiz verraten hatte, wurde ihm nicht honoriert. Und Reinartz half es auch nicht, daß ein Bekannter, der für den UFJ arbeitete, eine eidesstattliche Versicherung abgab, der ehemalige DDR-Ministerialbeamte habe schon vor seinem Grenzübertritt West-Berliner Dienststellen zugearbeitet.

Enttäuscht über soviel Undankbarkeit, schrieb Reinartz am 6. Dezember 1954 einen Brief an Ulbricht, daß er in die DDR zurückkehren wolle. Er sei bereit, über seine Zusammenarbeit mit westdeutschen und amerikanischen Geheimdiensten zu berichten; bei seinem Wechsel nach West-Berlin sei er möglicherweise geistig verwirrt gewesen. Außerdem deutete Reinartz an, er besitze Unterlagen über mehrere West-Agenten im SED-Zentralkomitee und im DDR-Justizministerium und wolle sich deshalb mit einem V-Mann der Stasi am 9. Dezember im »Café am Wittenbergplatz« in West-Berlin treffen.

Auf die Stasi wirkte der Brief, als sei er »von einer nicht ganz normalen Person geschrieben«. Da Reinartz keine Antwort erhielt, marschierte er am 12. Dezember abends nach Dienstschluß zum ZK-Gebäude in Ost-Berlin, wo er aber nur die Nachtwache an der Pforte antraf. Der Spätdienst bestellte Reinartz für den übernächsten Tag zum U-Bahnhof Thälmannplatz, wo die Stasi, durch das ZK inzwischen verständigt, Reinartz abfing und ihn in einer konspirativen Wohnung verhörte.

Reinartz sprudelte heraus, mit welchen CIC-Offizieren er nach seiner Flucht zusammengetroffen sei und daß er einen guten Kontakt zum Ostbüro der SPD habe. Die Vernehmer gewannen den Eindruck, sie hätten es »mit einem Verrückten zu tun«. Reinartz wollte wissen, für welche Objekte in West-Berlin das MfS sich interessiere, und erwartete »konkrete Aufträge für seine weitere Tätigkeit«, doch die bekam er nicht. Auf eigene Faust fuhr er am 6. Januar 1955 wieder nach Ost-Berlin. Über seine Mitbringsel, »einige Hetzschriften vom Ostbüro«, zeigte sich die Stasi enttäuscht, zumal sie »alle alten Datums waren«.

Aber Reinartz gab nicht auf, sondern wollte die DDR-Geheimdienstler von der Ernsthaftigkeit seiner Umkehr überzeugen. Mit einer Aktentasche voller Dokumente brach Reinartz am 4. Februar 1955 erneut nach Ost-Berlin auf. Doch auch jetzt wurde er nicht als verlorener Sohn willkommen geheißen, vielmehr als Verräter eingekerkert. Das Bezirksgericht Rostock verurteilte Reinartz am 23. August 1955 wegen Spionage zu lebenslanger Zuchthausstrafe. Von der geheimen Verhandlung erfuhr Vogel nichts.

Traute Harmonie von Caritas und Konspiration

Nicht alles, was die SED-Propaganda westlichen Geheimdiensten an Greueltaten unterstellte, war frei erfunden, auch wenn die aufgestellten Behauptungen in ihrer martialischen Sprache eher lächerlich klangen. »Mit der gesteigerten Kriegsvorbereitung«, wütete Ulbricht mit seiner sächsischen Fistelstimme, »verstärken der amerikanische Imperialismus und seine Bonner Vasallen ihre Spionage-, Sabotage-, Diversions-, Zersetzungs- und Schädlingsarbeit im Gebiet der Deutschen Demokratischen Republik von Tag zu Tag.« Der Satz wurde wörtlich in die Präambel der Stasi-Richtlinie 21/52 übernommen.

Tatsächlich tummelten sich in West-Berlin Agenten aus aller Herren Länder. Seit dem Ende des Zweiten Weltkriegs war die geteilte Frontstadt zur Welthauptstadt der Spione geworden. Die Informationssammler von 80 ausländischen Diensten traten sich am Ku'damm gegenseitig auf die Füße. John le Carré, der erfolgreichste Autor von Spionagethrillern und einst selbst Aktiver im Geheimdienst Ihrer Majestät, nannte (West-)Berlin die »ewige Stadt der Spione«. Hier boten sich ideale Arbeitsbedingungen für die Branche: interessante Informationen, reichlich V-Leute und Nachrichtenhändler sowie offene Bars ohne Polizeistunde. Hier konnten in den fünfziger Jahren skrupellose Saboteure, bezahlte Schnüffler und idealistische Amateuragenten ihre untergründige Wühlarbeit nahezu ungehindert betreiben.

An den Indianerspielen des Kalten Krieges beteiligten sich nicht nur die offiziellen staatlichen Dienste. Zu Dutzenden ließen sich Grüppchen, Vereine und Institutionen, die aus unkontrollierten geheimdienstlichen Kassen gespeist wurden, in West-Berlin nieder. Unter dem Vorwand, bedrängten Bürgern in der DDR helfen zu wollen, nutzten die reisenden Samariter ihre gemeinnützige Tätigkeit nebenbei zu verschwörerischer Informationsbeschaffung – eine traute Harmonie von Caritas und Konspiration.

Die Namen der Organisationen kennzeichneten oft unverblümt den aggressiven Charakter ihrer Aktivisten. Aber auch hinter harmlosen Etiketten verbargen sich meist penetrante Propagandisten und radikale Rachegeister. Sie vermengten meist die Arbeitsmethoden klassischer Geheimdienste mit krimineller Sabotage und konterrevolutionärer Tätigkeit im Feindesland.

Die »Kampfgruppe gegen Unmenschlichkeit« (KgU) etwa, die in ihrer Personalkartei eine halbe Million DDR-Bürger gespeichert hatte, verbreitete über den West-Berliner »Rundfunk im amerikanischen Sektor« (Rias) die Namen und Adressen von Spitzeln und Denunzianten, verübte aber auch Sabotageanschläge in der DDR und nahm in Kauf, daß dabei Menschenleben gefährdet wurden. Am spektakulärsten war der Plan, eine Eisenbahnbrücke östlich von Berlin in dem Augenblick in die Luft zu jagen, in dem der »Blaue Expreß«, der D-Zug Berlin-Moskau, darüberfuhr. Das Vorhaben wurde jedoch rechtzeitig aufgedeckt, der Initiator, ein ehemaliger Volkspolizist, hingerichtet.

Besonders verhaßt war der DDR eine »Agentenzentrale«, die unter dem Deckmantel der Rechtshilfe operierte. Ein »Dr. Theo Friedenau« hatte im Herbst 1949 – zeitgleich mit der Proklamation der DDR – den Untersuchungsausschuß Freiheitlicher Juristen gegründet, um das sich etablierende kommunistische Regime zu bekämpfen. Hinter dem Pseudonym, das die DDR bald lüftete, verbarg sich ein gewisser Horst Erdmann, der zuvor im Brandenburgischen als Anwalt gearbeitet hatte.

Der UFJ stellte sich selbst vier Aufgaben: Er bot »Rechtshilfe für die mitteldeutsche Bevölkerung, um deren Freiheitsraum zu erweitern«; er propagierte »Rechtserziehung, um in der Sowjetzone das Gefühl für die allgemeingültigen Rechtsprinzipien wachzuhalten«; er wollte »Aufklärung der freien Welt über das sowjetzonale Unrechtssystem« betreiben; und er leistete »Gutachtertätigkeit für Dienststellen der Bundesrepublik und West-Berlins«.

Anfangs unterwanderte der UFJ erfolgreich DDR-Institutionen. 1951 prahlte Theo Friedenau in dem amerikanischen Nachrichtenmagazin *Time*: »Es muß für die Parteibonzen nervenzermürbend sein, wenn sie sich in einer Sitzung gegenseitig anstarren und wissen, daß *irgendeiner* unter ihnen ist, der alles, was sie tun, an unseren Ausschuß berichten wird.«

Für die ostdeutsche Propaganda war der UFJ nichts anderes als ein Geheimdienst-Gewächs. »Dr. Theo Friedenau« räumte intern auch ein, daß ihm westliche Geheimdienste »die Bude« einliefen, versicherte aber auf Ehre und Gewissen, mit keinem von ihnen zusammenzuarbeiten. Doch schon 1950 notierte ein Abteilungsleiter des Gesamtdeutschen Ministeriums bei einer Besprechung mit dem UFJ-Gründer: »Materiell unabhängig; Unterstützung durch Amerikaner«. Details kamen erst 1958, nach Erdmanns Rücktritt, heraus. Laut dem Vermerk eines Bonner Ministerialbeamten erklärte »ein maßgeblicher Mitarbeiter des UFJ«, »daß je 5 Durchschläge von allen Aktenvermerken mit Erkenntnissen über die Lage in der SBZ an die amerikanischen Stellen zur Auswertung übersandt würden«.

Zuvor war es der DDR gelungen, das Geheimnis des »Dr. Theo Friedenau« zu lüften: Erdmann war weder Anwalt noch promoviert, sondern ein ehemaliger Nazi-Funktionär, der seine Biographie komplett gefälscht hatte.

Die Stasi brachte es immer wieder fertig, Spitzel in den UFJ einzuschleusen, die in der DDR lebende UFJ-Informanten enttarnen konnten. Auch gelangen dem MfS »Überwerbungen« – UFJ-Angestellte wurden für die Zusammenarbeit mit der Stasi gewonnen. Besonders stolz berichteten die Führungsoffiziere über infantile, aber offenbar wirkungsvolle »Maßnahmen mit desinformatorischem Charakter«. So wurden festangestellte UFJ-Mitarbeiter (»Hauptagenten«) zu fingierten Treffs bestellt, Inserenten in UFJ-Broschüren erhielten »Drohschreiben«, mit Telefonanrufen wurde UFJ-Bediensteten »Angst eingejagt«. Großküchen lieferten auf vorgetäuschte Bestellungen hin Dutzende von Essensportionen in Privathaushalte, ein Geheimer Mitarbeiter der Stasi warf »mehrere Ampullen Stinkgas und Tränengas« in die Zehlendorfer UFJ-Zentrale, das Auto eines UFJ-Angestellten wurde »mit einer zerfressenden Säure übergossen«.

Nachdem der Justizministeriale Wolfgang Vogel im November 1953 durch Stasi-Hauptmann Johde als »Geheimer Informator« verpflichtet worden war, sollte auch er auf den UFJ angesetzt werden, wenn auch nicht für derart plumpe Sabotageakte. Hilde Benjamin hätte die Stasi-Pläne allerdings beinahe durchkreuzt: Die Ministerin wollte den Referenten Vogel nach dem gescheiterten Juni-Aufstand als Richter in die Provinz verbannen, er sollte ans Landgericht der verschlafenen thüringischen Bezirksstadt Suhl. Vogel nimmt an, daß nach der Affäre um den Reinartz-Brief dahinter auch die Absicht steckte, ihn dem Zugriff westlicher Dienste zu entziehen – in Ost-Berlin hatten diese wegen der offenen Grenze leichtes Spiel, in die ländlichen Bezirke reichten ihre Arme meist nicht.

Die Aussicht, mit seiner Familie nach knapp einem Jahr schon wieder umziehen zu müssen, mißfiel Vogel. Außerdem hatte er spätestens seit dem Abitur klare berufliche Vorstellungen, als Berufswunsch stand schon in seinem Reifezeugnis vom 28. Mai 1944: »Vogel will Rechtsanwalt werden.« Im Kreise junger Kollegen moserte er über die drohende Versetzung aufs flache Land. Jemand gab Vogel den Tip, er solle doch mal mit der Abteilung für Staats- und Rechtsfragen beim Zentralkomitee der SED reden – einer unter diesen Apparatschiks, Josef Streit, mache einen ganz patenten Eindruck.

Streit, Jahrgang 1911, stammte aus Friedrichswald in Nordböhmen. Mit 19 Jahren war der Arbeitersohn der Kommunistischen Partei in der Tschechoslowakei beigetreten. Nachdem Hitler 1938 das Sudetenland dem Deutschen Reich einverleibt hatte, wurde Streit sogleich verhaftet und bis zum Kriegsende in den Konzentrationslagern Dachau und Mauthausen eingesperrt. 1945 ging er in die sowjetische Besatzungszone, ein Jahr später wurde er Mitglied der neugegründeten SED. Der gelernte Buchdrucker durchlief einen Volksrichterlehrgang, mit dem in der DDR – vor allem in der Amtszeit des Justizministers Fechner – im Schnellverfahren Nichtakademiker zu Richtern herangebildet wurden. 1962 wurde Streit Generalstaatsanwalt der DDR. Das Amt hatte er bis 1986 inne, ein Jahr, bevor er 76jährig starb.

Streit empfahl Vogel, beim Vorsitzenden des Rechtsanwaltskollegiums von Groß-Berlin, Ernst Brunner, vorzusprechen, der sein Büro im Stadtgericht in der Littenstraße hatte. Das Kollegium war erst wenige Monate vorher gegründet worden – als Antwort auf eine ideologische Abschottung durch die in West-Berlin regierenden Politiker. Der West-Berliner Senat hatte am 6. Mai 1952 ein harmlos klingendes »Gesetz über vorläufige Maßnahmen auf dem Gebiet des Anwaltsrechts« erlassen. Danach sollte als Rechtsanwalt im Westteil der Stadt nicht zugelassen werden, wer als »Anhänger eines totalitären Systems die freiheitliche demokratische Staatsform der Bundesrepublik Deutschland oder Berlins oder ihre verfassungsmäßigen Einrichtungen bekämpft«.

Ost-Berliner Anwälte sahen darin den Versuch einer Ausgrenzung, die nur durch Gesinnungsschnüffelei zu praktizieren sei. Sie protestierten zunächst in einer außerordentlichen Mitgliederversammlung der noch vereinten Anwaltskammer gegen das »Spitzel- und Terrorsystem«, das sie dem sozialdemokratischen West-Berliner Oberbürgermeister Ernst Reuter anlasteten: Durch die neue Anwaltsordnung, wetterten sie, könne »jeder Angestellte des Anwaltsbüros, jeder klatschsüchtige Nachbar oder Mandant beliebig ausgefragt« und könnten »alle Arten von willkürlichen Schlüssen daraus gezogen werden«.

Als der Senat das kritisierte Gesetz nicht zurückzog, hob der

Ost-Berliner Magistrat am 17. April 1953 im Gegenzug alle bisher gültigen Anwaltszulassungen im Ostsektor auf und ordnete an, daß neue Lizenzen nur solchen Antragstellern erteilt werden dürften, die ihr »Amt gemäß den demokratischen Prinzipien unserer Gesetze und Verordnungen ausüben und sich vorbehaltlos für die Ziele der Deutschen Demokratischen Republik und des Magistrats von Groß-Berlin einsetzen«. Die Ost-Berliner Behörden schlossen auf ihrem Territorium die Kanzleien West-Berliner Anwälte. Das Ost-Berliner Anwaltskollegium hielt am 28. Mai 1953 im Plenarsaal des Justizgebäudes an der Littenstraße seine Gründungsversammlung ab.

Vogel tischt dem Anwaltskollegium ein Märchen auf

Am 16. Dezember 1953 bewarb sich Vogel um die Aufnahme in das Rechtsanwaltskollegium von »Groß-Berlin«, wie der Ostteil der ehemaligen Reichshauptstadt DDR-amtlich hieß. »Bei Ihrer Entscheidung«, schrieb Vogel dem Vorstand, »bitte ich zu berücksichtigen, daß ich meine Tätigkeit im Ministerium der Justiz wegen Krankheit aufgeben muß.« Er leide an Magengeschwüren und könne »trotz mehrfacher klinischer Behandlung keine Abhilfe erzielen«.

Den künftigen Anwaltskollegen tischte Vogel ein Märchen auf. Zwar hatte er es schon als Gefreiter bei der Luftwaffe kurz vor Kriegsende geschafft, wegen Magenblutungen vom Wehrdienst beurlaubt zu werden, und wegen ähnlicher Beschwerden war er im Spätsommer 1945 in zwei Kliniken behandelt worden. Aber bei der angeblich empfohlenen Therapie trug er doch ziemlich dick auf. »Die mich behandelnden Ärzte«, schrieb Vogel, »drängen ... auf einen Arbeitsplatzwechsel und stützen sich hierbei auf die Lehren von Pawlow, wonach Magengeschwüre auf eine Überlastung des Großhirns zurückzuführen und daher am wirksamsten durch Veränderung der Umwelteinflüsse zu bekämpfen sind.«

Das klang eher wie die Bekenntnisse des Hochstaplers Felix Krull bei der Musterung, und genau wie Thomas Manns Romanfigur setzte Vogel noch einen drauf: »Ich darf Ihnen empfehlen, diese Angaben durch die Kaderabteilung beim Ministerium der Justiz bestätigen zu lassen.« Der Kollegiums-Vorsitzende Brunner schrieb, am Heiligabend des Jahres 1953, die Kaderabteilung tatsächlich an: »Wir bitten um Übersendung einer Beurteilung betr. Herrn Wolfgang Vogel, damit über seinen Antrag hier entschieden werden kann.« Eine Antwort findet sich in Vogels Personalakte nicht.

In späteren Lebensläufen gab Vogel an, er sei aus dem Ministerium ausgeschieden, »weil mir im Zusammenhang mit dem Ministerwechsel nahegelegt wurde, um Entlastung (sic!) zu bitten« – aber mit politischem Dissens konnte er seine Bewerbung beim linientreuen Kollegium schwerlich begründen.

Vogel hatte von vornherein einen bestimmten Arbeitsplatz im Auge. Nach dem neuen Reglement sollte jeder der damals sieben Ost-Berliner Stadtbezirke eine Anwaltsfiliale bekommen. »Wie ich erfahre«, schrieb er, »ist die Errichtung einer Zweigstelle in Berlin-Lichtenberg in Aussicht genommen.« Im Falle seiner Aufnahme ins Kollegium würde er dort gern arbeiten, was er ganz altruistisch begründete: »So würde ich das Fortkommen der bereits praktizierenden Mitglieder am wenigsten beeinträchtigen.«

Am 1. März 1954 wurde Vogel in das Kollegium aufgenommen und wunschgemäß der Zweigstelle Lichtenberg zugeteilt. Der Kollegiums-Vorsitzende Brunner wies Vogel darauf hin, daß er »*sämtliche* Einnahmen« aus seiner Anwaltstätigkeit »dekadenweise«, also alle zehn Tage, auf ein Konto des Vorstands beim Berliner Stadtkontor »zur Verrechnung zu überweisen« habe. Von dort bezogen die Anwälte ihre Gehälter: 60 Prozent der eingezahlten Gebühren standen ihnen selbst zu, 40 Prozent verblieben der zentralen Verwaltung, um die Personal- und Sachkosten der »Zweigstellen« genannten Anwaltspraxen zu begleichen.

Vogels neues Dienstdomizil, Alt-Friedrichsfelde 113, in östlicher Verlängerung der Stalinallee, machte von außen einen tristen und heruntergekommenen Eindruck. Im Innern war das Gebäude jedoch mit allerhand Luxus ausgestattet bis hin zu einem Marmorbad – das Haus hatte einem legal in den Westen übergesiedelten Industriellen gehört.

Als Geheimer Informator der Stasi zeichnete sich Vogel nicht gerade durch Fleiß aus. Führungsoffizier Johde verbrämte die Trägheit seines Zuträgers in einem »Einschätzungsbericht« vom 12. Januar 1955 durch eine nichtssagende Phrase: »Mit dem GI ›Eva‹ wird seit seiner Anwerbung zusammengearbeitet.« Während des gesamten Jahres 1954 kamen lediglich zwei Treffberichte zustande. Erst in den beiden Folgejahren sprudelte die Quelle ergiebiger: Je 18 Treffberichte zeugen von regelmäßiger Informationsübermittlung.

Der Anwalt meldete der Staatssicherheit eher Belangloses aus seinem beruflichen Umfeld, so daß Johde nur pauschal berichten konnte: »Der GI arbeitet zur Zeit auf der Linie Rechtsanwälte und inhaftierte Personen.« Ein wenig konkreter fügte der Stasi-Hauptmann hinzu: »Der GI ist in seiner Arbeit sehr gewissenhaft und bringt Aussagen von inhaftierten Personen, mit denen er als Rechtsanwalt zu tun hat.« Dabei ging es stets um Versuche Vogels, bei der Stasi eine vorzeitige Haftentlassung seiner Mandanten zu erwirken.

Zum Schluß seines Berichts notierte Johde, was die Stasi mit Vogel vorhatte: »Der GI wird in der Perspektive in West-Berlin Klienten vertreten und uns dann über westliche Gerichte Informationen bringen.« Vogel, hieß das, solle seine Anwaltszulassung in West-Berlin betreiben – die Stasi hatte erkannt, wo sich der junge Jurist mit den beiden Staatsexamen für sie nützlich machen konnte.

Als Zielperson, die Vogel zur Erfüllung des so formulierten Stasi-Auftrags unbedingt anlaufen mußte, war niemand besser geeignet als Werner Commichau. Der Rechtsanwalt, im gleichen Alter wie Vogel, arbeitete in einer West-Berliner Kanzlei, die nur formal von selbständigen Juristen geführt wurde. In Wahrheit wurde das Büro vom Bundesministerium für gesamtdeutsche Fragen ausgehalten. Im Sprachgebrauch der Bundesregierung hieß die vorgetäuschte Anwaltspraxis »Rechtsschutzstelle«, was die dort beschäftigten Advokaten ungern hörten, weil der Begriff den behördenähnlichen Status der Kanzlei unterstrich.

Die zwei, später drei Juristen, die hier arbeiteten, waren eigentlich mit den Aufgaben, die sie für Bonn erledigten, ausgelastet. Nur manchmal übernahmen sie, eher aus Gefälligkeit oder um ein kleines Zubrot zu verdienen, auch private Mandate. Einem solchen Auftrag verdankte Vogel die Bekanntschaft mit Commichau – einem Zufall, den weder er noch das MfS steuern konnten. Um drei Ecken herum kam Vogel mit dem Mann zusammen, der für seine weitere Karriere wegweisend werden sollte.

Ende 1954 führte Commichau einen Mietprozeß für den West-Berliner Handelsvertreter Christian Lomosik und lernte dabei auch dessen Bruder Heiner kennen, der Kaufmann im Interzonenhandel Bergbau war. Beim Plausch über dieses und jenes erzählte Heiner Lomosik, daß ein Jugendfreund, mit dem er die Schulbank des Gymnasiums im schlesischen Glatz gedrückt habe, jetzt Anwalt in Ost-Berlin sei. Neugierig erkundigte sich Commichau, ob Lomosik ihn mit dem Kollegen bekanntmachen könne.

Lomosik bahnte den Kontakt konspirativ an. Vogel verteidigte gerade in Potsdam einen politischen Häftling; das Mandat hatte Lomosik vermittelt. Am Silvestertag 1954 kam der Schulfreund zu Vogel und erzählte ihm, »ein Rechtsanwalt Behling aus West-Berlin« habe ihm telefonisch aufgetragen, Vogel für die Verteidigung des Potsdamer Gefangenen ein Honorar von tausend Mark in Aussicht zu stellen. Kurt Behling war der Leiter der Rechtsschutzstelle. »Das Honorar«, erfuhr Vogel von seinem Schulfreund, »werde vom Ministerium Kaiser getragen«, Vogel solle »davon aber unter keinen Umständen wissen«. Vogel, der GI »Eva«, erzählte seinem Stasi-Kontakter beim nächsten Treff brühwarm von den Annäherungsversuchen des West-Anwalts. Dies war der Auslöser für die MfS-»Perspektive«, Vogel als Anwalt in West-Berlin zu etablieren.

Lomosik gab Vogel eine West-Berliner Telefon-Nummer: 246469, Apparat 84. Dort solle er anrufen und Rechtsanwalt Commichau verlangen. Nach Rücksprache mit dem Stasi-Oberleutnant Jeschke, der dem zaudernden Anwalt heftig zureden mußte, wählte Vogel am 18. Februar 1955 die Nummer. Er wurde, »offensichtlich über eine besondere Zentrale«, mit Commichau verbunden.

Commichau, notierte Vogel hinterher in einem handschriftlichen Vermerk, »war übertrieben höflich, versicherte Verständnis für meine seinerzeit ablehnende Haltung und wiederholte, es läge für die in Potsdam wahrgenommene Verteidigung eine höhere Summe bereit«. Vogel lehnte jedoch ab, »weil ich sonst

Mißtrauen erregt hätte«. Commichau sagte, er würde sich mit dem Ost-Kollegen »gern mal unterhalten«. Er habe von Vogels Erfolgen gehört und »großes Vertrauen«, das er »im Interesse der Häftlinge nicht mißbrauchen würde«. Das Telefonat dauerte, wie Vogel schätzte, etwa zehn Minuten. »Ich wollte mehrfach abbrechen. Comm. zögerte aber immer wieder hin. Es ist nach meinen technischen Kenntnissen auf Band übertragen worden.«

Nach vorheriger telefonischer Vereinbarung suchte Vogel am 2. März 1955 Commichau erstmals in der Rechtsschutzstelle, Neue Bayreuther Straße 3, auf. Vogel schilderte ihn als »groß, schlank, blond, glattes und langes Haar, wendig, Sprachtalent, elegant gekleidet, etwa 30 Jahre alt, besonders deutliche Narbe an der Oberlippe, Volljurist, bis etwa 1948 Gaststudent in Leipzig, bis 1945 in Leipzig wohnhaft«.

Vogel blieb mißtrauisch, obwohl Commichau offen berichtete, er berate und unterstütze als Anwalt im Auftrag des Ministeriums für gesamtdeutsche Fragen Angehörige von »Personen, die in der ›Zone‹, im ›Ostsektor‹ oder in den ›Ostländern‹ inhaftiert« seien. Gegen den von Vogel geäußerten Verdacht, mit dem UFJ oder ähnlichen Stellen in Verbindung zu stehen, verwahrte sich Commichau, wie Vogel dem MfS meldete: »Er sei ebenso Anwalt wie ich, weshalb ich in der Zusammenarbeit mit ihm keinerlei Gefahr liefe.«

Tatsächlich, sagt Vogel heute, hätten sie sich gegenseitig anvertraut, daß sie über ihre Gespräche nicht näher bezeichnete Hintermänner informierten. Beiden sei jedoch klar gewesen, daß es sich um Geheimdienste handelte, und so hätten sie »manchmal sogar miteinander abgesprochen, was wir berichteten«. Vogel verabredete sich mit Commichau erneut »für die nächsten Tage«, blieb aber – jedenfalls laut seinem Vermerk für die Stasi – skeptisch: »Ich will vorsichtig arbeiten, denn er ist äußerst raffiniert, intelligent und logisch.«

In den folgenden Monaten bemühte sich Commichau intensiv, Vogel weitere Mandate zuzuschanzen. Zunächst horchte er Vogel vorsichtig aus und versuchte herauszufinden, ob dieser in der Lage sei, die Verteidigung von Häftlingen zu übernehmen, an denen die Bundesregierung besonders interessiert war. Er beschwichtigte den ängstlichen Ost-Kollegen, daß seine Arbeit legal sein werde und er auch für »politische Aktivitäten«

nicht mißbraucht werden könne. Zumindest war das die Botschaft, die Vogel der Stasi steckte.

Vogel war bestrebt, sich »Deckung zu verschaffen«. Ein »Eva«-Bericht vom 9. März 1955 über seine Beziehung zu Commichau klingt, als spräche sich Vogel selbst Mut zu: »Ich sagte ihm, daß unsere Organe sicherlich nichts gegen eine ausschließlich berufliche Verbindung zwischen zwei Rechtsanwälten einzuwenden hätten. Außerdem würde niemand etwas Falsches tun.« Bis April führte Commichau Vogel mehrere Klienten zu, und jedesmal vergewisserte sich Vogel bei seinem Stasi-Partner: »Wie soll ich mich verhalten?«

Ein Vierteljahr nach ihrer ersten Begegnung deutete Vogel in einer Information für das MfS an, daß sich Commichau ihm offenbart habe. Am 12. Juni 1955 berichtete Vogel unter seinem Decknamen »Eva«, Commichau habe ihm »verlegen und umständlich« klargemacht, daß er eine »Zwiestellung« einnehme, »einerseits arbeite er als Anwalt, andererseits sei er in allen Sachen, die den Osten betreffen, gegenüber dem Auswärtigen Amt und gegenüber dem Ministerium Kaiser berichtspflichtig. Das dürfe aber niemand erfahren, vor allem auch kein Anwalt im Westen«.

Auch mit Commichaus Chef, dem Gründer und ersten Leiter der Rechtsschutzstelle, Kurt Behling, kam Vogel in Kontakt, aber »mit dem konnte ich nicht«. Behling habe ihn als nachrichtendienstlichen Informanten anzuwerben versucht, sagt Vogel: »Der hat mir mal vorgeschlagen, ich solle mich, wenn ich in sein Büro käme oder ihn anrufe, nicht unter dem Namen Vogel, sondern unter dem Namen Hirsch melden, das sei jetzt mein Arbeitsname. Und wir würden uns nicht mehr in der Kanzlei, sondern in einer Wohnung treffen. Das hat mir gar nicht imponiert.« Das Verhältnis hat sich nie gebessert: »Wir gerieten immer gleich aneinander«, erinnert sich Vogel, »das war so ein Kalter Krieger.« Erleichtert war Vogel, daß Behling 1956 die Rechtsschutzstelle verließ und Geschäftsführer der Bundesvereinigung der Deutschen Hefe-Industrie wurde. Behlings Nachfolge trat Commichau an, mit dem sich Vogel prächtig verstand.

Trotz Behlings Annäherung, die Vogel als Versuch einer unschicklichen Anwerbung verstanden hatte, hielt die Rechtsschutzstelle Distanz zu Geheimdiensten. Auch vom UFJ grenzten sich die vom Gesamtdeutschen Ministerium beauftragten

Anwälte strikt ab. Während der antisozialistische Agitprop-Verein viel lärmende Propaganda veranstaltete, wirkten die Regierungsjuristen lieber geräuschlos und unauffällig.

Die Stasi sieht »große Perspektiven« für Vogel

Unablässig bekniete Commichau seinen Kollegen Vogel, er solle endlich seine Zulassung als Anwalt in West-Berlin beantragen. Vogel erstattete der Stasi darüber Bericht. So riet ihm Commichau am 12. Juni 1955, er solle »beim Vorstand des Kollegiums und beim Ministerium offiziell anfragen«, ob gegen eine anwaltliche Tätigkeit im Westen Bedenken bestünden. Er solle darlegen, daß er »bereit sei, vor allem die in West-Berlin inhaftierten Friedenskämpfer zu vertreten«.

Naiv, so schien es, gab Commichau seinem Ost-Kollegen Argumentationshilfen, als müsse Vogel Widerstände der Stasi überwinden, die ja längst seinen Einsatz in West-Berlin geplant hatte. Über Commichaus Motiv, ihn wegen der Westzulassung zu bedrängen, berichtete Vogel der Stasi: »Er befürchtet, meine Verbindungen nach West-Berlin und zu ihm würden früher oder später Verdacht und Anstoß erregen.«

Am 28. August 1955 fragte er erstmals bei der West-Berliner Rechtsanwaltskammer an, wie die Chancen für eine Zulassung im Westteil der Stadt stünden und ob seine Mitgliedschaft im Ost-Berliner Kollegium hinderlich sei. Das Kammerpräsidium setzte am 27. September den über die Zulassung entscheidenden Präsidenten des Kammergerichts von der Anfrage in Kenntnis. Die Anwaltskammer antwortete dem Ost-Berliner Bewerber, daß man sich »im gegenwärtigen Zeitpunkt zur Beantwortung seiner Anfrage nicht in der Lage« sehe, da wegen der gleichen grundsätzlichen Frage in einem anderen Fall ein Ehrengerichtsverfahren schwebe, und es erscheine zweckdienlich, dessen Ausgang abzuwarten.

Jenes andere Verfahren betraf den Anwalt Clemens de Maizière, den Vater von Lothar de Maizière, der 1990 nach der einzigen freien Volkskammerwahl letzter DDR-Premier wurde. Der

West-Berliner Generalstaatsanwalt hatte disziplinarische Ermittlungen eingeleitet, weil Clemens de Maizière als in West-Berlin zugelassener Anwalt dem Kollegium in Ost-Berlin beigetreten war. Nach westlichem Verständnis verstießen die sozialistischen Anwaltskollektive gegen das Prinzip der freien Advokatur.

Einen Monat nach der informellen Anfrage Vogels wegen seiner Westzulassung notierte die Stasi, der Geheime Mitarbeiter (GM) habe »in unserem Auftrag bei der Anwaltskammer in Westberlin um Zulassung als Rechtsanwalt für Westberlin nachgesucht«, und es verspreche, »ein Erfolg zu werden«. Das MfS frohlockte: »Bei einer entsprechenden Anleitung und richtigem Einsatz des GM eröffnen sich für diesen noch große Perspektiven.«

Am selben Tag, dem 27. September 1955, als der West-Berliner Kammergerichtspräsident den Vorgang Vogel anlegte, hatte die Stasi ihren GI »Eva« zum ranghöheren GM umregistriert, nun mit dem Decknamen »Georg« – eine stiekum vorgenommene Beförderung, die Vogel verborgen blieb.

Die Stasi-Richtlinie 21/52 definierte den Unterschied zwischen den beiden Kategorien so: »Unter ›geheimen Mitarbeitern‹ sind Personen zu verstehen, die zur nichtöffentlichen Zusammenarbeit mit den Organen des Staatssicherheitsdienstes herangezogen sind und dank ihrer besonderen Verbindungen mit Personen, die eine feindliche Tätigkeit ausüben, in der Lage sind, den Organen des Ministeriums für Staatssicherheit besonders wertvolle Angaben über deren Spionage- und andere illegale, antidemokratische Tätigkeit zu beschaffen. Unter ›Informatoren‹ sind Personen zu verstehen, die zur nichtöffentlichen Zusammenarbeit mit den Organen der Staatssicherheit herangezogen sind und, obwohl sie keine besonderen Verbindungen zu Personen haben, die eine feindliche Tätigkeit ausüben, kraft ihrer Kenntnisse über die örtlichen bzw. beruflichen Verhältnisse oder der Stellung, die sie einnehmen, in der Lage sind, auf eigene Initiative oder durch Aufgabenstellung, den Organen des Ministeriums für Staatssicherheit die sie interessierenden Angaben zu beschaffen.«

Die Aussichten Vogels, eine Anwaltslizenz in West-Berlin zu bekommen, waren entgegen der euphorischen Stasi-Einschätzung anfangs alles andere als rosig. In einem »Georg«-Vermerk vom 17. November 1955 schilderte Vogel, nach einem Gespräch mit Commichau, der auch im Deutschen Anwaltverein wirkte, die Standesorganisation wolle »bei einer der nächsten Tagungen in Bonn dagegen Protest erheben, daß den Anwälten im Osten die Arbeit vom Westen her so erschwert wird«.

Dieser Vorstoß, berichtete Vogel, betreffe »nicht nur die Frage einzelner Zulassungen im Westen, sondern vor allem auch die ›politisch gefährlichen Stellungnahmen gewisser Organisationen und des Rundfunks gegen die Anwälte im Osten‹ (etwa wörtlich). Das alles sei eine große Diskriminierung der ›herben und schweren Arbeit der Kollegen im Osten‹«.

Durch kritische Bemerkungen über den Untersuchungsausschuß Freiheitlicher Juristen und die Kampfgruppe gegen Unmenschlichkeit lockte Vogel seinen West-Partner aus der Reserve. »Mit diesen Vereinen, deren Finanzierung jedenfalls nicht durch die Bundesrepublik erfolgt«, polterte Vogel, »will ich nichts zu tun haben.« Commichau schloß sich dem Urteil an. Zugleich empfahl er Vogel, aus dem Ost-Berliner Anwaltskollegium auszutreten, das erhöhe seine Chancen auf baldige Westzulassung. Ein paar »alte Säcke« im UFJ blockierten mit dieser Begründung seine Bewerbung.

Erst am 1. Februar 1956 stellte Vogel offiziell beim Kammergerichts-Präsidenten den Antrag, auch in den Westsektoren Berlins als Anwalt auftreten zu dürfen. Er fügte hinzu: »Im öffentlichen Dienst stehe ich nicht, auch nicht nebenberuflich.« Das war zwar nicht direkt falsch, aber angesichts seiner inoffiziellen Zusammenarbeit mit dem Ministerium für Staatssicherheit auch nicht die ganze Wahrheit.

Justizinspektor Weigelt gab dem Vorgang ein Aktenzeichen (3176 E-D. 1459 KG) und füllte ein Formblatt aus. Die Rubriken »Fachliche Eignung« und »Politische Belastung« ließ der Beamte leer, doch unter dem Stichwort »Beanstandungen« sah er Klärungsbedarf. Es sei »zu prüfen«, notierte Weigelt, ob Vogel »die erforderliche Fähigkeit zum Richteramt besitzt, da er den Vorbereitungsdienst in der SBZ geleistet und die große Staatsprüfung vor der Prüfungskommission des Justizministeriums der sogenannten Deutschen Demokratischen Republik im Berliner Sowjetsektor abgelegt hat«.

Der Bewerber wurde von allen möglichen Instanzen argwöhnisch beurteilt. Justiz und Verwaltung in West-Berlin, die einen Mangel an Juristen hatten, nahmen zwar gern übergesiedelte Ost-Juristen auf, fürchteten aber stets, von kommunistischen Schein-Flüchtlingen unterwandert zu werden. Diese panische Angst vor trojanischen Pferden ausnutzend, hatte es der UFJ verstanden, sich dem Rechtsamt des West-Berliner Senats unentbehrlich zu machen. Der private Verein erstattete der Behörde regelmäßig Personalgutachten über Ost-Bewerber.

Auch der Antrag Vogels auf West-Zulassung landete zwangsläufig beim UFJ. Der meldete umgehend prinzipielle Vorbehalte an, obwohl dem Juristen-Verein über den Aspiranten kaum etwas bekannt war. »Ob er einen im Westen anerkennbaren Vorbereitungsdienst durchlaufen hat«, hielten die Gutachter für »zweifelhaft«. Deshalb bestünden »schon aus diesem Grunde gegen seinen Antrag Bedenken«, votierten der stellvertretende UFJ-Leiter Walther Rosenthal und der für »Personal- und Flüchtlingswesen« zuständige Leiter der UFJ-Hauptabteilung IV (»Verbindung zur Bundesrepublik«), Rolf Erben, der eigentlich Rudolf Tantz hieß. Viele UFJ-Mitarbeiter tarnten sich, aus Furcht vor kommunistischen Anschlägen, durch Pseudonyme.

»Mit einem Einkommen von monatlich etwa 6000 DM«, einer nach damaligen Maßstäben phantastischen Summe, »soll er an der Spitze aller Kollegiumsanwälte stehen«, referierten Rosenthal und Erben. »Man erklärt sich das nach den von uns eingeholten Informationen damit, daß ihn der SSD [= Staatssicherheitsdienst] und andere Organisationen als Anwalt in Anspruch nähmen.«

Die UFJ-Leute waren durchaus auf der richtigen Spur. »Unser Gewährsmann schließt aus den ganzen Umständen auf eine abgekartete Sache und meint, Vogels Bewerbung sei ›auftragsgemäß‹ erfolgt.« Deshalb hielten es Rosenthal und Erben »für bedenklich und nicht vertretbar, einem nicht eindeutig günstig beurteilten Kollegiumsanwalt gleichzeitig die Zulassung zur freien Anwaltschaft in West-Berlin zu gestatten«.

Rosenthals Warnung vor Vogel hatte, wie sich Jahrzehnte später herausstellte, einen pikanten Beigeschmack: Der UFJ-Vize hatte gleich nach dem Krieg eine Verpflichtungserklärung für das KGB, den sowjetischen Geheimdienst, unterschrieben. Eine Mitarbeit des UFJ-Funktionärs für die DDR-Stasi wurde vermutet, aber nicht bewiesen.

2. KAPITEL
»Eine Art Probelauf«

Vogel lotet die Möglichkeiten eines Agentenaustauschs aus

Seine erste bewußte Begegnung mit einem westlichen Geheimdienstler hatte Wolfgang Vogel Anfang April 1955. »Ein Friedrich Weihe«, notierte er in einem handschriftlichen Vermerk für die Stasi, »ist an mich herangetreten, offensichtlich auf Empfehlung von Comm.« Der West-Berliner Rechtsanwalt Werner Commichau hatte also wieder mal die Weichen gestellt.

Friedrich Weihe, damals 52, war ursprünglich mal Bankangestellter gewesen, hatte den Beruf jedoch schon lange nicht mehr ausgeübt, sondern einen für jene Zeit typischen Arbeitsplatzwechsel vollzogen: Altnazis krochen bei den Amerikanern unter, die im Kalten Krieg jeden Kommunistenfresser willkommen hießen. Weihe war schon 1926 Mitglied der SA und später der NSDAP geworden, er hatte dann im Reichssicherheitshauptamt sowie bei der Gestapo Spitzeldienste geleistet und das Kriegsende als Obersturmbannführer der Waffen-SS erlebt. Nun wirkte er als West-Berliner Resident der militärischen US-Spionageabwehr CIC.

Eine Mitarbeiterin Weihes, Katharina Kunow, mit der er ein Verhältnis hatte – der altmodisch-formelle Vogel bezeichnete sie als dessen »Verlobte« –, war bei einem Besuch in Ost-Berlin verhaftet worden. Weihe erhoffte sich Hilfe von Vogel, der durchschaute, daß Commichau in West-Berlin Anlaufstelle für eine bestimmte Klientel war. Es bestehe »kein Zweifel«, so der

Anwalt, »daß die ›freih. Juristen‹ und andere Stellen in Westberlin die Angehörigen von Personen, die hier festgenommen werden, zu Commichau schicken«.

Das MfS bedrängte Vogel, den Kontakt zu Weihe zu pflegen. Den Auftrag erledigte der Anwalt recht widerwillig, wie ein Vermerk des – nun in »Georg« umbenannten – Geheimen Mitarbeiters über ein Treffen mit Weihe zeigt: »Wir waren gemeinsam im Lokal ›08/15‹ und ›Goldtröpfchen‹ in Halensee. Letzteres muß ein Stammlokal von W. sein. Besonders gut kannte er Schifferklavierspieler und den Wirt. Muß es unbedingt sein, daß ich mit Weihe mehr als notwendig zusammentreffe? Der Mann ist ein ganz widerliches Ekel. Ich fürchte, meine Schauspielkunst ist bald am Ende ... Hoffentlich verschwindet der Kerl bald von der Bildfläche.«

Den Gefallen tat Weihe ihm nicht. Im Gegenteil: Der CIC-Mann hatte sich in den Kopf gesetzt, seine spionierende Geliebte mit Vogels Hilfe aus dem DDR-Knast herauszuholen. Und von Weihe kam, im Januar 1956, zum ersten Mal die Anregung, inhaftierte Agenten zum Gegenstand eines Tauschhandels zu machen.

Weihe hatte sich für diesen Vorschlag die Zustimmung seiner Vorgesetzten eingeholt, wie ein »Georg«-Bericht offenbart: »Verhandlungen mit seiner ›Dienststelle‹ hätten ergeben, daß Bereitwilligkeit vorhanden sei, eventuell für Kunow sogar ›zwei oder drei schwere Brocken‹ anzubieten.« Weihe fragte Vogel, ob er »ein solches Angebot an die richtige Stelle leiten« könne.

Vorausschauend hatte der CIC-Profi eine Legende zurechtgezimmert, um Vogel bei der DDR-Staatssicherheit nicht dem Verdacht auszusetzen, er unterhalte womöglich selbst verbotene Beziehungen zum US-Geheimdienst. Weihe schlug deshalb vor, er werde »das Angebot schriftlich fixieren« und Vogel solle dann das Schreiben »gehorsam« dem Staatsanwalt abliefern. Durch dieses demonstrativ loyale Verhalten werde er sich bei seinen Leuten »genug Vertrauen erwerben«.

Die CIC mochte den Plan jedoch bald nicht mehr weiter verfolgen. Der amerikanische Geheimdienst war dahintergekommen, daß seine Agentin Kunow in Ost-Berlin zuviel ausgeplaudert hatte. Weihe verblüffte Vogel Ende April damit, daß die CIC über die Stasi-Ermittlungen gegen seine Freundin bestens im Bilde war. »Die Dienststelle von W.«, notierte der erstaunte

GM »Georg«, sei »im Besitz einer mit einer ›Minox‹ gefertigten Fotokopie der Akte Kunow«. Vogel erfuhr sogar, daß deren »Anfertigung« 700 West-Mark gekostet habe – Bestechungsgeld für einen CIC-Spion im MfS. Der abfotografierten DDR-Akte konnten die Amerikaner auch entnehmen, daß ihre Mitarbeiterin »andere Personen und Geheimnisse verraten« hatte. Darum werde nun »jede Hilfe für Kunow versagt«.

Weihe habe sich jedoch, wie Vogel feststellte, »in diesem Zusammenhang mit seinen Vorgesetzten sehr ernst überworfen«. »Georg« wußte dem MfS zu berichten, Weihe »wolle wechseln und künftig für die Organisation Gehlen arbeiten«, die Vorläuferin des Bundesnachrichtendienstes (BND).

Auch Reinhard Gehlen, seit 1942 Leiter der Wehrmachts-Abteilung »Fremde Heere Ost« im Generalstab des Heeres, hatte als militanter Antikommunist seine an der Front gewonnenen Spionage-Erfahrungen und sein über das Kriegsende gerettetes geheimdienstliches Archiv in den Dienst der Amerikaner gestellt. Mitte April 1945 hatte sich Gehlen mit Vertrauten auf die abgelegene Elendsalmhütte bei Schliersee abgesetzt, wo ihn die Amerikaner knapp zwei Wochen nach der Kapitulation fanden. Mit deren Hilfe baute er in Pullach bei München einen neuen Aufklärungsapparat auf. So konnte Gehlen den unter Hitler begonnenen Kreuzzug im Osten mit neuen Bundesgenossen weiterführen. 1955, als die bis dahin unter Besatzungsstatut stehende Bundesrepublik die staatliche Souveränität erhielt, wurde die »Organisation Gehlen« in den BND umgewandelt, die alte Bezeichnung war indes eine Zeitlang auch noch für den neuen Dienst gebräuchlich.

Trotz aller Aversion, die Vogel gegen Weihe hegte, machte ein Umstand den Agenten für den Anwalt interessant: »W. ist an Kunow nach wie vor brennend interessiert. Er will jetzt im Zusammenhang mit Commichau über ›Gehlen‹ ein ›Austausch‹-angebot‹ unterbreiten.«

Da stand es nun, unter dem Datum vom 1. Mai 1956, zum ersten Mal schwarz auf weiß, das Wort »Austausch«. Auch Weihes geheimdienstliche Verflechtungen, die das Unternehmen ermöglichen sollten, waren unvorsichtigerweise offengelegt: Die Rechtsschutzstelle der Bundesregierung und der BND, Weihes künftiger Arbeitgeber, sollten den erhofften Transfer absichern.

Im Fall Kunow wurde jedoch nichts daraus, Vogel versuchte es nicht einmal. Denn Weihe, der so großspurig seinen Dienstwechsel angekündigt hatte, stieg aus dem Agentengeschäft ganz aus – zumindest erweckte er bei Vogel den Anschein. Das letzte Treffen der beiden fand im Herbst 1956 statt. Am 29. Oktober notierte »Georg«, Weihe habe ihm erzählt, er sei jetzt »beim Bezirksamt Kreuzberg – Entschädigungsausgleichsamt – als Angestellter des Magistrats tätig«. Er befinde sich in größter Geldnot und habe deshalb sogar »die für Kunow bestimmten Gelder für sich verbraucht«. Vielleicht war es ja ein Rührstück, das Weihe dem Ost-Anwalt vorspielte. Zumindest verfehlte es die Wirkung auf den Juristen nicht: Er habe den Eindruck, schrieb Vogel auf, »daß W. tatsächlich nicht mehr als Agent tätig ist«.

Entweder glaubte die Stasi nicht, daß Weihe sich zur Ruhe gesetzt hatte, oder sie hatte noch eine alte Rechnung zu begleichen – jedenfalls wurde der Agentenführer am 17. Juni 1957 in der Nähe seines Hauses mit Hilfe eines CIC-Überläufers von einem Stasi-Kommando gekidnappt und in den Ostteil der Stadt verschleppt. In einem Schauprozeß wurde Weihe am 20. September 1957 wegen nachrichtendienstlicher Tätigkeit für die USA zu lebenslangem Zuchthaus verurteilt.

Stasi-Leutnant Sommer notierte drei Tage später nach einem Gespräch mit »Georg«: »Die Verurteilung eines gewissen Weihe, der einiges über ihn, den GM, wisse, könne noch unangenehm werden.« Nach »Georgs« Meinung seien die Urteile gegen Weihe und einen Mitangeklagten »viel zu gering ausgefallen, er habe in jedem Fall mit Todesstrafen gerechnet«.

Vogel sagt, er sei in Wahrheit erleichtert gewesen, weil er Todesurteile befürchtet habe; Sommer habe ihn offenbar als Zeugen dafür darstellen wollen, daß der Richterspruch maßvoll gewesen sei. Angst vor Unannehmlichkeiten, so Vogel, habe er gehabt, weil er nicht gewußt habe, ob Weihe bei seinen Vernehmungen preisgeben würde, was zwischen ihnen besprochen worden war. Denn der Geheime Mitarbeiter »Georg« hatte der Stasi nicht alles offenbart, was er von dem CIC-Agenten Weihe wußte, sondern »nur das Notwendigste, um eben gedeckt zu sein«.

Friedrich Weihe, der als erster einen Agentenaustausch zwischen Ost und West vorgeschlagen hatte, wurde erst nach 20 Jahren Stasi-Haft Nutznießer seiner eigenen Idee. Zusammen mit dem Physiologie-Professor Adolf-Henning Frucht, der Mitte der sechziger Jahre ein Giftstoff-Projekt des Warschauer Pakts an die CIA verraten hatte, wurde Weihe am 19. Juni 1977 entlassen, im Tausch gegen den chilenischen Kommunistenführer Jorge Montes, der nach dem Militärputsch gegen Präsident Salvador Allende 1973 inhaftiert worden war.

Daß Weihe überhaupt freikam, hatte er maßgeblich Wolfgang Vogel zu verdanken. Die Spionageabwehr der DDR sträubte sich vehement dagegen. Obschon der Anwalt keine Sympathien für den CIC-Mann hegte, stand er ihm durch die persönliche Bekanntschaft doch nahe. Vogel setzte bei Streit, der inzwischen zum Generalstaatsanwalt der DDR avanciert war, durch, daß Weihe aus der Haft entlassen wurde, und brachte ihn in seinem Auto selbst über den Sektorenübergang Invalidenstraße nach West-Berlin.

Etwa 200 Meter hinter der Sandkrugbrücke, auf deren Mitte die Grenze verlief, befand sich neben dem ehemaligen Hamburger Bahnhof ein kleiner Parkplatz, wo Weihe von einem Wagen des Berliner Bundeshauses abgeholt wurde. An diesem verschwiegenen Ort übergab Vogel im Laufe der Jahre etliche der freigelassenen Spione, ohne daß die Öffentlichkeit je davon Notiz nahm.

Heinz Volpert wird Vogels Kontaktmann bei der Stasi

In der Frühzeit seiner Zusammenarbeit mit dem MfS gingen Vogels Gesprächspartner in seiner Kanzlei ein und aus. Da der vielbeschäftigte Anwalt stets in Zeitnot war, hielten die Stasi-Männer ihre Treffs regelmäßig in dessen Büro ab. Das war, glaubten sie, nicht nur praktisch, sondern auch besonders schlau: »Der Treff«, schrieben sie hinterher ins Protokoll, »wurde während seiner Sprechstunde durchgeführt, so daß dies nicht aufgefallen ist.«

Ohne seine Stasi-Kontrolleure zu informieren, wandte sich

Vogel mehrfach hilfesuchend an den ZK-Sektorenleiter Streit, der ihm schon bei seinem Wechsel in den Anwaltsstand geholfen hatte. Das dauernde Kommen und Gehen der beiden Fremden in seiner Praxis, klagte er dem SED-Funktionär sein Leid, werde seine Mandanten sicherlich mißtrauisch machen. Nachdrücklich bat Vogel seinen Ansprechpartner im ZK: »Können Sie nicht irgend etwas tun, damit mich diese Leute in Ruhe lassen?«

Streit bestellte, im Herbst 1956, den Anwalt zu einem Gespräch. Dabei machte er ihn mit einem jungen Mann bekannt, der sich »Krügler« nannte. »Krügler«, ein Mittzwanziger, war eine für DDR-Verhältnisse elegante Erscheinung, er wußte gepflegt aufzutreten und sprach mit einer leichten thüringischen Klangfärbung. Eine Marotte fiel Vogel gleich auf: »Krügler« benutzte in fast jedem zweiten Satz die Floskel »bis dato«. Der vor Selbstbewußtsein strotzende »Krügler« versprach Vogel, er werde sich um das Problem der Stasi-Überwachung kümmern. Tatsächlich hörten die lästigen Kanzleibesuche alsbald auf.

Ein paar Wochen später enthüllte »Krügler« gegenüber Vogel, er arbeite hauptamtlich für das MfS. Daß er in Wahrheit Volpert hieß, erfuhr Vogel erst Jahre später: Als sich »Krügler« im Juni 1962 von seiner ersten Frau scheiden ließ, nahm er sich Vogel als Anwalt – und nun mußte der Stasi-Offizier durch Vorlage von Geburts- und Heiratsurkunde notgedrungen seinen richtigen Namen offenbaren. In der Kanzlei und in den Akten wurde Volpert noch bis in die siebziger Jahre unter seinem Decknamen geführt: »Herr Krügler hat Abschrift«, ließ Vogel auf den Schriftsätzen zu Austauschfällen vermerken, von denen Volpert einen Durchschlag bekam.

Heinz Volpert, sieben Jahre jünger als Vogel, hatte bei der Stasi eine steile Karriere gemacht. Der SED war er schon 1948, noch nicht mal 16jährig, beigetreten. Mit 18 ging er, nachdem er eine Landwirtschaftslehre absolviert hatte, in Weimar zur Volkspolizei. Drei Monate später, im Februar 1951, wechselte er als Kraftfahrer in die neu aufgebaute Landesverwaltung Thüringen des Ministeriums für Staatssicherheit.

Nach Offiziersausbildung und kurzem operativem Einsatz in der Bezirksverwaltung Gera kam Volpert im August 1954 in die Berliner MfS-Zentrale. Hier wurde der Oberleutnant gleich als stellvertretender Leiter der Abteilung V/5 eingesetzt und stieg rasch auf – nicht zuletzt wegen seiner Erfolge bei der Bekämpfung von »Feindorganisationen«, die von West-Berlin und der Bundesrepublik aus die DDR infiltrierten. Im September 1956, mit knapp 24 Jahren, wurde der inzwischen zum Hauptmann beförderte Volpert Leiter der Abteilung V/5.

Die Hauptabteilung V, die später, von 1964 an, als Hauptabteilung XX firmierte, war für die »Sicherung des Staatsapparates« zuständig und nahm eine Schlüsselstellung bei der flächendeckenden Bespitzelung der DDR-Bevölkerung ein. Die Abteilung V/5 war zuständig für »Terrorakte, Diversion, Attentate, Putschversuche« sowie »Untergrundgruppen« und »Agentenzentralen«.

Unter dem 22. November 1956 taucht in Vogels Stasi-Akte, die der Anwalt selbst natürlich nicht zu Gesicht bekam, zum ersten Mal der Name Volpert auf. An diesem Tag, so ist dem Papier zu entnehmen, hatte Unterleutnant Knoll, der seit kurzem Vogels Ansprechpartner beim MfS war, seinen Vorgesetzten zu einer »Einsatzbesprechung« mitgenommen. Dabei ging es, laut Stasi-Bericht, um Vogels »Verbindungsaufnahme zum UfJ«, was nach Knolls »Arbeitsplan« im dritten Quartal 1956 eine seiner drei »Hauptaufgaben« sein sollte. Die beiden anderen Aufträge, die das MfS für Vogel hatte, galten der »Festigung des Verhältnisses zu dem Rechtsanwalt Commichau« und der »Aufklärung der Westberliner Justiz mit dem Ziel, einige Personen zur Anwerbung zu ermitteln«.

Was das MfS von ihm erwartete, sei ihm nie als ausdrückliche Weisung mitgeteilt worden, sagt Vogel. Commichau hatte ohnehin einen Narren an ihm gefressen, da brauchte er keinen Auftrag der Stasi, ihn zu umgarnen. Daß Vogel auch nur versucht hätte, in West-Berlin Stasi-Spitzel anzuheuern, ist nirgendwo dokumentiert. Und mit dem der DDR verhaßten Juristenverein UFJ hat Vogel, trotz ständigem Drängen der Stasi, nie von sich aus Kontakt aufgenommen.

Die einzige aktenkundige Verbindung zum UFJ, die obendrein nur kurze Zeit währte, wurde nicht durch Wolfgang Vogel initiiert, der Anstoß kam vielmehr von westlicher Seite. Anfang November 1956 rief eine Frau bei dem Ost-Berliner Anwalt an, die sich als Jutta von Willich vorstellte und um rechtlichen Beistand für eine in der DDR inhaftierte Freundin bat. Diese hatte als medizinisch-technische Assistentin im »Dritten Reich« an

Menschenversuchen mitgewirkt und saß dafür, wegen »Verbrechen gegen die Menschlichkeit«, in DDR-Haft. Vogel erkundigte sich bei Commichau über die Anruferin. Der West-Anwalt informierte seinen Ost-Berliner Kollegen, daß die Frau beim UFJ angestellt sei.

Vogel und Jutta von Willich verabredeten sich zu einem ersten Treffen am 12. November in der Rechtsschutzstelle. Sie bat ihn, zwei »Gnadensachen«, also Gesuche um vorzeitige Haftentlassung, zu übernehmen, und behauptete, Vogel habe bereits öfter vom UFJ Mandate erhalten, allerdings ohne es zu wissen.

Jutta von Willich schrieb viele Jahre später (1980), offenbar für eine westdeutsche Dienststelle, selbst einen Vermerk über ihren Kontakt mit dem DDR-Anwalt. Darin betonte sie, daß sie an Vogel herangetreten sei, um anwaltliche Hilfe für eine Freundin zu erbitten. Vogel, so Jutta von Willich in ihrer schriftlichen Erklärung, habe ihr Unterstützung zugesagt, »wies mich aber sofort darauf hin, daß ich erst mit meiner Dienststelle Rücksprache nehmen und um Genehmigung bitten solle, mit ihm offiziell in Kontakt zu treten«. Sie habe sich deshalb an den Sicherheitsbeauftragten des UFJ gewandt und von diesem die von Vogel gewünschte Genehmigung bekommen.

Damit war jeder böse Schein vermieden. »Im Jahre 1957«, schrieb Jutta von Willich auf, sei sie »mehrmals persönlich« mit Vogel zusammengetroffen, ihm danach aber »persönlich nie mehr begegnet«. Sie habe, bis zur Entlassung ihrer Freundin 1965, nur noch »mit ihm korrespondiert«.

Der Vorgang, den das unverdächtige Zeugnis Jutta von Willichs belegt, offenbart das Geschick Vogels, sich geschmeidig zwischen den Fronten zu bewegen. Einerseits lieferte er seinen Stasi-Auftraggebern seitenlange Berichte über seine Treffen mit Jutta von Willich, andererseits sorgte er aber von vornherein dafür, daß die Verantwortlichen des Juristenvereins, den er auspähen sollte, über den Kontakt vollständig im Bilde waren. Vogel brachte es sogar fertig, der Stasi Aktivitäten beim UFJ vorzugaukeln, ohne ein einziges Mal in dessen Büroräumen in der Zehlendorfer Limastraße gewesen zu sein. So machte sich der Anwalt auf beiden Seiten beliebt und unentbehrlich.

Seinen zweiten Versuch, einen in der DDR inhaftierten Agenten für ein Austauschgeschäft vorzuschlagen, unternahm Vogel Anfang 1957 mit einem eingewanderten Rußlanddeutschen. Gottlieb Burghardt, 1899 in der Ukraine geboren, war als Dolmetscher für den in München ansässigen »Zentralverband der Nachkriegsemigranten aus der UdSSR« (Zope) tätig, lebte aber in West-Berlin, in der Gervinusstraße nahe dem S-Bahnhof Charlottenburg. Im Dezember 1956 geriet er auf rätselhafte Weise in den Ostsektor.

Die Ost-*Berliner Zeitung* meldete am 18. Dezember: »In der Nacht vom 15. zum 16. Dezember belästigte der in Westberlin wohnhafte Gottlieb Burghardt in der Nähe der Friedrichstraße Straßenpassanten. B. machte den Eindruck eines völlig dem Alkohol verfallenen und verwahrlosten Menschen. Er wurde von Passanten gestellt und festgenommen. B. war im Besitz einer Pistole.« Daß Burghardt in den Augen der DDR-Staatssicherheit ein Agent war, erfuhren die Leser der SED-Zeitung nicht.

Burghardt, so ermittelte die West-Berliner Polizei, war offenbar von der Stasi entführt worden. Seiner Frau hatte er an jenem Samstag abend gesagt, er wolle sich mit Exilrussen treffen. Doch die Zusammenkunft hat nie stattgefunden. Tatsächlich war er bei einer Bekannten, mit der er, wie Vogel später von Commichau erfuhr, »ein Liebesverhältnis hatte«. Die betörte ihn offenbar nicht nur mit ihren körperlichen Reizen, sondern versetzte den Alkohol, dem reichlich zugesprochen wurde, obendrein mit K.o.-Tropfen. Mit einem Vollrausch wurde Burghardt in Ost-Berlin ausgesetzt, wo ihn dann die Stasi offiziell einkassierte und diesen Fakt durch die staatlich gelenkte Presse bekanntgeben ließ.

Am 2. Januar 1957 schrieb Burghardts Ehefrau Ilse an Rechtsanwalt Vogel. »Verzeihen Sie bitte«, begann sie ihren Brief, »daß ich Sie mit einer persönlichen Angelegenheit belästige.« Seine Anschrift sei ihr »von dem Anwaltsbeamten im Moabiter Kriminalgericht genannt« worden, »der mir sagte, daß Sie Strafverteidigungen übernehmen würden«.

Das Mandat erhielt Vogel wieder aus purem Zufall, wieder ohne Zutun der Staatssicherheit, die ja auf die Anfrage der Ehefrau keinen Einfluß hatte nehmen können. Wenige Tage später meldete sich Ilse Burghardt erneut, diesmal aus München, wo sie mit ihren beiden kleinen Kindern »zur Erholung untergekommen« war. Zum ersten Gespräch mit Vogel reiste sie deshalb aus Bayern an. Sie quartierte sich im Hotel »Sachsenhof« in der West-Berliner Motzstraße ein, wo am 30. Januar auch die erste Begegnung mit dem Anwalt stattfand. Aus Furcht, ebenfalls festgehalten zu werden, traute sie sich nicht in den Ostsektor.

Bei der Besprechung war, wie der GM »Georg« in einem handschriftlichen Vermerk festhielt, »zunächst ein Herr anwesend, der einen offensichtlich russischen Akzent sprach«. Der Mann fragte Vogel, »ob die Möglichkeit bestünde, den Herrn Burghardt auszutauschen«. Seine Organisation, behauptete er, habe »über die CDU und den Bundestag« die Möglichkeit, »für jeden gewünschten Häftling die Begnadigung durchzusetzen«.

Vogel versprach, den Vorschlag an kompetenter Stelle vorzutragen. Wie GM »Georg« notierte, war er sich mit dem mutmaßlichen Exilrussen einig, daß die Sache nicht an die große Glocke gehängt werden dürfe. Durch Publizität, schärfte Vogel seinem Gesprächspartner ein, wäre »der Weg eines Gefangenenaustausches endgültig versperrt«. Die von Vogel benutzte Formulierung läßt darauf schließen, daß er die Idee jedenfalls nicht völlig abwegig fand und daß sie ihn auch nicht unvorbereitet traf. Immerhin war der Gedanke eines Gefangenenaustauschs ja schon einmal im Fall Weihe ventiliert worden.

Die Stasi-Führung entdeckt Vogels besonderes Talent

Einer Notiz des Stasi-Unterleutnants Knoll zufolge berichtete Vogel erstmals am 7. Februar 1957, bei einem dreistündigen Treff in einer konspirativen Wohnung, über sein Gespräch »mit der Ehefrau des Burghardt, welcher von uns vor kurzem inhaftiert wurde«. Am 12. Februar lieferte GM »Georg« – in Absprache mit seiner Mandantin, wie Vogel betont – selbst einen handschriftlichen Bericht über die Unterredung mit seiner Auftraggeberin.

Genau zwei Wochen später, am 26. Februar 1957, schrieb Oberst Bruno Beater, einer der Stellvertreter des Staatssicherheits-Ministers Ernst Wollweber, an den Genossen Hauptmann Volpert, er wolle mit ihm »bzw. mit dem Sachbearbeiter, der den GM hält«, eine »gründliche Aussprache« führen. Die solle »vor allem in der Richtung laufen, daß wir Maßnahmen treffen, die den GM nicht weiter dekonspirieren und ihn nach außenhin absichern können«.

Außerdem, so der Vizeminister, müsse »der Verfahrensweg charakterisiert« werden. Der GM solle selbst sagen, »was er von uns wünscht, ob und wie er sich in der Sache Burghardt einschalten möchte und kann und was dazu von unserer Seite aus notwendig ist«. Die Stasi-Führung war demnach grundsätzlich willens, einen Austausch zu wagen. Allerdings hatte sie noch keine klaren Vorstellungen, wie so etwas ablaufen würde; der vom MfS damit betraute Anwalt sollte daher seine eigenen Überlegungen dazu einbringen.

Oberst Beater verband mit dem Vorhaben hohe Erwartungen. »Die Sache«, schrieb er Volpert, habe »natürlich operativ große Perspektiven für die Hauptabteilung II«, die Spionageabwehr – das besondere Steckenpferd des Stasi-Chefs Wollweber. Chancen und Risiken hielten sich nach Ansicht des Vizeministers die Waage: Es werde, prognostizierte Beater, »ein Punkt kommen, wo sich der GM entweder festläuft oder aber von uns die Möglichkeit erhält, drüben Dinge zu dekonspirieren, die ihm das Vertrauen der Gegner bringen«.

Beater erwog also, Vogel mit geheimdienstlichem Spielmaterial auszustatten, das im Westen Eindruck machen sollte – das wäre, meinte der Stasi-Vize, »auch operativ für die Zukunft gut«. Zugleich fürchtete er jedoch, daß es »in dem Fall Burghardt jetzt nicht so sehr ohne Komplikationen ablaufen könnte«.

Die Stasi mußte auf jeden Fall dem Eindruck vorbeugen, sie habe Vogel vorgeschickt. Im Fall Burghardt war nicht mehr auszuschließen, daß westliche Dienste die anwaltliche Betreuung mit einem Stasi-Auftrag in Verbindung bringen würden. Deshalb galt es, für die Zukunft vorzusorgen.

Schon kurz darauf, am 14. März 1957, verfügte Volpert, die »Georg«-Akte zu schließen. Er ließ sie unter der Nummer 2088/57 als »gesperrte Ablage« archivieren. »Seit einiger Zeit«, begründete der Stasi-Major seine Maßnahme, sei »festzustellen«, daß der GM »uns bestimmte Dinge verschweigt. Auf der anderen Seite nimmt er Verbindungen auf und führt Dinge durch, wozu er keinen Auftrag hat«. Die »angestellten Überprüfungen«, so Volpert, hätten »ergeben, daß der GM unehrlich ist«.

Die Begründung war absurd. Zwar bemerkte Vogel, daß seine Stasi-Gesprächspartner oft Dinge wußten, die nicht er ihnen erzählt hatte; offenbar gab es noch andere Quellen, die ihn kontrollierten. Aber Vogel hatte sein Vorgehen immer mit Volpert und dessen Mitarbeitern abgestimmt, und an Absprachen hatte er sich stets diszipliniert gehalten. Wenn er in Situationen kam, in denen er selbständige Entscheidungen treffen mußte, ließ er sie von Volpert nachträglich billigen. Die Stasi hatte ernsthaft keinen Grund, über ihren GM »Georg« ungehalten zu sein.

Also mußte es mit der mysteriösen Aktenschließung eine andere Bewandtnis haben, zumal »Georg« weiterhin ständig Informationen lieferte: »Georg«-Berichte von Vogel gingen noch bis Mitte der sechziger Jahre beim MfS ein. Aber Volpert stellte mit der vorgetäuschten Archivierung sicher, daß die Existenz eines GM »Georg« alias Wolfgang Vogel anderen Stasi-Abteilungen verborgen blieb und nur noch er selbst Zugang zu den Vogel-Materialien hatte. Der enge zeitliche Zusammenhang mit der Weisung des Vize-Ministers Beater ist ein sicheres Indiz dafür, daß das Burghardt-Mandat ursächlich für Volperts Finte war.

Am 31. März traf sich Vogel mit Ilse Burghardt in deren Münchner Wohnung. Auch der Russe war wieder dabei, außerdem ein kleiner Blonder mit englischem Akzent und ein Deutscher, der sich, laut »Georg«-Bericht, »sehr ruhig verhielt«. Auf die Frage Vogels, warum gerade er mit der Verteidigung Burghardts beauftragt worden sei, erhielt er die Antwort, der Verband habe sich ans Bonner Außenministerium gewandt und das habe sich beim UFJ erkundigt, von dort stamme die Empfehlung. Allem Anschein nach hatte auch diesmal Commichau seine Hand im Spiel.

Bei einem weiteren Treff Vogels mit Burghardts Frau, diesmal in Bayreuth, war wieder der Russe zugegen. Er war, wie »Georg« berichtete, »der festen Meinung, B. werde an die Sowjetunion ausgeliefert«. Vogel sagte ihm, Burghardt werde

»mit Sicherheit wegen Spionage, verbrecherischer Verbindung usw. verurteilt, der Fall sei sehr schwerwiegend«.

Die Reaktion des Russen verblüffte Vogel: »Wenn es nur dies sei«, soll der Emigrant gesagt haben, »dann ginge es, er hätte *mehr* vermutet«. Rätselhaft waren auch die weiteren Andeutungen, die Vogel nicht verstand: »Vor allem«, zitierte er den Russen, »habe er Befürchtungen wegen der Vergangenheit von B.«. Dies hänge »mit seinem Namen, seiner früheren Tätigkeit und seiner Emigration zusammen«. Vogel hoffte, bei der nächsten Zusammenkunft könne er »vielleicht noch Näheres in Erfahrung bringen«.

Genaues wußte wohl auch der Russe nicht. Er deutete später gegenüber Vogel nur an, daß Burghardt nach dem Ersten Weltkrieg bei der Roten Armee gewesen und desertiert sei. Dies habe ihm »Kopfzerbrechen bereitet«, weil darauf vielleicht noch immer die Todesstrafe stehe, aber erleichtert habe er festgestellt, daß in den jetzigen Anschuldigungen »von dieser Zeit ja nichts erwähnt« werde.

Die Anklage warf Burghardt vor, »von 1951 bis 1953 im Auftrage des amerikanischen Geheimdienstes Bürger der Deutschen Demokratischen Republik für die Spionage angeworben« zu haben. Anschließend, »von Juni 1953 bis zu seiner Festnahme«, habe er als hauptamtlicher Zope-Mitarbeiter DDR-Bürger »für die Militärspionage geworben«.

In der DDR durften die Staatsanwaltschaften ihre Anklagen vor jedem beliebigen Gericht erheben. So wurden die Prozesse oft vor Strafkammern geführt, für deren Zuständigkeit es keine rationale Begründung gab – der Gerichtsort mußte weder mit dem Tatort noch mit dem Wohnsitz des Angeklagten identisch sein. Vor allem Strafsachen, die das Licht der Öffentlichkeit scheuten, wurden deshalb außerhalb Ost-Berlins verhandelt. So war die DDR-Justiz weitgehend sicher vor neugierigen westdeutschen Beobachtern, die relativ ungehinderten Zugang zum Ostteil der Stadt hatten.

Der Prozeß gegen Burghardt fand Ende Juni 1957 vor dem Bezirksgericht Frankfurt (Oder) statt. Nach dreitägiger – natürlich nichtöffentlicher – Verhandlung wurde der Agentenführer »antragsgemäß«, also wie vom Staatsanwalt gefordert, zu 14 Jahren Zuchthaus verurteilt. Schon wenige Tage später legte Vogel Rechtsmittel ein. Die Berufungsschrift, in der er Gründe für eine mögliche Strafmilderung anführte, beschloß der Anwalt mit einem Lenin-Zitat: »Es ist nicht wichtig, daß ein Verbrechen eine schwere Strafe nach sich zieht; wichtig ist aber, daß kein einziges Verbrechen unaufgedeckt bleibt.«

Doch trotz aller sozialistischen Anbiederung, trotz juristischer Argumentation und humanitärer Appelle verwarf das Oberste Gericht der DDR am 19. Juli 1957 die Berufung. Den Verteidiger putzten die Berufungsrichter dabei gleich mit herunter: »Unverständlich« sei dessen Auffassung, »daß durch die Spionage des Angeklagten kein schwerwiegender Schaden für unseren Staat entstanden sei«.

Burghardt selbst habe zugegeben, daß für ihn »laufend 35 Agenten in der Deutschen Demokratischen Republik tätig« gewesen seien, »die er beauftragt hatte, auf allen Gebieten des gesellschaftlichen Lebens Spionageinformationen zu sammeln, insbesondere aber Informationen über Objekte der sowjetischen Armee und auch über solche unserer Volksarmee«. Burghardts Agenten, nach eigenem Geständnis insgesamt 165, hätten zudem »Nachrichten auf wirtschaftlichem Gebiet überbracht«, vor allem über den gemeinsam von DDR und Sowjets betriebenen Uranbergbau Wismut sowie über die neuen Bauernkolchosen, die in Ostdeutschland Landwirtschaftliche Produktionsgenossenschaften hießen.

Anfang November 1957 rückte Erich Mielke an die Spitze des Ministeriums für Staatssicherheit. Ulbricht hatte eine innerparteiliche Säuberungswelle genutzt, den widerborstigen Wollweber auszuschalten. Die neue Stasi-Führung stellte erstmals konkrete Überlegungen an, ob eine Begnadigung inhaftierter Westagenten, für welche Gegenleistung auch immer, der DDR zum Vorteil gereichen könnte.

Am 22. Januar 1958 schrieb Oberst Beater an Mielke einen Brief, in dem er für die vorzeitige Haftentlassung einer Margarete Hedecke plädierte, »die am 5. 11. 57 durch das Kreisgericht Potsdam-Stadt wegen Verstoßes gegen das Gesetz zum Schutz des Innerdeutschen Handels« zu fünf Jahren Zuchthaus verurteilt worden war – sie war bei einer Kontrolle mit 20 000 Westmark angetroffen worden, die sie von einer Verwandten geschenkt bekommen hatte.

Das Beater-Schreiben belegt, daß Stasi-Chef Mielke in die Pläne, die seine Leute mit Vogel schmiedeten, eingeweiht war.

»Die Entlassung der Hedecke«, argumentierte Beater, werde »die Stellung des GM festigen und sich für den Beginn seiner Tätigkeit als Anwalt in Westberlin erfolgversprechend auswirken«. Tatsächlich kam Margarete Hedecke frei; Vogel holte sie ab und brachte sie mit seinem Wagen zu ihrem Lebensgefährten nach West-Berlin.

Zur selben Zeit sondierte Vogel die Chancen, den Strafgefangenen Burghardt im Austausch freizulassen. Fünf Tage nach dem Beater-Brief an Mielke, am 27. Januar 1958, schrieb Vogel, reichlich verklausuliert, an Ilse Burghardt, er habe sich mit dem Frankfurter Bezirksstaatsanwalt »über den gesamten Vorgang sehr eingehend unterhalten« – nach dem rechtskräftigen Urteil war der Ankläger eigentlich nicht mehr der Gesprächspartner des Verteidigers.

»Bevor ich mich über das Ergebnis äußere«, fuhr Vogel fort, »möchte ich noch einige Stellungnahmen der zentralen Justizorgane abwarten.« Auf welche Behörde, welchen Funktionär mochte die kryptische Andeutung zielen? Vogel erinnert sich, mit Josef Streit darüber gesprochen zu haben. Doch die Entscheidungsbefugnis lag bestimmt nicht beim Sektorenleiter einer ZK-Abteilung, sondern allemal bei der allmächtigen Stasi.

Der von Vogel verwendete Begriff »zentrale Justizorgane« konnte westliche Mitleser der Korrespondenz in die Irre leiten, umschrieb jedoch dezent die Allzuständigkeit des MfS. Vogel bat die Adressatin um etwas Geduld, es würden »noch etwa acht Wochen vergehen«. Deshalb schlug der Anwalt ein weiteres Treffen während der Osterfeiertage vor. Bis dahin, versprach er, habe er »in jeder Hinsicht Klarheit geschaffen«.

Doch die Stasi spielte nicht mit. Unter dem Datum vom 15. April 1958 notierte der inzwischen zum Oberleutnant beförderte Stasi-Offizier Sommer, dem GM habe man gesagt, »daß hier aber von einem Austausch nicht gesprochen werden kann, da dieser Burghardt eine sehr lange Strafe zu verbüßen hat. Wir gehen in keinem Fall auf dieses Angebot augenblicklich ein«. Von Volpert hörte Vogel später, es sei wiederum die Spionageabwehr gewesen, die sich einem Austausch energisch widersetzt habe. Die Skepsis wegen des damit verbundenen Risikos, Vogel als verlängerten Arm der Stasi zu enttarnen, die

Oberst Beater schon ein Jahr zuvor hatte anklingen lassen, hatte obsiegt.

Anfang 1962 saß Burghardt, inzwischen 62 Jahre alt und seit fünf Jahren in Haft, noch immer in Bautzen. Es half ihm auch nichts, daß er, wie Vogel in einem Antrag auf Hafterleichterung bekundete, »nach besten Kräften bemüht« war, »das Untersuchungsorgan«, die Hauptabteilung IX der Stasi, »bei der Aufklärung anderer Verbrechen zu unterstützen«.

Gottlieb Burghardt kam erst im August 1964 frei; er war unter den ersten 70 Häftlingen, die von der Bundesregierung mit Geld freigekauft wurden. Während die anderen in drei Bussen zum innerdeutschen Grenzübergang Wartha/Herleshausen gebracht wurden, chauffierte Vogel den entlassenen Häftling Burghardt persönlich mit seinem Auto nach West-Berlin. Die DDR verfocht ihre Drei-Staaten-Theorie konsequent: Da der Zope-Aktivist aus der »selbständigen politischen Einheit Westberlin« verschleppt worden war, mußte er, logisch, auch dorthin zurückgebracht werden. Außerdem sollte Burghardt nicht mit anderen Ex-Häftlingen im Bus zusammengebracht werden, damit sein recht spektakulärer Fall nicht weiter kolportiert würde.

Am 13. November 1957 hatte Vogel endlich die ersehnte Anwaltszulassung für West-Berlin erhalten. Daraus, so belehrte der Kammergerichtspräsident den Ost-Juristen, könne »ein Anspruch auf Erteilung der Genehmigung des Zuzuges nach Berlin West nicht hergeleitet werden«. Das war auch gar nicht Vogels Absicht: Nur wenn er im Osten blieb, konnte er seine Sonderstellung behalten.

Die hätte er allerdings gern ein bißchen herausgekehrt. Schon einen Tag nach Erhalt seiner West-Lizenz bat Vogel den Vorstand des Ost-Berliner Anwaltskollegiums um »Klärung, in welcher Weise die Zulassung für Westberlin auf den Kopfbogen und eventuell auch am Namensschild publiziert werden darf«. Der Kollegiumsvorstand stoppte Vogels Geltungsdrang: Es sei »in keiner Weise eine besondere Kennzeichnung auf Briefköpfen oder Schildern zulässig«.

Ebenfalls am 14. November, abends zwischen 19 und 23 Uhr, erstattete GM »Georg« bei Volpert und Sommer Bericht. Stolz zeigte Vogel, wie der Stasi-Leutnant Sommer in schülerhafter Schönschrift notierte, »seine amtliche schriftliche Zulassung für WB«. Daß die Bewerbung auf Betreiben der Stasi eingereicht worden war, kann aus der Nachbemerkung Sommers herausgelesen werden, Vogel habe »dabei die Frage« gestellt, »wie es nun weitergehen soll«.

Die Stasi-Abteilung V/1 vermerkte in einem »Maßnahmeplan« befriedigt, der GM sei nun »in der Lage, Personen aus dem demokratischen Sektor, Westberlin und Westdeutschland zu vertreten«. Dies bedeute für das MfS »auf allen Linien ein besonderes Plus, da er uns einmal über Stimmungen informieren kann und zum anderen in unserem Auftrage auch Kontakte mit uns interessierenden Personen aufnehmen kann«. Die Stasi gab dem Anwalt aber auch skurrile Aufträge. So sollte er beispielsweise das Potenzmittel »Spanische Fliege« besorgen.

Vogels jahrzehntelange Parteiabstinenz folgte ebenfalls dem konspirativen Stasi-Konzept. Im Dezember 1957 deutete »Georg«, wie aus einer Volpert-Notiz hervorgeht, seinem Kontaktmann an, daß er die Absicht habe, »einmal der SED beizutreten und wir ihn dann unbedingt unterstützen müßten«. Volpert antwortete, der GM solle sich »vorläufig nicht mit dem Gedanken tragen, unserer Partei beizutreten«. Die Stasi versprach sich mehr davon, wenn ihr Verbindungsmann zum Westen nicht Mitglied der Staatspartei war.

Eine frisierte Akte über Vogels ersten Austauschfall

Im Januar 1958, genau ein Jahr nachdem Vogel das Burghardt-Mandat übernommen hatte und parallel zu seinen Bemühungen um diesen Klienten, wurde ihm ein neuer Fall angetragen, der für einen Austausch in Frage kam. Diesmal klappte der Handel – wenn auch nur zur Hälfte. Der in seinen bizarren Details bislang unbekannte Fall des Apothekers Josef Priemer wurde zur Premiere für Vogels Geschäfte um Geben und Nehmen, obschon der Auftakt halbwegs mißriet.

Josef Priemer, damals 63, war weder Spion noch politischer

Dissident. Doch durch eine Verkettung von Zufällen wurde der Apotheker zum Musterfall einer west-östlichen Gnadenpraxis, die später fast ausnahmslos Mitarbeitern von Geheimdiensten zuteil wurde – vier Jahre vor dem aufsehenerregenden Austausch des KGB-Spions Rudolf Abel und des über Sibirien abgeschossenen U-2-Piloten Francis Gary Powers, der bislang als erster der verschwiegenen Vogel-Deals gegolten hat. Der Fall Priemer war für Vogel, rückblickend betrachtet, »eine Art Probelauf« für die späteren Austauschverhandlungen, die er, unter dem pauschalen Begriff der »humanitären Hilfe«, im Auftrag der DDR-Regierung führte – innerdeutsch und weltweit.

Die geräumige Dreieinhalb-Zimmer-Wohnung, die der promovierte Chemiker und Pharmazeut Josef Priemer über dem Verkaufsraum von »Dr. Brettschneiders Apotheke« in der Oranienburger Straße 37 eingerichtet hatte, diente ihm als Deckadresse und verschwiegenes Warenlager. Die Geheimtür, die zum Treppenaufgang führte, war in der Holzvertäfelung des Verkaufsraums, zwischen Schränken und Schubladen, geschickt getarnt. Im Krieg hatte Priemer eine Zwischendecke einziehen lassen, weil die fünfeinhalb Meter hohen Apothekenräume schwer zu beheizen waren. Nun erwies sich die Sparmaßnahme als cleverer Trick, um die DDR-Staatsorgane zu täuschen.

Offiziell war Priemer unter dieser Anschrift im Ostsektor Berlins auch als wohnhaft gemeldet. Das war notwendig, weil der gebürtige Breslauer die Apotheke, die er 1933 gekauft hatte, sonst nicht hätte privat weiter betreiben dürfen. Als Schlafquartier benutzte er das Domizil jedoch selten: Nach Feierabend fuhr er regelmäßig zu seiner Frau und seinen fünf Kindern in die Nymphenburger Straße 3, nahe dem Rathaus Schöneberg in West-Berlin.

In seiner Scheinwohnung deponierte der Grenzgänger Medikamente, die er teils seit Kriegsende gehortet hatte, teils frisch aus dem Westen bezog. Kollegen aus der Bundesrepublik, aber auch eine seiner in Westdeutschland lebenden Töchter, die ebenfalls Apothekerin war, schickten Priemer hochwertige Präparate an seine Schöneberger Adresse. Vor dem Bau der Mauer war es kein Problem, Waren über die innerstädtische Sektorengrenze zu schaffen.

Mit den Arzneien, die im Osten nicht oder nur in minderer Qualität erhältlich waren, versorgte Priemer Krankenhäuser und Arztpraxen. Wie die DDR-Justiz später urteilte, leistete er damit »imperialistischer Propaganda und Hetze Vorschub, indem er sich erbot, Medikamente, die gratis geliefert wurden, an ›Notleidende‹ im demokratischen Sektor weiterzuleiten«. Als Volkspolizisten am 8. Januar 1958 den Apotheker festnahmen und die Wohnung filzten, fanden sie ein pharmazeutisches Depot im Wert von 19 000 West-Mark. Die »Generalstaatsanwaltschaft von Groß-Berlin«, oberste Anklagebehörde im Ostsektor, ermittelte wegen Verstoßes gegen den innerdeutschen Handel.

Der junge Anwalt Wolfgang Vogel, damals gerade 32 Jahre alt und seit knapp vier Jahren Mitglied des Ost-Berliner Rechtsanwaltskollegiums, legte etwa fünf Tage nach Priemers Verhaftung die Büroakte 18/58 an. Mit diesem Faszikel begann der DDR-Jurist seine Karriere als Unterhändler zwischen den Machtblöcken.

Das Mandat für den Medikamentenimporteur Priemer war Vogel, wieder mal, auf merkwürdig verschlungenen Wegen zugefallen. Nach Priemers Inhaftierung lag es nahe, daß ein rechtskundiges Mitglied der Familie einen geeigneten Anwalt suchte. Der Rechtsreferendar Arnold Heidemann, der mit Priemers Tochter Marie-Luise verheiratet war, verbrachte gerade seine Ausbildungsstation bei dem Rechtsanwalt Walter Roßmann in der Joachimstaler Straße, nahe dem Bahnhof Zoo. Ihn fragte Heidemann um Rat.

Roßmann empfahl seinem Referendar, die West-Berliner Rechtsschutzstelle der Bundesregierung aufzusuchen. Dort stieß Heidemann beinahe zwangsläufig auf den Anwalt Werner Commichau. Als der hörte, daß sein Besucher einen Verteidiger für einen Untersuchungshäftling in Ost-Berlin suchte, verwies er ihn sogleich an seinen guten Bekannten Wolfgang Vogel.

Wenige Tage nach Priemers Verhaftung fuhr dessen Schwiegersohn mit der S-Bahn zu Vogels Kanzlei im Ost-Berliner Stadtteil Friedrichsfelde. Heidemann berichtete Vogel, daß Priemer einen einflußreichen Fürsprecher im Bonner Kanzleramt habe: Ein Studienfreund des Apothekers, Günther Bachmann, war Referent im Palais Schaumburg, dem Dienstsitz von Bundeskanzler Konrad Adenauer. Als der Bonner Ministerialbeamte von der Festnahme Priemers hörte, bot er sich spontan an, »Josef zu helfen«. Bachmann saß an der richtigen Schaltstelle für diesen Fall: Sein Referat war sowohl für das Gesamtdeutsche Ministerium als auch für die Koordinierung der Nachrichtendienste zuständig und führte obendrein die Fachaufsicht über den BND. Bachmann hatte auch die Überleitung der »Organisation Gehlen« in den Bundesnachrichtendienst beaufsichtigt. Im Mai 1958, während die Bemühungen um Priemer liefen, wurde Bachmann Persönlicher Referent Adenauers.

Vogel hörte sich die Erzählung Heidemanns interessiert, aber ratlos an. Welchen Nutzen konnte eine Freundschaft unter ehemaligen Kommilitonen haben, selbst wenn Bachmann nun Einfluß auf den mächtigsten Mann Westdeutschlands hatte? Zwischen den beiden Regierungen gab es keinerlei Kontakte. Für die DDR-Führung, deren oberste Repräsentanten im Ost-Berliner Stadtbezirk Pankow residierten, war die Bundesrepublik ein Ableger des US-Imperialismus, die Regierenden am Rhein galten ihr als Faschisten und Kriegstreiber. Die SED strebte, getreu der DDR-Hymne, nach einem »einig Vaterland«, das aber natürlich sozialistisch sein müßte. Die Vision von der Einheit, unter umgekehrten Vorzeichen, hielt auch die Bundesregierung aufrecht: Das »Regime in Pankow« war für Bonn keine souveräne Regierung, sondern eine Marionetten-Mannschaft Moskaus ohne jede Legitimität.

Mit einer für nicht existent gehaltenen Regierung konnte Bonn schlechterdings auch nicht über so praktische Dinge wie einen Austausch von Gefangenen verhandeln. Im Jahr zuvor war zudem die »Hallstein-Doktrin« – benannt nach dem Außenamts-Staatssekretär Walter Hallstein – zum außenpolitischen Leitsatz erhoben worden: Jeder Staat, der die DDR diplomatisch anerkannte und mit ihr Botschafter austauschte, wurde von Bonn mit dem Abbruch der Beziehungen bestraft – was die von der Bundesregierung gewünschte Folge hatte, daß die DDR international isoliert blieb, weil es sich kaum ein armes Entwicklungsland mit der spendablen Bundesrepublik verderben mochte.

Trotz dieser wenig hoffnungsvollen Ausgangssituation versprach Vogel seinem Besucher Heidemann, die Möglichkeiten auszuloten. Überraschend stellte sich Bonn keineswegs so stur, wie die offizielle Politik vorgab. Der Alte von Rhöndorf, der die ostdeutsche Staatsmacht als abhängige Handlanger der »Soffjets« herzlich verabscheute, mochte seinem Mitarbeiter Bachmann den Freundesdienst nicht verderben. Er gab ihm, wie Heidemann erzählt, insgeheim freie Hand (»Tun Sie, was Sie für richtig halten«), ermahnte ihn aber eindringlich: »Sorgen Sie dafür, daß nichts nach außen dringt.«

»Wir haben total geschwiegen«, sagt Heidemann, außer Vogel und ihm waren nur noch seine Frau und seine Schwiegermutter, später auch einige zuverlässige Freunde eingeweiht. Der Fall Priemer wurde so diskret abgewickelt, daß er bis in die Gegenwart unbekannt geblieben ist. Vogel hielt seine Büroakten unter Verschluß, die im Fall Priemer ohnehin nur den Verlauf der Ermittlungen und des Gerichtsverfahrens wiedergeben: Entgegen seiner sonstigen Gewohnheit, über jedes halbwegs wichtige Gespräch einen Vermerk zu fertigen, fixierte der Anwalt nichts Schriftliches über seine Austauschbemühungen.

Auch im DDR-Ministerium für Staatssicherheit, ohne dessen Mitwirkung der Deal nicht funktionieren konnte, war man auf höchste Geheimhaltung bedacht – was zu dem Kuriosum führte, daß der Vorgang zunächst nur unter einer Legende, mit falschen Namen und Daten, in den Akten erschien.

Die Idee, Häftlinge aus Ost und West wechselseitig auszutauschen, machte der Stasi-Hauptmann Heinz Volpert erstmals am 13. Februar 1958 aktenkundig. Mitten in einem gewöhnlichen Treffbericht, wie ihn Führungsoffiziere des MfS nach jedem Routinegespräch mit ihren informellen Mitarbeitern fertigten, protokollierte Volpert, was ihm »Georg« angeblich »schon einmal vor längerer Zeit« anvertraut habe. »Georg«, notierte Volpert, habe ihm gelegentlich »über einen Schröder« berichtet, »den er verteidigt«. Bei einem seiner letzten Besuche im Schweriner Stasi-Gefängnis habe dieser Schröder dem GM erzählt, »daß einer seiner besten Freunde der Freiherr von Kramer« sei, der zufällig als »Adjutant beim Bundeskanzler« diene. Schröder habe dem GM nahegelegt, »doch evtl. mit diesem Kramer Verbindung aufzunehmen mit der Möglichkeit, einen evtl. Austausch mit seiner Person durchzuführen«.

Zwar hatte Vogel tatsächlich einen Mandanten namens Richard Schröder, der zu jener Zeit in Schwerin einsaß. Nur war der 1891 in Köln geborene Bauingenieur, der zuletzt in West-Berlin gewohnt hatte, kein Fall, der sich für einen Austausch aufdrängte. Schröder hatte schon die Jahre 1948 bis 1954 im berüchtigten Bautzener Zuchthaus verbracht, nachdem er von einem Sowjetischen Militär-Tribunal in Eberswalde wegen unerlaubten Sprengstoffbesitzes zu 25 Jahren Haft verurteilt worden war. Nach seiner vorzeitigen Entlassung gründete er den »Kameradschaftskreis Bautzen ehemaliger politischer Häftlinge« und wurde erster Vorsitzender dieses gegen das DDR-Regime agitierenden Zirkels. Prompt wurde Schröder bei einem Ausflug nach Ost-Berlin im September 1957 erneut sistiert. Kurz nach Volperts Vermerk, am 27. Februar 1958, wurde Schröder vom Bezirksgericht Schwerin, wiederum wegen unerlaubten Sprengstoffbesitzes, zu zwölf Jahren Haft verurteilt.

Auch der von Volpert erwähnte »Adjutant beim Bundeskanzler« war schwerlich der Mann, der einen Austausch hätte in die Wege leiten können. Konstantin Cramer von Laue tat zwar immer wichtig, hatte aber im »Persönlichen Büro« Adenauers lediglich die eingehenden Bittbriefe zu sortieren und an die zuständigen Stellen weiterzuleiten.

Volpert hatte ohnehin sehr zurückhaltend und voller Zweifel formuliert, ob der abenteuerliche Vorschlag, der angeblich von jenem Schröder stammte, in die Tat umgesetzt werden könnte: »Mit dem GM wurde vereinbart, daß er vorerst diesen Schritt nicht wagen, sondern erst eine Unterredung mit dem Bruder des Schröder in Westberlin führen soll.« Vorsichtig deutete Volpert die weitere Vorgehensweise an: »Sollte sich die Möglichkeit bieten, so wird der GM versuchen einzusteigen, um einen evtl. Austausch zu ermöglichen.«

Die Umstände deuten darauf hin, daß Volpert lediglich eine Legende schaffen wollte für die geplanten Aktivitäten im Fall Priemer – der Sachverhalt stimmt völlig überein, nur die Namen sind verändert, wohl um die heikle Angelegenheit vor neugierigen Stasi-Kollegen zu verschleiern. Für diese Annahme spricht, daß Vogel zugunsten des Häftlings Schröder ersichtlich keinen Austauschversuch unternahm, jedoch in Sachen Priemer rasch ernsthafte Verhandlungen einleitete. Nun mußte ein geeigneter Austauschpartner gesucht werden. Volpert deutete, wie sich Vogel erinnert, dunkel an, »daß es im Westen Leute gebe, die in Gefängnissen sitzen, und vielleicht lasse sich da eine Absprache treffen«.

Bonn hält sich nicht an die Abmachungen

Selbst der Oberleutnant Sommer, der in der Vergangenheit die Stasi-Pläne mit Vogel protokolliert hatte, schien von seinen Vorgesetzten über die weiteren Schritte, die der Anwalt unternehmen sollte, im unklaren gelassen worden zu sein. Sommers Berichte lesen sich jedenfalls so, als habe man ihm die Kontakte des DDR-Häftlings Priemer ins Bonner Kanzleramt verschwiegen und als habe es Vogel als Heidemanns Idee ausgegeben, wechselseitig Gefangene auszutauschen.

So notierte Sommer unter dem Datum vom 4. März 1958, Vogel habe ihm berichtet, daß Heidemann »nicht locker läßt und da eine Klärung herbeischaffen will«. Allerdings beschrieb Sommer einen anderen Weg als den, auf dem sich Volpert und Vogel tatsächlich vorantasteten: Heidemann, so der Sommer-Vermerk, rühme sich seiner Verbindungen zu dem Bonner Berlin-Bevollmächtigten Heinrich Vockel und dem West-Berliner Justizsenator Valentin Kielinger, die sich sofort für einen Austausch einsetzen würden. Die Sache sei sogar so weit gediehen, »daß der GM nur noch einen Namen nennen soll«, wen man vom Westen freizulassen wünsche.

Sommers scheinbare Unkenntnis war offensichtlich Camouflage. Denn im selben Bericht fuhr der Stasi-Offizier sachkundig fort: »Der Name Austausch« dürfe nirgendwo erscheinen, da der Fall offiziell »als Gnadenverfahren bearbeitet« werde: »Die westlichen Behörden vertreten hierzu den Standpunkt, daß in so einer Angelegenheit von Anwalt zu Anwalt gearbeitet wird, ohne den Behörden alles breit zu erzählen.«

Vogel und Heidemann hatten geglaubt, daß die DDR darauf dringen würde, als Gegenleistung für Priemers Freilassung einen der kommunistischen Mandatsträger oder Funktionäre auf freien Fuß zu setzen, die nach dem vom Bundesverfassungsgericht 1956 verfügten KPD-Verbot in westdeutschen Gefängnissen saßen. Doch die beiden täuschten sich: An den inhaftierten westdeutschen Genossen, die so schön zu Märtyrern stilisiert werden konnten, war die DDR nicht interessiert. Die Stasi wollte lieber einen ihrer veritablen Agenten aus den Klauen des Klassenfeindes befreien.

Die Wahl fiel auf Alfred Geißler, den der Bundesgerichtshof (BGH) in Karlsruhe am 1. Juni 1957 wegen Landesverrats verurteilt hatte. Oberleutnant Sommer hielt in einem Vermerk fest, Volpert solle »Georg« am 6. März 1958 die »Anschrift eines GM der HA V/2« übergeben, »wo es sich um einen Geißler handelt, welcher zu 6 Jahren verurteilt wurde und jetzt in Münster einsitzt«. Zufällig war Geißler auf den Tag genauso alt wie Vogel.

Der gelernte Fernmeldetechniker Geißler, der Stasi als GM »Lohmann« zu Diensten, hatte sich in der West-Berliner Zietenstraße unter falschem Namen direkt neben dem Ostbüro der SPD eingemietet, die Wand zum Nachbargebäude aufgestemmt, die Telefonleitung angezapft und die Ferngespräche mitgeschnitten.

Offiziell war das 1946 gegründete Ostbüro der SPD ein Vorstandsreferat in der Bonner Parteizentrale, das in West-Berlin eine Dependance unterhielt. Tatsächlich mischte die Ostbüro-Crew jedoch – ähnlich dem UFJ oder der militanten »Kampfgruppe gegen Unmenschlichkeit« – kräftig im Berliner Geheimdienst-Dschungel jener Kalten-Kriegs-Tage mit. Tausende von Ostbüro-Agenten, finanziert aus Steuergeldern und ausgerüstet mit Geheimtinte und Minikameras, lieferten 20 Jahre lang interne Nachrichten aus der DDR, bis der »Agentenschuppen« (Herbert Wehner) 1966 im Zuge der Entspannungspolitik geschlossen wurde.

Das geheime Zusammenspiel zwischen SPD-Ostbüro, Verfassungsschutz und Bundesnachrichtendienst deckte der BGH im Geißler-Urteil auf. Der Stasi-Schnüffler, entschieden die Karlsruher Richter, habe nicht nur eine minder schwere Agententätigkeit entfaltet, sondern explizit Landesverrat begangen, was – qua Definition – die Weitergabe von Staatsgeheimnissen voraussetzt. Die Informationen des SPD-Ostbüros, so BGH-Senatspräsident Friedrich-Wilhelm Geier in der mündlichen Urteilsbegründung, seien Staatsgeheimnisse, weil sie »der Regierung der Bundesrepublik oder einer ihrer Dienststellen zum Wohle des Staates und seiner Bürger zur Verfügung gestellt worden sind«.

Für viele alte Sozialdemokraten in der DDR, die 1946 der Zwangsvereinigung mit der KPD widerstanden hatten, war das West-Berliner Ostbüro Anlauf- und Kontaktstelle für Informationen in allen Lebenslagen. Anders als nach dem Mauerbau, als auch die Telefonverbindungen zwischen Ost und West gekappt wurden, waren in den fünfziger Jahren Ferngespräche von hüben nach drüben und umgekehrt noch problemlos möglich.

Geißlers Lauschangriff war denn auch ergiebig. Jeden Tag ging seine Ehefrau Christel alias GM »Carola« mit bespielten Tonbändern in der Einkaufstasche über die damals noch unbewachte Sektorengrenze und lieferte die aufgezeichneten Telefonate bei der Stasi ab. Der DDR-Geheimdienst konnte dadurch viele Informanten des Ostbüros identifizieren. »Durch die Tätigkeit des GM ›Lohmann‹«, schrieb Oberst Fritz Schröder, der Leiter der Hauptabteilung V, später an Stasi-Minister Mielke, »war es möglich, dem ›Ostbüro der SPD‹ empfindliche Schläge zu versetzen. Es konnten über 50 Personen inhaftiert werden.«

Geißler und seine Frau waren auf frischer Tat ertappt worden. Gemessen an dem Unheil, das die Geißlers über DDR-Informanten des Ostbüros gebracht hatten, waren die Strafen – sechs Jahre für den Mann, zweieinhalb Jahre für die Frau – vergleichsweise mild. Deshalb wurde Vogels Ansinnen, das Heidemann im Bonner Kanzleramt überbrachte, sogleich barsch zurückgewiesen. Nicht einmal Adenauer, der für Sozis gewiß keine Sympathie hegte, traute sich, Geißler vorzeitig freizugeben. Bachmann sagte, allenfalls über die Frau könne man reden.

Ende April 1958 berichtete Vogel der Stasi, man habe damit zu rechnen, »daß wir noch eine zweite Person entlassen müssen«, da »die Sache Priemer zu geringfügig«, Geißler jedoch »ein größerer Fisch« sei. Oberst Schröder schlug Mielke am 14. Mai den Journalisten Udo Tornau vor, der für die ostdeutsche Zeitschrift *Der freie Bauer*, aber auch als Informant für das West-Berliner »Informationsbüro West« (IWE) gearbeitet hatte. Im

Prozeß vor dem Bezirksgericht Erfurt hatte Vogel den Angeklagten Tornau verteidigt. Das IWE war getarnt als Handelsunternehmen, wurde jedoch vollständig vom Bundesministerium für gesamtdeutsche Fragen alimentiert. Chef des IWE war eine schillernde Figur namens Helmuth Bohlmann, der nach der mißtrauischen Einschätzung seiner Bonner Geldgeber Nachrichten aus der DDR nicht nur an Presse und Rundfunk, sondern auch an diverse Geheimdienste verhökerte.

Tornau war, wie Geißler, zu sechs Jahren Zuchthaus verurteilt worden, von denen er allerdings schon zwei Jahre in Bautzen abgesessen hatte. Stasi-Oberst Schröder glaubte, Tornau könne umgedreht und »evtl. als GM bei Bohlmann eingebaut werden, ohne daß seine vorzeitige Haftentlassung Verdacht erregt«.

Die Anklageschrift gegen Priemer war schon seit dem 15. April 1958 fertig. Termin für die Hauptverhandlung vor dem Stadtgericht in der Littenstraße war für den 20. bis 23. Mai anberaumt, dann aber kurzfristig wieder abgesetzt worden. Die DDR-Organe waren sich nicht schlüssig, ob sie Priemer vor oder besser erst nach einem Prozeß freilassen sollten.

IWE-Chef Bohlmann hatte jedoch inzwischen von den Verhandlungen Wind bekommen. Wichtigtuerisch drängte er sich in die laufenden Gespräche. Mitte Juni flog er nach Bonn, um mit Ernst Lemmer zu verhandeln, der nach Jakob Kaiser Minister für gesamtdeutsche Fragen geworden war. Adenauer-Referent Bachmann beruhigte Heidemann jedoch, daß Bohlmanns gutes Verhältnis zu Lemmer in diesem Fall nutzlos sei, weil der Fall im Kanzleramt entschieden werde.

In Bonn rätselte man derweil, warum die Stasi so sehr auf Geißlers Freilassung drängte. Manche vermuteten, die DDR wolle Geißler in die Hände bekommen, um sich an ihm zu rächen, weil er zuviel verraten habe. Diesem Verdacht widersprach Heidemann: Er nehme an, argumentierte er gegenüber Bachmann, daß Geißler im Osten einen guten Freund in gehobener Stellung habe, der sich für ihn verwende. Denkbar sei auch, daß man dort befürchte, Geißler werde bei längerer Haft Einzelheiten ausplaudern, die im Westen noch unbekannt seien – dies vermutete vor allem Vogel.

Das MfS wurde ungeduldig, weil sich die Verhandlungen immer länger hinzogen. Volpert ließ Heidemann durch Vogel ausrichten, »daß sich die Behörden der DDR nicht an der Nase herumführen lassen und der letzte Termin am 15.7. abläuft«. Zu Vogel sagte Volpert: »Wenn sich bis dahin nichts entschieden hat, lassen wir die Sache fallen.«

Heidemann bat zunächst um eine Fristverlängerung bis zum 18. Juli, doch auch dieser Termin verstrich, ohne daß sich etwas tat. Anfang August erläuterte Vogel dem Stasi-Oberleutnant Sommer das Dilemma, in dem die Bonner CDU/CSU-Regierung steckte. »Wir sollten uns noch ca. 9 Monate gedulden«, berichtete Vogel, das Kanzleramt wolle bis dahin die Bedenken der SPD zerstreuen. Und mit einer merkwürdig verqueren Formulierung stellte Vogel eine gedankliche Verbindung zwischen dem Fall Geißler und der damals aufsehenerregendsten Geheimdienst-Affäre her: »Man hat ja jetzt die Möglichkeit, mit der Entlassung Otto Johns zu diskutieren, hinter welcher der Engländer stehen soll.«

Otto John, seinerzeit Präsident des Bundesamts für Verfassungsschutz, war am 20. Juli 1954, nach einer Gedenkstunde zum zehnten Jahrestag des gescheiterten Attentats auf Hitler, in Ost-Berlin aufgetaucht – er sei von KGB-Agenten verschleppt worden, behauptete John bis zu seinem Tod im März 1997, er sei aus freien Stücken gekommen, verbreitete die DDR. Bei Pressekonferenzen und Rundfunkreden in Ost-Berlin plädierte John – freiwillig oder gezwungen? – »gegen Remilitarisierung und Renazifizierung in Westdeutschland und für die Wiedervereinigung«, ehe ihm 17 Monate später die Flucht zurück nach West-Berlin gelang. Im Dezember 1956 wurde John wegen »landesverräterischer Fälschung in Tateinheit mit landesverräterischer Konspiration im besonders schweren Fall« zu vier Jahren Zuchthaus verurteilt. Am 25. Juli 1958 wurde er vorzeitig aus der Haft entlassen, offensichtlich auf Drängen der Briten, in deren Diensten der ehemalige NS-Widerstandskämpfer John im letzten Kriegsjahr von London aus Rundfunkpropaganda gegen das Nazi-Regime betrieben hatte.

Aus der Presse wußte Vogel, daß sich die Briten für John eingesetzt hatten. Wenn aber der ehemalige Verfassungsschutz-Präsident, dessen Verrat einen Riesenskandal ausgelöst hatte, vorzeitig aus der Haft freigekommen war, überlegte der Anwalt, dann müsse eine Begnadigung doch auch in dem minderschweren Fall Geißler möglich sein. Aber die Verhandlungen um dessen Freilassung steckten in einer Sackgasse.

Unvermutet tat sich eine neue Chance auf, die der wendige Unterhändler Vogel sofort nutzte. Der stellvertretende Generaldirektor des Deutschen Interzonen-Außenhandels Maschinenexport war in Hannover wegen eines von ihm verursachten Verkehrsunfalls festgenommen worden und saß im Gefängnis – die westdeutschen Behörden wollten sichergehen, daß der Ostdeutsche zum fälligen Gerichtstermin erscheinen würde. Vogel machte sich sofort auf den Weg in die niedersächsische Landeshauptstadt. Auf seine Zusage hin, daß der DDR-Wirtschaftsfunktionär zur Hauptverhandlung kommen werde, durfte er den Vizegeneraldirektor gleich nach Hause mitnehmen.

Nun lenkte auch Ost-Berlin ein. Weil er die peinliche Unfallsache so geräuschlos erledigt hatte, dürfe sich Vogel etwas wünschen – Heidemann erscheint es noch heute »wie im Märchen«. Und Vogel setzte durch, daß die DDR sich mit Christel Geißler im Austausch für Priemer und mit dem bloßen Versprechen zufriedengab, Ehemann Alfred solle später begnadigt werden.

Euphorisch gestimmt fuhr Heidemann nach Bonn, um Bachmann über das Einlenken der DDR zu informieren – aus Angst vor heimlichen Lauschern mieden beide das Telefon. Der Kanzlerreferent rief sogleich den Staatssekretär im Justizministerium an, doch während des Gesprächs merkte Heidemann schon, »wie Bachmanns Gesicht immer länger wurde«: Der BGH hatte ein Gnadengesuch der Frau Geißler, auf Anraten der Gefängnisleitung, soeben verworfen, weil die Frau immer wieder renitent geworden war. Über das Votum der Justiz konnte sich eine politische Instanz – und sei es das Kanzleramt – nicht einfach hinwegsetzen: »Es war ja nicht wie im Osten«, zeigt Heidemann Verständnis, »daß irgendwer ein Machtwort sprechen konnte, und die Gefängnistore haben sich geöffnet.«

Mit Beziehungen war aber auch im Westen manches möglich, was in der Strafprozeßordnung nicht vorgesehen war. Zufällig war der Leiter der Haftanstalt in Anrath am Niederrhein, wo Christel Geißler ihre Strafe verbüßte, ebenfalls ein Bekannter Priemers aus Jugendtagen, und ein gemeinsamer Freund von beiden überredete den Gefängnisdirektor, flugs ein neues Gutachten zu erstellen, das der Frau eine günstige Prognose stellte. Am 27. August 1958, wenige Tage vor dem nunmehr anberaumten Prozeßtermin gegen Priemer, wurde Christel Geißler aus der Haft entlassen, gerade mal fünf Monate vor dem regulären Strafende.

Priemers Prozeß war nur noch eine Formsache. Der Oberrichter Mohr wunderte sich allerdings, daß das Zentralkomitee der SED die Akte angefordert und erst unmittelbar vor der Verhandlung zurückgegeben hatte. »Was will die Partei von mir?«, fragte der ahnungslose Richter den Verteidiger Vogel. Der verkniff sich jedoch eine wahrheitsgetreue Auskunft.

Priemer wurde nach dreitägiger Verhandlung zu zweieinhalb Jahren Gefängnis, 6000 Mark Geldstrafe und fünf Jahren Berufsverbot als selbständiger Apotheker verurteilt. Das Verhalten des Angeklagten, schrieb der Richter ins Urteil, sei »in hohem Maße gesellschaftsgefährlich und politisch-moralisch verwerflich«. Auch wenn er »kein typischer Schieber« sei, habe er doch »viele Gelegenheiten benutzt, um gerade aus der Spaltung Berlins in Verbindung mit der Ausnutzung des Schwindelkurses der Westmark gewisse Vorteile zu ziehen«.

Das Strafmaß war von vornherein bedeutungslos. Aus der Vollzugsanstalt Rummelsburg wurde Priemer sogleich ins Stasi-Gefängnis an der Magdalenenstraße verlegt, und schon ein paar Tage nach der Verhandlung durfte Heidemann seinen Schwiegervater dort in Vogels Begleitung abholen.

Nach der Stasi-Sprachregelung, wie sie der Oberleutnant Sommer, sicher nicht eigenmächtig, ausgegeben hatte, durfte Priemers Entlassung nicht als Teil eines »Austauschs« deklariert werden. Deshalb attestierte ein Gefängnisarzt dem Verurteilten Haftunfähigkeit, die eine bedingte Strafaussetzung rechtfertigte. Die Stasi hielt sich damit noch ein Hintertürchen offen: Falls es mit der vereinbarten Gegenleistung, Geißlers Freilassung, nicht klappen sollte, brauchte sich die Stasi auch Priemer nicht als Lieferung anrechnen zu lassen. Oberleutnant Sommer notierte am 16. September: »Wir müssen uns Sicherungsmaßnahmen einbauen, damit wir nicht gerollt werden.«

Ende Oktober reiste Vogel erneut nach Bonn. Er solle dafür eintreten, »daß man auf den Tornau anbeißt«, gab ihm Sommer mit auf den Weg. Der Stasi-Offizier rechnete vor: Geißler habe, den üblichen Straferlaß von einem Drittel unterstellt, noch schätzungsweise drei Jahre zu verbüßen; auf der anderen Seite müsse Tornau noch zwei Jahre auf seine reguläre Entlassung warten, und Priemer hätte, von Rechts wegen, auch noch zwei Jahre abzusitzen.

Weil die Verhandlungen um Geißler weiterhin keine Fortschritte machten, wollte Heidemann versuchen, eine Begegnung Vogels mit Bundespräsident Theodor Heuß zu arrangieren. Am 24. Juni 1959 fuhr der Ost-Anwalt mit seinem Auto nach Bonn, doch das westdeutsche Staatsoberhaupt, dessen zehnjährige Amtszeit knapp drei Monate später ablief, empfing ihn nicht.

Statt dessen verhandelte Vogel drei Stunden lang mit Ministerialdirektor Hans Günter Nöller vom Präsidialamt. Alle Mühe war vergebens: Heuß, beharrte der Beamte, habe erst Ende April eine vorzeitige Entlassung Geißlers abgelehnt, weil Bundesgerichtshof, Generalbundesanwalt und Bundesjustizministerium einhellig gegen eine Begnadigung votiert hätten. Der Fall Geißler sei schließlich kein Pappenstiel, immerhin habe der BGH gegen ihn die bis dahin höchste Strafe wegen Landesverrats verhängt.

Vogel verstand: Mit dem Hinweis, daß die DDR für ihre Vorleistung in Sachen Priemer eine gleichwertige Gegenleistung erwarten dürfe, stieß er in Bonn auf taube Ohren. Die Bundesregierung war nicht gewillt, die Machthaber in der DDR als ebenbürtige Verhandlungspartner zu akzeptieren und sich auf einen fairen Ausgleich zu verständigen. Nachdem der Apotheker auf freiem Fuß war, sah Bonn keinen Grund mehr, dem verhaßten »Sowjetzonen-Regime« auch nur einen Schritt entgegenzukommen.

Deshalb schaltete Vogel taktisch um. Wenn die Bundesrepublik weder aus humanitären noch aus rechtlichen Erwägungen bereit sei, Geißler laufen zu lassen, solle man doch ihm seine Vermittlertätigkeit nicht unnötig erschweren, klagte er. Eine Begnadigung Geißlers, argumentierte Vogel, könne seinen »persönlichen Ruf in der DDR festigen«, wovon auf längere Sicht auch der Westen einen Vorteil habe. Er wolle sich, versprach Vogel, im Gegenzug für die vorzeitige Entlassung Tornaus einsetzen. Nöller schien darauf einzugehen: »Wenn wir begnadigen«, verabschiedete er Vogel, »dann nur, um Ihnen Ihre schwere Arbeit zu erleichtern.«

Doch Monat um Monat verging, Vogel wurde immer länger hingehalten. Im Mai 1961, als Geißler – unter Anrechnung der

Untersuchungshaft – bereits knapp fünf der sechs Jahre verbüßt hatte, beschwerte sich der Anwalt beim Bundespräsidialamt über die »unverständlich lange Bearbeitungsdauer«. Die Verschleppung des Verfahrens, so Vogel, werde von West-Berliner Kollegen, mit denen er darüber gesprochen habe, ungläubig als »billigste Ostpropaganda« angesehen. Doch handle es sich, wie Nöller leicht anhand seiner Akten nachprüfen könne, »leider um bittere Wahrheit«.

Heidemann, inzwischen selbst Anwalt und wegen der prompten Freilassung seines Schwiegervaters noch immer rührig, schrieb am 23. August an Commichau, er erhalte zu seiner »Bestürzung soeben aus Bonn die Nachricht, daß auch der neue Versuch fehlgeschlagen ist«. Ihm sei empfohlen worden, »nochmals zu Weihnachten ein Gesuch einzureichen«.

Am 26. Oktober stellte Vogel einen weiteren Antrag auf vorzeitige Haftentlassung, doch auch der wurde dreieinhalb Monate später vom 3. Strafsenat des BGH verworfen: »Weder die Umstände und Folgen« der Straftaten Geißlers »noch seine im Urteil gekennzeichnete Persönlichkeit«, so die Richter, böten »Anlaß für eine Vergünstigung«.

Heidemann versicherte Vogel, der sich von Bonn düpiert fühlte, er sei »genauso entsetzt und fassungslos« über die hartherzige Haltung: »Die Sache belastet mich sehr stark, da ich nach den mir gegebenen Erklärungen immer erwartet hatte, daß nach Verbüßung einer weiteren Strafzeit für den Rest eine Strafaussetzung zu erlangen sein würde.«

Als Zumutung empfand Heidemann denn auch ein Bonner Ansinnen, das er sich kaum traute, Vogel vorzutragen. Während Geißler unnachsichtig in Haft gehalten wurde, sollte sich der DDR-Anwalt im April 1962 für einen Göttinger Forstwissenschaftler verwenden, der vier Monate zuvor in Ost-Berlin verhaftet worden war – »ein ganz gravierender Fall«, wie sich Vogel erinnert. Der Anwalt, verärgert über den Wortbruch im Fall Geißler, unternahm nichts.

Geißler mußte seine Strafe, ohne jeden Nachlaß, bis zum letzten Tag absitzen – kein gutes Omen für die gerade beginnende Vermittlerkarierre des Ost-Anwalts Vogel. »Unsere vereinten Bemühungen«, bilanzierte Vogel am 24. April 1962 in einem Brief an den West-Kollegen Commichau ernüchtert, »sind leider gescheitert. Daran läßt sich nichts mehr ändern.«

3. KAPITEL

»Verrat ist schlimmer als Mord«

Durch die Geschichte der Spionage zieht sich eine lange Blutspur

Ihre Auftraggeber haben sie als Helden gefeiert, manchen setzten sie sogar Denkmäler. In ihren Operationsgebieten, auf der jeweils anderen Seite, wurden sie indes als Schurken und Landesverräter verdammt. Und wenn Spione ihren Gegnern in die Hände fielen, wurden sie zu allen Zeiten aus dem Verkehr gezogen – am besten ein für allemal. Eine lange Blutspur zieht sich durch die Geschichte der Spionage.

Die legendenumwobene Holländerin Mata Hari, die als Nackttänzerin Furore machte und liebend Deutschlands Weltkrieg-I-Feinde aushorchte, wurde 1917 füsiliert. Dasselbe Schicksal erlitt, drei Jahre zuvor, der Deutsche Carl Hans Lody, ein ehemaliger Oberleutnant zur See, der die Kriegsrüstung der britischen Marine ausgespäht hatte.

Der Oberst Alfred Redl vom Wiener k.u.k. Evidenzbureau wurde 1913 zum Selbstmord mit der Pistole gezwungen und setzte sich die Kugel – er hatte zwölf Jahre lang Geheimnisse an die Russen verraten und unter anderem eine Liste aller im Zarenreich operierenden österreichisch-ungarischen Spione geliefert.

Der KGB-Agent Richard Sorge, Moskaus wohl erfolgreichster Spion aller Zeiten, wurde 1944 von den Japanern gehenkt – er hatte dem sowjetischen Diktator Stalin die Angriffspläne Hitlers verraten (die der Kremlherr allerdings nicht ernstnahm) und, einzigartig für einen Europäer, acht Jahre lang unentdeckt in Tokio spioniert.

Das letzte Todesurteil über Sowjet-Agenten, die im Westen wirkten, wurde im April 1951 über das amerikanische Ehepaar Julius und Ethel Rosenberg verhängt. Der Bruder der Frau, David Greenglass, hatte 1944 als Sergeant der US-Army einen Job in der Atombomben-Versuchsstation in Los Alamos bekommen. Er arbeitete dort an der Herstellung von Gußformen für den Zündermechanismus der Bombe. Was Greenglass bei seiner Tätigkeit erfuhr, berichtete er seinem Schwager Rosenberg, einem überzeugten Kommunisten, der die Erkenntnisse durch einen Kurier dem KGB übermitteln ließ.

Greenglass und die Rosenbergs gehörten einem Spionagering an, der mit dem britischen Atomspion Klaus Fuchs zusammenarbeitete. Nachdem Fuchs 1950 enttarnt war, gelang es, den Code für den sowjetischen Funkverkehr zu knacken. Dabei entdeckten die Lauscher ein Agentennetz in den USA, zu dem die Rosenbergs gehörten.

Fuchs kam mit 14 Jahren Gefängnis davon – die Höchststrafe nach britischem Recht, weil Großbritannien und die Sowjetunion zum Zeitpunkt des Verrats noch Verbündete waren. Die Rosenbergs hingegen starben am 19. Juni 1953 auf dem elektrischen Stuhl im New Yorker Gefängnis Sing Sing, obwohl auch sie die Atombomben-Pläne zu einer Zeit verraten hatten, als die USA und die UdSSR noch Alliierte im Krieg gegen Nazi-Deutschland waren.

Richter Irving R. Kaufman setzte, indem er die Rosenbergs zum Tode verurteilte, auf Abschreckung: »Gegen Ihren Verrat, der eine diabolische Verschwörung zur Vernichtung dieser gottesfürchtigen Nation ist, muß ich ein Urteil fällen, das demonstrieren soll, daß die Sicherheit der Nation unangetastet bleiben muß.« Das Verbrechen der Angeklagten sei »schlimmer als Mord«, fuhr der Richter fort, »ein Mörder tötet nur sein Opfer, aber in Ihrem Fall, glaube ich, hat Ihr Verhalten bereits die kommunistische Aggression in Korea verursacht. Durch Ihren Verrat haben Sie den Verlauf der Geschichte geändert.«

Ob durch Spionage gewonnene Informationen, mehr oder weniger geheim, mehr oder weniger wichtig, politische Entscheidungen wirklich beeinflussen, ist seit jeher umstritten. Niemand weiß, ob sie so oder anders oder gar nicht gefällt worden wären, wenn es die Agentenberichte aus dem gegnerischen Lager nicht gegeben hätte. Womöglich ist Spionage auch nur ein nutzloses Spiel, das seinen Reiz allein aus dem Risiko bezieht – das für die Späher jenseits der Front freilich lebensbedrohlich sein kann.

Gnadenlos war die Justizpraxis nicht nur in den USA. Landesverräter endeten in den fünfziger Jahren auch in der DDR unter der Guillotine, hier zur »Fallschwertmaschine« eingedeutscht, später, von 1968 an, durch »unerwarteten Nahschuß in den Hinterkopf«, wie es in der Vollstreckungsordnung hieß.

Am 23. September 1955 standen Elli Barczatis, die frühere Sekretärin des DDR-Ministerpräsidenten Otto Grotewohl, und ihr Lebensgefährte Karl Laurenz vor dem Obersten Gericht der DDR. Der 1905 geborene Journalist und promovierte Jurist Laurenz, der seine Doktorarbeit über »die Todesstrafe im Wandel der Zeiten« geschrieben hatte, war 1949 wegen angeblicher Unzuverlässigkeit aus der SED ausgeschlossen worden und hatte seinen Arbeitsplatz verloren; mit Gelegenheitsjobs als Übersetzer hielt er sich über Wasser und überbrachte schließlich, gegen Bezahlung, aber auch aus Haß auf die ostdeutsche Staatspartei, der Organisation Gehlen Akten und Regierungs-Interna, die ihm seine Freundin aus dem Chefbüro angeschleppt hatte.

Obwohl Elli Barczatis, 43, nie in direktem Kontakt mit dem westdeutschen Nachrichtendienst gestanden hatte, war sie in Pullach unter dem Decknamen »Gänseblümchen« registriert. Dem BND-Vorläufer war die Quelle in der Regierungszentrale des anderen deutschen Staats einfach in den Schoß gefallen – fast so zufällig, wie dem DDR-Spion Günter Guillaume später der Durchmarsch ins Bonner Kanzleramt gelang.

Elli Barczatis hatte bei Grotewohl eine persönliche Vertrauensstellung inne, sie hatte Zugang zu Geheimdokumenten und Schlüssel für Panzerschränke. Aus ihrem Büro trug sie in ihre Köpenicker Wohnung, was Laurenz und seine Auftraggeber von ihr wissen wollten: die Personalstruktur der Regierungskanzlei und der DDR-Ministerien, Grotewohls geheime Korrespondenz mit Staatsmännern, Sitzungsprotokolle des Ministerrats, Statistiken über Kapazität und Auftragslage wichtiger DDR-Betriebe. Laurenz kassierte dafür von der Organisation Gehlen mehrere tausend Mark.

Als die Stasi die beiden Geheimnislieferanten Barczatis und Laurenz nach mehrjähriger Observation am 4. März 1955 verhaftete, gab es aufgrund von Spitzelberichten wohl Anhaltspunkte für eine Agententätigkeit, aber keine schlüssigen Beweise. Es kam also entscheidend darauf an, was ihnen bei den Verhören entlockt werden konnte.

Die Vernehmungen führten zwei junge Stasi-Offiziere, die beim Zusammenbruch der DDR 1989 zu den führenden Figuren des MfS zählten: Karli Coburger, zuletzt als Generalmajor zuständig für »Auftragsbezogene Ermittlungen«, die Observierung »politisch-negativer Zielpersonen« sowie die konspirative Durchsuchung von Wohnungen und Festnahmen, und Gerhard Niebling, auch er zuletzt im Range eines Generalmajors zuständig für Kontrolle und Koordinierung der »politisch-operativen Bearbeitung« von Fluchthelfer-Organisationen, Erfassung aller Fälle von Republikflucht und »Zurückdrängung« von Ausreisebegehren. Niebling war zuletzt, nach Volperts Tod im Februar 1986, auch Wolfgang Vogels Kontaktmann bei der Stasi.

Den von Niebling, damals Oberleutnant, verfaßten Abschlußbericht im Spionagefall Laurenz/Barczatis machte sich die Generalstaatsanwaltschaft der DDR in ihrer Anklageschrift seitenlang wörtlich zu eigen. Die beiden Beschuldigten, formulierte Niebling, seien bereit gewesen, »für einen Judaslohn ihr Vaterland an die imperialistischen Kriegstreiber zu verkaufen«.

Generalstaatsanwalt Ernst Melzheimer kündigte in einem Brief an das SED-Zentralkomitee Mitte Juli 1955 an, er wolle eine lebenslange Zuchthausstrafe gegen die beiden Angeklagten beantragen, aber die SED-Führung gab ein anderes Urteil vor: »Wer bewußt und vorsätzlich zum Feind übergeht und sein Land und sein Volk verrät«, so der Sitzungsvertreter der Anklagebehörde gehorsam in seinem Plädoyer, »der verdient keine andere Strafe als die aus dem Artikel 6 der Verfassung der Deutschen Demokratischen Republik« – die Todesstrafe.

Das Politbüro bestätigte das Urteil. Der »Rat der Götter«, wie das Gremium in der DDR bespöttelt wurde, folgte einer Empfehlung des ZK-Abteilungsleiters für Staats- und Rechtsfragen, Klaus Sorgenicht (des damaligen Chefs von Josef Streit): »Die Verbrechen und die Persönlichkeit der Verurteilten stellen einen solch hohen Grad der Gesellschaftsgefährlichkeit dar, daß ein Gnadenerweis nicht befürwortet werden kann.« Am 23. November 1955 wurden Elli Barczatis und Karl Laurenz in Dresden mit dem Fallbeil hingerichtet.

Mit einer weitblickenden Argumentation bewahrte zwei Jahre später der New Yorker Anwalt James B. Donovan seinen Mandanten, den KGB-Agenten Rudolf Iwanowitsch Abel, der jahrelang eine Schar sowjetischer Agenten in den USA dirigiert hatte, vor der drohenden Todesstrafe. »Es ist möglich«, sagte Donovan im August 1957 in seinem Plädoyer, »daß in Zukunft auch einmal ein gleichrangiger amerikanischer Spion von den Russen oder einem ihrer Verbündeten gefangen wird, und in einem solchen Fall wäre ein Austausch von Häftlingen auf diplomatischem Wege eventuell im Interesse der Vereinigten Staaten.«

Donovan mußte wissen, daß es schwer sein würde, einen Mann von ähnlichem Kaliber auf der anderen Seite zu finden. Rudolf Abel, ein asketischer KGB-Oberst, war einer der blendendsten Sowjetspione, die je in den USA ihr Wesen trieben. Er sprach, neben Russisch, Deutsch, Polnisch und Jiddisch auch fließend Englisch und das wahlweise mit schottischem, irischem, Oxford- und Brooklyn-Akzent.

Seine Sprachbegabung ermöglichte ihm, sich perfekt seiner Umgebung anzupassen. 1950 hatte er sich, getarnt als Fotograf und Maler, unter dem Namen Emil R. Goldfus in New York niedergelassen und sich im fünften Stock eines unauffälligen Hauses in Brooklyn, 252 Fulton Street, ein Atelier eingerichtet. Dort erhielt er über einen Kurzwellenempfänger Instruktionen aus Moskau, und von dort aus rekrutierte er Agenten für das KGB. Von Anfang an soll er auch mit dem Ehepaar Rosenberg in Verbindung gestanden haben.

Ein Finne namens Reinho Hayhanen führte das FBI zu Abel. Hayhanen war vom KGB als Abels engster Mitarbeiter und Kurier angeheuert worden, doch er versoff das Geld, das er Angehörigen inhaftierter Agenten überbringen sollte. Als Abel ihn, angeblich zwecks Beförderung, nach Moskau schickte, ahnte Hayhanen, daß er zur Rechenschaft gezogen werden sollte, und lief zu den Amerikanern über.

Eine hohle Fünf-Cent-Münze, die das FBI einige Jahre zuvor auf der Straße gefunden hatte, wurde als Beweis für Hayhanens Glaubwürdigkeit gewertet, denn das Geldstück enthielt eine verschlüsselte Nachricht an den Kurier: »Wir wünschen Ihnen Erfolg. Grüße von den Genossen.« In Abels Wohnung entdeckte die Polizei Radiogeräte, mit denen sich die Funksprüche aus Moskau empfangen ließen, ferner sogenannte »Microdots«, auf Punktgröße verkleinerte Nachrichten, und andere Utensilien des Spionagegeschäfts.

James Donovan hatte bereits im Zweiten Weltkrieg Geheimdienst-Erfahrungen gesammelt. Als Navy-Kommandeur war er Berater des (nicht mit ihm verwandten) Generals William Donovan gewesen, der das Office of Strategic Services (OSS) gegründet hatte, aus dem 1946 die CIA hervorging. Seit Jahren hatte sich Donovan jedoch auf Versicherungsrecht spezialisiert, mit Strafverteidigungen hatte er wenig Erfahrung, als die Anwaltskammer von Brooklyn ihn 1957 als Rechtsbeistand für den Spion Abel empfahl. Widerstrebend und nur aus Pflichtbewußtsein übernahm er den Fall.

Donovans Begründung, warum es sinnvoll sei, Abel am Leben zu lassen, leuchtete den Richtern ein – sie verurteilten den Top-Agenten zu 30 Jahren Zuchthaus. Doch für einen Spitzenspion wie Rudolf Abel fand sich so leicht kein ebenbürtiger Häftling in der Sowjetunion oder bei deren Vasallen.

Quantitativ hatte der Ostblock jedoch einiges zu bieten. Dutzende von Geheimdiensten schickten massenhaft Freiwillige durch den damals noch löcherigen Eisernen Vorhang (wie der frühere Briten-Premier Winston Churchill die Nahtstelle der beiden politischen Hemisphären genannt hatte), um auf der jeweils anderen Seite mehr oder minder Geheimes aufzuspüren, Propagandamaterial über die Demarkationslinie zu schaffen und zu verteilen sowie die gegnerischen Regierungen durch Desinformation und Sabotageakte zu verunsichern. Den Deutschen fiel dabei die Mimikry besonders leicht: Sie brauchten noch nicht einmal Abels Sprachtalent, um auf feindlichem Terrain nicht als Fremde aufzufallen.

Wo sich so viele Agenten tummelten, verfingen sich etliche auch in den Netzen der Spionageabwehr, andere wurden von Überläufern verpfiffen. Bald waren die Gefängnisse hüben und drüben voll von enttarnten Geheimdienst-Zuträgern. Da waren geschulte Profis darunter, vor allem aber naive Gelegenheits- und Feierabend-Agenten, idealistische Amateure und Abenteurer, die für ein Handgeld und haltlose Versprechungen lebensgefährliche Risiken eingingen, kommerzielle Fluchthelfer, nachrichtenhungrige Journalisten, fanatisierte Systemkritiker und reisende Kaufleute, die sich ein Zubrot verdienten.

Sie umwehte nicht das Flair von James Bond, sondern meist der Mief kleiner Leute, die ins Räderwerk des Kalten Krieges geraten waren. 08/15 statt 007. Sie über lange Zeit in Gefängnissen schmachten zu lassen, lag auch nicht im Interesse ihrer Dienstherren, deren Ausbeute durch die eigenen Verluste auf der jeweils anderen Seite kaum aufgewogen wurde.

Es bedurfte nur noch eines geeigneten Vermittlers, der im Osten wie im Westen gleichermaßen Anerkennung und Akzeptanz finden würde, um die wechselseitige Heimkehr der eingelochten Späher organisieren zu können. Es mußte eine Persönlichkeit gefunden werden, die durch menschliche Ausstrahlung und diplomatisches Geschick Brücken zwischen den verfeindeten Blöcken schlagen konnte. Und der Gesuchte mußte mit den Vorzügen eines Berufsstandes auftreten können, der aufgrund beidseits anerkannter gesetzlicher Vorschriften und Standesregeln einen Vertrauensbonus besaß.

Es waren genau die Kriterien, über die Wolfgang Vogel verfügte.

4. KAPITEL

»Sie wollen dieselbe Ware zweimal verkaufen«

Vogel löst den Fall Abel/Powers durch ein Dreiecksgeschäft

Den bedächtigen Politfunktionär, einen nüchternen, emotionslosen Mann, brachte so leicht nichts aus der Ruhe. Diesmal jedoch konnte Josef Streit seine hochgespannte Erwartung nicht verbergen. Kaum hatte der junge Anwalt Wolfgang Vogel das Dienstzimmer Streits im Gebäude des SED-Zentralkomitees betreten, platzte der Leiter des Sektors Justiz in der ZK-Abteilung für Staats- und Rechtsfragen auch schon aufgeregt mit der Frage heraus: »Wärst du bereit, einen Fall in Amerika zu übernehmen?« Es handle sich um Spionage, fügte Streit bedeutungsschwer hinzu, »eine sehr ernste Sache«.

Die Frage hatte rein rhetorischen Charakter. Im Zentralkomitee der Staatspartei war der weitere Ablauf schon ausgetüftelt worden und setzte Vogels Zustimmung voraus, der man sich sicher glaubte. »Russische Angehörige«, avisierte Streit, würden »in einer Sache Abel« den Anwalt konsultieren. Der Name sagte Vogel nichts, der Fall war ihm nicht im Gedächtnis haften geblieben, obwohl der Anwalt bei seinen beruflich veranlaßten Aufenthalten in West-Berlin natürlich auch Westpresse lesen konnte, die seinerzeit, zwei Jahre zuvor, ausführlich über den Abel-Prozeß berichtet hatte.

Schon bald nach Streits Ankündigung, im Juli 1959, erhielt der Advokat Post von einer »Helen Abel« aus Leipzig, Eisenacher Straße 24. Sie sei, behauptete die Briefschreiberin, mit dem in den USA inhaftierten Rudolf Iwanowitsch Abel verheiratet und derzeit bei Verwandten in der DDR zu Besuch. Vogel solle sich für die Freilassung ihres Mannes einsetzen. Daß es sich tatsächlich um die Ehefrau des sowjetischen Meisterspions handelte, glaubte Vogel keinen Augenblick. Für ihn gab es keinen Zweifel, daß »Frau Abel« eine KGB-Schöpfung war.

Iwan Schischkin, einer der fähigsten KGB-Offiziere, hatte die Verhandlungen um Rudolf Abel in Gang gebracht – Beleg für den hohen Stellenwert, den die Sowjets ihrem Spion beimaßen. Schischkin, offiziell Zweiter Sekretär an der sowjetischen Botschaft in Ost-Berlin, in Wahrheit jedoch Koordinator der gesamten KGB-Spionage in Westeuropa, hatte bei Stasi-Major Volpert vorgefühlt, ob der dem Bruderdienst behilflich sein könne.

Der kleinen miefigen DDR, die beharrlich, aber erfolglos nach »Weltniveau« strebte, bot sich überraschend eine Chance, dem Großen Bruder in Moskau einen Dienst zu erweisen und zugleich für sich selbst international Meriten einzuheimsen. Ende der fünfziger Jahre unterhielt der ostdeutsche Teilstaat weltweit gerade mal ein Dutzend Botschaften, alle in ideologisch befreundeten Ländern. Ansonsten galt Ulbrichts Spalterregime als sowjetisches Protektorat.

So kam Vogel ins Geschäft. Der Anwalt versichert, er habe damals keinerlei Kontakte zu Sowjets unterhalten, nicht zu deren Botschaft Unter den Linden und erst recht nicht zur KGB-Filiale in Karlshorst, und auch Schischkin habe er erst zweieinhalb Jahre später kennengelernt, als die Verhandlungen um Abels Austausch in die Endphase gingen.

Abel hatte während seines Prozesses immer bestritten, Sowjetbürger zu sein, und das KGB hatte sich bislang nicht zu seinem Agenten bekannt. Deshalb mochte der Moskauer Geheimdienst auch jetzt noch nicht offen in Erscheinung treten. Die Einschaltung eines Anwalts hatte aus Sicht des KGB zudem den Vorteil, daß die Sowjets, falls die Verhandlungen scheitern sollten, sich einfach aus der Affäre hätten ziehen und die Gespräche zu Vogels Privatangelegenheit erklären können.

Ob Moskau die Vorzüge eines unabhängigen Vermittlers zu würdigen wußte, bezweifelt Vogel nach seinen Erfahrungen, die er im Laufe der Jahre mit den Russen machte. Damals, meint er, habe ein selbständiger Anwalt »für die Sowjetunion überhaupt keinen Stellenwert, keine politisch-gesellschaftliche Bedeutung gehabt«. In deren Vorstellungen sei er »eine Art Beamter« gewesen, der sich an politische Weisungen etwa des Generalstaatsanwalts halten mußte. Groß war allerdings sein Spielraum auch in der DDR nicht.

Am 27. Juli 1959 traf bei Rechtsanwalt James Donovan, der Abel vor dem Bezirksgericht in Brooklyn verteidigt hatte, ein Brief Vogels ein: »Frau Helen Abel aus der Deutschen Demokratischen Republik hat mich mit der Vertretung ihrer Interessen beauftragt. Ich soll hauptsächlich die Korrespondenz zwischen Ihnen und Frau Abel führen.« Donovan solle deshalb in Zukunft alle Schreiben an ihn richten, bat Vogel. Eine Anzahlung von 3500 Dollar, die Vogel als »freiwillig« bezeichnete, sei bereits an Donovan unterwegs. Der DDR-Anwalt gab sich generös: »Ich kann persönlich versichern, daß meine Mandantin alle weiteren Unkosten erstatten wird, sobald Sie den Empfang der obigen Summe bestätigen.«

Am nächsten Tag teilte das Justizministerium in Washington Donovan mit, daß man sich entschlossen habe, »Abels Privileg aufzuheben, sich brieflich an Personen außerhalb der Vereinigten Staaten, einschließlich seiner angeblichen Frau und Tochter, wenden zu dürfen«. Es mußte demnach schon vorher Schriftverkehr zwischen dem in Atlanta einsitzenden Abel und seiner angeblichen Familie in Leipzig gegeben haben.

Die Justizbeamten glaubten, daß Abel in seinen scheinbar privaten Briefen versteckte Informationen an den sowjetischen Geheimdienst aus dem Gefängnis schmuggelte, ohne daß sie es freilich beweisen oder gar die vermuteten verschlüsselten Mitteilungen dechiffrieren konnten: »Dieser Beschluß basiert auf unserer Auffassung, daß es nicht im nationalen Interesse liegt, dem für schuldig befundenen Spion Abel zu gestatten, weiterhin mit Leuten im Ostblock zu korrespondieren.« Abel ereiferte sich über das Verbot. Es sei unberechtigt und unbegründet, schrieb er erbost seinem Anwalt. Donovan versuchte, seinem Mandanten sachlich darzulegen, daß die bislang gewährte Schreiberlaubnis nach amerikanischem Recht »ein Privileg und kein Anrecht« sei. Aus der Anordnung des Justizministeriums, schrieb Donovan, könne er nur folgern, »daß Sie in Ihren Mitteilungen eine Art Code verwendet haben«.

Energisch verwahrte sich Abel gegen diese Unterstellung. Er könne sich »des Gefühls nicht erwehren, daß es sich hier um eine reine Schikane seitens des Richters handelt«. Es sei objektiv unmöglich, codierte Nachrichten zu versenden: »Die Briefe unterliegen der Zensur, und Schreiben, die unzulässiges Material enthalten, werden zurückbehalten. Da meine per Luftpost versandten Briefe 25 bis 30 Tage unterwegs waren, von denen höchstens 5 auf die eigentliche ›Laufzeit‹ entfallen, war wohl genug Zeit, sie genauestens zu überprüfen.«

Obwohl er ein Mandat der vorgeblichen Frau Abel hatte, konnte Vogel zunächst nichts weiter tun, als abzuwarten. Dem Anwalt waren die Hände gebunden, auf östlicher Seite gab es keinen Gefangenen von Abels Bedeutung, der zum Austausch hätte angeboten werden können. Das änderte sich erst, als am 1. Mai 1960 der US-Pilot Francis Gary Powers vom Himmel fiel.

Powers, 31, nach außen hin ein ziviler Angestellter des Flugzeugkonzerns Lockheed Corporation, war im Auftrag der CIA von der US-Basis Peschawar in Pakistan morgens um halb sieben Ortszeit mit dem seinerzeit geheimsten Flugzeug der Welt gestartet. Über Afghanistan brachte der Pilot die mattschwarz gestrichene Maschine auf die vermeintlich sichere Flughöhe von 18 300 Metern und ging dann auf den zuvor bestimmten Kurs. Die Route sollte ihn an diesem Tag über den sowjetischen Weltraumbahnhof Tjuratam und über das Bergbau- und Rüstungszentrum von Swerdlowsk führen. Wäre alles nach Plan verlaufen, hätte die zigarettenschlanke U-2 elf Stunden nach dem Start im norwegischen Bodø aufgesetzt – mit gestochen scharfen Aufnahmen der ausgespähten strategischen Zentren an Bord.

Auf diese Weise hatten die Amerikaner schon vier Jahre lang jeden Winkel des Sowjet-Reichs abgelichtet: Atombombenfabriken, Bomberflotten, die ersten Atom-Unterseeboote, und die ersten Interkontinentalraketen wurden in erstklassiger Bildqualität dokumentiert und kartografiert. Ohnmächtig mußte die sowjetische Flugabwehr dem Treiben der Himmelsspäher zusehen, die sie nicht ausschalten konnten: Boden-Luft-Raketen vom Typ »Sam-1« zielten zu kurz, die Triebwerke von MiG-Jagdflugzeugen versagten in so großer Höhe wegen Luftnot.

Doch an diesem Tag kam Powers nicht in Norwegen an. Um 8.53 Uhr, gut 2000 Kilometer tief in Feindesland, verspürte der Pilot plötzlich einen »dumpfen Schlag« gegen sein Flugzeug. Ihm entfuhr ein Schrei: »Guter Gott, nun hat's mich erwischt.«

Der sowjetischen Flugabwehr war gelungen, was amerikanische Geheimdienstler und Militärexperten für unmöglich gehalten hatten: die U-2 trotz des Tarnanstrichs, der die Radar-Ortung verhindern sollte, zu entdecken und mit einer Rakete vom Himmel zu holen.

Unter welch dramatischen Umständen dies geschah, wurde der Welt damals vorenthalten. Erst 30 Jahre später enthüllte das sowjetische Armeeorgan *Krasnaja Swesda*, daß bei der Jagd nach dem Eindringling zwei sowjetische Piloten ums Leben gekommen waren, ehe Powers zum Absprung gezwungen werden konnte.

Zunächst war eine für den Einsatz in großen Höhen neu entwickelte Maschine vom Typ SU–9 gestartet. Weil das Flugzeug keine Bordwaffen hatte, erhielt der Pilot den Befehl, das unbekannte feindliche Objekt in knapp 20000 Metern Höhe zu rammen und zum Absturz zu bringen – »der Pilot flog in den sicheren Tod«, schrieb das Blatt im April 1990. Die SU–9 verfehlte jedoch ihr Ziel und stürzte wegen Treibstoffmangels ab. Inzwischen war die U-2 von einer sowjetischen Luftabwehrrakete getroffen worden. Doch als die sowjetische Raketenstellung vorsichtshalber ein zweites Mal feuerte, traf sie ein eigenes Kampfflugzeug, das ebenfalls aufgestiegen war.

Als Powers die gläserne Pilotenkanzel öffnete, um sich mit dem Fallschirm aus der trudelnden Maschine zu katapultieren, konnte er wegen des starken Sogs den Knopf nicht mehr erreichen, um die eingebaute Sprengladung zu zünden, die das Geheimflugzeug in unkenntlich kleine Wrackteile zerlegt hätte. Und entgegen den Erwartungen der US-Geheimdienstler griff der Pilot auch nicht zu einem spezialangefertigten Silberdollar mit giftgefüllter Hohlnadel, die ihn vor Gefangenschaft und Aussage in Moskau hätte bewahren sollen. Er schwebte am Fallschirm nieder und landete unversehrt auf dem Feld einer Staatsfarm bei Swerdlowsk. Powers rechnete damit, erst gefoltert und schließlich, wenn die Sowjets alles aus ihm herausgequetscht hätten, hingerichtet zu werden.

Während der sowjetische Parteichef Nikita Chruschtschow über den Meisterschuß seiner Militärs begeistert jubelte, gerieten US-Präsident Dwight D. Eisenhower und seine Regierung in Verlegenheit. Auf die mißglückte U-2-Mission reagierte Washington tagelang mit verzweifelten Versuchen, den Zwischenfall zu vertuschen, zumindest aber herunterzuspielen. Ein »Wettererkundungsflugzeug« der Weltraumbehörde NASA habe sich verflogen, wurde behauptet, und es sei »auf keinen Fall beabsichtigt gewesen, den Luftraum der Sowjetunion zu verletzen«.

Die Lügen machten die Sache nur noch schlimmer. Sechs Tage nach dem Abschuß, als klar wurde, daß der U-2-Pilot den Sowjets lebend in die Hände gefallen war und daß aus dem Wrack jene zur Bestechung eventueller Retter gedachten 7500 Rubel und Powers' Air-Force-Ausweis geborgen worden waren, gab die US-Administration zu, was ohnehin nicht mehr zu leugnen war.

Erstmals seit Bestehen der USA mußte eine Regierung einräumen, in Friedenszeiten Spionage betrieben und bewußt alle Welt über diesen Tatbestand irregeführt zu haben. Der Affäre schrieb der damalige Vizepräsident Richard Nixon seine Niederlage bei der Präsidentenwahl 1960 gegen den Demokraten John F. Kennedy zu.

Die Sowjets entfachten schadenfroh eine gewaltige Propaganda-Kampagne. Chruschtschow verurteilte den »Akt der Aggression«, für den er »verrückte Militaristen im Pentagon« verantwortlich machte. Die amtliche Nachrichtenagentur TASS veröffentlichte ein ausführliches Interview mit einem hochrangigen Juristen namens Nikiforow, um die einheimische Bevölkerung auf den vorgesehenen Schauprozeß gegen Powers einzustimmen. Spionage, sagte Nikiforow, sei »eines der schwersten Verbrechen gegen die äußere Sicherheit eines Staates«. Das sowjetische Strafrecht zähle Spionage zu den »gefährlichsten Staatsverbrechen« und sehe dafür die Todesstrafe oder Haft zwischen 7 und 15 Jahren vor.

Auch als politisches Druckmittel ließ sich der Zwischenfall trefflich nutzen. Seit knapp zwei Jahren schwelte eine neue Berlin-Krise: Im November 1958 hatte Chruschtschow ultimativ die Umwandlung West-Berlins in eine entmilitarisierte Freie Stadt und die Aufhebung des Vier-Mächte-Statuts verlangt. Der Westen wußte, daß die Sowjets jederzeit, wie 1948, die Versorgungswege nach West-Berlin abschnüren konnten.

Mehrere Außenminister-Konferenzen konnten den Konflikt nicht lösen. Erst eine Unterredung zwischen Chruschtschow und US-Präsident Eisenhower in Camp David im September 1959 hatte Hoffnung aufkeimen lassen; die Führer der beiden

Supermächte vereinbarten ein neues Gipfeltreffen für Mitte Mai 1960 in Paris. Beide kamen auch, zwei Wochen nach dem U-2-Desaster, in die französische Hauptstadt, doch Chruschtschow ging Eisenhower demonstrativ aus dem Weg. Der cholerische Kremlchef verlangte vom amerikanischen Präsidenten eine förmliche Entschuldigung für die U-2-Aufklärungsflüge und die Zusage, daß die Verantwortlichen bestraft würden. Als Eisenhower sich weigerte, ließ Chruschtschow das ganze Treffen platzen und reiste ab.

Als erster brachte Rudolf Abel seinen Fall mit dem des Spionagefliegers in einen Zusammenhang. In einem Brief an seinen Anwalt Donovan protestierte er ein weiteres Mal über das gegen ihn verhängte Schreibverbot, während es »erwiesen zu sein scheint, daß Powers mit seiner Familie korrespondieren darf«. Die Nachrichtenübermittlung zwischen Moskau und dem US-Staatsgefängnis in Atlanta klappte offenbar vorzüglich.

Auch die Familie Powers kam, welch ein Zufall, auf die Idee, eine Parallele zwischen dem abgeschossenen Piloten und dem KGB-Spion zu ziehen. Anfang Juni 1960 erhielt Abel in der Haft einen Brief von Oliver Powers. Der Vater des Spionagefliegers, ein ehemaliger Bergarbeiter aus Virginia, der nun als Schuhmacher seinen Unterhalt verdiente, erbot sich, »das Außenministerium und den Präsidenten der Vereinigten Staaten um einen Austausch zwecks einer Freilassung meines Sohnes zu ersuchen«. Er wolle, präzisierte er, »versuchen, meine Regierung zu veranlassen, Sie freizulassen und in Ihr Land zurückzuschicken, wenn Ihr Land seinerseits meinen Sohn freiläßt und zu mir zurückschickt«. Wenn Abel bereit sei, sich diesem Vorschlag anzuschließen, solle er die zuständigen US-Behörden darüber informieren.

Abel antwortete dem Senior, er verstehe dessen Sorge um die Sicherheit und Rückkehr seines Sohnes. Leider sei er aber »nicht die Person, an die Sie sich mit Ihrer Bitte hätten wenden sollen«. Dies könne »selbstverständlich nur meine Frau sein«. Denn – und dabei wischte er dem Justizministerium wieder eins aus – es sei ihm »nicht gestattet, meiner Familie zu schreiben«, daher könne er seine Bitte »auch nicht direkt an sie weiterleiten«.

Dies konnte natürlich ebensogut über Anwalt Donovan geschehen. Der schickte, wie von Abel gewünscht, Abschriften der beiden Briefe an Vogel und Helen Abel, aber auch, ohne Auftrag, an das FBI in New York und die CIA in Washington. Außerdem übergab er der Presse eine Zusammenfassung der Korrespondenz zwischen Abel und Vater Powers.

Ein Sprecher des US-Außenministeriums erklärte sogleich, daß einem Austausch zwei Haupthindernisse im Weg stünden: Powers war noch nicht vor Gericht gestellt worden, also sei ihm keinerlei Schuld nachgewiesen, und die Russen hatten Abel nie als einen ihrer Spione, ja nicht einmal als sowjetischen Staatsbürger anerkannt. Abel selbst hatte immer behauptet, Ostdeutscher zu sein. Daß er Russisch nicht ganz so gewandt parlierte, wie er sich in seiner angeblichen Muttersprache ausdrücken konnte, wurde ihm als bewußte Irreführung ausgelegt.

Erschrocken über die öffentliche Diskussion, mißbilligte Abel die unerbetene Public-relations-Arbeit seines Anwalts: »Die Abschriften der Briefe von Oliver Powers sowie meiner Antwort waren nur zur Benachrichtigung meiner Frau gedacht. Ich möchte, daß Herr Vogel darüber im klaren ist, daß diese Pressemeldungen nicht auf meine Initiative hin entstanden sind ... Nach wie vor bin ich gegen jede Publicity und halte es für das klügste, nichts zu tun, was dazu Anlaß geben könnte.« Der gelernte Geheimdienstler Abel setzte auf diskrete Verhandlungen. Donovan hingegen blieb auch im nachhinein davon überzeugt, daß nur großes Getöse und der öffentliche Druck auf die US-Regierung einen Austausch möglich machen würden.

Kurz zuvor hatte Donovan an Abel geschrieben, daß er beabsichtige, aus geschäftlichen Gründen nach Europa zu reisen. Abel schlug daraufhin vor, »daß es vielleicht von Nutzen sein könnte, wenn Sie sich mit dem Anwalt meiner Frau treffen würden ... Sie könnten ihm dann ein viel klareres Bild von den Vorgängen geben, als es ein Briefwechsel vermag«.

Donovan hatte seine Europareise bereits angetreten, als er, per Telegramm in seinem Londoner Hotel, informiert wurde, daß das Justizministerium am 24. Juni das Schreibverbot für Abel wieder aufgehoben hatte. Von der US-Botschaft in der britischen Hauptstadt erfuhr der Anwalt, sichtlich erleichtert, daß unter diesen Umständen für ihn kein Anlaß mehr bestehe, sich mit Vogel in Ost-Berlin in Verbindung zu setzen. Einer Begegnung mit dem DDR-Kollegen, den er für ein gefügiges Werkzeug des KGB hielt, wich er nur zu gern aus.

Die Sowjets inszenierten den aufwendigsten Schauprozeß des Kalten Krieges. Auf einer protzig rot und golden geschmückten Bühne des traditionsreichen Moskauer Gewerkschaftshauses, vor zahlreichen Fernsehkameras und vor 2200 Zuschauern in den Plüschsesseln der riesigen Säulenhalle, darunter auch Powers' Eltern und seine Frau, begann am 17. August 1960 das viertägige Tribunal gegen Powers. Am selben Ort hatte Stalin in den dreißiger Jahren Säuberungsprozesse gegen mißliebige Genossen abhalten lassen.

Die Anklage gegen Powers vertrat Generalstaatsanwalt Roman Rudenko, ein gebürtiger Ukrainer, der im Nürnberger Kriegsverbrecher-Prozeß 1945/46 als sowjetischer Hauptankläger fungiert hatte. Der Powers beigeordnete Verteidiger Michail Grinew schärfte dem Angeklagten ein, vor Gericht Reue zu zeigen sowie »umfassend und vollständig« auszusagen. Powers bekannte sich schuldig und räumte ein, daß er im Auftrag der CIA geflogen sei. In seinem Schlußwort bat er das Gericht, »das Urteil über mich als einen Menschen zu fällen, der kein Feind des sowjetischen Volkes ist und zutiefst bereut und bedauert, was er getan hat«. Am Ende der Verhandlung wurde der Pilot zu drei Jahren Zuchthaus und sieben Jahren Arbeitslager verurteilt.

Das Urteil war, wie Abel fand, »zu milde, wenn man bedenkt, daß Powers nach fünf Jahren oder, wenn man ihn ausweisen will, sogar noch eher freigesetzt werden könnte«. Er sehe nicht ein, schrieb Abel, wie man diese Strafe als sehr hart »im Verhältnis zu meinen 30 Jahren« bezeichnen könne. Auch Vogel sagt, es habe ihn »damals gewundert, daß man Powers nicht höher bestraft hat«. Für die Sowjets wäre es ein leichtes gewesen: »Wenn man ihm lebenslang gegeben hätte, hätte es der Westen auch schlucken müssen.«

Abel sah seine Chancen schwinden: Auch wenn er schon drei Jahre abgesessen hatte, kam er, bei einem Vergleich der Reststrafen, kaum mehr als ebenbürtiger Austauschpartner für Powers in Frage. Obwohl er selbst als erster die Parallele mit Powers gezogen hatte, rückte er nun rasch wieder davon ab.

Entsprechend kommentierte Helen Abel in einem Brief an Anwalt Donovan: »Meine Tochter und ich warten leidenschaftlich darauf, daß Rudolf freigelassen wird und so bald wie möglich zu uns zurückkehrt, aber der vorgeschlagene Weg«, gemeint war der Austausch, »erscheint uns nicht nur unrealistisch, sondern auch gefährlich. Mein Mann schreibt, daß der Fall des Piloten nichts mit ihm zu tun habe. Deshalb können wir nicht verstehen, warum diese Frage überhaupt aufgeworfen worden ist. Um weitere Schritte zu erwägen, muß ich mich natürlich mit meinem Ost-Berliner Anwalt in Verbindung setzen.«

Nach außen hin distanzierten sich die Abels von allen Austausch-Überlegungen. Insgeheim begannen jedoch alsbald Verhandlungen. Die Initiative dazu ging von Moskau aus, wie aus einem vertraulichen Vermerk des CIA-Rechtsberaters Lawrence R. Houston vom 11. Januar 1961 hervorgeht. Houston notierte, Donovan habe ihn angerufen und ihm mitgeteilt, daß Abels angebliche Ehefrau ihrem Mann in einem Brief vorgeschlagen habe, ein Gnadengesuch an die neue Regierung zu richten. Anfang November war John F. Kennedy, der Kandidat der Demokraten, zum US-Präsidenten gewählt worden. Abel behauptete, er habe seiner Frau ebenfalls auf dem Postweg geantwortet, er halte es für »nicht angebracht, ein Gesuch einzureichen«, aber sie solle an die neue Regierung »mit ähnlichen Gründen appellieren«, wie dies die Familie Powers bei Chruschtschow getan habe.

Im Februar 1961, Kennedy war gerade ins Amt eingeführt worden, schickte Helen Abel an Donovan eine Petition, die er an den neuen Präsidenten richten sollte. Drei Monate später erkundigte sie sich, leicht vorwurfsvoll, ob das Gnadengesuch irgendwelche Reaktionen ausgelöst habe – sie wisse ja nicht einmal, ob dem Präsidenten die Bittschrift wenigstens gezeigt worden sei.

Nach der für ihre Briefe typischen Klage, wie »besorgt« sie sei und »wie schwer es fällt, endlos zu warten«, und daß die Sache für sie »so wichtig und lebensnotwendig« sei, erinnerte sie an das Schreiben, »das der Vater des Piloten Powers voriges Jahr an meinen Mann geschickt hat«. Sie habe den Brief nicht gelesen, betonte die vorgebliche Ehefrau, aber Powers sen. habe wohl, »wenn ich nicht irre«, einen Austausch seines Sohnes und ihres Ehemannes vorgeschlagen.

Offenbar hat Donovan im Mai 1961 jene von Helen Abel im Februar monierte Petition an Kennedy eingereicht. Überschwenglich bedankte sich Helen Abel in einem Brief vom

17. Juni bei dem Anwalt – der den Wortlaut unverzüglich wieder der CIA telefonisch durchgab.

Nachdem sie Donovans »lange erwarteten« Brief vom 25. Mai erhalten habe, sei sie sofort nach Berlin gefahren. »Ich besuchte die sowjetische Botschaft und bat sie, etwas für die Entlassung meines Mannes zu tun, da ich persönlich in seiner Sache nichts mehr unternehmen kann. Man hörte mir aufmerksam zu, und ich wurde gebeten, ein paar Tage später wiederzukommen.« Damit beschrieb sie durch die Blume, daß sie ein von Donovan übermitteltes Angebot der CIA an ihre sowjetischen Auftraggeber weitergereicht hatte, über das die östliche Seite nun nachdenken mußte. Der Briefwechsel zwischen der angeblichen Abel-Ehefrau und dem Abel-Anwalt Donovan lief stets über Vogel.

Bei ihrem zweiten Besuch in der Botschaft, so Helen Abel, sei ihr gesagt worden, »daß meine Bitte mit Sympathie aufgenommen worden sei, und mir wurde empfohlen, meine Bemühungen auf dieser Linie fortzusetzen«. Sie sei »sicher«, schrieb die angebliche Agenten-Gattin, »daß auch Mr. Powers Strafverschonung erhalten wird, falls man meinen Mann begnadigt«. Das KGB hatte die CIA-Offerte also grundsätzlich akzeptiert.

Ein Spitzel meldet Fluchtabsichten Vogels

Während Vogel zumindest hinter den Kulissen der weltpolitischen Bühne bereits einen bedeutsamen Part spielte, mußte er sich zu Hause mit sozialistischer Kleinkrämerei der Genossen herumschlagen, die ihm partout keine Sonderrechte zubilligen wollten. Der DDR-Anwalt, durch seine ständigen Westreisen an kapitalistisches Flair gewöhnt, mochte ungern mit den häßlichen und stinkenden Zweitaktern aus heimischer Autoproduktion fahren, sondern bevorzugte schnittige westliche Modelle. Schließlich steuerte ja auch der berühmte SED-Staranwalt Friedrich Karl Kaul, trotz seinem pathologischen Haß auf die USA, mit Vorliebe amerikanische Sportcoupés.

Vogels Opel Rekord, orangerot mit weißem Dach, stach in

der DDR-Hauptstadt von den sozialismusgrauen Trabis und Wartburgs ab. Und der Anwalt fuhr immer die neuesten Modelle. Nun wollte er in die nächstgrößere Klasse aufsteigen: Er hatte sich einen Opel Kapitän bestellt, für den er jedoch – Anfang August 1961, wenige Tage vor dem Mauerbau – keine Einfuhrgenehmigung erhielt. Auch diese »private Sache, wie man sie bezeichnen kann«, schlug sich in einem Treffbericht des Majors Volpert mit dem GM »Georg« nieder.

So eng war deren Symbiose inzwischen, daß der Stasi-Offizier sich mit dem Anwalt identifizierte, indem er »wir« und »uns« schrieb, auch wenn er nur Vogel meinte. Es sei festzustellen, notierte Volpert mitfühlend, »daß den GM das gesamte Problem sehr angegriffen hat, weil ja bekanntlich sein einziges Hobby seine Autos waren«. Bei dem Treff habe er ihm jedoch »in einer sehr sachlichen und vernünftigen Art und Weise« klarzumachen versucht, »daß die Möglichkeiten der Einfuhr eines West-Pkw so gut wie aussichtslos sind und daß wir uns mit dem Gedanken vertraut machen müssen, das bereits gekaufte West-Auto wieder zu verkaufen«.

Mit dem Opel Rekord, den er noch besaß, wurde Vogel in der Nacht des Mauerbaus in West-Berlin überrascht. Der Anwalt hatte den Samstag abend mit seiner Frau bei Freunden in der Nähe des »Kaufhauses des Westens« am Wittenbergplatz verbracht. Als sie am 13. August 1961 gegen halb vier in ihr Auto einsteigen wollten, an dem Passanten das DDR-Kennzeichen gesehen hatten, fragten sie Vogel: »Haben Sie denn keine Ahnung, was gerade passiert? Ost-Berlin ist abgesperrt worden!«

Die Leute berichteten von Panzern und Soldaten an der Sektorengrenze, weshalb Vogel zu den Freunden in die Wohnung zurückkehrte. Im Radio hörte er die Bestätigung: »Seit etwa ein Uhr nachts rattern und bohren Preßlufthämmer einen Graben hier am Brandenburger Tor«, schrie ein Rias-Reporter ins Mikrofon, Kolonnen von DDR-Armeelastwagen seien im Anmarsch, zum Potsdamer Platz hin werde Stacheldraht ausgerollt.

Vogel meinte, nun sei »ein Krieg wohl unvermeidlich«. Er rechnete mit einem militärischen Eingreifen der West-Alliierten. Der Rias-Sprecher riet derweil DDR-Bürgern, die sich gerade im Westen aufhielten, dort zu bleiben und die weitere Entwicklung abzuwarten. Auch Vogels Freunde wollten ihn überreden, doch der Anwalt kehrte sofort nach Ost-Berlin zurück. Zum einen waren die beiden Kinder, Manfred und Lilo, allein in der Ost-Berliner Wohnung. Zum andern, sagte er später, habe er zeigen wollen: »Ich gehöre hierher.«

An Vogels Einstellung zu seinem Staat kamen dennoch Zweifel auf. Durch die Denunziation eines Mitbewohners im Haus Ostseestraße 67 geriet Vogel in Verdacht, Vorbereitungen zur Republikflucht zu treffen. Der Nachbar, ein Inoffizieller Mitarbeiter der Hauptabteilung III, wollte gehört haben, daß »große Umräumungen« in Vogels Wohnung »vor sich gegangen« seien, woraus der IM seine Schlüsse zog.

Auch prominente Hausgemeinschaften schützten nicht vor profaner Spitzelei. Im Parterre wohnte der Volkskammer-Abgeordnete und Chefredakteur des LDP-Zentralorgans *Der Morgen*, Gerhard Fischer. Mit ihm unterhielt Vogel ein gutes persönliches Verhältnis. Im ersten Stock, direkt unter Vogel, hatte Heinz Behrendt, Leiter der Abteilung Innerdeutscher Handel im DDR-Außenhandelsministerium und später Vizeminister, seine Wohnung. Behrendt ging dem Anwalt möglichst aus dem Weg und begegnete ihm stets reserviert. Wer auch immer das Möbelrücken gehört haben mochte: Aus den Geräuschen auf eine bevorstehende Republikflucht zu schließen, war ziemlich kühn. Dennoch nahm Volpert die Sache ernst und verabredete sich zwei Tage nach dem Mauerbau, am 15. August, mit Vogel.

Der Stasi-Major mochte den ihm zugetragenen Verdacht nicht von der Hand weisen, weil er wußte, daß Vogel »seit geraumer Zeit Schwierigkeiten mit seiner Ehefrau hat, die darauf drängt, die DDR zu verlassen«. Eva Vogel begründe dies einerseits mit der »allgemeinen politischen Lage (Torschlußpanik)«, andererseits mit der »Ablehnung der Einfuhr des Pkw«. Vor allem aus dem verweigerten Autoimport habe Eva Vogel gefolgert, »daß etwas gegen den GM ›Georg‹ vorliegt und daß es nur noch eine Frage der Zeit ist, bis man ihn ›liquidiert‹«.

Volpert stellte Vogel auf die Probe: Würde Vogel den Wunsch Volperts, »mit der Ehefrau vernünftig zu sprechen«, ablehnen, müsse der Hinweis der Republikflucht ernst genommen werden; sollte er jedoch »bereitwillig und sofort« einen Termin vereinbaren, »dann dürfte wohl die Information der Hauptabteilung III nicht ganz zutreffen«. Erleichtert notierte Volpert: Es »trat die letzte Möglichkeit ein«.

Vogel nutzte das Gespräch mit Volpert auch zu einer Diskussion über seine zukünftige Arbeit. Er fragte den Stasi-Mann, ob das MfS »prinzipiell daran interessiert« sei, daß er »weiterhin beruflich in Westberlin« tätig sei. In diesem Fall müsse er einen der neuen Berechtigungsscheine haben. Schlau fügte Vogel hinzu, man müsse aber darauf achten, daß er nicht als einziger Anwalt ein solches Papier bekomme. Er nannte drei Kriterien, die nach seiner Ansicht vorliegen müßten, um einen Berechtigungsschein zu erhalten: die Mitgliedschaft im Kollegium, eine Zulassung in West-Berlin und »tatsächliche Prozeßführungen« im Westteil der Stadt. Diese Merkmale, warb Vogel für sein Modell, könnten den Kollegen plausibel begründet werden, aber clever hatte er auch schon ausgerechnet, daß die Voraussetzungen außer ihm nur noch ein weiterer Ost-Berliner Anwalt erfüllte, nämlich Clemens de Maizière. Nicht einmal der SED-Kronjurist Friedrich Karl Kaul hätte das Vogel-Kriterium erfüllt: Er war Einzelanwalt und gehörte keinem Anwaltskollegium an.

Kaul wurde nach dem Mauerbau, stellvertretend für seine Regierung, erst einmal vom Westen abgestraft. Die West-Alliierten verhängten auf Drängen des West-Berliner Innensenators Joachim Lipschitz gegen den Staranwalt ein Einreiseverbot, so daß Kaul vor West-Berliner Gerichten nicht mehr auftreten konnte. Die Anwaltskammer protestierte vergebens gegen diesen »Eingriff in die Ausübung der freien Advokatur«.

Aber auch die DDR-Behörden ließen Ost-Anwälte nicht mehr ungehindert ein- und ausreisen. Der Kollegiums-Vorsitzende Friedrich Wolff erklärte, daß nur noch Tagespassierscheine ausgegeben würden und auch die nur, wenn der betreffende Anwalt in West-Berlin Arbeiten im »Staatsinteresse« zu erledigen habe. An dieser Formulierung entzündete sich eine hitzige Diskussion unter den Anwälten. Der Westen, argumentierte das Kollegium, wisse dann genau, in welchen Fällen »der Staat an Mandanten interessiert« sei und daß »der Anwalt nicht mehr seine wirkliche anwaltschaftliche Tätigkeit in Westberlin ausüben« könne.

Wolfgang Vogel mochte sich derweil noch immer nicht damit abfinden, daß er auf seinen Westwagen verzichten sollte. Er suchte deshalb das Gespräch mit dem Kollegiums-Vorsitzenden, weil er, wie Volpert formulierte, gern wissen wollte,

»welche Person ihm diese Suppe versalzen hat«. Wolff wurde sichtlich verlegen – er war es gewesen, der eine Eingabe beim Justizministerium gemacht hatte. So in die Enge getrieben, sagte Wolff zu Vogel, er solle doch »zu der Stelle gehen, die eine Befürwortung« seines Antrages ausgesprochen habe. Vogel stellte sich dumm und verlangte eine präzisere Auskunft, worauf Wolff behauptete, er wisse, daß das MfS dahinterstecke.

Vogel war es sichtlich unangenehm, mit der Stasi in Verbindung gebracht zu werden. Er könne sich das nur so erklären, druckste er herum, daß er seiner Mandantin Abel, deren Fall Wolff kannte, von seinem Auto-Problem erzählt und sie daraufhin »wahrscheinlich mit den sowjetischen Freunden darüber gesprochen« habe. Nur so könne er sich eine MfS-Intervention zusammenreimen.

Volpert kam nicht umhin, Vogel »erneut klipp und klar« zu sagen, »daß er nun endlich den in Westberlin stehenden Wagen verkaufen soll, da eine Einfuhr jetzt nach dem 13. 8. 1961 erst recht nicht zur Diskussion steht«.

Seinen roten Rekord verlor Vogel alsbald durch eine Republikflucht: Ein mit ihm befreundeter Zahnarzt, dem er den Wagen ausgeliehen hatte, fuhr damit auf Nimmerwiedersehen in den Westen davon; damals fand sich immer noch ein Schlupfloch in der Staatsgrenze West. Den grünen Kapitän schaffte Vogel später mit einem Trick doch noch in den Osten: Der Wagen wurde auf den Namen eines mit dem Anwalt befreundeten Arztes in Strausberg zugelassen und stand dort zunächst einige Monate in einer Garage; als Gras über die Sache gewachsen war, holte Vogel das Auto aus dem Versteck und meldete es auf seinen Namen an.

In der Zwischenzeit mußte der Autonarr jedoch mit einem DDR-Gefährt vorlieb nehmen: Vogel legte sich ein graues Wartburg Coupé zu. Dieses Modell, ein Zweisitzer mit zwei Notsitzen im Fond, war, da nicht familienfreundlich, wenig gefragt und konnte deshalb kurzfristig geliefert werden; normalerweise mußten DDR-Autos auf Jahre im voraus bestellt werden.

Während durch den Mauerbau der Ost-West-Konflikt eskalierte, lief die Korrespondenz zwischen dem US-Anwalt Donovan und der angeblichen Ehefrau seines Mandanten Abel weiter, freilich ohne dem Ziel eines Austauschs näherzukommen. Helen Abel hielt den Schein aufrecht, sie zeige diese

Briefe in der Berliner Sowjet-Botschaft vor und hole sich dort weitere Instruktionen.

Eine schriftliche Antwort vom 11. September, die Donovan wie gewohnt dem CIA-Mann Houston zuspielte, kommentierte dieser zufrieden in einem Vermerk für CIA-Direktor John McCone. Aus ihrem »Gespräch« in der Botschaft schließe sie, schrieb Helen Abel, »daß es nur einen erfolgreichen Weg gibt, eine Lösung jetzt zu erzielen – das ist die gleichzeitige Freilassung sowohl von Powers als auch meinem Mann. Dies kann arrangiert werden«.

Ein Austausch Mann gegen Mann schien jedoch schon zu diesem Zeitpunkt fraglich – beide Seiten fühlten sich übervorteilt. Die Amerikaner argumentierten, Abel habe jahrelang ein landesweites Netz sowjetischer Agenten angeleitet und den USA schweren Schaden zugefügt, während Powers als Soldat bei einem militärischen Auftrag, zudem bei seinem ersten Geheimflug, in Gefangenschaft geraten sei.

In den USA kam obendrein Stimmung gegen Powers auf, dem angekreidet wurde, daß er sich überhaupt habe gefangennehmen lassen. Vor allem FBI-Chef J. Edgar Hoover widersetzte sich vehement einem Austausch. Er beschwor Justizminister Robert Kennedy, den »weitaus wertvolleren« Agenten Abel nicht für einen wie Powers herzugeben, von dem man ja, aufgrund der feindseligen öffentlichen Debatte, gar nicht wisse, ob er nicht »am Ende die Heimkehr verweigert« – »eine Katastrophe wäre das«, meinte Hoover.

Die Sowjets wiederum fanden, daß ihr Friedens-Kundschafter mit dem imperialistischen Spionageflieger überhaupt nicht zu vergleichen sei. Zudem sitze ihr Mann schon drei Jahre länger ein als Powers. Dieser Einwand relativierte sich jedoch, je länger sich beide Seiten gegen die Freilassung sperrten.

Es zeichnete sich ab, daß die östliche Seite den Amerikanern noch eine Dreingabe offerieren mußte, um den Handel auszubalancieren. Da Moskau den ostdeutschen Anwalt Vogel zwischengeschaltet hatte, sollte die DDR quasi eine Provision erhalten. Die Gelegenheit für die DDR, am Agenten-Deal teilzuhaben, ergab sich am 25. August 1961, knapp zwei Wochen nach dem Mauerbau. In Ost-Berlin, »Hauptstadt der DDR«, tappte ein junger US-Student in eine Falle der MfS-Spionageabwehr.

Frederic L. Pryor, damals 28, hatte seit 1959 in West-Berlin gelebt, wo er an seiner Dissertation für die Yale-Universität über das Außenhandelssystem des Ostblocks schrieb. Zu diesem Zweck hatte der Doktorand rund drei Dutzend Recherchegespräche in Ost-Berlin geführt, vor allem darüber, wie in der DDR-Außenwirtschaft geplant und Entscheidungen herbeigeführt wurden. Pryor ging auch der Frage nach, wie beim Handel mit anderen sozialistischen Staaten die Preise festgesetzt wurden. Zu diesem Zweck besuchte er Bibliotheken in Ost-Berlin und las Dokumente, die im Westen nicht zugänglich waren.

In seiner Dissertation zitierte Pryor auch aus der Diplomarbeit eines gewissen Alexander Schalck-Golodkowski (Titel: »Der Export der DDR auf dem Gebiet der kompletten Industrieanlagen unter dem Gesichtspunkt der internationalen Arbeitsteilung sozialistischen Typus«), die der spätere DDR-Devisenbeschaffer im November 1957 nach zwei Jahren Direkt- und einem Jahr Fernstudium an der Ost-Berliner Hochschule für Ökonomie vorgelegt hatte.

In einer anderen Diplomarbeit fand Pryor Einzelheiten einer geheimen Preisabsprache zwischen der DDR und der Sowjetunion. Die Grundsätze dieser Vereinbarung waren zwar in etlichen frei zugänglichen DDR-Publikationen auch nachzulesen, aber die hier wiedergegebenen Zitate aus der bilateralen Vereinbarung belegten detailliert, was sonst nur verklausuliert wiedergegeben wurde.

In der Nacht zum 25. August fuhr Pryor mit seinem Karmann Ghia nach Ost-Berlin, »um eine Rede des SED-Generalsekretärs Walter Ulbricht zu hören und zu erfahren, wie er den Mauerbau rechtfertigte«. Anschließend wollte er eine junge Frau besuchen, die Ingenieurin und Wirtschaftswissenschaftlerin war und die ihm bei seiner Doktorarbeit mit technischem Knowhow geholfen hatte. Mit ihr hatte Pryor bereits ein neues gemeinsames Projekt verabredet: den Vergleich der Textilindustrie in Ost- und Westdeutschland.

Nachdem sich die innerdeutsche und weltpolitische Lage durch den Mauerbau zugespitzt hatte, wollte Pryor das Vorhaben abblasen und sich von seiner Helferin, einem Fräulein Bergmann, deren Vornamen er vergessen hat, verabschieden. Doch ihre Wohnung wurde bereits von der Stasi überwacht, weil die Frau, was Pryor nicht wußte, ein paar Tage zuvor in den Westen geflohen war. Die DDR-Staatssicherheit unterstellte ihm, er habe persönliche Dinge der Republikflüchtigen beiseite schaffen wollen. Pryor wurde ins Stasi-Gefängnis in der Magdalenenstraße eingeliefert.

Millard und Mary Pryor, die Eltern des verhafteten Studenten, die in Ann Arbor (US-Bundesstaat Michigan) lebten, setzten alle Hebel in Bewegung, um ihren Sohn möglichst schnell wieder zu befreien. Von der US-Mission in West-Berlin ließen sie sich eine Liste Ost-Berliner Anwälte geben, die den Fall übernehmen konnten. Davon gab es nicht viele: Frederic Pryor erinnert sich überhaupt nur an zwei – einen, der »absolut inakzeptabel« war, und Vogel, »der uns von der US-Mission empfohlen wurde«.

Ansprechpartner der Pryors war dort ein junger Diplomat, der erst Anfang Oktober 1961 seinen Dienst in West-Berlin angetreten hatte. Francis J. Meehan, 1924 in East Orange (US-Bundesstaat New Jersey) geboren, aber in Schottland aufgewachsen und zur Schule gegangen, war ein ausgezeichneter Kommunismus-Experte und ein ebenso exzellenter Deutschland-Kenner. Er hatte seine Karriere 1951 bei der amerikanischen High Commission in Frankfurt/Main, in der Presseabteilung unter Shepard Stone, dem früheren Chefredakteur der *New York Sunday Times*, begonnen. Weitere Stationen waren der NATO-Stab in Paris, ein Russisch-Studium an der Harvard-Universität und eine Anstellung in der Nachrichtenabteilung des State Department in Washington. 1959 war er als Politischer Offizier an die Moskauer Botschaft gegangen, bevor er wenige Wochen nach dem Mauerbau in die Ostabteilung der US-Mission in West-Berlin wechselte.

Er habe Vogel damals »nicht als Mittelsmann zum KGB angesehen«, sagt Meehan, aber in der Mission sei man sich natürlich darüber im klaren gewesen, »daß er enge Beziehungen zu den ostdeutschen Sicherheitsbehörden und zum Geheimdienst haben mußte«. Die »Vorstellung, es hätte irgendwelche unabhängige Rechtsanwälte in der DDR gegeben«, wäre »naiv« gewesen.

Am 11. Oktober 1961 registrierte die Stasi-Abteilung V/5, ihr GM »Georg« habe »seit ca. 14 Tagen ein US-Mandat Pryor übernommen«, die Eltern des Beschuldigten hätten sich im Hotel

Kempinski am Ku'damm einquartiert. Weil sich die Verhandlungen hinzogen und ihnen die Unterkunft auf Dauer zu teuer wurde, mieteten sie Mitte November eine kleine Wohnung in der Bayerischen Straße 28 in Wilmersdorf.

Ein mysteriöser Besucher horcht Vogel aus

Die Initiative, den Häftling Pryor in einen zwischenstaatlichen Tauschhandel einzubeziehen, ging – den Stasi-Akten zufolge – von den Eltern aus. Mitte November, notierte Volpert, sei durch einen Kurier der US-Army ein Brief »hier im demokratischen Berlin abgegeben« worden, »der bei uns vorliegt«; Volpert nannte weder den auf dem Brief angegebenen Adressaten noch den konkreten Empfänger. In der Passivform, die keinen Rückschluß auf handelnde Personen zuließ, fuhr der MfS-Hauptmann fort: »Bisher wurde noch keine konkrete Stellungnahme zu diesem Vorgang bezogen, und es müßte entschieden werden, inwieweit wir oder andere Sicherheitsorgane an der Entlassung einer Person zum Beispiel in Frankreich, England, Türkei usw. interessiert sind.«

Der Stasi-Offizier setzte mit diesen Sätzen auf einen bilateralen Handel – Pryor gegen irgendeinen DDR-Spion im westlichen Ausland. Abel und Powers spielten in diesen Überlegungen keine Rolle, obwohl Volpert doch von Vogels Mandat für den in Atlanta inhaftierten KGB-Spion wußte. Dies deutet darauf hin, daß der Stasi-Mann wieder mal für den Hausgebrauch eine Legende zurechtzimmerte, um die wahren Absichten zu verschleiern.

In dieses Bild paßt, daß sich die Stasi auf eine absurde Weise desinformiert zeigte über die Taten, deren Frederic Pryor bezichtigt wurde. Laut Vermerk war der junge Mann verhaftet worden, »weil er in Westberlin studierte, seine Dissertationsarbeit das Thema ›Die Diplomatie der Ostblockstaaten‹ hat und er diese in verleumderischer Weise bei der Humboldt-Universität angepriesen hat«. Diese Begründung ist weit hergeholt: Pryor, jetzt Wirtschaftsprofessor in Pennsylvania, versichert, er habe bis zu seiner Verhaftung die Arbeit niemandem in Ost-Berlin gezeigt. Deren Titel ist nachweislich grob falsch wiedergegeben, und daß ein Amerikaner in West-Berlin studierte, konnte kein DDR-Gesetz verbieten.

Pryors Eltern brauchten für die Verhandlungen mit ihrem ostdeutschen Anwalt und mit DDR-Behörden einen Dolmetscher. Die West-Berliner US-Mission besorgte ihnen einen: den Amerikaner Duane F. Bruce, der in der Potsdamer Chaussee in Berlin-Schlachtensee wohnte und als Versicherungsvertreter jobbte. Erstmals kam Bruce am Nachmittag des 26. November 1961 mit seinem blauen VW-Käfer (Kennzeichen: B-ND 596) zu Vogels Wohnung im Stadtteil Prenzlauer Berg, Ostseestraße 67.

Den Inhalt des gut zwei Stunden dauernden Gesprächs referierte Volpert in einem »Treffbericht«, der wiederum auf eine »Abschrift von einem Tonband«, ein 25seitiges Wortprotokoll, Bezug nahm. Demnach hatte die Stasi entweder die Wohnung verwanzt, weil sie dem Anwalt mißtraute und ihm Fluchtgedanken unterstellte. Oder: Bruce hatte ein Aufzeichnungsgerät bei sich oder zumindest ein Mikrofon, das per Funk die Unterhaltung Vogels mit seinem Besucher übertrug. Falls Bruce den Gesprächsverlauf wissentlich und wortgetreu der Stasi übermittelt hat, wofür einiges spricht, dann hat er Vogel einen gewaltigen Bären aufgebunden: Während er vorgab, von der CIA angeheuert worden zu sein, spitzelte er offenbar für den ostdeutschen Geheimdienst.

Dem Protokoll zufolge berichtete Bruce, er habe am Schwarzen Brett in der West-Berliner Freien Universität das Stellenangebot gesehen. Gesucht worden sei ein Amerikaner, der die deutsche Sprache beherrsche. Er habe sich gemeldet, weil er geglaubt habe, er solle beispielsweise eine Reisegesellschaft begleiten. Er sei dann aber, zu seinem Erstaunen, damit beauftragt worden, das Ehepaar Pryor zu betreuen. Seltsam vertrauensselig erzählte Bruce dem Anwalt, den er gerade eben erst kennengelernt hatte und den er doch gar nicht einschätzen konnte, die CIA habe ihn seither, sechs Wochen lang, auf seinen Einsatz vorbereitet. Das Training habe er zusammen mit mehreren Studenten absolviert, die ebenfalls zur Spionage verpflichtet worden seien. Vogels Besucher ließ durchblicken, daß die Ausbildung »sehr primitiv« gewesen sei: Man habe den

Teilnehmern nur »die einzelnen Panzertypen der russischen Armee erklärt und die Schulterstücke«, an denen man die Waffengattung erkennen könne.

Bruce wollte von Vogel gleich wissen, »wie schlecht das aussieht« mit Pryor: »Glauben Sie, daß der Junge Spionage getrieben hat?« – »Ja, Herr Bruce«, lavierte der Anwalt, »es kommt darauf an, was als Spionage aufgefaßt wird und was nicht.« Nach der »hiesigen Rechtsauffassung« würden Pryors Handlungen wohl so gewertet. Aufgrund seiner bisherigen Praxis, sagte Vogel, könne er sich »vorstellen, welche Strafe Pryor erwartet«. Anhaltspunkte dafür seien, daß »die Untersuchung schon drei Monate andauert«, und die Art, »wie der Fall bei den zuständigen Behörden behandelt wird«. Diese Umstände sprächen dafür, daß es »ein sehr wichtiger Fall« sei.

Bruce stimmte der These zu, daß Pryor keineswegs so harmlos war, wie er tat und wie es seinen Eltern schien. War es Verstellung, um Vogel aus der Reserve zu locken? Oder war Bruce von seinen Worten selbst überzeugt? Ganz gewiß jedenfalls hatte ihm die CIA nicht vorgegeben, Pryors Tauschwert möglichst hoch zu veranschlagen. Der Amerikaner sagte laut Tonbandabschrift, er halte einen Austausch Abel gegen Pryor – von Powers war nicht die Rede – »gar nicht für undenkbar«. Vogel sprach davon, daß Pryor 10 bis 15 Jahre bekommen könnte.

Gegenüber seinem Besucher bestritt Vogel, geheimdienstliche Kontakte zu unterhalten: »Mit den speziellen Ratgebern, die hinter meinem Ministerium stehen und die auch hinter Frau Abel stehen, will ich nichts zu tun haben und werde ich wahrscheinlich nichts zu tun haben.« Als nicht zum Machtapparat gehörender Vermittler werde er aber auch »nie richtig erfahren, welche Zusammenhänge eigentlich maßgebend sind«. Allerdings wisse er »mit absoluter Sicherheit, auch aus der bisherigen Zusammenarbeit im Ministerium«, daß er sich auf das Wort seiner Partner verlassen könne: »Wenn man mir sagt, wir sind dazu bereit, einen Austausch Abel/Pryor zu vermitteln, dann ist man dazu auch in der Lage.«

Problematisch sei nur, daß Frau Abel »im Moment nicht da ist« und er »von ihr keine genauen Instruktionen erhalten« könne, sonst würde er »vielleicht etwas mehr erfahren«. Von seiten der DDR sei der gute Wille zu einem Tauschgeschäft vorhanden, die Schwierigkeit bestehe darin, daß Pryors Eltern

»nichts unternehmen«, um US-Regierungsstellen auf Trab zu bringen. Solange aber die Eltern »nicht die felsenfeste Überzeugung« hätten, daß gegen ihren Sohn »Massives vorliegt«, würden sie sich nach seinem Eindruck in Washington »nicht durchsetzen können, weil ihnen die eigene Überzeugung fehlt«, denn bis jetzt gingen sie immer noch davon aus, daß ihr Sohn unschuldig sei.

Er wolle, sagte Bruce, den Eltern den Ernst der Lage klarmachen, indem er ihnen erzähle, wie ihn die CIA in West-Berlin ausgebildet habe. Das sei, wandte Vogel ein, aber »noch kein Beweis«, daß auch Pryor spioniert habe. Doch Bruce wiegelte ab: Er sei überzeugt, daß er es ihnen »glaubhaft machen« könne. Vogel müsse nur, um die Behauptung plausibel erscheinen zu lassen, die Akte zuvor eingesehen haben, »um sagen zu können, jawohl, es liegt etwas Massives vor«. Das klang logisch, doch der Anwalt sah sich vor einem unüberwindbaren Hindernis: »Die Akten kriege ich vor Anklageerhebung niemals«, das habe es noch nie gegeben und lasse die Strafprozeßordnung in der DDR auch nicht zu.

Wenn aber erst einmal Anklage erhoben sei, »dann steht der Prozeß vor der Tür, und ob wir es dann noch schaffen, den Austausch zu bewerkstelligen, das ist ein großes Fragezeichen«. Im gegenwärtigen Ermittlungsstadium bestehe die Möglichkeit, den Austausch ohne Aufsehen vorzunehmen, »aber wenn erst einmal bekannt ist, daß die Anklage erhoben ist, wie will man dann die Sache aus der Welt schaffen?«

Diese eherne östliche Haltung kollidierte auch später immer wieder mit der westlichen Auffassung, wann der geeignete Zeitpunkt sei, Austauschgespräche aufzunehmen. Während der Westen, wegen der Unschuldsvermutung, vor einem rechtskräftigen Urteil nicht aktiv werden mochte, war der Osten bemüht, es gar nicht erst zu einem Prozeß kommen zu lassen, der die Rechtmäßigkeit einer Inhaftierung nur noch bekräftigen durfte.

Im Verlauf des Gesprächs beschlichen Vogel allerdings Zweifel, ob Pryor ein Äquivalent für Abel sei. Er habe ja »keine genauen Vorstellungen, was man dem Pryor zur Last legt«, und deshalb müsse man auch damit rechnen, daß die Amerikaner sagen, »das Verhältnis ist nicht gewährleistet, und es müßte noch jemand gegeben werden«. Abel sei »ungeheuer intelligent und fähig«, räsonierte Vogel. Er sei »hauptamtlicher Mitarbeiter des russischen Geheimdienstes« gewesen, aber das sei nicht so verwerflich »wie zum Beispiel Entführung eines Menschen oder so etwas«, vielmehr habe er »eine faire Geheimdienstarbeit gemacht«, und zwar »aus Überzeugung, nicht für Geld«.

Selbst wenn die Strafe für Pryor nicht so hoch ausfalle, wie er vermute, sagte Vogel, so sei doch ein Austausch für beide Seiten vorteilhafter: »Was haben die Amerikaner davon, wenn sie Abel behalten?« fragte der Anwalt, »und so sitzen beide.« – »Aber mit dem Unterschied«, warf Bruce ein, »daß Abel was kann und daß Pryor eine leere Nuß ist.«

Vogel riet dazu, den Pryors schonend beizubringen, daß ihr Sohn wirklich in einer ernsten Lage sei. »Ich fühle ihr Leid«, sagte er, »sie sind hierher gekommen, sie opfern ihre Zeit, der Mann läßt das Geschäft im Stich, das kostet ein Vermögen, um den Aufenthalt hier zu finanzieren«. Ihn bedrücke, »welche menschliche Tragik dahintersteht«. Deshalb habe er sich zurückgehalten, seinen Eindruck offen wiederzugeben. Aber er glaube, »daß wir mit dem Schlimmsten rechnen müssen, wenn es zum Prozeß kommt«.

Erstens habe man »zweifelsohne Beweise in der Hand«, zweitens sei da die politische »Situation, in der wir uns befinden« – das werde »wahrscheinlich eine Strafe nach sich ziehen, wie sie vor dem 13. August nicht ausgefallen wäre«. Vogel tippte, daß unter diesem Gesichtspunkt »nur die Wahl zwischen 15 Jahren und lebenslänglich« bleibe.

Der Anwalt folgerte dies aus dem Verhalten der Justizbehörden, deren »verschiedene technische Handhabungen« restriktiver seien als »bei anderen Prozessen, die nicht so eine bedeutende Strafe nach sich ziehen«. Anzeichen sah Vogel darin, »daß man überhaupt keine Schreiberlaubnis gegeben hat« und »daß sich die Ermittlungen so lange hinziehen«. Vor allem der Vorschlag, Abel gegen Pryor einzutauschen, zeige, daß der Student nicht als Amateur eingestuft werde.

Wenn die zuständigen Leute in der DDR-Justiz der Meinung wären, daß Pryor »mit sechs oder sieben Jahren« davonkäme, dann, folgerte der Anwalt, »würde man doch von dort aus schon gar nicht diesen Austausch vorschlagen«. Offenbar sei man aber der festen Überzeugung, daß eine Strafe zu erwarten sei, die den Fall Pryor mit dem Fall Abel vergleichbar mache. Das könne er aber »unmöglich jetzt den Eltern in der Deutlichkeit sagen, das kann man gar nicht verantworten«.

Vogel erzählte Bruce, daß er einen Gefangenenaustausch nicht zum ersten Mal vermittle. »Bisher«, betonte der Anwalt, »war auf beiden Seiten Fairneß«, nur einmal sei er »übers Ohr gehauen worden, aber nicht von hier, sondern vom Westen«. Er habe sich »mit Kollegen aus dem Westen zusammengetan«, und gemeinsam seien sie »jetzt gerade dabei, das geradezubiegen« – Vogel spielte auf den Fall des Stasi-Lauschers Geißler an, für den er soeben wieder ein Gnadengesuch eingereicht hatte.

Im Fall Pryor, bekannte Vogel, habe er »Angst davor, daß das Ganze veröffentlicht wird und uns dadurch unsere ganzen Pläne zunichte gemacht werden«. Ihm sei »unmißverständlich gesagt worden, leise weinend die Geschichte zu erledigen, keine Presse, keine Öffentlichkeit ... dafür muß ich geradestehen«. Wer ihm die Anweisung gegeben hatte, ließ Vogel vieldeutig offen – er sprach nur von »dem Ministerium«, ohne es näher zu bezeichnen.

Vor allem fürchtete Vogel, daß die Eltern nicht dichthalten würden. Darin sah er das Dilemma: Um ihnen die Tragweite der Vergehen ihres Sohnes vor Augen zu führen, hielt er es für das beste, ihnen eine Sprecherlaubnis im Untersuchungsgefängnis zu besorgen. Aber dann »wird man mich allerdings fragen, ob ich die Überzeugung habe, daß die Eltern nicht anschließend zur Presse rennen und das öffentlich bekanntgeben«.

Gegen Ende des Gesprächs äußerte Vogel noch eine private Bitte: Bruce solle einen Brief an einen Freund in West-Berlin mitnehmen, weil es mit der Post zu lange dauere. Er mute ihm auch »nichts Verbotenes« zu, versicherte Vogel: Es gehe um sein Auto, einen Opel Kapitän. Er habe sich den Westwagen gekauft, »und dann kam der 13. dazwischen«.

Bruce bat, bevor er ging, von Vogels Wohnung aus telefonieren zu dürfen. »Glauben Sie, daß es belauscht wird von jemandem?« Den Gedanken verwarf er jedoch schnell wieder – wahrscheinlicher, meinte er, sei, daß sein Apparat zu Hause abgehört werde. Falls der Amerikaner tatsächlich ahnungslos war, befand er sich in einem fatalen Irrtum; wußte er jedoch von der akustischen Raumüberwachung in Vogels Wohnung, dann leistete er sich einen hintergründigen Scherz.

Über den belauschten Dialog zwischen ihm und dem Anwalt fertigte Stasi-Major Volpert einen zusammenfassenden Bericht, dem er einen Nachsatz anhängte: »Durch das Mithören des Gespräches kann eingeschätzt werden, daß der GM folgerichtig, klar und konkret all die Probleme an B. herangetragen hat, die wir vorher festgelegt hatten. Die Gesprächsführung und im richtigen Moment psychologisch das Richtige zu sagen, gelang dem GM beim Gespräch. Man konnte ferner feststellen, daß B. von dem, was er vom GM erfahren hat, beeindruckt war und alles sehr aufmerksam verfolgte.«

Anderntags tauchte Bruce unangemeldet in Vogels Kanzlei auf. Er berichtete, er habe gegenüber den Eltern »die abgesprochene Linie« vertreten und auf die Schwere der Tat hingewiesen. Es sei ihm jedoch nicht gelungen, das bestehende Mißtrauen gegen Vogel zu zerstreuen. Der Anwalt, so die Einschätzung der Eltern, habe eine hohe Verurteilung prognostiziert, ohne überhaupt Akteneinsicht genommen zu haben.

Als Bruce zwei Tage später Vogel erneut besuchte, diesmal wieder in seiner Wohnung, berichtete er, das Mißtrauen der Eltern sei geschwunden. Vogel wunderte sich über den plötzlichen Sinneswandel. Bruce tat geheimnisvoll: Er könne ihm »das zwar erklären«, heißt es in Volperts Bericht, er dürfe aber »nicht darüber sprechen«.

»Unmißverständlich«, notierte Volpert, versuchte Bruce, »dem GM politisch auf den Zahn zu fühlen«. Volpert erläuterte, »daß B. den GM geradeheraus fragte, ob er nicht republikflüchtig werden will«. Die Frage habe Bruce im Beisein von Eva Vogel gestellt.

Vogel wußte nicht, wie er die Frage deuten sollte. Über die Rolle, die Bruce spielte, war er sich unsicher: War der Amerikaner ein agent provocateur der Stasi, der Vogels wahre Einstellung herauskitzeln sollte? Oder wollte Bruce im Auftrag der CIA den Ost-Anwalt auf die Probe stellen? Und wenn ja: Wäre es taktisch klüger, das Ansinnen schroff zurückzuweisen, um Standfestigkeit zu demonstrieren? Oder sollte er sich zumindest nachdenklich geben, um eine innere Distanz zum SED-Regime zu signalisieren?

Vogel vermied, laut Stasi-Akte, eine klare Antwort. Er lehnte das Ansinnen nicht etwa aus politischer Überzeugung rundheraus ab, sondern betonte, »daß es gegenwärtig keine Republikfluchten mehr gibt, ohne ein Risiko einzugehen«, und daß überhaupt »jede versuchte Republikflucht wenig Aussicht auf Erfolg hat«. Er kenne Beispiele, »wie man versuchte, Personen nach Westberlin zu schleusen«, aber »ein solcher Weg« komme für ihn nicht in Frage. Es klang wie eine unverblümte Offerte, als Bruce andeutete, daß »mittels gefälschter Pässe« und unter »Verwendung amerikanischer Militärfahrzeuge« die Entdeckungsgefahr minimiert werden könne.

Am 1. Dezember erschien Bruce wieder überraschend in der Vogel-Kanzlei. Aufgeregt erzählte er, vom Checkpoint Charlie an, dem für Ausländer reservierten Kontrollpunkt an der südlichen Friedrichstraße, sei ihm ein brauner VW gefolgt. Die Stasi, die wieder heimlich mithörte, überprüfte die Angabe des Amerikaners und stellte fest, daß Bruce durchaus richtig beobachtet hatte, nur hatte die Observation nicht gezielt ihm gegolten. Vielmehr war er zufällig in eine Routinekontrolle der HA VIII (zuständig für »Beobachtungen/Ermittlungen«) der MfS-Verwaltung Groß-Berlin geraten.

Beim gleichen Besuch berichtete Bruce, die Pryors hätten sich bei allerlei Institutionen über Vogel erkundigt: bei der Politischen Polizei, bei der Rechtsschutzstelle der Bundesregierung, beim Untersuchungsausschuß Freiheitlicher Juristen, bei der Anwaltskammer, beim englischen und französischen Geheimdienst. Allenthalben herrsche eine positive Meinung über Vogel, nur der US-Geheimdienst habe sich unentschieden in der Einschätzung gezeigt. Die CIA rätsele herum, warum ausgerechnet Vogel für den Fall Abel ausgesucht worden war.

Der Abend endete mit einer geheimnisvollen Anspielung, daß Bruce seinen Gastgeber durchschaut hatte – falls er es nicht schon immer gewußt hatte. Unvermittelt fragte er, wie Vogel die anstehenden Fragen »mit dem Major im Ministerium« klären wolle. Der Anwalt, der bislang bei Bruce den Anschein erweckt hatte, er arbeite fürs Justizministerium, wehrte die Frage erschrocken ab: »Wieso Major?«, tat er erstaunt, in seiner Behörde gebe es keine militärischen Dienstränge, »sondern nur Referenten, Abteilungsleiter und Hauptabteilungsleiter«. Bruce insistierte nicht weiter.

Am 12. Dezember kamen die Eltern Pryor mit Frederics

Bruder Millard und Dolmetscher Bruce in Vogels Kanzlei. Sie berichteten, Frederics Doktorvater, ein bekannter Professor in den USA und auch in Moskau hochangesehen, wolle mit zwei weiteren Hochschullehrern als Beobachter an dem Prozeß teilnehmen und habe sich deshalb an Ulbricht und Chruschtschow gewandt. Alle drei wollten bestätigen, daß ihr Sohn »hauptsächlich wissenschaftlich« gearbeitet und Stasi-Chef Mielke zu Unrecht vor dem 14. Plenum des SED-Parteitags von einem »angeblichen Doktoranden« gesprochen habe. Volpert notierte nach dem Besuch der Eltern, ihr Auftreten sei »zum ersten Mal sehr ultimativ und herausfordernd« gewesen. Wenn sie nicht bis zum Sonnabend Sprecherlaubnis mit ihrem Sohn bekämen, würden sie abreisen.

Außerdem analysierte Volpert das Verhalten von Bruce, wofür es wieder zwei Deutungsmöglichkeiten gibt: Entweder stand der Dolmetscher tatsächlich im Sold der CIA, oder er hatte einen Stasi-Auftrag, Vogels Reaktionen auf seine Avancen zu testen. So oder so konnte das MfS dank Mithörkontrolle feststellen, ob sich der GM »Georg« zu tarnen verstand. Hätte »Georg« beispielsweise, im Gegenzug zu dem Fluchthilfe-Angebot, Bruce ans MfS zu vermitteln versucht, so wäre dies für den Amerikaner, folgerte Volpert, »eine Bestätigung dafür gewesen, daß der GM für uns arbeitet«. Vogel ließ sich indes von Bruce nicht aufs Glatteis locken, weil er ein ungutes Gefühl hatte: Dem Anwalt war aufgefallen, daß Bruce sich in Ost-Berlin offenbar frei bewegen konnte und, wie es schien, bis auf die eine Ausnahme nicht observiert wurde.

Nach einem Gespräch mit der West-Berliner US-Mission informierte Bruce den Anwalt über die Haltung des State Department, daß ein Austausch Abels gegen Pryor derzeit nicht in Frage komme, weil die DDR von den USA völkerrechtlich nicht anerkannt werde. Ein Ausweg, deutete die Mission an, könnte sein, daß die DDR den inhaftierten Studenten der Sowjetunion überstelle, mit der die USA offiziell verhandeln könnten. Abgesehen davon, müßten zwei Voraussetzungen vor weiteren Gesprächen erfüllt sein: Die Eltern müßten Sprecherlaubnis bekommen, und neben Pryor müsse noch jemand im Austausch für Abel angeboten werden.

Etwa um diese Zeit fand Meehans erste Begegnung mit Vogel statt. Der US-Diplomat, der sich nach seiner Pensionierung

1988 in seiner schottischen Wahlheimat nahe Glasgow niederließ, erinnert sich daran, daß Bruce ihn in die Kanzlei in Friedrichsfelde mitgenommen hat. Bruce habe ihn zuvor informiert, daß die Eltern unzufrieden gewesen seien, wie die US-Mission den Fall behandelte. Meehan glaubt deshalb, daß ihm die Vermittlung im Fall Pryor zugefallen sei, »weil die Leitung der Mission ein neues Gesicht vorführen wollte, um die Eltern zu überzeugen, daß alles Menschenmögliche für ihren Sohn getan werde«. Bruce habe »keinen Hehl aus seinem Ärger über die nach seiner Ansicht halbherzige und bürokratische Vorgehensweise der Mission gemacht«.

Zwischen Weihnachten und Neujahr erzählte Bruce bei einem weiteren Besuch, er habe eine Verpflichtung unterschreiben müssen, Ost-Berlin von Beginn des neuen Jahres an nicht mehr zu betreten, weil die CIA »einen zweiten Fall Pryor« befürchte. Erneut versuchte Bruce, Vogel zur Republikflucht zu überreden. Als der Anwalt den Vorschlag wieder zurückwies, unterstellte ihm Bruce, die Austauschverhandlungen seien von der DDR sowieso nicht ernst gemeint, sondern dienten nur dazu, sich die Anerkennung durch die USA zu erschleichen. Das MfS änderte deshalb in der Folgezeit seine Taktik: Es drängte nun darauf, vor weiteren Austauschverhandlungen erst Pryor den Prozeß zu machen; ein hartes Urteil, so das Kalkül, werde die US-Regierung schon gefügig machen.

Abels US-Anwalt mißtraut Vogel

Während in Berlin die Bemühungen stockten, Pryor gegen Abel auszutauschen, setzten die USA zu einem neuen Anlauf an, Powers heimzuholen und dafür Abel freizugeben. Am 11. Januar 1962 beorderte das Justizministerium den New Yorker Anwalt Donovan nach Washington. »Auf höchster Ebene«, so wurde ihm gesagt, sei entschieden worden, daß ein Austausch Powers gegen Abel im Interesse der Vereinigten Staaten liege. Donovan solle »nach Ostdeutschland reisen, um den Austausch auszuhandeln«.

Donovan wollte seine politische Mission als ganz normale Geschäftsreise nach Europa tarnen und weder seine Firma noch seine Familie einweihen. Konspirativ bereitete er sein erstes Treffen mit der vorgeblichen Frau Abel vor. »Wichtige Ereignisse«, deutete er in einem Brief an, ließen ein Zusammentreffen nützlich erscheinen: »Ich schlage vor, daß ich Sie am Sonnabend, dem 3. Februar 1962, um zwölf Uhr mittags in der sowjetischen Botschaft in Ost-Berlin treffe. Es ist unbedingt erforderlich, daß von keiner Seite aus etwas über diese Zusammenkunft an die Öffentlichkeit dringt.« Wenn sie mit dem Vorschlag einverstanden sei, solle Helen Abel ein unverfängliches Telegramm an sein Büro schicken: »Glückliches neues Jahr.«

Donovan bestand darauf, daß ihm die US-Regierung ein amtliches Schreiben mitgeben solle, das ihn gegenüber den Sowjets legitimierte. Noch am selben Tag bekam er einen solchen Brief, der jedoch, wie Donovan bemängelte, »so vorsichtig abgefaßt« war, »daß er unklar war«.

Unter dem Briefkopf des Justizministeriums hieß es lapidar: »Lieber Herr Donovan, mit Bezug auf die kürzlich mit Ihnen geführte Unterredung über die amtliche Begnadigung Ihres Mandanten wird Ihnen hiermit zugesichert, daß nach Erfüllung der dargelegten Bedingungen der in Ihrem Brief an die Frau Ihres Mandanten angegebene Grund, warum eine amtliche Begnadigung nicht in Erwägung gezogen werden kann, nicht mehr bestehen wird.« Gezeichnet: Reed Cozart, Staatsanwalt für Gnadenangelegenheiten. Um welche Bedingungen es ging, war nicht schriftlich fixiert, und bei dem letzten Gespräch Donovans im Justizministerium war nur von einem Austausch Abels gegen Powers die Rede gewesen.

Am 25. Januar kam in Donovans Kanzlei ein Telegramm aus Berlin an: »Glückliches neues Jahr. Helen.« Das vereinbarte Codewort war da, der Countdown konnte beginnen. Zwei Tage später traf sich Donovan im New Yorker Harvard-Club mit einem »Kontaktmann aus Washington«, offenbar einem CIA-Mitarbeiter. Erst von diesem erfuhr er, daß die DDR einen jungen Mann namens Pryor festhielt und daß ein anderer US-Student, Marvin Makinen, in der Sowjetunion wegen Spionage zu acht Jahren Haft verurteilt worden war, weil er sowjetische Militäranlagen fotografiert hatte, und daß beide nun ebenfalls in die Verhandlungsmasse einbezogen werden sollten.

Über Vogel machte der »Kontaktmann« herablassende Bemerkungen. Mit deutlicher Skepsis notierte Donovan in seinem Tagebuch, Vogel behaupte, »sowohl die Familie Abel als auch die Angehörigen Pryors zu vertreten«. Der Anwalt habe der US-Mission in West-Berlin mitgeteilt, »Frau Abel sei davon überzeugt, auch Pryor und Makinen würden freigelassen werden, wenn die Vereinigten Staaten den Sowjetspion im Austausch gegen Powers auf freien Fuß setzten«. Donovan fügte hinzu: »Unsere Leute hielten Vogel jedoch für unzuverlässig.« Vogel glaubte indes wirklich an die großzügige Offerte. Für ihn war Frau Abel das Sprachrohr des KGB, ihre Aussage verstand er als offizielles Angebot. Der »Kontaktmann« riet Donovan, er solle versuchen, alle drei Amerikaner freizubekommen, im Vordergrund stehe jedoch der Austausch Abel gegen Powers.

Donovan fühlte sich unbehaglich, als ihm der »Kontaktmann« eröffnete, er müsse allein nach Ost-Berlin gehen. Der Anwalt berief sich darauf, man habe ihm doch versprochen, daß ihn ein Mitarbeiter der West-Berliner US-Mission begleiten solle, der des Russischen und Deutschen mächtig sei. Donovan, der sich gern draufgängerisch gab, hatte gehofft, die diplomatische Immunität des vorgesehenen Begleiters würde auch ihm Schutz bieten.

Es sei »in letzter Zeit zuviel an der Mauer passiert«, klärte ihn der »Kontaktmann« auf – eine euphemistische Umschreibung für die Todesschüsse an der Berliner Sektorengrenze. Auch die Erläuterung, die Donovan zu hören bekam, konnte ihn schwerlich trösten: »Sollte etwas mit Ihrem Auftrag in Ost-Berlin schiefgehen und ein Beamter der amerikanischen Mission wäre beteiligt, so wäre dies für unsere Regierung sehr unangenehm.« Die Administration wollte sich, wie zuvor die Bonner Regierung im Fall Priemer, aus solchen Geschäften ganz heraushalten.

Nach einem Zwischenstopp in London traf Donovan am Freitag, dem 2. Februar, auf dem West-Berliner Flughafen Tempelhof ein. »Ein Amerikaner namens Bob« erwartete ihn, »mit einem kleinen Auto«, wie dem an amerikanische Straßenkreuzer gewöhnten Donovan auffiel. Die Mission hatte den Anwalt inkognito in einer Grunewald-Villa einquartiert.

Für den nächsten Tag war Donovans Besuch in der Ost-Berliner Sowjetbotschaft vorgesehen. Bob schärfte ihm ein, daß er, wegen eventueller Verfolger, nicht direkt in sein Grunewald-Quartier zurückkehren, sondern vom Hilton-Hotel (dem heutigen Hotel Intercontinental im Bezirk Tiergarten) aus eine Geheimnummer anrufen solle, die er auswendig lernen müsse. Dieser Anschluß werde Tag und Nacht nur für diesen Zweck besetzt sein. Von dort werde er dann weitere Weisung erhalten.

Am Samstag, dem 3. Februar, wachte Donovan mit einer schweren Erkältung auf, die sich »wie eine Rippenfellentzündung anfühlte«. Sein Rücken schmerzte. Bob, der gekommen war, ihm den Weg nach Ost-Berlin zu erklären, versprach ihm eine Salbe zum Einreiben. Am späten Vormittag fuhr der New Yorker Anwalt vom Bahnhof Zoo mit der S-Bahn zum Bahnhof Friedrichstraße. Von dort ging er zu Fuß die kurze Strecke zur sowjetischen Botschaft Unter den Linden. Nachdem er am Eingang zur Konsularabteilung geklingelt hatte, begrüßte ihn eine junge Frau in der Empfangshalle, die sich als »die Tochter Rudolf Abels« vorstellte und Donovan mit zwei Begleitern bekannt machte: »Dies hier ist meine Mutter, Frau Abel, und ihr Vetter, Herr Drews.«

Die »Tochter«, die sich Lydia Abel nannte, hielt der US-Anwalt für eine Slawin, etwa 35 Jahre alt, sie »sprach fließend Englisch und wirkte sehr schlau«. Die »Mutter« sah aus »wie eine 60jährige Hausfrau« und erinnerte ihn an »eine deutsche Charakterdarstellerin«. Der »Vetter«, etwa 55, sprach kein Wort und grinste nur; ihn stufte Donovan »in die Kategorie ›Otto der Würger‹ ein«.

Auch Vogel, der bislang mit »Frau Abel« nur korrespondiert hatte und das Trio erst tags darauf kennenlernte, gibt eine ähnliche Personenbeschreibung. Die vorgebliche Frau Abel verglich er mit Nina Chruschtschowa, der Frau des Sowjetführers, rundlich und mollig wie eine russische Babuschka. Die »Tochter« sprach neben Englisch auch sehr gut Deutsch, weshalb Vogel sich wunderte, daß »Frau Abel« zusätzlich einen Cousin als Dolmetscher brauchte.

Punkt zwölf trat Iwan Schischkin ein und stellte sich als »Zweiter Sekretär der Botschaft der UdSSR« vor. Donovan berief sich darauf, »ein ostdeutscher Anwalt namens Vogel« habe ihm eine Nachricht geschickt, wonach Frau Abel der Ansicht sei, durch die Freilassung ihres Mannes würden Powers, Pryor und Makinen freikommen.

Nach Donovans Schilderung behauptete Schischkin, von Pryor und Makinen bis dahin nichts gehört zu haben: »Sie haben jetzt eine neue Angelegenheit zur Sprache gebracht, und ich habe keinerlei Befugnis, zu diesem Zeitpunkt mit Ihnen darüber zu sprechen.« Donovan hingegen beharrte darauf, er habe die angeblich von Vogel stammende und durch Frau Abel übermittelte Zusage, daß alle drei gegen Abel ausgetauscht werden könnten.

»Wenn Vogel mich angelogen hat«, polterte Donovan, »dann ist er meiner Ansicht nach ein Schurke, der von den zuständigen Behörden hart bestraft werden sollte.« Unverrichteter Dinge gingen die Unterhändler auseinander und verabredeten sich erneut für Montag, 5. Februar, um 17 Uhr.

Bei diesem Treffen las Schischkin Donovan die schriftlichen Instruktionen vor, die er unterdessen aus Moskau erhalten hatte. Erstens: Die sowjetische Regierung willige aus humanitären Gründen in einen Austausch Powers/Abel ein. Zweitens: Diese Geste solle »dazu beitragen, die Beziehungen zwischen unseren Ländern zu verbessern«. Drittens: Wenn die US-Regierung an der Freilassung Makinens interessiert sei, könne auch dieser Häftling gegen Abel ausgetauscht werden – allerdings nicht beide, sondern nur einer, entweder Powers *oder* Makinen: »Es ist Sache der Amerikaner, ihre Wahl zu treffen.« Viertens: Was den Fall Pryor angehe, so liege »diese Angelegenheit außerhalb der Zuständigkeit sowjetischer Behörden und muß mit der ostdeutschen Regierung ausgehandelt werden«.

Donovan ignorierte die schlechte Nachricht des Russen und interpretierte sie auf seine Weise: »Darf ich annehmen«, fragte er scheinheilig, »daß – falls die anderen Freilassungen erfolgen und bessere internationale Beziehungen nach sich zögen – die UdSSR Makinen in naher Zukunft begnadigen würde?« Obwohl er gerade eines anderen belehrt worden war, ging Donovan wie selbstverständlich von zwei Tauschpartnern für Abel aus und verlangte auch noch gleich die Zusage für den dritten Mann. Zu Makinen antwortete Schischkin ausweichend, zu Pryor äußerte er sich nach Donovans Bericht überhaupt nicht mehr.

Zusammen mit der Abel-Familie fuhr der US-Anwalt anschließend mit einem Taxi zu Vogels Büro in Alt-Friedrichsfelde. Donovan war entgeistert: Die Kanzlei lag »in einer anscheinend zweitklassigen Wohngegend«; der Fußweg war »mit

Unkraut überwuchert«, der Hauseingang »schlecht erleuchtet«, der Treppenaufgang führte »in einem schmalen Korridor nach oben«.

Donovan war das nicht geheuer: »Das Ganze sah so wenig wie der Aufgang zum Büro eines Anwalts aus, daß mich, mit Vetter Drews hinter mir, auf der Treppe plötzlich Furcht befiel und ich ein- oder zweimal über die Schulter blickte. In solchen Augenblicken tröstet einen der Gedanke, daß es vollkommen sinnlos ist, sich Sorgen zu machen, da man doch nicht fliehen kann.«

Die Besucher wurden in ein Wartezimmer geführt. Nach einigen Minuten erschien Vogel, dessen Äußeres nun doch Eindruck auf Donovan machte: Der »gutaussehende« DDR-Advokat, über dessen Gesicht »ständig ein rasches Lächeln huschte«, trug »einen Maßanzug aus grauem Flanell, ein weißes Hemd, eine gemusterte Krawatte mit dazu passendem Ziertuch und große, auffallende Manschettenknöpfe«. Diese elegante Erscheinung entsprach nicht Donovans Vorurteil von einem kommunistischen Funktionär.

Vogel überreichte Donovan sogleich ein Schreiben des Staatsanwalts Gernot Windisch, der beim DDR-Generalstaatsanwalt Abteilungsleiter für politische Straftaten war: »Werter Herr Rechtsanwalt Vogel«, hieß es da, »hiermit wird bestätigt, daß dem Antrag zur Übergabe Ihres Klienten an amerikanische Behörden stattgegeben werden kann, falls von amerikanischer Seite die Ihnen bekannten Bedingungen eingehalten werden.«

Damit wurde beglaubigt, daß die DDR Pryor für Abel ausreisen ließe. Gleichwohl verlangte Donovan von Vogel die Zusage, daß Pryor »zum gleichen Zeitpunkt und am gleichen Ort« wie Abel *und* Powers freigelassen würde. Spontan antwortete Vogel: »Auf jeden Fall, ja« – womit er ein Versprechen gab, das über die schriftliche Erklärung hinausging. Hatte er die Forderung Donovans falsch verstanden? Oder überschritt er bewußt seine Kompetenzen und kam Donovan weiter entgegen, als durch das Schriftstück gedeckt war?

Prompt gab es Ärger. Vogel ließ Donovan in West-Berlin ausrichten, es gebe eine »unerwartete Schwierigkeit« und er müsse den Kollegen »dringend morgen vormittag, 6. Februar, 11 Uhr, in meinem Büro sprechen«. Vogel hatte über die Folgen seines vorschnell gegebenen Worts noch einmal nachgedacht und wollte seinen Fehler korrigieren.

Statt zu Vogel fuhr Donovan anderntags jedoch verärgert zur sowjetischen Botschaft, um Schischkin die Mitteilung des DDR-Anwalts vorzuhalten. Der verkappte KGB-Mann ließ den empörten Amerikaner jedoch abblitzen. Sehr förmlich belehrte er ihn, die Sowjetunion pflege »nicht von einmal abgegebenen Erklärungen abzuweichen«. Er bekräftige daher Moskaus Bereitschaft, Powers gegen Abel auszutauschen. Wenn es nun Schwierigkeiten gebe, liege das nicht daran, daß die Sowjets wortbrüchig geworden wären, sondern daß die Amerikaner unredlich verhandelt hätten.

Er höre »jetzt zum ersten Mal«, hielt Schischkin dem US-Anwalt vor, »daß Sie mit der ostdeutschen Regierung vereinbart haben, Pryor gegen Abel auszutauschen. Vorher haben Sie sich mit meiner Regierung geeinigt, Abel im Austausch gegen Powers freizulassen. Mir scheint, Sie sind wie ein Händler, der versucht, dieselbe Ware an zwei Käufer zu verkaufen und von beiden Bezahlung zu verlangen.«

Donovan mochte diesen Vorwurf nicht auf sich sitzen lassen. Er pochte darauf, daß die DDR gewissermaßen als freiwillige Dreingabe Pryor hergeben könne, wenn sich Russen und Amerikaner handelseinig seien. Donovan drohte mit seiner Abreise, wenn Schischkin auf seiner Position beharre. Der Russe empfahl Donovan, Vogel aufzusuchen und die Sache mit ihm zu klären. Der US-Anwalt wollte indes lieber Schischkin veranlassen, Vogel in die Botschaft zu bestellen. Da wurde Schischkin wieder sehr formell: Er treffe zwar gelegentlich den DDR-Justizminister in amtlichen Angelegenheiten, aber es wäre sehr unkorrekt von einem sowjetischen Beamten, einen unabhängigen ostdeutschen Anwalt zu sprechen.

Widerwillig machte sich Donovan noch einmal auf den Weg nach Friedrichsfelde. Dort erwartete ihn Vetter Drews mit einer auf Englisch verfaßten Erklärung, die angeblich von Tochter Lydia aufgeschrieben worden war: Vogel, hieß es darin, habe nach der Unterredung mit Donovan am Vortag einen »Beamten der Generalstaatsanwaltschaft« aufgesucht – eben Gernot Windisch. Als Vogel Donovans Bemerkung erwähnt habe, der US-Anwalt habe »die Einwilligung der Sowjetunion für einen Austausch eines anderen erzielt«, sei der Beamte »sehr überrascht« gewesen. Die DDR-Generalstaatsanwaltschaft, so habe er betont, habe »in den Austausch Pryor gegen Abel, das heißt, einer Person gegen eine andere, eingewilligt«. Nun seien »die Austauschbedingungen anscheinend anders«, weshalb der Beamte »mit gewissen Komplikationen« rechne.

Das mit Donovan geschlossene Abkommen solle »buchstabengetreu befolgt werden«, andernfalls fühle sich die DDR frei, »so zu handeln, wie sie es für nötig halte«. Sie könne jedenfalls »nicht in den Austausch einer Person gegen zwei Personen einwilligen, von denen eine aus einem dritten Land komme«. Die Generalstaatsanwaltschaft habe Vogel klargemacht, daß Pryor nun der Prozeß gemacht würde, wenn die Amerikaner ihn nicht als alleinige Gegenleistung für Abel akzeptieren würden.

Meehan wußte, daß Vogels Taktieren »gewisse Risiken« barg: »Den Sowjets war es egal, was mit Pryor passierte. Sie wollten Abel, und Pryor durfte dabei nicht zusätzliche Probleme aufwerfen.« Donovan hingegen hatte sich in den Kopf gesetzt, Powers *und* Pryor im Tausch für Abel heimzuholen.

Vogel erläuterte seinem mit den politischen Verhältnissen im Ostblock nicht vertrauten US-Kollegen, daß er auf die Empfindlichkeiten der DDR, die ihre Souveränität betonen wollte, Rücksicht nehmen müsse: »Was hier vor sich geht, ist ein Wettstreit zwischen der Sowjetunion und der DDR, ein Gerangel, wer die Freilassung Abels bewirkt.« – »Ach, Unsinn«, polterte Donovan, »wenn Schischkin dem Generalstaatsanwalt der DDR befehlen würde, auf den Händen durchs Zimmer zu gehen, dann kuscht der doch und probiert es.« Während Donovan bei Schischkin die Souveränität der DDR unterstrichen hatte, die ihr eine selbständige Entscheidung über Pryor erlaube, versuchte er Vogel einzuschüchtern, indem er die DDR als unmündigen Befehlsempfänger Moskaus hinstellte.

Auf ein, wie Donovan meinte, verabredetes Zeichen erhielt Vogel die Mitteilung, der Generalstaatsanwalt habe soeben angerufen und ihn zu einer weiteren Unterredung über die »Pryor-Angelegenheit« in sein Büro gebeten.

Die DDR-Volkskammer hatte am 24. Januar 1962 Vogels Gönner Josef Streit zum Generalstaatsanwalt gewählt. In dieser Funktion war er zugleich Mitglied des DDR-Ministerrats, allerdings nicht stimmberechtigt. »Seine Zuständigkeit«, beschreibt Vogel das Aufgabengebiet des DDR-Generalstaatsanwalts, »reichte viel weiter als in einer parlamentarischen Demokratie, wir hatten ja keine Gewaltenteilung. Er hatte die

Einwirkungsmöglichkeit in allen Rechtsbereichen. Er konnte fast jeden Vorgang an sich ziehen.« Das war, wie sich später zeigte, für Vogel »auch ein gewisser Schutz«, wenn er »Hilfe brauchte bei Auseinandersetzungen mit Behörden«.

Vogel vereinbarte mit Donovan, daß der US-Anwalt in einem Ost-Berliner Restaurant zu Mittag ißt, während er selbst den Generalstaatsanwalt aufsuchen wollte. In einem unbeobachteten Moment, als Drews ihn nicht sehen konnte, hielt Vogel dem amerikanischen Kollegen seine Faust mit optimistisch nach oben gestrecktem Daumen entgegen und flüsterte: »Nicht zurückgehen.« Donovan interpretierte die Geste so, daß Vogel versuchte, »es mit beiden Seiten zu halten«.

Mit Vogels Auto, dem grauen Wartburg Coupé, das Donovan als »überraschend attraktiven neuen Sportwagen« beschrieb, fuhren die beiden Anwälte und Drews in die Ost-Berliner Innenstadt zum Restaurant »Johannishof« nahe dem Bahnhof Friedrichstraße. Bevor Vogel seine beiden Begleiter verließ, um den Generalstaatsanwalt aufzusuchen, schnorrte Donovan von ihm noch 50 Ostmark für das Essen – er behauptete, kein DDR-Geld bei sich zu haben.

Nach gut zwei Stunden kam Vogel zurück und verkündete, er habe einen »schweren Kampf« mit dem Generalstaatsanwalt ausgefochten, schließlich aber »gesiegt«. Alle Schwierigkeiten seien ausgeräumt. Sie seien nur entstanden, weil der Generalstaatsanwalt wütend darüber gewesen sei, daß Donovan erst Schischkin und nicht Vogel aufgesucht hatte.

Das Trio verließ das Restaurant und fuhr zur Sowjetbotschaft. Donovan fiel auf, daß sich Schischkin »wie einem völlig Fremden« Vogel vorgestellt habe. Der Amerikaner war zutiefst davon überzeugt, daß ihm der Russe und der Ostdeutsche etwas vorgaukelten. Der DDR-Anwalt berichtete, daß von ostdeutscher Seite dem Austausch nichts mehr im Wege stehe. Doch Schischkin bat Donovan zu einem Vier-Augen-Gespräch, in dem er neue Komplikationen ankündigte: Moskau habe nach Donovans Bemerkungen vom Sonnabend den Eindruck gewonnen, Makinen sei für die US-Regierung wertvoller als Powers. Deshalb werde das Angebot Powers gegen Abel zurückgezogen und durch die Offerte Makinen gegen Abel ersetzt.

Donovan platzte der Kragen. Schischkin wisse doch nur zu gut, daß von Anfang an der Austausch Powers/Abel für die USA

»eine unabdingbare Voraussetzung« gewesen sei. Die jetzige Erklärung Schischkins könne also nur bedeuten, daß die Sowjets nicht ernsthaft an der Freilassung Abels interessiert seien. Donovan verlangte eine verbindliche Auskunft, ob die Vereinbarung – wie er sie verstand – noch gültig sei, nämlich Abel gegen Powers und Pryor. Andernfalls, drohte er, werde er die sowjetische Weigerung seiner Regierung mitteilen und sofort die Heimreise antreten. Schischkin spielte auf Zeit: Er müsse erst neue Instruktionen aus Moskau einholen und werde Donovan telefonisch Bescheid geben.

Mittwoch, 7. Februar: Das State Department analysierte Donovans Lagebericht vom Vortag. Washington erhob den versteckten Vorwurf, Donovan habe möglicherweise überzogen und seine »Rolle so energisch gespielt«, daß der ursprüngliche Auftrag, der Austausch Abel gegen Powers, gefährdet sei.

Donovan fürchtete sich vor einem neuerlichen Besuch in Ost-Berlin. Unter dem Vorwand, daß er »immer noch starke Rückenschmerzen habe«, bat er deshalb Schischkin in einem per Kurier zugestellten Brief, sie sollten sich am nächsten Tag in der Privatwohnung eines Mitarbeiters der US-Militärmission in West-Berlin treffen. Doch Schischkin ging darauf nicht ein. »Habe günstige Nachricht erhalten«, ließ er am Morgen des 8. Februar mitteilen, »erwarte Sie heute um vier Uhr in meinem Büro, wenn es Ihre Gesundheit erlaubt.«

Also sah sich Donovan genötigt, noch einmal nach Ost-Berlin zu fahren. Schischkin empfing ihn freudestrahlend. Der Russe goß sofort Cognac ein, »unser bester und sehr teuer«, und stieß mit Donovan auf »guten Erfolg« an. Die Absprache sei von Moskau voll und ganz gebilligt worden. Die Übergabe der Gefangenen solle folgendermaßen ablaufen: Powers werde an der Oberbaumbrücke gegen Abel ausgetauscht, gleichzeitig werde Pryor freigelassen, jedoch an einem anderen Ort, da man die Souveränität der DDR respektieren wolle. Das verstand Donovan nicht: Es sei doch viel bequemer, alle drei Männer an denselben Ort zu bringen. Aber Schischkin erwiderte, darauf müsse er bestehen. Als Termin schlug der Russe Sonnabend, den 10. Februar, vor, »je früher, desto besser«. Man einigte sich auf 7.30 Uhr, weil zu dieser Zeit wenig Verkehr herrsche.

Freitag, 9. Februar: Donovan überbrachte Schischkin am Mittag in der Sowjet-Botschaft die grundsätzliche Zustimmung der US-Regierung, Abel gegen Powers und Pryor auszutauschen, man erwarte aber eine baldige Begnadigung Makinens (der dann jedoch erst am 11. Oktober 1963, mehr als anderthalb Jahre später, freigelassen wurde).

Schischkin bat darum, den Ort der geplanten Übergabe zu wechseln. Man habe am Morgen festgestellt, daß die Oberbaumbrücke um die vorgesehene Zeit doch schon stark frequentiert sei. Deshalb wollten die Sowjets Donovans ursprünglichen Vorschlag wieder aufgreifen und den Austausch auf der Glienicker Brücke vollziehen. Sie müßten allerdings 40 Kilometer weit – um West-Berlin herum – fahren und könnten daher nicht vor 8.30 Uhr dort sein. Pryor solle zeitgleich am Checkpoint Charlie, dem Sektorenübergang an der Friedrichstraße, seiner Familie übergeben werden.

Am Abend, kurz nach 22 Uhr, landete auf dem amerikanischen Teil des Flughafens Tempelhof eine US-Militärmaschine vom Typ DC 7. An der Gangway nahm eine Gruppe von Zivilisten den Passagier Abel, der direkt aus Atlanta kam, in ihre Mitte und führte ihn in ein abhörsicheres Zimmer. Später wurde Abel in eine Gewahrsamszelle im Keller der West-Berliner US-Mission gebracht.

Sonnabend, 10. Februar: Gegen drei Uhr morgens meldeten die Sowjets den Amerikanern, die Maschine mit Powers an Bord sei gestartet und habe das Territorium der UdSSR verlassen. Um 7.15 Uhr gaben sie Nachricht, das Flugzeug sei auf dem sowjetischen Militärflugplatz bei Sperenberg gelandet. Ein KGB-Mann bot Powers Frühstück an: »Ich fürchte, es gibt keinen Kaffee«, umschrieb er den chronischen Mangel, der im Ostblock an dem Genußmittel herrschte, »aber wie wär's mit Tee und Brot?« Dann schenkte er zwei Gläser Weinbrand ein und stieß mit Powers an: »Auf das, was Ihnen am wichtigsten ist.« Der Pilot antwortete: »Leicht zu erraten – auf meine Heimkehr.«

Etwa um dieselbe Zeit holte Donovan den ziemlich verhärmt und mitgenommen wirkenden Abel aus seiner Zelle ab. Der Anwalt fuhr mit William Graver, dem CIA-Missionschef, zur Glienicker Brücke, Abel und seine Bewacher folgten in einem zweiten Fahrzeug. Von Staatsanwalt Windisch hatte Vogel Bescheid bekommen, daß er Pryor um 8 Uhr in der Stasi-Haftanstalt Magdalenenstraße abholen könne, »alles andere wisse ich ja«. Windisch sei nicht informiert gewesen, feixt Vogel noch im nachhinein, »was ich mit dem Pryor mache und wohin ich mit dem fahre«. Mit Meehan hatte Vogel vereinbart, daß er Pryor um halb neun zum Checkpoint Charlie bringe. Weil sein eigener Wartburg in der Werkstatt stand, lieh sich Wolfgang Vogel von einem Freund, einem Schlachtermeister, dessen alten Mercedes. Standesgemäß wollte der Ost-Berliner Rechtsanwalt schon auftreten, auch wenn die Staatsaktion ganz im Verborgenen ablief und niemand von ihr Notiz nehmen durfte.

Als Vogel im Stasi-Knast eintraf, war Pryor erstaunt, seinen Verteidiger zu sehen. Niemand hatte ihn eingeweiht, was mit ihm geschieht – ob ihm der Prozeß gemacht oder ob er auf freien Fuß gesetzt würde. Nun klärte Vogel ihn auf, die bange Ungewißheit wich freudiger Überraschung.

Pünktlich erreichten Vogel und Pryor die Grenze in Berlins Mitte. Volpert stand 50 Meter vor dem Checkpoint Charlie am Straßenrand, mehrere Stasi-Leute in auffälligen, grauen Kunstledermänteln hatten verteilt im Sperrgebiet Stellung bezogen. Vogel stoppte das Auto neben Volpert und stellte den Motor ab. Er bat Pryor, ihm die Stasi-Leute zu zeigen, die er kenne, und ihm deren Funktionen zu erklären. Daraus folgerte Pryor, daß der Anwalt trotz seiner Verbindungen zum MfS, wie immer sie ausgestaltet waren, »nur sehr vage Vorstellungen davon hatte, wer für den Geheimdienst arbeitete und wie die Organisation aufgebaut war«.

Durch die Sperranlagen hindurch war Francis Meehan zu sehen, der sich nun zu Fuß auf den Weg in den Ostsektor machte, um seinen Landsmann abzuholen. Doch die Stasi gab Pryor noch nicht sogleich frei, sondern wartete auf ein Zeichen, daß die Akteure auf der Glienicker Brücke bereit seien. Deshalb mußte sich Meehan noch einige Minuten in Vogels Leihwagen setzen, ehe er mit Pryor den Rückweg antreten konnte.

Die größere Show spielte sich derweil, streng abgeschirmt, 22 Kilometer Luftlinie entfernt, auf der Glienicker Brücke ab. Die 148 Meter lange Stahlkonstruktion mit drei Bögen und zwei Doppelstützen, 1907 errichtet, überspannt im Südwesten Berlins die Havel und verbindet den West-Berliner Stadtteil Wannsee mit dem brandenburgischen Potsdam. Helmut Käutner hatte hier 1944/45 den Ufa-Streifen »Unter den Brücken« gedreht und die Aufnahmen immer wieder unterbrechen müssen, wenn die Bombendetonationen aus dem Zentrum der Hauptstadt zu hören waren. In den letzten Kriegstagen hatten Soldaten der deutschen Wehrmacht die Brücke durch zwei Sprengsätze zerstört, um die heranrückende Rote Armee wenigstens kurzzeitig aufzuhalten.

Noch vor Gründung der DDR wurde die Brücke wiederhergestellt, die Landesregierung von Brandenburg faßte am Tag vor der Neueinweihung am 18. Dezember 1949 den Kabinettsbeschluß, das Bauwerk »Brücke der Einheit« zu nennen. Das klang, angesichts der vom Osten betriebenen Spaltung, zynisch; neben dem Wachhäuschen des West-Berliner Polizeipostens »Anna 10« ließ der Senat später ein Schild aufstellen: »Glienicker Brücke – Die ihr den Namen ›Brücke der Einheit‹ gaben, bauten auch die Mauer, zogen Stacheldraht, schufen Todesstreifen u. verhindern so die Einheit.«

Um 8.20 Uhr ging Donovan, begleitet von Alan Lightner, dem Vizechef der US-Mission, und von Joseph Murphy, einem U-2-Piloten, der seinen Kameraden Powers identifizieren sollte, in Richtung Brückenmitte. Zeitgleich setzte sich von der anderen Seite her auch Schischkin in Bewegung, flankiert von zwei Zivilisten. Einer der beiden war Nikolai Korznikow, Abels direkter Vorgesetzter beim KGB. Mitten über der Havel schüttelten sich Sowjets und Amerikaner feierlich die Hände, dann gaben sie ihren Helfern an den Brückenköpfen ein Zeichen, daß die Austausch-Zeremonie beginnen könne.

Mit zögernden Schritten betrat Rudolf Abel von West-Berliner Seite aus die Brücke, neben sich zwei US-Bewacher. Der eine war Fred Wilkinson, stellvertretender Direktor der amerikanischen Gefängnisbehörde und vormals Direktor des Gefängnisses in Atlanta, wo Abel eingesessen hatte. Vom Potsdamer Ende her näherte sich Francis Gary Powers, auf dem Kopf eine Fellmütze, neben sich zwei Männer, die, so Donovan, »wie ehemalige Preisringer aussahen«.

Murphy ging auf die Potsdamer Seite hinüber, dem Trio entgegen, und fragte seinen U-2-Kollegen, wie der Football-Trainer an der High School geheißen habe. Doch Powers war so aufgeregt, daß ihm der Name nicht einfiel. Statt dessen erzählte er hastig, daß er als Kind einen Hund besessen habe, »halb Collie, halb Chow-Chow«. Da konstatierte Murphy förmlich, daß die Identitätsprüfung positiv verlaufen sei.

Schischkin wollte nun sofort den Austausch vollziehen, aber Donovan beharrte darauf, er brauche erst die Bestätigung, daß Pryor frei sei. Das dauerte, weil Vogel am Checkpoint Charlie minutenlang auf ein Zeichen von Volpert wartete. Der wiederum ließ sich über Funk informieren, ob auf der Glienicker Brücke alles ordnungsgemäß vonstatten ging – zu tief saß auf beiden Seiten die Furcht, von den gegnerischen Diensten noch im letzten Moment übers Ohr gehauen zu werden.

Um 8.45 Uhr verließ der Chef der US-Militärmission in Potsdam, Oberst Robert Sobolyk, die Zollbaracke und begab sich zur Brückenmitte. Er meldete: »Student Pryor ist jetzt auf unserem Gebiet.« Alan Lightner, der Vize-Chef der US-Mission, gab seinen Männern, die sich vor Rudolf Abel aufgebaut hatten, ein Zeichen. Die Amerikaner traten zur Seite. »Sie können jetzt gehen«, sagte einer zu Abel, der mit zwei Schritten den weißen Grenzstrich überquerte. Wort- und grußlos ging der begnadigte Sowjetspion an dem aus sowjetischer Haft entlassenen Aufklärungsflieger Powers vorbei, der ihm auf der Brücke entgegenkam. Um 8.52 Uhr war die Aktion abgeschlossen.

Nicht einmal die deutschen Polizisten und Zöllner, die auf westlicher Seite vor der Glienicker Brücke auf Posten standen, waren eingeweiht gewesen. Als Jeeps und die Limousine mit Abel aufkreuzten, hatte US-Oberst Sobolyk die deutschen Beamten lapidar beschieden, daß eine »interne wichtige Aktion« stattfinde.

Nur ein Dutzend sowjetischer und amerikanischer Offiziere, die meisten in Zivil, waren bei der Weltpremiere auf der Glienicker Brücke anwesend. Die erste Andeutung, wer da ausgetauscht worden war, erhielt ein dänischer Journalist, der entgegen allen Warnungen an jenem Morgen ohne Visum über die Brücke lief, um die DDR-Grenzposten zu interviewen. Nachdem sie den Paß des Reporters gründlich kontrolliert hatten, gaben die Grenzer zu verstehen, daß Abel und Powers die Seiten gewechselt hätten. Dann schickten sie den Dänen nach West-Berlin zurück.

Pierre Salinger, Präsident Kennedys Pressesprecher, ließ die Washingtoner Korrespondenten aus den Betten klingeln, um ihnen die geglückte Aktion knapp eine halbe Stunde nach deren Vollzug, kurz nach drei Uhr nachts Ortszeit, mitzuteilen.

Zwischen den beiden freigelassenen Amerikanern machte die Administration eine feinsinnige Unterscheidung, die den einen als Militärperson, den anderen als Privatmann auswies: Während der U-2-Pilot Powers an Bord einer Super Constellation der US-Luftwaffe die Heimreise antrat, flog Pryor mit seinen Eltern auf eigene Rechnung in einem Zivilflugzeug in die Staaten zurück. Derweil wurde Rudolf Abel von Stasi-Minister Mielke und anderen MfS-Generälen empfangen, unter ihnen auch DDR-Spionagechef Markus Wolf.

Nachdem Vogel den Studenten Pryor an den US-Beauftragten Meehan übergeben hatte, fuhr der Anwalt im Hochgefühl des vollbrachten Werks in seine Kanzlei. »Natürlich war ich stolz, daß das gelungen ist. Aber ich habe überhaupt nicht daran gedacht, was daraus entstehen könnte.« Ebenso nüchtern hakte auch Meehan das Geschehene ab: »Daß es auch nur eine Wiederholung geben würde, ist uns beiden nicht in den Sinn gekommen.«

Eine Freundschaft überbrückt Ost-West-Gegensätze

Im Vergleich zu dem steifen Zeremoniell auf der Glienicker Brücke wirkte die Szene am Checkpoint Charlie undramatisch, fast leger. Doch hier, auf dem Nebenschauplatz, hatten sich die beiden Männer gegenübergestanden, die von diesem Augenblick an für fast drei Jahrzehnte eine wichtige, zeitweise sogar die einzige Verbindung zwischen Ost und West aufrecht erhielten.

Es war der Beginn einer Freundschaft zwischen dem damals 36jährigen DDR-Juristen und dem ein Jahr älteren US-Diplomaten. Zwar nutzte Vogel für seinen Tauschhandel mit Spionen später auch andere Kontakte, vorwiegend zu Anwaltskollegen und Privatleuten, aber die menschliche Beziehung zwischen ihm und Meehan blieb die Basis west-östlicher Verhandlungen um aufgeflogene Agenten.

Millard H. Pryor, der Vater des freigelassenen Studenten, schrieb schon drei Stunden nach dem Austausch einen Dankesbrief an Vogel. Während Meehan am Checkpoint Charlie zu Vogels Leih-Mercedes gegangen war, um den Studenten in Empfang zu nehmen, hatten die Eltern in der US-Mission in Dahlem gewartet. »Die US-Mission«, entschuldigte sich der Vater, »hat uns geraten, Berlin sofort zu verlassen, um jedes Aufsehen zu vermeiden. Dies macht es uns unmöglich, unsere Verabredung heute abend einzuhalten. Mrs. Pryor und ich bedauern dies sehr, da wir Ihnen gern persönlich gedankt hätten. Als Sie zum ersten Mal diesen Austausch vorgeschlagen haben, dachte ich nie, daß es klappen könnte – aber es hat geklappt.«

Fünf Tage später, die Pryors waren inzwischen in ihre Heimat in Michigan zurückgekehrt, schrieb der Vater einen weiteren Brief an Vogel, nachdem er mit Meehan telefoniert und dabei erfahren hatte, daß die spontane Danksagung vom 10. Februar in West-Berlin liegen geblieben war – Meehan habe ihn »wegen Krankheit nicht überbringen können«. »Wir wissen natürlich«, schrieb Vater Pryor, »daß die Idee des ›Paketaustauschs‹ von Ihnen kam und daß nur Ihre Ausdauer den Plan verwirklichen konnte.« Jetzt würden er und seine Familie auch verstehen, warum sich das US-Außenministerium so zurückgehalten habe – der Austausch sei »ja schon in guten Händen gewesen«.

»Würden Sie uns bitte wissen lassen«, fragte Pryor senior schließlich, »wie wir den finanziellen Teil dieses Falles regeln können? Wie Sie wissen, haben wir über die Bezahlung nie gesprochen.« Vogel antwortete: »Das überlasse ich Ihnen.« Nach Vogels Erinnerung wies Vater Pryor dem Anwalt 5000 Dollar an, Pryor sagt, es seien 25 000 Dollar gewesen. Ein Einzahlungsbeleg existiert nicht mehr; möglicherweise hat Pryor den gesamten finanziellen Aufwand für seine Freilassung im Gedächtnis.

Volpert fertigte am 16. Februar einen abschließenden Bericht, nachdem er sich mit Vogel noch einmal getroffen hatte. »In der Austauschsache Pryor ist bekanntlich alles so ausgegangen, wie das beabsichtigt war.« Befriedigt stellte der Stasi-Major fest, »in Auswertung dieser Angelegenheit« hätten Westzeitungen »u.a. auch den Namen des GM genannt«. Er sei »dabei nicht besonders hervorgehoben worden«, aber es sei »doch zu erkennen, daß er eine bestimmte Rolle« bei dem Austausch gespielt habe.

Zu Protokoll gab Volpert auch eine angebliche Offerte

Meehans. »Interessant sein dürfte noch«, notierte der Stasi-Mann, »daß der amerikanische Vertreter, er gab an, vom Konsulat zu sein, der Pryor abholte von uns, bei der Verabschiedung an der Mauer an der Friedrichstraße zum GM flüsterte: ›Herr Vogel, wir glaubten, Sie schon einmal früher bei uns begrüßen zu dürfen. Nehmen Sie aber bitte zur Kenntnis, daß Sie sich zu jeder Zeit auf uns verlassen können.‹« Das Zitat, wenn es denn stimmte, konnte nicht anders als eine Einladung an den Anwalt aufgefaßt werden, in den Westen überzulaufen.

Meehan bestreitet jedoch vehement eine solche Äußerung, sie sei »frei erfunden«. Er habe Vogel nie ein solches Angebot gemacht und auch keinen Auftrag dazu gehabt. Er könne sich auch beim besten Willen nicht daran erinnern, daß irgend jemand die Idee mit ihm erörtert habe, Vogel zum Seitenwechsel zu veranlassen. Er könne natürlich nicht ausschließen, räumt Meehan ein, daß auf amerikanischer Seite mit diesem Gedanken gespielt worden sei, aber mit Sicherheit sei er in solche Überlegungen nicht einbezogen worden: »Wenn man mich nach meiner Meinung gefragt hätte, hätte ich gesagt, daß Vogel für uns im Osten viel nützlicher ist, als er es im Westen sein könnte.«

Wahrscheinlicher ist, daß Volpert sich die Episode nur ausdachte, um das Ansehen »seines« GM bei der Stasi zu steigern. Der MfS-Offizier ging des öfteren recht locker mit Fakten um, wenn es ihm für den internen Dienstgebrauch hilfreich erschien. Doch Volperts Flunkereien hatten stets einen realen Kern. Hier schrieb Volpert die Avancen, die Duane Bruce dem Anwalt gemacht hatte, einfach einer anderen Quelle zu, wohl weil er nicht verraten mochte, daß diese Information aus einem heimlich belauschten Gespräch stammte.

Der Dreiecks-Deal um Abel, Powers und Pryor war der Durchbruch für Vogels Geheimdienst-Diplomatie. Der Osten behandelte den Vorgang mit äußerster Zurückhaltung. Die sowjetischen Medien meldeten lediglich, daß Powers – scheinbar als einseitige Geste des guten Willens – begnadigt worden sei: »In Anbetracht des Schuldbekenntnisses von Powers zu dem von ihm begangenen schweren Verbrechen und auch in dem Bestreben, die Beziehungen zwischen der Sowjetunion und den Vereinigten Staaten zu verbessern«, habe das Präsidium des Obersten Sowjet beschlossen, den Gefangenen freizulassen.

Über die Gegenleistung der USA verloren Rundfunk und Presse in Moskau zunächst kein Wort. Am 23. Februar veröffentlichte die Moskauer Regierungszeitung *Iswestija* jedoch einen Offenen Brief, der von »Helen und Lydia Abel« unterschrieben war: Sie wollten, schrieben »Mutter und Tochter«, »daß die ganze Öffentlichkeit in der Sowjetunion über den menschlichen Akt der sowjetischen Regierung Bescheid wisse«.

»Durch die Denunziation eines Abenteurers und Provokateurs« sei Rudolf Abel »unschuldig verhaftet, angeklagt und verurteilt« worden. »Alle unseren vielfältigen Gnadengesuche für unseren lieben, unschuldig verurteilten Vater und Ehemann, einschließlich derer beim Präsidenten der Vereinigten Staaten, erzielten keine positiven Ergebnisse.« Daraufhin hätten sie sich an die sowjetische Regierung gewandt und Kontakt mit den Angehörigen von Francis Powers aufgenommen, die ihrerseits an die Regierungen der UdSSR und der USA appelliert hätten. Die sowjetischen Behörden hätten »zustimmend auf diese Bitten reagiert«. Für diese »wahrhaft menschliche Größe« dankten die angeblichen Briefschreiberinnen »der sowjetischen Regierung und ihrem Chef N. Chruschtschow persönlich«.

Abel meldete sich erstmals am 15. Oktober 1962 brieflich bei Vogel, um dessen Hilfe beim Umtausch von Devisen in Anspruch zu nehmen. Als Bürger eines sozialistischen Staates konnte der Ex-Spion nicht einfach einen auf Dollar ausgestellten Scheck bei einer DDR-Bank einreichen. »Wäre es Ihnen möglich«, fragte Abel bei Vogel an, »den beigefügten Scheck, den ich von Mr. Donovan erhalten habe, einzulösen und den Betrag an obige Adresse zu senden?« Die Anschrift lautete: »Fr. E. Forster, z.Hd. R. I. Abel, Leipzig N 22, Eisenacher Straße 24« – von dort hatte auch die angebliche Ehefrau den Kontakt zu Vogel aufgenommen.

Der Austausch Abel/Powers/Pryor hatte für Vogel zwei Jahre später noch ein Stasi-internes Nachspiel. Im Mai 1964 wollte der SPIEGEL einen Auszug aus einem von Donovan verfaßten Buch (»Der Fall des Oberst Abel«) abdrucken. Die DDR-Medien hatten über den Austausch nicht berichtet, sondern nur Kurzmeldungen über die Freilassung des US-Piloten veröffentlicht, als sei diese ohne Gegenleistung der Amerikaner erfolgt. Vogels Vermittlerrolle hatte mithin in der DDR keine Publizität finden können. Da Vogel Donovans Vorbehalte ihm gegenüber kannte, mußte er befürchten, daß er in dessen Darstellung nicht gut abschneiden würde.

In der Woche vor dem Erscheinen dieses Artikels intervenierte der West-Berliner Anwalt Jürgen Stange im Auftrag Vogels bei der Hamburger SPIEGEL-Redaktion. Stange und Vogel hatten sich wenige Wochen nach dem Austausch kennengelernt und standen bald auf Duzfuß miteinander. Stange bat die Magazin-Macher, wie er Vogel informierte, »zunächst entweder alles einzustellen oder Dir fairerweise Gelegenheit zu geben, Stellung zu nehmen«. Auf diese Vorstellungen sei »man noch in der Nacht eingegangen«.

Am Nachmittag des folgenden Tages suchte Wilfried Ahrens, ein Redakteur aus dem Auslandsressort, Stange auf und berichtete, der SPIEGEL wolle »ganze Passagen aus dem streitigen Buch bringen«. Ahrens habe sich jedoch bereit erklärt, »Dich zu hören und Dir Gelegenheit zu geben, Deinen Standpunkt in allen Einzelheiten vorzutragen«. Er habe auch »versprochen, auf Deine Wünsche Rücksicht zu nehmen und Dir auch das Manuskript zugänglich zu machen«. Stange kündigte Vogel den Besuch des SPIEGEL-Redakteurs für »heute um 22 Uhr in Deiner Wohnung« an.

Der Besuch fand zwar statt, aber der Buchauszug kam unverändert ins Blatt. Hinterher beschwerte sich Streit bei Vogel, »zu seinem Entsetzen« sei ein Artikel im SPIEGEL erschienen, obwohl doch »vereinbart worden« sei, »daß über den ganzen Vorgang nicht berichtet wird«. Er, Streit, habe Grund zu der Annahme, daß Vogel der Informant gewesen sei. Er wisse auch, daß SPIEGEL-Leute bei ihm im Büro gewesen seien. Dies konnte Vogel schwerlich leugnen. Denn das Foto, das ihn zeigt, »ist nicht heimlich gemacht worden, das hatte ich zugelassen – also, vielleicht wollte ich es sogar«, gibt er augenzwinkernd zu. Verfänglich war jedoch, daß das Foto nicht in der Kanzlei, sondern in Vogels Wohnung aufgenommen worden war. So konnte sich Vogel nicht damit herausreden, das Bild sei ohne seine Erlaubnis entstanden.

Gegenüber Volpert gab Vogel jedoch nachträglich eine andere Darstellung. In einem Vermerk notierte er, »in der Angelegenheit Powers« seien bei ihm zwei SPIEGEL-Mitarbeiter erschienen, ein Fotograf und der Redakteur. Im Büro hätten die Journalisten »versucht, in meiner Abwesenheit von den Schreibkräften ... ein Foto von mir zu erhalten und einige Fragen anzubringen«, aber es sei »keinerlei Auskunft gegeben worden«. Spätabends seien die beiden dann in seiner Wohnung aufgekreuzt, doch die erbetenen Fotos von sich und seiner Familie habe er »strikt verweigert«.

»Erst bei dieser Gelegenheit«, stellte sich Vogel ahnungslos, habe er »erfahren, daß es sich um die Powers-Sache handelt«. Donovan habe ein Buch geschrieben, und darin werde auch Vogels »Mitwirkung erwähnt«. Ihm sei »nicht klar, was aus der ganzen Sache gemacht wird«. Es sei »bekannt, daß Verzerrungen und Entstellungen entstehen. Darauf möchte ich rechtzeitig hingewiesen haben«.

Volpert brachte Vogels Version einige Tage später zu Papier, nachdem der Buchauszug im SPIEGEL bereits erschienen war. Verwundert zeigte sich der Stasi-Mann darüber, daß »die Büroräume des GM fotografisch im SPIEGEL enthalten« seien und »darüber hinaus ein persönliches Bild des GM, was der SPIEGEL über irgendwelche Kanäle im Westen hat auftreiben können«. Sowohl »Georg« als auch Stange, kommentierte Volpert, »verurteilen den SPIEGEL-Artikel als eine große Schweinerei von seiten des RA Donovan, der sträflichst die damals abgegebene Erklärung, ›alles diskret zu behandeln‹, gebrochen« habe. Stange habe aber berichtet, daß ihm »einige Westleute« erklärt hätten, nach dieser Beschreibung stehe für sie fest, »daß der GM in Wirklichkeit doch mehr für den Osten wie für den Westen tut«.

Vogels Rolle war, wenn auch durch Donovans Brille, erstmals im Westen ins Blickfeld der Öffentlichkeit gerückt. Dabei gab es in der Bundesrepublik, wie Volpert in seinem Stasi-Kauderwelsch konstatierte, »unterschiedliche Einschätzungen, auf welchem Standpunkt der GM in Wirklichkeit stände«.

Das MfS erkannte, daß die Zeit des Versteckspielens vorbei war. Daher, folgerte Volpert, sei es notwendig, daß »der GM aus der jahrelangen festgelegten Konzeption der politischen Zurückhaltung heraustritt und nunmehr einen deutlichen Standpunkt gegenüber jedermann bezieht«. Will heißen: Vogel sollte künftig klarmachen, daß er kein neutraler Vermittler, sondern eindeutig der Emissär des Ostens ist.

Im Herbst 1967 kam Abel noch einmal in die DDR, als ihm die Ehrendoktor-Würde durch die Stasi-Hochschule in Potsdam-Eiche verliehen wurde. Das Mielke-Ministerium hatte ein Set mit drei Gedenkmünzen prägen lassen. Eine mit der Inschrift »Kundschafter kämpfen als Internationalisten« war Abel gewidmet. Auf der Medaille mit dem Bildnis von Richard Sorge standen die Worte: »Heißes Herz, kühler Kopf, saubere Hände.« Die dritte (»Patriot, Internationalist, Revolutionärer Kämpfer«) galt Harro Schulze-Boysen, dem 1942 hingerichteten Führungsmitglied des Spionagerings »Rote Kapelle«.

Während seines DDR-Aufenthalts besuchte Abel auch Vogel und schenkte ihm einen signierten Scherenschnitt, den er im Gefängnis gefertigt hatte – ein Landschaftsbild mit einer schneebedeckten Blockhütte und einer Birke. Tiefen Eindruck hinterließ bei Vogel ein Satz, den Abel bei seinem Vortrag in der Hochschule sagte: »Nur Tote und Idioten haben keine Angst«, zitierte Abel seinen großen Agenten-Kollegen Richard Sorge. Er habe sich, sagt Vogel, seither immer zu seiner Angst bekannt, die ihn über all die Jahre begleitet habe.

Am 18. November 1971 meldete die Ost-Berliner *National-Zeitung*, daß »der sowjetische Aufklärer« Abel nach schwerer Krankheit im Alter von 69 Jahren verstorben sei. In einem Nachruf der sowjetischen Zeitung *Krasnaja Swesda* heiße es, »daß Abel im Laufe von fast 45 Jahren schwierige Aufgaben zur Gewährleistung der Sicherheit der UdSSR gemeistert hat«.

Erst ein Jahr nach Abels Tod enthüllte die Goldgravur auf einem weißen Grabstein nahe dem Moskauer Krematorium, daß Abel in Wahrheit William Genrichowitsch Fisher geheißen hatte. Mit dieser Inschrift widerlegte der Kreml seine eigene Version, Abel sei in der Sowjetunion aufgewachsen, denn sein Vater Genrich Matwejewitsch Fisher, dessen Name ebenfalls auf der Familiengruft eingraviert ist, ein Revolutionär und Freund Lenins, war 1891 verbannt worden und erst 1921 aus seinem Londoner Exil zurückgekehrt. Der 1903 geborene Sohn war mithin in Großbritannien zur Welt gekommen und aufgewachsen. Abel-Fishers hervorragende Englischkenntnisse und seine Schwierigkeiten mit der russischen Sprache, die bis dahin ein Rätsel waren, fanden nun endlich eine Erklärung.

5. KAPITEL

»Mit diesem Angebot verdirbt man noch die Preise«

*Die ersten erfolgreichen
deutsch-deutschen Austauschfälle*

Der »antifaschistische Schutzwall«, den Ulbricht am 13. August 1961 um West-Berlin herum hatte hochziehen lassen, trennte über Nacht Freunde und Familien, aber auch Geschäftspartner und politische Vermittler wie Ost-Anwalt Vogel und West-Anwalt Commichau. Die jahrelange Kooperation über die Sektorengrenze hinweg war schlagartig beendet, weil die beiden Juristen nicht mehr zueinander kommen konnten: Die DDR-Führung verwehrte Vogel trotz seiner für die SED nützlichen West-Berliner Anwaltszulassung die Ausreise, und Commichau durfte, wie alle West-Berliner, nicht mehr in den Ostsektor. Nur Bundesbürger erhielten, gegen Vorlage ihres westdeutschen Passes, Tagesvisa für die »Hauptstadt der DDR«.

Wieder war es Commichau, der die Initiative ergriff, um für die gekappte Verbindung einen Ersatz zu beschaffen. Er animierte den jungen West-Berliner Kollegen Jürgen Stange, damals 34 Jahre alt, der sich gerade in der Schlüterstraße, an der Ecke zum Kurfürstendamm, mit einer kleinen Kanzlei niedergelassen hatte, seinen bisherigen Part zu übernehmen.

Vogels Name war im Zusammenhang mit dem Abel/Powers-Fall sechs Wochen zuvor erstmals in westlichen Medien erwähnt worden. So war es nicht weiter verwunderlich, daß er Post von einem West-Kollegen erhielt. Stange berief sich auf den gemeinsamen Bekannten Commichau. Den kenne er »seit langen Jahren aus gemeinsamer Referendarzeit aus Braunschweig«, schrieb Stange, und Commichau habe ihm empfohlen, »mich in einer Angelegenheit an Sie zu wenden«.

Es handle sich »um die Sache Kümpfel«, erläuterte Stange, von der Vogel, wie er wisse, »auch schon über den Kollegen Stark informiert« sei – Wilhelm Stark war der Vertrauensanwalt der Evangelischen Kirche in Ost-Berlin. Die Geraerin Traude Kümpfel hatte sich in einen West-Berliner verliebt, der seine Braut aus der DDR ausschleusen wollte. Dabei war sie erwischt worden. Das Kreisgericht Zeulenroda verurteilte sie wegen versuchter Republikflucht zu einem Jahr und sieben Monaten Gefängnis. Es liege ihm »außerordentlich viel daran«, schrieb Stange an Vogel, »daß Sie sich dieser Sache mit allen Ihnen zu Gebote stehenden Möglichkeiten annehmen«. Er möge ihn, »um die näheren Einzelheiten zu besprechen«, wissen lassen, »ob und wann ich Sie aufsuchen kann«.

Stange konnte für Commichau in die Bresche springen, weil er noch einen Wohnsitz bei seiner Mutter in Braunschweig hatte. So kam Stange durch einen doppelten Zufall in die Rolle des mehr als zwanzig Jahre lang wichtigsten westdeutschen Vogel-Partners: weil ihn eine alte Bekanntschaft mit dem Leiter der Rechtsschutzstelle verband und weil er ein bundesdeutsches Personaldokument besaß. »Wir verstanden uns von Anfang an«, sagt Vogel rückblickend über sein Verhältnis zu Stange. Der joviale West-Anwalt, dessen rundes Gesicht Herzlichkeit ausstrahlte, verfügte über beste Beziehungen zum Bundesnachrichtendienst, und wie Vogel war er mehr auf einvernehmliche Kompromisse als auf streitige Auseinandersetzungen erpicht.

Commichau schied bald darauf als Leiter der Rechtsschutzstelle aus. Er richtete sich zunächst eine kleine Kanzlei in West-Berlin ein, die dem Anwalt jedoch kein ausreichendes Einkommen bot. So nahm er die Stelle eines Justitiars bei einem niedersächsischen Unternehmen an.

Die Stasi registrierte »Georgs« neuen Westkontakt sofort. »Der GM«, notierte Volpert am 16. April 1962, »bekam zufälligerweise Verbindung zu dem Westberliner Anwalt Stange.« Der Fall, der Stange und Vogel zusammenbrachte, löste sich indes rasch in Wohlgefallen auf: Traude Kümpfel lernte einen DDR-Bürger kennen, den sie heiratete; ihr Ausreisewunsch war damit obsolet. Doch schon wartete eine neue Aufgabe auf die beiden Advokaten.

Engelbert Nelle, der in Köln Wirtschaftswissenschaften studierte und Bundesvorsitzender der Katholischen Deutschen Studenten-Einigung war, hatte lange vor dem Mauerbau briefliche und persönliche Kontakte zu Kommilitonen in der DDR geknüpft, vor allem in Halle, der Patengemeinde der Kölner Jungkatholiken. Einige schrieben Nelle, nachdem die DDR-Grenzen abgeriegelt worden waren, verschlüsselt, aber eindeutig, daß sie um jeden Preis in den Westen wollten. Sie ließen keinen Zweifel daran, daß sie notfalls die Mauer stürmen würden. Nelle beschwor sie – ebenso verklausuliert, damit es die sicherlich mitlesende Stasi nicht kapieren sollte –, von dem lebensgefährlichen Vorhaben abzulassen.

Um sich mit den DDR-Überdrüssigen mal auszusprechen, verabredete sich Nelle mit zweien von ihnen am 3. Februar 1962 im Ost-Berliner Büro des für beide Stadthälften zuständigen Caritasdirektors Johannes Zinke. Das Büro des Prälaten lag im Hedwigs-Krankenhaus, weshalb Nelle in einem Telegramm an die Hallenser ein »Treffen bei Tante Hedwig« vorschlug.

Das MfS, das die konspirative Korrespondenz der jungen Katholiken natürlich aufmerksam verfolgte, verhaftete die beiden Studenten einen Tag vor dem vereinbarten Termin, was Nelle aber nicht mehr rechtzeitig erfuhr. Ahnungslos machte sich der westdeutsche Studentenfunktionär auf den Weg nach Ost-Berlin, doch bei der Grenzkontrolle im Bahnhof Friedrichstraße wurde er sogleich festgenommen. Er wurde bis auf die Haut gefilzt, weil die Stasi vermutete, er hätte für die DDR-Studenten falsche Pässe bei sich.

Zwar fanden die Grenzwächter nichts, aber Nelle wurde – genau eine Woche vor dem Austausch Abel/Powers/Pryor – in ein Gefängnis am Alexanderplatz eingeliefert. Der Kölner Student wurde Tag und Nacht verhört und nach drei Tagen, zusammen mit den beiden Brieffreunden, in derselben grünen Minna nach Halle verfrachtet, in das berüchtigte Stasi-Gefängnis »Roter Ochse«.

Wochenlang mußte Nelle in einer winzigen Zelle verbringen, ohne Stuhl, ohne Tisch, ohne Bett. An die 140mal, hat er gezählt, wurde er zu Vernehmungen gebracht, die zehn verschiedene MfS-Offiziere führten, zuletzt eine besonders verbiesterte Stasi-Frau. Doch für Fluchthilfe oder auch nur den Versuch dazu gab es nicht den geringsten Beleg, nur die Unterstellungen der Staatssicherheit.

Im Westen wurde Nelles Verschwinden erst Ende Februar publik. Mächtige Fürsprecher aus Kirche und Politik setzten sich für seine Freilassung ein – umsonst. Als für Anfang Juni der Prozeß angesetzt wurde, erhielt Vogel von der DDR-Justiz das Pflichtverteidiger-Mandat, während die katholische Kirche in der Bundesrepublik einen Anwalt in Halle beauftragte, der aus Westdeutschland stammte und in die DDR übergesiedelt war.

Zwischen den beiden Anwälten gab es einen kleinen Disput, weil Vogel unbedingt auf Freispruch plädieren wollte, während der Kollege, aus realistischer Einschätzung der Lage, auf ein mildes Strafmaß aus war. Schließlich wurde Nelle zu einem Jahr Gefängnis verurteilt.

Nun war wieder Vogel gefordert. Er überbrachte Prälat Zinke einen Vorschlag, den ihm Volpert gemacht hatte. Vogel berichtete dem Caritasdirektor, wie er kurz zuvor dem US-Studenten Pryor zur Heimkehr verholfen hatte. Auf ähnliche Weise, meinte Vogel, könne man sicher auch etwas für Nelle tun. Vogel erzählte Zinke den Fall eines Atomphysikers der Ost-Berliner Humboldt-Universität, der in Düsseldorf wegen Spionage zu einer mehrjährigen Haftstrafe verurteilt worden war. Die katholische Kirche solle ihre Beziehungen zur Adenauer-Regierung spielen lassen, um Nelle gegen diesen Wissenschaftler auszutauschen.

Adenauer wäre sofort dazu bereit gewesen. Der Kanzler kannte ja den Fall Priemer, der, zumindest für den Westen, prima gelaufen war. Nur konnte er, weil der Austausch unter der Decke gehalten worden war, damit schwerlich gegen seinen Justizminister Wolfgang Stammberger von der FDP argumentieren. Der war strikt gegen ein solches Geschäft. »Diese paar Tage«, soll er gesagt haben, »sitzt man doch auf der Treppe ab.«

Schließlich setzte sich der Alte durch. Adenauer konnte Bundespräsident Heinrich Lübke dazu bewegen, den Ost-Spion zu begnadigen. Mit Grausen erinnerte sich Vogel freilich, wie die Bundesregierung im Fall Priemer wortbrüchig geworden war und die versprochene Gegenleistung, die Freilassung des Agenten Geißler, verweigert hatte. Erst jetzt, Anfang Mai, war Geißler aus der Haft entlassen worden, die er bis zum letzten Tag hatte absitzen müssen. Vogel war bange: »Wenn das diesmal nicht klappt, schlägt die DDR sämtliche Türen zu.«

Doch die Sorge war unbegründet. Wie verabredet, am 10. Juli pünktlich um 15 Uhr, wurde Nelle von Vogel und Volpert zum Bahnhof Friedrichstraße gebracht. Volpert betrat das Gebäude durch einen zum Stadtzentrum hin gelegenen Seiteneingang, der nur für Bahnbedienstete und Inhaber von Sonderausweisen zugänglich war. Während Vogel dort mit Nelle wartete, ging Volpert durch eine geheime Stasi-Schleuse, an der normalen Grenzabfertigung vorbei, auf den Bahnsteig, an dem die S-Bahn-Züge aus West-Berlin eintrafen. Dort holte er den West-Anwalt Stange und den aus Westhaft entlassenen Humboldt-Physiker ab und kehrte mit beiden zu dem Seiteneingang zurück. Nelle sah sein Pendant nur kurz an, dann führte Volpert ihn und Stange auf den West-Bahnsteig.

Nelle wurde nach Hannover ausgeflogen und 14 Tage in einem Hotel im Harz, dem »Weißen Hirsch« in Riefensbeek, vor der Presse versteckt. Tatsächlich erschienen nirgendwo Zeitungsberichte über Vogels ersten innerdeutschen Austauschfall, der nicht nur in einer Richtung – wie im Fall Priemer – gelungen war. Nelle trat später in die CDU ein und wurde 1980 Bundestagsabgeordneter.

Rivalität mit SED-Staranwalt Kaul

In den sechziger Jahren agierte der DDR-Anwalt Vogel noch ohne die schützende Hand der Staats- oder auch nur der Stasi-Führung. Seine Gesprächspartner Streit und Volpert verfügten zwar über beträchtlichen Einfluß in ihren jeweiligen Apparaten, der Justiz und der Staatssicherheit, aber auch sie waren abhängig und weisungsgebunden. Allerdings kam Vogel zugute, daß Streit und Volpert »dicke befreundet« waren.

Anders als später zu Honecker hatte Vogel zu dem damaligen DDR-Staatschef Walter Ulbricht »keinerlei Kontakt, ich bin ihm auch nie begegnet«. Ihm sei, erzählt Vogel, zur damaligen Zeit mal gesagt worden, Ulbricht könne Advokaten nicht ausstehen. Unter Honecker, der Ulbricht 1971 als Generalsekretär ablöste, sei es einfacher geworden: Der neue Parteichef und Stasi-Minister Mielke hätten erkannt, »daß man die anwaltliche Schiene politisch nutzen konnte«. Vogel war, durch eine Verkettung von Zufällen und persönlichen Bekanntschaften, in eine Rolle hineingewachsen, die ihm die Stasi ursprünglich nicht zugedacht hatte. »Die haben mir das gar nicht zugetraut«, meint Vogel rückblickend, »die hatten ja den großen Kaul.«

Friedrich Karl Kaul, 1906 als Sohn eines jüdischen Kaufmanns in Posen geboren, war 1949, vor der Gründung von BRD und DDR, in beiden Teilen Berlins als Anwalt zugelassen worden und spielte seither in vielen westdeutschen Gerichtssälen die Rolle des SED-Kronjuristen. 1955 war er Hauptprozeßbevollmächtigter der KPD, die vom Bundesverfassungsgericht auf Antrag der Bundesregierung ein Jahr später verboten wurde. Danach verteidigte er Kommunisten, die wegen ihrer politischen Gesinnung verfolgt wurden. In Prozessen gegen NS-Verbrecher vertrat er als Nebenkläger in der DDR lebende Nazi-Opfer. 1960 verlieh ihm die Ost-Berliner Humboldt-Universität »in Anerkennung um die Wahrung der Freiheitsrechte der Bürger der DDR gegenüber den Übergriffen des klerikal-militaristischen Regimes in Westdeutschland« den Professoren-Titel.

In der Bundesrepublik waren die Auftritte des Friedrich Karl Kaul (Spitzname: »FKK«) berüchtigt. Mal mit beißender Ironie oder intellektueller Schnoddrigkeit, mal mit ätzender Schärfe und schriller Stimme, hielt er seine rhetorisch brillanten Plädoyers. Er selbst sagte von sich: »Wenn FKK da ist, gibt's Wirbel.« Oder: »Auf einen groben Klotz gehört ein grober Kaul.«

Seit März 1961 war Kauls Wirkungskreis im Westen allerdings empfindlich eingeschränkt. Der 3. Strafsenat des Bundesgerichtshofs hatte den DDR-Staranwalt von der Verteidigung in Staatsschutzsachen ausgeschlossen. Begründung: Kaul vertrete nicht die Interessen seiner Mandanten, sondern handle ausschließlich auf Weisung der SED. Auch wenn das Bundesverfassungsgericht diese Maßnahme sechs Jahre später für verfassungswidrig erklärte, war der ideologisch knochenharte Kaul auf seinem bevorzugten Feld einstweilen außer Gefecht gesetzt. Zudem hatte der West-Berliner Innensenator sofort nach dem Mauerbau ein Einreiseverbot gegen den SED-Advokaten bei den Alliierten durchgesetzt. Derart begrenzte Wirkungsmöglichkeiten minderten seinen Wert bei seinen Ost-Berliner Auftraggebern.

Eine »operative Information« des Majors Volpert vom 24. Mai 1962 läutete das Ende der Kaulschen Karriere ein. Volpert bediente sich einer westlichen Auskunft, um zu belegen, daß Kaul als V-Mann der Stasi verbrannt war. »Von einer zuverlässigen Quelle« – gemeint war Vogel – sei bekannt geworden, daß der West-Berliner Justizsenator Valentin Kielinger »erklärt haben soll, daß man nun auch endgültig beabsichtigt, gegen Rechtsanwalt Kaul vorzugehen«. Anlaß sei die schon »einige Zeit« zurückliegende Verhaftung eines »Gerichtsreferendars namens Fuhrmann« in West-Berlin, der »wegen Verbindung zum MfS angeklagt« werden solle.

Hellhörig wurde die West-Berliner Justiz durch die Aussage Fuhrmanns, er habe »die Verbindung zum MfS über Kaul erhalten«. Der Staranwalt als Stasi-Werber? Zwar seien, relativierte Volpert den gegen Kaul erhobenen Vorwurf, »einige Zwischenstationen vorhanden« gewesen, aber der Stasi-Offizier ahnte, daß man Kaul »bewußt unterschieben« werde, Fuhrmann »mit uns in Kontakt gebracht« zu haben. Der Verdacht war, wie sich herausstellte, nicht von der Hand zu weisen, daß Kaul kompromittierendes Wissen über Fuhrmann weitergegeben hatte, mit dem dieser zur Mitarbeit gepreßt werden konnte.

Peter Fuhrmann, Jahrgang 1915, war seit 1952 Staatsanwalt in der politischen Abteilung beim Landgericht Berlin-Moabit. In sein Ressort fielen Delikte wie Menschenraub, Verschleppung, Verstöße gegen das Freiheitsschutzgesetz – Fälle, hinter denen stets die Stasi steckte. Die suchte nur nach einer Gelegenheit, sich an dem West-Berliner Ankläger zu rächen. Und Fuhrmann bot dem MfS eine Blöße.

Der verheiratete Staatsanwalt hatte eine ebenfalls verheiratete Geliebte, und als diese schwanger wurde, brauchte er schnell einen Arzt, der eine Abtreibung vornahm. Die Affäre war damit jedoch nicht erledigt, wie sich Fuhrmann erhofft hatte. Denn im Juli 1954 stand plötzlich Helmut Weise, ein Vetter Fuhrmanns, der im Ost-Berliner Stadtteil Hohenschönhausen wohnte, bei seinem Verwandten in Wilmersdorf vor der Tür. Er verlangte ein Gespräch unter vier Augen. Später sagte Fuhrmann vor Gericht aus: »Von da an wurde ich zur Spionage erpreßt.« Schon einen Tag nach dem Besuch des Cousins traf sich Fuhrmann in Ost-Berlin mit zwei Beauftragten des MfS, eine Woche später hatten die ihn weitergereicht an die sowjetischen KGB-Freunde in Karlshorst.

Auf deren Wunsch ließ sich Fuhrmann nach Bonn versetzen, erst ins Justiz-, dann ins Verteidigungsministerium. So wurde der Bock zum Gärtner gemacht: Fuhrmann verfaßte in Spionageverfahren Stellungnahmen zum Verrat von Staatsgeheimnissen und überprüfte vom Februar 1957 an Bewerber für die Bundeswehr – ausgerechnet er sollte dafür sorgen, daß sich keine Kommunisten einschlichen. Im Juli 1961 avancierte Fuhrmann bei der Wehrbereichsverwaltung Hannover zum Dezernenten für Mobilmachung. Die Stelle hatte er bis zu seiner Verhaftung im November 1961 inne.

Während des Prozesses, der Fuhrmann im September 1962 vor dem 3. Strafsenat des Bundesgerichtshofs in Karlsruhe gemacht wurde, spukte der immer nur mit seinem Initial genannte »Ost-Berliner Rechtsanwalt Dr. K.« durch den Verhandlungssaal. Jedem war freilich klar, daß es sich um den SED-Staranwalt Kaul handelte, der, wie sich aus den Ermittlungsprotokollen ergab, durch eine Bekannte der Freundin Fuhrmanns von der Abtreibungsaffäre erfahren und dies dem MfS gesteckt haben soll. Wirklich bewiesen wurde nichts, aber die Gerüchte reichten den DDR-Oberen, den nur noch begrenzt einsatzfähigen Kaul sachte aus dem Verkehr zu ziehen. Daß Vogel frühzeitig von den Vorwürfen und Überlegungen des West-Berliner Justizsenators Wind bekommen hatte, verdankte er seinem neuen Freund Stange, der gute Drähte zu West-Berliner Politikern hatte.

Auch die Evangelische Kirche in Berlin hatte einen Juristen, der mit einem westdeutschen Ausweis zwischen den beiden Stadthälften pendeln konnte. Reymar von Wedel, Persönlicher Referent von Präses Kurt Scharf, hatte sich das Personaldokument durch einen damals häufig praktizierten Kniff besorgt: Er wurde pro forma Untermieter eines Freundes in Stuttgart, und beim dortigen Meldeamt erhielt der Berliner Kirchenjurist anstandslos den begehrten Paß.

Präses Scharf beauftragte von Wedel, sich um Häftlinge zu kümmern, die bei ihrem kirchlichen Engagement mit DDR-Vorschriften in Konflikt geraten waren. Ein unmittelbarer Vorstoß bei staatlichen Behörden erschien dem Kirchenjuristen sinnlos. Er fragte deshalb Wilhelm Stark, den kirchlichen

Vertrauensanwalt in Ost-Berlin. Der gab ihm den Tip, sich an Wolfgang Vogel zu wenden, mit dem Stark schon des öfteren Mitglieder der Kirchengemeinde vor Gerichten verteidigt hatte.

Mit einer Liste dringlicher Haftfälle bestieg Reymar von Wedel am 21. Juni 1962 die S-Bahn Richtung Osten, um Vogel in seiner Kanzlei in Alt-Friedrichsfelde aufzusuchen. Dem Kirchenanwalt erging es wie dem Amerikaner Donovan ein paar Monate zuvor – er war entsetzt über das Ambiente: »Das Haus war mehr eine Bruchbude. Eine steile Stiege an der hinteren Ecke führte zum Büroeingang.«

Reymar von Wedel stellte sich Vogel unter einer Legende vor. Er sei Anwalt aus Stuttgart, flunkerte er, und vertrete »eine Gruppe von Industriellen, die sich für politische Gefangene in der DDR engagieren« wollten. Als Vogel offenbarte, daß ihm von Wedels Besuch vom DDR-Justizministerium avisiert worden sei, schämte sich der West-Anwalt seiner Schwindelgeschichte und gab zu, daß er nicht aus Stuttgart komme und »auch nichts mit der Industrie zu tun« habe, sondern »mich schickt der Präses Scharf«.

Vogel lachte, und von Wedel holte seine Namensliste hervor. Besonders interessiert war er an einem Pfarrer, der sich als Fluchthelfer betätigt hatte und nun in Untersuchungshaft saß. Vogel sah sein Gegenüber zweifelnd an: Nach seinen bisherigen Erfahrungen würde man nur Leute freilassen, die rechtskräftig verurteilt waren. Sonst sehe es ja aus, als ob sie unschuldig verhaftet worden seien. Überhaupt müsse das ganze Projekt auf höchster Ebene, im Zentralkomitee der SED, geklärt werden.

Vogel zeigte sich aber zuversichtlich und berichtete sogleich, sein Ansprechpartner sei der Generalstaatsanwalt Streit, »ein zugänglicher Mensch«. Vogel empfahl von Wedel, Kontakt zu Stange aufzunehmen, den er selbst gerade ein knappes Vierteljahr kannte. Der sei »ein lustiger Kollege«, sie würden sich »bestimmt gut verstehen«.

Reymar von Wedel war fasziniert von den Aussichten, die sich ihm zu bieten schienen. Begeistert erstattete er anderntags seinem Präses Bericht. Scharf fragte seinen Referenten, was denn die andere Seite als Gegenleistung verlangt habe. Das hatte von Wedel, wie er zugibt, »in meiner Naivität und Euphorie verdrängt« – der blaublütige Anwalt war ganz schön blauäugig. »Das wird noch kommen«, prophezeite der Präses, »umsonst machen die Kommunisten das nicht.«

Scharfs Referent verabredete sich, wie mit Vogel vereinbart, mit Jürgen Stange. Der, erinnert sich von Wedel lebhaft an die erste Begegnung, »brillierte mit Witzen über die DDR«. Bald fuhren von Wedel und Stange mindestens einmal pro Woche gemeinsam nach Ost-Berlin. In Vogels Kanzlei besprachen sie ihre Fälle. Die drei Anwälte waren schon nach kurzer Zeit per Du miteinander.

Eines Abends war überraschend ein vierter Mann dabei, der sich als »Heinz Krügler« vorstellte, »Verbindungsmann zum Zentralkomitee und auch für den Ost-West-Handel zuständig«. Reymar von Wedel war »etwas erstaunt«, denn Krügler hatte »nicht genau gesagt, welche Funktion er ausübte«. Hinterher erläuterte Vogel seinen Kollegen, sie sollten sich »nicht irritieren lassen, das ist hier nun mal so üblich«. Er kenne diesen Krügler »aus Verhandlungen beim Generalstaatsanwalt«, was ja nicht gelogen war, denn Streit hatte die beiden zusammengebracht. Krügler, deutete Vogel an, sei »auch mit Wirtschaftsfragen befaßt« und übe »offenbar eine koordinierende Funktion« aus. Kein Wort allerdings davon, daß es sich um einen Stasi-Offizier handelte und daß Krügler in Wahrheit anders hieß, was freilich auch Vogel erst seit kurzem wußte.

Bei der nächsten Zusammenkunft war Krügler wieder da. Vogel teilte mit, im ZK sei grundsätzlich entschieden worden, daß die von der Kirche gewünschten Gefangenen entlassen werden könnten. Krügler trug daraufhin vor, daß »auch die DDR natürlich Wünsche« habe, schließlich hätten die Gefangenen Schaden am Volksvermögen angerichtet. Einige wollten sogar ausreisen, obwohl ihnen die DDR eine gute Ausbildung finanziert habe. Krügler erwartete also, daß ihm eine wirtschaftliche Gegenleistung angeboten würde. Der Kirchenjurist von Wedel fragte ihn, was er denn haben wolle. Krügler antwortete, die DDR brauche gerade Kali, drei Waggons mit dem chemischen Dünger, meinte er, seien für 15 Häftlinge wohl angemessen.

So fing, im Juli 1962, der Freikauf durch die Evangelische Kirche an. Abgewickelt wurde der Handel Häftlinge gegen Mangelware über das Diakonische Werk. Doch obschon Volpert von Anfang an seine Hände im Spiel hatte, machte er den gesamten Vorgang erst anderthalb Jahre später bei der Stasi aktenkundig.

In einem Vermerk vom 1. November 1963 berichtete Volpert unter einem ebenso unverdächtigen wie unsinnigen Betreff (»Information über den Komplex der Zulassung der Rechtsanwälte hier bei uns und in Westberlin«), als habe der Besuch von Wedels bei der »Quelle« – gemeint: Vogel – erst unmittelbar zuvor stattgefunden. Selbst von Wedels schwäbische Legende übernahm er in die frisierte Geschichte. »Am 24. 10. 1963«, so das von Volpert erfundene Datum, »suchte ein RA von Wedel aus Stuttgart die Quelle auf«, der er »bis dato ... nicht bekannt« gewesen sei. »Von W. gab sich aus, im Auftrage von einflußreichen kirchlichen Kreisen zu kommen, die daran interessiert sind, mit der Quelle Fragen zu erörtern, die sich auf folgende Komplexe beziehen sollen: Austausch von Häftlingen, Wiedergutmachung bei Entlassung von Häftlingen und Bereitstellung von Waren im Innerdeutschen Handel, die wir dringend benötigen.«

Bonn bietet der DDR den Freikauf politischer Häftlinge an

Als Volpert die Wedel-Story über das Kirchenangebot aufschrieb, hatte das christliche Engagement bereits weltliche Nachahmer gefunden: Auch die Bundesregierung war bereit, politische Häftlinge freizukaufen. Der Test hatte sogar bereits geklappt: Bis zu diesem Zeitpunkt waren acht Gefangene aus der DDR für insgesamt 340 000 Mark aus der Haft entlassen worden. Daraus errechnete sich dann für viele Jahre ein gerundetes Kopfgeld von 40 000 Mark pro Häftling; 1977 erhöhte die DDR die Prämie schlagartig auf 95 847 Mark. Vogel erinnert sich, daß eigentlich 96 000 Mark gefordert wurden, aber »einer der Beteiligten« habe damals gesagt, diesen Betrag müsse man »irgendwie krumm machen, damit das nicht so wie ein Pro-Kopf-Preis aussieht«.

Ganz neu war die Idee, Häftlinge gegen Bares herzugeben,

ohnehin nicht. »Bereits in den fünfziger Jahren«, berichtet Vogel, habe er »auf Veranlassung der Rechtsschutzstelle hier und da versucht, Mandanten gegen eine Geldzahlung freizubekommen«. Das sei ihm in zwei oder drei Fällen auch gelungen: Er habe das Geld in Empfang genommen und Volpert übergeben, worauf sich für die Häftlinge die Gefängnistore öffneten. Volpert, betont Vogel, habe das »natürlich nicht eigenmächtig entscheiden können«, vielmehr habe das mit Streit und der Stasi-Hauptabteilung IX, dem »Untersuchungsorgan«, zu dem Volpert ja nicht gehörte, ausgehandelt werden müssen.

Was von Wedel mit Vogel und Stange ausgekungelt hatte, blieb auch im Westen lange ein gutgehütetes Geheimnis. Als der Christdemokrat Rainer Barzel im Dezember 1962 Ernst Lemmer als Bundesminister für gesamtdeutsche Fragen ablöste, hatte er, wie der damalige Leiter seines Berliner Ministerbüros, Ludwig Rehlinger, berichtet, »keinerlei Kenntnisse von den Schritten, die andere unternommen hatten, um politischen Häftlingen in der DDR ihr Los zu erleichtern«. Und selbst Rehlinger, obwohl er »mit der Rechtsschutzstelle in Berlin laufend dienstlich in Kontakt stand, hatte von diesen Übereinkünften bislang nichts gehört«. Rehlinger konstatiert mit Genugtuung: »Alle Abreden mit der DDR waren strikt unter der Decke gehalten worden.«

Ebenso diskret gingen auch andere Hilfswillige vor. Das lag zunächst vor allem daran, daß das eigentlich zuständige Bonner Ressort von den heimlichen Sondierungen nichts wissen durfte. Verschiedene caritative Organisationen waren nämlich bei Staatssekretär Franz Thedieck vom Gesamtdeutschen Ministerium auf schroffe Ablehnung gestoßen, als sie ihm den Gedanken vortrugen, politische Häftlinge in der DDR gegen Cash zu befreien. Für Thedieck kam solch ein moralisch anrüchiger Menschenhandel nicht in Frage. Also versuchten die Initiatoren, unter Umgehung des Gesamtdeutschen Ministeriums, geneigtere Helfer zu finden. Klar war hingegen, daß auf östlicher Seite nur einer als Ansprechpartner in Frage kam: Die Fäden liefen stets bei Wolfgang Vogel zusammen.

Laut einer – offenbar von Volpert verfaßten – »Operativen Information« hatte am 7. Januar 1963 ein gewisser Dinse »bei einer zuverlässigen Quelle« vorgesprochen. Der Mann habe behauptet, er sei »autorisiert, der Quelle zu erklären, daß das

Bundeswirtschaftsministerium in Bonn daran interessiert« sei, »mit der DDR ähnliche Vereinbarungen und Geschäfte abzuschließen, wie es die Kubanische Regierung bei der jüngsten Entlassung von den Konterrevolutionären praktiziert hat«.

Vorbild für die Offerte war der Deal, den Abel-Anwalt James B. Donovan im Herbst 1962 im Auftrag Kennedys arrangiert hatte – 1189 Gefangene der gescheiterten Schweinebucht-Invasion vom April des Vorjahres gegen US-Bulldozer und Medikamente im Wert von 62 Millionen Dollar.

Die »Quelle« war erkennbar Vogel, und bei dessen Besucher handelte es sich um den Hamburger Industrie-Manager Otto Dinse, den Prokuristen und Verkaufsleiter der Pintsch-Öl GmbH. Dinse hatte bereits Mitte der fünfziger Jahre mit anderen wohlhabenden Mäzenen wie der Reederswitwe Marianne Fritzen und der Verleger-Ehefrau Rosemarie Springer die caritative Organisation »Helfende Hände« ins Leben gerufen. Dinse teilte Vogel, dem Stasi-Vermerk zufolge, mit, daß das von Ludwig Erhard geführte Wirtschaftsministerium »bereit sei zu jeder Art Geschäft, wenn wir die entsprechenden Personen entlassen, die sich bei uns in Haft befinden«. Namen wurden dabei nicht genannt, »offensichtlich wollte der Verhandlungspartner nur zahlenmäßige Forderungen erheben«.

Vogel, der seit dem Mauerbau nicht mehr in West-Berlin gewesen war, signalisierte seinem Kollegen Stange, daß die DDR an dem Geschäft interessiert sei. Am 6. Februar 1963 trafen sich in Stanges Kanzlei der Anwalt Helmut Sehrig von der Rechtsschutzstelle der Bundesregierung und Dinse. Als Sehrig Zweifel an der Verläßlichkeit der DDR äußerte, erwiderte Stange, daß »bis dato der ›Osten‹ sein Wort immer gehalten« habe, »was man vom Westen nicht sagen könne«.

Schon die »ersten Konsultationen« Stanges in Hamburg, notierte Volpert »bezüglich ›Kredit-Häftlinge‹« hätten ergeben, daß man »die Bundesregierung völlig aus diesem Geschäft herauslassen« und »nur die Industriekreise vorschieben« wolle. Konkret sei vorgesehen, daß der Krupp-Generalbevollmächtigte Berthold Beitz, der Thyssen-Konzern und der Großverleger Axel Springer »als angebliche Geldgeber für dieses Geschäft uns gegenüber in Erscheinung treten«.

Doch Springer, der sich gegenüber Stange sehr interessiert gezeigt hatte, »in dieses Geschäft einzusteigen«, wollte »unbedingt eine Rückendeckung« durch die Bundesregierung. Zwar sei er »menschlich daran interessiert, das Problem der Häftlinge in dieser Hinsicht lindern zu helfen«, aber »prinzipiell« lehne er »den Handel oder Kredite an die DDR« ab.

Von Stange erfuhr Vogel, daß Minister Barzel und Axel Springer in der Karwoche bei Bundeskanzler Adenauer in dessen Feriendomizil Caddenabbia am Comer See gewesen seien, »um die Frage zu klären, inwieweit man von offizieller Bonner Seite aus an einem solchen Geschäft interessiert« sei. Barzel habe »offizielle Vollmachten« erhalten, über Stange »bei uns vorzutesten«, in welchem Umfang die DDR bereit sei, sich »auf ein solches Geschäft einzulassen«. Als »Mindestbetrag« hätten die Gesprächsteilnehmer »die Summe von 100 Millionen« angepeilt, nach oben seien »keine Grenzen festgelegt« worden.

Die Rechtsschutzstelle führte rund 12 000 Akten über politische Verurteilungen. Hinter jeder stand, so Rehlinger, »ein Mensch, der nach unseren Moralbegriffen und unserer Ordnung zu Unrecht in Haft gehalten wurde«. Wollte man alle freikaufen, bedeuteten 100 Millionen, daß Bonn pro Kopf rund 8500 Mark auszugeben bereit war. Kurze Zeit darauf meldete sich Stange wieder bei Rehlinger und teilte mit, er habe Barzels Offerte in Ost-Berlin überbracht. Schon wenige Tage später kam von dort die Antwort: Tausend Häftlinge sollten gegen Geld freigelassen werden, die DDR erwarte eine Namensliste mit den Vorschlägen.

Rehlinger grübelte wochenlang über den Akten und wog nach allen denkbaren Kriterien ab: Grund der Verurteilung, Höhe der Strafe, Gesundheitszustand, familiäre Verhältnisse, bisheriger Lebensweg. Die DDR bekam zwischenzeitlich Angst vor der eigenen Courage und reduzierte das Angebot erst auf 500 Häftlinge, schließlich immer weiter bis auf zehn. Am 23. September 1963 fuhr Rehlinger »mit der abgestimmten Liste und den ausgehandelten Gegenleistungen in der Tasche« nach Bonn, um die Zustimmung Barzels einzuholen.

Ende April kam Meehan ohne Voranmeldung in Vogels Kanzlei. Der US-Diplomat versuchte den Anwalt auszuhorchen, mit wem Stange konkret verhandle. Vogel, der Stange Stillschweigen versprochen hatte, schwindelte, dies wisse er nicht. Die Art, wie Meehan fragte, machte Vogel deutlich, daß der amerikanische Freund »über das gesamte Projekt informiert ist«. Die Bundesregierung hatte vor den Verhandlungen die West-Alliierten konsultiert, und von allen dreien waren »keinerlei Bedenken in dieser Hinsicht angemeldet« worden. Meehan bat, auch zwei US-Bürger auf die Bonner Liste zu setzen, doch Vogel vertröstete ihn auf später.

Die Geschäftsanbahnung lief bei der Stasi unter der Bezeichnung »Kredit-Häftlinge«. Doch für Meehan gab es keinen Zweifel, daß die DDR nie daran denken würde, das vereinnahmte Kopfgeld irgendwann wieder herauszurücken. Ob die Bundesregierung das Geld formal als Darlehen gebe oder à fonds perdu auswerfe, sagte er zu Vogel, sei letztlich egal: »Ihr seid so arm, daß ihr den Kredit sowieso nicht zurückzahlen könnt.« Stasi-Major Volpert schrieb den hellsichtigen Satz wörtlich auf.

Der DDR mangelte es ständig an allem möglichen, aber nie an Häftlingen, die sie zum Austausch anbieten konnte. Vor allem kurz nach dem Mauerbau, als die Wut der West-Berliner über das Schandmal frisch war, die »Staatsgrenze West« jedoch noch Lücken aufwies, füllten sich die Gefängnisse mit Fluchthelfern. Wer davon für ein Tauschgeschäft ausersehen wurde, war dann Glückssache – oder eine Frage der Beziehung zu prominenten Politikern.

Der Diplom-Psychologe und Medizinstudent Horst Lison war so ein Fall. Der 24jährige war im August 1961, fünf Tage nach dem Mauerbau, festgenommen worden: Er hatte drei Kommilitonen aus Ost-Berlin, die an der Freien Universität in West-Berlin studierten, animiert, mit falschen Ausweisen die DDR zu verlassen. Im Dezember 1961 wurde Lison wegen Anstiftung zur Republikflucht zu vier Jahren Zuchthaus verurteilt. Anderthalb Jahre nach dem Prozeß, am 10. Juli 1963, kam Lison frei – im Austausch für einen Stasi-Agenten namens Rudolf Förster, der in West-Berlin mit einem gefälschten österreichischen Paß agiert hatte. Die vergleichsweise schnelle Hilfe verdankte Lison einem einflußreichen Fürsprecher: Lison hatte bis zu seiner Verhaftung die Söhne des Regierenden Bürgermeisters Willy Brandt als Hauslehrer unterrichtet.

Einen Tag bevor Lison und Förster über die Oberbaumbrücke heimkehrten, kam es nach einem Stasi-Bericht zu einer denkwürdigen Begegnung am Ku'damm. Während Minister

Barzel und Anwalt Stange im Restaurant des Hotels am Zoo speisten, kamen Brandt und der Chef der Senatskanzlei, Dietrich Spangenberg, in den Saal. Das Zusammentreffen war den beiden Sozialdemokraten unangenehm, weil, so der Stasi-Vermerk, »Senatsdienststellen sehr darauf bedacht« waren, »daß der Austausch Lison gegen Förster nicht bekannt wird, vor allem nicht der CDU«. Brandt und Spangenberg mußten befürchten, daß Stange, der natürlich durch Vogel eingeweiht war, den Fall Lison bei Barzel ausplaudern würde. Die Sorge erwies sich indes als unbegründet.

Der MfS-Berichterstatter merkte zudem an, daß Rut Brandt, die Frau des Regierenden Bürgermeisters, »maßgeblich an einer Entlassung des Lison interessiert« gewesen sei und »all ihren Einfluß auf ihren Mann geltend gemacht« habe. Brandt zeigte sich später erkenntlich: Er schenkte Vogel eine Vase der Königlich-Preußischen Porzellanmanufaktur, die er ihm mit einem Widmungskärtchen nach Hause schicken ließ. Auch bei Stange bedankte sich Brandt ausdrücklich für »die erfolgreiche Sache Lison«.

Wenn einer, der im Osten in Gefangenschaft geriet, über solche Beziehungen verfügte, setzten sich beide Seiten auch ohne viel Federlesens über die von ihnen selbst aufgestellten Prinzipien hinweg. Einer der Grundsätze lautete, daß nur »Häftlinge mit nachrichtendienstlichem Hintergrund«, wie Vogel den Kreis der Begünstigten umschreibt, für einen Austausch in Frage kamen, aber weder Kriminelle noch solche, die aus politischen Gründen eingesperrt waren.

Am 3. Juni 1964 vermerkte Vogel (»strengstens vertraulich«) in einer Zwischenbilanz, die er für sich und seinen West-Partner Stange fertigte, daß bis dahin mindestens drei Dutzend »Begnadigungen im Austauschwege oder durch wirtschaftliche Gegenleistungen« zur beiderseitigen Zufriedenheit gelöst worden waren. »In keinem Falle«, notierte der DDR-Anwalt, »hat es von westlicher Seite Beanstandungen gegeben, in zwei Fällen allerdings – und zu Recht – von hiesiger Seite.«

Der eine Fall betraf die Sache Geißler, in der die DDR »vorgeleistet« habe. Der andere Fall, auf den Vogel anspielte, ging in die amtliche Statistik nie ein, weil Vogel und Stange den Flop heimlich unter sich bereinigt hatten.

Allerdings betraf es keinen Agenten, und eine bedeutende

Affäre war der Peruaner mit dem Namen Pastor auch nicht. Der Südamerikaner war wegen eines Zolldelikts inhaftiert worden. Der peruanische Konsul in West-Berlin hatte Vogel beauftragt, den Landsmann auszulösen – als Handgeld hatte man sich auf 30000 Mark geeinigt. Vogel erinnert sich mit Grausen: »Der Konsul sagte, er zahle, wenn ich den Peruaner bringe. Er war im Büro Stange, hat Pastor in Empfang genommen, aber von einer Geldzahlung wollte er nichts mehr wissen, da bekäme er Schwierigkeiten mit seiner Regierung und Pastors Familie. Er hat sich aus dem Staub gemacht, und ich war gelackmeiert. Stange und ich haben uns dann entschlossen, den Braten zu teilen. Das haben wir privat getragen.«

»Sonst«, hielt Vogel in seinem Vermerk fest, seien »alle getroffenen Vereinbarungen exakt und fair erfüllt« worden. Dies sei »hier an höchster Stelle offenbar bekannt« gewesen, »als die Sache Graf stockte«.

Die »Sache Graf« war der Fall des Fluchthelfers Benedikt Graf von und zu Hoensbroech, der am 26. September 1963 verhaftet worden war, als er jungen DDR-Bürgern mit einem umgebauten Möbelwagen zur Flucht in den Westen verhelfen wollte. Auf der Transitstrecke Berlin – Hamburg war er in flagranti erwischt worden. Der Fall wirbelte viel Staub auf, weil der junge Adlige ein Cousin des Bonner CDU/CSU-Fraktionsvorsitzenden und vormaligen Außenministers Heinrich von Brentano war. Auch die belgische Königin Fabiola zählte zur weitläufigen Verwandtschaft Hoensbroechs. Sie setzte sich für die Freilassung des 25jährigen Grafen ebenso ein wie etwa der französische Botschafter in Bonn, François Seydoux.

Am 3. Oktober 1963 bat Stange seinen Ost-Kompagnon Vogel, sich als Verteidiger für Hoensbroech und ein mit ihm verhaftetes Ehepaar zu melden. »Höchste Bonner Stellen«, so Stange, würden sich für Hoensbroech verwenden – der Vater des Grafen sei ein ehemaliger Kriegskamerad des jetzigen Bundespräsidenten Heinrich Lübke. »Im Scherz«, notierte Volpert, habe Stange hinzugefügt, »man scheine bereit zu sein, eine ganze Division Bundeswehrsoldaten dafür zu geben«.

Parallel dazu, ohne daß Vogel davon wußte, schaltete die Familie des Grafen auch den SED-Staranwalt Kaul ein. Der schlug der Bundesregierung vor, Hoensbroech gegen den Ost-Berliner Schriftsteller und Verleger Günter Hofé auszutauschen, der während der Frankfurter Buchmesse im September 1963 festgenommen worden war und seither in Untersuchungshaft saß. Die Bundesanwaltschaft glaubte beweisen zu können, daß der Chef des »Verlags der Nation« und Gelegenheitsromancier jahrelang bei seinen häufigen West-Reisen Informationen für östliche Dienste gesammelt hatte. Den spionierenden Verleger wollte auch Bonn offenbar so schnell wie möglich loswerden, weil, wie von Wedel vermutete, ein Prozeß gegen ihn »auch für die westliche Seite unangenehm« würde. Hofé hatte angeblich gestanden, 10 bis 15 Jahre für das KGB tätig gewesen zu sein, wobei er enge Verbindungen zu maßgeblichen Bonner Regierungsmitgliedern genutzt habe.

Erstmals kamen sich Vogel und Kaul ins Gehege. Da Vogel das Mandat der Rechtsschutzstelle hatte, sich um Hoensbroech zu kümmern, und im Auftrag der Stasi die Freilassung Hofés erwirken sollte, war eine Konfrontation mit Kaul unvermeidlich. Kaul merkte allerdings, daß er die schlechteren Karten hatte, weil ihn der Westen kaltzustellen versuchte.

Am 6. Februar 1963 ließ Meehan – einem Bericht Volperts zufolge – Vogel wissen, daß Kaul möglicherweise »in den nächsten Tagen sich bei dem GM erkundigen will über die amerikanischen Fälle, die in der Praxis bei dem GM anhängig sind«. Meehan habe von Vogel »verlangt, dem Rechtsanwalt Kaul darüber keine Auskunft zu geben«. Volpert weiter: »Gefragt danach, welcher Grund vorliegt, eine derartige Geheimniskrämerei zu tun, begründete das Meehan damit, daß er weiß, daß Rechtsanwalt Kaul gegenwärtig Verhandlungen im Deutschen Roten Kreuz in Westberlin führt, wo es um die Entlassung von mehreren Strafgefangenen geht. Bei diesen Verhandlungen, über die Meehan fortlaufend informiert wird, soll Rechtsanwalt Kaul zu verstehen gegeben haben, daß er weiß, daß auch eine Reihe amerikanischer Staatsbürger bei uns sitzt, für die er sich auch einsetzen könnte.«

Kaul versuchte also, Mandanten in West-Berlin zu akquirieren, um, wie Meehan folgerte, zu »erreichen, daß die Bestimmungen, die ihn gegenwärtig daran hindern, Westberlin aufzusuchen, von den Amerikanern aufgehoben werden«. Meehan zeigte sich jedoch spröde: Die USA hätten einer Bitte des Senats entsprochen, und er könne das Verbot nur rückgängig machen, wenn der Senat ausdrücklich darum bitte.

Als der Fall Hofé anhängig wurde, suchte Kaul erneut das Gespräch mit Vogel. Eine Gelegenheit ergab sich, den Stasi-Aufzeichnungen zufolge, als beide in einem Verfahren gegen zwei Schweizer nebeneinander als Verteidiger bestellt waren. Schon vor dem Gerichtstermin hatte Kaul mit Vogel telefoniert, er müsse »in den nächsten Tagen beim Prozeß unbedingt mit dem GM einmal sprechen«, weil sie »angeblich in der Zukunft viel miteinander zu tun hätten«. Als Vogel, wie Volpert notierte, »scherzhafterweise« fragte, »ob er Bürovorsteher bei Dr. Kaul werden solle, verneinte dies Dr. Kaul« – Vogel und er seien »für viel größere Sachen vorgesehen«.

Während des Prozesses führten die beiden Anwälte ein langes Gespräch, das deutlich von Rivalität geprägt war. Der damals 57jährige Kaul, durch das Vertretungsverbot in Staatsschutzsachen ohnehin nur noch bedingt einsatzbereit, wollte sich von dem 19 Jahre jüngeren Vogel nicht ins Abseits drängen lassen. Zumindest sah er für sich noch die Perspektive, außergerichtlich als Vermittler agieren zu können. Aber auch dieser Platz war inzwischen von Vogel besetzt.

Kaul versuchte, Vogel zu umgarnen. Er behauptete, er habe sich dafür eingesetzt, daß sie beide wieder in West-Berlin und in der Bundesrepublik verteidigen könnten. Er, Kaul, führe gegenwärtig Verhandlungen über die Zulassung beider Anwälte. Damit, erklärte Kaul, werde »auch seine leidliche Angelegenheit bereinigt« – das Einreiseverbot für West-Berlin.

Vogel dankte Kaul artig »für den Einsatz für seine Person«, stellte sich aber, so Volperts Wiedergabe des Gesprächs, »ansonsten unwissend in dieser gesamten Problematik«. Vogel ließ Stange Erkundigungen einziehen, um welche Art von Verhandlungen es gehe. Die westliche Seite, erfuhr Stange, sei der Meinung, daß über eine solche Zulassung überhaupt nicht verhandelt werden müsse – es liege ja nur an den DDR-Behörden, den im Westen zugelassenen Anwälten einen Passierschein auszuhändigen. Laut Stange herrsche im Westen jedoch ohnehin die Meinung, »daß Rechtsanwalt Dr. Kaul bei uns zu sehr den Mund vollnimmt«.

Kauls scheinheilige Kontaktaufnahme mit Vogel hing damit zusammen, daß er seinem westdeutschen Verhandlungspartner, dem Essener Rechtsanwalt Diether Posser, zugesagt hatte, einen in der DDR inhaftierten BND-Agenten gegen zwei westdeutsche KP-Funktionäre auszutauschen, nun aber das Versprechen, auf Druck von oben, nicht einhalten konnte. Kaul hoffte, durch Vogels neue Alternative, Häftlinge freizukaufen, einen akzeptablen Kompromiß erreichen zu können.

Heinz Benster, Jahrgang 1928, ein ehemaliger Oberleutnant der DDR-Volkspolizei aus Bernburg an der Saale, war zum Tode verurteilt worden, weil er – von einem ehemaligen Schulfreund für die Organisation Gehlen angeworben – sechs Jahre lang dem westdeutschen Geheimdienst zugearbeitet hatte; seine Frau war wegen Beihilfe zu vier Jahren Haft verurteilt worden.

Zwei Anwaltskanäle werden gegeneinander ausgespielt

Am 18. August 1962 war Posser von einem Ermittlungsrichter am Bundesgerichtshof alarmiert worden, ein »westlicher Nachrichtendienst« habe in Erfahrung gebracht, daß das Todesurteil gegen Benster zwei Tage später in aller Frühe vollstreckt werden solle. Der Richter (»Es geht um Leben oder Tod«) forderte Posser auf, sich sofort mit Kaul in Ost-Berlin in Verbindung setzen. Am nächsten Tag traf sich Posser mit Kaul im Restaurant »Newa«, dem, so Posser, »bekanntesten Agentenlokal zwischen Berlin und Wladiwostok«; dort rief der Ost-Anwalt einen »Erich« an und erreichte angeblich einen Aufschub der Exekution. Der Gesprächspartner war offenbar Erich Mielke, mit dessen Bekanntschaft Kaul ohnehin gern protzte.

Bei einem weiteren Ost-Berlin-Besuch, eine Woche später in der Kaul-Kanzlei in der Wilhelm-Pieck-Straße 11, erfuhr Posser, der Verurteilung Bensters liege »ein besonders gravierender Tatbestand« zugrunde. Possers Intervention habe immerhin dazu geführt, daß die Hinrichtung bis zum 30. August verschoben worden sei.

Aus Kauls Worten hätte Posser spüren können, daß die DDR-Führung keine Neigung zeigte, Benster ziehen zu lassen. »Eine starke Meinungsströmung in der zuständigen Instanz«, referiert Posser die Darlegung seines Ost-Kollegen, »fordere die Vollstreckung aus Abschreckungsgründen mit der Begründung: Wenn dieser schwerwiegende Fall von erwiesener Spionage durch Austausch ›erledigt‹ werde, dann sei das eine Ermutigung für potentielle neue Täter. Die Bereitschaft zum Austausch sei in der gegenwärtigen gespannten politischen Situation ein erhebliches Entgegenkommen der DDR.«

Als Gegenleistung »für die Umwandlung der Todesstrafe und den Erlaß der umgewandelten Strafe« verlangte Kaul die Freilassung zweier inhaftierter KPD-Funktionäre, Oskar Neumann und Richard Scheringer. Diese Abmachung wurde durch ein Papier, das Kaul am 5. September Posser in Hannover übergab, bekräftigt; mündlich vereinbarten die beiden Anwälte, daß Benster, nach einer weiteren Herabstufung der Haftstrafe, »ungefähr zu Ostern 1963« aus dem Gefängnis entlassen werde und in die Bundesrepublik ausreisen dürfe.

Das Todesurteil wandelte Ulbricht per Erlaß am 10. September 1962 in eine 15jährige Freiheitsstrafe um. Drei Tage später wurden Neumann und Scheringer im Westen freigelassen. Am 12. September 1962 berichtete der SPIEGEL: »Die Bundesrepublik Deutschland hat mit der DDR einen Agenten-Tauschhandel vereinbart. Das ehemalige KPD-Vorstandsmitglied Oskar Neumann, das seit dem 5. Juli 1961 wegen Staatsgefährdung im Gefängnis sitzt, wird gegen einen in der DDR zum Tode verurteilten DDR-Bürger ausgetauscht, dem das Zonenregime Spionage für den Bundesnachrichtendienst vorwirft.« Der »Austauschvertrag« sei »auf Initiative des Ost-Berliner Anwalts Professor Kaul« zustande gekommen.

Der kurze Artikel gab die Bonner Erwartungen, aber nicht die tatsächlich getroffene Vereinbarung wieder, in der nur von einer Strafumwandlung die Rede war, nicht von einem Straferlaß. Nachdem das SED-Zentralorgan *Neues Deutschland* die SPIEGEL-Meldung am 17. September nachgedruckt und polemisch kommentiert hatte, beschrieb der SPD-nahe *Parlamentarisch-Politische Pressedienst* am 28. September die Situation, wie sie sich nun darstellte: Neumann und Scheringer seien an die DDR übergeben worden, doch von einem »Austausch, der sich Zug um Zug hätte abwickeln müssen«, sei »heute indessen keine Rede mehr. Die Zonenpresse, an der Spitze *Neues Deutschland*, hat vielmehr nach dem Eintreffen der beiden

Freigelassenen in der Zone jubelnd verkündet, westdeutsche Patrioten seien freigekämpft worden«.

Für Posser war »klar, daß der Verzicht auf den ursprünglich vereinbarten gleichzeitigen Austausch Mann gegen Mann, der durch die Meinungsverschiedenheiten im Führungskreis der SED leider hingenommen werden mußte, um die Vollstreckung des Todesurteils abzuwenden, zu einer schweren Belastung werden konnte«.

Wiederholt erinnerte Posser Kaul an dessen Versprechen. Mittlerweile war es Januar 1963 geworden, ohne daß die Haftdauer auf sechs Jahre reduziert worden war. Erst nach einer solchen Strafmilderung konnte der Rest zur Bewährung ausgesetzt werden. »Einige wenige Personen in dem kleinen Kreis von Eingeweihten«, druckste Kaul herum, brächten »jetzt grundsätzliche Einwendungen« vor. Man habe ihm vorgeworfen, er sei in seinen Zusagen gegenüber Posser unverantwortlich weit gegangen und habe sich von Posser aufs Glatteis führen lassen.

Posser sah das natürlich anders und hielt Kaul entgegen, »die Westseite hätte also praktisch eine Vorleistung erbracht und sich – abgesehen von der dokumentarisch belegten Begnadigung Bensters auf 15 Jahre – auf mündliche Zusagen verlassen. Die Ostseite stehe im Wort, und die Westseite sei bestürzt darüber, daß die Zusage nicht eingehalten werde. Geschäfte dieser Art seien nicht einklagbar und wegen ihres delikaten Charakters auch nicht für eine Mobilisierung der öffentlichen Meinung geeignet. Es sei klar, daß jeder Versuch, eine ähnliche Abmachung später zu treffen, daran scheitern müsse, daß man hier nicht Wort gehalten habe«.

Ein Jahr lang rührte sich nichts. Im Januar 1964 intervenierte Bundesjustizminister Ewald Bucher (FDP) beim West-Berliner Senat, der über Stange und Vogel mit der DDR die Freilassung dreier Häftlinge vereinbart hatte. Der Bonner Ressortchef versicherte in dem Brief zwar, er wolle sich in die Berliner Verhandlungen »nicht einmischen«, er sehe es aber als wichtiger an, erst den Fall Benster zu klären.

Vogel kannte den Inhalt des Bücher-Briefs, weil ihn Dietrich Spangenberg, der Chef der Senatskanzlei, Stange zum Lesen gegeben hatte. Stange versicherte Spangenberg laut Volpert-Notiz, daß er und Vogel »am Verschulden des Falles Benster nicht beteiligt« seien und daß er »nicht daran denke, sich für Fälle verantwortlich zu fühlen, von denen er nie etwas gehört habe«.

Der Regierende Bürgermeister Brandt berichtete Stange nach einem Besuch bei Bundeskanzler Ludwig Erhard im März 1964, Bonn wolle verhindern, daß die DDR die beiden nebeneinander bestehenden anwaltlichen Kanäle Vogel/Stange und Kaul/Posser gegeneinander ausspiele. Deshalb sei in einem geheimen Kabinettsbeschluß »ein bestimmter Verfahrensweg festgelegt« worden, der »unbedingt einzuhalten« sei. Danach müßten vier Dienststellen ihr Einverständnis zu einem Austauschverfahren geben, nämlich der Bundesnachrichtendienst, das Bundesamt für Verfassungsschutz (BfV), der Generalstaatsanwalt und das Bundesjustizministerium. »In unseren Fällen«, notierte Volpert, wollten BND und BfV keine Zustimmung geben, weil sich »beide Instanzen im Fall Benster betrogen fühlen«.

Daß Vogel über die Abläufe dieses Falles nicht informiert war, zeigt der nächste Absatz in Volperts Treffbericht. Die Verhandlungen seien geführt worden »mit der Konzeption«, daß der Westen Neumann und Scheringer entlasse und »als Gegenleistung unsererseits« Benster »begnadigt und nach Westdeutschland entlassen wird«. Diese Darstellung war objektiv falsch, weil das Junktim gerade nicht Bestandteil der Vereinbarung war. Deshalb schrieb auch jemand von der Stasi mit der Hand an den Rand: »Nein.«

Der BND, so wurde Brandt zitiert, habe es »angeblich schriftlich« gehabt, wonach sich Kaul »ganz klar festgelegt« habe, den »Stufenplan« eines nach und nach reduzierten Strafmaßes einzuhalten. Der Westen sei ja schon so weit, nicht auf einer Ausreise zu bestehen, wenn Benster nur »aus der Haftanstalt rauskäme«. Was BND und BfV »besonders boshaftig« mache, sei »die Tatsache, daß sie keinerlei Erklärungen darüber besitzen, warum der Stufenplan in der beschlossenen Art und Weise nicht eingehalten wird«. Der Westen wolle laut Brandt eine Erklärung, ob »das Mißlingen dieser Sache die Schuld von RA Kaul ist oder aber der hinter ihm stehenden Behörden«. Ein offenbar wohlinformierter Leser des Volpert-Papiers im MfS unterstrich die Worte »Schuld von RA Kaul« und schrieb an den Rand: »Ja.«

Bonn, so Brandts Botschaft an Stange, würde Kontakte über

Vogel denen mit Kaul wohl vorziehen. Das Problem sei jedoch, daß Kaul »zu direkten Verhandlungen nach Westdeutschland kommen« könne, »was im allgemeinen von dem größten Teil seiner Verhandlungspartner in Westdeutschland begrüßt wird«. Solche »direkten Gespräche« würden »wegen der Diskretion von vielen bevorzugt«, wogegen Vogel diese Möglichkeit nicht habe. »Verschiedene Instanzen« in der Bundesrepublik störe eben, daß man an Vogel »nur über einen Verhandlungspartner auf westlichem Gebiet herankommt«.

Der Häftlingsfreikauf, den von Wedel und Stange mit Vogel angeschoben hatten, erweckte Mißtrauen beim Duo Kaul/Posser. »Über einen kirchlichen Informationskanal« hatte Posser-Sozius Gustav Heinemann (der spätere SPD-Justizminister und Bundespräsident) erfahren, »daß die DDR mit allen ihr zur Verfügung stehenden Mitteln versuchte«, auch ohne Einhalten der Zusagen, die Posser von Kaul bekommen hatte, »mit der Bundesregierung ins Geschäft zu kommen«. Angeblich sei die DDR bereit, so hörte Posser, »für eine materielle Gegenleistung mehrere hundert politische Häftlinge zu begnadigen und in die Bundesrepublik ausreisen zu lassen«.

Der Esslinger Anwalt Fritz Hopmeier (später CDU-Abgeordneter und Präsident des baden-württembergischen Landtags), der vom BND ein Mandat hatte und die Verbindung zwischen Pullach und Posser hielt, gab dem Essener Kollegen Anfang April 1964 einen dezenten Hinweis seiner »Mandantschaft« – wie Posser das Auftragsverhältnis zum Geheimdienst stets umschrieb – weiter. In Bonn, so werde getuschelt, gebe es »Aufweichungstendenzen«.

Posser fühlte sich »in einer Zwickmühle«: Wenn man der DDR »ohne vorherige Erledigung der Sache Benster« entgegenkäme, würde zwar – »ein höchst erstrebenswertes Ziel« – vielen politischen Gefangenen zur Freiheit verhelfen, aber andererseits mochte er »der DDR-Führung das Nichteinhalten der getroffenen Vereinbarungen nicht durchgehen lassen«. Posser: »Das hätte ein gefährlicher Präzedenzfall werden können.«

Am 16. April 1964 wurde Vogel von Volpert über »den Stand der Verhandlungen in der Austauschsache Hofé gegen Hoensbroech und das Ehepaar W. unterrichtet«. Vogel sei »dargelegt« worden, »daß die Gesamtsituation es von uns erfordert, gemeinsam mit Rechtsanwalt Kaul die Verhandlungen zu einem positiven Ergebnis zu bringen«. Besonders freudig stimmte Vogel und Volpert die erzwungene Kooperation mit Kaul nicht. Vier Tage später rief Kaul bei Vogel an und bat um eine Aussprache, die noch am selben Tag in Kauls Kanzlei stattfand. Kaul empfing Vogel mit der Bemerkung, es werde Zeit, daß sie zueinander fänden. Es gebe Hinweise, daß die westliche Seite versuche, beide gegeneinander auszuspielen. Vogel tat »erstaunt«, daß die DDR bereit sei, »3 solche maßgeblichen Leute« gegen Hofé zu tauschen. »Mit diesem Angebot«, zitierte ihn Volpert, »verderbe man noch die Preise.«

Kaul klagte, daß die Verhandlungen zu einer »glatten Erpressung« geführt hätten, der man nur entgegentreten könne, indem sich Vogel mit ihm solidarisiere. Vogel versprach Loyalität, fragte aber doch nach, ob Kaul dem Westen »etwaige Versprechen dieser Art gemacht« habe, daß Bonn »so aggressiv uns gegenüber« auftrete. Nach längerem Zögern gab Kaul zu, er habe angenommen, daß der Fall Benster schneller und entsprechend den westlichen Vorstellungen gelöst werden könne.

Kaul versuchte Vogel in dem Gespräch dauernd aus der Reserve zu locken, etwas über seine »Verbindungen zu staatlichen Stellen« preiszugeben. »Mir ist klar«, sagte Kaul, »daß Sie nicht mit einem Mädchenpensionat Verbindung unterhalten, sicher ist aber eines, daß ich auf höherer Ebene Kontakt unterhalte als Sie.« Kaul flocht immer wieder ein, daß er des öfteren mit Mielke spreche, doch Vogel ließ sich auch durch Kauls Prahlereien nicht provozieren.

Einen knappen Monat später, am 15. Mai, notierte Volpert, Kaul sei »kein kluger Verhandlungspartner gewesen«. Stange und von Wedel hätten es verstanden, »den bis dato immer wieder genannten Fall Benster endgültig aus den Verhandlungsgesprächen herauszudrängen«. Dieser Vorgang, zitierte Volpert mit kaum verhohlener Genugtuung die beiden West-Anwälte, habe »eine große Bedeutung gehabt vor allem in der Frage, daß man mit Kaul nicht habe weiter verhandeln können«.

Drei Tage zuvor war Vogel zum ersten Mal von einem Bonner Spitzenpolitiker empfangen worden. Der seit dem Herbst 1963 amtierende Minister für gesamtdeutsche Fragen Erich Mende hatte den Ost-Anwalt in sein Büro am Kurfürstendamm, Ecke

Uhlandstraße, eingeladen, weil er einen persönlichen Eindruck von dem Mann gewinnen wollte, von dem er bisher nur durch seinen Staatssekretär Carl Krautwig und seinen Büroleiter Ludwig Rehlinger gehört hatte.

Rehlinger, 1927 in Berlin geboren, hatte schon seit 1957 unter Ernst Lemmer als Leiter des Ministerbüros gedient und war auch bei dessen Nachfolger Rainer Barzel in dieser Funktion geblieben. Als der 87jährige Kanzler Adenauer zurücktrat und durch Ludwig Erhard abgelöst wurde, übernahm Freidemokrat Mende das Ressort; der bis dahin parteilose Rehlinger trat zur selben Zeit in die CDU ein und führte das Ministerbüro nur noch eine Zeitlang kommissarisch.

Rehlinger selbst war Vogel auch erst Anfang 1964 persönlich begegnet, als er mit dem Ost-Anwalt die ersten vorläufigen Listen für den geplanten Häftlingsfreikauf abstimmte. Vogel hatte dafür erstmals seit dem Mauerbau wieder nach West-Berlin ausreisen dürfen. Der Bonner Beamte und der DDR-Unterhändler trafen sich auf neutralem Terrain – in Stanges Kanzlei. »Daß Vogel in meine Diensträume kommen konnte, gestatteten die Zeitläufte noch nicht«, konzedierte Rehlinger: »In meiner Person stellte sich schließlich die Bundesrepublik Deutschland dar, mit der zu dieser Zeit Kontakte nicht gesucht, vielmehr abgelehnt wurden. Das Feindbild war noch völlig ungetrübt. Auch auf unserer Seite wurden alle offiziellen Beziehungen zur DDR in Beachtung der Hallstein-Doktrin vermieden. Die DDR durfte kein Gesprächspartner sein.«

Die anwaltlichen Kontakte boten sich als Ausweg an, um, so Stange, »jederzeit irgendwelche politische Verantwortungen negieren und notfalls als reine Privatmandate bezeichnen zu können«. Auch das Treffen zwischen dem Minister Mende und dem Anwalt Vogel, das Rehlinger arrangierte, vermied jeden offiziellen Anstrich.

Um 9.30 Uhr traf Vogel auf dem S-Bahnhof Tiergarten ein, wo Stange und von Wedel ihn abholten. In Stanges Kanzlei warteten die drei auf den verabredeten Anruf Mendes, doch zunächst teilte dessen Büro mit, der Minister wolle von Wedel bei der Unterredung nicht dabei haben. Begründet wurde dies laut Volpert damit, »daß man den Einfluß der Kirche auf diese Verhandlungen nicht zu stark anwachsen lassen« wolle.

Unter vier Augen unterhielten sich Mende und Vogel nur

über Belangloses. Der Minister musterte den Anwalt von Kopf bis Fuß und sprach ihn auf dessen auffällige Armbanduhr an, die ein breites geflochtenes Metallband hatte – Mende wunderte sich, daß es so einen Luxus-Chronometer im Osten gab. Seicht plätscherte der Small-talk weiter. Über den Häftlingsfreikauf redete Mende nur beiläufig, und am Ende der kurzen Audienz schenkte er Vogel ein Porträtfoto von sich, mit Autogramm. Vogel, der auf Mende den »Eindruck eines britischen Diplomaten« machte, empfand seinerseits den Bonner Minister als recht unsympathisch. Jedenfalls berichtete Vogel hinterher seinem Stasi-Freund Volpert, der auch im Westen wegen seiner pomadigen Eitelkeit bespöttelte Politiker habe sich »wie ein Pfau und affektierter Jüngling mit viel Getue« aufgeführt.

Mende, so protokollierte Volpert aufgrund des Berichts, den ihm Vogel erstattete, habe gleich eingangs versichert, daß »die Konkurrenz« von diesem Gespräch nichts erfahren werde – gemeint waren Kaul und dessen westdeutsche Gesprächspartner Heinemann und Posser. Auch Reymar von Wedel, der mit Jürgen Stange kooperierte, sah in Kaul und Posser »unsere schärfsten Konkurrenten«. Heinemann, den er als sein »politisches Idol« verehrte, sei »schon in der großen Politik engagiert« gewesen. »Aber Posser hätte die H-Aktion wohl gern selbst in die Hand genommen, auch mit Vogel als Partner«, berichtet von Wedel. Posser sei auch einmal in Vogels Kanzlei erschienen und habe lange mit dem Ost-Berliner Anwalt verhandelt, »aber es blieb bei Stange«.

Das Treffen mit Mende war indes nicht lange geheimzuhalten. Kaul war über Pfingsten überraschend in Bonn aufgekreuzt, um sich nach dem Stand der Austauschbemühungen im Fall Hoensbroech zu erkundigen. Dabei erfuhr er, daß in derselben Sache auch mit Vogel verhandelt werde. Empört beharrte Kaul darauf, daß nur er »der alleinige autorisierte Bevollmächtigte in den Verhandlungen« sei. Vogel merkte dazu laut Volpert-Bericht an: »Diese Feststellung war verbunden mit soviel Wirbel und einem großen Affentanz, der die westliche Seite so beeindruckt hat, daß Rechtsanwalt Stange von uns wissen wollte, wie man sich das erkläre.« Man müsse ja annehmen, »daß sich hier bei uns ... zwei Gruppen bekämpfen und keine Linie zu erkennen sei«.

Als sich Posser Mitte Juni 1964 mit Kaul in Frankfurt am Main traf, überraschte dieser seinen westdeutschen Kollegen mit dem Vorschlag, die ganze Familie Benster – Eltern und vier Kinder – solle auf die Liste der freizukaufenden Häftlinge gesetzt werden, dann sei diese verkorkste Sache endlich erledigt. Darauf mochte sich Posser nicht einlassen, schließlich sei »die Gegenleistung bereits erbracht« und es könne »nicht erneut etwas geliefert oder angeboten werden«. Posser fügte hinzu, im Westen sei der Eindruck entstanden, daß Kaul »jeden Einfluß auf das entscheidende Gremium in der DDR verloren« habe und daß es wohl besser sei, das Duo Posser/Kaul durch neue Leute zu ersetzen.

Eine weitere Nachricht Kauls am 26. Juni 1964 schien den Vorwurf zu entkräften. Er informierte Posser, daß Hilde Benster, die Ehefrau, begnadigt und das Strafmaß für Heinz Benster auf sechs Jahre reduziert worden sei. Damit sei die Voraussetzung erfüllt, einen »Antrag auf endgültige Aussetzung der Strafvollstreckung zu stellen, so daß Benster spätestens Ende August/Anfang September entlassen werden wird«.

Posser fiel auf, daß Kaul zwar von der Entlassung Bensters geschrieben, aber mit keinem Wort eine Ausreise der Familie in die Bundesrepublik erwähnt hatte. Als er Kaul am 1. Juli in Frankfurt am Main wiedersah, gestand der Ost-Anwalt »sehr bedrückt« (Posser), eine Ausreise werde nicht genehmigt. Posser wandte ein, »auf der anderen Schiene« – gemeint war Vogel – sei doch die Freilassung und Ausreise einiger hundert politischer Häftlinge angeboten worden. Kaul hielt dagegen, dabei handle es sich nicht um DDR-Bürger, was bei der Familie Benster der Fall sei, hierin liege das grundsätzliche Problem. Posser erwiderte, von diesem Prinzip müsse jedenfalls dann eine Ausnahme gemacht werden, wenn eine bindende Absprache vorliege. Er appellierte an Kaul, »die Angelegenheit vereinbarungsgemäß zu Ende zu bringen«.

Am 10. Juli 1964 übergab Kaul bei einem neuerlichen Treffen mit Posser eine Liste mit sechs Namen – DDR-Bürger, von denen vier bereits verurteilt waren, und zwei, die sich in Untersuchungshaft befanden. Posser reichte Kauls Liste an seinen Esslinger Kollegen Hopmeier, »mit der Bitte um Weiterleitung an den BND«, und schlug selbst vier inhaftierte Westdeutsche als Tauschpartner vor, darunter drei wegen Fluchthilfe Angeklagte, deren Prozeß gerade stattfand. Einer davon war Graf Hoensbroech.

Hopmeier und Posser waren »über die verschiedenen ›Verhandlungsstränge‹, über die Bemühungen zur Freilassung politischer Häftlinge liefen, verwirrt«. Während Vogel im Auftrag Streits mit Stange »über die Begnadigung und Ausreise hunderter Häftlinge gegen hohe materielle Leistungen der Bundesrepublik verhandelte«, wie Posser süffisant anmerkte, »bot Kaul den Austausch ›Mann gegen Mann‹ ohne finanziellen Ausgleich an«.

Die beiden Verhandlungsebenen waren indes überhaupt nicht miteinander vergleichbar. Auch Vogel hatte Austausch-Vereinbarungen abgeschlossen, bei denen kein Geld geflossen war. Nur hatte sich mit der Zeit immer deutlicher gezeigt, daß die Bundesrepublik gar nicht so viele Häftlinge liefern konnte, wie die DDR für einen Austausch anzubieten hatte. In der Bundesrepublik saßen weniger Agenten ein – die Abwehr der DDR war wesentlich erfolgreicher, zumal Ausbildung und Ausrüstung der BND-Abgesandten meist jämmerlich war. Und: Die Kategorie politischer Gefangener ohne nachrichtendienstlichen Hintergrund gab es, abgesehen von vereinzelten ehemaligen KPD-Kadern, in der Bundesrepublik nicht.

Am 13. Juli 1964 traf Posser seinen Kollegen Kaul in Wartha wieder, wo der ihm einen der westdeutschen Studenten übergab, als Zeichen des guten Willens offenbar. Doch den Grafen Hoensbroech konnte Kaul nicht liefern: Der wurde am selben Tag vom Berliner Stadtgericht zu zehn Jahren Gefängnis verurteilt, und Kaul war sein glückloser Verteidiger.

Immer deutlicher zeigte sich, daß Kaul von der DDR-Führung als Vermittler ausgebootet worden war. Am 20. August 1964 erfuhr Posser über Hopmeier, daß Vogel im Auftrag der DDR-Regierung dem Gesamtdeutschen Ministerium mitgeteilt habe, Benster werde mit Familie am 27. August von Kaul in Herleshausen übergeben.

Daran war zweierlei bemerkenswert: das scheinbare Einlenken Ost-Berlins, die Bensters nun doch ausreisen zu lassen, und die geradezu demonstrative Degradierung Kauls unter den Bonner Dialogpartner Vogel. Der BND, berichtete Hopmeier in einem Telegramm an Posser, sei empört, daß sie beide übergangen werden sollten, und wünsche dringend, daß Posser bei der Übergabe anwesend sein solle, zumal er als einziger die Bensters identifizieren könne.

Der Termin für die Übergabe der Familie Benster wurde kurz darauf um einen Tag vorverlegt, und die Ausreise sollte nun auch nicht in Herleshausen, sondern in Helmstedt stattfinden. Dort erlebte Posser jedoch eine böse Überraschung: Das Ehepaar bekundete, es habe sich entschlossen, in der DDR zu bleiben, und bekräftigte dies gegenüber Posser in einem Dienstzimmer des Bundesgrenzschutzes – aus persönlichen Gründen wollten sie ihre Heimatstadt Bernburg nicht verlassen.

Erfolgreich verlief hingegen der Austausch Hofés am selben Tag. Für ihn gab die DDR mehrere Häftlinge her. Zu den Freigelassenen gehörte auch der frühere DDR-Spitzenpolitiker Helmuth Brandt. Der Mitbegründer der Ost-CDU, von 1949 bis zu seiner Festnahme im September 1950 Staatssekretär im DDR-Justizministerium, war mit der Begründung verhaftet worden, »gegen die DDR gearbeitet zu haben«: Brandt hatte sich für viele Inhaftierte eingesetzt, denen in Waldheim – wo Vogel kurz zuvor seine erste Referendarstation absolviert hatte – der Prozeß wegen angeblicher Nazi-Verbrechen gemacht worden war.

Der Politiker war zunächst zehn Monate lang ohne jede Vernehmung eingesperrt und dann ins Stasi-Gefängnis Hohenschönhausen eingeliefert worden, wo er Stehkarzer und Dunkelzelle, nächtliche Verhöre und Schläge über sich hatte ergehen lassen müssen. Nach vier Jahren Isolationshaft war Helmuth Brandt wegen »faschistischer Hetze« und – aufgrund seiner Kontakte zu dem West-Berliner Probst Heinrich Grüber – wegen »Spionage« zu zehn Jahren Gefängnis verurteilt worden. Im September 1958 war er aus der Haft entlassen worden mit der Auflage, sich nur in Dresden aufzuhalten. Als er zwei Tage später gleichwohl versucht hatte, sich nach West-Berlin durchzuschlagen, war er von der Stasi erneut verhaftet und vom Bezirksgericht Frankfurt (Oder) im März 1959 zu weiteren zehn Jahren Zuchthaus wegen »versuchter Republikflucht« verurteilt worden.

In Bonn kam immer mehr Argwohn gegen Kaul auf. Er wurde verdächtigt, die Übersiedlung der Familie Benster hintertrieben zu haben. Als Posser ihm davon berichtete, wurde Kaul »sehr erregt, sprang auf« und forderte Posser »mit lauter Stimme auf, nachstehende Ausdrücke zu notieren und weiterzugeben«: Er sei »empört«, das alles sei »widerwärtig«, es sei »zum Speien«, es sei ein »Skandal«, wie er von Bonn behandelt werde.

Kaul konnte sich gar nicht mehr beruhigen. Die »Verhandlungspartner in Bonn«, wetterte er, seien »unfähig«. Dort habe man einen von ihm angebotenen Austausch Hoensbroechs gegen Hofé verhindert, den der Osten mit höchster Priorität aus einem bundesdeutschen Gefängnis habe herausholen wollen. Dann aber sei Hofé »für nichts weggegeben« worden, während Hoensbroech noch immer im Gefängnis sitze. Kaul redete sich derart in Rage, daß er sogar die für die DDR vorteilhafte Verhandlungsführung Vogels madig machte. »Was wirklich hinter Hofé steckte«, weiß auch Vogel nicht: »Es ist ja nicht bekannt geworden, weil es keinen Prozeß gegeben hat.« Aber er ist sich sicher: »Es muß schon ein gewichtiger Fall gewesen sein.«

Unter westdeutschen Juristen brach ein Streit darüber aus, wie die Freilassung Hofés rechtsstaatlich zu begründen sei. Die Bundesanwaltschaft hatte, wie im Fall Benster, bei ihrer Zustimmung zum Austausch einen übergesetzlichen Notstand geltend gemacht, allerdings, wie auch Posser meint, »zu Unrecht, denn die Gegenleistung für Hofé war nicht ein zum Tode Verurteilter in der DDR, dessen Hinrichtung unmittelbar bevorstand«.

Zwei Wochen nach Hofés Entlassung erschien im SPIEGEL ein Beitrag eines »prominenten deutschen Strafrechtlers«, wie es im Vorspann hieß, der Name war durch drei Sternchen ersetzt. Bald stellte sich heraus, daß Heinrich Jagusch, bis 1962 Vorsitzender des politischen Strafsenats beim Bundesgerichtshof, den kritischen Aufsatz verfaßt hatte. Unter der Überschrift »Handel mit Verrätern?« geißelte der Autor den laschen Umgang mit der Strafprozeßordnung, die nur unter besonderen Umständen eine Ausnahme vom Legalitätsprinzip – der Pflicht der Staatsanwaltschaft zur Strafverfolgung – zulasse; diese Voraussetzungen seien aber im Fall Hofé nicht gegeben.

Der Bundestag fügte 1968 einen Paragraphen 153 c in die Strafprozeßordnung ein. Danach ist es erlaubt, Ermittlungen einzustellen, wenn dadurch »die Gefahr eines schweren Nachteils für die Bundesrepublik« vermieden werden kann oder wenn »überwiegende öffentliche Interessen« es gebieten.

Auch die DDR brachte wieder Ordnung in ihr System, mit Menschen zu handeln. Ein *Austausch* ohne Geldzahlung sollte fortan wirklich nur inhaftierten Agenten vorbehalten sein, für andere Gefangene war der *Freikauf* das Mittel der Wahl. Und Klarheit wurde auch über die Person des Menschen-Maklers geschaffen: Im Duell mit Kaul ging Vogel als Sieger hervor.

Folgerichtig wurde der Fluchthelfer Hoensbroech zum Freikauf angeboten, allerdings nicht zum Standardtarif von 40000 Mark, den die Bundesregierung bezahlte. Vielmehr forderte und bekam die DDR von Vater Hoensbroech zusätzlich 410000 Mark, die er auf ein Schweizer Bankkonto überwies. Am 11. September 1964 durfte Vogel den jungen Grafen im Gefängnis abholen und mit seinem Auto nach West-Berlin bringen.

Eine Ausnahme vom Prinzip ließ die DDR kurz darauf doch noch einmal zu. Weil Rudolf Reinartz, obschon wegen Spionage verurteilt, von der Stasi niemals für einen Austausch vorgeschlagen worden wäre, versuchte der Westen, Vogels ehemaligen Vorgesetzten auf dem neuen Weg des Freikaufs aus der Haft zu holen. Reinartz, berichtet Reymar von Wedel, »gehörte zu den ersten, die wir auf die Haftliste zu bringen versuchten«. Das Schicksal seines einstigen Mentors, der seit Anfang 1955 eingekerkert war, bedrückte Vogel sehr. Zwar war die lebenslange Gefängnisstrafe im November 1956 auf 15 Jahre herabgesetzt worden, aber für den Schwerversehrten war der Strafvollzug eine besondere Tortur. Ein Gnadengesuch, das Frau Reinartz im Mai 1964 eingereicht hatte, wurde vom Staatsrat zurückgewiesen: Der »Umerziehungsprozeß bei R.« sei »noch nicht abgeschlossen«.

Im Sommer 1965 bat Vogel den Bonner Ministerialdirektor Rehlinger, Reinartz auf die Wunschliste für Freikäufe zu setzen: »Er war mein früherer Chef, und es wäre wunderbar, wenn er herauskäme.« Schon kurz darauf stand Reinartz tatsächlich auf der Bonner Liste. Doch Justizministerin Benjamin, die sich ein Mitspracherecht bei der Auswahl der freizukaufenden Häftlinge vorbehalten hatte, war noch immer dagegen, daß ihr einstiger Abteilungsleiter amnestiert würde: Als sie bei Durchsicht der Liste auf den Namen Reinartz stieß, malte sie an den Rand ein großes »Z«, was »zurück« bedeutete.

Streit ging anschließend in Vogels Anwesenheit die Liste noch einmal durch und strich kurzerhand das »Z« aus: »Er bleibt auf der Liste. Ich bin der Generalstaatsanwalt.« Am 10. September 1965 beantragte ein Staatsanwalt aus der Streit-

Behörde beim Bezirksgericht Rostock, das Reinartz verurteilt hatte, die Strafe zur Bewährung auszusetzen und den Gefangenen am 17. September zu entlassen. Der Antrag war nur noch eine Formalie, Reinartz war bereits von Bautzen nach Berlin verlegt worden.

Am Abend des 17. September holte Vogel seinen früheren Chef in der Magdalenenstraße ab. Der Anwalt erschrak bei seinem Anblick: Reinartz war ein gebrochener Mann, der sich selbst an Krücken kaum noch bewegen konnte. Eine Stunde lang saßen sich Vogel und Reinartz in einem Aufenthaltsraum der Haftanstalt schweigend gegenüber – wohl wissend, daß jedes Wort, das sie wechselten, von der Stasi aufgezeichnet worden wäre. Aber auch in Vogels Auto, auf dem Weg in die Kanzlei in Friedrichsfelde, kam kein Gespräch zustande. Reinartz vertröstete den Anwalt auf später, er werde ihm alles erklären.

Weil Vogel für jede Fahrt nach West-Berlin noch eine Sondererlaubnis brauchte, hatte er Reymar von Wedel gebeten, Reinartz zu dessen Frau in Tempelhof zu bringen. Außerdem ahnte Vogel, was sich dort abspielen würde: Frau Reinartz hatte sich schon Jahre zuvor von ihrem Mann scheiden lassen – nur pro forma, hatte Reinartz geglaubt. Doch die Frau ließ ihn nicht in die Wohnung. Sie lugte nur hinter der Gardine hervor und reagierte nicht auf das Klingeln. »Warten Sie einen Moment«, sagte von Wedel zu Reinartz. »Ich muß mal telefonieren. Vielleicht finde ich etwas.«

Der Anwalt rief Carl-Gustav Svingel an, den Leiter eines evangelisches Erholungsheims im Grunewald. Mit dem schwedischen Diplomaten Svingel, einem ehemaligen Opernsänger, der sich seit den frühen fünfziger Jahren caritativen Aufgaben verschrieben hatte, waren Vogel und von Wedel seit 1962 eng verbunden: Svingel hatte an den Fluchthilfe-Unternehmen jenes Ost-Berliner Pfarrers mitgewirkt, wegen dessen Inhaftierung von Wedel erstmals seinen Ost-Kollegen aufgesucht hatte.

Carl-Gustav Svingel, 1916 geboren, hatte als Mitglied einer Widerstandsgruppe gegen die deutschen Besatzer in Norwegen dort und in Stockholm den späteren Uno-Generalsekretär Dag Hammarskjöld kennengelernt, sich mit dem jungen Diplomaten Raoul Wallenberg angefreundet und diesen mit den Emigranten Willy Brandt und Bruno Kreisky bekannt gemacht. Weil er als junges Mitglied der Stockholmer Oper deutsche

Texte zu singen hatte, wollte Svingel 1952 in Hamburg die Sprache gründlich erlernen. Er war jedoch von der Nachkriegsnot in Deutschland so beeindruckt, daß er fortan Kontakte zu entlassenen Kriegsgefangenen, Lagerinsassen, Alten und Kranken suchte. Am 20. Juni 1953, drei Tage nach dem Arbeiteraufstand in Ost-Berlin, tauschte Svingel sein Opern-Engagement (»Ich wäre nie ein großer Sänger geworden«) gegen einen Helferposten in einem südschwedischen Heim für KZ-Überlebende. Wenig später siedelte er nach West-Berlin über, um im »Schwedenheim« in Schlachtensee Hilfsdienste zu leisten. Die schwedische evangelische Kirche drängte er so lange, bis die ihm 1958 ein eigenes Haus für die Altenbetreuung kaufte und einrichtete. Hier, im »Haus Victoria«, einer weißen Villa in der Winkler Straße im Nobelviertel Grunewald, fand Svingel seine Aufgabe und eine Tarnadresse für seine humanitären Aktionen.

Während er über die Jahre Tausende von Alten und Kranken, vornehmlich aus der DDR, in den Gästezimmern betreuen ließ, widmete sich der Heimleiter immer stärker der Politik. Über die noch offene Grenze beförderte er vertrauliche Post, Medikamente und Lebensmittel, und auch nach dem Mauerbau transportierte er in seinem kleinen, weißen Volvo-Sportcoupé mit CC-Schild unkontrolliert Arzneien und Literatur, aber auch Motoröl für sämtliche Kirchenfahrzeuge in der DDR, Zündkerzen, Kotflügel, selbst Zahngold und Blattgold für Grabsteine.

Als von Wedel um ein Quartier für den aus der Haft freigekauften, aber von seiner Frau verlassenen Reinartz bat, nahm Svingel den gebrechlichen Mann sofort in seinem Heim auf. Mehr als ein Jahr wohnte Reinartz dort, ehe er sich selbst eine kleine Wohnung mietete.

Vogel besuchte seinen einstigen Mentor noch einmal in West-Berlin. Dabei wollte er endlich erfahren, was 1953 hinter dem mysteriösen Brief steckte, der ihn in die Fänge der Stasi getrieben hatte. Auch hätte der Anwalt gern gewußt, warum Reinartz aus eigenen Stücken in den Osten zurückgekehrt war. Doch Reinartz redete nur wirres Zeug, aus dem Vogel nicht schlau wurde.

Der ehemalige DDR-Häftling litt zunehmend unter Verfolgungswahn und wurde schließlich in eine Nervenklinik eingewiesen, wo er sich kurz vor Weihnachten 1972 das Leben nahm. Wolfgang Vogel erfuhr von seinem Tod erst, als die Beisetzung schon stattgefunden hatte.

6. KAPITEL

»Nun bin ich wirklich am Ende«

Zwei Topspione: SPD-Politiker Frenzel und KGB-Maulwurf Felfe

Er war »Bonns kostbarstes Faustpfand«, triumphierte die *Bild*-Zeitung, »das ›Juwel‹ unter den Spionen, die in den Zuchthäusern der Bundesrepublik ihre Strafe verbüßen«. Der schwergewichtige Sozialdemokrat Alfred Frenzel, 1899 im Sudetenland geboren und einst angesehenes Mitglied des Deutschen Bundestags, war, was man dem behäbig wirkenden Biedermann wahrhaftig nicht ansah, einer der emsigsten Geheimnisverräter im Nachkriegsdeutschland gewesen. Die 240 Seiten umfassenden Vernehmungsprotokolle, die während des Frenzel-Prozesses 1961 vor dem Bundesgerichtshof entstanden, galten, wie ein Insider sagte, als »das Interessanteste, was es über das trübe Spionagehandwerk zu lesen gibt«.

Trotz seines unermüdlichen Eifers war Frenzel kein Täter aus ideologischer Überzeugung, sondern, wie so oft in diesem schmutzigen Gewerbe, ein zum Verrat erpreßtes Opfer: Der tschechoslowakische Geheimdienst hatte sich den Politiker gefügig gemacht mit dem unverblümten Hinweis auf Verfehlungen, die Jahrzehnte zurücklagen.

Frühwaise Frenzel war in seiner Heimat von einem Glasbläser aufgezogen worden, der ihn in die Bäckerlehre geschickt hatte. Sein Brot verdiente er sich später bei der Kommunistischen Partei, die ihn zum Filialchef des Konsumvereins »Vorwärts« in Karlsberg und Wiesenthal beförderte. 1933 feuerte die KP ihren Konsumleiter, weil er Kontobücher gefälscht hatte. Bevor die Kommunisten ihn auch noch aus der Partei entfernen konnten, trat Frenzel zu den Sozialdemokraten über.

Als SPD-Mann startete Frenzel nach dem Krieg in Bayern seine politische Karriere. Die Ochsentour führte ihn binnen sieben Jahren vom Kreistag in Schwabmünchen über den bayerischen Landtag in das Bonner Parlament. Ein Hindernis, das 1953 kurz vor seiner Wahl in den Bundestag auftauchte, räumte Frenzel durch einen Meineid beiseite: Er beschwor vor einem Amtsgericht, daß alle Angaben auf einem Flugblatt über seine kommunistische Vergangenheit falsch seien, der Urheber des Pamphlets, ein greiser Landsmann Frenzels, kam dafür wegen Verleumdung ins Gefängnis.

In Bonn galt der farblose, aber bienenfleißige Frenzel als Sozi alter Schule – immer auf dem jeweiligen Parteikurs und von früh bis spät im Dienst, was ihm den Spitznamen »Hennecke« einbrachte (nach dem vorbildhaften DDR-Bergarbeiter Adolf Hennecke, der 1948 in einer Rekord-Sonderschicht 387 Prozent eines bis dahin üblichen Tagessolls an Steinkohle gefördert hatte). Die SPD berief Frenzel in ihren Sicherheitsausschuß, der Bundestag machte ihn zum Mitglied im Verteidigungsausschuß.

Im April 1956 sprach bei Alfred Frenzel ein alter Bekannter vor: Der einstige kommunistische Konsum-Kassierer aus Böhmen erinnerte Frenzel an den Kontoschwindel und den Meineid in der Nachkriegszeit. Fortan steckte der SPD-Abgeordnete dem CSSR-Geheimdienst alle Informationen zu, die er dank seiner Partei- und Parlamentsämter ergattern konnte. Darunter waren das Schiffbauprogramm der Bundesmarine, Heereslieferungen der Amerikaner, die Starfighter-Planung sowie präzise Angaben über die Lage von Nato-Depots, Raketenstartrampen und Erdbunkern. Als Dokumentenversteck diente Frenzel unter anderem eine bronzene Mädchenfigur, in der sich ein Sprengsatz befand; der wäre explodiert, wenn sich ein Unbefugter daran zu schaffen gemacht hätte.

Dem Verfassungsschutz fiel auf, daß Frenzel, so der damalige Generalbundesanwalt Max Güde, »auffällig oft nach Österreich fuhr«. Das nährte den Verdacht, daß der Abgeordnete »von dort über die österreichisch-tschechische Grenze ging«. Wegen seiner Immunität als Parlamentarier konnte Frenzel jedoch nicht einfach festgenommen, sondern mußte, weil sonst keine Beweise gegen ihn vorlagen, auf frischer Tat gestellt werden. Güde glaubte, eine gute Idee zu haben: »Nach einer Geheimsitzung im Verteidigungsausschuß laß' ich ihn an der Grenze festnehmen und ziehe ihm die Taschen aus.« Der Chefankläger wußte jedoch auch um das Risiko: »Wenn ich nichts gefunden hätte, wäre mein Amt beim Teufel gewesen.«

Den westdeutschen Sicherheitsbehörden kam ein Zufall zu Hilfe. Der Verfassungsschutz beobachtete, daß Frenzel im Oktober 1960 von einem mutmaßlichen Prager Agenten Besuch bekam. Als der Mann den Heimflug antreten wollte, griff die Sicherungsgruppe des Bundeskriminalamts zu. Bei dem Festgenommenen fanden die Beamten ein als geheim klassifiziertes Schriftstück mit dem Stempel des Verteidigungsausschusses. Damit konfrontierte Güde im Zimmer des Bundestagsdirektors den Abgeordneten Frenzel, der sofort ein umfassendes Geständnis ablegte, ohne auf seine Immunität zu pochen. Güde erinnerte sich später an die Szene: »Der Überraschungseffekt war zu groß. Frenzel hat zu dem Zeitpunkt zweieinhalb Zentner gewogen, war also unmäßig dick. Ich habe noch nie gesehen, wie ein dicker Mann sozusagen geschrumpft ist wie ein Luftballon, den man aufsticht.«

Der Verrat hatte außergewöhnliches Format, nicht jedoch der Verräter. Als der Bundesgerichtshof am 28. April 1961 Frenzel zu 15 Jahren Zuchthaus, der höchstmöglichen Strafe, verurteilte, brach der Spion schluchzend in Tränen aus. »Das Urteil«, bilanzierte der Präsident des 3. Strafsenats, Heinrich Jagusch, »ist der Schlußstrich unter eine für das ganze öffentliche Leben schädliche, peinliche, tief enttäuschende und niederdrückende Affäre.«

Den ersten Versuch, Frenzel auszulösen, startete die tschechoslowakische Regierung schon im Juli 1962. Prag war bereit, für den Spion einen immens hohen Preis zu zahlen: Allein für Frenzel wurden als Gegenleistung 30 politische Häftlinge geboten. Als das über einen Anwalt Frenzels lancierte Ansinnen ruchbar wurde, lehnte vor allem die SPD jegliches Entgegenkommen ab. Parteisprecher Franz Barsig sagte, die Verbrechen Frenzels seien »so schwerwiegend, daß das deutsche Volk einen Anspruch darauf hat, daß die Sühne in vollem Umfang vollzogen wird«. Der Abscheu über Frenzels Verrat saß so tief, daß der Gefangene nicht einmal zur Beerdigung seiner Frau, die im August 1964 starb, Freigang erhielt.

Wieder war es eine Angehörige, die mit dem Ziel, Austauschverhandlungen in Gang zu setzen, Kontakt mit Vogel aufnahm. Vogel hatte »damals schon mitbekommen, daß der Aufhänger für ein Mandat oft fingiert war«. Auch seine westdeutschen Verhandlungspartner schützten meist erfundene Verwandte als Auftraggeber vor. »Hier verwendet sich der Neffe ...« war eine gängige Floskel der Anwälte von der Rechtsschutzstelle, und Vogel verstand die Tarnung: »Die konnten mir ja schlecht sagen, daß der BND sie schickt.« Dies gab dem Anwalt die Gewißheit, daß sich die Verwandten, tatsächliche oder vorgeschobene, nie aus eigenem Antrieb an ihn wandten, sondern stets von den Geheimdiensten gesteuert waren. Deshalb konnte er der Gegenseite guten Gewissens versichern, daß das von ihm vermittelte Angebot ernst gemeint war.

Anders als im Fall der »Frau Abel«, deren Legende er nicht glaubte, ist Vogel überzeugt, daß Elsa Nová, die ihm aus Prag schrieb und die er später auch persönlich kennenlernte, wirklich Frenzels Tochter war. Am 22. Juli 1965 erteilte auch der in Straubing inhaftierte CSSR-Spion selbst dem Anwalt eine Prozeßvollmacht »wegen Vertretung im Gnadenverfahren«.

Anfang August fuhr der DDR-Advokat erstmals zu einem Mandantengespräch nach Bayern. Wegen einer schweren Herzkrankheit war Frenzel nicht in einer Einzelzelle untergebracht, und das Leiden hatte sich weiter verschlimmert. Erschüttert schilderte Vogel seinem West-Partner Jürgen Stange, Frenzel habe »schwerste gesundheitliche Schäden«, Kreislauf und Herz seien sehr angegriffen. Der zur Spionage erpreßte Politiker war physisch und psychisch ein Wrack.

Vogel kündigte Stange an, er wolle »etwa im September/Oktober« ein Gnadengesuch für Frenzel einreichen. »Für den Erfolgsfall«, lockte er den West-Berliner Kompagnon, könne er »durch Vermittlung der in Prag wohnhaften Tochter des Mandanten erwirken, daß einige Personen, die in der CSSR inhaftiert sind«, freigelassen würden.

Bei seinem Besuch im Gefängnis erfuhr Vogel, daß Frenzels bisherige Rechtsbeistände auch schon versucht hatten, mit der Gegenseite ins Geschäft zu kommen. Allerdings war Frenzel der Meinung, daß man »die Sache völlig falsch angefaßt« habe. Ein Kölner Anwalt habe in Prag Gespräche mit dem Ministerium des Innern geführt. Dort habe man ihm zugesagt, zwei in

169

der CSSR zu hohen Strafen verurteilte SS-Offiziere zu begnadigen. Der offiziell proklamierte Antifaschismus der DDR stand jedoch einem derartigen Tauschhandel im Wege: »Aus innen- und außenpolitischen Gründen«, zeigte sich Vogel fassungslos, »wäre ein solches Arrangement völlig falsch gewesen.«

Außerdem habe der Kölner Anwalt, nach Frenzels Erzählungen, die Sache nur mit inkompetenten Leuten besprochen, beispielsweise mit Abgeordneten, »die weder zuständig sind noch die Möglichkeit haben, einen Austausch zu bewerkstelligen«. Diese Gesprächspartner hätten sich nur wichtig getan und Informationen an die Presse gegeben, die Artikel seien »sehr nachteilig« gewesen.

Auch Abgesandte des westdeutschen Verfassungsschutzes hatten Frenzel besucht, geraume Zeit bevor Vogel zu seiner ersten Visite aufbrach. Frenzel berichtete, sie hätten ihm erklärt, »er könnte sich bereits in Freiheit befinden, wenn man die ganze Sache richtig angefaßt hätte«. Vogel hingegen, davon war Frenzel überzeugt, werde »aus gewissen Erfahrungen schon den richtigen Weg finden«. Er werde es allerdings nicht leicht haben, hätten ihm die Verfassungsschützer prophezeit: Es sei »schon zuviel Porzellan zerschlagen worden«.

Die Bundesregierung betrachtete die Aktivitäten Vogels mit Argwohn. Erstmals hatte der Ost-Berliner Anwalt ein Mandat eines Westdeutschen direkt erhalten, ohne von der Bundesregierung oder deren Berliner Rechtsschutzstelle damit beauftragt worden zu sein. Mißfallen erregten vor allem Vogels freimütige Plaudereien mit Frenzel über die Möglichkeiten eines Austauschs. Stange machte ihm deshalb Vorhaltungen, doch Vogel erwiderte, er habe »formelle Vollmacht« und sei »in dieser Sache *im Einzelmandat*«, so daß seine »diesbezügliche Tätigkeit nichts mit unseren sonstigen Verhandlungen zu tun« habe, die er im Auftrag der Bundesregierung führe. Nach den Bestimmungen der Strafprozeßordnung habe er als Anwalt des Strafgefangenen »Anspruch auf Sprechgenehmigung«, und den lasse er sich nicht streitig machen.

Das Gespräch mit Frenzel sei zudem »überhaupt nicht außergewöhnlich« gewesen, versuchte Vogel zu beschwichtigen; er unterhalte sich ja auch »mit Bundesbürgern, die in Ostberlin inhaftiert sind, über gewisse Möglichkeiten einer vorzeitigen Haftentlassung, wenn die üblichen Wege versagen«. Und im übrigen, schloß Vogel mit einem Seitenhieb, sollte sein Besuch in Straubing verständlicher erscheinen »als die regelmäßigen Haftbesuche der Angehörigen aus Prag«. Der DDR-Jurist gab damit der westlichen Seite einen für ihn nicht ungefährlichen Tip, daß der CSSR-Geheimdienst mit Frenzel auch im Knast Verbindung hielt.

Abwegig, ja absurd erschien es Vogel, an einen Austausch gegen zwei ehemalige SS-Generäle überhaupt nur einen Gedanken zu verschwenden. Zudem störte ihn, daß die früheren Frenzel-Anwälte über diese Idee »ganz offen korrespondiert« hätten. »Bei dieser Sachlage«, so Vogel an Stange, habe er »keine Veranlassung« gehabt, »dem Mandanten vorzuenthalten, daß ich durch Vermittlung seiner Tochter die Möglichkeit habe, einige Begnadigungen für Westdeutsche zu erwirken, die in Prag inhaftiert sind«. Diese Leute, »ca. 16 Personen«, seien demselben Gewerbe wie Frenzel nachgegangen, und einige von ihnen hätten, wie Vogel süffisant anmerkte, »intensive Beziehungen zum BND« gehabt: »Die Liste, sehr geehrter Herr Kollege, kann ich Ihnen gern übergeben.«

Die beiden Anwälte mußten ihren Disput, soweit sie sich nicht gegenseitig besuchten, schriftlich austragen, weil es seit dem Mauerbau keine direkte Telefonleitung für Privatgespräche zwischen Ost- und West-Berlin gab. Wer vom westlichen Teil aus in den Ostsektor telefonieren wollte, mußte ein Ferngespräch anmelden, das über Hannover und Magdeburg geschaltet wurde. Die Umwegverbindung war nicht nur umständlich und zeitraubend, sondern wurde zudem garantiert von Nachrichtendiensten beider Seiten abgehört.

Auf Briefen und Postkarten schlug sich die Politik der wechselseitigen Nichtachtung der beiden deutschen Staaten auf kuriose Weise nieder: Ostdeutsche mußten vor die westdeutsche Postleitzahl eine Null setzen, Westdeutsche schrieben X statt DDR. So adressierte Vogel seine Post für Stange »01 Berlin«, der West-Anwalt schrieb seinem Ost-Kollegen nach »X1136 Berlin«.

Am 21. Januar 1966 reichte Vogel ein Gnadengesuch für Frenzel bei Bundespräsident Heinrich Lübke ein. »Mandant verspricht sich von dem Gnadengesuch sehr viel«, notierte Vogel am 12. April nach einem neuerlichen Besuch im Straubinger Gefängnis. Frenzel habe »die Namen der beteiligten Anwälte in letzter Zeit des öfteren in der Zeitung gelesen und schöpft daraus, daß die Sache auf jeden Fall klappen müßte«.

In der Presse waren in jenen Tagen Artikel über einen Handel erschienen, den Vogel um Ostern erfolgreich abgeschlossen hatte: Zwei DDR-Spione, die Industrie-Unternehmen in Österreich nach hitzebeständigen Metall-Legierungen für Weltraumraketen und neuen Verfahren der Gummiproduktion ausgespäht hatten, wurden freigelassen; im Gegenzug erzielte Vogel mit einem von der Wiener Regierung beauftragten Anwalt eine Übereinkunft für 15 Familien, die neben der österreichischen auch die DDR-Staatsbürgerschaft besaßen. Solche Doppelstaatler waren in der DDR keineswegs privilegiert, sondern wurden von den Behörden ebenso kujoniert wie die eigenen Bürger.

Mit seinem Wiener Kollegen Franz Grois einigte sich Vogel, daß die DDR in diesen 15 auf einer Liste erfaßten Fällen die österreichische Staatsbürgerschaft als vorrangig anerkannte, daß den Betroffenen Freizügigkeit in der DDR eingeräumt wurde und daß sie, wenn sie dies wollten, ungehindert ausreisen durften. Aus dieser Zeit rührt Vogels herzliches Verhältnis zu österreichischen Politikern und Diplomaten, und Anwaltskollege Grois schickte ihm seither jedes Jahr zu Weihnachten eine Sachertorte.

Verfrühte Hoffnungen Frenzels, die dieser an die Pressemeldungen knüpfte, versuchte Vogel zu dämpfen: »Ich habe ihm natürlich bedeutet, daß der unlängst in Österreich gelöste Fall gänzlich anders gelagert ist.« Mit Wien konnte sich Vogel leichter arrangieren: An der Vereinbarung waren nur zwei Staaten beteiligt, und der österreichischen Regierung lag an der Bewegungsfreiheit ihrer Landsleute mehr als an der fortdauernden Inhaftierung der DDR-Agenten.

Im Fall Frenzel waren hingegen die Interessen mindestens dreier Staaten unter einen Hut zu bringen: Den Westdeutschen mußte für den gewichtigen CSSR-Spion etwas geboten werden, was Prag allein nicht leisten konnte, also hatte der DDR-Anwalt dafür zu sorgen, daß sein Land oder die Freunde in Moskau eine entsprechende Zusatzofferte abgaben.

Widerstand gegen Frenzels Freilassung, spürte Vogel, »kommt aus Bonn wegen der politischen Bedeutung des Falles«. Prinzipienfest weigerte sich die Bundesregierung, Frenzel etwa gegen den früheren Ost-Referenten des Liberalen Studentenbundes, Dieter Koniecki, einzutauschen, der im Januar 1961 in Ost-Berlin verhaftet, an Prag ausgeliefert und im Mai 1961 wegen Spionage zu zehn Jahren Haft verurteilt worden war.

Koniecki stand auch auf der Angebotsliste, die Vogel im August 1965 seinem Partner Stange überreichte. Der Student wurde, so notierte Volpert handschriftlich auf einem Zettel, am 25. April 1966 an einen Vertreter des Deutschen Roten Kreuzes übergeben, »ohne Gegenleistung« des Westens, wie Vogel später Stange vorhielt – doch Frenzel mußte weiter sitzen.

Das KGB nimmt eine westdeutsche Touristin als Geisel

Damit der Tschechen-Spitzel auf die Transferliste gesetzt würde, brauchte der Osten ein weiteres Druckmittel. Um sich ein Faustpfand für die Nötigung zu besorgen, war das KGB nicht zimperlich: Der sowjetische Geheimdienst schnappte sich eine Westdeutsche, die gewiß nie im Leben spioniert hatte.

Die Journalistin Martina Kischke, damals 31, Redakteurin bei der *Frankfurter Rundschau*, war Anfang August 1966, mit ihrem Brautkleid im Gepäck, über Moskau nach Alma-Ata geflogen, der Hauptstadt der Sowjet-Republik Kasachstan vor den Toren Chinas. Bei einem früheren Aufenthalt in der fernöstlichen Sowjetprovinz hatte die Journalistin den russischen Dammbau-Ingenieur Boris Petrenko, 35, kennengelernt, den sie nun heiraten wollte. Nach ihrer Ankunft unternahm das Paar zwei Tage lang Ausflüge ins Ala-Tau-Gebirge und fuhr zu Petrenkos Datscha. Der Bräutigam war jedoch auf einmal seltsam einsilbig, wenn die Deutsche von Heirat und einer gemeinsamen Zukunft in Rußland sprach. Statt dessen bedrängte Petrenko die Journalistin, sie solle ihm zur Ausreise in den Westen verhelfen.

Am 8. August wurde Martina Kischke aus dem Auto Petrenkos heraus verhaftet. Ihren Verlobten, der den Wagen zuvor

unter einem Vorwand verlassen hatte, sah sie nie wieder –
seine Rolle als agent provocateur hatte er erfüllt: In ihrer Handtasche hatte er eine Zigarettenschachtel mit Mikrofilmbildern
von streng geheimen Militäranlagen versteckt. Das KGB beschuldigte die junge Frau der Spionage für den BND. Vier Wochen mußte Martina Kischke in einer Zelle in Alma-Ata zubringen, Anfang September wurde sie mit einem Linienflugzeug
nach Moskau geschafft und in das berüchtigte Staatsgefängnis
für politische Häftlinge in der KGB-Zentrale eingeliefert. Weil
nahebei das Kaufhaus »Kinderwelt« lag, nannten die Moskowiter das Hauptquartier des Geheimdienstes »die Welt der Erwachsenen« oder nach einem längst hier zugeschütteten Flüßchen die »Lubjanka«, die Liebliche.

Westdeutsche Politiker und Diplomaten bemühten sich bei
den Sowjet-Botschaftern Semjon Zarapkin im rheinischen Rolandseck und Pjotr Abrassimow in Ost-Berlin um die Polit-Geisel. Moskau verlangte für die Freilassung von Martina Kischke
jedoch einen Preis, der für den Westen indiskutabel war – nicht
das »Juwel« Frenzel, sondern ein noch wertvollerer Spion sollte
das Tauschobjekt sein: der ehemalige BND-Referatsleiter Heinz
Felfe, der jahrelang Vertrauliches aus dem innersten Pullacher
Zirkel an die Sowjets verraten hatte und 1961 verhaftet worden
war. Empört wies der BND das Ansinnen zurück, einen Verräter
aus den eigenen Reihen laufen zu lassen. Der KGB-Maulwurf,
das mußte auch Moskau einsehen, war im Vergleich zu der verkauften Braut einige Nummern zu groß.

Unterdessen hatte der Herausgeber und Chefredakteur der
Frankfurter Rundschau, Karl Gerold, den Anwalt Vogel eingeschaltet. Der schätzte realistisch ein, daß ein Austausch der
Journalistin gegen Felfe für die Bundesregierung nie in Frage
kommen würde, und brachte deshalb wieder Frenzel ins Spiel.
Doch Bonn mochte sich auf den unausgewogenen Handel noch
immer nicht einlassen.

Vogel setzte den Westen jedoch unter Zeitdruck. Am 5. Dezember drängte er seinen Partner Stange zur Eile: Der Generalstaatsanwalt der UdSSR habe zugesagt, »daß die Anklageerhebung nicht vor dem 15. 12. 1966 erfolgt«. Wenn allerdings die
Anklageschrift gegen Martina Kischke erst einmal eingereicht
sei, dann könne das Verfahren nach sowjetischem Prozeßrecht
nicht mehr eingestellt werden. In diesem Fall, mahnte Vogel,

müßten »unsere Bemühungen um eine außergewöhnliche Lösung« bis zu einem rechtskräftigen Abschluß des Verfahrens zurückgestellt werden. Falls sich Bonn nicht rasch entschließe, sei zudem »Eile geboten, einen sowjetischen Anwalt zu beauftragen, da ja Mandantin sonst ohne Wahlverteidiger ist«. Vogel machte sich anheischig, Michail Grinew, der als Verteidiger für den Spionageflieger Powers fungiert hatte, auch für diesen Fall zu gewinnen.

Vogel schien verhalten optimistisch, daß die Bundesregierung nachgeben und einen Austausch Frenzels gegen Kischke und zwei, drei andere im Osten Inhaftierte akzeptieren würde. Der Frenzel-Tochter schrieb er am 9. Dezember, »daß man auch von hier aus bemüht ist, noch vor Weihnachten die Haftentlassung zu bewirken. Ob das gelingt, werde ich erst zwischen dem 15. und 20.12. definitiv sagen können«.

Am 11. Dezember teilte Vogel mit, er könne »bindend« zusagen, daß neben Martina Kischke auch zwei Häftlinge aus der Bundesrepublik freigelassen würden, die in der DDR wegen Spionage zu lebenslangem Zuchthaus verurteilt worden waren. Noch einmal mahnte Vogel, dieser Vorschlag lasse sich nur »bis zum 14. 12. 66, 0.00 Uhr« aufrecht erhalten. Obwohl im sozialistischen Rechtssystem bei Bedarf jedes Gesetz der politischen Opportunität geopfert worden wäre, insistierte Vogel: »Herr Generalstaatsanwalt Rudenkow (UdSSR) muß aus Gründen der gesetzlich vorgeschriebenen Fristen am 15. 12. 66 entscheiden, ob Anklage erhoben wird.« Ein weiterer Aufschub sei nicht möglich.

Doch nun fing die Bundesregierung an, kleinkrämerisch zu feilschen. Mit ihrer Taktik, immer noch ein bißchen mehr zu fordern, hätte sie beinahe die ganze Transaktion scheitern lassen. Kischke und zwei Häftlinge im Austausch für Frenzel waren Bonn zu wenig. Hektisch wechselten Vogel und Stange weitere Briefe, in denen verschiedene Alternativen sondiert wurden.

Am 14. Dezember schien der Westen überreizt zu haben. »Der Herr Generalstaatsanwalt«, schrieb Vogel extrem förmlich, »hat mich angewiesen, Ihnen mitzuteilen: ›Mit einer derartigen Überforderung wird der Verhandlungsspielraum auf anwaltlicher Ebene fehleingeschätzt. *Alle* auf dem Gebiet Häftlinge, Familienzusammenführung und Kinder vorhandenen

Kontakte werden mit sofortiger Wirkung abgebrochen.‹« Rigoros suspendierte die DDR die humanitäre Hilfe, weil sie beim Gefangenenaustausch ihren Willen nicht bekam. Vogel gab sich dennoch generös: »Bereits gegebene Zusagen« würden »selbstverständlich eingehalten«.

Ein zweites Schreiben schickte Vogel, noch am selben Tag, hinterher. Er habe »nochmals verhandelt«, teilte er Stange mit und bot eine »Kompromißlösung« an: Frenzel gegen Kischke und zwei weitere Häftlinge sofort sowie ein weiterer Gefangener gegen eine »Gutschrift über 500 000 Zug um Zug sofort (keine Bedingung, kann auch 1967 verhandelt werden)«. Das hieß: Die DDR war bereit, gegen eine Sonderzahlung von einer halben Million Valuta-Mark einen Gefangenen schon früher freizugeben, der sonst erst im folgenden Jahr zum Freikauf vorgesehen war. Auch »10 den Senat von Berlin betreffende Fälle« könnten »sofort gelöst« werden, winkte Vogel mit einer Dreingabe, doch das sei definitiv sein letztes Wort: »Nun bin ich aber wirklich am Ende!« Auch theatralische Posen gehörten zu Vogels Verhandlungsrepertoire.

Das lange Tauziehen forderte schließlich sogar ein Todesopfer. Einer der beiden Lebenslänglichen, deren Austausch die DDR am 11. Dezember vorgeschlagen hatte, starb einen Tag später. Vogel hatte sich noch dafür eingesetzt, den Schwerkranken, der einen Schlaganfall erlitten hatte, »sofort nach unserer Einigung in einem Krankenwagen nach Westberlin« bringen zu lassen, damit er dort operiert und gesundgepflegt werden könne. An Stelle des Toten kam kurzfristig ein anderer Häftling auf die Austauschliste.

Am 22. Dezember fuhren tschechoslowakische Limousinen im Hof der Vollzugsanstalt Straubing vor. Frenzel stieg in einen schwarzen Tatra, der ihn direkt in die CSSR brachte. Derweil flog Vogel mit einer Sondermaschine des Staatsratsvorsitzenden Ulbricht nach Moskau. In der sowjetischen Hauptstadt wurde der Anwalt von KGB-Offizieren in Empfang genommen und vom Flughafen direkt in den Keller der Lubjanka chauffiert.

Gesprochen wurde unterwegs so gut wie nichts, und wortlos fuhren Vogel und seine Begleiter mit dem Fahrstuhl nach oben, wo der Anwalt in einen riesigen, holzvertäfelten Wartesaal geleitet wurde. Ein hoher sowjetischer Offizier begrüßte Vogel als

»Mitarbeiter des Generalstaatsanwalts«. Er habe, sagt Vogel, »widersprochen, ganz so sei das nicht«. Aber Anwalt sei eben »für die nichts gewesen«.

Martina Kischke, die von alledem nichts ahnte, wurde aus ihrer Zelle geholt und in ein Vernehmungszimmer geführt. Sie erkannte einen Offizier, der sie schon oft verhört hatte, neben ihm saß ein ihr unbekannter deutscher Zivilist. Ein Dolmetscher stellte ihn vor: »Dies ist Rechtsanwalt Vogel aus Berlin, der Ihre Sache schon seit längerer Zeit führt. Wir haben uns entschlossen, Sie freizulassen, wenn Sie uns versprechen, keine subversive Tätigkeit gegen die Sowjetunion mehr zu unternehmen und keine antisowjetische Berichterstattung über Ihren Fall zu machen.« Martina Kischke fiel Vogel vor Freude um den Hals.

Sowjetische Geheimdienstler brachten den Anwalt anderntags an die Gangway seines Flugzeugs nach Ost-Berlin. Martina Kischke, sagten sie, sei schon in der Maschine. Davon wolle er sich doch lieber selbst überzeugen, erwiderte Vogel, huschte die Stufen hinauf und stellte erleichtert fest, daß seine Klientin tatsächlich bereits Platz genommen hatte. Auf dem Heimflug nach Deutschland gab Vogel der Journalistin eine sowjetische Streichholzschachtel, auf die er das Datum und seine Unterschrift setzte. Als Martina Kischke ihn im Februar 1967 in Berlin besuchte, schenkte sie ihm ein goldenes Rowenta-Feuerzeug und schrieb auf die Rückseite ihrer Visitenkarte: »... als Ergänzung zu einer sowjetischen Streichholzschachtel – ein deutsches Feuerzeug!«

Martina Kischke nahm ihre Arbeit bei der *Frankfurter Rundschau* wieder auf und hielt sich an das Versprechen, das sie den Russen gegeben hatte: Sie schwieg über ihren Fall. Das war auch den westdeutschen Geheimdiensten recht, die stets darauf bedacht waren, die Identität und Bedeutung der ausgetauschten Bundesbürger im dunkeln zu lassen.

Handelte es sich um echte Spione, mochten BND und Verfassungsschutz dies ungern zugeben, da nach ihrer propagandistischen Lesart stets unbescholtene, harmlose Touristen unter falscher Anschuldigung von den Kommunisten in Haft genommen wurden. Handelte es sich aber, wie bei Martina Kischke, tatsächlich um eine KGB-Inszenierung, war den Diensten das Eingeständnis peinlich, welcher Preis dafür bezahlt wurde.

Ohne Martina Kischke, davon ist Vogel überzeugt, »wäre Frenzel nicht freigelassen worden, auch wenn wir 30 Agenten zusätzlich angeboten hätten«. Der Anwalt wußte: »Die Masse hätte es nicht gemacht, sondern der Fall an sich mußte so bedeutsam sein, daß ein Äquivalent hergestellt war.« Wieder einmal gab die Mischung aus persönlicher Initiative und öffentlichem Einfluß den Ausschlag für den Erfolg: *Rundschau*-Verleger Karl Gerold, sagt der sonst auf stille Diplomatie bedachte Vogel anerkennend, »hat jede Menge Krawall gemacht«.

Das offizielle Bonn bemühte sich, jeden Zusammenhang zwischen der Freilassung der deutschen Journalistin und des Prag-Spitzels zu leugnen. Noch am 27. Dezember betrieb das Justizministerium Desinformation, indem es betonte, Frenzel und Kischke seien »nicht ausgetauscht« worden. Die Aushändigung Frenzels an die CSSR und die Rückkehr Martina Kischkes aus der Sowjetunion hätten »nur wenig miteinander zu tun«, behauptete ein Sprecher des Ministeriums. Und flunkernd fügte er hinzu, die Aktion sei »noch nicht abgeschlossen«.

Zwei Tage später wurde die Fehlinformation amtlich korrigiert. Das Bulletin der Bundesregierung meldete, »im Rahmen einer Gesamtaktion« seien »Fräulein Martina Kischke und drei Häftlinge aus dem anderen Teil Deutschlands in die Bundesrepublik Deutschland sowie der frühere Bundestagsabgeordnete Frenzel aus der Bundesrepublik Deutschland in die CSSR entlassen« worden.

Vogel hat Frenzel kurze Zeit nach dessen Freilassung noch einmal in Karlsbad getroffen. Der DDR-Anwalt hielt sich dort zu einer Kur auf, und Frenzel, der in Liberec (früher: Reichenberg) lebte, kam mit seiner Tochter in den Badeort. Mit weinerlicher Stimme zählte der Spion ein gutes Dutzend Namen von Leuten auf, vor denen er sich schäme und die er für sein Tun um Verzeihung bitte; an erster Stelle, fiel Vogel auf, nannte er Herbert Wehner. Frenzel starb im Juli 1968.

Gut ein Jahr, bevor Frenzel aus der Haft entlassen wurde, hatte Vogel in der Vollzugsanstalt Straubing einen weiteren Klienten gewonnen. So konnte der Anwalt, wenn er mit seinem Auto aus Ost-Berlin anreiste – jenem grünen Opel Kapitän, den er zur Zeit des Mauerbaus erworben hatte –, gleich zwei Mandanten in dem niederbayerischen Gefängnis betreuen.

Vogels Neuzugang war Heinz Felfe, der KGB-Maulwurf in der

BND-Zentrale, der von den Sowjets ursprünglich als Preis für Martina Kischke gefordert worden war. Der Geheimdienst-Profi hatte dem Pullacher Geheimdienst die bis dahin größte Schlappe zugefügt: Felfe hatte sich seit 1951 an sensibler Stelle eingenistet und erwies sich als die ergiebigste Quelle des KGB in der Bundesrepublik.

Die größte Schlappe des BND

Der 1918 in Dresden geborene Heinz Felfe, Sohn eines Kriminalbeamten, war 1939, zehn Tage nach Kriegsbeginn, durch eine Lungenentzündung als »garnisondienstfähig in der Heimat« eingestuft geworden und holte erst mal das Abitur nach, ehe er die Laufbahn im leitenden Dienst der Sicherheitspolizei einschlug. Daran reizte ihn vor allem »eine mögliche Verwendung als Polizeiattaché im diplomatischen Dienst«. Solche Positionen, wußte Felfe, gab es bereits in Tokio, Rom, Vichy und Madrid, den Hauptstädten der mit den Nazis verbündeten Regierungen.

Als Angehöriger des nationalsozialistischen Reichssicherheitshauptamts (RSHA) nahm Felfe ein Jurastudium an der Berliner Friedrich-Wilhelms-Universität, der heutigen Humboldt-Universität, auf. Nebenbei besuchte er einen Lehrgang für Kriminalkommissar-Anwärter, den er im März 1943 abschloß. Fünf Monate später bewarb er sich für den Fronteinsatz, wurde aber ins Amt VI (»Ausland«) des RSHA versetzt und dem Referat Schweiz/Liechtenstein zugeteilt.

Dort erwarb Felfe die Fertigkeiten, die einen guten Spion auszeichnen. »Staatstreue Gesinnung und gesunder Menschenverstand allein«, dozierte Felfe später, »reichen im Nachrichtendienst nicht aus, denn dieses Handwerk muß genauso wie jede andere Tätigkeit erlernt werden. Glück und so etwas wie ein sechster Sinn gehören neben allen Bildungsvoraussetzungen und einer wachen Intelligenz ebenfalls dazu.« Schon bald avancierte der Berufsanfänger zum Referatsleiter.

Nach Kriegsende setzte Felfe, der zunächst in britische Gefangenschaft geraten war, in Bonn sein Jurastudium fort. »Etwa 1947«, schildert Felfe, »noch vor der Währungsreform«, sei er sowjetischen Hochschuloffizieren begegnet, mit denen er sich angefreundet und denen er seine Vergangenheit erzählt habe. Zwei Jahre später kam es, nach Felfes Darstellung, »zu einem offenen Gespräch mit Offizieren der Sicherheitsorgane«, vermittelt durch einen »Bekannten aus der Kriegszeit«, Hans Clemens, der Felfe die Einladung zu einem Gespräch in Ost-Berlin überbrachte.

Rückschauend, sagt Felfe, habe ihn »das große Vertrauen, das mir von sowjetischer Seite entgegengebracht wurde«, erstaunt: »Schließlich war ich ja Angehöriger der SS gewesen und hatte im faschistischen Nachrichtendienst gearbeitet.« Doch die KGB-Leute hätten ihn später aufgeklärt: »Wir kannten dein Vorleben. Wir wußten, daß wir mit dir zurechtkommen würden.« Im Auftrag des KGB ließ sich Felfe 1951 von der Organisation Gehlen, dem späteren BND, anwerben, und wieder war der ehemalige SS-Kamerad Clemens behilflich, der eine Außenstelle des Dienstes im Ruhrgebiet betreute.

Schnell arbeitete sich Felfe in das Nervenzentrum der Behörde vor. Er leitete das Sowjetreferat der Abteilung III F (Gegenspionage). In dieser Position hatte er den Überblick, welche Aktivitäten des KGB in der Bundesrepublik erkannt worden waren, und konnte seine Auftraggeber vor drohenden Verhaftungen warnen.

Felfe traf sich mit seinem Führungsoffizier, dem KGB-Oberst Vitali Korotkow (Deckname: »Alfred«), nicht nur in Berlin, sondern auch in Wien, Brüssel und Rom. Dort fuhren sie, wie Felfe erzählt, »mit dem Picknickkorb in den Wald« und tauschten im Grünen ihre Informationen aus. Noch heute schwärmt Felfe von dem »familiären, menschlichen Verhältnis«, das sie verbunden habe und das so ganz anders gewesen sei als die nüchterne Geschäftigkeit, mit der westliche Dienste ihre Agenten behandelten.

Wenn Felfe verhindert war, schickte er Hans Clemens als Kurier. Der schmuggelte dann in einem präparierten Aktenkoffer heiße Ware aus der BND-Zentrale über die Grenze nach Ost-Berlin: Unter einer Deckleiste befand sich ein Magazin für zwei Mini-Tonbänder und 20 Minox-Filme. Felfe übermittelte, wie das Gericht später hochrechnete, mehr als 15000 Aufnahmen von Geheimberichten der westdeutschen Nachrichtendienste an die KGB-Filiale in Berlin-Karlshorst.

Felfe war aber auch einer der teuersten Spione des KGB: Er kassierte insgesamt um die 150000 Mark, für damalige Verhältnisse ein Vermögen. Der von den Sowjets reich gefütterte Topagent »Paul« galt auch Gehlen als »Nachrichten-As«: Unter dem Decknamen »Friesen« heimste er vom BND Beförderungen und Auszeichnungen ein.

Ein russischer Überläufer in Finnland beendete Felfes Karriere jäh. Einem amerikanischen Geheimdienst war es gelungen, den KGB-Residenten in Helsinki, den Botschaftsattaché Anatolij Klimow, umzudrehen. Der Russe erzählte, er sei einmal in Karlshorst gewesen und habe dort gesprächsweise mitbekommen, daß der Ost-Berliner KGB-Ableger über alle westdeutschen Lauschoperationen genauestens informiert war. Die Amerikaner gaben den Hinweis an die Kollegen in Pullach weiter. Deren Verdacht fiel sofort auf Felfe, schließlich war er für die Gegenspionage verantwortlich. Der BND ließ den eigenen Kollegen rund um die Uhr observieren. Felfe, nichtsahnend, erledigte weiterhin beide Jobs nebeneinander.

Bei einer Dienstreise, die Felfe für den BND nach Wien unternahm, traf er sich wie gewohnt auch mit »Alfred«. Zwar bewegte er sich umsichtig in der österreichischen Hauptstadt, mögliche Verfolger, mit denen er immer rechnen mußte, glaubte er abgeschüttelt zu haben. Dennoch hatte er bei einem Spaziergang das dumpfe Gefühl, einen Mann an diesem Tag schon zweimal gesehen zu haben.

Kurz nach der Rückkehr aus Wien, als Felfe noch ein paar Tage Urlaub in seinem Ferienhaus an der österreichischen Grenze machte, wurde er am 6. November 1961 unter einem Vorwand ins Amt nach Pullach bestellt und dort festgenommen. Bei einer Hausdurchsuchung entdeckten die Fahnder Minox-Filme. Leugnen war also zwecklos. Noch aus der U-Haft schmuggelte Felfe jedoch Kassiber nach Moskau und Ost-Berlin.

Gleich bei seinen ersten Vernehmungen gab angeblich Clemens, der zeitgleich mit Felfe verhaftet worden war und mit allen Mitteln versuchte, seine Haut zu retten, der Polizei einen Tip, der auf die Spur eines KGB-Spionagekollegen führte. Persönlich hatten weder Felfe noch Clemens den Dezernenten für Mobilisierungsaufgaben im Wehrbereich Hannover, Peter Fuhrmann, kennengelernt, der sich während seiner Tätigkeit als Staatsanwalt in Berlin durch eine Liebesaffäre mit Folgen erpreßbar gemacht hatte – jenen Fuhrmann, der allem Anschein nach durch Rechtsanwalt Kaul den östlichen Diensten zugeführt worden war.

Clemens – so stellt es Felfe dar – berichtete seinen Vernehmern von einem Tonband, das seine sowjetischen Führungsoffiziere ihm und Felfe gegeben hätten, um es mit Informationen zu besprechen. Auf diesem Tonband, das wohl versehentlich nicht völlig gelöscht worden sei, hätten sie eine Stimme »mit leichtem Berliner Dialekt« gehört. Zum Beispiel sei der Satz gefallen: »Ich kann mich gut tarnen. Ich gelte im Haus sowieso als der verrückte Fuhrmann.«

Daß es sich um ein Versehen gehandelt haben soll, klingt wenig glaubhaft; dem KGB wäre ein solcher Fehler wohl nicht unterlaufen. Zudem werden Tonbänder stapelweise vollständig entmagnetisiert. Es ist unvorstellbar, daß das KGB einen Teil eines aufgezeichneten Gesprächs zufällig nicht gelöscht haben sollte. Offensichtlich hat das KGB seinen Agenten Fuhrmann kaltblütig geopfert, damit Felfe sich Strafmilderung erkaufen konnte.

Bonns Abwehrexperten suchten in den Personalakten aller in Frage kommenden Dienststellen nach einem Berliner namens Fuhrmann. Sechs Tage nach Felfe und Clemens wurde auch Fuhrmann verhaftet. Der Bundesgerichtshof schickte Fuhrmann im September 1962 für zehn Jahre ins Zuchthaus. Senatspräsident Jagusch wetterte in seiner Urteilsbegründung: »Wer sich als Landesverräter im Rahmen der Landesverteidigung betätigt, macht sich damit zum Feind der Deutschen, der ist nicht bloß Gesetzesbrecher.«

Den KGB-Maulwurf Felfe verurteilte der BGH am 23. Juli 1963 wegen Landesverrats zu 14 Jahren Zuchthaus. Felfes Schuld, konstatierte der Senat, »wiegt schon angesichts des außerordentlich großen Umfangs seiner langjährigen Verratstätigkeit und der hohen Bedeutung des von ihm gelieferten Materials überschwer«. Auch Felfes »persönliche Gefährlichkeit« sei groß gewesen, »vor allem wegen seiner wichtigen dienstlichen Stellung, seiner hohen Intelligenz und seiner Gewissenlosigkeit«.

Der Begriff »Verrat«, schrieb der KGB-Maulwurf Heinz Felfe Jahre später in seiner Autobiographie (»Im Dienst des Gegners«, 1986), sei »immer mit dem Odium des Verabscheuungswürdigen behaftet«, das sich nun auch mit seinem Namen verbinden solle. Felfe sieht sich jedoch nicht als Verräter, vielmehr habe er sein ganzes Wissen und Können eingesetzt, »um der Sowjetunion in ihrem schweren Kampf zu helfen, einen dritten, atomaren Weltkrieg zu verhindern«.

Er sei, so Felfe, »in die Gegenspionage systematisch und aus Überzeugung« eingedrungen. Als er bei der »Organisation Gehlen«, dem späteren BND, angeheuert habe, sei er »schon längst sowjetischer Kundschafter« gewesen und habe nur seinen Auftrag ausgeführt. Felfe sieht daher in seinem Tun nichts Ehrenrühriges, er habe eindeutig auf der anderen Seite gestanden: »Was war da Verrat?«

Das KGB zeigte sich für die geleisteten Dienste erkenntlich und versuchte, seinem inhaftierten Friedenskundschafter zu helfen. Er habe »hinterher gehört«, berichtet Felfe, »daß die Russen schon zwei Monate nach meiner Verurteilung die ersten Verhandlungsfühler« zum westdeutschen Botschafter in Moskau, Hans Kroll, »ausgestreckt haben«. Das zeigte zwar die rührende Fürsorge der »Freunde«, aber die Bundesregierung hielt zu dieser Zeit noch nichts davon, gefangene Spione laufenzulassen – jedenfalls, wenn es die des Gegners betraf.

Am 12. September 1965 schrieb Elisabeth Felfe, die in Dresden lebende 81jährige Mutter des Straubinger Häftlings, mit großer, klarer Handschrift einen Brief an Vogel. Ihr Sohn, der »wegen politischen Vergehens in der Bundesrepublik verurteilt« worden sei, habe ihr in seinem letzten Brief mitgeteilt, daß Vogel »verschiedene Verhandlungen mit den entsprechenden Behörden der DBR [= Deutsche Bundesrepublik] mit Erfolg geführt« habe. Sie bitte den Anwalt, »den Fall meines Sohnes zu untersuchen, damit es mir alten Mutter vergönnt ist, meinen Sohn wiederzusehen«. Sie sei »bereit, trotz meines Alters nach Berlin zu kommen, um mit Ihnen die Angelegenheit und über Ihr Honorar zu verhandeln«.

Einige Formulierungen deuten darauf hin, daß der Brief diktiert wurde, was Felfe bezweifelt, obwohl er »spürte«, daß seine Mutter »von den Russen betreut wurde«. Elisabeth Felfe vergaß jedoch, dem Anwalt mitzuteilen, in welcher Strafanstalt ihr

Sohn sich befand. Dies trug sie, drei Tage später, in einem weiteren Schreiben nach.

Bevor Vogel auf die beiden Briefe reagierte, erhielt er Post von Felfe selbst. Unter dem Datum des 21. September 1965 schrieb der Häftling, er habe von seiner Mutter erfahren, »daß diese durch Vermittlung meiner Freunde bzw. mit deren Unterstützung sich an Sie wenden wollte, damit Sie meine Vertretung übernehmen«. Es erscheine ihm »zweckmäßig«, dem Anwalt »die notwendigen Aufschlüsse nunmehr selbst zu geben«.

Felfe sagt, er habe »damals noch nichts von Vogel gewußt«. Aber nachdem der Anwalt »mehrfach in den Zeitungen im Zusammenhang mit Gefangenenaustauschen und -Entlassungsaktionen namentlich genannt« worden sei, habe es nahegelegen, daß er sich gerade an diesen Anwalt wandte. Er hoffe, schrieb Felfe, daß es Vogel gelinge, »auch mich bei einer neuen Austausch- oder Entlassungsaktion auf der Basis der gegenseitigen Äquivaleur mit einbeziehen zu lassen«. Wegen der »Lösung der Honorarfrage« könne sich der Anwalt an seine Mutter wenden, »die entweder zusammen mit meinen Freunden eine diesbezügliche Regelung treffen oder Sie direkt mit diesen deswegen zusammenbringen kann«.

Am 6. Oktober hakte Felfe noch einmal nach: Der Häftling schlug, »selbst wenn Sie auch schon formale und materielle Möglichkeiten vorklären konnten«, ein persönliches Gespräch vor: »Eine mündliche Aussprache«, so Felfe, könne wohl »am ehesten Klarheit über alle Probleme und die erforderlichen Präliminarien erbringen«.

Es dauerte bis zum 28. Oktober, ehe Vogel antwortete. »Aus Zeitnot und aus technischen Gründen« könne er Felfe erst im November in Straubing besuchen – tatsächlich zögerte er das erste Mandantengespräch noch bis April 1966 hinaus. Und »aus Standesgründen«, belehrte der Anwalt den KGB-Spion, könne er nur mit dessen Mutter in Verbindung stehen – »mit Ihren Freunden kann ich nicht verhandeln«, stellte er klar. Unter keinen Umständen wollte Vogel als Befehlsempfänger eines Geheimdienstes erscheinen, das anwaltliche Mandat bot ihm Schutz. Vogel bat Felfe, »all Ihre Vorstellungen aufzusparen, bis ich Sie besuche«, denn für eine Korrespondenz erscheine ihm sein »sicher nicht leicht gelagerter Fall ungeeignet«.

Eine geheimdienstliche Faustregel besagt, daß das interne Wissen eines Agenten in der Regel nach fünf Jahren so veraltet ist, daß er der Gegenseite keine Geheimnisse mehr verraten kann. Diese in der Zunft so genannte »Abkühlungszeit« hielt Felfe in seinem Fall für erfüllt. Zumindest mußte er es aus taktischen Gründen behaupten, während Vogel daran zweifelte: »Als Felfe mir beim Haftbesuch sagte, er kenne keine Geheimnisse mehr, habe ich das nicht geglaubt.« Ein Mann, der für die Aufklärung in den Ostblockstaaten verantwortlich war, habe »bestimmt noch über viele Jahre hinaus Detailgeheimnisse gehabt«, auch wenn »im großen und ganzen einiges weg gewesen sein mag«.

Vogel wußte um die Sitten und Gebräuche des Gewerbes: »Wenn die Leute ausgetauscht wurden, hat man doch alles aus denen abgefragt.« Dadurch habe das MfS »seit den sechziger Jahren alle Mitarbeiter des BND bis hin zur Sekretärin und zum Kraftfahrer gekannt«.

Der Anwalt dämpfte Felfes Hoffnungen auf baldige Freiheit. Der Häftling war jedoch schon froh über Vogels Erscheinen: »Allein daß ein Vertreter des ostdeutschen Staates auftauchte«, ist sich Felfe gewiß, »hat die Schikanen, denen ich ausgesetzt war, erheblich gemindert.«

Vorher sei seine Zelle willkürlich des öfteren durchsucht worden, berichtet Felfe. Regelmäßig habe man ihn zum »Trockenduschen« befohlen: Er habe sich ausziehen müssen und sei strengstens gefilzt worden, ob er etwas bei sich trug, was die Anstaltsordnung verbot, zum Beispiel mehr als drei Fotos seiner Angehörigen. Auch »Absonderung«, also Isolationshaft, und Bücherentzug seien angeordnet worden, und wenn er um einen Bleistift gebeten habe, sei ihm höhnisch ein kurzer Stummel hingereicht worden, den er kaum zwischen zwei Finger habe klemmen können.

Vogels weltläufige Eleganz machte auf die Vollzugsbediensteten großen Eindruck. »Ein Staranwalt, wie aus dem Modejournal entstiegen«, staunte ein Wachmann. Als Felfe seinen Anwalt darauf hinwies, daß er für eine Zahnbehandlung Geld brauche, fragte Vogel nur, ob tausend Mark genügen, und zahlte die gleich bar ein. Die Beamten waren baff.

Nicht einmal eine Quittung verlangte Vogel. Für solche Fälle zahlte ihm das MfS eine jährliche Pauschale von zunächst

10 000 West-Mark, die sich im Laufe der Jahre auf zuletzt 50 000 Mark erhöhte. Außerdem erhielt Vogel aus dieser Quelle anfangs 30 000, schließlich 100 000 Ost-Mark pro Jahr. Das Geld übergab ihm Volpert bar, der es von der Finanzabteilung des MfS erhielt, später wurde es dem Anwalt durch einen Kurier der DDR-Staatsbank überbracht. Das Westgeld war mit Intershop-Banderolen gebündelt, die DDR-Scheine waren in Plastikfolie eingeschweißt.

Von den scheinbar großzügigen Spesen mußte Vogel allerdings, soweit es sich um DDR-Mandanten handelte, seine Hotel- und Reisekosten oder auch Anwaltshonorare für Stange und von Wedel bezahlen. Es gab keine feste Obergrenze für Einzelnachweise; nur wenn Vogels Auslagen gelegentlich extrem hoch waren, durfte er gesondert abrechnen.

Felfe empfahl Vogel, mit dem Kölner Anwalt Eduard Burger zusammenzuarbeiten, der ihn in seinem Prozeß verteidigt hatte. Felfe glaubte, daß Burgers Renommee »in Bonn-Köln und Karlsruhe« der Lösung seines Falles dienlich sein könne: »Er bekleidet Ehrenämter in der Anwaltskammer und ist Mitglied der Großen Strafrechtskommission; von daher und dank seiner Bonner Klientel verfügt er m. E. über evtl. nützliche Kontakte.«

Vogel und Felfe führten fortan ihre Korrespondenz nicht mehr direkt, sondern jeweils über Burger, der die Briefe weiterleitete. Anwaltspost unterlag, jedenfalls offiziell, nicht der Kontrolle; hätte er seine Briefe an Vogel adressiert, argwöhnte Felfe allerdings, wäre dennoch mitgelesen worden. Bisweilen fügte Burger eigene Kommentare an, auf die Vogel wiederum direkt antwortete.

So warnte Vogel im Dezember 1966 vor verfrühten Hoffnungen auf einen baldigen Austausch. Er bat Burger, den Mandanten »zu unterrichten, daß Geduld aufgebracht werden muß. Im Augenblick besteht zu meinem großen Bedauern noch keine Chance«. Gegenüber dem Kollegen wagte Vogel ein offenes Wort: »Mandant ist außerstande, die Situation richtig zu beurteilen.«

Im Herbst 1966 bildeten CDU/CSU und SPD eine Große Koalition in Bonn, wobei die Biographien der beiden Spitzenrepräsentanten nicht gegensätzlicher sein konnten: Kanzler Kurt Georg Kiesinger, ein ehemaliges NSDAP-Mitglied, hatte einst als stellvertretender Leiter der Rundfunkabteilung im Reichsaußenministerium Nazi-Propaganda betreiben; Willy Brandt, Vizekanzler und Außenminister, war im »Dritten Reich« nach Norwegen und Schweden emigriert.

Vogel gewinnt Herbert Wehners Vertrauen

Das Gesamtdeutsche Ministerium, die Bonner Schaltstelle für humanitäre Hilfe, übernahm ein Mann, dessen Vita von Brüchen und Widersprüchen geprägt war. Herbert Wehner, der neue Ressortchef, war 1927 als 21jähriger der KPD beigetreten, drei Jahre später war er schon stellvertretender politischer Sekretär der KPD in Sachsen und sächsischer Landtagsabgeordneter. Anfang der dreißiger Jahre rückte er ins Zentralkomitee der KPD auf und wurde »Technischer Sekretär« des Parteivorsitzenden Ernst (»Teddy«) Thälmann.

Nach Hitlers Machtergreifung arbeitete Wehner zunächst im Untergrund, ehe er 1935 ins Exil ging. Er betätigte sich in Belgien, Holland, Prag und Paris, befaßte sich mit der Aufstellung einer deutschen Emigrantengruppe für den Bürgerkrieg in Spanien, saß im Gefängnis in Prag und wurde von dort in die Sowjetunion abgeschoben. Wiederholt hielt er sich als Mitglied des ZK der Exil-KPD seit 1937 in Moskau auf, wo er vor Stalins Terror um sein Leben intrigierte.

1941 wechselte Wehner im Auftrag der Partei nach Stockholm, um von dort aus den Widerstand gegen Nazi-Deutschland zu reorganisieren. Die schwedischen Behörden warfen ihm Spionage vor: Im Februar 1942 wurde Wehner verhaftet und für ein Jahr ins Gefängnis geschickt. Im Juni 1942 schloß ihn die KPD-Führung wegen »erbärmlicher Feigheit« aus der kommunistischen Glaubensgemeinschaft aus, weil sie Wehner – zu Unrecht – verdächtigte, er habe der gestapofreundlichen schwedischen Sicherheitspolizei deutsche Widerstandskämpfer preisgegeben und so den Nazis ans Messer geliefert.

Nach dem Krieg kam Wehner nach Deutschland zurück. Um die Jahreswende 1945/46 beauftragte die KPD-Spitze um Walter Ulbricht den damaligen Jugendsekretär im Zentralkomitee der KPD, Erich Honecker, bei Herbert Wehner vorzusprechen, falls dieser schon in der britischen Zone sein sollte. Die beiden kannten sich aus den Jahren 1934/35, als sie gemeinsam gegen den Anschluß des Saargebiets an das Deutsche Reich agitiert hatten. Doch Wehner erfuhr nie von Honeckers Auftrag. Statt dessen wandte er sich von der KPD ab und schloß sich, im Herbst 1946, der SPD an, nachdem er deren Vorsitzendem Kurt Schumacher in seiner »Notizen« genannten Selbstauskunft eine Art politischer Beichte abgelegt hatte.

Obwohl er in der DDR verfemt war, hielt Wehner Kontakte nach Ost-Berlin über Erich Glückauf, den langjährigen Leiter der West-Abteilung im SED-Zentralkomitee. Glückauf war in den dreißiger und vierziger Jahren ein Kampfgefährte Wehners in Berlin, Saarbrücken und Stockholm gewesen.

Außerdem lebte in Ost-Berlin Herbert Wehners erste Frau, die Schauspielerin Lotte Loebinger, die er 1927 in Dresden geheiratet hatte. Sie hatten, wie Wehner es nannte, eine »Kinderehe« geführt und praktisch nie zusammengelebt. Während er in der KPD aufstieg, machte sie bei Erwin Piscator Theaterkarriere. 1933 emigrierte sie nach Moskau, wo sie Wehner, der formal noch immer ihr Ehemann war, gelegentlich traf. Nach dem Krieg kehrte sie nach Berlin, in den Sowjetsektor, zurück, 1949 wurde die Ehe in Hamburg auf Wehners Antrag hin geschieden.

Auf dem Türschild an ihrer Wohnung in Berlin-Niederschöneweide stand noch in den siebziger Jahren »Wegner-Loebinger« – so hatten die Russen, deren Alphabet kein H kennt, den Namen in ihrem Paß eingetragen. Lotte Loebinger hatte mal brieflich Kontakt mit ihrem Ex-Mann aufgenommen, doch der hatte inzwischen Charlotte Burmester geheiratet und wollte offenbar nicht darauf reagieren. »Wenn er es gewollt hätte«, da ist sich Vogel sicher, »hätte er es über mich gemacht.«

In den fünfziger Jahren bemühte sich die Stasi-»Hauptverwaltung Aufklärung« (HVA) unter ihrem Chef Markus Wolf, konspirative Kontakte zu Wehner herzustellen. Die Versuche waren indes keineswegs so erfolgreich, wie der Ex-Spionagechef in seinen Memoiren glauben machen will. Gleichzeitig steuerte Wolf, der Wehner nie persönlich begegnet ist, Diffamierungskampagnen gegen den Sozialdemokraten.

Im November 1956 überbrachten zwei Abgesandte Wolfs, die SED-Funktionäre Wilhelm Girnus und Ernst Hansch, Wehner das Angebot Ulbrichts, er könne sich mit dem Politbüro-Mitglied Hermann Matern ungefährdet in Ost-Berlin treffen, die Rückkehr in den Westen werde ihm garantiert. Doch Wehner traute den Ex-Genossen nicht: »Was soll ich mit einer solchen papierenen Garantie anfangen?« antwortete er. Er sei von der SED jahrelang verfolgt worden, das könne er »nicht vergessen«.

Wehner trachtete danach, den Schaden, der Deutschland aus der Teilung erwuchs, zu meiden oder wenigstens zu mindern. Er riet 1954 zu Verhandlungen mit der UdSSR über die Vereinigung, doch dazu kam es nie. Zielstrebig eroberte sich Wehner eine führende Rolle in der Sozialdemokratie. Nach zwölf Jahren war er Vizevorsitzender seiner neuen politischen Heimstatt. 1959 wirkte er nicht nur maßgeblich am »Godesberger Programm«, der Abkehr der SPD von der Klassenpartei, mit, sondern legte auch einen »Deutschlandplan« der SPD zur schrittweisen Wiedervereinigung vor – ein verzweifelter und damals vergeblicher Versuch, die Lage der Menschen in der DDR und die deutsche Einheit, an der auch die westlichen Alliierten immer weniger Interesse zeigten, doch noch auf die internationale Agenda zu setzen. Als Ulbricht jedoch die DDR-Bauern zwangskollektivierte, widerrief Wehner 1960 seinen Deutschlandplan und schwenkte auf Adenauers Westbindung der Bundesrepublik um: Er wollte um jeden Preis die Regierungsfähigkeit der SPD unter Beweis stellen.

In einem Gespräch mit dem Journalisten Günter Gaus, der später der erste Ständige Vertreter Bonns in der DDR wurde, erläuterte Wehner Anfang 1964 im ZDF, warum er die 1946 in der sowjetischen Besatzungszone vollzogene Vereinigung der beiden seit der Weimarer Zeit verfeindeten Arbeiterparteien SPD und KPD für verhängnisvoll hielt: »Im Jahr nach dem Krieg, als ich noch in Schweden sein mußte, habe ich auch mit alten Kommunisten briefliche Diskussionen gehabt und ihnen geschrieben, daß das SED-Experiment viel schrecklicher enden würde als ein früheres Experiment der deutschen Kommunisten mit der sogenannten revolutionären Gewerkschaftsopposition. Es wird fürchterlich enden, das sage ich heute noch. Es wird fürchterlich enden, mit einem moralischen Katzenjammer und einer sittlichen Vernichtung derer, die einmal aus ehrlichen Absichten kommunistische oder sozialistische Vorstellungen solcher Art zu realisieren versucht haben.«

Das KGB notierte nach Bildung der Bonner Großen Koalition in Wehners weitergeführter Komintern-Akte, der SPD-Vize habe in einem privaten Gespräch geäußert: »Die gegenwärtige Generation wird schon kein vereintes Deutschland mehr sehen.« Er plädiere für »die allmähliche Annäherung der beiden deutschen Länder« und eine »allmähliche Demokratisierung in der DDR«.

Solange Wehner das Sagen hatte, war die SPD die deutsche Wiedervereinigungspartei, zum Zorn der SED und im Unterschied zur CDU, die mit der Teilung bestens zurechtkam. Der andere Sachse aus dem Moskauer Exil muß erkannt haben, daß am Ende eines Annäherungsprozesses sein Staatswesen verschwinden werde. Ulbrichts Haß auf Wehner steigerte sich, er erklärte ihn zum »Hauptakteur der ideologischen Diversion gegen SED und DDR«. 1967 lancierte die Stasi ein Stück aus Wehners Komintern-Kaderakte in die westdeutsche Presse; zwei Jahre später förderte die SED die Publikation eines gehässigen Anti-Wehner-Pamphlets (»Gezeichnet im Zwielicht seiner Zeit«).

»Vom Leben tief verletzt und daher gezwungen, andere zu verletzen, an anderen schuldig zu werden«, schrieb Anfang der achtziger Jahre der Historiker Arnulf Baring, »suchte Wehner immer und überall Gnade.« Baring charakterisierte Wehner als »sehr sensibel, zartbesaitet«, aber auch als »Moralist, der Menschen anhand absoluter Kriterien betrachtete und daher zu vernichtenden Urteilen angesichts ihrer Unzulänglichkeiten fähig war, dann außer sich, empört, grob«.

Wehner habe, so Baring, »immer nur Ratschläge, kein Urteil« abgegeben, nicht selbst Stellung bezogen und sich nie festnageln lassen: »Als Spätfolge vertrackter Lebenserfahrungen war ihm eine hochentwickelte Technik vorbeugender Selbstrechtfertigung geblieben. Von seiner Biographie her war es Wehner wichtig, sich immer herausreden zu können.« Darin glich ihm der DDR-Anwalt Vogel aufs Haar, worin wohl der Grund zu sehen ist, daß die beiden von Anfang an auf einer Wellenlänge lagen.

Wehner, seit 1949 Vorsitzender des Bundestagsausschusses für Gesamtdeutsche und Berliner Fragen, hatte sich – in aller Stille, ohne viel Aufhebens – stets der menschlichen Nöte angenommen, deren Ursachen in der Teilung Deutschlands lagen. Dabei begnügte er sich nicht mit Aktenstudium und Referentenvorträgen, sondern suchte sich in persönlichen Kontakten ein plastisches Bild der Verhältnisse zu verschaffen.

Einer seiner wichtigsten Informanten und Ratgeber war ein alter Vertrauter aus schwedischen Emigrantentagen. Der Berufsdiplomat Sven Backlund, der sich während des Krieges in Stockholm auch mit Willy Brandt angefreundet hatte, war nun Generalkonsul in West-Berlin. Backlund machte den neuen Bonner Minister mit Carl-Gustav Svingel bekannt, der seine diplomatische Immunität und die Neutralität seines Heimatlandes intensiv für seinen caritativen Pendelverkehr in der geteilten Stadt nutzte.

Backlund und Svingel wußten schon seit Jahren Wolfgang Vogels spezielle Fähigkeiten zu schätzen. Der DDR-Jurist war Rechtsbeistand des Generalkonsulats in West-Berlin und später Vertrauensanwalt der schwedischen Botschaft in Ost-Berlin. Anfang Dezember 1966, Wehner war erst wenige Tage im Amt, arrangierte Svingel das erste Treffen Vogels mit dem Minister in Bonn, weitere verschwiegene Begegnungen im »Haus Victoria« im Grunewald folgten.

Dort vor allem traf sich das Trio fortan regelmäßig. In einem nicht unterzeichneten Vermerk vom 20. Juli 1971, offenbar von Volpert verfaßt, um dem neuen SED-Generalsekretär Erich Honecker einen Überblick über Vogels Kontakte zu dem Bonner Sozialdemokraten zu geben, waren insgesamt 16 Gespräche Wehners mit dem Anwalt unter Angabe der genauen Daten aufgelistet. Der Autor des Vermerks verschwieg jedoch, daß die persönlichen Beziehungen schon seit Dezember 1966 bestanden; vielmehr datierte er das »erste Gespräch« mit »unserer Quelle« auf den 11. Juni 1968 »in der Wohnung des Wehner in Bonn«.

Herbert Wehner stellte als Minister, dann auch als Vorsitzender der Bonner SPD-Fraktion in der sozialliberalen Koalition ab 1969, stets zusätzlich Listen und Karteien mit den Namen politischer DDR-Häftlinge zusammen, die er Vogel übergab. Daraus fertigte der DDR-Anwalt »HW-Listen«, die Volpert zur Erledigung bekam und auch von dem Stasi-Mann unter dieser Bezeichnung geführt wurden. So entstand neben den offizellen Häftlingsfreikäufen ein oftmals bevorzugter Transferkanal. Obwohl Wehner auf diese Weise Hunderten von Gefangenen zur Freiheit verhelfen konnte, war ihm das ganze Verfahren zuwider: »Wir handeln doch nicht mit Tomaten«, pflegte er zu sagen, »wir haben es mit Menschen zu tun.« Er wußte aber nur zu gut, daß es zu diesem Menschenhandel keine Alternative gab.

Reeller schien es beim Austausch von Agenten zuzugehen, wo Mann gegen Mann aufgerechnet wurde, ohne den Einsatz von schmutzigem Geld. Spione saßen zudem, anders als politische Häftlinge, auf beiden Seiten in den Gefängnissen. Dennoch schaffte es der Osten, mit durchsichtigen Taschenspielertricks wie der Verhaftung der gutgläubigen Touristin Kischke dem Westen veritable Verräter wie den Ex-Abgeordneten Frenzel abzuluchsen.

Daß Frenzel am 22. Dezember 1966 von seinen Prager Freunden abgeholt worden war, erfuhr Heinz Felfe noch am selben Tag. Der BND-Maulwurf hatte den Tschechen-Spion bisweilen beim Hofgang getroffen oder im Wartezimmer des Gefängnisarztes, den sie wegen chronischer Krankheiten – Felfe hatte häufig Nierenkoliken, Frenzel Herzbeschwerden – beide oft aufsuchten. Felfe konnte »von meinem Stockwerk – ich glaube, es war die erste Etage – durch den Lichtschacht in der Mitte des sternförmig angelegten Gefängnisses die Zelle von Frenzel sehen«. Der Kalfaktor teilte ihm die Neuigkeit umgehend mit: »Frenzel ist weg.«

Das gab Felfe einerseits Auftrieb. Andererseits wurden in einem *Stern*-Artikel über Frenzels Freilassung auch Argumente aufgetischt, die Felfe beunruhigen mußten. Die Illustrierte zitierte einen »hohen Bundesbeamten«, der sich skeptisch über Felfes Aussichten geäußert habe: »Es klingt paradox, aber wenn Fräulein Kischke tatsächlich spioniert hätte, könnte man über dieses Geschäft reden. Für ein unbeschriebenes Blatt können wir jedoch nicht einen Mann herausrücken, der auch heute noch sehr viele Verästelungen, Namen und wichtige Fakten des deutschen Geheimdienstes kennt.«

Felfe machte sich bei der Zeitungslektüre seine eigenen Gedanken, wer als Gegenleistung der östlichen Seite in Betracht gezogen werden könne. So las er beispielsweise, daß am 5. Januar 1967 in Leningrad der Heidelberger Student Volker Schaffhauser verhaftet worden war, weil er militärische Objekte fotografiert hatte. Auch dessen Kommilitonen Walter Naumann und Peter Sonntag, 1961 in der Sowjetunion zu je 12 Jahren Freiheitsentzug verurteilt, betrachtete Felfe, wie Anwalt Burger seinem Ost-Berliner Kollegen Vogel schrieb, als »Austauschobjekte für seine Person«.

Vogel reagierte mißmutig auf die Sandkastenspiele Felfes, der sich »eine Lösung seines Falles offensichtlich zu einfach vorstellt«, wie er Burger erläuterte: »Wir sollten ihn in geeigneter Form damit vertraut machen, daß noch einige Zeit ins Land gehen muß.« Felfe schien einsichtig zu sein. »Ich habe mir«, schrieb er, Vogels Formulierung wörtlich wiederholend, »die Lösung meines Falles offensichtlich zu einfach vorgestellt. Mein langes Verweilen am derzeitigen Aufenthaltsort zeigt mir dies nur zu deutlich.«

Zugleich rechtfertigte er aber, daß er »natürlicherweise entsprechende Überlegungen angestellt und Erwartungen gehegt« habe. Er sei nämlich »davon ausgegangen, daß in ähnlichen Fällen eine Lösung *vor* der ›Halbzeit‹ erfolgte«. So habe Frenzel »fast genau 2/5 seiner Strafe« verbüßt. Felfe hatte sich ausgerechnet, daß für ihn der »2/5-Zeitpunkt« am 29. Februar 1968 gekommen wäre. »Wenn irgend möglich«, bat er, »wäre ich für einen Hinweis auf den Zeitrahmen und Taktik des Vorgehens dankbar.« Derlei Rechenexempel rechtfertigt Felfe mit der Situation, in der sich Gefangene befinden: »Man erfährt im Knast nichts über den Sachstand, möchte aber den Anwälten doch gern Tips geben.«

Ungehalten antwortete Vogel via Burger, dieser möge »dem Mandanten verständlich machen, daß diese Angelegenheit für eine Korrespondenz nicht geeignet ist«. Es sei »beim besten Willen nicht möglich, den Mandanten auf dem laufenden zu halten«. Felfe, meinte Vogel, »sollte das Vertrauen aufbringen, daß alles geschieht, was zur Lösung seines Falles beitragen könnte«.

Das MfS, das den sowjetischen Freunden gern geholfen hätte, deren Topspion zu befreien, drängte Vogel sowieso. Daß er bei der Bundesregierung auf Granit stieß, wenn er den Namen Felfe nur erwähnte, setzte ihn zu Hause wieder unter Druck.

Hinzu kam, daß Vogel auch in Ost-Berlin nicht die Anerkennung erfuhr, die ihm, wie er meinte, durchaus zustand. Sein Gönner Josef Streit hatte angeregt, dem Anwalt den juristischen Ehrendoktor zu verleihen. Doch der Vorschlag des Generalstaatsanwalts wurde von Justizministerin Hilde Benjamin hintertrieben.

Nach einem Vermerk in Vogels Personalakte teilte ein Genosse Panzram vom Staatssekretariat für das Hoch- und Fachschulwesen am 28. April 1967 dem Justizministerium mit, daß »für den Kollegiumsanwalt Vogel (Berlin) von einer staatlichen Institution die Erteilung der Doktorwürde« vorgeschlagen worden sei. Panzram fragte deshalb beim Justizministerium »informatorisch an, inwieweit wir Kenntnisse über seine Persönlichkeit und Tätigkeit besitzen, die ihn für einen solchen Akt würdig erscheinen lassen«.

Der Kaderchef im Justizministerium erklärte dem Vermerk zufolge, Vogel habe »zwar in einer Reihe bedeutsamer Verfahren als Verteidiger fungiert« und trete »auch häufig für Mandanten aus Westdeutschland und Westberlin auf«; »unsererseits könnte jedoch nicht gesagt werden, daß er sich so verdient gemacht habe, daß ihm der Ehrendoktor zuzuerkennen wäre«. Handschriftlich ist der Vermerk ergänzt: »Nach Rücksprache mit Frau Minister geklärt, daß von uns aus keine Befürwortung erfolgt. Im Gegenteil, wir sind sogar derzeit dagegen, weil wir die beabsichtigte Maßnahme nicht für gerechtfertigt halten.«

Immerhin gab es im innerdeutschen Verhältnis nach langer Eiszeit eine klimatische Besserung. Im Mai 1967 beschloß die seit einem halben Jahr amtierende Große Koalition erstmals, ein Schreiben der DDR-Regierung entgegenzunehmen und auch zu beantworten. Bis dahin hatte Bonn Post aus Pankow ungeöffnet zurückgehen lassen. Nun nahm eine Bundesregierung erstmals die DDR offiziell zur Kenntnis, dennoch blieb sie für Kanzler Kiesinger weiterhin ein »Phänomen« und durfte kein richtiger Staat sein.

Auch international geriet einiges in Bewegung. So verknüpfte Vogel den seit 1965/66 in Gang gekommenen Dialog zwischen Bonn und Moskau über ein Gewaltverzichtsabkommen mit der Lösung des leidigen Falles Felfe. In einem Brief an Stange lockte der Ost-Anwalt, er sei »von höchster kompetenter Stelle autorisiert worden, die Aufmerksamkeit Ihrer Seite auf die Auswirkungen einer Lösung auf die gegenwärtigen Verhandlungen« zwischen der Bundesrepublik und der Sowjetunion »anzudeuten«. Ein »Austausch im bekannten Zusammenhang« könne »*sofort* arrangiert« werden, und außer den drei Studenten ließen sich »auch solche Fälle berücksichtigen, die in den bisherigen Aktionen von meiner Seite zurückgestellt worden sind«.

Doch Bonn blieb unnachgiebig, die Fronten verhärteten sich wieder. Je nachdrücklicher die DDR auf Felfe bestand, desto beharrlicher verweigerte die Bundesrepublik dessen Freigabe. Durch Restriktionen, mit denen die Bundesregierung empfindlich getroffen werden sollte, versuchte die DDR, ihrer Forderung nach Freilassung Felfes nachzuhelfen.

Dabei wurde Vogel selbst ein Opfer der DDR-Strafmaßnahmen. Zu den regelmäßigen Treffen mit Carl-Gustav Svingel und Herbert Wehner erhielt Vogel plötzlich des öfteren keine Ausreiseerlaubnis nach West-Berlin. Als der Minister und seine Stieftochter Greta im Dezember 1967 schon stundenlang in Svingels »Haus Victoria« warteten, kam statt des Anwalts ein Telegramm: »Zusammentreffen und Gespräch nicht genehmigt. Vogel.« Svingel erinnerte sich: »Es ging plötzlich nichts mehr. Es wurde alles gestoppt.« Svingel war überzeugt, daß diese Maßnahme »von den Sowjets befohlen« worden sei: »Grund für diesen Stopp war der Spion Felfe.«

»Seit Frühjahr d. J.«, beklagte sich Vogel am 8. Dezember 1967 bei Stange, »bittet meine Seite laufend um eine Entscheidung in dieser Sache.« Er habe »mehrfach schriftliche Vorschläge unterbreitet«. Stange hingegen habe sich nur »ein einziges Mal, nämlich mit Schreiben vom 26. 9. 1967, geäußert« und dabei noch nicht einmal »speziell zur Angelegenheit Felfe, sondern pauschal zu künftigen Austauschverhandlungen«.

Die Bundesregierung, argwöhnte der Anwalt, wolle den Agenten-Austausch torpedieren. »Auf meiner Seite«, schrieb Vogel, werde »der Standpunkt vertreten, daß auf Ihrer Seite nach Ausflüchten gesucht wird«. Dies müsse aber »angesichts der beiderseitigen Interessenlage an dem anwaltlichen Zusammenwirken unverständlich erscheinen« – ein dezenter Hinweis darauf, daß auch die Bundesrepublik Agenten heimzuholen hätte.

Als Deadline gab der gläubige Katholik Vogel wieder mal das Christfest vor, das in einem Land mit atheistischer Staatsdoktrin ansonsten kein besonders markantes Datum war: »Es muß um eine endgültige Entscheidung noch vor Weihnachten gebeten werden. Sonst sieht sich meine Seite gehalten, lediglich die noch ausstehenden Verpflichtungen abzuwickeln, auf neue Vereinbarungen – jedweder Art – jedoch zu verzichten.«

Eine merkwürdige Diskrepanz tat sich auf: Einerseits versuchte die Große Koalition in Bonn, das Verhältnis zur DDR zu entkrampfen; sie versuchte, günstigere Besuchsregelungen zu erreichen und mehr als tausend für dringlich erachtete Fälle von Familienzusammenführungen durchzusetzen. Andererseits blieb sie in Sachen Felfe knochenhart.

Brandt-Intimus Egon Bahr hatte schon 1963 bei einer Tagung der Evangelischen Akademie im bayerischen Tutzing die Parole »Wandel durch Annäherung« ausgegeben. Diese Bonner Bestrebungen suchte Vogel für sein Anliegen zu nutzen. Die Auswirkungen eines Austausch-Stopps »wären gerade in der jetzt so angespannten politischen Situation ganz offensichtlich nicht nur nachteilig für die betroffenen Menschen, sondern auch für die politischen Anstrengungen Ihrer Seite«.

Es liefen gerade wieder mal Verhandlungen um »menschliche Erleichterungen«, an denen Bonn gelegen war. Private Verbindungen über die innerdeutsche Grenze hinweg sollten leichter aufrechterhalten werden können, etwa durch eine Herabsetzung des Mindestalters für Westreisen oder durch einen geringeren Zwangsumtausch, der als Eintrittsgeld in die DDR bezahlt werden mußte. »Eine Verständigung«, warb Vogel unermüdlich, werde »spürbar honoriert werden«. Er sei »ausdrücklich angewiesen worden, Ihre Seite zu bitten, diesen Gesichtspunkt nicht zu unterschätzen«.

Doch nichts rührte sich. Daraufhin brach die DDR für mehr als ein Jahr alle Gespräche über humanitäre Angelegenheiten ab. Viele Häftlinge, deren Freikauf schon beschlossen war, warteten monatelang in einem Sammellager bei Karl-Marx-Stadt (Chemnitz) auf die Weiterfahrt. Schließlich meldete sich Vogel bei Svingel und Stange und bat um deren Intervention in Bonn.

»Voraussetzung für alle weiteren Regelungen«, schrieb Vogel im März 1968 an Stange, sei, »daß die noch offenen Fälle aus der Vereinbarung 1967 jetzt abgewickelt werden«. Der Adressat verstand die Drohung, daß ohne eine Lösung des Falles Felfe auch keine anderen Geschäfte zu machen seien. Vogel: »Sie werden verstehen, daß ich Ihnen das mit Nachdruck übermitteln muß.«

Vogel war durch seine politischen Verhandlungen derart in Anspruch genommen, daß er seine anwaltliche Praxis immer mehr vernachlässigte. Seine Kollegen, die oft seine Arbeit mit übernehmen mußten, hielten ihm seine ständige Abwesenheit und seine auffällig zahlreichen Westmandate vor. Darüber beschwerten sie sich auch beim ZK und beim Generalstaatsanwalt. Verärgert waren die Kollegen zudem darüber, daß Vogel sie nicht selbst über seine Tätigkeit informierte, sondern daß sie aus der Presse von seinen Umtrieben erfahren mußten. Vogel räumt ein: »Es gab Zoff im Kollegium.« Auch Josef Streit verlor die Geduld mit den Streithähnen: »Ich hab' die Faxen dicke«, sagte er zu Vogel und riet ihm, sich als Einzelanwalt niederzulassen – er werde schon für die Genehmigung sorgen.

»Zu meinem Bedauern«, schrieb Vogel am 31. Januar 1968 an den Berliner Kollegiumsvorstand, sei er »gehalten, Ihre Zustimmung zum zeitweiligen Ausscheiden aus unserem Kollegium zu erbitten«. Wegen seiner »bekannten Aufgaben« sei er in den letzten Jahren außerstande gewesen, seinen Pflichten als Mitglied des Rechtsanwaltskollegiums nachzukommen. Mitgliederversammlungen, Schulungen und »kollektive Beratungen innerhalb der Zweigstelle« habe er stets schwänzen müssen. An dieser Situation werde sich auch »für die nächste Zukunft« nichts ändern. Er könne es deshalb »im Verhältnis zu den übrigen Mitgliedern und insbesondere zu den Kollegen innerhalb der Zweigstelle nicht länger verantworten«, ihm »innerhalb des Kollegiums eine Sonderstellung einzuräumen«.

Vogels Bitte wurde freudig erfüllt. Mit Wirkung vom 1. April 1968 wurde er durch das DDR-Justizministerium als Einzelanwalt zugelassen. Zugleich bezog er eine neue Kanzlei: Er kaufte sich für 68 000 Mark, einem für DDR-Verhältnisse üppigen Preis, ein dreigeschossiges Haus in der Reiler Straße 4, nahe dem S-Bahnhof Friedrichsfelde-Ost, so daß er für seine immer größer werdende Besucherschar bequem zu erreichen war.

Zugleich gewährte ihm das DDR-Finanzministerium ein Steuerprivileg: Vogels Einkünfte als Rechtsanwalt und Notar wurden »nach dem Steuertarif H (für steuerbegünstigte, freischaffende Intelligenz)« besteuert, so daß er nur noch 30 Prozent seines Einkommens an den Fiskus abführen mußte. Westmark, die Vogel als Pauschalzahlung der Bundesregierung oder als Einzelhonorar für in der DDR inhaftierte Bundesbürger erhielt, unterlagen nach einer Regelung, die auch für andere Anwälte mit Westkontakten galt, gar keiner Steuerpflicht. Allerdings durfte Vogel das auf einem West-Berliner Bankkonto liegende Geld, von Kleinbeträgen abgesehen, nicht in die DDR transferieren.

Im Arbeiter-und-Bauern-Staat war der Advokat bereits einer der reichsten Männer, der sich manchen Luxus leisten konnte. So hatte er 1966 ein idyllisches Grundstück am Schweriner See, 30 Kilometer südlich von Berlin, erworben und mit einem ansehnlichen Wohnhaus bebauen lassen. Das märkische Dörfchen hatte Vogel im Jahr zuvor kennengelernt, als er einen Handwerker aus Schwerin verteidigen mußte, der mit seinem Motorboot auf dem See einen badenden Jungen tödlich verletzt hatte. Der Angeklagte erklärte das Unglück damit, daß er von der Sonne geblendet worden sei und deshalb das Kind nicht gesehen habe. Das Gericht ordnete, zur gleichen Uhrzeit bei gleicher Witterung, einen Ortstermin an, um die Behauptung des Beschuldigten zu überprüfen. Bei dieser Gelegenheit warf der Anwalt ein Auge auf den landschaftlich reizvollen Flecken. Von seinem Mandanten erhielt er später einen Hinweis auf ein Grundstück, das nur mit einer Laube bebaut war und zum Verkauf stand. Eigentümerin der Immobilie war eine Rentnerin aus West-Berlin, die Westgeld brauchte, um sich einen Platz in einem Altersheim zu kaufen; den Kaufvertrag beurkundete ein West-Berliner Notar.

Der äußerlich sichtbare Wohlstand unterstrich den Rang des DDR-Juristen innerhalb der ostdeutschen Prominenz und hob auch sein Ansehen beim sowjetischen KGB, dessen Spitzenspion Felfe der Anwalt herauszupauken versuchte. Den Verhandlungsstand in Sachen Felfe um die Jahresmitte 1968 beschreibt ein Stasi-Dokument, dessen Authentizität allerdings äußerst fragwürdig ist. Vogel bestreitet, die in dem Papier genannte Quelle (»gez. Georg«) gewesen zu sein. Tatsächlich ist diese Form, einen Bericht zu signieren, ohne Beispiel in der Vogel-Akte.

Unter dem Datum vom 14. Juni 1968 fertigte die Stasi einen sechsseitigen Bericht über ein Gespräch, das angeblich »am 11. 6. 1968 in der Zeit zwischen 21.00 und 1.00 Uhr« mit Wehner in dessen Bonner Wohnung geführt wurde. Das Datum stimmt mit der Zeitangabe in jenem ominösen späteren Vermerk überein, zu der das allererste Gespräch zwischen Wehner und Vogel stattgefunden haben soll. An diesem Tag hatte die DDR-Volkskammer weitreichende Gesetze zum Paß- und Visumzwang beschlossen, um den Reise- und Güterverkehr von und nach West-Berlin unter Kontrolle zu bringen, den freien Teil der Stadt zu isolieren und den Charakter der DDR als souveränen Staat zu demonstrieren. Wegen dieser Beschlüsse und der Beratungen bei Kanzler Kiesinger habe sich, so das Stasi-Papier, die Begegnung zwischen »Georg« und Wehner in die Nacht hinein verschoben.

»Bevor das Gespräch auf unser eigentliches Anliegen kam«, heißt es in dem Bericht, »ließ sich Wehner über unsere Maßnahmen wie folgt aus«: Die Volkskammer-Beschlüsse seien »allgemein erwartet« worden; »bemerkenswert« sei der geschickt gewählte Zeitpunkt, »da die Alliierten alle mit ihren Problemen selbst beschäftigt sind«. Für Wehner sei es »unwichtig, ob an Stelle eines Laufzettels nunmehr ein Visum erteilt« werde: »Das Entscheidende ist, daß der Verkehr von und nach Berlin rollt.« Wehner habe jedoch warnend ausgemalt, wie der Westen darauf reagieren könnte, etwa mit Restriktionen im innerdeutschen Handel, einer »Wirtschaftsblockade« aller EWG-Staaten gegen die DDR, »verstärkten Reisebeschränkungen für Bürger der DDR, die das in Westberlin befindliche Alliierte Travel Office zwecks Ausreisen ins kapitalistische Ausland aufsuchen müssen«, oder bürokratischen »Schwierigkeiten«, die man nach Westdeutschland reisenden DDR-Bürgern bereiten könne.

Das »eigentliche Thema« des Abends war jedoch aus Sicht des Berichterstatters die Funktionsfähigkeit und Zuverlässigkeit des »anwaltlichen Kanals«. Hier seien, so wird Wehner zitiert, in letzter Zeit »Mißverständnisse« aufgetreten. Dietrich Spangenberg, damals West-Berliner Senator für Bundesangelegenheiten, und Ludwig Rehlinger, seinerzeit Ministerialdirektor der Wehner-Behörde, hätten ihn »nicht richtig informiert« und würden »ständig aus seinen Festlegungen etwas anderes fabrizieren«. Deshalb habe sich Wehner auch von (dem von seinem Vorgänger Mende berufenen) Staatssekretär Carl Krautwig getrennt, der es trotz seiner Ablösung »immer noch nicht sein lassen kann, Stimmung gegen diesen anwaltlichen Kanal zu machen«.

Was der »anwaltliche Kanal« ist, deutet der Stasi-Bericht nur mit einem Kürzel an: »RA St.« – unschwer als Jürgen Stange zu identifizieren. Dem West-Berliner Anwalt warfen verschiedene CDU-Politiker und auch Rehlinger vor, nicht hart genug mit der DDR zu verhandeln, und betrieben seine Ablösung. Wehner hingegen fand laut Stasi-Protokoll, daß dies »der einzigste Kanal sei, bei dem hin und wieder etwas Vernünftiges herauskäme«.

»Zur Sache Felfe«, heißt es in dem mysteriösen »Georg«-Papier, habe Wehner »noch einmal« erklärt, »daß die grundsätzliche Zusage, den Fall zu lösen, bestehen bleibt«. Wehner habe den GM gefragt, was die DDR seit seinem »letzten Besuch bei ihm über diese Sache erfahren« habe. Der Berichterstatter referierte den Kenntnisstand des MfS: »Da wir nachweisbar nichts Konkretes mitgeteilt bekommen haben, war Wehner außerordentlich empört, daß Rehlinger uns kein Zwischenergebnis mitgeteilt habe.« Wehner habe den Ministerialdirektor angewiesen, die DDR am 31. Mai wissen zu lassen, »daß alle notwendigen Maßnahmen zur Klärung des Falles Felfe eingeleitet worden seien und daß man bis zur Entscheidung noch etwas Geduld aufbringen sollte; man nannte hier Mitte Juli«.

Weiter heißt es in dem Bericht: »Sodann gab Wehner die gesamte Akte, die sich im Besitz bei ihm befand, dem GM, damit er sich davon überzeugen könne, was er bis dato alles unternommen habe.« Die Floskel »bis dato« entlarvt Volpert als Verfasser, obwohl ein Autor nicht genannt ist. Wer indes der GM war, der die Akte entgegennahm, wird durch den nachfolgenden Satz wieder rätselhaft: Wehner, heißt es da, habe »sofort nach unserem ersten Besuch am 13. 5. 1968« Bundesjustizminister Gustav Heinemann schriftlich gebeten, »alle notwendigen Stellungnahmen einzuholen, um eine Begnadigung Felfes zu erwirken«.

Vogel kann an jenem 13. Mai kaum in Bonn gewesen sein: An diesem Tag hatte der Anwalt den wegen Spionage angeklagten Physiologieprofessor Adolf-Henning Frucht vor dem Obersten Militärgericht in Ost-Berlin verteidigt, die Verhandlung dauerte den ganzen Tag. Der DDR-Wissenschaftler, Bakteriologe und Leiter des Ulbricht direkt unterstellten Arbeitsphysiologischen Instituts, war Mitte der sechziger Jahre zufällig an einen der bestgehüteten Pläne des Warschauer Pakts geraten und hatte ihn der CIA mitgeteilt, die ihm zunächst nicht glauben mochte: Mittels eines neuen chemischen, kälteresistenten Kampfstoffes hätten die Besatzungen amerikanischer Raketenfrühwarnsysteme in Alaska zeitweilig außer Gefecht gesetzt werden können; Militärmediziner der DDR forschten an entsprechenden Substanzen. 1967 war Fruchts CIA-Kontakt aufgeflogen und der Wissenschaftler verhaftet worden.

Die von Wehner angeforderten Antwortschreiben von Innenminister Ernst Benda, Generalbundesanwalt Ludwig Martin und BND-Chef Reinhard Gehlen seien in der von »Georg« eingesehenen Akte gewesen, heißt es in dem Stasi-Bericht. Benda befürworte, wie auch Heinemann, »die Lösung des Falles«. Gehlen habe »wörtlich« geschrieben: »Man könne von seinem Hause nicht verlangen, daß er einer Begnadigung Felfes freudig zustimme, aber er sei nicht dagegen.« Gehlen gebe jedoch zu bedenken, daß Felfe »eindeutig für die Sowjetunion spioniert« habe und »ob es nicht sinnvoll erscheint, Felfe für eine ›größere Panne‹ in der Sowjetunion zurückzuhalten«.

Nur Generalbundesanwalt Martin, den der Berichterstatter konsequent falsch als »Bundesgeneralstaatsanwalt« tituliert, habe die Heinemann-Anfrage »mit einem klaren Nein« beantwortet und begründe seinen Standpunkt »mit dem Gleichheitsprinzip vor den Gesetzen und der Bedeutung dieses Falles in der Rechtsprechung der Bundesrepublik«.

Die Entscheidung liege jetzt bei Kiesinger, so der Autor des Papiers. Wehner habe den Kanzler deshalb um einen gemeinsamen Termin mit Heinemann gebeten, um den Fall zu besprechen. Diese Unterredung sei für den 16. Juni anberaumt worden, »das Ergebnis«, so der Stasi-Berichterstatter, »bekommen wir umgehend mitgeteilt im Laufe des 17. 6. 1968«.

Inhaltlich wurden in dem Bericht die Positionen der zitierten Personen nach Vogels Einschätzung durchaus korrekt wiedergegeben. Allerdings bestreitet der Anwalt nachdrücklich, die Quelle gewesen zu sein – verschiedene Fehler, unter anderem der falsche Titel des westdeutschen Chefanklägers, deuten darauf, daß kein Jurist am Werke war.

Auch aus objektiven Gründen komme er als Wehners Gesprächspartner nicht in Betracht, beteuert Vogel. Er sei am 11. Juni 1968 – ebensowenig wie an dem angeblichen ersten Besuchstermin vier Wochen zuvor – überhaupt nicht in Bonn gewesen, versichert Vogel und untermauert dies mit mehreren

Indizien und Aussagen dritter Personen. Sein eigener Kalender verzeichnet an diesem Tag drei Termine in Berlin, die ihm allerdings notfalls noch einen Abendflug ermöglicht hätten. Indes: Daß sich der Gesprächsbeginn bei Wehner um mehrere Stunden verzögerte, war nicht vorauszusehen gewesen.

Auch Greta, die Stieftochter, die Herbert Wehner später heiratete, fand im Kalender ihres Mannes nur eine »Unterredung Svingel« eingetragen, sie selbst notierte sich ebenfalls lediglich »Svingel«. Sie ist sicher, daß Wehner, wie üblich, »WV« vermerkt hätte, wäre Vogel zu Besuch gekommen. Der inzwischen verstorbene Svingel bekräftigte noch 1994 schriftlich, »daß ich am Abend des 11. Juni 1968 mit Herbert Wehner ein mehrstündiges Gespräch geführt habe. Herr Prof. Dr. Wolfgang Vogel hat daran nicht teilgenommen«.

War Svingel in diesem Fall GM »Georg«? Oder wurde er unter dem Decknamen seines Freundes Vogel von der Stasi abgeschöpft? Nur an jenem Abend oder auch bei anderen Gelegenheiten? Die Stasi hat jedenfalls, wie sich anhand der Vogel-Akten nachweisen läßt, des öfteren manipuliert, um die wahren Hintergründe und Zusammenhänge vor MfS-Kollegen zu verschleiern.

Monatelang passierte nichts weiter, als daß Papiere mit kryptischen Wendungen zwischen Ost und West hin- und hergeschickt wurden. Beide Seiten erklärten die »Bereitschaft« (Vogel) zum Dialog oder zur »Klärung« (Stange). Der West-Anwalt fügte hinzu: »Gut wäre es bei dieser Sachlage, wenn Ihre Seite die Vorstellungen noch präzisieren würde, damit sich das Verhandlungsgewicht besser übersehen läßt.«

Im August 1968 – wenige Tage vor dem Einmarsch der Warschauer-Pakt-Truppen in die CSSR – signalisierte die Bundesregierung, daß sie zum Einlenken bereit war. Ihre größte Sorge war, wie sich Vogel erinnert, daß eine Freilassung Felfes von der DDR propagandistisch »in Siegerpose ausgeschlachtet« würde. Nach einem Besuch in der Straubinger Haftanstalt notierte Vogel am 15. August: »In diskreter Form konnte ich den Mandanten wissen lassen, daß für Oktober/November nach dem derzeitigen Stand der Dinge Erfolgsaussicht für eine Haftentlassung besteht.« Vogel traf Felfe »in einer sehr verzweifelten Situation« an. »Ich hoffe nur«, notierte Vogel, »er läßt sich die Entlassungsnachricht nicht allzu sehr anmerken. Darum habe ich ihn ausdrücklich gebeten.« Vorzeitiges Triumphgeschrei hätte den Austausch zu guter Letzt doch noch gefährden können.

Der BND hätte Felfe gern daran gehindert, seine Erlebnisse als Maulwurf des KGB publizistisch auszuschlachten. Deshalb wollten ihn die Pullacher von einem Wechsel in den Osten abhalten. Felfe hatte sich jedoch frühzeitig, laut einem Vogel-Vermerk, »mit Nachdruck dazu bekannt, für den Fall der Haftentlassung unbedingt in die DDR übersiedeln zu wollen«.

Um Felfe umzustimmen, hatte der BND schon Ende August 1967 – ein Jahr vor Vogels hoffnungsvoller Andeutung gegenüber seinem Mandanten – einen Haftbesuch seiner Mutter arrangiert. »Entgegen ihren eigenen ursprünglichen Plänen«, wunderte sich Felfe in einem Brief an Vogel, habe sie ihn »in der hies. Anstalt besucht«. Zudem verblüffte ihn, daß sie »von behördlicher Seite nicht nur zu einem Gnadengesuch ermuntert worden« sei, sondern man habe ihr »auch diesen Besuch bei mir nahegelegt und alle Hindernisse aus dem Weg geräumt«. Sie habe ihm, staunte der Gefangene, sogar Lebensmittel mitbringen dürfen, »für hies. Verhältnisse unvorstellbar«.

Umständlich, wie nur Geheimdienstler vorgehen können, war der Besuch der Mutter angebahnt worden. Elisabeth Felfe, die als Rentnerin in die Bundesrepublik reisen durfte, saß gerade bei ihrer Cousine in Clausthal-Zellerfeld im Harz beim Morgenkaffee, als ein Polizist kam, den die Verwandte kannte. Die schöpfte daher keinen Verdacht, als der Ordnungshüter Felfes Mutter zu einem Gespräch auf die Polizeiwache bat, wo ein Besucher auf sie warte.

Der Fremde, ein Abgesandter des BND, wollte sie überreden, ihren Sohn im Straubinger Gefängnis zu besuchen. Der Nachrichtendienstler blamierte sich, weil er schlecht informiert war: Die Mutter mußte ihn aufklären, daß sich Felfe gerade in der Krankenhaftanstalt in München-Stadelheim befand.

Der BND, erinnert sich Felfe, habe seiner Mutter und deren Cousine als Begleitperson die Fahrt nach München und die Übernachtung bezahlt, »nur damit sie mich sprechen sollte«. Felfe wunderte sich, daß im Besucherzimmer nicht, wie üblich, ein Beamter dabeisaß, um das Gespräch zu überwachen. Aber er hatte von einem Mithäftling, einem Landsmann aus

Dresden, der Telefontechniker war und Installationen im Gefängnis ausgeführt hatte, gehört, daß zum Beispiel in Lampen Mikrofone versteckt worden seien. Als er direkt neben einer Lampe plaziert worden sei, habe er »gewußt, daß meine Mutter nur vorgeschickt worden war, um mich auszuhorchen«. Er habe seiner Mutter daher »nur das erzählt, was die hören sollten«. Seine Mutter sollte ihn dazu bewegen, nach einem Austausch in der Bundesrepublik zu bleiben. Felfe sagte vernehmlich, damit es die Lauscher nur ja mitkriegten: »Warum kommen die Leute, die mir etwas zu sagen haben, nicht direkt zu mir?«

Von diesem Vorfall berichtete Felfe noch ein Jahr später seinem Anwalt Vogel. Der schrieb sich auf: »Nach wie vor macht er sich Gedanken, wie es seinerzeit zu dem Haftbesuch seiner Mutter kommen konnte. Er kann sich die Hintergründe nicht erklären und vermutet Intrigen seitens seiner früheren Firma. Von dort aus ist er unlängst auch besucht worden. Man habe ihm nahegelegt zu überdenken, daß er im Falle einer Haftentlassung bei uns keine Zukunft habe; denn er sei wertlos geworden.«

Kurz vor Weihnachten 1968 gelang Vogel endlich der Durchbruch in diesem vertrackten Fall. Felfe spürte intuitiv, daß in seine Sache Bewegung gekommen war. Sonst hatte Vogel bei seinen Haftbesuchen immer gesagt, er könne »erst dann ein Gnadengesuch stellen, wenn ich sicher bin, daß es nicht abgelehnt wird«. Denn eine Ablehnung aus der Welt zu schaffen, sei schwierig. Deshalb sei es besser zu warten. Als sich Vogel diesmal von Felfe verabschiedete, sagte er: »Ich werde im Februar einreichen.« Felfe: »Da wußte ich Bescheid.«

Um zu testen, was die Sowjets für ihren Agenten zu geben bereit seien, reiste Svingel zu Botschafter Abrassimow nach Ost-Berlin. Der ermunterte ihn, der Westen könne für Felfe eine größere Zahl seiner eingesperrten Agenten eintauschen. Gemeinsam mit Wehner stellte Svingel eine Liste mit den Namen von 29 Personen zusammen, an deren Freilassung die Westdeutschen interessiert waren – die drei in der Sowjetunion inhaftierten Heidelberger Studenten Sonntag, Naumann und Schaffhauser, mehrere in der DDR verurteilte Spione sowie einige gescheiterte und weiterhin aussichtslose Ausreisefälle.

Was Svingel inoffiziell erfahren hatte, formulierte Vogel als schriftliches Angebot. »Meine Seite«, schrieb er am 23. Dezember,»ist bereit, innerhalb von zwei Wochen nach der Begnadigung von Felfe die Fahrten« mit den Häftlingsbussen »nach Wartha fortzusetzen«. Bei den ersten drei Fahrten »werden 20 Personen aus der ›29er-Liste‹ dabeisein ... Die drei in der Sowjetunion inhaftierten Studenten werden Zug um Zug in Herleshausen eintreffen«. Am 8. Januar 1969 präzisierte Vogel, daß Felfe unmittelbar gegen die drei Studenten ausgetauscht werden solle, bereits zwei Tage davor jedoch 19 Häftlinge aus der »29er-Liste« »überstellt« würden. Auf Verlangen der Bundesregierung versicherte Vogel schriftlich, »daß auf meiner Seite nicht daran gedacht ist, den Fall publizistisch zu behandeln«.

Die DDR und die Sowjets waren zu einem Entgegenkommen bereit, nur der BND bremste trotz persönlicher Interventionen von Wehner so stark, daß Bundeskanzler Kiesinger sich weigerte, den Handel zu genehmigen. Schließlich bat Wehner um einen Termin bei Kiesinger. Der sprach von »großer Verantwortung«, weshalb eine »sorgfältige Prüfung« nötig sei. Wehner knurrte: »Ich habe Zeit, Herr Bundeskanzler.«

Kiesinger versuchte, den Minister abzuwimmeln: »Ich muß die Akte durchsehen, das kann Stunden dauern.« Doch Wehner ließ sich nicht abschütteln: »Ich habe Brote mit – genug, daß auch Sie eins haben können, wenn Sie möchten, Herr Bundeskanzler.« Da war das Eis gebrochen. »Herr Wehner, Sie sind unverbesserlich«, sagte Kiesinger, »aber so mag ich Sie.« Dann bat er Bundespräsident Lübke, Felfes Begnadigung zu unterschreiben.

In der Zwischenzeit hatte der BND einen letzten Versuch unternommen, Felfe von einem Übertritt in die DDR abzuhalten. Am 18. Januar 1969, einem Sonnabend, erhielt Felfe in der Strafanstalt Besuch. Er befand sich gerade in der Buchbinderei und nahm an einem Freizeitkurs über Buchbinden teil. Ein Vollzugsbeamter holte Felfe ab und brachte ihn ins Verwaltungsgebäude. Dort erwartete ihn ein unbekannter Mann »mit einem breiten Mund, einem richtigen Froschmaul«, und begrüßte ihn »mit theatralischer Gebärde«: »Herr Felfe, ich bringe die Wende Ihres Schicksals.«

Felfe vermutete zunächst, es handle sich um einen Rechtsanwalt. Doch der Besucher (»Nennen Sie mich Bayer«) sagte, er komme im Auftrag einer »mächtigen und einflußreichen Gruppe«, um ihm ein Angebot zu unterbreiten, das ihm alle

Wünsche und Sehnsüchte erfüllen und ihn unabhängig und selbständig machen könne: Felfe solle seine Erinnerungen über 25 Jahre nachrichtendienstlicher Tätigkeit niederschreiben.

Einzige Bedingung sei, daß Felfe weder in der Bundesrepublik bleibe noch in den Ostblock gehe, sondern sich eine Wohnung im neutralen Ausland nehme. Dazu biete man dem Ex-BND-Mann ein Honorar von einer halben Million Mark. Der Betrag werde freigegeben, wenn Felfe sein Manuskript abliefere; von den Zinsen könne er in der Zwischenzeit gut leben, die seien »höher als eine Beamtenpension«, die der Oberregierungsrat a.D. Felfe normalerweise bekommen hätte. Doch Felfe ließ sich nicht umdrehen: »Sie irren sich«, sagte er dem Besucher, »wenn Sie denken, daß ich in den Memoiren mit meinen früheren Auftraggebern breche – den reumütigen Spion mache ich Ihnen nicht.« Abrupt beendete der Unbekannte das fruchtlose Gespräch.

Am 4. Februar 1969 wurde Vogel von der Begnadigung Felfes unterrichtet. Am nächsten Tag schlug er Stange schriftlich vor, den Austausch am 14. Februar um 19 Uhr am Grenzübergang Wartha/Herleshausen vorzunehmen. Die Gegenleistungen zählte er detailliert noch einmal auf: die drei in der Sowjetunion inhaftierten Studenten sowie, in drei Etappen, 23 Häftlinge aus der DDR – drei weniger, als zunächst offeriert.

Wichtig war für Vogel Punkt 5: »Meine Seite geht davon aus, daß von Ihrer Seite außer der abgestimmten Erklärung keine weitere amtliche Stellungnahme abgegeben wird.« Der abgesprochene Text enthielt, ohne jede Kommentierung, lediglich die nüchterne Mitteilung der Fakten. »Von meiner Seite«, ergänzte Vogel, »wird keine amtliche Verlautbarung erfolgen.« Die DDR legte Wert auf Diskretion, obschon eher die Bundesregierung die Negativwirkung östlicher Propaganda hätte fürchten müssen. Schließlich hätte Felfe hämisch seine Erfolge als BND-Maulwurf ausbreiten können.

Der Vogel-Brief enthielt auch eine wichtige politische Weichenstellung. »Nach nunmehr erfolgter Entspannung« sei die DDR »bereit, die unterbrochene H-Aktion [= Häftlingsaktion] fortzusetzen«. Und: »Die von meiner Seite angeordnete Sperre für Familienzusammenführung wird aufgehoben.«

Pünktlich wurde Felfe in Straubing abgeholt. Auf der Fahrt zur Grenzübergangsstelle Wartha/Herleshausen sagte einer der drei begleitenden Beamten zu Felfe: »Zwischen unseren Staaten funktioniert überhaupt nichts. Aber wenn der Rechtsanwalt Vogel erklärt, das und jenes wird gemacht, dann kann man sich darauf verlassen. Und deshalb kann es keinen Zweifel geben, daß Sie heute abend Punkt 19 Uhr gegen andere politische Gefangene aus dem Osten ausgetauscht werden.«

An diesem Grenzübergang fanden nahezu alle Austausch-Vorgänge statt, soweit sie nicht auf der Glienicker Brücke abgewickelt wurden. So blieb die Kenntnis von den geheimnisvollen Ein- und Ausreisen auf die Angehörigen dieses Grenzpostens, einen überschaubaren und zur Verschwiegenheit verpflichteten Personenkreis, beschränkt.

Bevor die in der DDR begnadigten Spione in den Westen überstellt wurden, wurden sie, wie die zum Freikauf bestimmten politischen Häftlinge, im Stasi-Gefängnis in Karl-Marx-Stadt zusammengeführt. In einer Verkaufsstelle der HO, der DDR-»Handelsorganisation«, die im Knast eingerichtet war, konnten sich die Gefangenen neu einkleiden lassen – oft paßten die Anzüge nicht mehr, in denen sie verhaftet worden waren, oder sie brauchten winters warme Klamotten, weil sie bei ihrer Festnahme leichte Sommerkleidung getragen hatten.

Von dort aus brachte sie die Stasi nach Wartha zu einer Baracke nahe dem Niemandsland. Bis dahin wurden die Häftlinge darüber im unklaren gelassen, daß sie nun bald in die Bundesrepublik abgeschoben würden. Zur vereinbarten Zeit holte Vogel die Freizulassenden in der Baracke ab. Er erläuterte ihnen, daß sie ausgetauscht würden gegen Leute, die in der Bundesrepublik inhaftiert waren. Neugierig, wohl um zu erfahren, wie hoch ihr eigener Stellenwert zu veranschlagen war, erkundigten sie sich, wer ihre Tauschpartner waren. Doch Vogel hielt sich bedeckt: »Das darf ich Ihnen nicht sagen.«

Dann wollten sie wissen, wann ihre Familien nachkommen dürfen. »So schnell wie möglich«, versicherte Vogel, »längstens in zwei Monaten.« Die Frist wurde stets unterboten. Der Anwalt hatte vor dem Austausch Kontakt mit Angehörigen aufgenommen und sich die Telefonnummern von Nachbarn oder Arbeitsstellen nennen lassen, die er nun den Entlassenen mit auf den Weg gab, damit sie, sobald sie im Westen angekommen waren und die Formalitäten erledigt hatten, zu Hause anrufen konnten.

Die dritte Frage, erinnert sich Vogel, die ihm immer wieder gestellt wurde, sei die nach der Möglichkeit der Wiedereinreise in die DDR gewesen. »Das tun Sie lieber nicht«, riet der Anwalt, der wußte, daß die Leute von westlichen Geheimdiensten in die Mangel genommen wurden; bei einer Rückkehr in die DDR bestand daher die Gefahr, daß die Freigelassenen wegen Geheimnisverrats erneut vor Gericht gestellt würden.

Der Anwalt brachte die Heimkehrer mit ihrem zumeist dürftigen Gepäck in seinem Wagen, in dem auch Volpert mitfuhr, auf die westliche Seite, wo ein BGS-Offizier den Schlagbaum öffnete, so daß Vogel ohne Halt bis an die Rückseite der Grenzschutz-Baracke fahren konnte. In dem Gebäude nahm ein Abgesandter der Bonner Regierung die Haftentlassenen in Empfang und erläuterte ihnen, daß ihre Verwandten im Westen noch nicht benachrichtigt seien. So sollte vermieden werden, daß Angehörige vorab die Presse informierten. Zudem war nie auszuschließen, daß durch ein unvorhergesehenes Ereignis der Austausch doch noch gestoppt würde.

Vogel begrüßte nun die Kundschafter, die in die DDR zurückkehren durften. Deren drängendstes Problem, das sie unter vier Augen mit dem Anwalt besprachen, war, ob ihnen in der DDR etwas passieren könnte, weil sie bei westlichen Behörden vielleicht zu offenherzige Aussagen gemacht hatten. »Es gehörte mit zu den Austauschvereinbarungen«, betont Vogel, »daß aus solchen Vorkommnissen dem Mandanten kein Schaden entstehen durfte.«

Auf der Rückfahrt konnte Vogels Auto die Leute mit ihren Mitbringseln kaum fassen, denn die hatten sich von dem in der Haft erhaltenen Arbeitslohn westdeutsche Waren gekauft und kamen oft mit Fernsehgeräten, Stereoanlagen und Kleidung an.

So verlief, mit eingeübter Routine, auch der Austausch des KGB-Maulwurfs Felfe. Nachdem Rehlinger eingetroffen war, gab er in der Grenzschutz-Baracke gegenüber Felfe eine kurze Erklärung ab. Durch einen Gnadenakt des Bundespräsidenten sei der Agent nun ein freier Mann. Da er nach westdeutscher Rechtsauffassung ein Bundesbürger sei, könne er »tun und lassen«, was er wolle, »Sie können rübergehen und wieder zurückkommen, das ist Ihre Entscheidung«.

Als Rehlinger und Felfe die BGS-Baracke verließen, kamen

ihnen Vogel und Stange entgegen. Die beiden Anwälte hatten gerade die drei Studenten und 18 weitere Gefangene verabschiedet, die mit einem Bus in den Westen fuhren. Im selben Moment, als Vogel seinen haftentlassenen Mandanten begrüßte, flammten Blitzlichter auf, obwohl der Grenzübertritt in aller Heimlichkeit vorbereitet worden war. Felfe stieg in den Wagen des Anwalts ein.

Im Grenzabfertigungsbereich auf der DDR-Seite wurde Felfe nicht nur von Volpert mit Blumen begrüßt. Ein wenig abseits stand »Alfred« mit einem großen Strauß roter Nelken und hieß seinen Pullacher Agenten willkommen: »Jetzt bist du endlich und endgültig zu Hause«, sagte der Russe und umarmte den Kundschafter. »Es hat sich viel länger hingezogen, als wir gedacht haben.« Zusammen stiegen sie in eine Wolga-Limousine des KGB ein und fuhren das kurze Stück vom Niemandsland zur Grenzübergangsstelle. Als sich die Schranke hob, sah Felfe eine Schlange von 14 Reisebussen, die stundenlang vor dem Schlagbaum hatten warten müssen, bis die Aktion gelaufen war. Darin saßen die ersten von mehr als tausend Häftlingen, derentwegen Wehner so hartnäckig um die Freilassung Felfes gerungen hatte.

Felfe, nach Ost-Berlin zurückgekehrt, fragte Vogel, was er denn als Honorar bekäme. Doch der wehrte ab: »Die Sache ist erledigt, aus.« Vogel, sagt Felfe, habe »keinerlei Forderung an mich gestellt, kein Geld von mir bekommen, auch von meiner Mutter nicht. Und von den Russen auch nicht, denn sonst hätten die mir nicht aufgetragen, ihn zu fragen, was das Honorar ausmacht«. Ein Jahr später teilte Felfe dem Anwalt seine neue Privatadresse in Berlin-Weißensee mit und fügte auch ein Kärtchen mit seiner »Dienstanschrift« bei (»1157 Berlin-Karlshorst 1, Postschließfach 23«). Dies war die offizielle Briefadresse der Ost-Berliner KGB-Zentrale.

Erfolglos bemühte sich Felfe, trotz seines Übertritts in die DDR auch Bundesbürger bleiben zu dürfen. Er strengte eine Dienstaufsichtsbeschwerde gegen das Landratsamt Rosenheim und die Regierung von Oberbayern an, weil ihm ein 1968 ausgestellter Bundespersonalausweis nicht ausgehändigt und ein westdeutscher Reisepaß verweigert worden war. Mit der Juristenposse führte Felfe vor, daß das Grundgesetz, mit dem die Bundesrepublik sonst auch DDR-Bürger vereinnahmte, keineswegs auf jeden Deutschen angewandt wurde.

Felfe kehrte an die Humboldt-Universität zurück, an der er sein zweimal unterbrochenes Jurastudium mit der Promotion abschloß und zum Professor in der Sektion Kriminalistik berufen wurde. 1983 wurde er emeritiert, doch noch bis 1992 behielt er eine Studierstube an der Hochschule.

Schon ein Jahr nach dem Austausch geriet der BND in helle Aufregung, weil Felfe angeblich die Publizierung seiner Memoiren plante, ohne daß ihm der BND die Feder führte. Im Juni 1970 meldete sich Stange, extrem förmlich, mit einer schriftlichen Demarche bei seinem Partner Vogel. »Ausgestattet mit offizieller Vollmacht«, sehe er sich »genötigt, auf einen Umstand hinzuweisen, der von höchster Bedenklichkeit erscheint«.

In der Münchner *Abendzeitung (AZ)* sei die »reißerische Wiedergabe eines Interviews« mit Felfe erschienen. Unter der Überschrift »Der Spion, der in der Wärme lebt« sei darin »angekündigt, daß Herr Heinz Felfe im Januar 1971 eine autobiografische Darstellung herausbringen oder diese Herausgabe veranlassen will, die sich mit seiner früheren Tätigkeit in der Bundesrepublik und seiner Freilassung befassen soll«. Die Bundesregierung, monierte Stange, sehe darin »einen klaren Verstoß gegen die getroffenen Abmachungen«.

Knapp und ausweichend, als habe er das Bonner Begehren nicht verstanden, erwiderte Vogel, seine Seite sehe »keinen Grund zur Beunruhigung« und halte sich an die schriftliche Zusage gebunden. »Der Artikel in der Münchener Zeitung« sei jedoch »keine publizistische Behandlung des *Falles* Felfe«. Über den Zeitungsartikel hatte sich Stange indes gar nicht beschwert, doch auf die angeblich geplante Buchveröffentlichung ging Vogel überhaupt nicht ein. So konnte er sich auch leicht darauf herausreden, daß es in dem Interview in der Tat nicht um den »Fall« Felfe gegangen war. Es war ohnehin ein Sturm im Wasserglas. Das Buchprojekt existierte nur im Kopf des *AZ*-Reporters, der sich Felfe als Ghostwriter hatte andienen wollen. Tatsächlich veröffentlichte Felfe seine Autobiographie erst 1986 – zunächst in einem westdeutschen Verlag, danach in der DDR.

Unter dem zeitraubenden und nervenzehrenden Tauziehen um den KGB-Maulwurf Felfe hatte auch Vogels Privatleben gelitten. Vor lauter Arbeit hatte er sich kaum noch seiner Familie widmen können. Zudem hatte sich bei seiner Frau die schon lange aufgestaute Aversion gegen die DDR noch verstärkt. 1966 wurde die Ehe geschieden, kurz darauf reiste Eva Vogel mit den Kindern Manfred und Lilo in den Westen aus. Streit und Volpert hatten dafür gesorgt, daß dies reibungslos und diskret geschah, die West-Berliner Senatskanzlei hatte es eingerichtet, daß die Übersiedler nicht ins Notaufnahmelager Marienfelde mußten.

Es wirkt wie eine Ironie des Schicksals, daß der Anwalt seine zweite Ehefrau quasi im Dienst, durch ein Mandat für einen Bundesbürger, kennenlernte und daß sie, aus Liebe, von West nach Ost wechselte.

Ende August 1968 wurden in West-Berlin die deutschen Schwimmeisterschaften ausgetragen. Daran nahmen auch drei Kraulschwimmer des SV Essen 06 teil, die sich für die im selben Jahr stattfindenden Olympischen Spiele in Mexiko qualifiziert hatten. Betreut wurde die kleine Crew von ihrem Vereinstrainer Werner Ufer, 34, dessen 28jährige Verlobte Helga Fritsch mit an die Spree reiste.

Während einer Wettkampfpause wollte die junge Frau den Ostteil der Stadt besichtigen. Einer der westdeutschen Sportler bat sie, zwei Briefe mitzunehmen und in Ost-Berlin in einen Briefkasten einzuwerfen. Das hätte sie stutzig machen müssen, denn offenkundig sollte auf diese Weise die Postkontrolle der DDR umgangen werden – die Stasi las immer heimlich mit. Doch Werner Ufer, ein kumpelhafter, stets hilfsbereiter Typ, stellte sich sofort als Briefkurier zur Verfügung, zumal er einen der beiden Adressaten persönlich kannte: Mit Axel Mitbauer, dem 18jährigen DDR-Meister im Freistilschwimmen, hatte er mal bei einem internationalen Wettbewerb in Budapest gesprochen. Der andere Brief war für die in Ost-Berlin lebende Schwester eines Essener Schwimmkollegen bestimmt. Ufer und seine Braut ahnten nicht, daß die Briefe nach Auffassung der DDR-Ermittlungsbehörden Flucht- und Abwerbungspläne enthielten.

Am Grenzübergang Heinrich-Heine-Straße wurde das Pärchen einer scharfen Kontrolle unterzogen. Offenbar waren Werner Ufer und Helga Fritsch denunziert worden. Die Briefe wurden bei ihnen gefunden, und vergebens beteuerten sie, den Inhalt der Briefe nicht gekannt zu haben. Während die junge Frau nach zehnstündigem Verhör wieder nach West-

Berlin zurückkehren durfte, wurde ihr Freund in DDR-Haft genommen.

Hilfesuchend wandte sich die Trainer-Braut an den West-Berliner Sportsenator Horst Korber, der als vormaliger Passierschein-Unterhändler des Senats genau wußte, was in solchen Fällen zu tun war. Korber verwies sie an den Anwalt Stange, der gleich seinen Ost-Berliner Kollegen Vogel in seine Kanzlei bat. Der DDR-Jurist war beim Anblick der Klientin sofort elektrisiert: Mit ihren langen, dunklen Haaren, die sanft auf ihr rotes Kleid fielen, war die zierliche Frau genau der Typ, für den er schon immer geschwärmt hatte, und auch Helga Fritsch verliebte sich Hals über Kopf in den 15 Jahre älteren Anwalt mit seinem eleganten Habitus, seinen distinguierten Manieren und seinem etwas altmodischen Charme.

Doch für Gefühle war jetzt keine Zeit, und zeigen durften sie der Anwalt und seine Klientin in dieser Situation schon gar nicht. Lange bemühte sich Vogel vergebens um Ufers Freilassung. Erst am 13. Mai 1969, achteinhalb Monate nach seiner Inhaftierung, wurde der Essener Schwimmtrainer am Bahnhof Friedrichstraße in die S-Bahn nach West-Berlin gesetzt. »Der Sowjetzonengeheimdienst«, meldete die *Bild*-Zeitung, habe »plötzlich einem Tauschgeschäft« zugestimmt, »das international nicht üblich ist«: Der Preis für den »renommierten Sportler« war, wie das Blatt mehrfach betonte, ein »Berufsspion« namens Heinz Kluck, der sich seit Anfang des Jahres wegen »verräterischer Beziehungen« in West-Berliner Untersuchungshaft befunden hatte.

Axel Mitbauer, der junge DDR-Sportler, dem Werner Ufer die brisanten Briefe hatte überbringen sollen und der zwei Jahre lang Fluchtpläne geschmiedet hatte, floh drei Monate nach der Rückkehr des Trainers tatsächlich in den Westen. Von einem Campingplatz an der mecklenburgischen Küste aus ging er in Badehose und mit Schwimmflossen in die Ostsee, um schwimmend nach Schleswig-Holstein zu gelangen. Nachdem er schon fast 20 Kilometer zurückgelegt hatte, wurde er von einem Fährschiff aufgenommen, das zwischen Travemünde und Dänemark verkehrte.

Helga Fritsch mochte nach der Heimkehr ihres Verlobten den Kontakt zu Vogel nicht so jäh abreißen lassen. Sie faßte sich ein Herz und schrieb dem Anwalt einen Brief, in dem sie sich für seinen Einsatz bedankte und einfließen ließ, daß sie sich doch mal wiedersehen sollten. Vogel nutzte seine nächste Dienstreise nach Bonn nur zu gern zu einem Abstecher nach Essen. Helga berichtete ihm, daß sie und Werner Ufer sich getrennt hätten.

Nun war Vogel fest entschlossen, die Liaison in aller Form zu besiegeln. Doch diesmal war der DDR-Anwalt selbst in der Situation, in der Verliebte sonst seinen Rat suchten. Die Frage war: gehen oder bleiben? Vogel schwankte zwischen Pflicht und Gefühl: Durfte er seine Aufgabe im Stich lassen? Was würden seine westlichen Gesprächspartner, etwa Herbert Wehner oder die Anwälte von der Rechtsschutzstelle, dazu sagen, wenn er wegen einer Frau die Seiten wechselte? Andererseits: Konnte er einer jungen Westdeutschen, die in einer Wohlstandsgesellschaft aufgewachsen war, zumuten, die Annehmlichkeiten des Kapitalismus aufzugeben und in die realsozialistische DDR zu ziehen?

Es kam zu einer langen Aussprache mit Helga im Hotel Harzburger Hof in Bad Harzburg. Vogel schilderte seiner Braut freimütig und ausführlich, worauf sie sich einließ. Bei weiteren Gesprächen in Essen bedrängten Helga und ihre Eltern den Ost-Berliner Juristen, er solle in die Bundesrepublik übersiedeln, doch er machte ihnen deutlich, daß ihm eine legale Ausreise niemals gestattet würde. Einen »ungesetzlichen Grenzübertritt« aber, das war Vogel klar, würde ihm die DDR als Verrat auslegen, und daß »Verräter« im Westen vor dem langen Arm der Stasi keineswegs sicher waren, wußte er: Immer wieder waren republikflüchtige Geheimnisträger von Entführungskommandos zurückgeholt und ins Gefängnis geworfen worden. So setzte sich bei Helga und ihren Eltern schließlich die Einsicht durch, daß eine gemeinsame Zukunft des Paares nur im Osten möglich sein würde.

»Josef, mich hat's erwischt«, beichtete Vogel seinem Gönner, dem Generalstaatsanwalt. Streit hatte seinen Schützling schon lange bedrängt, er solle sich wieder eine Frau suchen und ein ordentliches Familienleben führen, und so war er zunächst über Vogels frohe Botschaft erleichtert. Er schluckte aber mächtig, als ihm Vogel eröffnete, er habe eine Braut im Westen. Es schien unvorstellbar, daß eine junge Frau aus der Bundesrepublik, die als Buchhalterin bei der Computerfirma IBM gearbeitet hatte, deren Schwester obendrein mit einem US-Offizier verheiratet war und in den Vereinigten Staaten lebte, ausgerechnet mit dem Mann zusammenzog, der die sensibelste und geheimnisvollste Anwaltskanzlei im Lande betrieb. Doch Streit persönlich erteilte Vogels Verlobter die Genehmigung zum Erwerb der DDR-Staatsangehörigkeit, die Voraussetzung für eine Übersiedlung war. Soviel Protektion von oben hinderte die Stasi freilich nicht, in Helgas Privatsphäre herumzuschnüffeln – argwöhnend, sie arbeite heimlich für den BND.

Der Entschluß war schnell gereift, die Entscheidung in kurzer Frist getroffen: Für den 7. Oktober 1969, den 20. Jahrestag der DDR-Gründung, knapp fünf Monate nach der Freilassung ihres Ex-Verlobten Werner Ufer, war Helgas Grenzübertritt geplant. Vogel wartete am Übergang Heinrich-Heine-Straße auf seine Braut, doch er wartete vergeblich. Auch die Zukünftige des DDR-Staranwalts mußte die übliche Prozedur des Einbürgerungsverfahrens über sich ergehen lassen und wurde erst einmal ins Aufnahmelager in der Rennbahnstraße in Berlin-Weißensee gebracht. Abweichend von der Regel mußte sie dort allerdings nur einen Tag bleiben und die Routinefragen beantworten, bevor die DDR die Neubürgerin aufnahm.

Wenige Tage zuvor hatte es in Bonn einen Regierungswechsel gegeben. SPD und FDP hatten bei der Bundestagswahl im September 1969 eine knappe Mehrheit errungen, Willy Brandt und Walter Scheel wagten es, eine sozialliberale Koalition einzugehen. Herbert Wehner hätte lieber die Große Koalition mit der Union fortgesetzt.

Angebahnt hatte sich das neue Bündnis, seit die FDP am 5. März 1969 den sozialdemokratischen Justizminister Gustav Heinemann mit zum Bundespräsidenten gewählt hatte. Im Vorfeld des Wahlakts in West-Berlin hatte es heftige Proteste Ost-Berlins gegeben: Die DDR-Führung, die selbst einseitig Ost-Berlin zu ihrer Hauptstadt erklärt hatte, bestritt den Bonnern das Recht, Hoheitsakte im Westteil der Stadt vorzunehmen.

In dieser Situation übernahm es der DDR-Anwalt Vogel, bislang auf die Lösung humanitärer Fragen spezialisiert, erstmals, mit seinem Gesprächspartner Herbert Wehner grundsätzliche politische Probleme der innerdeutschen Beziehungen zu erörtern. In einem Telefongespräch mit Wehner am 13. Februar

1969 deutete Vogel an, daß die DDR nicht tatenlos hinnehmen werde, wenn die Bundesversammlung den Bundespräsidenten in West-Berlin wählen würde. Vogel verpackte seine Drohung, daß die DDR Gegenmaßnahmen ergreifen würde, in die Frage an Wehner, ob Bonn die Präsidentenwahl nicht anderswo abhalten könne.

Mit umständlich verschachtelten Sätzen tastete sich Wehner in einem Brief vom 27. Februar 1969 an den heiklen Punkt heran. Der Bonner Minister achtete pingelig darauf, Vogel nicht als staatlichen Funktionsträger der DDR anzusprechen, sondern als Anwalt, der eine Vermittlerfunktion wahrzunehmen versuchte. Er bitte, so Wehner, sein Schreiben »nicht als einen Brief aufzufassen, durch den ich Ihre anwaltlichen Aufgaben und Pflichten mit etwas belasten möchte, das außerhalb Ihrer Pflichten liegt«.

Wehner wiederholte seine gegenüber Vogel bereits zwei Wochen zuvor geäußerte Einschätzung, daß es »unter den Verantwortlichen in Bonn« niemand gebe, »der aus Lust an einer Art von Herausforderung oder Provokation am Tagungsort Berlin festhielte«. Der SPD-Politiker gab zu erkennen, daß die Bundesregierung bereit sei, die Wahl des westdeutschen Staatsoberhaupts an einen anderen Ort zu verlegen, wenn die DDR diesen Schritt nicht zur Vorbedingung mache für die tags zuvor begonnenen Verhandlungen zwischen dem West-Berliner Senat und der DDR-Regierung über Besuchs- und Reisemöglichkeiten der West-Berliner.

Aus Prestigegründen, wußte Wehner, zierten sich beide Seiten, etwas zu tun, was womöglich als Vorleistung ausgelegt wurde. Bewegen konnte sich daher nur etwas, wenn der Schein gewahrt blieb, daß es zwischen Präsidentenwahl und Passierscheinregelung keinen Zusammenhang gebe. In Wehners Worten: »Wenn die Bundesregierung zu verstehen gegeben hat, daß ein überzeugender Beitrag in Richtung größerer Freizügigkeit in Berlin sie veranlassen würde, den Tagungsort der Bundesversammlung zu verlegen, so bedeutet das, daß jede der beteiligten Seiten im Vertrauen darauf, daß die anderen entsprechend handeln, ihren Schritt tun. Das ist weder das Verlangen nach Vorleistung noch ein Junktim, sondern es ist der Beginn von Handlungen jeder Seite, die der Verständigung dienen.«

Wehner bat zwar abschließend nochmals um »Verzeihung«, daß er Vogel »damit belade, dieses Schreiben weiterzugeben«. Aber der Bonner Minister hatte erkannt, daß der Anwalt nicht nur ein vorgeschobener Zwischenträger für Häftlingsfreikäufe war, sondern generell Gehör bei denen fand, die in der DDR das Sagen hatten.

Dieser Brief Wehners war der Auslöser, daß Wolfgang Vogel von der DDR-Führung fortan auch als politischer Vermittler eingeschaltet wurde. Dem Anwalt, der das Schreiben aus Bonn an Streit weitergereicht hatte, war allerdings mulmig zumute. »Ich hatte das Gefühl«, sagt er im Rückblick, »daß da etwas auf mich zukam, wovon ich nichts verstand.« Er habe doch »keinerlei Hintergrundwissen« gehabt und nicht an Sitzungen politischer Gremien teilgenommen.

Gleichwohl machte Wehner bisweilen den Boten für schlechte Nachrichten verantwortlich. So notierte Vogel auf Kanzleipapier nach einem Treffen mit dem Minister am Abend des 28. Juni 1969 in Bonn: »Er begegnete mir von vornherein auffällig deprimiert, desinteressiert und wenig gesprächig. Ich hatte Mühe, meine Anliegen vorzutragen und zu einer Entscheidung zu bringen.« Wehner habe »in recht cholerischem Ton« seinem Ost-Berliner Gesprächspartner erklärt, mit ihm persönlich habe seine Verärgerung gar nichts zu tun, aber Vogel müsse auch für seine Arbeit »gelten lassen, wofür die Politik der SED verantwortlich zeichnet«.

Sodann habe Wehner sein Herz ausgeschüttet: Es werde zu keiner Großen Koalition mehr kommen, aber »unabhängig hiervon werde er in der Regierungsverantwortung nicht mehr mitwirken wollen«. Schuld an seinem Entschluß sei Ost-Berlin: »Er habe immer die Hoffnung gehabt, es werde ein Mindestmaß der Verständigung mit der SED geben. Jetzt wisse er aber, daß es der SED lieber sei, mit Strauß und Kiesinger zu paktieren als mit der SPD. Man habe alles getan und nichts ausgelassen, um die SPD zu ruinieren.«

Den Vermerk, in dem Wehner nirgendwo namentlich genannt wird, sondern nur von »meinem Gesprächspartner« die Rede ist, schickte Vogel an Streit. Der Generalstaatsanwalt war es auch, der Vogel eine Vollmacht für seine Verhandlungen aussstellte, die der Anwalt am 1. August 1969 im Bonner Kanzleramt hinterlegte. Mehr als ein Jahr war hinter den Ost-Berliner Kulissen um die Formulierung gerungen worden.

Wehner, erinnert sich Vogel, habe auf ein solches Papier gedrungen. »Der Umfang der humanitären Kontakte war derart gestiegen, daß das Ganze ein bißchen formalisiert werden mußte«, meint der Anwalt. Doch der Wortlaut beschränkte Wolfgang Vogels Vollmacht keineswegs nur auf Haftentlassungen und Familienzusammenführungen: »Die Regierung der Deutschen Demokratischen Republik«, hieß es ohne thematische Eingrenzung, »bestellt Sie mit sofortiger Wirkung bis auf schriftlichen Widerruf als ständigen Rechtsberater und in besonderen Fällen als Rechtsvertreter. Diese Bestellung erstreckt sich insbesondere auf die Wahrnehmung der Interessen der Deutschen Demokratischen Republik gegenüber der Bundesrepublik Deutschland, der besonderen politischen Einheit Westberlin und gegenüber anderen Staaten.«

»Die sich aus dieser Vollmacht ergebenden Modalitäten«, so Streit in einem gesonderten Anschreiben an Vogel, werde er mit dem Anwalt »abstimmen«. Dazu sei er »beauftragt«, schrieb der Generalstaatsanwalt, gab aber nicht an, von wem. Diese Klausel, so Streit, betreffe »insbesondere die Fragen im humanitären Bereich« – aber eben nicht ausschließlich.

Regelungsbedürftig waren all die kleinen Privilegien, mit denen der Anwalt in der überaus bürokratisch organisierten DDR ausgestattet werden mußte, wenn seine Arbeit nicht behindert werden sollte: Vogel brauchte Pässe, mit denen er jederzeit überallhin reisen konnte; ihm mußte gestattet werden, Akten unkontrolliert über die DDR-Grenze mitzunehmen; und er mußte von den üblichen Zoll- und Devisenvorschriften befreit werden. Zwar durften die Grenzorgane auch bei ihm Stichproben machen, daß er keine Menschen außer Landes schmuggelte, aber mit formeller Erlaubnis durfte der Anwalt auch schon mal eine Sammlung von Jagdwaffen, die einem ausgereisten DDR-Bürger gehörte, nach West-Berlin bringen. Vogel vermutet, daß Streit en detail mit Mielke selbst besprach, welche Vergünstigungen dem Emissär gewährt werden sollten.

Wolfgang Vogel wurde jetzt auch einer Ehrung für würdig befunden, die ihm zwei Jahre zuvor noch abgeschlagen worden war. Am 17. Oktober 1969, aus Anlaß des 20. Jahrestags der DDR-Gründung und zehn Tage nach der Einreise seiner Braut, verlieh ihm die »Deutsche Akademie für Staats- und Rechtswissenschaft ›Walter Ulbricht‹« in Potsdam-Babelsberg den Doktor honoris causa. Damit, so die Begründung, werde vor allem Vogels »Beitrag zur Bestimmung und praktischen Verwirklichung des Profils des Strafverteidigers in der sozialistischen Gesellschaft« gewürdigt.

Um dieselbe Zeit, im September 1969, bekam auch Vogels MfS-Partner Heinz Volpert eine Sonderstellung in der Hierarchie des Geheimdienstes. Der »Genosse Oberstleutnant Volpert«, heißt es in der Begründung der Stasi-Hauptabteilung Kader und Schulung »zur Vorlage für die Abteilung für Sicherheitsfragen«, sei »im Auftrag des Genossen Minister zur Durchführung von Sonderaufgaben eingesetzt« worden. »Mit der Übernahme dieser neuen Funktion ist Genosse Oberstleutnant Volpert nicht in der Lage, die ihm obliegenden Aufgaben eines stellvertretenden Leiters der Hauptabteilung XX«, der er seit März 1964 war, »entsprechend den Funktionsmerkmalen zu lösen.«

Von nun an war Volpert »Offizier für Sonderaufgaben« im »Büro der Leitung« des MfS; im Februar 1972 wurde er direkt dem »Sekretariat des Ministers« zugeordnet. Die Sonderstellung, erinnert sich Ex-Spionagechef Markus Wolf, rief viele Neider auf den Plan: »Während sein bisheriger Hauptabteilungsleiter zwei Monate auf einen Termin bei Mielke warten mußte, hatte Volpert einen direkten Draht zum Minister.«

Die Neuregelung schuf jedoch auch die erwünschte zusätzliche Distanz zwischen der Staatssicherheit und Vogel: Volpert erschien nicht mehr als Teil des Apparats, sondern eher als Mittelsmann und Bote zwischen dem Anwalt und dem MfS. Auch auf seiten der Hauptverwaltung Aufklärung, deren Spione Vogel heimzuholen hatte, wurde eine weitere Arbeitsebene eingezogen, mit der Volpert über die Auswahl der auszutauschenden Agenten zu verhandeln hatte.

General Hans Fruck, ein ehemaliger Mithäftling Honeckers im Zuchthaus Brandenburg, nun erster Stellvertreter des Spionagechefs Markus Wolf, bildete eine kleine Arbeitsgruppe von »zunächst zwei bis drei, später sieben bis acht Mann« (Wolf), die ihm direkt unterstand. Geleitet wurde die Arbeitsgruppe, die personelle Vorschläge für die Austauschverhandlungen erörterte, von dem HVA-Sicherheitschef Oberst Fritz Kobbelt, der auch Felfes Doktorvater war. Von der Existenz dieser Arbeitsgruppe wußte Vogel nichts, sein Ansprechpartner war allein Volpert.

Vogel konnte selbst auch Personen für einen Austausch vorschlagen. Aus westdeutschen Zeitungen, die der Anwalt beziehen durfte, schnitt er laufend Artikel über Verhaftungen und Verurteilungen von Agenten aus, um später bei Gesprächen mit westlichen Diplomaten auszuloten, ob deren Regierungen an wechselseitigen Geschäften interessiert waren. Darüber führte Vogel Listen, die er mit Volpert besprach.

Die letzte Entscheidung, wer ausgetauscht wurde, habe »in jedem Einzelfall« bei Stasi-Minister Mielke gelegen, betont Markus Wolf, der zu seinem Leidwesen von diesen Verhandlungen ausgeschlossen war, bei denen es ja immerhin um die Leute seines Dienstes ging. Überhaupt erfuhr Wolf nur indirekt und aus zweiter Hand von den Vermittlungsgesprächen Vogels, dem er erst nach der Wende erstmals persönlich begegnete. Nach welchen Prioritäten gefangene Agenten für einen Tausch ausgesucht wurden, sei für ihn »in den meisten Fällen nicht durchschaubar« gewesen, gesteht Wolf kleinlaut ein – den eitlen Spionagechef wurmte es mächtig, daß ihn Mielke schon 1966 von dem Kanal mit Wehner abgeschnitten hatte und ihn nun auch von den konkreten Austauschverhandlungen um seine Kundschafter ausschloß.

Die HVA, räumt Wolf ein, habe nur versuchen können, bei Mielke ihre Interessen durchzusetzen; die wiederum habe Vogel, aufgrund der zwischengeschalteten Instanzen, nicht kennen können. »Wir wußten zum Beispiel«, erinnert sich Wolf, »daß Vogel um jemand in Mosambik verhandelt, aber wir wußten nicht, wer auf der anderen Seite sein Verhandlungspartner war.«

Unter seinen Kollegen galt Volpert als Playboy, der reichlich Zeit hatte, seinen sportlichen Hobbys zu frönen – Tennis, Skilaufen, Jogging. Volperts Sonderrolle, so Wolf, »war unikal, es gab keinen vergleichbaren Fall im MfS«. Zudem habe sie ihm »nach DDR-Begriffen große Freiräume und Möglichkeiten eröffnet, sich andere wohlgeneigt zu machen«.

In diese Zeit fiel Wolfgang Vogels erste persönliche Begegnung mit Mielke. Im Juli 1969 war durch Vogels Vermittlung der zwei Jahre zuvor in Südafrika verhaftete KGB-Spion Jurij Loginow gegen zehn in der DDR inhaftierte Mitarbeiter westdeutscher Geheimdienste ausgetauscht worden. Als »Beipack«, wie das im schnoddrigen Jargon der Unterhändler hieß, kamen auch zwei in der DDR festgehaltene junge Fluchthelfer aus Frankreich und den USA frei.

Loginow, Jahrgang 1933, ein Schüler des sowjetischen Topspions Rudolf Abel, hatte ein Jahrzehnt lang für das KGB in mindestens 23 Ländern aller Kontinente gespäht – von Westdeutschland bis Ägypten, von Israel bis Australien. Er hatte fließend Englisch und Tschechisch zu sprechen gelernt und als Tourist bereits die halbe Welt bereist, ehe er 1957 in der Kapitänskajüte eines Sowjetfrachters durch den Nord-Ostsee-Kanal in den Westen schlüpfte und die Identität eines schon vor Jahren verstorbenen Kanadiers namens Edmund Trinka annahm.

Unter diesem Namen meldete sich Loginow 1967 bei zwei deutschen Schaufensterdekorateuren, die sich in Südafrika selbständig machen wollten und per Inserat einen dritten Mann suchten. Als Einlage brachte er tausend Rand mit, die damals rund 5600 Mark wert waren, und wollte sich nur still beteiligen. Die Geschäftspartner hatte jedoch der BND geschickt, nachdem südafrikanische Geheimpolizisten, als kontaktfreudige Gäste von Johannesburger Männertreffs getarnt, die Interessen des schwulen »Edmund« entdeckt hatten: Er schürfte Informationen über südafrikanisches Uran, und das deutsche Dekorationsgeschäft sollte ihm als Deckadresse dienen. Als die Falle zuschnappte, ließ sich Loginow willig abführen: Er sei, bekannte der elegante Agent, »der Sache müde«.

In südafrikanischem Gewahrsam gab Jurij Loginow eine lange Liste seiner Kontaktpersonen preis. Die Sowjets taten dennoch, als wollten sie einen verdienten Kundschafter in Ehren heimholen. Aber das KGB drängte so ungeduldig, daß sich bei den Südafrikanern der Verdacht verstärkte, der redselige Loginow solle zu Hause zur Rechenschaft gezogen werden. Weil die Deutschen geholfen hatten, den Spion zu fassen, wollten sich die Südafrikaner nicht undankbar erweisen, zumal dem BND zehn in der DDR inhaftierte Agenten als Gegenleistung versprochen worden waren.

Jürgen Stange hatte Loginow in einem Flugzeug der Bundesluftwaffe aus Südafrika abgeholt. Zusammen mit Rehlinger brachte er den KGB-Mann zur Grenzschutzbaracke bei Herleshausen. Doch Loginow verhielt sich wunderlich. Er stand offenbar unter Drogeneinfluß, starrte mit trüben Augen vor sich hin und reagierte auf das Codewort (»Schönen Gruß von Sergej«), mit dem er sich identifizieren sollte, überhaupt nicht. Die Südafrikaner konnten ihn ja nicht einfach laufen lassen, wenn sie nicht sicher waren, daß es sich tatsächlich um Loginow handelte. Außerdem hatten sie gehofft, bei der Übergabe den einen oder anderen sowjetischen Hintermann Loginows kennenzulernen.

Vogel und Rehlinger beratschlagten, was sie tun könnten. Der Bonner Beamte hatte eine Idee: Vielleicht würde Loginows Erinnerungsvermögen wieder einsetzen, wenn er ein ihm von früher bekanntes Gesicht sähe. Das ließe sich wohl arrangieren, meinte Vogel. Er hatte nämlich auf der Fahrt zur Grenze einen Wagen mit sowjetischem Kennzeichen gesehen. Die Insassen des Autos, kombinierte der Anwalt, waren offenbar aus ihrer Kaserne ausgeschwärmt, den Austausch zu überwachen. Also mußte mindestens einer dabei sein, der Loginow kannte. Vogel bat Volpert, den Mann ausfindig zu machen und zu ihm zu bringen.

Tatsächlich kam der Stasi-Mann mit einem Russen wieder, der Zivilkleidung trug und vor Vogels Augen seine Taschen leerte sowie seine Pistole ablegte. Zusammen mit dem Anwalt fuhr der Russe über die Grenzlinie hinüber zu der BGS-Baracke, wo er Loginow umarmte, der ihn mit seinem Namen ansprach. Damit war jeder Argwohn zerstreut, die Südafrikaner würden womöglich ein Double übergeben, den richtigen Loginow aber behalten.

Vogel hatte die brenzlige Situation durch seine aufmerksame Beobachtung gerettet. Mielke bestellte den Anwalt zu sich und bedankte sich »im Namen der Freunde«. In dem Gespräch schnitt Mielke auch die von Streit ausgestellte Vollmacht an, die der Unterhändler in Bonn hinterlegt hatte, weshalb Vogel die Begegnung auf etwa August 1969 datiert.

Herbert Wehner hatte 1968 über Vogel einen diskreten Versuch unternommen, mit der DDR-Führung ins Gespräch zu kommen, doch Walter Ulbricht hatte die Anfrage noch ignoriert. Der Bonner Minister hatte dem DDR-Anwalt zu verstehen gegeben, daß er grundsätzlich an einer Begegnung mit dem Staatsratsvorsitzenden interessiert sei. Vogel informierte Streit über die Anfrage, erhielt aber nie eine Antwort für Wehner. Ulbricht mißtraute dem ehemaligen KPD-Genossen, dessen Verhalten im schwedischen Exil durch die von Wehners altem Parteifeind Karl Mewis verbreitete Version zwielichtig erscheinen mußte.

Die »Kofferfälle« und das Treffen Honecker/Wehner

Nachdem Erich Honecker am 3. Mai 1971 Ulbricht als SED-Generalsekretär abgelöst hatte, machte er die »humanitären Bemühungen«, Vogels originären Aufgabenbereich, zur Chefsache. Honecker ließ sich vor allem durch Mielke genauestens informieren, zu welchen westdeutschen Politikern der Anwalt einen guten Draht hatte, der sich bei Gelegenheit auch zu eigenen Begegnungen nutzen ließe. So entstand das offenbar von Volpert verfaßte, aber hinsichtlich der Gesprächstermine manipulierte Papier. Immerhin erfuhr der neue DDR-Regent auf diese Weise, daß sich Vogel seit Jahren bestens mit Herbert Wehner verstand, den der sechs Jahre jüngere Honecker aus gemeinsamer KP-Aktivität kannte – die beiden hatten im Saarland gegen den Anschluß an das Nazi-Reich gekämpft.

Honecker berichtete in seinen Memoiren (»Aus meinem Leben«, 1980), wie er im Herbst 1934 auf Beschluß des KPD-Politbüros aus der illegalen Arbeit im »Reich« zum bevorstehenden Abstimmungskampf in das Saargebiet zurückgeholt worden war und zusammen mit Herbert Wehner, damals Kandidat des Politbüros, die Region bereiste. Noch nach der Wende erzählte Honecker, er könne sich »entsinnen, daß wir zusammen 1934 die Straße hochfuhren zu uns nach Hause und daß meine Mutter einen Kuchen gebacken hatte, und ich habe mich mit Herbert Wehner über die Aussichten beim Abstimmungsergebnis über den Anschluß des Saarlandes an das Deutsche Reich unterhalten«.

Anfang November 1972, wenige Tage vor der vorgezogenen

Bundestagswahl, die zum triumphalen Volksentscheid für Willy Brandts Ostpolitik wurde, waren die Verhandlungen über den Grundlagenvertrag zwischen den beiden deutschen Staaten abgeschlossen.

Am 8. November paraphierten die beiden Chef-Unterhändler, der Bonner Kanzleramts-Staatssekretär Egon Bahr und Michael Kohl, Staatssekretär im Ost-Berliner Außenministerium, das Abkommen. Nun mußte der Text noch von den Regierungschefs unterschrieben sowie vom Bundestag und von der DDR-Volkskammer ratifiziert werden, damit die Vereinbarungen in Kraft treten konnten.

Die oppositionelle Union hatte allerdings entschiedenen Widerstand angekündigt und wollte das Wirksamwerden durch eine Einstweilige Anordnung des Bundesverfassungsgerichts stoppen lassen. Die DDR-Führung war in Sorge, daß der zuständige Zweite Senat des höchsten westdeutschen Gerichts dem Antrag der CDU/CSU stattgeben werde.

Ohne Arg und noch überwältigt von dem erfolgreichen Verhandlungsverlauf fragte Bahr seinen DDR-Gesprächspartner Kohl, ob es nicht sinnvoller sei, den Häftlingsfreikauf und die Familienzusammenführung »auf eine geordnete staatliche Basis zu heben«. Die bisherige Praxis – Geld gegen Gefangene – sei doch für beide Seiten »nicht angenehm« und schon gar nicht »Weltniveau«, das die DDR in jeder Hinsicht anstrebte. Bahr wollte, entsprechend internationalen Gepflogenheiten, Ausreisequoten festlegen, für die Bonn nichts mehr hätte zahlen müssen.

»Rot-Kohl« – wie der DDR-Abgesandte in Bonn zwecks Unterscheidung vom Oppositionsführer Helmut Kohl genannt wurde – gab die Anregung an die Ost-Berliner Regierung weiter und kam mit der Nachricht zurück, daß Bahr mit dem Politbüro-Mitglied Paul Verner über den Vorschlag sprechen könne. Zugleich übergab Kohl seinem Bonner Verhandlungspartner eine Liste von 26 DDR-Bürgern, denen schon vor dem 8. November die Ausreise nach der Paraphierung des Grundlagenvertrags zugesichert worden sei.

Am 19. Dezember 1972 führten Karl Seidel, Abteilungsleiter im Ost-Berliner Außenministerium, und Werner Sanne, Ministerialdirektor im Bonner Kanzleramt, ein Gespräch, um, so das Protokoll, »die letzten Absprachen« über die zwei Tage später vorgesehene Unterzeichnung des Grundlagenvertrags zu treffen. Bei dieser Gelegenheit monierte Sanne im Auftrag Bahrs, daß die Familienzusammenführung trotz gegebener Zusage der DDR stagniere.

Bahr, heißt es in der Gesprächsnotiz, lasse zu der ihm von DDR-Unterhändler Michael Kohl übergebenen »Liste von 26 Fällen« mitteilen, »daß sich seit dem 12.12. nichts getan habe«. Bahr habe vielmehr vom »Anwalt der BRD-Seite«, also Stange, erfahren, daß es sich »nicht nur um diese 26 Fälle handele, sondern auch darum, daß bereits in 60 bis 70 Fällen schon erteilte Genehmigungen wieder zurückgezogen worden seien«.

Am 21. Dezember 1972, dem Tag der Unterzeichnung des Grundlagenvertrags, traf Bahr, wie mit Michael Kohl verabredet, im Ost-Berliner ZK-Gebäude mit Paul Verner zusammen. Der ZK-Sekretär für Sicherheitsfragen bekundete gegenüber Bahr, daß ihm dessen Argumente für eine geänderte Praxis des Häftlingsfreikaufs und der Familienzusammenführung verständlich erschienen. Er versprach Bahr, dessen Vorschlag dem Genossen Honecker vorzutragen.

Formal war Verner der zweite Mann in der SED-Hierarchie. In seiner Position war er durchaus auch für die delikaten Ausreisefälle zuständig, aber verständlicherweise mit den Hintergründen und Details bisheriger Absprachen nicht vertraut. Deshalb hatte er offenbar nicht begriffen, daß Honecker die Achse Vogel/Wehner nicht nur für humanitäre Fragen nutzte. Wären Freikauf und Familienzusammenführungen auf amtliche Stellen übertragen worden, hätte Honecker das Alibi für seinen im ZK und Politbüro umstrittenen Kontakt zu Wehner verloren. Auch gegenüber den Sowjets brauchte Honecker die »stille Anwaltsschiene« (Vogel): Direkte Vorstöße Bonner Dienststellen hätten als permanente Einmischung in innere Angelegenheiten der DDR angesehen werden müssen, die anwaltliche Geheimdiplomatie umkurvte geschickt diese politische Klippe.

In einem Brief, den DDR-Staatssekretär Kohl bei der Unterzeichnung des Grundlagenvertrags Bahr überreichte, hieß es, die DDR-Regierung werde »im Zuge der Normalisierung der Beziehungen nach Inkrafttreten des Vertrages Schritte zur ... Lösung von Problemen, die sich aus der Trennung von Familien ergeben, ... unternehmen«. Zurück in Bonn, berichtete

Bahr Bundeskanzler Willy Brandt über seine Initiative und das positive Echo Verners. Zufällig, so Bahrs Erinnerung, sei Wehner ins Zimmer gekommen und habe seine Nachricht gehört. »Nach zwei Sekunden des Schweigens«, berichtet Bahr in seinen Memoiren (»Zu meiner Zeit«, 1996), »explodierte Wehner.« Das sei schrecklich, ein kaum wiedergutzumachender Fehler, der zur Einstellung der laufenden Freikauf-Aktionen führen werde.

Wehner selbst schilderte die Umstände, wie er von Bahrs Extratour erfuhr, etwas anders. Kanzleramtsminister Horst Ehmke habe ihm beim Frühstück mitgeteilt, daß man die Anwälte nicht mehr brauche; Bahr sei viel weiter in seinen Verhandlungen, als man ahnen könne; dies lasse sich alles anders regeln. Darauf Wehner: »Das regelt sich nicht, das ist unmöglich!«

Wehner war entgeistert über soviel Dilettantismus, aber »offensichtlich«, so zitiert ihn der Historiker Arnulf Baring (in »Machtwechsel«, 1982), habe »Brandt seinem Bahr diese Wahnsinnsfloskel erlaubt«, es müsse »Schluß sein mit Gegenleistungen«. Wehner tobte: »Ja, um Himmels willen, dann ist überhaupt Schluß! Denn wir haben ein Staatsbürgerrecht, das wir mindestens ... in den nächsten zehn Jahren gar nicht ändern können.«

Daran sei nicht zu rütteln, denn so stehe es im Grundgesetz: Jeder Deutsche sei Staatsbürger der Bundesrepublik, auch der, den die DDR für sich als Staatsbürger reklamiere. Das schließe eine legale Regelung aus. Man müsse also schleunigst zur alten, diskreten Praxis zurück. »Daß dies nach Regelungen verlangt, die anders sind als die durch eine Vertretung oder durch Ämter oder Behörden, ist logisch, und auch nicht durch Schleichhandel, sondern da bietet sich die Anwaltsebene an als eine Sache, die wir entwickelt haben.«

Zunächst schien sich Wehners düstere Prognose nicht zu bewahrheiten. Michael Kohl teilte Bahr zwei Tage nach der heftigen Eruption des SPD-Fraktionsvorsitzenden telefonisch mit, das Gespräch mit Verner in der Vorwoche sei vom Politbüro positiv bestätigt worden. Aber als Bahr und Kohl Einzelheiten besprechen wollten, sagte der DDR-Vertreter einen bereits vereinbarten Termin kurzfristig ab. Beim nächsten Treffen mit Bahr erläuterte Kohl, ihm sei überraschend die

Weisung erteilt worden, das Thema mit Bahr nicht mehr zu berühren.

Nun zeigte sich, daß Wehner doch recht gehabt hatte. Verärgert ordnete Honecker den Ausreisestopp an. Betroffen waren mehrere hundert Menschen, die im Vertrauen auf die bereits zugesagte Ausreiseerlaubnis ihre Arbeitsstellen und Wohnungen gekündigt, teilweise sogar schon ihre Ausreisepapiere erhalten hatten, die ihnen nun wieder abgenommen wurden. Sie saßen buchstäblich auf ihren gepackten Koffern, weshalb Wehner den Begriff »Kofferfälle« prägte.

Anfang Februar 1973 ließ die DDR-Führung durch Vogel ausrichten, daß Wehner »zur Vorbereitung« eines deutsch-deutschen Gipfels in Ost-Berlin willkommen sei, doch der SPD-Fraktionschef mochte sich nicht dazu durchringen. Wehner sei geneigt gewesen, die Einladung anzunehmen, erinnert sich Vogel, aber er habe ihm deutlich gemacht, daß er über einen solchen Schritt nicht allein entscheiden könne, sondern nur im Einvernehmen mit dem Bundeskanzler. Später wurde bekannt, daß Brandt keine Einwände gegen eine DDR-Visite Wehners schon zu diesem Zeitpunkt gehabt hätte.

Am 26. April erneuerte DDR-Staatssekretär Kohl in einem Gespräch mit dem Staatssekretär im Kanzleramt, Horst Grabert, die Einladung an Wehner. Bei dieser Gelegenheit erklärte Kohl, die DDR werde in humanitären Fragen »in der nächsten Zeit weiter wie bisher verfahren«, aber sie verbitte sich jedes Engagement Bonns in »Angelegenheiten von DDR-Bürgern, für die die Regierung der BRD keinerlei Fürsprache- oder gar Sorgerecht« habe. Aufgrund dieses unumstößlichen Standpunkts Ost-Berlins mußte Kohl die Annahme von Listen verweigern, die »angeblich gegebene Zusagen für Familienzusammenführung« enthielten.

Die Einladung an Wehner solle, darum bat Kohl ausdrücklich, »unter Wahrung der strikten Vertraulichkeit« ausschließlich dem Kanzler und dem Fraktionschef selbst zur Kenntnis gegeben werden. Wehner sah jedoch die Gefahr, daß seine Reise in die DDR als eine Kumpanei zwischen SPD und SED ausgelegt werden könnte, und zog deshalb den Koalitionspartner mit ins Boot.

Ende April informierte er seinen FDP-Kollegen Wolfgang Mischnick von der Einladung und von seiner Absicht, nach

Ost-Berlin zu fahren, und bat Mischnick, ihn zu begleiten. Nach kurzer Bedenkzeit sagte Mischnick zu, zumal er selbst im Mai zu seiner kranken Mutter nach Dresden fahren wollte und daher einen Abstecher gut einplanen konnte. Außerdem lag ihm eine Einladung des LDPD-Vorsitzenden Manfred Gerlach nach Ost-Berlin vor. Vogel wurde allerdings nicht vorab von Wehner über dessen Begleiter informiert.

Daß die Fahrt in die andere deutsche Republik geheim erfolgen sollte, war der dringliche Wunsch Ost-Berlins, entsprach aber auch Wehners konspirativen Neigungen. Auf westdeutscher Seite waren nur Kanzler Brandt, Finanzminister Helmut Schmidt, die Kanzlergehilfen Bahr und Grabert sowie Mischnicks persönlicher Referent Horst Dahlmeyer eingeweiht.

Noch am 15. Mai, als das SED-Politbüro die Einladung an Wehner und Mischnick billigte, stand laut Sitzungsprotokoll ein Termin für den Besuch nicht fest. Auch wußte Mischnick bei seiner Abreise nach Dresden nur, daß eine Begegnung mit Honecker wahrscheinlich sei; wann er dazustoßen würde, hing aber davon ab, wie schnell sich seine Familienangelegenheiten in Dresden regeln lassen würden. Er hatte signalisiert, daß er frühestens am 31. Mai nach Ost-Berlin kommen könne; so wurde das Treffen auf den Himmelfahrtstag terminiert.

Unterdessen spitzten sich in der Bundesrepublik zwei politische Konflikte zu. Im einen Fall war die Eskalation erwartet worden und vollzog sich in aller Öffentlichkeit; die Brisanz des anderen wurde indes zu diesem Zeitpunkt von den wenigen Eingeweihten noch sträflich unterschätzt.

Am 23. Mai stellte die bayerische Staatsregierung beim Bundesverfassungsgericht in Karlsruhe den bereits lange angekündigten Antrag auf Einstweilige Verfügung, um Bundespräsident Heinemann an der Gegenzeichnung, Ausfertigung und Verkündung des Ratifizierungsgesetzes zum Grundlagenvertrag zu hindern. Zugleich reichte das Münchner CSU-Kabinett eine Normenkontrollklage gegen den Vertrag ein. Damit drohte die Gefahr, daß die DDR den Grundlagenvertrag im Alleingang ratifizieren und ihre Aufnahme in die UNO beantragen würde, ohne daß Bonn, wie vereinbart, im Gleichschritt mitziehen konnte.

Am selben Tag legte die Abteilung Spionageabwehr des Kölner Bundesamts für Verfassungsschutz (BfV) dessen Präsidenten Günther Nollau einen Bericht mit Verdachtsmomenten gegen den Kanzler-Referenten Günter Guillaume vor. Nollau informierte am 29. Mai Innenminister Hans-Dietrich Genscher (FDP) und versuchte, auch Wehner zu erreichen. Nollau, der wie Wehner aus Dresden stammte, war dem SPD-Fraktionschef, der ihn gegen beträchtliche Widerstände ins Amt gehievt hatte, persönlich verpflichtet, doch er konnte seinen Mentor, wie er später versicherte, nicht erreichen. Nollaus Beteuerung konnte den Verdacht vor allem der Opposition nie ganz ausräumen, Wehner habe schon vor seiner Reise nach Ost-Berlin von dem sich anbahnenden Fall Guillaume gewußt.

Brandt unterstellte – in seinen 1994 von seiner Witwe Brigitte Seebacher-Brandt veröffentlichten »Notizen« –, Wehner sei »Ende Mai (oder früher)/Anfang Juni? von Nollau über den möglichen Verdacht unterrichtet« worden, »kurz bevor HW zu seinem Treffen mit Honnecker (sic!) nach Ost-Berlin fuhr«. Der Kanzler hätte seinem Fraktionschef allerdings selbst eine Botschaft mit auf den Weg geben können.

Denn an jenem 29. Mai, mittags, beim allwöchentlichen Koalitionsessen, reichte Innenminister Genscher die Information über den Spionageverdacht, die er selbst erst wenige Stunden zuvor von Nollau erhalten hatte, an Brandt weiter – unaufgeregt und eher beiläufig, denn Verdächtigungen wegen vermeintlicher ungesetzlicher DDR-Kontakte waren in Bonn fast Routinesache.

Deshalb maß wohl auch Brandt der Sache nicht soviel Bedeutung bei, daß er dem am Abend dieses Tages nach Ost-Berlin reisenden Wehner eine Warnung an Honecker mitgegeben hätte. Noch wäre ja Zeit und die günstige Gelegenheit gewesen, dem DDR-Staatschef zu empfehlen, den enttarnten Spion unauffällig zurückzuziehen, um eine ernste, möglicherweise folgenschwere Beschädigung des neuen, noch labilen deutsch-deutschen Verhältnisses zu vermeiden.

Erst am selben 29. Mai informierte Honecker das Zentralkomitee eher nebenbei über den unmittelbar bevorstehenden Besuch Wehners, der bei den ostdeutschen Kommunisten noch immer zwiespältige Gefühle auslöste. Honecker war sich deshalb nicht sicher, wie die Einladung im ZK aufgenommen würde, und nuschelte, daß sie von Friedrich Ebert, dem Ost-Berliner Oberbürgermeister und Sohn des ersten sozialdemokratischen Reichspräsidenten, initiiert worden sei.

»Hört, hört«, rief Karl Mewis, der alte Wehner-Feind aus den Tagen gemeinsamen skandinavischen Exils, dazwischen – das Protokoll verzeichnet an dieser Stelle, den Widerspruch vertuschend und ohne vernünftigen Sinn, daß das ZK mit »Heiterkeitsausbrüchen« reagiert habe. Tatsächlich, so erinnert sich Egon Krenz, damals Sekretär des Zentralrats der FDJ, habe das ZK mehrheitlich eher Mewis als Honecker zugeneigt.

Am Abend des 29. Mai fuhr Wehner, von seiner Stieftochter Greta Burmester chauffiert, mit dem Wagen bis Kirchheim bei Bad Hersfeld, wo nicht weit von der Autobahn eine Raststätte mit Übernachtungsmöglichkeit lag. Dort konnte er »vor dem schweren Gang über die Grenze« noch einmal alles in Ruhe überdenken.

Denn Wehner hatte begreiflicherweise vor dieser Reise »physische« und »seelische« Angst; er sei »doch für die anderen Leute dort drüben ... ein irreparabler Fall«. Am nächsten Morgen ließ er sich bei Eisenach in die DDR chauffieren, umfuhr West-Berlin und traf abends im Gästehaus der DDR-Regierung in Berlin-Niederschönhausen mit Vertretern der Volkskammer-Parteien zusammen. Wiederum suchte Wehner den Eindruck zu vermeiden, daß es sich um ein Treffen auf Parteiebene zwischen SPD und SED handle.

Krenz machte nach dem Abendessen handschriftliche Gesprächsnotizen für Honecker, die er von einem Kraftfahrer ins Prominenten-Ghetto Wandlitz bringen ließ, wo der SED-Generalsekretär eine, gemessen an westlichem Standard, schlichte Behausung hatte. In seinem Kurzprotokoll teilte Krenz unter anderem mit, daß man Wehner die Gewißheit vermittelt habe, die Volkskammer werde nicht wegen der noch ausstehenden Entscheidung des Bundesverfassungsgerichts ihre für den 13. Juni einberufene Sitzung vertagen, in der über die Ratifizierung des Grundlagenvertrags abgestimmt werden solle. DDR-Staatssekretär Kohl hatte am selben Tag im Bonner Kanzleramt damit gedroht, daß Ost-Berlin notfalls im Alleingang den Vertrag ratifizieren und einen eigenen Antrag auf Mitgliedschaft in den Vereinten Nationen stellen werde.

Beim Dinner im DDR-Gästehaus drehte sich alles um den Grundlagenvertrag, über die »Kofferfälle« wurde, so erinnert sich Krenz, kein Wort verloren. Die Fraktionschefs der Volkskammer wären allerdings auch nicht das kompetente Gremium gewesen, um solche Fragen zu erörtern.

Ebensowenig enthält jedoch das Protokoll über das Gespräch zwischen Honecker und Wehner, das am 31. Mai um 10 Uhr in Schloß Hubertusstock am Werbellinsee begann, auf knapp 17 maschinegeschriebenen Seiten irgendeinen Hinweis darauf, daß humanitäre Fragen behandelt worden seien. Ein Indiz, daß die Kofferfälle doch besprochen wurden, lieferte allerdings Mischnick, der am Nachmittag zu einem Fototermin hinzugebeten wurde. Der Freidemokrat berichtete später, Wehner habe ihm über das vorangegangene Vier-Augen-Gespräch mit Honecker erzählt, sie seien einzelne Fälle durchgegangen, und der SED-Chef habe zwischendurch mehrfach, vermutlich mit Mielke, telefoniert, um Abhilfe zu schaffen.

Auch das *Neue Deutschland* berichtete am Tag nach dem Treffen in großer Aufmachung auf der ersten Seite: »Im Zuge der Normalisierung der Beziehungen zwischen der DDR und der BRD werden praktische und humanitäre Fragen gelöst, wie es im Grundlagenvertrag vorgesehen ist.«

Wehner selbst sprach ein Jahr später, in einem Brief an Helmut Schmidt, davon, daß ihn die verweigerten Ausreisegenehmigungen »veranlaßt« hätten, sich mit Honecker zu treffen. Die Begriffswahl deutet darauf hin, daß Wehner, der seine ungetümen Wortkaskaden semantisch sehr präzise aufzubauen pflegte, die »Kofferfälle« als willkommenen Auslöser nahm, um nach Abschluß des Grundlagenvertrags die deutschlandpolitischen Perspektiven zu klären.

Diese Gewichtung ist auch an einem schriftlichen Bericht abzulesen, den Wehner am 1. Juni aufsetzte und einigen wenigen Vertrauten zuleitete. Ausführlich referierte der Fraktionsvorsitzende über die Erwartungen, die sich mit dem Grundlagenvertrag verknüpften. Allerdings konnte sich, wie der Chronist Baring befand, »kein Mensch, ... beim besten Willen, aus diesem Text irgendein Bild vom Verlauf des stundenlangen Gesprächs mit Honecker machen«.

Wehner beschränkte sich darauf, die von ihm angesprochenen Punkte nur in sehr allgemeinen Wendungen zu umschreiben. Vor allem wies er im Hinblick auf die Ende Juli anstehende Entscheidung des Bundesverfassungsgerichts über die Vereinbarkeit des Grundlagenvertrags mit dem Grundgesetz »die frivole Unterstellung einzelner spekulativer Kommentatoren auf unserer eigenen Seite zurück, bei meinen Gesprächen sei es darum gegangen, wie der Vertrag angeblich auch im Falle eines Spruches des Verfassungsgerichts in Karlsruhe, durch den der Vertrag zu Fall gebracht würde, durchgesetzt werden solle«.

Erst gegen Schluß seiner langen Epistel kam Wehner auf die humanitären Dinge zu sprechen: »Daß auch die für die Menschen schmerzlichen Seiten im bisherigen und gegenwärtigen Verhältnis beider Staaten zur Sprache gebracht und mit dem Blick auf die angestrebten neuen Beziehungen erörtert worden sind, bestärkt mich in der Hoffnung, daß von beiden Seiten dazu beigetragen werden kann, dem Wohl der Menschen im getrennten Deutschland zu dienen und es zu fördern.« In Klammern ist in dem Wehner-Manuskript vermerkt, über ihm »besonders wichtige Detailfragen« werde er Willy Brandt informieren.

Fakt jedenfalls war, daß Honecker unverzüglich vom Werbellinsee aus Weisung gab, die Sperre der »Kofferfälle« aufzuheben. Vogel kontrollierte anhand von Listen jeden einzelnen Vorgang.

Wieviele »Kofferfälle« es tatsächlich gegeben hat, ist nicht mehr genau zu rekonstruieren. Weder besitzt der sonst so sorgfältig seine Papiere hütende Vogel die ursprünglichen Listen, noch haben die zuständigen Behörden in Bonn und Ost-Berlin die »Kofferfälle« in ihren Statistiken extra ausgewiesen. Obendrein zeigt sich an diesem Beispiel, daß die Buchhaltung im innerdeutschen Menschenhandel oftmals schlampig geführt wurde.

Vogel nannte Herbert Wehner später die Zahl von 2141 Ausreisen im Jahr 1973, davon seien 1207 nach dem Inkrafttreten des Grundlagenvertrags am 21. Juni erfolgt, mithin 934 vor diesem Datum. Unterstellt, daß die »Kofferfälle« tatsächlich unmittelbar nach dem Honecker/Wehner-Treffen am 31. Mai in die Bundesrepublik übersiedeln durften, müßten sie im wesentlichen unter den 934 gewesen sein und wahrscheinlich den größten Teil davon ausgemacht haben. Das Innerdeutsche Ministerium in Bonn, das allerdings über keine vollständigen Ausreiselisten verfügte, zählte vor dem 21. Juni 780 Fälle von Familienzusammenführungen. Vogel hatte offenbar die Gesamtzahl des Jahres 1973 vor Augen, als er später von rund 2000 Kofferfällen sprach.

Sicher ist indes, daß die Begegnung am Werbellinsee die Lösung der »Kofferfälle« gebracht hatte. Im September 1973 ließ Honecker durch Vogel an Wehner ausrichten (wie der Empfänger sogleich für Brandt aufschrieb): »Nach dem 31. Mai sei wieder in Gang gekommen, was unter Herrn Bahr überhaupt nicht mehr funktioniert hat, und das habe er (Honecker) unmittelbar nach meiner (Wehners) Abreise angeordnet. Ohne dieses Treffen wäre das nicht, mindestens aber noch nicht, möglich gewesen.«

Zwei Jahre später erläuterte Wehner in einem *Zeit*-Interview: »Mir ging es damals darum, jene seit der Unterzeichnung des Vertrags über die Grundlagen der Beziehungen der beiden deutschen Staaten ins Stocken geratenen Fälle der Familienzusammenführung und der Ausreisemöglichkeiten wieder in Gang zu bringen. Ein halbes Jahr saßen die Leute auf ihren Koffern. Dies wollte ich wegkriegen, und das habe ich weggekriegt. Ich habe schon als Minister für Gesamtdeutsche Fragen, im Feuer der Gegenseite stehend und auch hier im Feuer der innenpolitischen Gegenseite stehend, das Mögliche zu tun versucht, um solche Dinge zu regeln, Fall für Fall.«

Bis zum Wehner-Besuch in der DDR hatten Honecker und Vogel nur miteinander telefoniert, persönlich begegnet waren sie sich noch nie. Auch eine für die nächsten anderthalb Jahrzehnte eminent wichtige Weichenstellung übermittelte Honecker dem Anwalt am Tag nach der Wehner-Visite zunächst nur fernmündlich: »Wir haben gestern beschlossen, daß Sie mein persönlicher Beauftragter sind.« Einige Tage später bat der SED-Generalsekretär den Anwalt zu sich ins ZK-Gebäude. Als Vogel das Wartezimmer betrat, saß da zu seiner Überraschung bereits Erich Mielke, der ebenfalls einen Termin bei Honecker hatte. Beide Besucher wurden dann gemeinsam vorgelassen.

Verblüfft registrierte Vogel, wie unterwürfig sich Mielke gegenüber Honecker verhielt und »wie weit er sich vor mir erniedrigte«. Als der Generalsekretär während des Gesprächs aufstand, um ans Telefon zu gehen, sprang der Stasi-Minister sofort auf und blieb während des gesamten Telefonats stehen; dabei gab er Vogel Handzeichen, er solle sich auch erheben, doch der blieb ungerührt sitzen: »Dieses Verhalten folgte einer militärischen Regel, aber die galt doch nicht für mich.« Das

Ferngespräch wurde auf Russisch geführt, was Honecker, nach dem Urteil von Sprachkundigen, »ganz gut konnte«.

Vogel verstand dann aber auch den Sinn, warum er zusammen mit Mielke zu Honecker bestellt worden war. Der Parteichef und Staatsratsvorsitzende teilte den beiden mit, daß er sich die grundsätzlichen Entscheidungen über Vogels Kontakte im Rahmen des ihm übertragenen Regierungsmandats persönlich vorbehalte. Der technische Ablauf solle aus Sicherheits- und Verschwiegenheitsgründen (»Der Apparat ist nicht eingeweiht«) in der alleinigen Verantwortung Mielkes liegen, der auch die konkreten Entscheidungen über Freikauf, Agentenaustausch und Familienzusammenführung treffen solle. Ausdrücklich verfügte Honecker, daß Markus Wolfs HVA und der militärische Nachrichtendienst der DDR für Vogels Verhandlungen nicht zuständig sein sollten.

7. KAPITEL
»Hier kommt so einiges auf uns zu«

*Nervenkrieg um den
Kanzlerspion Günter Guillaume*

Günter Guillaume war 18 Jahre alt, als er im Dezember 1945, nach kurzer Kriegsgefangenschaft bei den Russen, ins zerstörte Berlin heimkehrte. Er kam, erst als Fotograf, dann als Redakteur, bei der als Schulbuchverlag getarnten Stasi-Firma »Volk und Wissen« unter. Die schickte ihn mehrere Male in die Bundesrepublik, damit er Kontakte zu westdeutschen Verlagen aufnahm. Umsichtig bereitete die Stasi auch Guillaumes Übersiedlung in den Westen vor.

Unter den 279 189 Flüchtlingen, die 1956, dem Jahr des Volksaufstands in Ungarn, aus der DDR in die Bundesrepublik kamen, befand sich das Ehepaar Günter und Christel Guillaume. Das Konzept des ostdeutschen Spionagechefs Markus Wolf ging auf: In der großen Zahl von Republik-Abtrünnigen fielen ein paar »Schläfer« der HVA nicht auf, die in der bundesdeutschen Politik oder Verwaltung Karriere machen sollten, um irgendwann von der DDR-Spionage wieder aktiviert zu werden.

Guillaumes Schwiegermutter Erna Boom, eine glühende Antifaschistin, deren Mann 1944 in Nazi-Haft umgekommen war, unterstützte den Langzeitplan des Ost-Berliner Geheimdienstes. Als Rentnerin war sie mit amtlicher Genehmigung nach Frankfurt am Main übersiedelt. Im Mai 1956 kamen die Tochter und der Schwiegersohn nach – ein unverdächtiger Vorgang. Guillaume betrieb zunächst einen Kaffee- und Tabakladen (»Boom am Dom«) und arbeitete bald auch als Werbefotograf.

Die Guillaumes traten, auf Weisung der Stasi, der SPD bei und engagierten sich in der Kommunal- und Gewerkschaftspolitik. Guillaume galt unter Frankfurter Genossen als rechter Sozialdemokrat, was ihm die Gunst des späteren Verteidigungsministers Georg Leber eintrug, der das Talent für Bonn empfahl. Als sich der vermeintliche DDR-Flüchtling nach dem Wahlsieg der Sozialliberalen 1969 um eine Stelle im Kanzleramt bewarb, leitete der Sicherheitsbeauftragte der Bonner Regierungszentrale routinemäßig die sogenannte einfache Karteiüberprüfung ein.

Das Bundesamt für Verfassungsschutz meldete Fehlanzeige, ihm lagen keine Erkenntnisse über den Bewerber vor. Fündig wurde hingegen die Sicherungsgruppe Bonn, eine Spezialeinheit des Bundeskriminalamts, die ein altes Fernschreiben des West-Berliner Polizeipräsidenten aufgestöbert hatte: »Der Untersuchungsausschuß Freiheitlicher Juristen teilte im Schreiben vom 22. 11. 1955 mit, daß ein Günter Guillaume, etwa 1925 geboren, wohnhaft: Birkenwerder (SBZ), beschäftigt als Fotograf beim Ostberliner Verlag ›Volk und Wissen‹, der Agententätigkeit in Berlin (West) und der BRD verdächtigt wird. Im Juli 1956 soll Günter G. in die BRD geflüchtet sein. Personengleichheit kann vermutet werden.«

Einen Tag später informierte der BND das Kanzleramt: »Nach einer auf ihren Wahrheitsgehalt hin nicht mehr überprüfbaren Karteinotierung vom April 1954 soll Günter G., geb. 1. 2. 1927 in Berlin, damals wohnhaft Lehnitz, Florastraße 6, im Auftrag des Verlages ›Volk und Wissen‹ die BRD mit dem Zweck bereist haben, um Verbindungen zu Verlagen, Druckereien und Personen herzustellen und diese dann östlich zu infiltrieren.«

Es gab widersprüchliche Angaben über Guillaumes Lebenslauf, vor allem über die angebliche Flucht von Berlin-Ost nach Frankfurt-West. Doch der Verdacht blieb vage – zu vage, wie Horst Ehmke, der Chef des Kanzleramtes, meinte.

Ehmke knöpfte sich Guillaume persönlich vor. Doch der überstand, mit Chuzpe und Nervenstärke, auch eine brenzlige Situation. Es gebe da, sagte Ehmke zu Guillaume, eine »genau feststehende Quelle«, die den Verdacht habe, daß er für die DDR arbeite: »Wenn wir dich der Quelle gegenüberstellen, dann würden wir schnell heraushaben, wer mogelt.«

Guillaume gab sich cool, sagte nichts, hob nur Hände und Schultern, was heißen sollte: Bitteschön, von mir aus auch das noch. Ehmke mußte passen: »Leider – der Mann ist tot, gestorben also auch für uns.« Guillaume konnte erleichtert aufatmen: »Die Quelle tot! Das war es, was mir das Recht gab, kühn zu sein. Das Risiko blieb vertretbar.« Guillaume wurde, rückwirkend zum 1. Januar 1970, als Hilfsreferent in der Bonner Regierungszentrale eingestellt.

Im Jahr darauf gestattete der Verfassungsschutz Guillaume den Umgang mit Geheimsachen, und im Herbst 1972, als der fleißige Kanzler-Mitarbeiter auf die freigewordene Stelle des persönlichen Referenten für Gewerkschaftsbeziehungen aufrückte, wurde ihm nochmals Unbedenklichkeit bescheinigt.

Am 23. Mai 1973 legte die Abteilung Spionageabwehr des Kölner Bundesamts für Verfassungsschutz dessen Präsidenten Günther Nollau ein Dossier mit Verdachtsmomenten gegen Guillaume vor. Es dauerte noch einmal sechs Tage, bis Nollau, am Morgen des 29. Mai, Innenminister Hans-Dietrich Genscher von dem Spionageverdacht unterrichtete. Weil zufällig an diesem Tag auch das allwöchentliche Koalitionsessen beim Kanzler stattfand, erfuhr Willy Brandt schon wenige Stunden später von seinem Innenminister eher beiläufig, daß auf Guillaume ein Verdacht gefallen war. Brandt mußte den Eindruck gewinnen, daß Genscher die Sache nicht sonderlich ernst nahm, denn der Innenminister riet dem Kanzler, sich nichts anmerken zu lassen und Guillaume weiterzubeschäftigen.

Arglos fuhr die Kanzlerfamilie im Juli 1973 zum Urlaub in die norwegischen Berge, zur Entourage gehörte auch Günter Guillaume, der am Ferienort die gesamte offizielle Korrespondenz des Regierungschefs erledigte. Dort gingen, zu Beginn der Konferenz über Sicherheit und Zusammenarbeit in Europa (KSZE) in Helsinki, etliche Papiere der höchsten Geheimhaltungsstufe durch Guillaumes Hände: Botschafter-Berichte, Nato-Fernschreiben, ein Brief des amerikanischen Präsidenten Richard Nixon, Studien über das Kräfteverhältnis zwischen Warschauer Pakt und Nato.

Guillaume legte die von BND-Mitarbeitern entschlüsselten Fernschreiben, wenn Brandt sie gelesen hatte, zunächst einmal säuberlich im Wäschefach seines Kleiderschranks ab. Bei der Abreise füllte er einen der zahlreichen, einander zum Verwechseln ähnlichen Aktenkoffer mit Souvenirs und Kleinkram; dieses Behältnis ließ er von einem Leibwächter Brandts in der Kanzlermaschine nach Bonn zurückbringen und schärfte ihm ein: »Es sind wichtige Papiere drin, alles, was hier aufgelaufen ist.«

Einen anderen, fast identischen Koffer mit den Geheimunterlagen packte Guillaume in sein Privatauto und steuerte auf der Heimreise das Hallandia-Hotel im schwedischen Halmstad an; dort hatte er schon auf der Hinfahrt genächtigt und per Postkarte einen Kurier bestellt, der nun an der Bar wartete. Unauffällig spielte ihm Guillaume seinen Zimmerschlüssel zu, der Kurier fotografierte die Dokumente und fuhr wieder davon. In Bonn tauschte Guillaume den Inhalt der Aktenkoffer – niemand hatte etwas bemerkt.

So jedenfalls schildert Guillaume die Übergabe-Modalitäten. Ex-Spionagechef Wolf behauptet hingegen, die »Norwegen-Papiere« seien nie in Ost-Berlin angekommen, von deren Inhalt habe er erst durch den Guillaume-Prozeß erfahren. Die Dokumente seien nicht in Schweden, sondern erst nach der Rückkehr in Bonn abfotografiert worden; die Filmrollen habe die Kurierin »Anita« von einer Rheinbrücke ins Wasser geworfen, nachdem sie bemerkt habe, daß sie beschattet wurde und die Verfolger nicht abschütteln konnte.

Im Herbst 1973 reiste Guillaume noch einmal mit dem Kanzler ins Ausland, diesmal an die französische Riviera. Und wieder war Brandt ahnungslos, weder Genscher noch Nollau hatten ihn über den Stand der Ermittlungen unterrichtet.

Erst am 24. April 1974 griffen die Sicherheitsbehörden zu. Morgens um 6.32 Uhr – spektakuläre Verhaftungen finden immer im Morgengrauen statt – klingelten die Häscher an Guillaumes Godesberger Wohnung, Ubierstraße 107. In seinen Memoiren korrigierte Guillaume den überlieferten und vielfach zitierten Spruch (»Ich bin Offizier der Nationalen Volksarmee der DDR und Mitarbeiter des Ministeriums für Staatssicherheit. Ich bitte, meine Offizierssehre zu respektieren«). Er habe vielmehr ausgerufen: »Ich bin Bürger der DDR und ihr Offizier – respektieren Sie das!« Das klingt zumindest logischer, weil Guillaume nicht der NVA angehörte.

So oder so: Es war ein gravierender Fehler Guillaumes, der damit ein Geständnis ablegte, das Nollau »von einigen Sorgen«

befreite, »weil es die Beweisführung erleichterte«. Denn das Gericht, das 1975 gegen die Guillaumes verhandelte, hatte ansonsten nur Indizien in der Hand. Was Guillaume verraten und wie er seine Informationen in die DDR transportiert hatte, blieb im Prozeß unaufgeklärt.

Guillaumes Enttarnung brachte das politische Bonn zum Erbeben, die Ermittlungen und deren Schlampigkeit lösten eine mittlere Staatskrise aus. Die westdeutschen Sicherheitsbehörden hatten kläglich versagt. Guillaume, schrieb Markus Wolf im Juni 1990, noch immer irgendwie verwundert, in der FDJ-Zeitung *Junge Welt*, »hätte eigentlich nie so weit kommen können, weil der westdeutschen Abwehr seine Herkunft bekannt war«. Die Blamage wog doppelt schwer, weil der DDR-Spion ausgerechnet im Umfeld jenes Politikers postiert worden war, der mit seiner neuen Deutschland- und Ostpolitik das Eis des Kalten Krieges aufzutauen begonnen hatte. Zweimal hatte sich Willy Brandt mit DDR-Ministerpräsident Willi Stoph, in Erfurt und in Kassel, getroffen. Im Dezember 1972 hatten die Bundesrepublik und die DDR den Grundlagenvertrag über die Beziehungen zwischen den beiden Staaten geschlossen.

Es war ein pikanter Zufall, daß die beiden deutschen Regierungen in einem Protokoll vom 14. März 1974 die Eröffnung ihrer Ständigen Vertretungen in Bonn und Ost-Berlin für den 2. Mai 1974 vereinbart hatten. Acht Tage vor dem ins Auge gefaßten Termin wurde Guillaume verhaftet, vier Tage nach der Eröffnung der Quasi-Botschaften trat Brandt als Kanzler zurück.

Sicherlich war der Umstand, daß Guillaume dem Bonner Kanzler so nahegerückt war, »nicht das Ergebnis einer planmäßig gesteuerten Aktion unseres Dienstes«, wie Markus Wolf später fast reumütig bekannte. Aber gewollt oder nicht: Es war ein schwerer Schlag für die innerdeutschen Beziehungen, und Brandt, ohnehin depressiv und amtsmüde, nahm die Enttarnung Guillaumes zum Vorwand für seine Demission. »Was immer mir an Ratschlägen gegeben worden ist«, sagte er nach seinem Rücktritt, »ich hätte nicht zulassen dürfen, daß während unseres Urlaubs in Norwegen auch geheime Papiere durch die Hände des Agenten gegangen sind.«

Erich Honecker hatte noch versucht, Schaden abzuwenden, und Vogel (»Ich sollte die Wogen glätten«) mit einer Nachricht nach Bonn geschickt. Am 3. Mai, drei Tage vor Brandts Rücktritt, traf der Anwalt heimlich in Bad Godesberg ein, um Wehner zu versichern, sein Staatsoberhaupt habe nichts von dem Kanzlerspion gewußt. Mielke habe Honecker erklärt, Guillaume sei kurz nach seiner Beförderung ins Kanzleramt »abgeschaltet« worden. Wehner leitete Vogels Nachricht an Nollau weiter, doch der hielt Honeckers Beteuerung für eine scheinheilige Ausrede.

Auch Brandt glaubte Honecker nicht, der ihm Jahre später persönlich sein Wort gab, er hätte Guillaume zurückbeordert, wenn er von dessen Wirkungsfeld gewußt hätte. Walentin Falin, damals Sowjet-Boschafter in Bonn, wies jeden Verdacht zurück, daß Moskau über Guillaumes Tätigkeit informiert gewesen sei. Falin behauptete später sogar, Breschnew sei über die Vorgänge zutiefst empört gewesen; der Kremlchef habe die Vermutung geäußert, daß Honecker den Skandal wissentlich inszeniert und Guillaume geopfert habe, um Brandt zu Fall zu bringen, dessen Popularität er neidete.

Was sich die Bundesregierung mit der Eröffnung ihrer diplomatischen Vertretung in der Hannoverschen Straße in Ost-Berlin einbrockte, war ihr von vornherein klar gewesen: daß DDR-Bürger – unter Berufung auf das Grundgesetz, das für alle Deutschen galt – den Schutzbereich der Quasi-Botschaft aufsuchen würden. Auf die Frage des Vertriebenen-Funktionärs und CDU-Abgeordneten Herbert Czaja Ende März im Bundestag, wie sich die Ständige Vertretung in einem solchen Fall verhalten würde, verweigerte deren designierter erster Leiter, Staatssekretär Günter Gaus, die Auskunft: »Ich halte es für nicht mit meinem Amtseid vereinbar, daß ich darauf hier antworte.«

Die damals oppositionelle Union versuchte, die Regierung auf eine knallharte juristische Position festzulegen. Die sozialliberale Koalition hingegen wollte sich wegen des unüberbrückbaren Gegensatzes zur DDR in der Frage der Staatsangehörigkeit nicht von vornherein binden lassen. Die Bundesregierung ließ die Frage offen, was sie bei einem solchen Vorkommnis unternehmen würde, »ein Verhalten«, so der CDU-Politiker Ludwig Rehlinger, »das meines Erachtens auch im Rückblick richtig und klug war«.

Die befürchtete Situation war schon bald da. Fünf Monate nach der Eröffnung der Ständigen Vertretung flüchteten zwei

21jährige Männer aus Wittenberg in die Obhut der Bonner Diplomaten. Die beiden Freunde hatten ihren Einberufungsbescheid zur Nationalen Volksarmee erhalten. Stundenlang versuchten Mitarbeiter der Vertretung ihnen klarzumachen, daß sie weder Asyl gewähren noch für die Ausreise sorgen könnten.

Mit sanftem Nachdruck und der Zusicherung, daß Rechtsanwalt Vogel sich um sie kümmern werde, verließen die jungen Männer am späten Abend das Gebäude. Am nächsten Tag meldeten sie sich in Vogels Kanzlei. Der Anwalt sah jedoch auch keine andere Möglichkeit, als den beiden zu empfehlen, sich reumütig an ihren Standorten zu melden und ihren »Ehrendienst« abzuleisten. Diesen Rat wehrten sie energisch ab und kündigten an, dann würden sie die DDR eben ungesetzlich verlassen.

Vogel telefonierte mit Gaus und mit Generalstaatsanwalt Streit, um mit ihnen einen Ausweg aus der Sackgasse zu finden. Sie kamen überein, daß sich die beiden jungen Männer selbst stellen müßten, dazu gebe es keine Alternative. Dafür durfte Vogel ihnen versprechen, daß sie »längstens ein Jahr« inhaftiert würden und danach sofort in den Westen ausreisen könnten. Sonst, machte der Anwalt ihnen klar, drohte ihnen eine Haftstrafe bis zu fünf Jahren. Vor diese Wahl gestellt, gaben die NVA-Abtrünnigen klein bei und ließen sich von den fünf Stasi-Leuten in Zivil, die alsbald in der Vogel-Kanzlei erschienen, widerstandslos abführen. Die Stasi hielt Vogels Versprechen nicht nur ein, sondern verkürzte sogar die Haftdauer: Sieben Monate nach ihrer Festnahme trafen die beiden jungen Männer in West-Berlin ein.

Ein Präzedenzfall war mit Vogels Hilfe andernorts schon drei Jahre zuvor gelöst worden. Der Anwalt war, was er erst nach der Wende offenbarte, bereits 1971 als Vermittler eingeschaltet worden, als eine Familie mit fünfjährigen Zwillingen in der Bonner Botschaft in Prag Zuflucht gesucht hatte. Vogel meint, daß dies »überhaupt der erste Fall« gewesen sei, in dem DDR-Bürger auf solche Art ihre Ausreise erzwingen wollten – eine Methode, die in den achtziger Jahren viele Nachahmer fand.

Die Lage in der Prager Botschaft war brenzlig: Die Eltern weigerten sich, das Palais Lobkowitz zu verlassen. Der Botschafter sorgte sich, daß sie sich und ihren Kindern etwas antun würden. Ein Anruf aus Bonn setzte Vogel in Aktion. Auf Bitten des Innerdeutschen Ministeriums verhandelte der Anwalt mit seinem MfS-Verbindungsmann Volpert und Generalstaatsanwalt Streit sowie mit dem DDR-Außenministerium. Schließlich willigte die DDR-Führung ein, die Familie in den Westen ziehen zu lassen. Es mußte nur klammheimlich geschehen, um nicht andere zum Nacheifern zu animieren. Jahre später kam Vogel dennoch in die Klemme, als sich herumsprach, daß die Besetzung einer Botschaft der sicherste Weg war, in den Westen zu gelangen.

Am 5. Februar 1976 suchten der Dresdner Werner Krombholz und seine Verlobte mit ihrem gemeinsamen Baby Zuflucht in Bonns Ständiger Vertretung in Ost-Berlin. Zwei Jahrzehnte später beschrieb Krombholz die damalige Situation: »Nach einigen sehr heftigen Debatten«, die er unter anderem mit dem Hausherrn Gaus selbst geführt hatte, seien die Flüchtlinge von den Mitarbeitern der Vertretung »sehr liebevoll und fast herzlich behandelt« worden. Gaus habe »weder Anzeichen von Angst« gezeigt, noch habe er »seine hanseatisch-stoische Ruhe« verloren. »Als ich Sie sah«, habe Gaus zu ihm gesagt, »wußte ich, daß Sie nicht einfach so wieder gehen.«

Spät in der Nacht fuhren das junge Paar und ihr Kind mit Gaus zu Vogels Kanzlei. Der Anwalt, so Krombholz, habe ihm »aufgrund seiner offenen und unkomplizierten Art, die Dinge zu sehen, sofort Vertrauen eingeflößt«. Vogel überredete die beiden, in ihre Wohnung nach Dresden zurückzukehren und einen Ausreiseantrag zu stellen, der, so versprach der Anwalt, rasch genehmigt würde. Vier Wochen später, am 4. März 1976, wurden die drei DDR-Bürger zu Stange nach West-Berlin gebracht. In der Zeit vor der Ausreise, bekundet Krombholz, »waren wir frei von Repressalien staatlicher Organe«, und Vogel habe sich »mehrmals nach unserem Wohlbefinden erkundigt«.

Die Anteilnahme, die Vogel an dem Schicksal der von ihm betreuten Menschen zeigte, schuf ihm viele Bewunderer. Zu vielen hielt der Anwalt noch jahrelang Kontakt, auch wenn der Fall abgeschlossen war, manche Mandanten oder ihre Angehörigen besuchten ihn auch später noch in seiner Kanzlei oder in seinem Haus. Ein solcher gelegentlicher Gast war ein dankbarer Anwaltskollege aus Oberbayern, dessen Schwiegereltern in Dresden Hilfe von Vogel erfahren hatten. Durch den bayerischen Standesbruder kam Vogel zu seinem Hobby, dem Uhrensammeln.

Nach einem seiner Besuche schrieb der in der Nähe von Rosenheim praktizierende Jurist, Vogels Haus wirke »sehr steril«. Diesem Eindruck könne der Anwalt abhelfen, wenn er irgendwelche Gegenstände sammle, um damit die Zimmer zu schmücken. Durch einen Boten ließ der Kollege ein Uhrwerk aus dem 15. Jahrhundert überbringen. Vogel ging damit zu einem Uhrmacher im Schweriner Nachbardorf Groß Köris und ließ sich den Mechanismus erklären; er kaufte sich Bücher und studierte die Geschichte der Chronometer. Das geschenkte Uhrwerk bildete den Grundstock für eine reichhaltige Sammlung, die Vogel im Laufe der Jahre anlegte.

Günter Gaus, ein Mann Willy Brandts, war seit seinem Amtsantritt als Leiter der Ständigen Vertretung Bonns in Ost-Berlin bemüht gewesen, den Scherbenhaufen zu kitten, den die Guillaume-Affäre angerichtet hatte. Die Ostpolitik des Friedensnobelpreisträgers – die staatliche Existenz der DDR zu respektieren, um menschliche Erleichterungen zu erreichen – sollte sich trotz der Belastung im innerdeutschen Verhältnis und trotz des Wehgeschreis der christlichen Bonner Opposition in der täglichen Praxis bewähren.

Die Zeichen standen anfangs nicht günstig. »Höchst töricht und provokativ« sei es von der DDR-Regierung gewesen, einen Spion in Brandts nächster Umgebung zu plazieren, sagte dessen Nachfolger Helmut Schmidt. Das Klima in der Bundesrepublik sei daher »außerordentlich gereizt und aufgeregt« gewesen. In dieser gespannten Atmosphäre bahnte sich die erste Begegnung Schmidts mit dem SED-Generalsekretär Honecker bei der KSZE-Schlußkonferenz in Helsinki Ende Juli 1975 an.

In der finnischen Hauptstadt ergab sich, umsichtig eingefädelt, Gelegenheit zu zwei Gesprächen zwischen Honecker und Schmidt, die insgesamt mehrere Stunden dauerten. Die Unterredungen waren nicht nur von den zuständigen Beamten vorbereitet worden; die beiden Staatsmänner hatten sich »unter Umgehung der beiderseitigen Bürokratien« (Schmidt) zudem eines »direkten Wegs für persönliche Mitteilungen« bedient. Als »Briefträger«, so Schmidt, habe Wolfgang Vogel fungiert: »Er war ein persönlicher Vertrauensmann Honeckers, aber auch Herbert Wehner und ich haben ihm ohne Einschränkung vertraut; man konnte sich auf seine Diskretion ebenso verlassen wie darauf, daß er die persönlichen Meinungen der beiderseitigen Chefs minutiös übermittelte.«

Das erste Gespräch, noch steif und formell, drehte sich um Bonner Wünsche vor allem zum erleichterten Transitverkehr nach West-Berlin und um Honeckers Bestreben, sich solches Entgegenkommen in Westmark teuer bezahlen zu lassen. Schmidt ließ schon in seiner Begrüßungsrede einfließen, daß er wechselseitige Informationen auf kurzem Weg für wichtig halte und spielte dabei auf Vogel an: »Für die Zukunft haben wir uns brauchbare Kanäle geschaffen.«

Im zweiten Gespräch ging Schmidt zu einem »Meinungsaustausch über die allgemeine internationale Situation« über. Er erinnerte Honecker daran, daß er ihm »über Rechtsanwalt Vogel von internationalen Eindrücken hatte berichten lassen«, die er gewonnen habe. Diesen Draht, sich nicht nur über bilaterale Fragen zu verständigen, sondern sich auch über die weltpolitische Lage auszutauschen, solle man künftig verstärkt nutzen, riet Schmidt: Man brauche »das ja nicht gleich an die große Glocke zu hängen«, aber »die bisherige Enthaltsamkeit« sei auch »nicht normal«.

Das Eis zwischen den beiden schien gebrochen zu sein. Honecker betrachtete Schmidt mit großem Respekt, den er, so Vogel, »wegen seiner innen- und außenpolitischen Akzeptanz beneidete«. Erleichtert war Honecker, daß der westdeutsche Kanzler nicht auf dem Fall Guillaume herumritt, obwohl gerade das Gerichtsverfahren gegen den Kanzlerspion lief. Nach einem Indizienprozeß, in dem die Angeklagten nur ihre persönlichen Daten zu Protokoll gaben, verurteilte das Oberlandesgericht Düsseldorf im Dezember 1975 Günter Guillaume wegen schweren Landesverrats zu 13 Jahren Gefängnis, seine Frau zu acht Jahren.

Auf Drängen von Markus Wolf ließ Honecker dem Anwalt unverzüglich durch Streit und Volpert mitteilen, daß die Freilassung des Ehepaars Guillaume von nun an in den Verhandlungen mit der Bundesrepublik höchste Priorität genießen müsse. Vogel fuhr 1976 dreimal zu Wehner nach Hamburg, jedesmal beratschlagten sie über Guillaume. Vogel erwähnte dabei auch Professor Frucht und beklagte, daß die Amerikaner seit acht Jahren »keinen Finger für ihn gekrümmt« hätten, um den Wissenschaftler, der die Giftstoffpläne des Warschauer Pakts verraten hatte, aus dem Gefängnis zu holen. Wehner entrüstete sich über das Verhalten Washingtons, doch Helmut Schmidt wollte von dem Vorschlag, Frucht gegen Guillaume zu tauschen, nichts hören.

Mit großem persönlichen Engagement setzte sich Wehner für einen Gefangenen ein, der seit mehr als 16 Jahren wegen Spionage für den Westen in Bautzen saß. Der Ost-Berliner Elektro-Ingenieur Hans Möhring, Jahrgang 1917, war einst Abteilungsleiter in der Staatlichen Plankommission der DDR und befreundet mit deren späterem Chef Erich Apel, der sich 1965 aus Protest gegen die wachsende wirtschaftliche Abhängigkeit von Moskau in seinem Büro erschoß. Möhring hatte nach dem Krieg aus Idealismus für den britischen Nachrichtendienst gearbeitet. Er gehörte zu den Kontaktleuten des MI-6-Agenten George Blake, der in Wirklichkeit längst im Sold der Sowjets stand, 1961 in England verhaftet wurde und fünf Jahre später aus dem Londoner Wormswoods-Scrubs-Gefängnis fliehen konnte. 25 Blake-Mitarbeiter riefen die Briten damals noch aus dem Osten zurück, weitere 15 wurden von der Stasi verhaftet.

Möhring war bereits im Oktober 1959 aufgeflogen und ein Jahr später vom Bezirksgericht Frankfurt (Oder) wegen Spionage zu lebenslanger Haft verurteilt worden. Alle Versuche, Möhrings Freilassung durch Intervention von außen zu erwirken, waren bis 1976 ohne Ergebnis geblieben. Auch Vogel, der von Möhrings Ehefrau Irma schon 1968 den Auftrag erhalten hatte, die Entlassung ihres Mannes in den Westen zu betreiben, war bislang gescheitert. Über Freunde im Westen informierte die Frau Herbert Wehner, daß ihr Mann lebensbedrohend erkrankt sei.

In einem Brief an seinen Anwalt regte der Bautzen-Häftling im Januar 1976 an, sich von seiner Frau scheiden zu lassen, damit wenigstens sie in die Bundesrepublik übersiedeln könne. Zugleich erinnerte sich aber auch der Westen wieder des Gefangenen. Im Juni 1976 warnte Stange seinen Ost-Kollegen Vogel: »Die Situation hat sich so weit zugespitzt, daß eine öffentliche – auch internationale – Behandlung des Falles in absehbarer Zeit nicht mehr zu verhindern sein wird. Zahllose Gruppen entfalten Aktivitäten.« So seien etwa die Gesellschaft für Menschenrechte, Amnesty International und caritative Organisationen »willens, diesen Fall publizistisch international in die Öffentlichkeit zu bringen«, auch an eine »Intervention bei der Uno« sei gedacht. Stange beschwor Vogel, etwas zu unternehmen; er wolle sich »jedenfalls nicht dem Vorwurf ausgesetzt sehen, Sie nicht rechtzeitig von einer Entwicklung, die nicht im beiderseitigen Interesse liegen kann, unterrichtet zu haben«.

Plötzlich kam Bewegung in die Sache, die seit Jahren stagniert hatte. Vier Wochen nach Stanges brieflicher Warnung schrieb Vogel an Irma Möhring und bestellte sie (»Ich habe gute Nachricht«) für Montag, den 12. Juli, in seine Kanzlei. Weitere neun Tage später wurde Hans Möhring in die Bundesrepublik entlassen, allerdings nicht im Austausch, sondern gegen Bargeld: Der Bonner Ministerialbeamte Klaus Plewa übergab Vogel am Grenzübergang Invalidenstraße ein Bündel mit 500 000 Mark, das der Anwalt gleich an Volpert weiterreichte.

Während der Fall Möhring auf einmal überraschend schnell gelöst werden konnte, gab es um Guillaume, ähnlich wie bei Felfe, ein jahrelanges heftiges Gezerre. Die Ost/West-Gespräche endeten immer wieder an einem toten Punkt, weil die Bundesregierung darauf beharrte, daß der Kanzlerspion auf gar keinen Fall vorzeitig aus der Haft entlassen werde, worauf die DDR mit dem Abbruch auch der Häftlingsfreikäufe und der Familienzusammenführungen drohte. Aber auch die DDR hatte Anlaß, den Agententransfer einstweilen auszusetzen.

Erich Mielke tobte, als er erfuhr, daß am 18. Januar 1979 der Stasi-Oberleutnant Werner Stiller von der HVA-Abteilung XIII im Sektor Wissenschaft und Technik mit einem Koffer voller abgelichteter Dokumente durch die Agentenschleuse im Bahnhof Friedrichstraße in den Westen getürmt war, nachdem er insgeheim bereits zwei Jahre lang mit dem BND kollaboriert hatte. Gleich reihenweise enttarnte der Überläufer im Westen operierende Ost-Agenten. Aufgrund seiner Angaben leitete die Bundesanwaltschaft in Karlsruhe rund 100 Ermittlungsverfahren wegen Verdachts des Landesverrats ein. Der HVA-Offizier konnte den westdeutschen Sicherheitsorganen »ein nahezu lückenloses Bild« über »Struktur, Aufgabenstellung und Arbeitsmethoden« des DDR-Geheimdienstes liefern, frohlockte das Bonner Innenministerium.

Vor allem aber konnte Stiller den legendenumwobenen DDR-

Spionagechef Markus Wolf identifizieren, dessen Konterfei der Westen bis dahin nicht kannte und der deshalb als »Mann ohne Gesicht« galt. Zufällig war Wolf bei einem konspirativen Treffen mit dem bayerischen Arzt und SPD-Landtagsabgeordneten Friedrich Cremer am 1. Juli 1978 in Stockholm fotografiert worden, aber erst Stiller konnte dem BND Klarheit verschaffen, daß es sich auf dem heimlich geschossenen Bild um »Mischa« Wolf handelte. Daß am Ende nur 17 der Verdächtigen, die Stiller benannt hatte, als Spione verurteilt wurden, lag vor allem daran, daß der Überläufer nie als Zeuge vor Gericht erscheinen durfte – der Westen fürchtete die Rache der Verratenen.

Wie die Stasi früher schon manchen Ex-Kameraden aus der Bundesrepublik verschleppt hatte, der von der Fahne gegangen war, wollte Mielke auch Stiller kidnappen und zurückholen lassen, doch der war wie vom Erdboden verschluckt. Der BND versteckte den Deserteur gut, erst in einem Hotel im Münchner Vorort Grünwald, dann in einem BND-Objekt mitten in der City. Ende 1979 ging Stiller nach Amerika: In St. Louis im US-Bundesstaat Missouri erwarb er an der Washington University den Master of Business Administration, anschließend arbeitete er an der Wall Street in New York und als Finanzbroker in London.

Mit seinem Wechsel ins Geldgewerbe hatte Stiller seine Verfolger endgültig abgeschüttelt. Die Stasi fand, so sehr sie sich auch mühte, keine Fährte von ihrem abtrünnigen Agentenführer. Da half es auch nichts, daß Mielke gelegentlich in den Besprechungen mit seinen Abteilungsleitern ungeduldig an seinen Entführungsauftrag erinnerte: »Es ist still geworden um Stiller!«

Vogel entlarvt eine Stasi-Legende

Vier Monate nach Stillers Flucht mußte Mielke in einer Dienstkonferenz am 24. Mai 1979 schon wieder ein peinliches Eingeständnis machen. Eine vom Minister eingesetzte Kommission hatte ungeheuerliche Manipulationen der ihm direkt unterstehenden und sonst stets als vorbildlich gelobten Hauptabteilung IX (»Untersuchung«) aufgedeckt: Die Stasi-Ermittler hatten, aus Mangel an tatsächlichen Erfolgsmeldungen, eine ganze Heerschar feindlicher Spione einfach erfunden und der Phantasietruppe sogar einen hochtrabenden Namen gegeben – »Agenten mit spezieller Auftragsstruktur« (ASA).

Angefangen hatte die Lügengeschichte damit, daß mehrere in den Westen geflüchtete Angehörige der Nationalen Volksarmee desillusioniert in die DDR zurückgekehrt und dort verhaftet worden waren. Die Untersuchungsabteilung der Stasi hatte sie intensiv zu ihren Befragungen westlicher Geheimdienste vernommen. Im südlichen DDR-Grenzbezirk Bezirk Suhl waren – so berichtet Markus Wolf, der als Mielkes Stellvertreter an der Dienstkonferenz teilnahm – findige Vernehmer auf die Idee gekommen, ihre dürftigen Arbeitsergebnisse durch Geständnisse williger Untersuchungshäftlinge über Aufträge westlicher Dienste aufzubessern. Sie stifteten die Rückkehrer mit Hafterleichterungen und Versprechungen dazu an, »mit ihnen zusammen wahre Räuberpistolen zu ersinnen«.

Wolf: »Der jahrelang geführte Propagandakrieg zwischen DDR und BRD und die ständige Furcht vor einem ›kleinen‹ oder ›verdeckten‹ Krieg hatten eine Atmosphäre entstehen lassen, in der solche Lügenmärchen anstandslos geschluckt wurden.« Die Hauptabteilung IX in der Berliner MfS-Zentrale griff die angeblichen Infiltrierungsversuche begierig auf: »Die Lawine«, so Wolf, »war losgetreten und bald nicht mehr zu bremsen.« Ein Häftling nach dem anderen outete sich als ASA.

Der Minister selbst glaubte den Schmarren nur zu gern, obwohl ihn die Übertreibungen hätten stutzig machen müssen. Gegenüber KGB-Chef Jurij Andropow prahlte Mielke, die MfS-Abwehr verfüge über bedeutungsvolle Informationen, mit denen die Gefahr eines verdeckten Krieges zu beweisen sei. Der Stasi-Chef übergab dem Russen dabei geheimnisvolle Dokumente über ein Mini-U-Boot, mit dem ASA angeblich über die Ostsee auf DDR-Territorium hatten eindringen wollen.

Das U-Boot entpuppte sich später als Hirngespinst eines besonders phantasiebegabten Häftlings. Erstaunlich war, daß die Geschichte von dem märchenhaften Meeresvehikel den Dienstweg durch die ganze Stasi-Hierarchie nahm, bis sie schließlich beim Minister landete. Daß Marineexperten, die für einen Prozeß ein Gutachten zu erstatten hatten, die Angaben über das U-Boot als völlig unglaubhaft einstuften, wurde einfach unterschlagen.

Wahrscheinlich, meint Markus Wolf, hätten auch die Verantwortlichen der Hauptabteilung IX zu jenem Zeitpunkt bereits erkannt, »daß sie frei erfundenen Geschichten aufgesessen waren«; sie hätten aber »nicht den Mut gefunden, der Sache Einhalt zu gebieten«. Denn inzwischen hätten die ASA »ihre Eigendynamik voll entwickelt« – »wissenschaftliche« Arbeiten wurden über sie verfaßt und Schulungsmaterialien über diese gefährliche Agentenart waren in Umlauf.

»Rechtsanwalt Wolfgang Vogel«, konstatiert Wolf, »machte dem Spuk ein Ende.« Dem Advokaten waren bei der Verteidigung einiger Mandanten absonderliche Dinge aufgefallen, die er zunächst für sich selbst in einem Vermerk vom 20. Februar 1978 auflistete, um sie bei geeigneter Gelegenheit zur Sprache zu bringen. Als sich jedoch zeigte, daß bei der Stasi niemand mit Vogel darüber reden wollte, schrieb er am nächsten Tag einen Brief an Erich Mielke, um die »unglaublichen Verfahren gegen sogenannte ›ASA‹« anzuprangern.

Vogels Schreiben war der Auslöser dafür, daß der Minister die Untersuchungskommission einsetzte. Beigefügt war dem Brief ein Vermerk Vogels, in dem er die ihm unerklärlichen Ungereimtheiten auflistete. So hatten unter anderem vier Männer, die zu Freiheitsstrafen zwischen 14 Jahren und lebenslang verurteilt worden waren, angeblich beim US-Geheimdienst National Security Agency (NSA) in der Bundesrepublik eine Spezialausbildung erhalten. Im August 1974 sollen sie, den Feststellungen des Gerichts zufolge, »gemeinsam Kommandoeinsätze gegen die DDR über die Ostsee durchgeführt« haben: Sie seien mit einem U-Boot oder Küstenmotorschiff in Hoheitsgewässer der DDR eingedrungen und mit einem Kleinst-U-Boot ans Festland gelangt. In der DDR seien sie mit dort stationierten Agenten zusammengetroffen und hätten ihnen Spionagematerial übergeben und ebenso von ihnen in Empfang genommen.

Drei der Angeklagten belasteten sich vor Gericht selbst, indem sie diese Story bekräftigten, nur einer bestritt hartnäckig.

Für Verteidiger Vogel sprachen einige »Überlegungen« gegen die Selbstbezichtigungen:
- Die Angeklagten nannten unterschiedliche Namen von Ausbildern und Vorgesetzten;
- die »jahrelange und mehrfache Verletzung der Hoheitsgewässer der DDR« durch westdeutsche U-Boote und Küstenmotorschiffe könne nicht unbemerkt geblieben sein;
- die angeblich in der DDR tätigen Agenten, mit denen die Verurteilten zusammengetroffen sein wollten, seien immer noch unbekannt;
- unbekannt seien auch abenteuerliche Details der Erzählungen wie Unterwasserstationen mit elektronischen Kampfmitteln, Waffencontainer und ein toter Briefkasten in der Rostocker Kanalisation.

Mit ätzender Ironie fragte Vogel, »in welcher Kleidung« sich »die angelandeten Agenten auf unserem Territorium bewegt« haben könnten – etwa »im Taucheranzug?«

Auffällig erschien dem Anwalt auch der große Zeitraum, innerhalb dessen die in diesem Verfahren Beschuldigten festgenommen worden waren, nämlich zwischen April 1975 und November 1976. Danach, folgerte Vogel, »hätten uns die Auftraggeber die gesamte Gruppe der Kommandoeinsätze nach und nach frei Haus angeliefert und mit der völligen Aufklärung aller Einsätze für Vergangenheit und Zukunft rechnen müssen«.

Der Anwalt mochte sich nicht für die Stasi-Inszenierung hergeben. Seine »Bereitschaft zur bewährten Partnerschaft im Rahmen meines Regierungsmandats«, das, wie Vogel aufzählte, die Bereiche »Austausch, ›Freikauf‹, Familienzusammenführungen, Vermittlungen für Repräsentanten zwischenstaatlich und international« umfasse, müsse »nach wie vor *darauf* beschränkt bleiben«. So sei das »mit dem Genossen Generalsekretär abgesprochen und in dem Ihnen bekannten Protokollvermerk festgehalten«. Er bestehe, schrieb Vogel an den Stasi-Minister, »vor allem unter Bezug auf diese Übereinkunft auf Abhilfe«. Es sei der »gemeinsamen Sache nicht dienlich, wenn seit Jahren Bewährtes durch Unbedachtes und vor allem Überflüssiges fragwürdig werden könnte«.

In seiner mehrstündigen Rede bei der Dienstkonferenz eierte Mielke herum. Zwar konnte er den Schwindel nicht leugnen, mußte ihn sogar anprangern und verurteilen; am Ende fand er aber doch wieder zu seinem »Standardcredo« (Wolf): »Feinde müssen wie Feinde behandelt werden.« Das Feindbild durfte nicht ins Wanken geraten: Mochte die ASA auch ein Hirngespinst sein, so konnte die fiktive Spezialeinheit immer noch dafür herhalten, erhöhte Wachsamkeit zu beschwören.

Nichts von dieser internen Stasi-Affäre drang in den Westen. Aber auch dort hielt man an einer liebgewordenen Fiktion fest, die im Unterschied zu dem ASA-Schmierenstück auch der eigenen Bevölkerung weisgemacht wurde: daß in der DDR durchweg unschuldige Menschen eingekerkert würden, gegen die zu Unrecht Spionagevorwürfe erhoben worden seien.

Erst lange nach der Wende hat der Bonner Geheimdienst-Koordinator Bernd Schmidbauer in einer TV-Talkshow eingeräumt, daß der BND in großer Zahl informelle Mitarbeiter beschäftigte: »Der Dienst«, sagte Schmidbauer 1995, »hat in den letzten Jahren viele Menschen verloren in seiner Arbeit, das ist keine angenehme Geschichte.« Dabei habe es sich nicht um hauptamtliche Geheimdienstler gehandelt, und zum ersten Mal zog der Staatsminister im Kanzleramt eine Bilanz: »Wir haben tausend im Gefängnis gehabt im Osten, wir haben 16 Tote im Dienst gehabt.« In SOUD (»Soglaschenije o sisteme objedinennowo [utschjota] dannych o protiwnike«), dem 1977 gegründeten Datenverbund der Spionagedienste des sozialistischen Lagers, hatte die Stasi, wie sich nach dem Untergang des Ostblocks herausstellte, mehr als 2200 BND-Mitarbeiter mit Klar- und Decknamen gespeichert.

Über Guillaume ließ Bonn schon gar nicht mit sich reden. Nur noch wie politische Häftlinge gegen Geld, nicht im Tausch, wollte die Bundesregierung Ex-Agenten heimholen, die in DDR-Gefängnissen saßen, die es aber nach Bonner Lesart überhaupt nicht gab. Aber nun stellte sich auch Ost-Berlin stur, und so dringend der realexistierende Sozialismus eine Valutaspritze gebraucht hätte, beharrte die DDR auf dem Prinzip, daß Nachrichtendienstler nur im Austausch, nicht durch Freikauf aus dem Knast freikommen sollten. Die DDR hätte sonst ja keine personelle Gegenleistung für ihre im Westen inhaftierten Kundschafter mehr bieten können, die Austauschpraxis wäre zum Erliegen gekommen. An Geldzahlungen durch die DDR war Bonn ohnehin nicht interessiert.

In einem Brief an seinen Verhandlungspartner Stange warnte Vogel im April 1980 »nach Konsultation und im Einvernehmen an höchster Stelle«, also mit Honecker: »Es wird seit geraumer Zeit immer sichtbarer, daß man bei Ihnen von der seit 1964 vereinbarten und geübten Praxis weg will, im humanitären Bereich unter bestimmten Konditionen auch Inhaftierte auf Ihrer Seite vorzeitig zu entlassen.« Im Jahr zuvor sei »erstmalig mit hinhaltender Begründung überhaupt keine Entlassung erfolgt«, und nun werde sogar »ausdrücklich abgelehnt«.

Die DDR, drohte Vogel, lasse sich »diese Handhabung« nicht bieten. Sie laufe »letztendlich auf eine Aufkündigung der humanitären Vereinbarungen hinaus, die ohne vorzeitige Haftentlassungen auch auf Ihrer Seite nicht zustandegekommen und demzufolge auch nicht aufrecht zu erhalten wären«.

Vogel erinnerte daran, daß »hier wie dort« Interesse daran bestehe, »im Zuge der Entspannung die Beziehung belastende Konfliktfälle einvernehmlich zu lösen«. Daß Bonn kein Jota von seinem Standpunkt abwich, obwohl der Kalte Krieg durch geregelte nachbarschaftliche Beziehungen abgelöst worden war, fand der Anwalt unverständlich: »Warum so etwas damals möglich war und heut nicht mehr möglich sein soll, ist nicht einzusehen, zumal die unabdingbare Folge *beide* Seiten träfe; denn nicht nur dort, sondern vor allem hier müßten die Inhaftierten voll verbüßen.«

Der Anwalt verquickte in seinem Brief ehrlich empfundenes Mitleid mit den Gefangenen und politische Propaganda: Er erspare sich »auszudeuten«, was das Absitzen des östlichen Strafmaßes »in der Öffentlichkeit für die wegen nachgewiesener Spionage (namentlich Militärspionage) verurteilten Bundesbürger und deren Familien« bedeute. Den immer wieder vorgebrachten Einwand, in der DDR würden Transitreisende unter fingierten und konstruierten Anschuldigungen eingesperrt, ließ Vogel nicht gelten: Es habe sich wohl noch »nicht ausreichend herumgesprochen, daß vor allem im militärischen Auskundschaften die Gegenseitigkeit verbürgt ist«. Den Beweis habe er »mit detaillierten schriftlichen Darlegungen« zu sieben Fällen »bereits im Januar 1978 erbracht«.

Vogel hatte, »abgesprochen mit E. H.«, für Bundeskanzler Schmidt auf mehreren Seiten die geheimdienstlichen Methoden der West-Agenten dargestellt – »um zu erreichen, daß man für diese Leute was tut«, erklärt er im nachhinein seine Vorgehensweise. Er habe dabei nur solche Fälle ausgewählt, von deren Stichhaltigkeit er sich selbst habe »hundertprozentig überzeugen« können. Dabei handelte es sich um Westdeutsche, die vom BND mit Stellenanzeigen als »Meinungsforscher« und »Reisebegleiter« angeworben worden waren.

Nun, zwei Jahre später, monierte der Anwalt: »Bis zur Stunde habe ich darauf keinerlei Reaktion, obwohl ich um diese Darstellung ausdrücklich gebeten worden bin.« Er könne, schrieb Vogel, die Beispiele um eine »Vielzahl von Verfahren« erweitern, »auch aus jüngster Zeit«, und müsse daran »die so ernste Frage anknüpfen, wie man eigentlich diese Ihre Bürger freizubekommen gedenkt, wenn nicht im bisherigen Verfahren«.

Er habe daher, schloß der Anwalt seine lange Epistel, »den Auftrag, Ihre Seite darum zu bitten, die derzeitige Lage nochmals zu überdenken, bevor Entscheidungen fallen könnten, die sich nicht so ohne weiteres rückgängig machen ließen«. Vogel drängte, weil er die Erfahrung gemacht hatte: »Ein Stopp war viel leichter zu verfügen als seine Aufhebung.«

Wie schwer sich die Bundesregierung tat, läßt sich an dem gewundenen Antwortbrief Stanges vom 21. April 1980 ablesen, der praktisch nur eine Eingangsbestätigung enthielt: Vogels Schreiben sei »an höchster Stelle mit Interesse zur Kenntnis genommen« worden, sein Inhalt werde »zur Zeit sorgfältig geprüft«. Sobald »diese Prüfung abgeschlossen ist«, kündigte Stange an, werde er »Stellung nehmen«.

Obschon der Zwischenbescheid unbefriedigend war, lenkte die DDR ein und versuchte, gut Wetter zu machen. Am 5. Mai 1980 stellte Vogel »die vorläufige Fortsetzung der H-Aktion [= Häftlingsfreikauf] und Familienzusammenführungen« in Aussicht. Dies, betonte Vogel, geschehe »in der Erwartung«, daß man sich »in der strittigen Frage« des Gefangenenaustauschs »*beiderseits* zufriedenstellend verständigen und einigen« werde.

Die Bundesregierung, die ohnehin lieber zahlte als tauschte, griff sofort zu. »In Verfolg Ihres Schreibens vom 5. 5. 1980« teilte Stange »die Bereitschaft meiner Seite« mit, »hinsichtlich der zweiten Folge der H-Aktion DM 20 Mio und in Anrechnung auf künftige Familienzusammenführungen nochmals DM 5 Mio gutzuschreiben«. Ausweichend blieb Stanges Antwort auf Vogels eigentlichen dringlichen Wunsch: »In der noch offenen Frage des Austausches werde ich noch gesondert Stellung nehmen.«

Auch in den folgenden Monaten kam keine Bewegung in die Streitfrage, so daß sich Vogel schließlich im Januar 1981 direkt an den Bundeskanzler wandte: »Aktuelle Besorgnis um die humanitären Erleichterungen für Inhaftierte und Familienzusammenführungen auf dem Wege der seit 1962 bestehenden anwaltlichen Kontakte zum beiderseitigen Nutzen verpflichtet mich zu diesem Brief, der an höchster Stelle abgestimmt ist.«

Es gehe, kam Vogel auf den Punkt, »um das leidige Austauschproblem«, zu dem es schon »im Vorjahr einen Schriftwechsel gegeben« habe. Ministerialdirektor Edgar Hirt, der zuständige Beamte im Innerdeutschen Ministerium, habe dazu »offiziell mündlich angemerkt«, daß der Kanzler selbst »den hier entstandenen Argwohn bei passender Gelegenheit ausräumen« wolle. Dies sei »sodann auch geschehen«.

Vogel erinnerte den Bonner Regierungschef daran, daß dieser am 21. August 1980, bei einem Besuch des DDR-Anwalts in Schmidts Ferienhaus am holsteinischen Brahmsee, versichert habe, daß der Gefangenenaustausch mit Jahresbeginn 1981 fortgesetzt werde. Vogel hatte extra nachgehakt, ob diese Zusage auch für den Fall gelte, daß der Kanzler das damals geplante Treffen mit Honecker absagen würde, und Schmidt hatte bejaht. »Diese Eröffnung«, so Vogel, habe er »selbstverständlich dem Herrn Staatsratsvorsitzenden berichtet«, worauf die auch mit Schmidt »besprochene ›rote Liste‹ abgetragen und der Umfang der Familienzusammenführungen erhöht« worden sei.

Die »rote Liste« war ein Wunschkatalog aus dem Kanzleramt, der bei der Vorbereitung des vorgesehenen Schmidt-Besuchs in der DDR übergeben worden war und vor Reiseantritt bereinigt sein sollte. Die Fortsetzung des Austauschs, betont Vogel, sei keine Bedingung für die DDR-Visite gewesen, die schließlich daran scheiterte, daß die DDR-Führung einem von Schmidt gewünschten Abstecher nach Rostock nicht zustimmen mochte.

»Vor Weihnachten« 1980, erinnerte Vogel den Kanzler, habe es in Sachen Austausch hoffnungsvoll ausgesehen, »die Dinge kämen in Gang und auch zum positiven Abschluß«. Dann aber »wurde von Ihrer Seite plötzlich abgesagt und auf unbestimm-

253

te Zeit vertröstet, womit man sich hier nicht abfindet«. Er, Vogel, sei »daher angehalten, auf Ihre Eröffnung vom 21. 8. 1980 zurückzugreifen, um hier erwogene Entscheidungen aufzuhalten und zu verhindern, die für die Menschen hüben und drüben schlimm wären«. Wieder einmal drohte die DDR, sich mit einem Stopp der Familienzusammenführungen zu revanchieren.

Daß sich aus DDR-Sicht die Lage dramatisch verhärtete, machte Vogel im letzten Absatz seines Briefes deutlich: »Sie haben mir zugestanden«, erinnerte er Schmidt, »Ihr Gehör vor allem dann zu finden, wenn ich Gefahr im Verzuge sehe.« Vogel konstatierte: »Diese Stunde ist gekommen.«

Doch Bonn zeigte sich weiter hartleibig, obschon Bundesnachrichtendienst und Verfassungsschutz drängten und darauf hinwiesen, daß die DDR für die Freilassung Guillaumes »bisher nicht dagewesene Preise« zu zahlen bereit sei. Die Rede war von einer zweistelligen Zahl von westdeutschen Agenten und Fluchthelfern, die in der DDR enttarnt und zu langjährigen Haftstrafen verurteilt worden waren. Die westdeutschen Geheimdienstler betrachteten es bereits als guten Brauch im Spionagegeschäft, daß ertappte Agenten nach relativ kurzer Haftzeit ohne viel Aufhebens mit einem Austausch rechnen konnten.

An einen solchen Automatismus glaubten auch viele DDR-Geheimdienstler. »Durch die Publizität im Westen, nicht durch unser Zutun«, wie Markus Wolf betont, habe sich »die Meinung durchgesetzt, daß wir jeden rausholen«. Durch die »Vielzahl der Verhaftungen in der DDR« sei der Osten ja auch »in der Lage gewesen, fast jedes Äquivalent zu bieten«.

Bonn aber blieb unnachgiebig. Guillaume, versteifte sich das Kanzleramt, müsse »wie ein normaler Krimineller wenigstens zwei Drittel« seiner 13jährigen Freiheitsstrafe absitzen – und dazu fehlten noch knapp zwei Jahre. Eine frühere Freilassung komme nur in Betracht, wenn der über Guillaume gestürzte Ex-Kanzler Brandt sich öffentlich dafür ausspreche. Doch der hüllte sich verbittert in Schweigen. »Ich habe kein Verhältnis zur DDR«, reagierte der SPD-Chef, der einst eine neue Ostpolitik durchgesetzt hatte, schon unwirsch, wenn er auf das belastete innerdeutsche Verhältnis angesprochen wurde.

Zur selben Zeit, als Ost-Berlin um die Freilassung Guillaumes feilschte und womöglich jeden geforderten Preis bezahlt hätte, machte die Bundesregierung keinerlei Anstalten, um einen vom Tode bedrohten Ostdeutschen zu retten. Im Juni 1979 war Winfried Baumann, der ein Jahr zuvor Verbindung zum Pullacher Geheimdienst aufgenommen hatte, bei einem vom BND stümperhaft organisierten Ausschleusungsversuch verhaftet worden.

Eine tödliche Panne des BND

Baumann, 1930 als Winfried Zakrzowski in Ostpreußen geboren, war nach dem Krieg mit seiner Mutter ins mecklenburgische Wismar gekommen und hatte zunächst gelernt, als Mechaniker Schreibmaschinen zu reparieren. 1952 meldete er sich freiwillig zur seemännischen Ausbildung an die frisch gegründete Offiziersschule der Volksmarine in der Parower Schwedenschanze. Dem jungen Marineoffizier, inzwischen SED-Mitglied, wurde die Leitung des Offizierskasinos in Stralsund übertragen, wo er sich in die Schwägerin des Chefs der Volksmarine, Admiral Waldemar Verner, verliebte.

Seit Dezember 1956 war Zakrzowski in der Verwaltung Aufklärung des Ministeriums für Nationale Verteidigung der DDR in Berlin. Er heiratete die Schwägerin des Admirals und wurde Vater der Tochter Liane. Im militärischen Nachrichtendienst machte er eine Blitzkarriere: Im Rang eines Fregattenkapitäns wurde er Leiter der Abteilung 8, deren Aufgabe die Aufklärung der Führungsstäbe und Teilstreitkräfte der Bundeswehr war. Doch er hatte, seit seiner Tätigkeit im Stralsunder NVA-Kasino, Alkoholprobleme. Daraus resultierten dienstliche Verfehlungen, die disziplinarische Bestrafungen nach sich zogen. Dem Teufelskreis entkam er nicht. Nach einem Selbstmordversuch wurde er 1970 aus der NVA entlassen.

Zunächst durfte Zakrzowski noch ausländische Organisationen beim Nationalrat der Nationalen Front betreuen, weil der Geheimnisträger dort unter der Aufsicht des MfS blieb. Nach einer Entziehungskur übernahm er einen Posten bei der Liga für Völkerfreundschaft, wo er jedoch geschaßt wurde, als er fingierte Spesen abrechnete. Wegen Scheckbetrugs und Heiratsschwindels kam der Ex-Offizier schließlich sogar ins Gefängnis.

In einer Überwachungsakte des MfS hieß es: »Er wurde erst nach mehreren Tagen gefunden und hatte sich bei Frauenbekanntschaften und im asozialen Milieu umhergetrieben. In strafrechtlicher Verfolgung mehrerer Delikte wurde (Zakrzowski) von der Hauptabteilung IX des MfS inhaftiert und später zu einer einjährigen Freiheitsstrafe verurteilt.«

In dieser Zeit versuchte Zakrzowski zum ersten Mal, Kontakt zum BND aufzunehmen. Im Dezember 1974 erhielt HVA-Chef Markus Wolf durch einen Maulwurf in Pullach »inoffizielle Hinweise aus dem Operationsgebiet, wonach ein höherer Offizier der bewaffneten Organe der DDR sich nach dem Westen absetzen« wolle. Doch die Verbindung zum BND, die Zakrzowski suchte, kam nicht zustande – im Suff verschlief der potentielle Überläufer die vereinbarten Treffs.

Nach seiner Haftentlassung jobbte Zakrzowski als Journalist bei der Gewerkschaftszeitung *Tribüne* und lernte Ruth Baumann kennen, die er heiratete und deren Namen er annahm. Doch auch diese Verbindung ging bald in die Brüche. Im Sommer 1977 verliebte er sich in die HNO-Ärztin Christa-Karin Schumann, die gerade von ihrem Mann geschieden worden war.

Schon nach wenigen Monaten schmiedete er mit seiner neuen Lebensgefährtin Pläne, die DDR illegal zu verlassen. Als ehemaliger Geheimdienstoffizier, brüstete er sich, wisse er genug, um das Interesse westlicher Dienste zu wecken, sie beide und die beiden Schumann-Kinder auszuschleusen. Als der in Heidelberg lebende Bruder von Christa-Karin Schumann, der Mediziner Wolf-Dieter Thomitzek, im Mai 1978 Ost-Berlin besuchte, bat ihn Baumann, einen Kontakt zum BND anzubahnen. Hochstaplerisch, als sei er noch im aktiven Dienst, ließ er ausrichten, daß er Kapitän und Abteilungsleiter der Verwaltung Aufklärung des DDR-Verteidigungsministeriums sei.

Baumanns Lebensgefährtin traf sich im Dezember 1978 heimlich mit ihrem Bruder in Dresden. Der übergab dabei, im Auftrag des BND, verschiedene nachrichtendienstliche Utensilien, so etwa Anleitungen zum Funkverkehr und zum Chiffrieren von brieflichen, telefonischen und telegrafischen Mitteilungen an den BND. Damit war, wie es im Jargon der Schlapphüte heißt, eine »stabile zweiseitige geheimdienstliche Verbindung« geschaffen.

Von Januar 1979 an erhielt Baumann 28 Funksprüche aus Pullach, in mindestens sieben Telefongesprächen ließ er dem BND verschlüsselte Mitteilungen zukommen, und er schickte sieben Geheimbriefe an Deckadressen. Dem BND blieb jedoch verborgen, daß er es mit einem seit acht Jahren außer Dienst gestellten Alkoholiker zu tun hatte, statt dessen übermittelte er immer neue Beschaffungswünsche. Baumann wollte sich dem BND als gewichtiger Informant darstellen, und so schrieb er auf, was er aus seiner früheren Tätigkeit noch wußte. Er notierte Angaben zu 51 Inoffiziellen Mitarbeitern aus der Bundesrepublik und West-Berlin, die in der Registratur der Verwaltung Aufklärung enthalten waren, und Angaben zu sieben DDR-Bürgern, die dem militärischen Geheimdienst zuarbeiteten, ferner Angaben zu 30 MfS-Mitarbeitern und vier Angehörigen der sowjetischen Sicherheitsorgane sowie etliche technische Details.

Ob der neue BND-Präsident Klaus Kinkel, seit Weihnachten 1978 im Pullacher Amt, von seinen Leuten über die Verbindungen zu dem vermeintlichen Top-Agenten informiert worden war, ist ungewiß. Vogel glaubt nicht, daß der Fall Baumann, der im BND unter dem Decknamen »Roter Admiral« gehandelt wurde, als Chefsache lief. Zumindest, darin ist sich Vogel sicher, sei Kinkel »nicht über Details unterrichtet« worden – sonst, folgert er, hätte sich der BND-Präsident anders verhalten.

Als Kurier und Ausreisehelfer für Baumann benutzte der BND einen Wanderer zwischen den Welten: Horst Hering, 1920 in Leipzig geboren und nun in Bernau am Chiemsee wohnhaft, diente einerseits der Stasi als IM »Alexander«, andererseits war er als BND-Agent »Sissi« unterwegs. Der BND hatte Hering schon beim Übertritt des Stasi-Oberleutnants Werner Stiller im Januar 1979 eingesetzt: Der wendige Sachse hatte Stillers Freundin und deren Kind via Warschau in den Westen gelotst, während Stiller selbst über die Agentenschleuse am Bahnhof Friedrichstraße in Berlin ausreiste. Und wie bei Stiller leitete die Baumann-Aktion ein gewisser Bierling, was aber nur sein geheimdienstlicher Künstlername war. Bürgerlich hieß er Josef Zeller.

Die Bekanntschaft jenes Bierling hatte der gelernte Buchdrucker und Setzer Hering im Juli 1976 gemacht, nachdem er sich um eine Stelle als freier Mitarbeiter des CSU-Organs *Bayernkurier* beworben hatte. Hering, der im Krieg bei der Marine gedient hatte und als Obermaat entlassen worden war, hatte sich mit vielerlei Beschäftigungen durchs Leben geschlagen. Mal reiste er als selbständiger Handelsunternehmer für Verpackungsmaschinen und Verpackungsmaterialien, dann jobbte er für Reise-, Sport- und Druckereiartikel, und über die Ausstellungen und Messen, die er besuchte, schrieb er gelegentlich gegen Zeilenhonorar Artikel für Fachblätter.

Bierling gab sich gegenüber Hering als »Verleger« des *Bayernkurier* aus – eine Legende, die er bei der Anwerbung von BND-Agenten gern benutzte. Mit dem Parteivorsitzenden Franz Josef Strauß stand Zeller alias Bierling auf gutem Fuß: Er war 1948 mit Strauß aus dem Schongauer Landratsamt nach München aufgestiegen. Zum Einstand beim *Bayernkurier* lieferte Hering nach dem Besuch der Leipziger Herbstmesse 1976 einen Bericht – seine wohl einzige journalistische Arbeit. Denn gleich darauf gab sich Bierling als BND-Mitarbeiter zu erkennen und erteilte fortan nur noch geheimdienstliche Aufträge. Die erfüllte Hering beflissen, weil ihm Bierling immer noch eine Festanstellung beim *Bayernkurier* in Aussicht stellte.

Anfang Februar 1979 erkrankte Baumann an Herzrhythmusstörungen, so daß seine Ausschleusung fraglich wurde. Damit wenigstens seine Lebensgefährtin in den Westen geholt würde, berichtete er ihr einen Teil seines Wissens. Mehrere Tage lang diktierte er ihr, was er über 22 Inoffizielle Mitarbeiter der HVA im Westen wußte. Ende März teilte er dem BND mittels Geheimschrift weitere IM-Namen mit.

Die Ausschleusung sollte an Ostern über Budapest erfolgen. Doch Baumann hatte keinerlei Fluchtvorbereitungen getroffen. »Ich wußte nicht mehr, was ich wollte«, sagte er später, »ich lebte doch nur noch von einem Tag auf den anderen.« An ihm nagte die Angst, wie der BND auf seine Lügen reagieren würde, wenn er erst mal drüben war. Und ihn befielen Skrupel bei dem Gedanken an die »Patrioten«, die er schon verraten hatte. Lethargisch gab er sich dem Alkohol hin und versäumte, sich die für die Ungarn-Reise nötigen Papiere zu besorgen. Erst am Tag vor der geplanten Abfahrt stellte Christa-Karin Schumann entsetzt fest, daß sich Baumann um nichts gekümmert hatte.

Am 13. April flog die Ärztin allein mit ihren Kindern nach Budapest – im Koffer Kleidung aus westlicher Produktion, weil sie sich in der ungarischen Hauptstadt mit falschen Pässen als Bundesbürger ausgeben und mit diesen Personalpapieren aus dem Ostblockstaat ausreisen sollten. Baumann, so war vereinbart, sollte drei Tage später nachkommen, wenn er seine Reisedokumente beisammen hätte. Doch am Ostermontag rief er aus Berlin an: Seine Freundin solle dem Kurier ausrichten, er sei krank und verzichte auf die Ausreise. Ohne ihren Lebensgefährten wollte aber auch die Ärztin nicht in den Westen. Enttäuscht kehrte die Frau nach Ost-Berlin zurück.

Ein paar Wochen herrschte Funkstille zwischen Pullach und dem vermeintlichen Meisterspion. Um dem BND zu zeigen, daß er immer noch ernsthaft an einem Seitenwechsel interessiert sei, benannte Baumann den Pullachern Anfang Mai drei weitere IM in der Bundesrepublik und verriet auch eine Methode, wie DDR-Aufklärer untereinander konspirativ Verbindung hielten.

Bevor an Pfingsten ein zweiter Ausschleusungsversuch, diesmal über Polen, unternommen werden konnte, wurde Baumann am 6. Juni 1979 festgenommen. Seit Monaten war die Hauptabteilung II des MfS dem Paar auf der Spur, weil bei einer Routinekontrolle einer der Briefe an eine BND-Deckadresse angehalten, analysiert und weitergeleitet worden war. Ein Späher-Trupp der Stasi observierte aus einem Bauwagen den Briefkasten des Postamtes Leipziger Straße; jedesmal wenn ein Brief eingeworfen wurde, leerten Kollegen den Kasten und verglichen die Handschrift mit dem Muster.

Es kamen mehrere Zufälle zusammen, daß die Stasi-Fahnder erfolgreich waren. Zufällig warf Christa-Karin Schumann den für Pullach bestimmten Brief nicht irgendwo in der Stadt, sondern wieder gegenüber ihrer Wohnung ein. Andernorts wäre der Brief auch deshalb kaum aufgefallen, weil diesmal eine neue Deckadresse verwendet wurde. Und: Es sollte die letzte Post nach Pullach vor der geplanten Flucht über Polen sein.

Die Ärztin wurde beschattet, zwei Tage später war ihre Verbindung zu Baumann klar. Christa-Karin Schumann wurde verhaftet und im Gefängnis gezwungen, einen weiteren Geheimbrief an den BND zu schicken; dabei mußte sie so tun, als liefen die Fluchtvorbereitungen völlig glatt. Denn die Stasi wollte nun den BND-Schleuser Hering abfangen, der als Journalist zur Posener Messe nach Polen reiste, als Baumann längst verhaftet war. Zehn Tage nach dem »Roten Admiral« ließ die Stasi auch den Kurier hochgehen.

Baumann hatte nur Vorbereitungen für sein Überlaufen getroffen, der DDR war noch kein meßbarer Schaden entstanden. Die Angaben, die der verkrachte Marineoffizier dem BND geliefert hatte, waren so veraltet, daß sie keine praktischen Folgen mehr haben konnten.

Nachdem Vogel von der Rechtsschutzstelle der Bundesregierung mit der Verteidigung von Christa-Karin Schumann beauftragt worden war, bat diese den Anwalt, auch ihren Lebensgefährten zu vertreten. Vogel schrieb an Baumann, der erteilte Vollmacht. Im September 1979 erhielt Vogel durch die West-Berliner Rechtsschutzstelle, die nun von den Anwälten Wolf-Egbert Näumann und Ülo Salm geführt wurde, auch das Mandat für Hering.

Am 5. Februar 1980 berichtete Vogel den Kollegen, daß er die beiden Untersuchungshäftlinge »erneut besucht« habe, »die Akten stehen uns zur Verfügung«. Vogel schlug Alarm: »Es handelt sich um außergewöhnlichen Umfang und ausnehmend gravierende Vorwürfe. Hier kommt so einiges auf uns zu.« Näumann schickte dem Innerdeutschen Ministerium eine Kopie von Vogels Brief, Bonn reichte eine weitere Ablichtung an den BND weiter – Vogels Warnung war mithin allen zuständigen Instanzen bekannt.

Überraschend bat Baumann, in einem handgeschriebenen Brief vom 27. März 1980, »aus begründetem Anlaß« jedoch, »weitere Bemühungen im Hinblick auf meine Verteidigung einzustellen«. Er wolle »betonen«, daß »diese Bitte Sie als Person nicht tangiert«. Baumann, vermutet Vogel, habe diesen Brief »sicher auf Druck geschrieben«.

Sollte der Chefunterhändler der DDR aus diesem Prozeß herausgehalten werden, dessen blutiges Ende bereits beschlossene Sache war? Vogel meint, die DDR-Führung habe, aus Geheimhaltungsgründen, jeglichen West-Kontakt von Verfahrensbeteiligten vermeiden wollen. Die Verteidigung Baumanns übernahm ein linientreuer SED-Advokat, Hans-Gerhard Cheim.

Daß Baumann die Prozeßvollmacht widerrufen hatte, erfuhr Vogel vom Militärstaatsanwalt der DDR mit einem Anschreiben vom 7. April 1980. In einem Vermerk für Näumann und Salm gab Vogel auszugsweise die wörtliche Begründung Baumanns wieder: »Ich glaube nach Lage der Dinge einer wirksamen Verteidigung von Frau Schumann durch meine Entscheidung am besten zu entsprechen.« Baumann war also klar, daß ihm die Todesstrafe drohte. Aber er wollte wohl seine Lebensgefährtin retten, indem er auf einen gemeinsamen Verteidiger verzichtete. Da die westlichen Geheimdienste zwischen den Zeilen zu lesen verstanden, mußte ihnen klargeworden sein, daß der ehemalige Fregattenkapitän ein todgeweihter Mann war. Dennoch unternahm der BND nichts, um ihn zu retten.

Kinkel rechtfertigte auch im nachhinein das Nichtstun seines Amtes: »Wir durften keinen Mucks tun, um ihm nicht zu schaden.« Jede Intervention hätte, so die BND-Logik, geradezu den Beweis für den Verrat geliefert. Doch Belastungsmaterial gab es auch so genug: Durch die Festnahme von Baumann, Schumann und Hering waren dem MfS Geheimbriefe und Chiffrierunterlagen, Deckadressen, gefälschte Papiere und BND-Container in die Hände gefallen, und dies wußte auch der BND. Selbst wenn alle drei, womit kaum zu rechnen war, bei den Vernehmungen standhaft geblieben wären, hätte genügend gerichtsverwertbares Material für den Nachweis einer landesverräterischen Beziehung zum BND vorgelegen.

Die Hauptverhandlung gegen Hering fand an drei Tagen Anfang Juni 1980 statt. Verteidiger Vogel versuchte in seinem Schlußplädoyer die Verantwortung für Herings Handeln auf den BND abzuwälzen. Was beim Aktenstudium und im Gerichtssaal zutage getreten sei, so Vogel, sei »für das Zeitalter der Entspannung und gutnachbarlichen Beziehungen zwischen der BRD und vier sozialistischen Ländern«, nämlich Ungarn, Polen, CSSR und DDR, »so ungeheuerlich«, daß er bedauere, »daß kein Mitarbeiter der diplomatischen Vertretung der BRD im Saal ist« und »daß auf eine breite Aufklärung der sicher staunenden Öffentlichkeit in Ost und West aus gewissen Rücksichten verzichtet werden muß«.

Es war zwar der Hang zur Geheimhaltung in der DDR, der von solchen Prozessen nichts nach außen dringen ließ. Doch Vogel meinte, es dürfe »nicht hinter verschlossenen Türen bleiben, daß und wie sich der BND in West-Berlin präsentiert und Transitmißbrauch betreibt« – die Anwesenheit des Pullacher Dienstes im Westteil Berlins sei eine »eklatante Verletzung des vierseitigen Abkommens« über den Status der Halbstadt. Dafür, »daß die imperialistischen Geheimdienste die sozialistischen Staaten nicht in Ruhe lassen«, so Vogels politische Sollerfüllung, trage nicht der Angeklagte Hering die Verantwortung, sondern der für die Dienste »verantwortliche Staat mit seiner Regierung«. Deshalb sei eine zeitlich befristete Strafe angemessen.

Vogels engagiertes Plädoyer nutzte nichts: Hering wurde zu lebenslanger Haft verurteilt. Und obwohl Vogel »mit Engelszungen« auf den Verurteilten einredete, »daß eine Berufung notwendig sei«, weigerte sich Hering. Er bestätigte dem Anwalt schriftlich, daß er gegen dessen Anraten »auf Rechtsmittel verzichtet« habe.

Anfang Juli 1980 wurde Winfried Baumann der Prozeß gemacht. Seine Lebensgefährtin, die bereits zuvor zu einer Freiheitsstrafe von 15 Jahren verurteilt worden war, mußte als Zeugin aussagen. Militärstaatsanwalt Karl-Heinz Kadgien forderte die Todesstrafe, Pflichtverteidiger Cheim bat das Gericht, nicht das Höchstmaß zu verhängen. Am 9. Juli verurteilte der 1. Militärstrafsenat beim Obersten Gericht der DDR nach einem dreitägigen Geheimprozeß den »beschäftigungslosen Journalisten« Winfried Baumann »wegen Spionage im besonders schweren Fall und mehrfach vorbereiteten ungesetzlichen Grenzübertritts im schweren Fall« zum Tode. In seinem Schlußwort bat der Angeklagte »um die Gnade, mir die Möglichkeit geben zu sterben«.

Auf dem Prozeßbericht vermerkte Mielke am nächsten Tag handschriftlich, »nach Zustimmung ist entsprechend des ergangenen Urteils der Vorgang abzuschließen«. Nach DDR-Gesetz mußte ein Todesurteil vom Staatsratsvorsitzenden bestätigt werden. Im Fall Baumann existiert kein Dokument mit Honeckers Unterschrift, was aber kein Indiz dafür ist, daß der SED-Chef von seinem Stasi-Minister übergangen worden wäre. Wahrscheinlich hat Honecker Mielkes Vorlage kommentarlos zur Kenntnis genommen und durch Schweigen Zustimmung signalisiert.

In seiner Zelle in Hohenschönhausen schrieb Baumann einen zweiseitigen Abschiedsbrief: »Vor den Sichtfenstern sitzend, ist dieses tagelange Sterben ein von mir nicht gewolltes Schauspiel. Ekelhaft zu wissen, man schaut zu«, klagte er, von einer »psychisch bedingten Herzattacke« geschwächt: »Eremitisch wäre es schöner.«

Irgendwie muß der ehemalige Geheimdienstoffizier gehofft haben, daß das MfS ihn noch einmal nachrichtendienstlich, wenigstens für einen Austausch, brauchen könne: »Statt mich zu nutzen, schlachtet ihr mich. Und ich bin froh, nicht wahnsinnig geworden zu sein, auch wenn es anderen so scheinen mag.« Was Baumann blieb, war nur der verzweifelte Wunsch nach einem halbwegs würdigen Tod: »Hoffe, daß man mich zuletzt nicht fesselt, mir nicht die Augen verbindet, auch diese letzte ›Spritze‹ ist nicht nötig, dieses letzte Zerreißen ist ja auch eine Lebensäußerung, die eher angenehm als die vorherige Finsternis ist.«

Am 18. Juli 1980, neun Tage nach dem Urteil, mußte Winfried Baumann in der Morgendämmerung in einen grauen, fensterlosen Transporter steigen. Der Barkas B 1000 fuhr in Hohenschönhausen vom Hof und erreichte gegen sechs Uhr in der Früh die Untersuchungshaftanstalt in der Leipziger Kästnerstraße. Unter strengster Geheimhaltung fand hier die »Strafverwirklichung« statt. Baumann wurde in einen Raum gebracht, der in ein weiteres Zimmer führte. Er war an den Händen gefesselt, zwei Gefängniswärter führten ihn. Als sich die Tür öffnete und der Todeskandidat nach vorn blickte, trat der Henker, Major Hermann Lorenz, hinter ihn und schoß aus kürzester Entfernung mit einer schallgedämpften P 38 in den Hinterkopf. Baumanns Leichnam wurde eingeäschert. Sechs Wochen später, am 28. August, wurde die Urne auf dem Leipziger Südfriedhof im Grab Nr. 112, Reihe 6, VIII. Abteilung, beigesetzt – ein namenloses Urnengrab.

Mit einem lebenden Baumann hätte die DDR ein Faustpfand in der Hand gehabt, mit dem sie gleich mehrere Agenten hätte heimholen können. Für Vogel ist denn auch »unverständlich, daß man das Todesurteil vollstreckt hat«. Vogel meint, »man hätte ihn begnadigen sollen, aber der Fall war wohl nach Stillers Flucht so gravierend, daß man sich die Blöße nicht geben wollte. Irgendwann wäre er in den Westen entlassen worden und hätte dann über alles geplaudert«.

HVA-Chef Markus Wolf äußerte sich zum Fall Baumann in einem Interview im Sommer 1995, wobei er zunächst klarstellte, daß Baumann als ehemaliger Mitarbeiter des Militärischen Nachrichtendienstes »nichts mit mir zu tun« hatte: »Wenn Kinkel diesen Mann ermutigt, Landesverrat zu begehen, wußten sowohl Herr Kinkel als auch der Betroffene, daß es in der DDR dafür die Todesstrafe gab. Und ganz abgesehen von dem professionellen Versagen, daß man einem solchen Mann Deckadressen gibt, die schon ein paarmal benutzt und der Spionageabwehr der DDR deshalb bekannt waren – damit war das Todesurteil von dem Mann von vornherein unterschrieben.«

Der BND hatte den Fall Baumann offenbar falsch eingeschätzt. Die Rechnung, ihm zu helfen, indem man sich nicht zu ihm bekennt, war nicht aufgegangen. Staatssekretär Rehlinger erläuterte später in einem ARD-Interview: »Es würde keinen Sinn machen, dann nicht zu intervenieren, wenn man weiß, daß die andere Seite Kenntnis davon hat, sie hat einen Spion gefangen. Dann macht es ja keinen Sinn mehr zu schweigen, sondern dann müssen sich alle Anstrengungen darauf richten und konzentrieren, diesem nun aufgeflogenen Mitarbeiter bestmöglich zu helfen.«

Baumanns Leben hätte vielleicht gerettet werden können, wenn Bonn bereit gewesen wäre, Guillaume im Tausch herzugeben. Doch kein Politiker wagte, an dem Tabu zu rühren, solange Brandt nicht sein Einverständnis gab – und der Ex-Kanzler schwieg eisern. Kinkel und der BND wiederum konnten an einem solchen Tauschhandel kein Interesse haben: Die Öffentlichkeit im Westen hätte dann ja gemerkt, wie unglaublich dilettantisch die Pullacher im Fall des kranken Hochstaplers agiert hatten.

Im März 1981 durfte wenigstens Christel Guillaume, die Frau des Kanzlerspions, aus der Haftanstalt Köln-Ossendorf in die DDR zurückkehren. Ihr war schon im Jahr zuvor, als sie zwei Drittel ihrer achtjährigen Haftstrafe verbüßt hatte, angeboten worden, in einen Ringtausch einbezogen zu werden. Sie hatte dies seinerzeit jedoch abgelehnt, um ihren erkrankten

Mann, der wegen eines Magendurchbruchs hatte operiert werden müssen, öfter in der Haftanstalt Rheinbach besuchen zu können.

Die Namen der sechs Personen, die im Gegenzug für Christel Guillaume aus der DDR kamen, wurden amtlich geheimgehalten. Bekannt wurde nur der Fall des Kölner Journalisten Peter Felten, der seit 1974 für das Bundesamt für Verfassungsschutz spioniert und in dessen Auftrag Spielmaterial über das Mehrzweck-Kampfflugzeug »Tornado« gen Osten geschafft hatte; der 1979 zu zwölf Jahren Haft verurteilte Lokalredakteur für die Eifel-Ausgabe der *Kölnischen Rundschau* publizierte nach seiner Entlassung selbst, was ihm widerfahren war.

Im ZDF legte Felten ein öffentliches Geständnis ab: »Ich kann, ohne jemandem weh zu tun, sagen, daß die DDR nur dann jemand verurteilt, wenn sie Beweise hat.« An seine Festnahme im August 1979 beim Grenzübertritt nach Ost-Berlin und das folgende Verhör durch die Stasi erinnerte sich Felten so: »Die sagten mir klipp und klar, daß ich zu einem westlichen Geheimdienst Kontakte hatte. Und die wußten eine ganze Menge Details. Leugnen hatte da keinen Sinn mehr.«

Unter den Tauschpartnern für Christel Guillaume hatten die Hamburger Geschwister Sigurd Weber (lebenslang) und Jens Leck (15 Jahre) die härtesten Strafen bekommen. Sigurd Weber und ihr Ehemann Helmut hatten schon für den BND gearbeitet, als sie Leck 1971 anwarben. Er erhielt, neben handwerklicher Ausbildung, ein Funkempfangsgerät, Unterlagen zur Anfertigung von Spionageberichten und Erkennungstafeln für Militärtechnik, denn auch Jens Leck sollte vor allem Kasernen und Waffensysteme erkunden.

Die DDR-Spionageabwehr schätzte die Ausspähungen anders ein. Als Sigurd Weber und ihr Bruder im April 1978 mit dem Pkw zu einer Familienfeier nach Magdeburg reisten, wurden sie festgenommen. Die Ost-*Berliner Zeitung* berichtete im Februar 1979 über das Urteil, das wegen »subversiver Umtriebe gegen die DDR« ergangen sei. Vor allem hätten die Beschuldigten »Einzelheiten der Abfertigung im grenzüberschreitenden Verkehr« erkundet, »um weitere Geheimdienstaktivitäten und Agenteneinsätze vorbereiten und tarnen zu können«.

Weitere Nutznießer der Freilassung von Christel Guillaume waren der gelernte Schriftsetzer und ehemalige Berufssoldat

Alfred Mania, 71, und seine 22 Jahre jüngere Ehefrau Inge, die zu 13 bzw. 4 Jahren Haft verurteilt worden waren. Der Mann hatte, laut Anklageschrift, seit 1960 für den BND bei Soldaten- und Landsmannschaftstreffen in der DDR »Personalien und Angaben zur Persönlichkeitscharakterisierung« ermittelt.

Wie die DDR-Justiz jedes Maß bei der Ahndung westlicher Agententätigkeit verlor, zeigt besonders eindrucksvoll die strafrechtliche Verfolgung des Studenten Dieter Drake. Dessen Verbrechen, für das er eine Haftstrafe von siebeneinhalb Jahren erhielt, bestand darin, daß er zwischen Januar und April 1974 drei- oder viermal mit dem Zug durch die DDR gefahren war und dem BND mitgeteilt hatte, was ihm dabei aufgefallen war.

Was die DDR-Justiz als kapitales Delikt bestrafte, war in Wahrheit eine aufgeblasene Lappalie. Die als Spionage bewerteten Aktivitäten waren von extrem kurzer Dauer gewesen. Zudem hatte Drake schon drei Jahre vor seiner Festnahme auf einer DDR-Transitstrecke die Zusammenarbeit mit dem BND aus eigenem Entschluß eingestellt. Den Stasi-Vernehmern hatte er bei den Verhören alles offenbart, was er wußte; und der »Stellenwert der gesammelten geheimen Tatsachen« war laut Vogels Verteidigungsschrift »sehr gering, da diese z.B. allen Benutzern der entsprechenden Eisenbahnlinien zugänglich waren«.

Wirkliche Staatsgeheimnisse konnten solche Hobby-Spione gewiß nicht auskundschaften, doch ganz so unschuldig, wie Bonn tat, waren die in der DDR eingesperrten BND-Informanten in der Regel auch wieder nicht. Der Journalist Felten, der für Christel Guillaume ausgetauscht worden war, rückte die Tatsachen ungeschminkt zurecht.

Er sei, sagte Felten in dem Fernseh-Interview, »wegen Vergehen gegen den Paragraphen 98 der DDR«, also wegen Spionage, verurteilt worden und habe seit 1980 seine Strafe in Bautzen verbüßt. »Man hofft immer, vorzeitig entlassen zu werden«, schilderte Felten die Haftsituation. »Aber Sie wissen heute nicht, was morgen passiert, und Mithäftlinge, die länger da sind als ich, die sind bereits derart heruntergekommen, seelisch krank, so daß es also für unsere Bundesbehörden oberste Pflicht ist, auch diese Mitbürger dort herauszuholen.« Deren Hoffnungen, so mußten Feltens Worte in Bonn verstanden werden, ruhten auf Günter Guillaume. Das Interview des Journalisten machte auch dem schlichtesten Gemüt im Westen klar, daß nicht nur der böse Osten spionierte oder unschuldige Reisende einkerkerte, sondern daß natürlich auch der Westen im Agentenmarkt kräftig mitmischte.

Durch Feltens Äußerungen, davon war Guillaume überzeugt, »mußte sich ein Politiker wie Brandt gefordert fühlen. Zu oft hatte er in der Vergangenheit die von ihm inspirierte und inszenierte neue Ostpolitik, besonders ihre deutschlandpolitische Variante, damit begründet und verteidigt, daß er sich Erleichterungen für die Menschen erhoffe. Angesichts der herzerweichenden Berichte des Rückkehrers Felten mußte er zu seinem Wort stehen«. Guillaume schätzte seinen früheren Chef richtig ein. Schon bald darauf erklärte Brandt, unter Hinweis auf die in Bautzen einsitzenden Spione, öffentlich, er könne es nicht hinnehmen, daß »Landsleute länger leiden müssen«.

Seine letzten Tage beim Klassenfeind verbrachte Günter Guillaume, inzwischen 54 Jahre alt, im Paul-Ehrlich-Haus auf dem Bonner Venusberg, einer Abteilung der Universitätsklinik, wo der Kanzlerspion wegen eines schweren Nierenleidens behandelt wurde. Die Therapie war medizinisch geboten, hatte aber den günstigen Nebeneffekt, die Reporter irrezuführen, die auf die Freilassung des prominenten Spions warteten. Am letzten September-Wochenende war Guillaume aus der Justizvollzugsanstalt Rheinbach in die Klinik verlegt worden, am Montag unterzeichnete Bundespräsident Karl Carstens die Begnadigung des DDR-Kundschafters.

Die Haftentlassung kam für Guillaume, trotz seiner Vorahnung, dann doch recht überraschend. Gegen 13 Uhr am Donnerstag, dem 1. Oktober 1981, trat einer der Wachhabenden in Guillaumes Krankenstube und sagte: »Machen Sie sich fertig! Es geht heimwärts für Sie!« Ruckzuck packte der Kanzlerspion seine Sachen.

Unbemerkt von der lungernden Journalistenmeute, die vom Rheinbacher Gefängnistor auf den Bonner Venusberg nachgezogen war, verließ Guillaume kurz vor 17 Uhr das Krankenhaus. Er wurde in einem grün-weißen Lieferwagen für medizinische Geräte weggebracht, während ein landender Polizei-Hubschrauber und Bundesgrenzschutz-Fahrzeuge mit Statisten die Aufmerksamkeit der Reporter ablenkten. Als der

Kastenwagen aus deren Sichtweite war, stieg Guillaume in einen BGS-Hubschrauber um. »Es wurde noch einmal ein herrlicher Flug im Licht der sinkenden Sonne über das Sauerland und das Hessenland hinweg, in dessen Metropole Frankfurt ich einst gestartet war«, schrieb Guillaume später in seinen Memoiren (»Die Aussage«, 1988).

Der Helikopter landete auf einem Acker bei Herleshausen. Guillaume wurde in eine Grenzschutzbaracke geführt. Ein Beamter der Sicherungsgruppe Bonn übergab ihm eine Tüte mit Anzug, Hemd, Krawatte und Hosenträger. Ministerialdirektor Hirt persönlich hatte die Kleidungsstücke bei C&A in Bonn eingekauft. Guillaume, der noch immer seinen Rheinbacher Trainingsanzug trug, fragte spöttisch: »Bin ich Ihnen nicht fein genug?«

In aller Ruhe, so schilderte Guillaume seine Einkleidung, machte er sich im Toilettenraum des BGS-Kasinos frisch und wechselte die Klamotten. Sorgfältig verpackte er Trainingsanzug und Anorak. Als vor dem Fenster ein Autogeräusch zu hören war, stürzte ein Beamter aufgeregt herein: »Schnell, schnell! Wir sind schon spät dran.« Guillaume schaute ihn im Spiegel an und sagte ironisch: »An mir hat's nicht gelegen.«

Vor der Baracke stand ein Campingmobil amerikanischer Bauart, in dem der Kanzlerspion um 20.03 Uhr die deutsch-deutsche Grenze überquerte und in das Land seiner Auftraggeber zurückkehrte. Um dieselbe Zeit bestätigte der Chef der Sicherungsgruppe Bonn mit drei knappen Worten (»Er ist weg«) die Entlassung des Mannes, der eine der schwersten innenpolitischen Krisen in der Bundesrepublik ausgelöst und Bundeskanzler Willy Brandt zum Rücktritt veranlaßt hatte.

Die Heimlichkeit der Freigabeprozedur entsprach dem schlechten Gewissen, mit dem sich die Politiker zu der Entscheidung durchgerungen hatten. Der Freidemokrat Uwe Ronneburger, Vorsitzender des Bundestagsausschusses für innerdeutsche Beziehungen, rechtfertigte im Fernsehen den Austausch: »Auf der einen Seite steht der Strafanspruch des Staates, daß ein Spion wie Guillaume seine volle Strafe verbüßt. Auf der anderen Seite steht die Frage, wie vielen Deutschen, die auf der anderen Seite der Grenze inhaftiert sind, man die Freiheit erkaufen kann. Hätte man mit diesem Austausch noch länger gewartet, wäre, so makaber dies klingen mag, der Marktwert dieses Spions gesunken, und man hätte weniger menschliche Erleichterungen schaffen können.«

Vogel erwartete Guillaume am Schlagbaum. Ministerialdirektor Hirt und zwei Sicherheitsbeamte brachten den Kanzlerspion an den Grenzstrich. Vogel kam ihnen entgegen und schüttelte Guillaume die Hand. »Eigentlich hatte ich schon viel eher mit Ihnen gerechnet«, sagte der mit vorwurfsvollem Unterton. Auch Mielke und Streit rüffelten den Anwalt, warum er die Freilassung Guillaumes nicht beschleunigt habe. »Dieser Fall hat eine Regierung gestürzt und die innerdeutschen Beziehungen verhärtet«, antwortete Vogel. »Es mußte erst Gras über die Sache wachsen.«

Die Nacht-und-Nebel-Aktion hatte Vogel mit viel Fingerspitzengefühl vorbereitet. Die alten Wunden, die der Fall Guillaume geschlagen hatte, durften unter keinen Umständen wieder aufgerissen werden. Deshalb hatte der DDR-Anwalt sorgsam Bedingungen ausgehandelt, die beiden Seiten halfen, ihr Gesicht zu wahren. Die DDR hatte sich, schweren Herzens, bereit erklärt, ihren entlarvten »Kundschafter des Friedens« ohne öffentliches Triumphgeschrei in Empfang zu nehmen; sie verzichtete sogar darauf, Guillaume im DDR-Fernsehen auftreten zu lassen.

Welche Gegenleistung die DDR für Guillaumes Freilassung konkret erbrachte, wurde damals verschwiegen. Auch später sickerte nur eine Zahl durch: Ost-Berlin, hieß es, habe acht Häftlinge freigelassen, doch deren Identität wurde lange Zeit nicht gelüftet.

Der älteste war Ernst-Gustav Tschentscher, damals 70, der im Jahr zuvor zu lebenslanger Haft verurteilt worden war. Der Mann war vor seiner Pensionierung beim BND angestellt gewesen, zunächst, von 1958 bis 1972, in Stuttgart als Sachbearbeiter für Entschlüsselung und Kuriereinsatz, dann in der Pullacher Zentrale als Rechnungsführer. Nachdem er in den Ruhestand getreten war, wollte er Verwandte in der DDR besuchen; vorsorglich erkundigte er sich bei einem ehemaligen Vorgesetzten, ob er damit ein Risiko eingehe. Der sagte ihm, es bestünden »keine Bedenken, Sie haben ja in der Schreibstube gesessen«.

Doch das Gedächtnis der DDR-Behörden reichte weit zurück: 1958, bevor er nach Stuttgart ging, war Tschentscher im

Notaufnahmelager Marienfelde tätig gewesen, wo er Übersiedler über ihre Vergangenheit und ihre Motive für das Verlassen der DDR befragt hatte. Zweck dieser Befragungen war es, Perspektivagenten, die sich unter Legenden in die westdeutschen Politstrukturen einschleichen wollten, möglichst schon an der Grenze abzufangen – was, wie der Fall Guillaume belegt, nicht immer gelang. Bei der Einreise in die DDR am 18. August 1979 wurde Tschentscher verhaftet.

Am längsten in Haft, nämlich bereits sechs Jahre, saß der Ost-Berliner Philipp Durweiler, 62, der als Handelsrat in Jugoslawien tätig gewesen war. Er hatte, über eine Schwester in Köln und einen Bruder in Ahrweiler, seit 1960 eine lose Verbindung zum BND. Bei der Leipziger Herbstmesse 1962 wurde er durch einen Vertreter der Firmen Bayer und Dynamit Nobel gegen Entgelt für den Pullacher Geheimdienst angeworben und später durch verschiedene Mitarbeiter dieser beiden Firmen betreut. Ihm wurde vorgeworfen, »umfangreiche, geheimzuhaltende Tatsachen über die Sicherheitsorgane und die Volkswirtschaft der DDR wie über die außenpolitischen Beziehungen der sozialistischen Staatengemeinschaft zur Volksrepublik Albanien gesammelt und an den Geheimdienst der BRD verraten« zu haben. Er wurde 1975 wegen »Spionage in besonders schwerem Fall« zu lebenslanger Haft verurteilt.

Der dritte Lebenslängliche unter den Guillaume-Ausgetauschten war Horst Jahn, 43, aus dem württembergischen Asperg. Der BND hatte sich zunutze gemacht, daß Jahn als selbständiger Fuhrunternehmer, später als angestellter Speditionskaufmann, regelmäßig im Transitverkehr durch die DDR kutschierte. Laut Urteil von 1978 hatte Jahn dabei »Tatsachen über Truppenbewegungen und Waffentechnik« der Nationalen Volksarmee der DDR und ihrer sowjetischen Waffenbrüder sowie geheimgehaltene Details über das Kontrollsystem an den DDR-Grenzübergangsstellen an den BND weitergeleitet; bei der Leipziger Messe hatte er tote Briefkästen angelegt und geleert. Die Ehefrau Jahns, die mit ihm angeklagt und zu 12 Jahren Gefängnis verurteilt worden war, hatte Honecker schon im September 1979 begnadigt. Vogel, der Jahn verteidigt hatte, führte in seiner Berufungsschrift zugunsten des Angeklagten an, daß dieser »in seiner Naivität mißbraucht und ausgenutzt« worden sei. Besonders heftig kritisierte Vogel, daß der BND seinem Zuträger »nahegelegt« habe, »die beiden minderjährigen Kinder zur Tarnung mitzunehmen«.

Die längste zeitliche Strafe, 15 Jahre, war gegen den West-Berliner Wolfgang Rietig, 36, verhängt worden. Der Diplompsychologe war 1970 durch eine Zeitungsannonce, die unverfänglich einen »Nebenverdienst« versprach, vom BND angeworben worden. Die Tätigkeit bestand dann jedoch darin, daß er, gemeinsam mit Jahn, auf den Transitstraßen die Bewegungen von Militärfahrzeugen ausspähte.

Wie Rietig war im Sommer 1972 auch der Pädagogikstudent Manfred Streich, damals noch nicht einmal 20 Jahre alt, durch eine harmlos erscheinende Anzeige auf die Honorarliste des BND geraten. Erst hatte man ihm weisgemacht, er solle im Auftrag der Bundesbahn die Hygiene und den Reiseservice in den Interzonenzügen überprüfen. Zwischen Juni 1973 und März 1977 unternahm er im Auftrag des BND 110 Bahnfahrten auf der Transitstrecke, als würde der rege Pendelverkehr niemandem auffallen.

Die Angehörigen, die Vogels Bemühungen jahrelang verfolgt hatten, waren jedesmal enttäuscht, wenn in den Medien über Rückschläge bei den Verhandlungen berichtet wurde. Die Verlobten von Rietig und Streich schrieben am 1. Juli 1980 an Vogel: »Mit tiefer Bestürzung haben wir den Nachrichten entnommen, daß Sie Ihre Tätigkeit, den Austausch von Häftlingen betreffend, niedergelegt haben.« Vogel hatte verärgert auf Vorwürfe der Internationalen Gesellschaft für Menschenrechte reagiert, er sei Stasi-Offizier und wirke an der Festnahme von Mandanten mit. In gleichlautenden Briefen an die beiden Frauen versicherte Vogel, er werde sich weiter um deren Verlobte kümmern, »nur ist entgegen Ihrer Annahme ein Austausch von westlicher Seite bisher nicht vorgeschlagen worden«.

Zu jeweils zehn Jahren waren der Werkzeugschleifer Hans-Jürgen Seeger, 39, und der Chemieingenieur Kurt Spengler, 32, verurteilt worden, auch sie zwei kleine Fische. Seeger war von 1971 bis 1974 jeweils einmal im Jahr zu seiner Mutter nach Rathenow gefahren und hatte dort für den BND Militärobjekte beobachtet: Von welchen Einheiten Kasernen belegt waren, wie sie bewacht wurden und welche baulichen Veränderungen an ihnen vorgenommen worden waren, welche Militärtransporte auf Straßen und Schienen stattfanden und ob es Truppenbewegungen gab. Außerdem erkundete er in Gesprächen mit DDR-Bürgern die Ansichten zu aktuellen politischen Ereignissen, zur Versorgungslage und zum Preisgefüge. Spengler war durch einen Kommilitonen angeworben worden, für den BND Beobachtungen entlang den Eisenbahn-Transitstrecken vorzunehmen.

Der achte DDR-Häftling, der im Gegenzug für Guillaume freigelassen wurde, war Gerhard Dreßler, 56, der als Elektriker in einem sowjetischen Betrieb gearbeitet hatte. Schon in den fünfziger Jahren, als er Zivilangestellter bei der Garnison der Westgruppe der Roten Armee auf dem Flugplatz Schönefeld war, hatte ihn der BND gekeilt: Er war in eine Falle getapt, als er über einen Briefmarkenhändler am West-Berliner Bahnhof Zoo Kontakt zu einem gewissen »Conny« aufnahm und ihm ein Fernglas aus sowjetischen Armee-Beständen verkaufen wollte. Dabei wurde er festgenommen und verhört und so lange bearbeitet, bis er sich bereit erklärte, dem BND Informationen zu liefern. Zu deren Übermittlung bediente er sich eines Geheimschriftverfahrens, in das er von BND-Mitarbeitern eingewiesen wurde.

Die meisten der Ausgetauschten kannte Vogel persönlich, weil er sie vor Gericht verteidigt hatte. Der »letzte Händedruck nach dem Urteil« sei ihm stets nahegegangen, »die fragenden Augen habe ich nie vergessen«. Dieses Mit-Erleben unterschied ihn von seinen westlichen Verhandlungspartnern, weil diese, ob Anwälte oder Beamte, die Betroffenen eben nicht persönlich kannten: »Die hatten es leichter, auf den Vorschlagslisten die Leute zu streichen, wenn der Verhandlungsspielraum erschöpft war.«

Während aus DDR-Sicht die Freilassung Guillaumes durch diese acht Tauschpartner abgegolten war, machte die Bundesregierung ihre eigene Gegenrechnung auf. Um die so lange verweigerte Begnadigung des Kanzlerspions zu rechtfertigen, erklärte sie kurzerhand auch die Ausreisegenehmigung für 3000 DDR-Bürger zu einem Teil des Abkommens. Zudem zählte Bonn 25 politische Häftlinge mit, die nicht wegen nachrichtendienstlicher Tätigkeit in DDR-Gefängnissen gesessen hatten, sondern nur etwa zeitgleich mit Guillaume – nach und nach bis in das Jahr 1982 – aus der Haft entlassen wurden. Die

»F-Fälle« wie auch die »H-Aktion« waren jedoch Zusatzgeschäfte, für die Bonn extra bezahlte.

Nicht unter den Nutznießern der Guillaume-Begnadigung war der Baumann-Kurier Horst Hering, obwohl auch er zeitweise zu den möglichen Austauschkandidaten zählte. Am 1. September 1981 war Hering bereits von Bautzen zurück nach Berlin verlegt worden, erstes Anzeichen einer bevorstehenden Abschiebung. Aus heiterem Himmel, wie es Hering scheinen mußte, hatte ihm Vogel am 16. September mitgeteilt, daß er das Mandat wieder übernommen habe. Doch erst drei Monate später, als der Guillaume-Austausch längst über die Bühne gegangen war, bat Hering am 30. Dezember den Anwalt in einem kurzen Handschreiben »höflichst, mir mitzuteilen, was die neuerliche Mandatsübernahme veranlaßte bzw. die inhaltliche Bedeutung-Sinn-Zweck ist«. Hering forsch: »Erwarte Ihre Beantwortung!«

Vogel erwiderte Hering ausweichend, seine Frau habe ihn um die Bestätigung der neuerlichen Mandatsübernahme gebeten. Den wirklichen Hintergrund erwähnte der Anwalt mit keinem Wort, sondern ließ Hering nur lapidar wissen, er sei »weiterhin um einen Gnadenerweis bemüht«.

Tatsächlich war Gerti Hering im Spätsommer 1981 bei Vogel in Berlin gewesen. Dabei hatte er ihr, wie sie später anmahnte, »den Austausch meines Mannes gegen Herrn Guillaume fest in Aussicht gestellt«. Bei einem weiteren Gespräch habe der Anwalt ihr sogar versichert, »daß ich meinen Mann zu Weihnachten zu Hause haben werde«.

Vogel wehrte sich gegen den Vorwurf, den er als ungerecht empfand: »Ich habe Ihnen 2x Hoffnung gemacht, was ich auch guten Gewissens getan habe. Daß meine Vorstellungen nicht aufgegangen sind, liegt nicht an mir. Und Sie ignorieren völlig, daß ausschließlich die Bundesregierung zuständig ist, darüber zu befinden, wer in einen Austausch einbezogen wird. Ich kann immer nur vermitteln. In dieser Hinsicht werde ich auch weiterhin mein Möglichstes tun. Ich ertrage es allerdings nicht, wenn ich dafür auch noch Vorhaltungen einstecken soll.«

Beim Feilschen zwischen Ost und West um die Namenslisten war Hering für dieses Mal übergangen worden. Die Bedeutung eines Spions bemaß sich danach, wie nachdrücklich sich sein

Führungsoffizier für ihn einsetzte. BND-Bierling spielte die Rolle Herings indes bewußt herunter, so daß der inhaftierte Agent nicht auf die Bonner Wunschliste geriet.

Während die Austauschgespräche durch die Bonner Blockade zäh verliefen und immer seltener stattfanden, waren beide Seiten Anfang der achtziger Jahre bemüht, den politischen Dialog nicht abreißen zu lassen. Vogel war ständig zwischen Bonn und Berlin unterwegs. »Wenn es um Ausreisen ging«, erinnert sich Vogel, habe er vor allem mit Wehner gesprochen. »Ich habe ihm gesagt, daß auch die Geraer Forderungen berücksichtigt werden müßten.« In Gera hatte Honecker am 13. Oktober 1980 erklärt, zu einer »Normalisierung der Beziehungen« zwischen den beiden deutschen Staaten gehöre die Anerkennung einer eigenen DDR-Staatsbürgerschaft, die Auflösung der »Zentralen Erfassungsstelle« in Salzgitter, die Festlegung des Grenzverlaufs auf der Elbe »entsprechend dem internationalen Recht« in der Strommitte und die Umwandlung der Ständigen Vertretungen in reguläre Botschaften. Wehner erwiderte Vogel, das eine habe mit dem anderen nichts zu tun. Sie redeten hier über humanitäre Fragen, das andere solle man der Politik überlassen.

Vogel: »Das habe ich so aufgeschrieben, und dann war es gut so, aber ich mußte es mit zur Sprache bringen. Darüber habe ich Vermerke gemacht, die sind weitergegangen an Honecker. Umgekehrt bekam ich von ihm in verschlossenen Kuverts sogenannte ›Gesprächseinweisungen‹. Da stand drin, was ich zur Sprache bringen sollte.«

Er sei, erzählt Vogel, »meist spätabends zu Honecker hingefahren ins Parteigebäude, ins ›Große Haus‹, wie das hieß«. Bei den Pförtnern am Seiteneingang sei er stets vorab angemeldet gewesen. »Honecker hatte seine berühmten, grünen Büchlein, kleine Bücher in grünes Leder gebunden. Wehner hatte kleine, orangefarbene Büchlein. Da hatte er sich Punkte aufgeschrieben, und ich habe mir notiert, was er mir da vorgegeben hat.« Honecker habe auch Fragen gestellt, wo Vogel bei seinen Gesprächspartnern in Bonn auf Schwierigkeiten stoße. »Ich habe versucht, diese Probleme auf ein Minimum zu reduzieren. Wären es zu viele gewesen, dann hätte ich nichts erreicht.«

Das ganze Jahr 1980 versuchte Vogel, eine DDR-Visite des Bundeskanzlers zu arrangieren. Doch immer wieder kamen außenpolitische Querschläge dazwischen, erst der sowjetische Einmarsch in Afghanistan, dann die Polen-Krise. Am 11. Dezember 1981, zwei Monate nach dem Guillaume-Austausch, war es endlich soweit: Helmut Schmidt landete in Berlin-Schönefeld, außerhalb der DDR-Hauptstadt, und traf sich mit Erich Honecker auf Schloß Hubertusstock am Werbellinsee.

Bei einem viereinhalbstündigen Abendessen im nahegelegenen »Haus am Döllnsee«, einem Gästehaus des DDR-Staatsrats, wurden beide Staatsmänner jeweils nur von einem Vertrauensmann begleitet: Schmidt hatte seinen Staatsminister Gunter Huonker mitgebracht, an Honeckers Seite saß Wolfgang Vogel. Daß Honecker als einzigen Begleiter den Advokaten, aber kein Politbüro- oder Regierungsmitglied hinzugebeten hatte, unterstrich die Bedeutung dieses Mannes im innerdeutschen Dialog, schuf ihm aber auch Neider.

Der Anwalt war im vorangegangenen Sommer wiederholt bei Schmidt in dessen Ferienhaus am holsteinischen Brahmsee gewesen, um die Gesprächsthemen abzustimmen. Beiläufig hatte sich Schmidt mal erkundigt, ob Vogel eigentlich Mitglied der SED sei. Als der verneinte, fragte der Kanzler erstaunt, wie das möglich sei. Immerhin war von den 17 Millionen DDR-Bürgern, Babys und Greise mitgezählt, jeder siebte in der Staatspartei – und ausgerechnet Honeckers Vertrauter nicht?

Im Verlaufe des Abendessens im »Haus am Döllnsee« lobte Schmidt Vogels umsichtige Vorbereitung des Treffens. Honecker pflichtete ihm bei: »Wir sollten dem Genossen Vogel danken.« Dem Kanzler entfuhr es: »Genosse Vogel? Ich dachte, Sie seien nicht in der Partei.« Schmidts Einwurf wurmte Honecker, aber er sagte nichts. Erst als die Tafel aufgehoben worden war und das Quartett in den Verhandlungsraum zu den Delegationen zurückkehrte, nahm Honecker den Anwalt beiseite und zischelte ihm ins Ohr: »Das bringen wir aber ganz schnell in Ordnung.« Folgsam stellte Vogel seinen Aufnahmeantrag. Am 12. Januar 1982 teilte Vogel dem DDR-Justizministerium mit, daß er Mitglied der SED geworden sei.

Im Frühjahr 1982 stand Horst Hering, der beim Guillaume-Austausch in letzter Minute übergangen worden war, dann doch auf der BND-Wunschliste. Doch diesmal wäre, wegen eines winzigen Mißverständnisses, um ein Haar beinahe die gesamte Transaktion gescheitert.

Hauptperson dieses Deals war der sowjetische Oberstleutnant Alexej Michailowitsch Koslow, der von einem südafrikanischen Geheimdienstkommando an die innerdeutsche Grenze bei Herleshausen überstellt wurde. Der BND hatte den Kollegen am Kap einen Tip gegeben, daß der mit einem westdeutschen Paß eingereiste Geschäftsmann Erich-Albert Swenson in Wahrheit ein sowjetischer KGB-Offizier, eben Koslow, war. Die Südafrikaner observierten den Besucher und stellten fest, daß er die KGB-Hilfe für die Widerstands- und Befreiungsorganisationen im gesamten südlichen Afrika organisierte. Für den wertvollen Hinweis revanchierte sich das Apartheidsregime in Pretoria bei der Bonner Regierung: Als Gegenleistung für den an Moskau zurückgegebenen Koslow durften sich die Westdeutschen einige in der DDR inhaftierte BND-Agenten wünschen.

Am 1. Mai 1982 schwebte Koslow an Bord eines Grenzschutz-Hubschraubers bei Herleshausen ein, streng bewacht von südafrikanischen Geheimdienstlern. Ebenfalls dabei war der Bonner Ministerialdirektor Edgar Hirt. Die Südafrikaner hatten mit den Russen verabredet, daß am Grenzübergang ein Generalmajor namens Boris auf östlicher Seite warten würde. KGB-Offizier Boris sollte Koslow identifizieren. Doch als es soweit war, war der Anführer der Südafrikaner enttäuscht: »Wa is Boris?« fragte er auf Africaans in die Runde, als lediglich der DDR-Advokat Vogel erschien.

Der Südafrikaner war unsicher, wie er sich verhalten sollte. Er weigerte sich, Koslow herauszurücken. Falls die Russen später reklamieren würden, daß es gar nicht Koslow gewesen sei, den er übergeben hatte, konnte er Ärger kriegen. Andererseits gefährdete er, wenn er hart blieb, den anderen Teil des Tauschgeschäfts, der dem Bonner Beamten Hirt so wichtig war: Jenseits des Niemandslandes warteten in einem tristen Lagerschuppen acht DDR-Häftlinge, unter ihnen Horst Hering, auf ihre Freilassung in den Westen.

Schließlich gelang es Vogel, den Südafrikaner zu beruhigen: Koslow solle fürs erste nur der DDR überstellt werden, die den Agenten an die Sowjetunion weiterreichen werde; aus dem Umstand, daß »Boris« nicht da sei, solle »weder dem Mandanten noch der Sache ein Schaden entstehen«. Der Austausch ging wie geplant vonstatten.

Nach dem erfolgreichen Dreiecksdeal geizte die Bundesregierung nicht mit Eigenlob. Sie wolle zwar, erklärte ein Sprecher, »wie bisher« zu einem anderswo durchgesickerten Austauschvorgang nicht Stellung nehmen, zumal sie in diesem Fall »eine tragende Rolle gespielt« habe. Aber ganz unbescheiden verlautbarte Bonn, daß es sich »um die größte und umfangreichste Austauschaktion internationalen Charakters« der letzten Jahre gehandelt habe. »Einbezogen« seien »acht Personen, die aus DDR-Haft in die Bundesrepublik Deutschland entlassen worden sind« und die »zu langjährigen oder sogar lebenslänglichen Freiheitsstrafen verurteilt« gewesen seien.

Die schwarze Kasse des Ministerialdirektors

Der Austausch Koslows hatte unangenehme Konsequenzen für zwei langjährige Partner Vogels in Bonn und West-Berlin. Nachdem im Oktober 1982 der sozialdemokratische Kanzler Helmut Schmidt durch ein konstruktives Mißtrauensvotum gestürzt und der CDU-Vorsitzende Helmut Kohl in einem neuen Bündnis von Union und FDP zum Regierungschef gewählt worden war, wechselte auch der Hausherr im Innerdeutschen Ministerium: Dem Sozialdemokraten Egon Franke folgte für einige Monate der Christdemokrat Rainer Barzel, der dieses Ressort schon einmal, zwei Jahrzehnte zuvor, geleitet hatte.

Bei den Aufräumungsarbeiten in der Behörde stießen die neuen Herren auf dubiose Geldausgaben, für die es keine Belege gab. Unter anderem fehlte ein Betrag von 460 000 Mark, über dessen Verbleib der in den politischen Ruhestand verabschiedete Ministerialdirektor Hirt eine absonderliche Geschichte erzählte.

Er behauptete, bei der Koslow-Aktion seien die Südafrikaner wegen des fehlenden Boris völlig aus dem Häuschen geraten. Die Austauschaktion sei aufs höchste gefährdet gewesen. Deshalb habe er, Hirt, den enttäuschten Südafrikanern, die mit

Koslow wieder heimzureisen drohten, die »völkerrechtliche Aufwertung« abkaufen müssen, und das habe leider 460000 Mark gekostet.

Mit der erfundenen Geldübergabe in Herleshausen versuchte Hirt Ausgaben abzudecken, die in seiner schwarzen Kasse fehlten, aus der humanitäre Leistungen unbürokratisch finanziert wurden. Noch ein paar weitere Millionen blieben verschollen, weshalb der Ministerialdirektor a.D. 1986 zu dreieinhalb Jahren Gefängnis verurteilt wurde.

Auch gegen Hirts Helfer Jürgen Stange ermittelte die Staatsanwaltschaft. Der West-Berliner Anwalt hatte Ende 1978 angeblich die Idee gehabt, einen Dispositionsfonds für humanitäre Zwecke zu schaffen. Die Methode war simpel: Das katholische Hilfswerk Caritas erhielt Bundeszuschüsse für die Lieferung medizinischer Geräte in die DDR, zweigte davon aber einen Teil für Sonderzahlungen bei geheimen Ost-West-Transaktionen ab. Dieses Geld schaffte Stange, bar im Koffer, wieder nach Bonn zurück. Das Ministerium konnte nun darüber verfügen, ohne einen Verwendungsnachweis führen zu müssen, weil das Geld ja schon einmal als Teil des Caritas-Zuschusses verbucht worden war.

Die schwarze Kasse wurde reich gefüllt. Von 1979 bis 1982 erhielt die Caritas rund 10,9 Millionen Mark Regierungsgelder, etwa 5,6 Millionen flossen an das Ministerium zurück. Wofür das Geld im einzelnen ausgegeben wurde, konnten oder wollten Franke und Hirt nicht preisgeben, es stünden Menschenleben auf dem Spiel, behaupteten sie. Nur vage erwähnten sie Schmiergeldzahlungen an Geheimdienste etwa beim Agentenaustausch – wie im Fall Koslow.

Belege gab es natürlich nicht. Schriftliche Unterlagen seien nach Abschluß einer Aktion immer gleich in den Reißwolf gewandert. Verschwunden blieben unter anderem jene 460000 Mark, die Hirt angeblich beim Austausch des Sowjetagenten Koslow dem südafrikanischen Geheimdienstler versprochen hatte. Als später ein angeblicher Emissär vom Kap der guten Hoffnung nach dem Geld fragte, habe er, sagte Hirt, nicht lange nach dem Paß gefragt; der Mann habe sich »durch Sachkunde ausgewiesen«. Der geheimnisvolle Unbekannte soll sich das Geld, das über Stanges Spesenkonto abgerechnet wurde, in drei Tranchen bei dem Anwalt abgeholt haben.

Neben Hirt mußte sich auch dessen ehemaliger Chef Egon Franke verantworten, das Verfahren endete indes mit einem Freispruch. Eine Anklage gegen Stange wurde vom Gericht nicht zugelassen, doch seine Tätigkeit als Vogels Partner war schon Anfang 1983 abrupt beendet worden. Die neuen Herren im BMB kündigten, in vier Zeilen, seinen Dienstleistungsvertrag fristlos. Um die Sache »menschlich abzuwickeln«, war Bonn später dann gerade noch zu einer fristgemäßen Lösung bereit: Stange erhielt den Laufpaß zum Ende des Jahres.

Damit war eine heikle Linie gekappt. Das eingespielte Anwalts-Duo, das weltweite Verbindungen geknüpft hatte und in den unterschiedlichen Polit- und Rechtsordnungen geschickt zu lavieren wußte, schien unzertrennlich und unentbehrlich. Vogel konnte seinem Partner schon mal im voraus vertrauliche Hinweise auf kommende Entwicklungen und Ereignisse geben, ohne daß Stange dieses Wissen weitertrug, was westdeutschen Stellen womöglich einen taktischen Vorteil verschafft hätte. Die zwischen ihm und Stange praktizierte Offenheit sei das Geheimnis ihres Erfolgs gewesen. »So etwas«, sagt Vogel, »hätte ich mit Politikern oder Beamten, die ihrem Dienstherrn mitteilungspflichtig sind, nicht machen können.«

Zudem befürchtete Vogel, daß seine womöglich zu freimütigen Äußerungen gegenüber Bonner Regierungsstellen ihren Weg zurück in die DDR finden könnten – die Sorge war begründet, wie sich nach der Wende anhand aufgefundener Stasi-Informationen bestätigte: Über Vogels Mitteilungen fertigten Politiker und Beamte Vermerke und führten interne Gespräche, die von Stasi-Lauschern in Bonn prompt nach Ost-Berlin weitergereicht wurden. Seine Zurückhaltung, sagt Vogel, sei eine reine Vorsichtsmaßnahme gewesen, »kein Mißtrauen gegen den jeweiligen Gesprächspartner«.

Die DDR argwöhnte, hinter dem Bonner Schlag gegen die Achse Vogel/Stange steckten auch politische Gründe der neuen konservativ-liberalen Bundesregierung. Vogel formulierte für den SPIEGEL eine geharnischte Stellungnahme: »Es ist selbstredend souveräne Entscheidung der anderen Seite, darüber zu entscheiden, wer mit uns redet, wenn wir überhaupt miteinander reden, wie auch natürlich umgekehrt.«

Nur dränge sich nach zwanzigjähriger Kooperation mit seinem Partner Stange die Frage auf, »ob eine einschneidende Veränderung in persona und in der Sache ausgerechnet zu dieser kritischen Zeit konsequent durchdacht ist«. Vogel sah düster in die Zukunft: »Wir stehen vor einer Eiszeit mit sehr dickschichtigen Brocken.«

8. KAPITEL

»Es geht um mehr als um meine Ehre«

Vogel vermittelt Agenten-Tauschaktionen für 23 Staaten

Eine Romanze, trivial wie ein Groschenroman, erweiterte Wolfgang Vogels Aktionsradius auf internationalem Parkett. Der Pariser Geschäftsmann Charles Godet, ein soignierter Mittsechziger, hatte bei der Leipziger Frühjahrsmesse 1965 mit einem jungen Sachsenmädel angebandelt, das auf der ostdeutschen Industrie-Leistungsschau einen Ausstellungsstand betreute und als Dolmetscherin aushalf. Hals über Kopf verliebte sich der Franzose in die knapp 25jährige Brigitte Reichert.

Eines Tages stand Godet in Vogels Kanzlei in Alt-Friedrichsfelde. Woher der Besucher die Adresse wußte, erfuhr der Anwalt nicht. Verzückt erzählte der Verliebte, daß er die DDR-Bürgerin zu sich nach Paris holen wolle. Dazu brauchte sie aber eine behördliche Ausreisegenehmigung, die nur in den seltensten Fällen gewährt wurde. Wozu hatte man schließlich die Mauer gebaut, wenn junge Arbeitskräfte dennoch ungehindert von dannen ziehen dürften?

Vogel notierte die Personalien. Als er das Geburtsdatum der Frau aufschrieb, stutzte er wegen des Altersunterschieds; sie hätte ja Godets Enkelin sein können. Vogel feixt noch heute: »Wenn mir eine 25jährige jetzt in meinem Alter den Hof machte, würde ich das nicht ernst nehmen.« Er sprach Godet darauf an, doch der entgegnete, charmant lächelnd, auf Deutsch mit Wiener Tonfall, den er sich bei einem längeren Österreich-Aufenthalt angewöhnt hatte: »Schaun's, das ist meine letzte Zigarette.«

Die junge Frau wohnte bei ihrer Mutter im Erzgebirge. Vogel rief den Leiter der MfS-Bezirksverwaltung in Karl-Marx-Stadt (Chemnitz) an. Den kannte er recht gut, weil er oft mit ihm zu tun hatte: Politische Häftlinge, die seit dem Sommer des Vorjahres gegen westdeutsche Warenlieferungen freikamen, wurden vor ihrer Ausreise aus der DDR meistens im Gefängnis der sächsischen Bezirkshauptstadt versammelt und dann von dort aus mit einem gecharterten, blau-weißen Omnibus des Hanauer Reiseunternehmers Arthur Reichert in den Westen gebracht.

Den MfS-Mann beschwatzte Vogel, er sei daran interessiert, daß das Mädchen zu Godet ziehen dürfe. Er verspreche sich davon »gute Kontakte für meine Arbeit im Ausland«. Natürlich, räumt Vogel ein, habe er auch Gefallen an der verrückten Liaison gefunden, aber das habe er dem Stasisten ja nicht auf die Nase binden müssen.

Wie das Schicksal so spielt, wurde Vogel zu eben jener Zeit, im Mai 1965, ein Spionagefall in Frankreich angetragen. Vera Steinbrecher aus Leipzig beauftragte den Anwalt, sich um ihren Ehemann Herbert, 32, zu kümmern, gegen den der Oberste Staatsgerichtshof in Paris Anfang April eine zwölfjährige Haftstrafe wegen Geheimnisverrats verhängt hatte. »Ich bin nicht darüber informiert, warum mein Mann verurteilt worden ist«, schrieb Vera Steinbrecher. »Die Zusammenhänge sind mir nicht bekannt.« Sie wisse nur, daß ihr Mann von dem Pariser Rechtsanwalt Bernard Gorny verteidigt worden sei.

Vogel schrieb dem französischen Kollegen und schlug ihm nach schon mehrfach bewährtem Muster gleich ein Gegengeschäft vor: »Es will der Zufall, daß ich hier in Ostberlin einige Fälle vertrete, an deren Lösung die Angehörigen in Frankreich interessiert sind.« Außerdem sei ihm »bekannt, daß unlängst die Frau eines Franzosen in Ostberlin inhaftiert worden ist«, und er kenne »einige Prozesse gegen Personen, die in Ostberlin inhaftiert sind und wegen Spionage für eine französische Dienststelle verurteilt worden sind«.

Es gab also, ließ Vogel durchblicken, genug Gefangene als Tauschobjekte: »Ich darf bei Ihnen anfragen, ob Sie daran interessiert sind, mit mir zusammenzutreffen, um die genannten

Fälle zu besprechen.« Er sei auch »bereit, deswegen nach Paris zu kommen«. Die Chance, ins westliche Ausland zu reisen, mochte sich der DDR-Anwalt nicht entgehen lassen.

Gorny erklärte sich »vollkommen einverstanden« und bat um einen Terminvorschlag, »damit wir eine ausgiebige Unterhaltung haben könnten«. Gorny fragte an, »ob wir uns englisch oder französisch unterhalten können«, andernfalls sei er »in der Lage, einen Dolmetscher zur Verfügung zu stellen«. Vogel antwortete, sein Schulenglisch reiche für eine solche Konversation nicht aus, »zumal die ganze Thematik unserer Probleme etwas diffizil ist«. Daher begrüße er Gornys »Bereitschaft, einen geeigneten Dolmetscher zu engagieren«. Das war indes gar nicht nötig, denn Charles Godet spielte diese Rolle gern. In Berlin ließ Vogel die Korrespondenz von seinem Anwaltskollegen Götz Berger übersetzen, der in Vogels Kanzlei arbeitete.

Ende Juni kündigte Vogel an, daß er vom 8. bis 10. Juli mit Stange nach Paris kommen wolle. In seinem Brief erwähnte er, daß in Ost-Berlin derzeit, unter anderen, zwei Französinnen inhaftiert seien, eine wegen Fluchthilfe, eine wegen Spionage. »Vielleicht«, meinte Vogel, könne er deren Abschiebung ermöglichen, »wenn es Ihnen, sehr geehrter Herr Kollege, gelingen könnte, die Freilassung des Herrn Steinbrecher zu erwirken«. Vogel bat Gorny, »darüber an zuständiger Stelle zu verhandeln, damit Sie mir in Paris ggf. schon etwas sagen können«. Gorny verschanzte sich jedoch hinter »Standesregeln«, die ihm angeblich nicht erlaubten, »an die Behörden meines Landes mit einem Vorschlag für einen Austausch irgendwelcher Art heranzutreten«.

Immerhin entwickelte sich die Ausbürgerungsanfrage Vogels beim MfS in Karl-Marx-Stadt zum Positiven. Ende Juli schrieb Vogel an Godet, den er freundschaftlich »Gogo« nannte: Ich müßte Ihre ›letzte Zigarette‹ recht bald sprechen. Für die Formalitäten benötige ich einige Angaben und ein Paßbild.« Es wäre jedoch ratsam, empfahl Vogel, »wenn mir Herr Gorny schreiben könnte, daß er mich bittet, für Fräulein Reichert die Genehmigung zur Ausreise zu beantragen«.

Vogel hätte den Antrag, aufgrund einer schriftlichen Bitte Godets, auch selbst stellen können, zumal die Zustimmung der DDR-Behörden bereits sicher war. Aber durch das förmliche Verfahren hoffte er, den französischen Kollegen zu beeindrukken: Gorny sollte glauben, daß Vogel problemlos derlei Gesuche durchboxen konnte. Das würde, meinte Vogel, auch die französischen Behörden für seine Anliegen geneigter machen.

Schließlich sei es »doch recht einleuchtend«, erläuterte Vogel die Taktik seinem Freund »Gogo«, »daß Sie sich für diesen Fall in Paris einen Anwalt nehmen, der sich dann mit mir in Verbindung setzt«. Er erwarte gar »keine direkte Verbindung zu der anderen Sache«; vielmehr solle »lediglich demonstriert werden, daß die Anliegen des Herrn Gorny ein bereitwilliges Gehör finden«.

Schon am 11. August konnte Vogel dem Maître Gorny mitteilen, er habe vom Ministerium des Inneren die Zusage bekommen, daß die Verlobte Godets im September ausreisen dürfe. Vogel nutzte die Gelegenheit zu einem verschmitzten Wink. »Wenn ich auch keinen direkten Zusammenhang mit der Angelegenheit des Herrn Steinbrecher sehe«, flunkerte er, »so wäre ich Ihnen doch sehr dankbar, wenn Sie bei Ihren weiteren Verhandlungen dieses Entgegenkommen meiner Regierung nicht gänzlich unberücksichtigt lassen.«

Der Fall Steinbrecher beschäftigte Vogel noch jahrelang. Zugleich häuften sich Enttarnungen ostdeutscher und französischer Agenten, so daß sich der »Gogo«-Kontakt als sehr nützlich erwies. Im März 1966 heiratete Godet seine junge Braut. Vogel (»Ich hätte Ihnen gern persönlich die Hand gedrückt«) gratulierte schriftlich und kündigte an, daß »irgendwann eine Reise mit Herrn Stange nach dem schönen Paris fällig sein« werde: »Dann holen wir alles beim guten Fläschchen nach, zumal ich mich ein wenig mitschuldig fühle, daß Sie jetzt wohlbestallte Eheleute sind.«

Der nächste Frankreich-Fall stellte sich prompt ein. Im Juni 1966 schrieb der Rentner Rudolf Bamler aus Groß-Glienicke bei Potsdam an Vogel, er mache sich Sorgen um seinen Sohn Joachim und seine Schwiegertochter Marianne. Ein Bekannter habe ihm erzählt, daß sich sein Sohn vor kurzem »bedroht gefühlt« habe. »Meine Bemühungen, darüber Näheres zu erfahren, bestärkten mich in meiner Annahme, daß meinem Sohn etwas zugestoßen ist.« Näheres wisse er nicht, »lediglich, daß mein Sohn und meine Schwiegertochter unter dem Familiennamen Wegener leben«, was ihm ein Rätsel sei. Er bitte, ihm »als Vater bei der Klärung dieser Angelegenheit zu helfen« und seinem Sohn »den notwendigen Rechtsbeistand zu gewähren«.

Vogel erkundigte sich bei Volpert, was es mit den Bamlers für eine Bewandtnis hatte, und erfuhr, daß sie als HVA-Agenten in Frankreich unter falschem Namen gelebt hatten. Zusammen mit ihnen war auch das Ehepaar Peter und Reneé Kranick verhaftet worden. Sie, eine Französin, hatte für die Nato gearbeitet, er, ein gebürtiger Westdeutscher, hatte als Fremdenlegionär für die Franzosen in Vietnam gekämpft und zuletzt ebenfalls in Nato-Diensten gestanden. Volperts Auskünfte reichte Vogel sogleich dem Kollegen Stange weiter.

Den Fall der beiden Paare besprach Vogel auch mit Godet, als der gerade mal wieder auf der Durchreise in Berlin war. Bald darauf forcierte Vogel die Angelegenheit: »Zwischenzeitlich«, schrieb er Godet, sei »in der neuen, seinerzeit in Berlin kurz besprochenen Sache Eile geboten«. Stange und er »müßten alsbald nach Paris kommen«. Vogel bat Godet, »mit den bereits in dieser Sache tätigen Anwälten« Robert Canou, Jean Louis Weil und Edmond Bloch abzustimmen, »ob sie auch zu erreichen sind«.

Anfang September flogen Vogel und Stange nach Paris. Über die Gespräche mit Weil und Bloch notierte der DDR-Anwalt hinterher: »Nach der Aussage beider Anwälte war das Belastungsmaterial bei Beginn der Gerichtsferien (Ende Juni) sehr dürftig, insbesondere war auf dem militärischen Gebiet nicht das geringste nachzuweisen. Es stand und steht lediglich fest, daß die Eheleute Kr. mit Hilfe der Eheleute B. *politische* Informationen weitergegeben haben.« Der Vorwurf der Militärspionage gehe also fehl.

Bemerkenswert fand Vogel, daß die Festnahme »ausschließlich auf Veranlassung der westdeutschen Behörden« erfolgte und zwar »nicht durch die Nato-Abwehr, sondern durch den französischen Geheimdienst«, der »zur Nato überhaupt keinen Zutritt hat«, da Frankreich aus der militärischen Organisation des westlichen Verteidigungsbündnisses ausgetreten war. Kranick, notierte Vogel, sei »sehr nervös«, »zu 85 % Kriegsinvalide« und habe »Nachwirkungen aus einem Trockenfieber in Indochina«.

Der Anwalt fand, trotz aller Hektik, immer noch Zeit, sich auch um zwischenmenschliche Belange zu kümmern. So trug er Mitte Januar 1967 die, wie er selbst fand, »etwas ungewöhnliche Bitte« an Brigitte Godet heran, für die schwangere Reneé Kranick, »die im Februar niederkommen soll«, Babyausstattung zu besorgen. En détail gab er eine Bestellung auf.

In Sachen Steinbrecher schrieb Vogel Anfang Mai seinem Kollegen Gorny einen Brief, in dem er einerseits auf Goodwill-Aktionen der DDR hinwies, die dem HVA-Kundschafter zugute kommen sollten, andererseits auch konkret ein in Ost-Berlin inhaftiertes Ehepaar zum Tausch anbot.

Schon ein Jahr zuvor, erinnerte Vogel, sei die französische Studentin, die als Fluchthelferin zu anderthalb Jahren Gefängnis verurteilt worden war, sechs Monate vor dem Strafende nach West-Berlin entlassen worden. Dies sei »mit der Hoffnung verbunden gewesen, daß diese Geste bei der Behandlung des Falles Steinbrecher nicht unberücksichtigt bleiben sollte«. Auch bei der Freilassung einer anderen Französin im Sommer habe er darum gebeten, ihre Begnadigung »als Zeichen des guten Willens im Zusammenhang mit dem Fall Steinbrecher zu werten«.

Als »Gegenleistung für die Freilassung von Herrn Steinbrecher nach Westberlin«, warb Vogel, könne »verbindlich zugesagt werden«, daß ein inhaftiertes Agentenehepaar, Hans Rudi und Maria Behrendt, auf freien Fuß gesetzt werde. Die beiden waren im September 1960 vom Bezirksgericht Frankfurt (Oder) zu lebenslangem Zuchthaus wegen Spionage für den französischen Geheimdienst verurteilt worden.

Hans Rudi Behrendt, ehemals Hauptreferent im DDR-Ministerium für Chemische Industrie, hatte – laut gerichtlicher Beweisaufnahme – »von 1957 an regelmäßig Dienstgeheimnisse verraten, die sich bezogen auf die gesamte chemische Planung und Produktion«. Außerdem habe er seine Ehefrau und seine Schwiegermutter für den französischen Geheimdienst angeworben. Die Schwiegermutter, Martha Königsberg, war zu zehn Jahren Zuchthaus verurteilt worden, war aber unterdessen frei und lebte im Westen. Maria Behrendt, einst Sekretärin im SED-Zentralkomitee und zuvor Angestellte im Ministerium für Kohle und Energie, hatte nach den Feststellungen des Gerichts »ca. 150 Vorgänge geheimster Art fotokopiert und dem französischen Geheimdienst übergeben«. Außerdem hatte sie »seit 1957 ständig alle dienstlichen Wahrnehmungen verraten«.

Obendrein, versprach Vogel, werde »verbindlich zugesagt,

daß die gesamte Familie Unger aus Merseburg ausreisen darf«. Maître Gorny hatte ihn gebeten, sich für diese Familie zu verwenden. Es handelte sich um sogenannte »Doppelstaatler«, denen aber die französische Staatsangehörigkeit nichts nutzte, weil nach ostdeutschem Recht die DDR-Staatsbürgerschaft allemal vorging.

Steinbrecher, machte Vogel seine Gleichung auf, sei »mit 12 Jahren bestraft« und habe »hiervon einen sehr erheblichen Teil verbüßt«. Die Eheleute Behrendt, auf der anderen Seite, seien »in ganz erheblichem Maße belastet«. Vogel signalisierte ein angeblich außergewöhnliches Entgegenkommen der DDR: »Auf normalem Wege wäre eine Freilassung – noch dazu nach Westberlin – unmöglich.« Was aber war schon normal in diesem Gewerbe? Und: Welche Vorschrift, außer den von den DDR-Machthabern selbst errichteten Hürden, hätte denn eine Abschiebung nach West-Berlin verboten?

Es war das alte Spielchen des gewieften Agentenhändlers: An der Offerte der Gegenseite fand er vieles auszusetzen, womit er den geforderten Preis zu drücken versuchte, während er das eigene Angebot schönredete, um mehr dafür herauschlagen zu können.

Über das Prozedere des Austauschs hatte Vogel bereits klare Vorstellungen:»Wenn Sie mir, sehr geehrter Herr Kollege, zusichern, daß Herr Steinbrecher an einem bestimmten Tage in Westberlin eintrifft und von da an frei ist, so werden am gleichen Tage – *bevor* ich mit Herrn Steinbrecher in Westberlin spreche – die Eheleute Behrendt in Westberlin sein, und zwar im Büro von Herrn Rechtsanwalt Stange.«

Zum Prozeß gegen die Ehepaare Bamler und Kranick flog Vogel am 10. Juli nach Paris. Bei dieser Gelegenheit traf er sich auch mit Gorny, um den Steinbrecher/Behrendt-Deal zu besprechen. Der französische Kollege machte dem Ost-Berliner Anwalt Hoffnung: Ihm sei »intern« zu Ohren gekommen, daß der neue Justizminister mit dem vorgeschlagenen Austausch grundsätzlich einverstanden sei. Der Minister wolle aber noch etwas abwarten, weil er erst einen Monat im Amt sei und über den Fall Bamler/Kranick »noch etwas Gras wachsen« solle.

Die äußeren Umstände des Gerichtsverfahrens gegen die beiden Ehepaare sprachen indes nicht dafür, daß die französische Justiz an einer stillen Erledigung interessiert war. Verhandelt wurde vor dem Staatssicherheitsgerichtshof, einem, gemessen an sonstigen europäischen Rechtsbräuchen, bizarren Sondergericht mit drei Militär- und zwei Berufsrichtern. Diese Kammer war für Delikte von politischer Tragweite reserviert. Sie war 1962, gegen Ende des Algerienkriegs, zur Aburteilung von Putschoffizieren gegründet worden und wurde später vor allem gegen bretonische Separatisten oder korsische Bombenleger einberufen.

»Bereits zehn Minuten nach den Plädoyers der Verteidigung«, notierte Vogel in einem Vermerk, sei das Urteil verkündet worden. Dies bestärkte ihn in der Annahme, »daß die Sache von vornherein in Richtung der hohen Strafen präpariert war«. Zudem sei der Prozeß »in einer etwa einstündigen Sendung des französischen Fernsehens ausführlich behandelt worden«. Darin habe der Leiter der polizeilichen Ermittlungskommission »den Sachverhalt arg aufgebauscht und die Verdienste des französischen Geheimdienstes gerühmt«.

Im Prozeß hingegen sei »keinerlei Beweis erbracht worden, *welche* Nachrichten im einzelnen die Mandanten weitergegeben haben«. Man habe »lediglich aus der Art der Ausrüstung die Schlußfolgerung gezogen, daß die Nachrichten wertvoll gewesen sein müßten, sonst hätte man nicht einen solchen Aufwand getrieben«.

Peter Kranick wurde zu 20 Jahren, Hans-Joachim Bamler zu 18 und Marianne Bamler zu 12 Jahren Gefängnis verurteilt. Aus dem Justizministerium bekam Vogel zu hören, daß von der Strafe wenigstens vier bis fünf Jahre verbüßt sein müßten, erst dann könne man über einen Austausch reden.

Gleichwohl versuchte es Vogel schon ein halbes Jahr später. Anfang 1968 unterbreitete er in einem Brief an den Pariser Rechtsanwalt Robert Tenger, mit dem ihn wiederum Godet bekannt gemacht hatte, ein Angebot der DDR, die »einer sofortigen Freilassung in folgenden Fällen zuzustimmen« bereit sei. Es folgten zehn Namen, darunter neben Inhaftierten auch das ausreisewillige Ehepaar Unger und eine Frau, die »zum Zwecke der Eheschließung« die DDR in Richtung Frankreich verlassen wollte.

Erst nachdem er in gefälligen Worten die voluminös erscheinende Offerte abgegeben hatte, erhob Vogel seine bescheiden dünkende Gegenforderung: »Von hier aus« sei man »interessiert, daß in diesem Zusammenhang« die Ehepaare Kranick und Bamler sowie Herbert Steinbrecher »freigelassen werden«.

Unter den Gefangenen, die Vogel zum Austausch anbot, waren wieder zwei Studenten, deren Inhaftierung einer Geiselnahme gleichkam. Die beiden jungen Franzosen hatten, wie dies viele Ausländer taten, ihre Ausweise an republikverdrossene DDR-Bürger hergegeben, was als »Beihilfe zur Verletzung der Paßbestimmungen« und »Ausweismißbrauch« geahndet wurde.

Den beiden Studenten gehe es gut, teilte der DDR-Anwalt mit, »wenn man davon absieht, daß der Entzug der Freiheit stets eine unangenehme Sache ist«. Der zynische Unterton paßte so gar nicht zu Vogels sonstiger Liebenswürdigkeit – die Stasi machte Druck, daß der Anwalt die von ihr diktierten Bedingungen durchsetzen sollte. Geschäftsmäßig fuhr Vogel fort: Der Prozeß werde »in aller Kürze stattfinden«, und »aus einem Vergleich mit ähnlich gelagerten Fällen« müsse »mit einer Bestrafung bis zu drei Jahren gerechnet« werden. In dem einen Fall traf die Prognose exakt zu, den anderen Angeklagten verdonnerte das Bezirksgericht Potsdam am 1. Februar 1968 sogar zu vier Jahren – ein Terrorurteil für eine Bagatelle.

Bei einem Besuch in der U-Haft Mitte Februar stellte Vogel den beiden Studenten einen baldigen Austausch in Aussicht. Sie folgten daher seinem Rat, die Berufung gegen das Urteil zurückzunehmen. Doch Vogel hatte sich verkalkuliert, die Chancen der Studenten schwanden schnell. Die französische Justiz mochte sich auf Vogels Paketlösung nicht einlassen, und eine Entlassung »im Rahmen einer Aktion mit Bonn scheidet leider aus«, notierte Vogel Ende Juli, »weil auf diesem Wege Ausländer von der DDR-Seite aus nicht berücksichtigt werden«. Die Ost-Berliner Führung verkroch sich hinter ihre willkürlich aufgestellten Formalien.

Um Unnachgiebigkeit zu demonstrieren, wurden die beiden jungen Männer umgehend in den Strafvollzug nach Bautzen verlegt. »Die östlichen Behörden«, erläuterte Stange dem Vater des einen Studenten, hätten nach Vogels Auskunft »diese Maßnahme deswegen getroffen, weil offenbar eine Begnadigung der Jungen im Wege des Austausches nicht mehr zu erwarten sei«. Die französischen Behörden, schob Stange den Schwarzen Peter nach Paris, hätten einen Austausch »auf der Basis auch des letzten Angebotes von Vogel abgelehnt«.

Um die zuständigen französischen Stellen zu erweichen, entzog die DDR-Justiz den beiden Strafgefangenen auch noch die bis dahin gewährten Vergünstigungen. Die beiden Jungen, erläuterte Vogel am 14. August 1968 in einem Brief an den Vater, hätten »für eine bestimmte Zeit eine bevorzugte Behandlung« erfahren – sie durften Geschenke empfangen und Zeitungen beziehen. Dies habe sich »dann leider geändert, weil die Bemühungen von Herrn Rechtsanwalt Tenger keinen Erfolg brachten«. Hinzu komme, so Vogel weiter, »daß mir hier immer wieder entgegengehalten wird, daß an die Gefangenen in Frankreich auch keine Bücher und Pakete ausgehändigt werden dürfen«.

Vogel erinnerte daran, daß auch er ohne adäquate Gegenleistung »keine Wunderwerke vollbringen« könne. »Schnelle und wirksame Hilfe ist eben nach wie vor nur gewährleistet, wenn sich in dem bekannten Zusammenhang von französischer Seite aus ein Entgegenkommen findet.« Solange Paris den Ost-Berliner Wunschzettel so schnöde zurückweise, hieß das, sei auch von der DDR kein Einlenken zu erwarten.

Fünf Monate später schwenkte die DDR jedoch um und änderte ihre Taktik. Auf die Peitsche folgte wieder Zuckerbrot. Bei einem Besuch Tengers in Ost-Berlin am 29. Januar 1969 traf Vogel mit seinem französischen Kollegen eine schriftliche Abmachung. Darin stellte er in Aussicht, daß vier DDR-Häftlinge gegen Steinbrecher und die beiden Frauen Kranick und Bamler freigelassen werden könnten. Und: »Unabhängig davon« würden die beiden Studenten »am 7. 2. 69 frei sein und nach Westberlin gebracht«.

So bedingungslos, wie Vogels schwammig formuliertes Angebot an Tenger schien, war die Vorleistung allerdings nicht gemeint gewesen, und prompt traten Probleme auf. Nachdem die beiden Studenten ausgereist waren, mochten sich die französischen Behörden nicht mehr an die übrigen Vereinbarungen halten, die sie nicht als bindend betrachteten.

Am 27. März 1969 führte Vogel in einem Brief an Tenger bittere Klage über den angeblichen Wortbruch: »Ich erspare es Ihnen, sehr geehrter Herr Kollege, meine wirklich diffizile Situation darzulegen. Es geht um mehr als um meine Ehre!« Tenger wisse »sehr genau«, daß die beiden Jungen »nur deswegen freigelassen worden sind, weil ich mich für die Realisierung unserer in Berlin getroffenen Vereinbarung, die Sie mit Ihrem Schreiben vom 6. Februar 1969 ausdrücklich bestätigt haben, persönlich und mit allen Konsequenzen *verbürgt* habe«. Nun aber werde von französischer Seite »plötzlich nachträglich mehr verlangt«, als seinerzeit ausgemacht worden sei. Vogel: »Diese Mehrforderung überrascht um so mehr, als Ihre Seite entgegen der ursprünglichen Zusage die Freilassung auch von Frau Bamler zurückgezogen hat.«

Die Franzosen wollten also, entgegen der Absprache Vogels mit Tenger, mehr haben, aber weniger geben. Zugleich behaupteten sie, der DDR-Unterhändler habe sie getäuscht, weil dem Ehepaar Unger und dessen Sohn die versprochene Ausreise verweigert werde. »Ein solcher Vorwurf«, setzte sich Vogel zur Wehr, »trifft mich zutiefst in meiner Ehre als Anwalt.« Er könne aber nur noch einmal versichern, daß es diese Familie in Merseburg allem Anschein nach nicht gebe, jedenfalls habe man sie »bisher trotz größter Anstrengungen nicht gefunden«. Gleichwohl fuhr Vogel zusammen mit Stange daraufhin selbst nach Merseburg – und die beiden Anwälte machten die Familie, wenn auch nicht unter der angegebenen Adresse, doch noch ausfindig.

Am 7. Mai 1969 trat eine kaum noch erhoffte Wende ein: Die französische Justiz gab überraschend einem Gnadengesuch der »Bâtonniers«, der Präsidenten der Pariser Anwaltskammer, für Herbert Steinbrecher, Renée Kranick und Marianne Bamler statt. Jürgen Stange erfuhr als erster davon und informierte seine Kollegen. Spontan schrieb Tenger dem West-Berliner Anwalt einen Brief: »Ich muß Ihnen noch einmal sagen, wie glücklich ich gewesen bin, von Ihnen vor wenigen Augenblicken durch Ihren Anruf zu hören, daß diese Affäre endlich beendet ist.« Die Sache sei für ihn »ein Alptraum« gewesen, der ihn »physisch und moralisch ausgehöhlt« habe.

Vor allem sei er »bekümmert« gewesen über Stanges »Vorwürfe wegen des letzten Telegramms«, das er dem West-Berliner Kollegen geschickt hatte. Der Pariser Advokat bat um Verständnis, daß er aus taktischen Gründen ungewohnt scharf formuliert habe. Dies sei ihm »unangenehm«, aber um des Erfolges willen habe er es so aufsetzen müssen. Er hoffe nicht, versicherte Tenger, »daß unsere so herzliche Zusammenarbeit durch diesen Zwischenfall getrübt wird«.

Auch Vogel bemühte sich darum, die freundschaftliche Atmosphäre wieder herzustellen, die unter den drei Anwälten aus Ost- und West-Berlin sowie Paris herrschte. »Allen Komplikationen, Widerständen und Meinungsverschiedenheiten zum Trotz«, schrieb er Tenger, »ist das Wunder des 7. Mai geschehen.« Vogel schmeichelte: »Ohne Ihre beharrliche Mitwirkung wäre es nicht möglich gewesen.« Er habe, »seit ich Sie in Paris kennenlernen durfte«, stets »vollstes Vertrauen« zu ihm gehabt.

Genau elf Tage nach dem von Vogel bejubelten »Wunder«, am 18. Mai 1969, wurde in Paris erneut ein DDR-Bürger verhaftet, der für die Hauptverwaltung Aufklärung des Markus Wolf spioniert hatte. Das MfS hätte Vogel direkt von sich aus auf den Fall ansetzen können. Aber die Stasi legte Wert darauf, daß der Anwalt durch privaten Auftrag ein Verteidigermandat für Hans Voelkner erhielt.

Die in Ost-Berlin lebende Ehefrau Rosemarie Voelkner schrieb einen Monat später einen Brief an Vogel, in dem sie um »Unterstützung und Rechtshilfe« für ihren Mann bat. Außerdem informierte sie Vogel darüber, daß ihr Mann bereits von zwei französischen Anwälten vertreten werde. Den einen, Joe Nordmann, habe er selbst als Verteidiger gewählt, den anderen, Daniel Soulez-Larivière, habe das Gericht als Pflichtverteidiger bestellt.

Manche Vokabel des ersichtlich durch die Stasi vorformulierten Briefs verriet, daß die Leute von der DDR-Staatssicherheit das Binnenverhältnis zwischen einem Anwalt und seinem Mandanten, jedenfalls nach westlichen Maßstäben, nicht so richtig einzuschätzen wußten. In Rosemarie Voelkners Brief war von einer »Zusammenarbeit« mit Vogel die Rede, die »im weiteren Verlauf der gerichtlichen Untersuchung für meinen Mann von großem Nutzen sein wird«. Eine »Zusammenarbeit« setzt jedoch Partner mit gleichem juristischen Sachverstand voraus, eine gewöhnliche Mandantin würde ihren Anwalt eher um Rat bitten.

Voelkner mußte mehr als ein Jahr auf seinen Prozeß warten. Einige Wochen vor Beginn der Hauptverhandlung sprach Maître Nordmann noch die Hoffnung aus, »daß es uns gelingt, eine Strafe in der Nähe des Höchstmaßes zu vermeiden«. Vogel wartete diesmal nicht, bis die Franzosen einen Wunsch äußerten, sondern machte selbst einen Vorschlag: Er könne sich »vorstellen, daß man auf französischer Seite an Frau Ilse Seichter interessiert ist«. Sie war 1969 vom Militär-Obergericht in Ost-Berlin wegen Spionage zu 15 Jahren verurteilt worden, nachdem sie 13 Jahre lang für den französischen Geheimdienst Berichte über »gesellschaftliche und militärische Objekte« geliefert und zudem drei weitere Agenten angeworben hatte.

Erstmals schien die DDR von der albernen Praxis abzugehen, unbedarfte Fluchthelfer im Tausch für professionelle Spione anzubieten. Aber der Rückschlag ließ nicht lange auf sich warten: Mit der eigenmächtigen Offerte war Vogel der Stasi zu weit gegangen. Zwei Wochen später mußte er seinen Vorschlag revidieren. Statt Ilse Seichter solle doch lieber ein französischer Jurastudent berücksichtigt werden, der im August 1968 in Bulgarien verhaftet und im Januar 1969 zu 15 Jahren Haft verurteilt worden war.

Nordmann, Mitglied der kommunistisch gelenkten Internationalen Vereinigung Demokratischer Juristen, wandte sich an Außenminister Maurice Schumann, mit dem er befreundet war, obwohl ihre politischen Ansichten gegensätzlicher nicht sein konnten. Der gaullistische Politiker versicherte seinem »lieben Freund und Kollegen«, er habe »alles, was in meiner Macht stand, getan, um mich des schmerzlichen Falles anzunehmen, mit dem Sie an mich herangetreten sind«. Viel Mühe kann der Minister allerdings nicht aufgewandt haben, denn der Fall Voelkner blieb bis auf weiteres ungelöst.

Statt dessen mäkelten die Franzosen wieder mal herum, die DDR halte eingegangene Verpflichtungen nicht ein. »Zu meinem großen Erstaunen und Befremden«, so Vogel gegenüber seinem Partner Nordmann, höre er, »man erhebe in Paris den Vorwurf, von meiner Seite sei die bekannte Vereinbarung nicht korrekt erfüllt worden, ein Fall stehe noch offen«. Dagegen müsse er sich »energisch wenden, zumal ich damit auch in meiner Berufsehre diskriminiert werde«. Kollege Tenger habe ihm »schriftlich und anläßlich meines letzten Besuches in Paris auch nochmals mündlich bestätigt, daß alle getroffenen Vereinbarungen korrekt und außerordentlich fair eingehalten« worden seien.

Vogel vermutete eine Intrige. Er könne sich, schrieb er Nordmann, »des Eindrucks nicht erwehren, daß irgend jemand bewußt falsche Behauptungen aufstellt, um Ihre Bemühungen zu stören«. Es sei doch seltsam, »daß man eine derartig gravierende Beschuldigung erst jetzt und ausgerechnet jetzt (!) erhebt«. Bisher seien »zu keiner Zeit und Stunde Beanstandungen erfolgt«. Im Gegenteil, man habe ihm stets höchstes Lob gezollt. »Und weshalb«, fragte Vogel verwundert, »bekennt man nicht, *welcher* Fall eigentlich noch offen sein soll?«

Nordmann antwortete ausweichend und tat Vogels Beschwerde als »Mißverständnis« ab, auf das man »nicht zurückkommen sollte«. Doch Vogel wollte der Ursache der Verstimmung auf den Grund gehen. »Es könnte sein«, mutmaßte er, daß dem Pariser Kollegen »Beanstandungen im Hinblick auf den Fall Martha Königsberg«, der Mutter von Maria Behrendt, bekannt geworden seien.

An derlei Gerüchten sei aber nichts dran, versicherte Vogel. Die Frau sei in seiner Begleitung »auf Westberliner Seite« gewesen. Am Übergang Chausseestraße, der an den französischen Sektor grenzte, war die Frau im Kontrollhäuschen befragt worden. Dabei habe sie »persönlich den Beauftragten Ihres Landes erklärt, sie sei sich noch nicht schlüssig, erbäte Bedenkzeit, wolle aber auf jeden Fall zurück in die DDR«. Er, Vogel, habe zugesagt, daß Martha Königsberg »jederzeit« ausreisen dürfe, »sofern sie in meinem Büro vorstellig wird und einen solchen Wunsch zum Ausdruck bringt«. Das sei dann auch geschehen, und die Mutter sei am 27. Mai 1970 zu ihrer Tochter nach West-Berlin übergesiedelt. Seine Angaben, merkte Vogel dazu an, ließen sich ja leicht überprüfen: »Man braucht sich ja nur mit Frau Königsberg in Verbindung zu setzen.«

Zugleich konzentrierte Vogel die bislang auf mehrere Pariser Anwälte verteilten Mandate für HVA-Agenten auf Maître Nordmann. Ihm übertrug er die »laufende Betreuung« Peter Kranicks und des Ehepaares Bamler, die noch immer inhaftiert waren. Es gehe »darum, Gnadengesuche einzureichen, sobald Sie Erfolgsaussicht überschauen können«.

Die Bemühungen der DDR um Voelkner lösten im November 1971 Irritationen zwischen Bonn und Ost-Berlin aus. Ein Brief Stanges an Vogel dokumentiert, daß die DDR einerseits westdeutsche Vermittlerdienste gegenüber Drittstaaten gern in Anspruch nahm, andererseits aber immer wieder auf eigene Faust die Verhandlungsführung wechselte, ohne sich mit Bonn darüber abzustimmen. »Man hat auf meiner Seite erfahren«, beklagte sich Stange bei Vogel, »daß Ihre Seite einen anderen Kollegen aus der DDR beauftragt hat, der mit einem Kollegen in Paris in Verbindung steht«. Dieser Kollege sei jedoch, »wie man sicher weiß, durch die französischen Behörden nicht autorisiert«.

Der heimlich zusätzlich eingeschaltete DDR-Anwalt war Friedrich Wolff. Vogel wußte nicht, daß sein ehemaliger Kollegiums-Vorsitzender parallel zu ihm mit Maître Joe Nordmann zusammenarbeitete, der mit Wolff im Vorstand der Internationalen Vereinigung Demokratischer Juristen saß. Nordmann verschwieg seine Verbindung zu Wolff auch, als er Vogel mal in dessen Haus in Schwerin besuchte. Verstört zeigte sich Stange zudem darüber, daß Angehörige Voelkners in Paris »Austauschverhandlungen« geführt hätten. Dabei seien sie »überraschend gut informiert« gewesen. Die Bundesregierung, der sehr an Diskretion gelegen war, um ihre stille Hilfe für die DDR geheimzuhalten, vermutete ein Leck im Ost-Berliner Apparat.

Stange kündigte daher die Unterstützung auf. »Meine Seite«, avisierte er, »wird sich nicht mehr bemühen, zumal Sie, sehr geehrter Herr Kollege, ausdrücklich erklärt haben, die Beziehungen zwischen der DDR und Frankreich hätten sich so gut gestaltet, daß Ihre Seite jetzt bessere Möglichkeiten hätte und auf irgendwelche Hilfe nunmehr nicht mehr angewiesen sei.« Höflich äußerte Stange sein Bedauern über »diese von meiner Seite nicht verschuldete Entwicklung«. An der Zähigkeit der Verhandlungen könne es doch kaum gelegen haben: »Falls man am Zeitaufwand Anstoß genommen haben sollte, so dürften Sie aus eigener jahrelanger Erfahrung wissen, wie schwierig und zeitaufwendig derartige Arrangements sind.«

Trotz gelegentlicher Rückschläge sprach sich Vogels Ruf als stiller Vermittler rasch bei vielen Regierungen herum. Seine erfolgreiche Mitwirkung im Fall Abel/Powers/Pryor machte den Geheimdiensten in aller Welt Hoffnung, ihre verlorenen Agenten vor der vollen Verbüßung ihrer meist langjährigen Haftstrafen heimholen zu können. Aus Holland und Dänemark, aus Österreich und der Schweiz wurde schon bald Vogels Hilfe angefordert, später auch aus überseeischen Staaten wie Angola und Chile. Die Austauschaktionen, an denen Vogel im Laufe von 30 Jahren beteiligt war, betrafen insgesamt 23 Länder.

Der Leiter der »Schweizerischen Delegation« in West-Berlin beispielsweise nahm im Februar 1964 brieflich Verbindung mit

Vogel auf und bat ihn wegen der Inhaftierung zweier seiner Landsleute in Ost-Berlin zu einer »persönlichen Vorsprache« ins »Eidgenössische politische Departement«, das Außenministerium, nach Bern. Er sei »ermächtigt«, schrieb der Diplomat, dem DDR-Anwalt »zu diesem Zweck ein dreitägiges Einreisevisum in die Schweiz zu erteilen«.

Aus der Schweiz holte Vogel zwei Jahre später einen DDR-Agenten ab. Der Schriftsteller Hans von Oettingen, der bei den Helvetiern ein Pressebüro unterhalten hatte, war nebenbei auch der Hauptverwaltung Aufklärung gefällig gewesen. Vier eidgenössische Geheimdienstler übergaben den prominenten Kundschafter im Mai 1966 dem Anwalt auf dem Züricher Flughafen. Erstaunt über das »große Aufgebot«, das wie ein Ehrengeleit wirkte, flachste Vogel: »Sie entblößen ja Ihre ganze Dienststelle.« Offenherzig erwiderte der Sprecher der Gruppe, ganz so dünn sei die Personaldecke des Nachrichtendienstes in der Schweizer Finanzmetropole auch wieder nicht: »Wir sind ja elf.« Hinterher im Flugzeug konnte von Oettingen vor Prusten kaum an sich halten, wie einfach der Anwalt das Geheimnis entlockt hatte: »Ich lach' mich krank – ich wollte immer rauskriegen, wie viele die sind.«

Daß Begnadigungen von Spionen, anders als bei anderen Straftätern, an Gegenleistungen gekoppelt werden konnten, erkannten viele Regierungen erst durch Vogels Wirken, zumal der auch oft von vornherein personelle Angebote unterbreitete, wenn er einen Agenten aus einem Gefängnis befreien wollte. Fast beiläufig ließ er dann in seinen Anschreiben einfließen, daß die DDR gerade diesen oder jenen Staatsbürger des betreffenden Landes in Gewahrsam genommen habe und die Regierung diesen armen Menschen doch sicher bald wieder zu Hause haben wolle.

So war es auch, als sich Vogel im Sommer 1965 für zwei DDR-Agenten einsetzte, die der österreichischen Abwehr ins Netz gegangen waren. Es handelte sich um zwei eher kleine Fische, die zu je anderthalb Jahren Haft verurteilt worden waren. Ganz naiv hatte der Wiener Rechtsanwalt Franz Grois, wie dieser in einem an Heiligabend datierten Brief an Vogel bekannte, fest damit gerechnet, daß die beiden »im Rahmen einer sogenannten Weihnachtsamnestie« freikämen, die »ansonsten gut beleumundeten Personen mit relativ geringen Strafen« regelmäßig gewährt werde, »wobei bis zur Hälfte der Strafe unter dieser Amnestie nachgesehen werden kann«.

Die beiden Spione hatten bereits 13 Monate abgesessen, die Voraussetzungen waren also durchaus erfüllt. Doch »von höchster Stelle«, so Grois, sei ihm bedeutet worden, »es werde erwartet, daß ein Gegendienst in humanitärer Richtung geleistet wird«. Die Gegenleistung bestand darin, 15 DDR-Bürgern, die zusätzlich die österreichische Staatsbürgerschaft besaßen, Freizügigkeit zu erlauben.

Auch aus Westdeutschland erreichten den DDR-Anwalt immer mehr Hilferufe. Wo er konnte, erteilte Vogel Rat, oft unentgeltlich. So wies er 1967 einem verzweifelten Vater aus Oldenburg, dessen Sohn als Spion in der UdSSR eingesperrt war, den richtigen Weg für ein Gnadengesuch (»in russischer Sprache und dreifacher Ausfertigung an das Staatsoberhaupt der Sowjetunion«). Vogel empfahl, das Gesuch an die Bonner Botschaft »mit der Bitte um Vermittlung« zu richten; aus »grundsätzlichen politischen Erwägungen« sei es unzweckmäßig, die Bittschrift an die Sowjetbotschaft in Ost-Berlin zu senden: »Dadurch würden sich Komplikationen ergeben«, umschrieb Vogel die strikte Trennung der Zuständigkeiten in den beiden deutschen Staaten, »die von Ihnen so sehr erwünschte Entscheidung würde sich nur verzögern.« Honorar für diese anwaltliche Beratung, fügte Vogel an, mache er »nicht geltend«.

Für seine ausländischen Anwaltskollegen, mit denen Vogel im Laufe der Jahre Austauschfälle verhandelt hatte, wurde der DDR-Anwalt zunehmend zur Anlaufstelle für alle schwer lösbaren Fragen im gesamten Ostblock – die West-Juristen schienen ihm eine Art Allzuständigkeit zuzutrauen. So wandte sich etwa der Anwalt Bent Knudsen aus Kopenhagen, der als Vertreter von Amnesty International Vogel 1964 kennengelernt und sich bei ihm für einen spionierenden Landsmann eingesetzt hatte, Jahre später erneut an den Ost-Berliner Advokaten: Ob er helfen könne, fragte Knudsen, daß ein polnischer Staatsbürger aus Warschau zu seiner dänischen Freundin ausreisen dürfe? Da mußte Vogel passen.

Aber auch auf seinem ureigensten Feld hatte der Unterhändler Fehlschläge einzustecken. Beileibe nicht alle Vermittlungsversuche Vogels waren von Erfolg gekrönt. Einer der tragischsten Fälle betraf zwei Iraner, die Brüder Hossein und Feridun Yazdi.

297

Ein Iraner versucht zuviel herauszuhandeln

»Auch hier im fernen Persien« habe man von Vogels Wirken gehört, schrieb der Vater, der kaisertreue Teheraner Arzt Morteza Yazdi, im November 1964 an den Ost-Berliner Anwalt. Seine beiden Söhne seien seit Oktober 1961 wegen Beihilfe zu Republikflucht, Menschenhandel und Kriegshetze in Haft – Feridun war zu acht Jahren, Hossein sogar zu lebenslang verurteilt worden. Ihr Verteidiger vor Gericht war Friedrich Karl Kaul.

Hinhaltend antwortete Vogel zunächst, er habe »keine rechte Vorstellung, auf welcher Grundlage« er verhandeln solle, und »nach den anwaltlichen Regeln« sei es ihm ohnehin »nicht gestattet, ohne Zustimmung des bisherigen Verteidigers ein Mandat zu übernehmen«.

Die Berufung auf die Standesvorschrift wurde bald obsolet, weil Kaul, nach dem Desaster um den vom BND gekauften Ex-Vopo Heinz Benster und den Fluchthelfer Graf Hoensbroech, kaltgestellt wurde und auch das Yazdi-Mandat abgab. Im April 1966 sah Vogel eine Tauschmöglichkeit: In Teheran, schrieb er dem Vater Yazdi, seien gerade zwei Todesurteile gegen Anhänger der kommunistischen Tudeh-Partei ergangen, »vielleicht ließe sich ein für Ihr Land vertretbares Arrangement finden«.

Vogel fehlte ein bevollmächtigter Gesprächspartner, mit dem er, wie in anderen zwischenstaatlichen Fällen, hätte verhandeln können. Da die DDR keine diplomatischen Beziehungen zu Teheran unterhielt, suchte der Anwalt zunächst briefliche Kontakte mit den iranischen Botschaftern in Prag und Moskau, die sich aber aus der Sache heraushielten. So blieb Vogel nur übrig, mit dem Vater zu korrespondieren, was sich als fatal erweisen sollte.

Als das Schah-Regime die Vollstreckung der Todesurteile ankündigte, warnte Vogel in Telegrammen an den iranischen Botschafter in Moskau und an Vater Yazdi: »Sache der Gebrüder Y. ist dann unlösbar.« Eine Woche später telegrafierte der Arzt zurück: »Todesurteile durch S.M. [= Seine Majestät] aufgehoben. Ein Grad ermäßigt. Ihre Forderung damit erfüllt. Erwarten umgehende Freilassung meiner Söhne laut Versprechen.«

Schlau verquickte der Orientale zwei unterschiedliche Sachverhalte, um für sich einen Vorteil herauszuholen. Vogel mußte ihm widersprechen: Von der Umwandlung der Todesstrafe in lebenslange Haft habe er »ausschließlich durch die Presse« erfahren. »Um die Freilassung Ihrer Söhne zu erwirken, hätte ich *vorher* unterrichtet sein müssen. Es wären Verhandlungen erforderlich gewesen, wozu ich mich ja mehrfach bereit erklärt hatte.« Wie, fragte Vogel, solle er denn jetzt »beweisen, daß die Begnadigung in Teheran auf Ihre Intervention hin erfolgt ist und ein Kausalzusammenhang mit dem Fall Ihrer Söhne besteht«? Außerdem werde »die Umwandlung in lebenslange Bestrafung« in der DDR »nicht als ausreichendes Äquivalent« für die Yazdi-Brüder angesehen.

Der Vater mochte seinen Fehler nicht einsehen und beschwerte sich sogar beim DDR-Generalstaatsanwalt über Vogels angeblichen Wortbruch. Der Ehefrau von Feridun Yazdi versuchte Vogel das Mißverständnis zu erläutern: »Bis zur Stunde« verfüge er über »keinerlei Nachweis, daß sich die Begnadigung in Teheran aus meiner Korrespondenz mit Ihrem Herrn Schwiegervater erklärt«.

Der Briefwechsel kam erst einmal für gut ein Jahr zum Erliegen. Dann wandte sich der Vater erneut an Vogel: Feriduns achtjährige Haftstrafe sei ja nun bald um, für ihn werde die iranische Regierung mithin »keinesfalls einen Lebenslänglichen austauschen«. Für Hossein hingegen komme wohl Ali Khavari, einer der beiden begnadigten Todeskandidaten, in Betracht.

»Im Prinzip« bestehe »auf meiner Seite zu dem Vorschlag in Ihrem Schreiben Bereitschaft«, antwortete Vogel zunächst, schickte aber schon kurz darauf eine Korrektur hinterher: Die DDR sei nun »endgültig« zum Austausch von Hossein Yazdi bereit, allerdings gegen Parvis Hekmatdjou, den anderen Delinquenten in Teheran.

War es Schikane, um die persischen Feudalisten zu ärgern? War es Taktik, weil die Stasi wußte, daß der Iran schwerlich auf diese Bedingung eingehen konnte? Vogel, der Vermittler, erfuhr die Hintergründe nicht.

Der Vogel-Brief traf Vater Yazdi jedenfalls »wie ein Schlag«. Er habe schon alles arrangiert gehabt, daß Ali Khavari freigelassen werde; allerdings sei dessen Ausreise aus dem Iran nicht möglich. Hingegen könne Hekmatdjou, der Wunschkandidat der DDR, auf keinen Fall aus der Haft entlassen werden, »da es sich um einen ehemaligen Offizier handelt«.

Die DDR lenkte ein und zeigte sich auch mit Khavari einverstanden, wie Vogel »verbindlich« mitteilte. Allerdings hielt Ost-Berlin daran fest, daß dem Gefangenen gestattet werden müsse, den Iran zu verlassen: »Die Übergabe soll an der Grenze Ihres Landes zur Sowjetunion stattfinden ... Zu dem noch festzulegenden Termin werde ich mit Ihren Söhnen auf der sowjetischen Seite sein, um Ihnen Ihre Söhne zu überlassen und Herrn Khavari in Empfang zu nehmen.« Dies sei, betonte Vogel, »das äußerste meiner Möglichkeiten«. Wenn man jetzt zu keiner Übereinkunft gelange, so befürchte er, »daß unsere Bemühungen in einer Sackgasse landen, aus der nicht mehr herauszukommen ist«.

Doch wieder machte die kaiserliche Regierung einen Rückzieher. Angeblich waren die beiden Teheraner Häftlinge zwischenzeitlich in Leipzig als Ehrenmitglieder ins Zentralkomitee der Tudeh-Partei aufgenommen worden, und »natürlich«, argumentierte Vater Yazdi gegenüber Vogel, könne man »keinen Iraner über die Grenze schieben, wenn er dort drüben dann wieder Gegner des hiesigen Regimes ist«. Teheran sei gleichwohl bereit, Khavari freizulassen und dessen im Exil lebende Familie in den Iran einreisen zu lassen.

Vogel war entsetzt, wie an den Abmachungen nachträglich immer noch einmal gedeutelt und gedreht werden sollte. Ende November 1968 bat der Anwalt den Teheraner Arzt um einen »wirklich letzten Versuch«. Vogel: »Von meiner Seite erhalten Sie die Garantie, daß Ihr jüngerer Sohn sofort zur Entlassung gelangen kann, wenn Sie mir *schriftlich bestätigen*, daß der in Aussicht genommene Austausch nachfolgend möglich sein wird (Zeit und Ort)«. Mit diesem »letzten Angebot« solle ein »Zeichen des guten Willens« gegeben werden, so daß Feridun Weihnachten mit der Familie vereint sein könne.

Vater Yazdi antwortete zwar umgehend, er »bestätige«, daß der Austausch möglich sein werde. Aber sein Brief enthielt weder eine amtliche Beglaubigung dieses Versprechens noch, worum Vogel ebenfalls gebeten hatte, einen Vorschlag über Zeit und Ort der Übergabe. So verstrich auch diese Gelegenheit ungenutzt.

Obwohl die Versäumnisse eindeutig auf iranischer Seite lagen, machte Yazdi dem Anwalt Vorhaltungen. Die »hiesigen maßgeblichen Stellen« seien »über die Ablehnung sehr verärgert«. Man wolle »einfach nicht glauben, daß man dort so wenig entgegenkommend ist und einem Gefangenen, der bereits 7 Jahre 2 Monate in Bautzen ist, nicht einige Monate der Strafe erläßt, wie das ja in jedem anderen Lande üblich ist«.

Vogel wies die Vorwürfe zurück: Er habe eine Begnadigung vor Weihnachten nur zusagen können unter der Voraussetzung, »daß Sie mir etwas Definitives an die Hand geben«. Er habe, schrieb Vogel, »in letzter Zeit mehrfach an Austauschverfahren mit der Bundesrepublik und auch mit anderen Ländern des Westens mitgewirkt«, dabei sei »alles glatt und reibungslos« verlaufen: »Die Schwierigkeiten in Ihrem Fall sind wirklich einmalig.«

Am 24. Oktober 1969 wurde Feridun Yazdi nach Verbüßung der vollen Gefängnisstrafe nach West-Berlin abgeschoben. Für seinen weiterhin inhaftierten Bruder Hossein setzte sich vor allem die schwedische Sektion von Amnesty International ein. Die Gefangenenhilfsorganisation regte im Juli 1974 gegenüber Vogel an, Ali Khavari die DDR-Staatsbürgerschaft zu verleihen; damit könne man den Schein eines Austauschs zwischen zwei Staaten wahren und müsse nicht einen Iraner gegen einen anderen auswechseln.

Hossein Yazdi, appellierte Amnesty, habe nun »beinahe 13 Jahre im Gefängnis verlebt«. Sein 74 Jahre alter, schwerkranker Vater habe seinen Sohn seit 21 Jahren nicht gesehen, und Hossein habe seine 1962 geborene Tochter überhaupt noch nie zu Gesicht bekommen.

Anfang 1975 schrieb Vogel noch einmal an die Eltern in Teheran, er hoffe mit ihnen, »daß wir in diesem Jahr vorankommen, wenngleich ich den Strohhalm noch nicht habe, an den wir uns klammern könnten«. Es sehe nämlich »insofern recht trübe aus, als der Partner im Iran im Sommer 1974 verstorben ist«.

Erst im Herbst 1977 wurde Hossein Yazdi, nach 16jähriger Bautzen-Haft, aus dem Gefängnis entlassen. Der Häftling wurde, trotz »nachrichtendienstlichem Hintergrund«, in einen Freikauf einbezogen.

9. KAPITEL
»Die Marktbedingungen testen«

Rätsel um den KGB-Spion Robert G. Thompson

Auf liniertem Papier schrieb der Häftling Nr. 31718 am 2. August 1965 im Gefängnis von Lewisburg (US-Bundesstaat Pennsylvania) dem »Attorney Wolfgang Vögel« einen Brief. Die Post adressierte er an »78 Normannstrasse, Berlin-Germany«, was unschwer als Sitz des DDR-Ministeriums für Staatssicherheit in der Ost-Berliner Normannenstraße auszumachen war.

»Ich, Robert Glenn Thompson«, stellte sich der Gefangene in säuberlicher Handschrift vor, »wurde am 13. Mai 1965 in Brooklyn, New York, zu 30 Jahren Haft wegen Spionage gegen die Vereinigten Staaten, angeblich für die Union der sozialistischen Sowjetrepubliken, verurteilt.« Es war zufällig dasselbe Gericht, das acht Jahre zuvor über Rudolf Abel dasselbe Strafmaß verhängt hatte. Thompson bat Vogel geradeheraus, »daß Sie mich bei einem möglichen Austausch vertreten«.

Der laut Urteil 1935 in Detroit geborene Amerikaner behauptete, »seit 1957 ein Bürger der Sowjetunion« zu sein, und gab dem Ost-Berliner Anwalt einen Tip: »Ich glaube, daß Sie die nötigen Dokumente, welche meine Staatsbürgerschaft bescheinigen, von Minister Mielke erhalten können. Sie werden sich bei den Unterlagen der sowjetischen Botschaft in Berlin befinden.«

Thompson schrieb den Brief in englischer Sprache. Eine Staatsanwältin, die bei DDR-Generalstaatsanwalt Josef Streit arbeitete, übersetzte für Vogel, der in seiner schlesischen Schule nur zwei Jahre Englischunterricht hatte.

Mit der merkwürdigen Bittschrift aus der Haftanstalt begann ein jahrelanges, zähes Feilschen um die Freilassung mehrerer Dutzend Agenten aus rund zehn Staaten. Tatsächlich wurden etappenweise 41 inhaftierte Spione – und solche, die wegen angeblicher Spionage verurteilt waren – begnadigt und in ihre Herkunftsländer zurückgeschickt. Am Ende der multilateralen Verhandlungen stand 1986 die Ausreiseerlaubnis für den russischen Juden Anatolij Schtscharanski, der neun Jahre in sowjetischer Haft saß, weil er jene Menschenrechte eingeklagt hatte, die in der Helsinki-Schlußakte der Konferenz über Sicherheit und Zusammenarbeit in Europa (KSZE) auch mit der Unterschrift des Kreml-Herrschers Leonid Breschnew garantiert worden waren.

Auf Thompsons ersten Brief kam aus Ost-Berlin keine Reaktion. Daher schrieb der Häftling (»Ich vermute, Sie haben meine frühere Nachricht nicht erhalten«) am 11. Oktober 1965 erneut an Vogel, diesmal an die richtige Kanzlei-Adresse (»113 Alt-Friedrichsfelde«) – irgend jemand mußte ihn in der Zwischenzeit aufgeklärt haben. Zusätzlich enthielt dieser Brief die obskure Bitte, »zu meinem Freund, Minister Mielke vom Staatssicherheitsdienst, Verbindung aufzunehmen«.

Der Stasi-Chef, behauptete Thompson, »kennt mich seit vielen Jahren und wird in der Lage sein, Sie mit meiner Tante und meinem Onkel Wendisch, die in der Nähe von Frankfurt (Oder) leben, zusammenzubringen«. Eindringlich appellierte Thompson an den Ost-Berliner Anwalt, »in *jeder* Weise, die Sie für geeignet halten, über meine Rückkehr in die Sowjetunion oder in die DDR zu verhandeln«.

Von wem der Häftling im US-Gefängnis den Namen des Ost-Berliner Anwalts erfahren hatte, blieb im dunkeln. Thompson meinte, die CIA, die gleich nach seiner Verurteilung die Möglichkeiten eines Austauschs habe ausloten wollen, habe ihm den Hinweis zugespielt. Thompson könnte Vogels Namen und Funktion auch in irgendeiner Zeitung aufgeschnappt haben; nur würde dies nicht erklären, wie er die genauen Anschriften des MfS und des Anwalts in Erfahrung gebracht hatte. Daß ein östlicher Dienst Thompson direkt an ihn verwiesen habe, glaubt Vogel nicht: »Sonst wäre wieder ein Verwandter gekommen.« Der Anwalt hält die Verbindung für ein »Zufallsmandat, keine gesteuerte Sache«.

Der Häftling gab jedenfalls vor, Vogel sei ihm »aufs wärmste empfohlen«, so daß er »fest daran glaube, das neue Jahr im Café Budapest feiern zu können«. Das Café Budapest galt als beliebter Agententreffpunkt an der Ost-Berliner Karl-Marx-Allee.

Aus der Silvesternacht in Berlin wurde nichts. Auf seine Freiheit mußte Thompson noch fast 13 Jahre warten, obwohl Vogel nun, nach dem zweiten Brief, sofort die Initiative ergriff. »Mit Ihrer Tante und mit Ihrem Onkel«, schrieb Vogel am 9. November 1965 zurück, »habe ich mich in Verbindung gesetzt«, daher sei es ihm »möglich, Ihnen 100 Dollar anzuweisen«.

Natürlich kam das Geld nicht von Blutsverwandten, sondern von der großen Geheimdienst-Familie: Volpert hatte Vogel das Geld ausgehändigt und, wie der Anwalt vermutet, »wohl seinerseits mit dem KGB abgerechnet, da Thompson ja deren Mann war«. Die »notwendigen Schritte«, deutete Vogel seinem neuen Mandanten geheimnisvoll an, habe er »bereits eingeleitet«. Doch er warnte Thompson vor falschen Hoffnungen: »Es wird einige Zeit vergehen.«

Ungeduldig schrieb der inhaftierte Spion weitere Briefe an Vogel, der darüber grübelte, wie er den drängelnden Klienten ruhigstellen konnte. Da fiel ihm Ricey New ein, ein Kollege aus Washington, den er kurz zuvor, im August 1965, kennengelernt hatte.

Wieder war es eine schiere Zufallsbekanntschaft, die der DDR-Anwalt instrumentalisierte, um sein Ziel zu erreichen. Derlei Nützlichkeitserwägungen hinderten Vogel nicht, mit den Menschen, die bei solchen Gelegenheiten seinen Weg kreuzten, enge und dauerhafte Freundschaften zu schließen. Ricey New, ein gutaussehender, schwarzgelockter Südstaatler aus Georgia, neun Jahre älter als Vogel, war dem Ostdeutschen auf Anhieb sympathisch. News offene, unbekümmerte Art gefiel ihm, und über Jahrzehnte blieben die beiden Männer einander verbunden.

New betrieb seit 1947 mit einem Partner eine gutgehende Anwaltskanzlei in Washington. Zwischendurch hatte der Jurist auch mal in der US-Einwanderungsbehörde gearbeitet. Nicht zu Unrecht stand er im Ruf, einen hervorragenden Draht zu Regierungsstellen zu haben. Deshalb war es nicht ungewöhnlich, daß er im August 1965 den Anruf eines Kollegen aus Tulsa

(Oklahoma) bekam, der ihm einen politischen Fall antrug: Der Sohn eines seiner Klienten werde in der DDR festgehalten.

New setzte sich telefonisch mit den Eltern in Verbindung und erfuhr, daß der 21jährige Benjamin Franklin Whitehill, der an der Stanford-Universität studierte, auf einem Europatrip in Ost-Berlin verhaftet worden war. Zusammen mit einem 19jährigen Briten war der junge Amerikaner am 11. August 1965 an einer innerstädtischen Grenzkontrollstelle festgenommen worden, weil mit ihren Pässen zwei junge DDR-Bürger versucht hatten, illegal ihrem Staat den Rücken zu kehren.

Junge Leute, vor allem Ausländer, ließen sich, trotz eindringlicher Warnungen, aus Idealismus und Naivität immer wieder darauf ein, ihre Ausweise wildfremden Ostdeutschen auszuhändigen und dann bei der eigenen Ausreise zu behaupten, sie hätten ihre Papiere verloren. Whitehill beteuerte jedoch, seinen Paß während seines Berlin-Aufenthalts nie aus der Hand gegeben zu haben; denkbar sei allenfalls, daß er bestohlen wurde, während er schlief. Vater Whitehill, ein wohlhabender Ölhändler, bat den Anwalt, sich vor Ort um Benjamin zu kümmern.

New war noch nie zuvor in Berlin gewesen. Als Anlaufadresse hatte man ihm Francis Meehan von der West-Berliner US-Militärmission genannt. Meehan holte den amerikanischen Anwalt nach dessen Landung in Tempelhof ab und fuhr mit ihm direkt zu Stanges Kanzlei in der Schlüterstraße. Schon auf dem Weg dorthin erzählte der Diplomat begeistert von dem wundersamen Advokaten Vogel, der kurz darauf ebenfalls in Stanges Büro eintraf. Vogel fragte New, wie lange er bleiben könne. »Bis wir Whitehill raushaben«, meinte der Amerikaner leichthin. Darauf entgegnete Vogel mit ernster Miene: »Da können Sie sich aber auf einige Jahre gefaßt machen.«

Doch die DDR zeigte sich, entgegen Vogels pessimistischer Prognose, ungewöhnlich konziliant: Ohne daß ein Strafverfahren eröffnet oder auch nur eine Geldbuße verhängt worden wäre, konnte New schon nach zehn Tagen seinen Schützling nach Hause mitnehmen. Der Stasi war daran gelegen, daß Vogel durch seinen schnellen Erfolg dem Amerikaner imponieren konnte.

Ein halbes Jahr später löste New mit Vogels Hilfe seinen nächsten Ost-Berliner Problemfall. John Van Altena, Sohn eines Milchbauern aus Wisconsin, hatte am 7. Oktober 1964, dem 15. Jahrestag der DDR-Gründung, versucht, ein ostdeutsches Ehepaar und dessen vierjährige Tochter in dem speziell dafür umgebauten Kofferraum seines Fords außer Landes zu schaffen.

SED-Anwalt Kaul übernahm Van Altenas Verteidigung vor Gericht, doch nach Ansicht des Angeklagten vertrat er die Sache halbherzig und verhielt sich herablassend gegenüber seinem Mandanten. Das Strafmaß fiel drakonisch aus: Wegen versuchter Fluchthilfe wurde der angehende Jurastudent zu acht Jahren Gefängnis verurteilt. Nun wandte sich Vater Van Altena, auf Empfehlung deutscher Freunde, an Vogel. Der schickte, Mitte September 1965, dem Inhaftierten eine Nachricht, daß er bereit sei, dessen vorzeitige Haftentlassung zu betreiben.

Am 4. Februar 1966 rief Vogel seinen Kollegen New in Washington an. Er bat ihn, rasch nach Berlin zu kommen, er habe eine Sprechgenehmigung für ihn erhalten. Auch Meehan ermunterte New zu dem Europatrip: »Dies ist das erste Mal, daß sie einem ausländischen Anwalt einen Besuch im Gefängnis erlauben.«

Dazu kam es nicht mehr, weil sich auf einmal die Ereignisse überstürzten. Am 16. März 1966 erhielt Van Altena ein von Walter Ulbricht unterzeichnetes Dokument, wonach das Strafmaß von acht auf zweieinhalb Jahre verkürzt wurde. Davon hatte der verhinderte Fluchthelfer inzwischen fast zwei Drittel verbüßt, und noch am selben Tag telegrafierte Vogel an New: »Van Altena entlassen – stop – keine Presse – stop – nicht nötig, daß Sie herüberkommen – stop – gez. Vogel«. New war tief beeindruckt. Vogel hatte nun schon zum zweiten Mal innerhalb kurzer Zeit bewiesen, daß er knifflige Fälle auf märchenhaft einfache Weise lösen konnte und daß auf ihn Verlaß war.

Dem DDR-Anwalt war unterdessen bereits das dritte US-Mandat angetragen worden. Am 24. November 1965 hatte die Stasi die Sprachenstudentin Hellen Battle aus Oak Ridge (Tennessee) wegen »organisierter Beihilfe zur Republikflucht« verhaftet. Die Sache stellte sich als besonders schlimm heraus, weil der junge Mann, dem sie zum Verlassen der DDR hatte verhelfen wollen, aus der Nationalen Volksarmee desertiert war.

Schon fünf Tage nach Hellen Battles Festnahme zeigte Vogel bei der Staatsanwaltschaft an, daß ihn die US-Mission als Wahlverteidiger bestellt hatte. Den Eltern, die ihn am 5. Dezember schriftlich ebenfalls beauftragten, antwortete Vogel, er habe »an einen mir bekannten Anwalt« geschrieben. »Bitte erwägen Sie, ob Sie es für richtig halten, Herrn New zu beauftragen, mit mir den Fall Ihrer Tochter zu besprechen. Dies könnte von Nutzen sein.«

Hellen Battle war skeptisch, ob ein DDR-Anwalt ihr helfen konnte. Sie war überzeugt, »daß ein Anwalt in Ost-Berlin genausoviel Macht hat wie ein Schwarzer bei einer Versammlung des Ku-Klux-Klan«.

Die Staatsanwaltschaft erhob Anklage, über die am 19. April 1966 vor dem Bezirksgericht Neubrandenburg verhandelt wurde. Fünf Tage vor dem Prozeßtermin kündigte Vogel seinem US-Kollegen an, daß er ihm das Ergebnis sofort per Luftpost mitteilen werde. Warnend fügte Vogel jedoch hinzu, er »lege großen Wert darauf, daß die Presse nicht unterrichtet wird, weil sich sonst Schwierigkeiten in den Bemühungen um die Freilassung von Fräulein Battle ergeben könnten«.

Die DDR war darauf bedacht, den Austausch ohne Aufsehen zu vollziehen – die DDR-Bürger, die aus ihren eigenen staatlich reglementierten Zeitungen nichts von dem Menschenhandel erfuhren, sollten auch nicht durch westliche elektronische Medien informiert werden. Zuletzt hatte der Wirbel, den Norman Van Altena nach seiner Freilassung mit einer Pressekonferenz in West-Berlin auslöste, den Unwillen der DDR-Regierung erregt. »Er hätte«, so Vogels Ratschlag an New, »dies erst in seiner Heimat tun sollen. Hinzu kommt, daß das, was Herr Van Altena hier in Westberlin gesagt hat, nicht günstig war.« Der Amerikaner hatte, zum Mißvergnügen der DDR, die große Propagandakeule geschwungen.

Als der Ankläger in Neubrandenburg mit beißendem Ton fünfeinhalb Jahre Haft für Hellen Battle beantragte, zuckte sie in panischem Schrecken zusammen. Vogel, der sie vor Gericht verteidigt hatte, besänftigte sie, die Strafe werde schon nicht so drastisch ausfallen. Weil das Gericht schließlich auf vier Jahre erkannte und damit, was in der DDR eher die Ausnahme war, doch erheblich unter dem Antrag des Staatsanwalts blieb, überredete Vogel seine Klientin, das Urteil anzunehmen. Er setzte darauf, sie durch diskretes Verhandeln schneller aus dem Knast freizubekommen als durch ein langwieriges Berufungsverfahren mit ungewissem Ausgang.

Zunächst gelang es Vogel, für den amerikanischen Kollegen, der am 15. Juli 1966 mit Hellens Vater nach Berlin kam, zum zweiten Mal eine Besuchserlaubnis im Gefängnis zu arrangieren, die New diesmal auch wahrnahm. Es machte auf den Amerikaner großen Eindruck, wie leicht sich Vogel Zugang bei den ostdeutschen Justizbehörden verschaffte.

Am 19. Juli 1966, New war gerade wieder von seinem Europatrip heimgekehrt, bat der DDR-Jurist seinen US-Kollegen um einen Gefallen. Er berichtete Ricey New von seinem Mandanten Thompson, der im Gefängnis in Lewisburg seit mehr als einem Jahr darauf wartete, daß sein Ost-Berliner Anwalt etwas für seine Freilassung unternahm. »Damit Herr Thompson davon überzeugt wird, daß ich sein Mandat nicht vernachlässige«, schrieb Vogel nach Washington, »wäre mir sehr daran gelegen, wenn Sie, lieber Freund und Kollege, ihn im Gefängnis besuchen könnten. Für Ihr Honorar komme ich auf.«

Als Gegenleistung bot er New an, daß der Washingtoner Anwalt bei seinem nächsten Besuch in Ost-Berlin wieder zwei inhaftierte US-Bürger im Gefängnis besuchen könne. Mehr noch: Diese beiden und zwei weitere Amerikaner – Hellen Battle und William Lovett, der einen Unfall mit einem Schulbus verschuldet hatte, bei dem sieben Kinder leicht und ein Erwachsener schwer verletzt worden waren – könnten »*sofort* freigelassen werden, wenn die Möglichkeit bestünde, daß auch Herr Thompson begnadigt wird«.

Vogel berauschte sich an den Aussichten, die sich nach einem Tausch der vier Amerikaner gegen Thompson ergeben würden. »Kommt ein solches Arrangement zustande«, lockte Vogel, »so bin ich der Meinung, daß die Auswirkungen weitreichender sein könnten; denn ich kann dann den Beweis erbringen, daß auf Grund der vorhandenen anwaltlichen Kontakte praktische Lösungen möglich sind.«

New beantragte bei der Gefängnisverwaltung in Lewisburg eine Besuchserlaubnis, um Thompson, wie er Vogel versprochen hatte, die Nachricht zu überbringen, daß er nicht vergessen sei. Zugleich dämpfte New jedoch Vogels Optimismus: Im Justizministerium mache man ihm »derzeit wenig Hoffnung auf einen Austausch«. Der erfolgsverwöhnte Vogel hatte sich die Sache zu einfach ausgemalt. Er »verstehe«, schrieb er zurück, »daß ein Arrangement in der Sache Thompson sehr diffizil ist«. Deshalb bemühe er sich auch noch um eine andere Lösung. Geheimnisvoll kündigte er an: »Hierüber werde ich Ihnen in spätestens zwei Wochen einen detaillierten Vorschlag unterbreiten können.« Doch es folgte keine weitere Mitteilung, die Offerte blieb aus. Vogel war von der Stasi gestoppt worden.

Ein mysteriöses Tauschangebot: US-Kriegsgefangene in Vietnam

Vogels Optimismus rührte wohl daher, daß die Amerikaner selbst potentielle Tauschpartner für Thompson benannt hatten, obwohl es sich nicht um Agenten, sondern um Kriegsgefangene in Vietnam handelte. Im Januar 1966 hatte Francis Meehan dem West-Berliner Anwalt Jürgen Stange eine Liste mit den Namen von elf in Südostasien abgeschossenen US-Piloten übergeben und ihn gebeten, Vogel zu fragen, ob dieser sondieren könne, inwieweit die Sowjets bereit wären, ihren Einfluß auf die Nordvietnamesen geltend zu machen und die Flieger in einen Agentenaustausch einzubeziehen. Vogel reichte die Anfrage an Volpert weiter, erhielt aber geraume Zeit später die Nachricht, daß da nichts zu machen sei.

Amerikanischen Dokumenten zufolge soll Vogel ein Jahr später seinerseits ein Angebot unterbreitet haben, die in Vietnam vermißte Kriegsgefangene betraf. Doch Vogel bestreitet diese Darstellung; die Initiative sei vielmehr erneut von den Amerikanern ausgegangen, und das vorgeschlagene Gegengeschäft habe jeglicher Grundlage entbehrt.

Am 26. Januar 1967 berichtete die West-Berliner US-Mission unter dem Rubrum »DDR-Initiative für gefangene US-Piloten« in einem Telegramm ans State Department in Washington: »Der West-Berliner Anwalt Stange, der seit langem in Ost-West-Austauschfällen tätig ist, teilte am 25. Januar einem Offizier der Mission mit, daß die DDR ein neues Angebot unterbreite, um die sowjetischen Spione Peter und Helen Kroger zurückzubekommen.« Die DDR sei demnach »willens, uns im Austausch zwei verwundete, in Vietnam gefangengenommene

US-Piloten zu überstellen«, die »derzeit in einem ostdeutschen Krankenhaus« behandelt würden. Dem Telegramm zufolge sagte Stange, daß er »über dieses Angebot am 20. Januar von seinem Ost-Berliner Partner Vogel informiert und gebeten worden sei, es uns zu übermitteln«. Stange habe es »mit Vogel und einem Vertreter der DDR-Generalstaatsanwaltschaft am 21. und 22. Januar erörtert«.

In dem Telegramm schilderte der Berichterstatter detailliert, was Stange erfahren haben will: »Mehrere, vielleicht fünf oder sechs verwundete US-Piloten seien derzeit in dem Krankenhaus in der Nähe Ost-Berlins«. Die beiden, die im Austausch für die Krogers angeboten würden, seien schwer verletzt – der eine habe beide Beine verloren, habe Stange gesagt. Der West-Berliner Anwalt habe die Vermutung geäußert, daß die DDR letztendlich bereit sein werde, mehr als zwei Piloten für so wertvolle Objekte wie die Krogers auszutauschen.

Das Ehepaar Kroger hatte, unter den richtigen Namen Morris und Leontina Cohen, mit Julius und Ethel Rosenberg in Verbindung gestanden, die 1953 in New York hingerichtet worden waren. Die Cohens hatten 1945 von einem Wissenschaftler, der an der Entwicklung von Atombomben im Kernforschungszentrum Los Alamos (US-Bundesstaat New Mexico) beteiligt war, detaillierte Blaupausen der Konstruktionspläne erhalten und diese, zwölf Tage vor dem ersten Atombombenversuch, nach Moskau übermittelt. Stalin befahl daraufhin, unverzüglich eigene Kernwaffen zu entwickeln. Vier Jahre später testeten die Sowjets ihre erste Atombombe, die der amerikanischen nachgebaut war.

Nachdem ihnen ihre bevorstehende Verhaftung verraten worden war, flohen Morris und Leontina Cohen über Mexiko nach Moskau. Unter neuer Identität ließen sie sich zunächst in Neuseeland nieder und zogen 1954 nach London um, wo sie, mit einem Bücherantiquariat als Tarnung, einen Spionagering aufzogen. Fotos des Ehepaars Cohen fand das FBI bei dem KGB-Topagenten Rudolf Abel, als der 1957 verhaftet wurde. Bei der Durchsuchung ihres Hauses 1961 entdeckten die Beamten der britischen Spionageabwehr MI–5 in einem Hohlraum unter dem Küchenfußboden einen Hochfrequenzradiosender und ein Kurzwellenradio.

Der Verfasser des Telegramms, der das State Department

über die Stange-Offerte informierte, hielt ausdrücklich fest, der West-Berliner Kontaktmann Vogels habe »versichert, daß das Angebot sowohl mit den Nordvietnamesen als auch mit den Sowjets abgestimmt« worden sei.

Am 2. Februar 1967 berichtete die West-Berliner US-Mission in einem weiteren Telegramm nach Washington, daß ein nicht namentlich genannter Offizier zwei Tage zuvor mit Vogel gesprochen und ihn über die amerikanische Reaktion informiert habe. Dabei habe Vogel erwähnt, daß die Offerte zum Austausch der Krogers gegen zwei US-Piloten ihm »zuerst durch sowjetische Geheimdienst-Offiziere nahegebracht« worden sei und zwar während seiner Moskau-Reise, die er kurz zuvor, im Dezember 1966, unternommen hatte, um die freigelassene Journalistin Martina Kischke abzuholen. Nach seiner Rückkehr in die DDR habe Vogel die Sache mit Generalstaatsanwalt Streit erörtert.

Eine Woche später setzte die West-Berliner US-Mission ihre telegrafische Unterrichtung der Washingtoner Zentrale fort. Danach hatte Vogel am 3. Februar mit Streit über die Reaktion des State Department auf das Tauschangebot diskutiert. Bei dem Gespräch seien auch »zwei Sowjets« anwesend gewesen, von denen Vogel vermute, daß es sich um Geheimdienstler gehandelt habe.

Vogel habe seine Gesprächspartner darauf hingewiesen, daß die Krogers keine Gefangenen der Amerikaner seien – sie könnten daher nicht als direkte Gegenleistung für die US-Piloten dienen, vielmehr hätten britische Interessen kompensiert werden müssen. Der Anwalt habe auch gefragt, ob der Osten daran interessiert sei, irgend jemand sonst zu bekommen, »zum Beispiel Thompson«. Vogel habe »festgestellt, daß so gut wie kein Interesse an Thompson« bestehe. Der Osten habe es auch abgelehnt, Namen und Nummern von Sicherheitsmarken der Soldaten herauszugeben, weil eine solche Information eine Vorleistung an die USA bedeuten würde, die bisher nicht sicher wüßten, welche der in Vietnam vermißten Soldaten tatsächlich tot und welche noch am Leben waren.

Am 13. März 1967 gab das State Department telegrafisch Order, die West-Berliner Mission solle Stange und Vogel informieren, daß die Krogers nicht für einen Tausch zur Verfügung stünden; die Washingtoner Regierung sei nicht zuständig, über deren Entlassung zu verhandeln. Das Außenministerium beauftragte die US-Mission, ihre »Betroffenheit über das Schicksal der gefangenen Piloten auszudrücken und um Informationen über deren gesundheitliches Befinden zu ersuchen«. Vogel solle außerdem gebeten werden, einen Besuch von Repräsentanten des Internationalen Komitees vom Roten Kreuz oder einer anderen neutralen Organisation zu arrangieren.

Die angebliche Antwort Vogels übermittelte die US-Mission am 2. Juni 1967 wiederum telegrafisch ans State Department. Vogel habe »lapidar« erklärt, er könne über die Piloten »nur in Verbindung mit den Krogers« verhandeln. Der Anwalt habe sich zudem »total negativ« über die Möglichkeit geäußert, den Gefangenen Päckchen zu schicken oder sie zu besuchen. Er sei auch nicht in der Lage, irgendeinen weiteren Hinweis auf das Befinden der verwundeten Flieger zu geben. Nach seiner Kenntnis seien sie im Gewahrsam der Nationalen Volksarmee der DDR, »möglicherweise in einer Einrichtung innerhalb einer Sicherheitszone«, aber er sei sich nicht einmal sicher, ob sie noch in der DDR seien. Die Sowjets hätten Schwierigkeiten gehabt, den Nordvietnamesen das Zugeständnis abzuringen, die Piloten im Tausch für die Krogers anzubieten. Vielleicht, so habe Vogel »spekuliert«, habe die Verschärfung der Kriegshandlungen in Vietnam die Regierung in Hanoi veranlaßt, ihre Zusage wieder zurückzuziehen.

Für Vogel ist der telegrafische Schriftwechsel zwischen der US-Mission in West-Berlin und dem State Department in Washington »unerfindlich«. Er habe niemals US-Piloten als Tauschobjekte ins Spiel gebracht; Streit und Volpert hätten ihm später versichert, daß zu keiner Zeit Kriegsgefangene der Vietnamesen in der DDR medizinisch versorgt worden seien. Nicht existente Tauschpartner, sagt Vogel, habe er nicht einmal als Lockvogel-Angebot eingesetzt, denn ehernes Prinzip sei gewesen: »Was wir verhandeln, muß glaubwürdig sein.« Tricks mit fiktiven Gefangenen, dessen ist sich der Anwalt sicher, »hätten unser Ansehen geschädigt« – und deshalb habe man solche Finten unterlassen.

Welche Bewandtnis auch immer es mit den US-Piloten hatte, sie hatten jedenfalls keinen Einfluß auf das Schicksal des Vogel-Mandanten Thompson. Der fing nun auch noch an, wirr zu phantasieren; offenbar litt er unter einem Haftkoller. Er wähnte sein Leben »in ernster Gefahr«: Zwei FBI-Agenten hätten ihn im Gefängnis umzudrehen versucht, indem sie ihn an das Schicksal eines amerikanischen Kommunisten erinnerten, der 1954 im selben Zuchthaus von zwei kriminellen Häftlingen zu Tode geknüppelt worden sei.

Die Warnung, behauptete Thompson, habe er glatt abgeschmettert: »Ich zitierte den FBI-Beamten ›Götz von Berlichingen‹.« Nun aber, klagte er, habe ihn die Gefängnisverwaltung aus seiner Einzelzelle in einen Raum mit »annähernd dreißig amerikanischen Kriminellen der schlimmsten Sorte« eingesperrt. Vogel riet ihm, um Verlegung zu bitten, und entrüstete sich über solche Knastpraxis: »Die in der DDR inhaftierten und entlassenen amerikanischen Staatsbürger waren nicht mit Kriminellen zusammen.« Das bedeutete freilich nicht, daß die Haftbedingungen der Ausländer besser gewesen wären als die der eigenen Untertanen.

Im Juni 1969 reichte Thompson sein erstes Gnadengesuch ein. Er habe sich, argumentierte er, zunächst für »nicht schuldig« im Sinne der Anklage erklärt, sich dann aber auf den Rat seines Anwalts hin »schuldig« bekannt. Sein Verteidiger habe ihn bedrängt, dies sei die einzige Chance, der Todesstrafe zu entgehen.

Laut Anklage hatte Thompson unter anderem in Washington und New York, in Ost- und West-Berlin sowie in Michigan und Montana mit drei namentlich bekannten Sowjetagenten wie auch mit unbekannten Personen »Dokumente, Schriftstücke, Fotografien und Informationen sowie Verzeichnisse über die Nationale Verteidigung der Vereinigten Staaten, vor allem Informationen über militärische Ausrüstungen, militärische Anlagen, Lenkwaffenstellungen, Codebücher und die Spionage- und Spionageabwehrtätigkeit der US-Regierung einschließlich der Personalien von Regierungsangestellten« beschafft und weitergegeben. Einer der Mittelsmänner Thompsons, den er unter dem Decknamen John Doe kennengelernt hatte, soll Anatolij Jakowlew gewesen sein, einer der engsten Mitarbeiter des NKWD-Chefs Lawrentij Berija, der ihn angeblich Anfang 1944, als Diplomat getarnt, in die USA geschickt hat, um das bereits bestehende Netz der Atomspione um Klaus Fuchs weiter auszubauen.

In seiner Bittschrift erzählte Thompson ziemlich verworren

und widersprüchlich, voller Larmoyanz und in breiter Ausführlichkeit, seine Lebensgeschichte. Den Beginn seiner Agententätigkeit datierte er auf einen »schicksalsschweren Sonnabend im Juni 1957, als ich in einem Zustand von Volltrunkenheit die Grenze zwischen West- und Ost-Berlin überschritt«. Im sowjetischen Sektor habe er aus Übermut die Polizei angerufen. »Von diesem Augenblick an« sei er »in dem kommunistischen Netz von Intrige und Verrat gefangen« gewesen, und obgleich er mehrfach versucht habe, sich »von der Schande des Vaterlands-Verrats« zu befreien, habe es »kein Zurück« gegeben.

Alkoholprobleme waren es auch, die Thompson, der seit Ende 1952 bei der U.S. Air Force diente, 1956 während seiner Tätigkeit in Berlin-Tempelhof vor ein Militärgericht brachten. Im Suff hatte er seinen Special Detective S. W. Revolver Kaliber .38 verloren. Wegen Unterschlagung wurde er zu 67 Dollar Geldstrafe verdonnert und um einen Rang degradiert.

Zwei Wochen nach dem feuchtfröhlichen Grenzwechsel sei er, mit einem Gewehrlauf im Rücken, gezwungen worden, »die kommunistischen Agenten nach Ost-Berlin zu begleiten«. Als er im Jahr darauf zur Air Force Base nach Goose Bay (Labrador) verlegt werden sollte, habe er sich entschlossen, »den Militärdienst zu quittieren in der Hoffnung, für die Sowjets nun nutzlos zu sein«. Doch schon vor seiner Rückkehr ins heimatliche Detroit habe ein Mitarbeiter der Washingtoner Sowjetbotschaft, natürlich ein verkappter KGB-Mann, bei seiner Mutter nach ihm gefragt. Durch einen Wohnungswechsel habe er geglaubt, »den sowjetischen Verfolgern entkommen« zu können, »aber sie fingen mich wieder ein, als sie mein Auto erkannten, das vor meinem Haus parkte«.

Alle Zerknirschung und Reue nutzte nichts: Am 14. Oktober 1969 erhielt Thompson die Nachricht, daß sein Gnadengesuch abgelehnt worden war. Er könne, schrieb der deprimierte Häftling an Vogel, »diese Entscheidung nicht verstehen«. Die USA würden sich »niemals für die großzügige Begnadigungspraxis erkenntlich zeigen, die ihren eigenen Bürgern in anderen Ländern zuteil wird, wenn sie in Schwierigkeiten geraten«.

Vier Wochen später unterschrieb Thompson sein Testament, das er schon lange zuvor aufgesetzt hatte. Darin bestimmte er seinen angeblich in der DDR lebenden Sohn »Werner Krause«, ohne weitere Daten, Anschrift: »bei Vogel, Reilerstraße 4, Berlin

DDR«, zum Alleinerben; den Anwalt, der inzwischen mit seiner Kanzlei aus der Bruchbude in Alt-Friedrichsfelde ausgezogen war, setzte er als Testamentsvollstrecker ein.

Vogel hatte schon seit Jahren die *Berliner Zeitung*, das Organ der SED-Bezirksleitung der DDR-Hauptstadt, für seinen Schützling abonniert. »Die Zeitung bedeutet mir eine ganze Menge«, dankte Thompson seinem Gönner, »wenn ich sie lese, fühle ich mich, als wenn ich zu Hause in Berlin wäre.« Zu den kleinen Nadelstichen, denen der KGB-Spion im US-Knast ausgesetzt war, gehörte, daß ihm die sehnsüchtig erwartete Heimatzeitung immer wieder mal vorenthalten wurde. Ebenfalls aus reiner Schikane lehnte der Direktor der Gefängnisverwaltung im US-Justizministerium, Myrl E. Alexander, kurz vor Weihnachten 1969 ein Gesuch Vogels ab, dem Gefangenen durch das Rote Kreuz der DDR Geld zukommen zu lassen.

Thompson ließ daraufhin eine wüste Schimpfkanonade los. Die Begründung dieses »infamen Direktors«, der Häftling brauche die caritative Zuwendung nicht, weil er in der Anstalt eine Prämie erhalte, sei absurd: Es handle sich um monatlich 15 Dollar, die aber längstens sechs Monate gewährt würden und dann erst wieder nach einer Unterbrechung von mindestens weiteren sechs Monaten.

Wütend titulierte Thompson die US-Gerichte als »kapitalistische Lakaien und niedere Charaktere der herrschenden Klassen«. Seinem Anwalt trug er auf: »Bitte grüßen Sie meine Familie und sagen Sie ihr, daß es mir gut geht und daß mir diese juristische Schlacht Spaß macht.« Mit Vergnügen widme er sich seinem neuen Hobby, dem Züchten von Bonsai-Bäumchen: »Früher hatte ich für so etwas keine Zeit.«

Ein amerikanischer Anwalt als Trittbrettfahrer

Als die Gefängnisverwaltung ihm auch noch die Auszahlung eines Barschecks verweigerte, engagierte Thompson einen ortsansässigen Anwalt. Peter Krehel aus Sunburry (Pennsylvania) erstritt die Freigabe des Geldes. Thompson schwärmte von seinem neuen Rechtsbeistand in den höchsten Tönen: Krehel, dessen Vater Bergarbeiter in einer Kohlezeche, also ein echter Proletarier, gewesen sei, habe 1948 an der Prager Karls-Universität den Dr. phil. erworben.

Mehrmals besuchte Krehel seinen neuen Klienten im Gefängnis. Bei ihrer ersten Begegnung am 4. September 1970 ließen der Anwalt und sein Mandant ein Polaroid-Foto von sich aufnehmen. »Bitte geben Sie das Foto meinem Sohn«, schrieb Thompson an Vogel, »es ist das erste Foto, das er seit acht Jahren erhält.« Vogel hatte jedoch nie Kontakt mit dem angeblichen Sohn, das Bild liegt noch immer in der Akte.

Thompsons in Phoenix (Arizona) lebende Mutter Berenice M. Simmers besuchte ihren Sohn regelmäßig im Gefängnis. Vogel schrieb ihr am 16. September 1970: »Es freut mich sehr, daß Sie sich so liebevoll um Bob kümmern. Er hat ja sonst niemanden und wird daher Ihre gütige Hilfe zu schätzen wissen. Sagen Sie ihm bitte bei Ihrem Besuch Ende September, daß ich weiterhin um seine Freilassung kämpfe. Es ist nur außerordentlich schwierig, die amerikanischen Behörden umzustimmen. Vielleicht ergibt sich aber bald eine Gelegenheit. Bob soll jedenfalls wissen, daß ich ihn nicht vergesse. Das ist nicht nur so hingesprochen ... Der Plan von Bob, eine Juristengruppe zu gewinnen, um das Urteil annullieren zu lassen, wird meines Erachtens leider keine große Chance haben. Man sollte aber nichts unversucht lassen, darum bin ich mit diesem Plan einverstanden.«

Ende Oktober kreuzte der US-Anwalt Krehel persönlich bei Vogel in Berlin auf. Der DDR-Kollege sollte ihm behilflich sein bei der Suche nach einem Luftwaffen-Oberst namens David Winn aus Minneapolis (Minnesota), der sich angeblich in nordvietnamesischer Kriegsgefangenschaft befand. Thompson hatte Krehels Besuch bei Vogel angekündigt: »Vielleicht wollen mein Onkel und meine Tante nach Berlin kommen, um mit Dr. Krehel zu sprechen, aber er spricht nicht Deutsch, nur Tschechisch und etwas Russisch.«

Im selben Brief malte sich Thompson die eigene Zukunft aus und rechnete sarkastisch vor, wann er, bei regulärer Verkürzung seiner Haft, wieder frei sein würde. »Ich bin guter Stimmung«, behauptete er, »und freue mich auf den Tag, wenn ich wieder am Treptower Ufer entlanggehen kann. Ich weiß, daß es längstens 12 Jahre, 9 Monate und 20 Tage dauern kann.«

Vogel registrierte verärgert und verblüfft, wie Krehel seinen Besuch in Berlin hinterher publizistisch vermarktete. Vor allem ein Artikel im *Daily Item*, dem Lokalblatt von Sunburry, erregte seinen Zorn. Krehel, war da zu lesen, habe »zwei lange Sitzungen« mit Vogel gehabt, in deren Verlauf der amerikanische Anwalt »Einzelheiten über vier in Ostdeutschland eingesperrte Amerikaner« erfahren habe, deren »insgesamt verbleibende Haftstrafe« zwölf Jahre betrage. Das war zufällig ebensoviel wie Thompsons Reststrafe, wenn der KGB-Spion entsprechend den gesetzlichen Vorschriften vorzeitig entlassen würde. Vogel, wurde in dem Zeitungsbericht behauptet, habe »sein Interesse bekundet, in die USA zu kommen, um einen solchen Austausch persönlich zu besprechen und Thompson in Lewisburg zu besuchen«.

Als Initiator ließ sich jedoch der US-Anwalt feiern: Das State Department sei »über Krehels persönliche Bemühungen informiert«, allerdings sei das Ministerium der Meinung, daß es sich um einen »ungleichen Tausch« handle. Deshalb habe Krehel dem DDR-Kollegen vorgeschlagen, er solle sich, als Gegenwert für Thompson, um die Freilassung von hundert oder mehr US-Kriegsgefangenen in Nordvietnam bemühen. In Amerika, wo die Menschen unter dem Trauma des Vietnamkrieges litten, konnte sich Krehel des Beifalls für die Forderung sicher sein. Doch Vogel mußte ihm klarmachen, daß ein solcher Tausch unmöglich war.

Wütend distanzierte sich Vogel von dem Inhalt des Artikels. Zunächst schrieb er sich in einem Vermerk seinen Ärger von der Seele: »Mit Schreiben vom 9.10. hatte Thompson mich gebeten, Rechtsanwalt Krehel am 26.10. zu empfangen und anzuhören. Nur aus diesem Grund habe ich mich auf Krehel überhaupt eingelassen. Er war dann am Nachmittag in meinem Büro. Weil ich sehr viel zu tun hatte, konnte ich mich nicht mit ihm befassen. Wir haben uns daraufhin zum Abendessen im Hotel Berolina verabredet und waren anschließend für eine Stunde in der Bar im Hotel Stadt Berlin. Krehel erzählte mir sehr viel von Thompson und fragte mich, was ich von einem Austausch gegen die vier in der DDR inhaftierten Amerikaner hielte« – dieselbe Idee, nur mit vier anderen US-Bürgern, hatte Vogel schon drei Jahre zuvor verfolgt, war damit aber beim MfS auf Ablehnung gestoßen.

Vogel hielt fest, er habe in dem Gespräch mit Krehel betont, daß er »keinerlei Mandat« habe, mit ihm diesen Vorschlag zu diskutieren: »Wenn ein solcher Gedanke verhandelt werden soll«, dann müsse ihm Krehel »eine Vollmacht vom State Department bringen« oder ihm »durch das Amerikanische Konsulat in Westberlin bestätigen lassen, daß er einen solchen amtlichen Auftrag hat«.

Krehel habe ihm außerdem zwei Briefe übergeben, »gerichtet an einen Oberst Winn, der sich angeblich in Nordvietnam in Gefangenschaft befinden soll«. Er habe, so Vogel, die Briefe erst gar nicht entgegennehmen wollen, aber dann habe er sich anders entschieden, weil Krehel »sagte, Th. wünsche das ausdrücklich«.

»Ein weiteres Gesprächsthema«, notierte Vogel, sei das Donovan-Buch über den »Fall des Oberst Abel« gewesen, das Krehel mitgebracht habe. Auf Fragen Krehels habe er darauf hingewiesen, daß dieses Buch »sehr viele und grobe Unwahrheiten« enthalte. Donovan habe sich »zum Helden der amerikanischen Nation erheben wollen«, doch »damit sei der ganzen Sache ein schlechter Dienst erwiesen« worden.

Am nächsten Tag rückte Vogel auch in einem Brief an Ricey New den Artikel im *Daily Item* zurecht. Krehel sei es gewesen, der »dauernd von einem Austausch Thompsons gegen die in der DDR gefangenen Amerikaner« geredet habe. Vogel betonte, er habe Krehel gesagt, daß er darüber nur mit New verhandeln könne – es sei denn, Krehel bringe ihm den Nachweis, »daß er einen ausdrücklichen Auftrag vom State Department hat«.

Vogel fürchtete, daß ein eifernder Trittbrettfahrer die stillen Vermittlungsversuche stören könnte. Er beschwor New, ihm zu glauben, »daß es sich wirklich so verhalten hat, wie ich es heute schreibe«. Vogel begründete sogar, warum der Zeitungsbericht nicht stimmen könne: »Krehel sprach kein Wort deutsch. Meine wenigen englischen Vokabeln kennst Du. Ein Dolmetscher war nicht dabei. Schon aus diesem Grunde wäre es unmöglich gewesen, derartige Gespräche zu führen.« Er sei, schrieb Vogel, »sehr böse«, daß Krehel »mit seinem Besuch eine so unfaire Publicity hat«.

Ricey New beruhigte seinen aufgebrachten Partner. Er habe »hier in der Presse«, das hieß: in der US-Hauptstadt, nichts über Krehel und seine Aktivitäten gelesen, und Vogel könne ganz unbesorgt sein, das State Department und er würden die Situation »ganz und gar genauso einschätzen wie Du«.

Doch Krehel ließ nicht ab von seiner Idee, die er am 18. Dezember in einem Brief an Kenneth Hill von der Deutschland-Abteilung des Washingtoner Außenministeriums wiederholte und erneut als Vogels Vorschlag ausgab. Dem Schreiben war eine dubiose Erklärung Thompsons beigefügt, die angeblich im Beisein eines anderen Krehel-Mandanten im Lewisburg-Gefängnis abgefaßt worden war. Darin behauptete Thompson, gar nicht Thompson zu sein: »Ich wurde am 23. Juni 1925 in Leipzig, Deutschland, geboren. Meine Mutter war eine geborene Russin und mein Vater Deutscher.« 1950 sei er in die USA eingereist und habe »die Identität von Robert Glenn Thompson angenommen, der verstorben war«. 1957 habe er die sowjetische Staatsbürgerschaft erworben, jetzt sei er Major der Roten Armee. Seinen »wahren Namen« wolle er »zu dieser Zeit aus naheliegenden Gründen« jedoch noch nicht preisgeben.

Später nannte er sich Gregor Alexander Best. Zumindest den Nachnamen hatte er auch schon früher in den USA verwendet: Unter der Bezeichnung »Best Fuel Oil Service« hatte er vor seiner Verhaftung eine kleine Heizölfirma auf Long Island betrieben. Rechtsanwalt Vogel, behauptete Thompson in seiner Erklärung, könne »den urkundlichen Nachweis« über seine wahre Identität erbringen, doch der sagt, er habe nie nach derlei Dokumenten geforscht.

Der Aufschneider Krehel ließ nicht locker. Obwohl sich Vogel deutlich von dem Tauschhandel vier gegen einen distanziert hatte, erweiterte der US-Anwalt die angebliche Offerte um einen weiteren Namen. Am 22. Januar 1971 schickte er ein Telegramm an Präsident Richard Nixon: »Erbitte dringend Ihre Aufmerksamkeit für das Angebot von Dr. Wolfgang Vogel, Ost-Berlin, fünf in Ostdeutschland inhaftierte Amerikaner gegen den sowjetischen Spion Robert Glenn Thompson auszutauschen ... Ich gebe ehrerbietig zu bedenken, daß die schlimme Lage von fünf Amerikanern, die in ostdeutschen Gefängnissen schmachten, die Überlegung verdient, diesen sowjetischen Spion gegen ihre Freiheit auszutauschen.«

Abgesehen davon, daß Krehel zu einem solchen Vorschlag nicht autorisiert war, verkannte er die unverrückbare Position der US-Regierung. Für die war Thompson ein dicker Fisch, den sie nicht für ein paar naiv-gutgläubige Studenten hergeben wollte.

Das unauflösbare Dilemma bestand darin, daß östliche Dienste zu jener Zeit keinen westlichen Agenten von Format in ihren Fängen hatten, der als ebenbürtig für Thompson angesehen werden konnte. Vogel waren die Hände gebunden: »Ich hatte niemand anzubieten.«

New hinterbrachte Vogel eine Information aus dem Washingtoner Außenministerium, die Krehel weiter ins Zwielicht rückte. Krehel hatte, um sich zu legitimieren, behauptet, er habe von Vogel und Stange einen Anwaltsvorschuß für die Vertretung Thompsons bekommen. Vogel stellte klar, daß »2200 DM in der Tat auf meine Veranlassung an Herrn Krehel überwiesen« worden seien, »jedoch ist dieser Betrag für Thompson im Gefängnis bestimmt«. Das Geld hatte Vogel aus seiner MfS-Pauschale bezahlt.

Bald darauf hatte auch Thompson die Nase voll von dem sprücheklopfenden Krehel. Am 14. Juni 1971 eröffnete er Vogel, daß er Krehel »formell von meinem Fall entbunden« habe: »Der Grund für die Entlassung bestand darin, daß er ständig Reklame für sich machte.«

Zugleich hatte er aber schon wieder einen anderen Anwalt, John Berry aus Hopatcong (New Jersey), engagiert. Der wolle nun den Beweis für Thompsons Unschuld erbringen, fordere zunächst aber einen Vorschuß von 3000 Dollar. Vogel überwies das Honorar und munterte Thompson mit optimistischen Sprüchen auf, »daß Sie mit Hilfe von Herrn Rechtsanwalt Berry eine Korrektur des Urteils erreichen können«. Aus diesen Zeilen vom Juli 1971 spricht die Resignation Vogels, der es aufgegeben hatte, in absehbarer Zeit auf dem Austauschwege etwas für seinen Mandanten zu erreichen. Sechseinhalb Jahre war der KGB-Spion bereits inhaftiert, ohne daß sich der geringste Hoffnungsschimmer abzeichnete.

Sechs Monate später klagte Thompson, auch Berry komme nicht weiter. »Ich bin sehr geduldig, wie diese sieben Jahre der Einkerkerung bewiesen haben«, schrieb er an Vogel, aber er »bete darum«, daß Berry »ein wenig schneller vorgehen kann«. Grund: »Mein rechtes Auge hat den Grauen Star bekommen, und ich habe wenig Vertrauen in die amerikanischen Mediziner. Ich würde die Berliner Charité eindeutig vorziehen.«

Ein weiteres Jahr verging, in dem Thompson sein Jura-Fernstudium abschloß. Die von Berry angestrengte Berufungsverhandlung endete mit der Klageabweisung. Eine Urteilskorrektur auf dem Rechtsweg mochte Thompson nicht mehr weiter verfolgen: »Ich wäre ein Dummkopf, würde ich noch einen weiteren Pfennig für diesen Fall ausgeben.«

Thompson hatte eine, wie er glaubte, bessere Idee: Eine Brief-Kampagne sollte ihm die Freiheit erzwingen. »Free Tommie the Commie« solle sie heißen und wie die erfolgreiche Aktion zur Freilassung der schwarzen Bürgerrechtlerin Angela Davis aufgezogen werden, als »die Bürger der DDR dreieinhalb Millionen Briefe schickten«. Die schwarze Kommunistin, Ikone der amerikanischen Neuen Linken und Heldin der Black-Panther-Bewegung, war 1972 unter dem Vorwurf, sie habe schwarzen Häftlingen Waffen für einen Fluchtversuch beschafft, in Untersuchungshaft genommen, dann aber nach weltweiten Protesten freigesprochen worden.

Thompson sprühte vor Zuversicht: »Wenn man ebenso viele Briefe an Präsident Nixon schreibt und meine Freilassung fordert, so werde ich bald zu Hause sein.« Die Gefängnisleitung, davon war der Häftling überzeugt, habe »aus Angst vor dieser Kampagne« in der Woche zuvor schon seine »private Schreibmaschine konfisziert, für die ich hundert Dollar bezahlt habe«.

An Vogel sandte er »Presse- und Propagandamaterial«, mit dem die DDR-Medien nach seiner Vorstellung die Kampagne führen sollten. Doch Vogel riet eindringlich von einem öffentlichen Feldzug ab: Der werde Thompsons Lage »nicht verbessern, sondern eher verschlechtern«. Denn der Fall erfordere »eine diskrete Behandlung« und eigne sich »nicht für eine breite Publikation«.

Er habe die Sache mit dem Kollegen Stange intensiv erörtert, bedrängte er Thompson: »Sie dürfen mir glauben, daß wir alles sehr sorgfältig überdacht und abgewogen haben. Es müssen andere Wege beschritten werden, um Ihr Los zu erleichtern und Ihre Freilassung zu erreichen.« Er bitte Thompson »höflichst, wenigstens zu versuchen, diese Auffassung zu verstehen«. Zumindest werde er »später bestimmt einsehen, daß wir Ihnen die richtigen Ratschläge gegeben haben«.

»Nach reiflicher Überlegung« gab Thompson nach. Auch die Absicht, ein Gnadengesuch einzureichen, verfolgte er nicht weiter, weil sein Anwalt Berry ein unziemliches Ansinnen damit verbunden hatte. Angewidert berichtete Thompson, er habe sich bereit erklären sollen, »mit der US-Regierung zusammenzuarbeiten«, also »mehr oder weniger ein Spitzel zu werden«. Deshalb, schrieb Thompson, habe er Berry »nicht mehr geantwortet« und wolle »nichts mehr mit ihm zu tun haben«.

Am 21. August 1973 erschien in der *Washington Post* ein Artikel über die Vorbereitungen des US-Außenministeriums, in Ost-Berlin eine Botschaft zu eröffnen. Nachdem die Bundesrepublik ihr Verhältnis zu ihren östlichen Nachbarn im Grundlagenvertrag mit der DDR sowie den Verträgen von Moskau und Warschau geordnet hatte und über den Status von West-Berlin Klarheit und Sicherheit durch das Vier-Mächte-Abkommen geschaffen war, gingen Frankreich, Großbritannien und die USA daran, normale Beziehungen zu dem zweiten deutschen Staat aufzunehmen. Die USA ließen sich von den drei West-Alliierten allerdings am längsten Zeit. Die Zeitungsmeldung stimmte Thompson hoffnungsfroh, daß auch die Lösung seines Falles näherrückte: »Das sieht günstig aus.«

Am Tag vor dem Botschafter-Austausch glaubte sich Thompson schon fast am Ziel: »Morgen ist der große Tag, für den wir viele Jahre hart gearbeitet haben.« Er bat Vogel, »mir eine Adresse in der DDR anzugeben, die ich in meinem Gnadengesuch als meine Heimatanschrift angeben kann«. Thompson war von der fixen Idee besessen, er müsse, um dem amerikanischen Steuerzahler nicht auf der Tasche zu liegen, ein geregeltes Einkommen nach seiner Haftentlassung nachweisen. Deshalb bat er Vogel um einen »Brief einer Firma oder einer Behörde«, die seine Anstellung nach der Haftentlassung garantiere.

Thompson zählte eine lange Reihe von Berufen auf, die in Frage kämen und die er alle »beherrsche«: »Rechtsanwalt, Tutor, Lehrer, Schreibmaschinenschreiber, Flugzeugmechaniker, Automechaniker, Ingenieur für automatische Heizungsanlagen, zur Bedienung von Ölbrennern, zur Bedienung von Gasheizungen, als Maschinenbauer, Klempnermeister, Zeichner von Installations- und Heizungssystemen, Elektriker, Maschinist, Werkzeugmacher und Stanzer«. Außerdem habe er im Knast Internationales Handels- und Versicherungsrecht studiert, aber er »würde einen Job im Import/Export oder eine ähnliche Beschäftigung vorziehen«.

Vogel schrieb, als Kommentar zu Thompsons Träumen, nur ein einziges Wort an den Rand: »Optimismus«. Gleichwohl mochte er den Häftling nicht entmutigen: Er teile, schrieb Vogel, seine »Hoffnungen im Zusammenhang mit der Aufnahme diplomatischer Beziehungen«, Thompson solle »jetzt nichts weiter unternehmen, sondern vertrauensvoll abwarten«.

Anderthalb Monate später, Ende November, glaubte Vogel einen geeigneten Austauschpartner für Thompson gefunden zu haben. Auf Kuba war, ebenfalls 1965, der CIA-Agent Lawrence Kirby Lunt verhaftet und, genauso wie Thompson, zu 30 Jahren Haft verurteilt worden. In einem Vermerk notierte Vogel, daß Lunts Ehefrau eine »Verwandte der belgischen Königin« Fabiola sei und die Regierungen der USA und Belgiens sowie der Vatikan »Interesse an seiner Freilassung bekundet haben« sollen.

Doch alle guten Beziehungen und familiären Bande nutzten dem CIA-Agenten nichts – Kubas Staatschef Fidel Castro blieb unerbittlich, und mithin mußte auch Thompson weiter warten. Regelmäßige Anträge auf vorzeitige Haftentlassung brachten ebenso wenig ein wie ein Appell Thompsons, den er im Mai 1975 an US-Außenminister Henry Kissinger sowie an die Botschafter der DDR und der UdSSR in Washington richtete. Eine Kopie adressierte er auch an Mielke persönlich.

Erst das Jahr 1977, Thompson hatte mittlerweile 12 Jahre abgesessen, brachte einen Wandel, von dem Vogel freilich zu diesem Zeitpunkt noch nichts ahnte. An zwei weit voneinander entfernten Orten waren zwei Männer in Gefangenschaft geraten, die sich als Tauschobjekte für Thompson eigneten:

In Mosambik wurde seit September 1976 der junge israelische Pilot Miron Marcus von den Guerillakämpfern des African National Congress (ANC) festgehalten. Er hatte mit seinem Sportflugzeug, das er von seinem südafrikanischen Schwiegervater zur Hochzeit geschenkt bekommen hatte, eine Spritztour in seiner neuen Wahlheimat unternommen und war von ANC-Kriegern abgeschossen worden. Sein Schwager, der sich mit an Bord befand, war dabei ums Leben gekommen, Miron Marcus hatte eine Schußverletzung am Arm erlitten.

Und: Am 15. März 1977 war in Moskau der Mathematiker und Computerspezialist Anatolij Schtscharanski verhaftet worden. Der 1948 in der Ukraine geborene Programmierer am

Moskauer Institut für Erdöl- und Erdgasforschung hatte sich seit 1973 öffentlich für die jüdische Auswanderungsbewegung in der UdSSR eingesetzt. Bei Protestdemonstrationen der »Refjusniks«, wie ausreisewilige Juden in der Sowjetunion genannt wurden, lernte er vor einer Moskauer Synagoge seine spätere Frau Avital kennen. Sein eigener Antrag, ausreisen zu dürfen, wurde abgelehnt, der seiner Verlobten 1974 jedoch überraschend schnell genehmigt. Einen Tag vor ihrer Abreise konnte das Paar noch heiraten.

1975 verlor Schtscharanski seinen Arbeitsplatz, ein Jahr darauf schloß er sich dem gerade gegründeten Moskauer »Helsinki-Komitee« an, das die Einhaltung der Menschenrechte in der Sowjetunion nach der KSZE-Schlußakte beobachten wollte. Weil Schtscharanski gut Englisch sprach, wurde er zur gefragten Kontaktperson der in Moskau akkreditierten ausländischen Journalisten. Er organisierte Interviews für westliche Korrespondenten und betätigte sich als Übersetzer für Andrej Sacharow, den mit dem Friedensnobelpreis ausgezeichneten Atomphysiker und Regimekritiker.

In einem offenen Brief, der am 4. März 1977 in der Regierungszeitung *Iswestija* veröffentlicht wurde, beschuldigte der jüdische Arzt Sanja Lipawsky vor allem Schtscharanski, gemeinsam mit Angehörigen der US-Botschaft in Moskau einen Spionagering gebildet und Informationen ins Ausland weitergegeben zu haben. Der Denunziant war kurzzeitig ein Zimmernachbar Schtscharanskis gewesen und hatte, nachdem sein eigener Ausreiseantrag von den sowjetischen Behörden abgewiesen worden war, der CIA selbst Einzelheiten über geheime wissenschaftliche Einrichtungen zugetragen in der Hoffnung, die Amerikaner würden ihm zur Emigration verhelfen. Offenbar verdingte sich Lipawski für beide Seiten, und jetzt war er mal wieder dem KGB zu Diensten.

Als Beweisstück gegen Schtscharanski diente vor allem eine empirische Fleißarbeit. Um herauszufinden, wie viele Strafanstalten und Gefangenenlager es in der ganzen Sowjetunion gibt, hatte der Kybernetiker (so die im Ostblock gebräuchliche Bezeichnung für Computerspezialisten) einen Fragebogen entworfen mit der Absicht, 1300 betroffene Sowjetbürger zu interviewen. Teilergebnisse seiner Arbeit ließ Schtscharanski dem amerikanischen Journalisten Robert Toth von der *Los Angeles*

Times zukommen. Das KGB erklärte den Reporter daraufhin zum Agenten des US-Geheimdienstes CIA – eine vielfach erprobte Methode, um den eigenen Staatsbürger zum Agenten einer fremden Macht stempeln zu können.

Zwei Israelis knüpfen Kontakte zu Vogel

Im Spätsommer 1977 kündigten sich bei Vogel kurzfristig zwei Besucher aus Israel an. Schabtai Kalmanowitsch, avisiert als Assistent des parteilosen Knesset-Abgeordneten Samuel Flatto-Scharon, versuchte, den ostdeutschen Anwalt für einen internationalen Ringtausch zu erwärmen, der vor allem Anatolij Schtscharanski zugute kommen sollte. Als Dolmetscher brachte der gebürtige Litauer Kalmanowitsch, der damals kaum Deutsch sprach, den Bonner Korrespondenten der israelischen Tageszeitung *Yedioth Ahronoth*, Noah Klieger, mit. Die Akten des State Department verzeichnen, etwas irreführend, den Besuch von »zwei Emissären« Flatto-Scharons bei dem DDR-Anwalt.

Auch für sich selbst empfindet Kalmanowitsch das Etikett »Emissär« als geradezu ehrenrührig. Er sei nicht Flatto-Scharons Laufbursche gewesen, betont er, sondern Angestellter der Knesset, der sich um die Integration jüdischer Einwanderer aus der Sowjetunion kümmerte. Und Vogel habe er zunächst auch nicht in erster Linie wegen Schtscharanski, sondern wegen Miron Marcus aufgesucht. Dessen Eltern lebten in der Nähe von Haifa, wo sie einen aus Riga stammenden Onkel Kalmanowitschs kennengelernt hätten, durch dessen Vermittlung die Mutter von Miron Marcus ihn in der Knesset um Hilfe gebeten habe.

Andererseits bedankte sich Flatto-Scharon nach Kalmanowitschs Besuch bei Vogel »höflichst für den Empfang meines Mitarbeiters«; er hoffe, »die Angelegenheit werde zu einem guten Ergebnis gelangen«. Großzügig lud der Abgeordnete den DDR-Anwalt zu einem privaten Besuch in Israel ein, »alle Spesen (wie Fahrtkosten usw.) gehen selbstverständlich zu meinen Kosten«.

Daß sich das Gespräch mit Kalmanowitsch nicht oder allenfalls nebenbei um Marcus drehte, erhellt das nächste Schreiben Vogels an Flatto-Scharon: Am 27. Oktober informierte Vogel seinen israelischen Briefpartner, daß im Fall Schtscharanski »ein Prozeß nicht zu vermeiden« sei und sich die Sache daher länger hinziehen werde.

Flatto-Scharon war seinerzeit die schillerndste Figur in der israelischen Politik. In Savion, einer Millionärssiedlung bei Tel Aviv, besaß er eine Prachtvilla mit Swimmingpool, Tennisplatz, Originalskulpturen von Agam, teuren Persern und Gemälden von Picasso, Utrillo und Chagall. Seinen Reichtum hatte er durch Geschäftstüchtigkeit und kriminelle Energie angehäuft.

Sein erstes Geld hatte Flatto-Scharon als 14jähriger verdient, beim Schwarzhandel mit amerikanischen Zigaretten in Frankreich, wohin es den jüdischen Flüchtling aus dem Ghetto von Lodz verschlagen hatte. Später handelte er mit Lumpen, züchtete Schweine und investierte seine Gewinne in Papier- und Kartonagefabriken sowie in die Produktion von Staubsaugern. Der Jungunternehmer knüpfte Geschäftsverbindungen nach Südamerika und stieg schließlich ins Immobiliengeschäft ein. Mit 25 war Flatto-Scharon Dollar-Millionär und einer der Könige der Pariser Geschäftswelt.

Doch mißlungene Grundstücksspekulationen und Fehlkalkulationen trieben den Aufsteiger in die Grauzone zur Illegalität. Der Staatsanwalt erließ schließlich 34 Haftbefehle wegen Betrugs, Kreditschwindels und Bestechung – in Rede standen umgerechnet 130 Millionen Mark. Aber Flatto-Scharon hatte vorgesorgt und rund 60 Millionen Mark in Bau- und Industrieunternehmen in Israel investiert. Er fand dort Zuflucht, weil das sogenannte Rückkehrer-Gesetz jedem zugewanderten Juden automatisch die israelische Staatsangehörigkeit verlieh.

Um sicherzugehen, daß er nicht an Frankreich ausgeliefert werden konnte, beschloß Flatto-Scharon, die Immunität eines Parlamentariers zu erwerben. Weil ihn keine der bestehenden Parteien nominieren wollte, kandidierte er 1977 als Unabhängiger für die Knesset. Im Wahlkampf mußte er sich, da er die Landessprache nicht beherrschte, eines Übersetzers bedienen. Der Parlamentsbewerber versprach seinen Wählern das Blaue vom Himmel: 2000 Mietwohnungen für junge Ehepaare oder großzügige finanzielle Starthilfen für Einwanderer aus der Sowjetunion.

Zur Verblüffung der etablierten Parteien gewann der als Playboy unterschätzte Einzelkämpfer rund 35 000 Stimmen, fast doppelt soviel, wie für ein Mandat notwendig waren. Schimon Peres, der damals dem Likud-Block Menachem Begins unterlegene Spitzenkandidat der Arbeitspartei, ärgerte sich: Nicht seine Niederlage, sondern die Wahl Flatto-Scharons sei »die größte Schande dieses Urnengangs«. Aber auch Begin, dessen konservativ-klerikaler Koalition Flatto-Scharon seine Unterstützung andiente, wollte »auf diese Stimme nicht zählen«.

Den Wahlkampf Flatto-Scharons hatte Kalmanowitsch organisiert. Der litauische Jude war 1971 nach Israel eingewandert und hatte nach einem Hebräischstudium zunächst in der Armee gedient. Anschließend verdingte er sich als Parlaments-Assistent und war unter anderem für die der Arbeitspartei angehörende Ministerpräsidentin Golda Meir tätig.

Kalmanowitsch besuchte Vogel am 8. Februar 1978 erneut in Ost-Berlin, wieder begleitet von dem Journalisten Klieger, der – wie er gegenüber Mitarbeitern der Bonner US-Botschaft äußerte – den Anwalt in den zurückliegenden Monaten schon zweimal getroffen hatte. Tags darauf rief Vogel seinen alten Bekannten Meehan an, der inzwischen stellvertretender Botschafter in Bonn geworden war. Unmittelbar danach schrieb er dem befreundeten Diplomaten auch noch einen erläuternden Brief. Flatto-Scharon sei »mit Wissen der israelischen Regierung in verschiedenen Angelegenheiten an mich herangetreten«. So kümmere er sich »auch um einige Fälle aus Deiner Liste II«, vor allem um Schtscharanski. »Akut« sei »ein sehr schwieriger Fall in Mosambik«.

Welche Gegenleistung konnte für Miron Marcus gefordert werden? Die Israelis hatten niemand wegen vergleichbarer Vorwürfe in Haft. Flatto-Scharon hatte Vogel jedoch einen Tip gegeben: »Man sagte mir«, schrieb Vogel an Meehan, »es sei auch möglich, sich für ein Anliegen im Ausland, auch in den USA, einzusetzen.« Auf diese Weise brachte Vogel, vorsichtig sondierend, seinen ungelösten Problemfall Thompson wieder ins Spiel. »So hängt das zusammen«, klärte Vogel seinen Freund auf, »ich informiere Dich aus Gründen der Fairneß. Du sollst auf keinen Fall denken, daß ich gewissermaßen hinter

Deinem Rücken und an Dir vorbei etwas durchsetzen möchte, was bisher nicht gelungen ist.«

Das State Department in Washington warnte jedoch in Telegrammen an die Botschaften in Bonn, Ost-Berlin, Moskau und Tel Aviv vor Flatto-Scharon, der einen nicht autorisierten Alleingang unternehme. Für seine Initiative habe er »keinen Auftrag von Regierungsstellen«, israelische Regierungsmitglieder hielten »die Kontakte auch nicht für seriös«. Zudem werde gegen den Abgeordneten wegen Wahlbetrugs ermittelt.

Der Israeli Klieger lieferte den Amerikanern Interna, die er als Dolmetscher des Dialogs zwischen Vogel und Kalmanowitsch aufgeschnappt hatte. So informierte er Meehan am 13. Februar, Vogel habe bei dem Treffen fünf Tage zuvor erklärt, daß die Sowjets im Prinzip bereit seien, Schtscharanski und andere jüdische Dissidenten im Austausch gegen östliche Spione, die im Westen in Haft seien, freizulassen. Vogel habe ihm, Klieger, »eine Liste mit zehn Namen« gegeben, »von denen außer Thompson alles Ostdeutsche waren«.

Den Bemerkungen Kliegers konnte Meehan jedoch nicht verläßlich entnehmen, wieviel ihm Vogel über die Einbeziehung der US-Administration in die Austauschverhandlungen erzählt hatte – und Washington war ja erpicht darauf, sich als gänzlich unbeteiligt darzustellen. Klieger berichtete, Vogel habe angeboten, einen russischen Anwalt für Schtscharanski zu verpflichten. Der Ostdeutsche habe Michail Grinew vorgeschlagen, der auch den U-2-Piloten Powers verteidigt hatte, die Israelis hätten akzeptiert.

Meehan machte das State Department auf eine Diskrepanz zwischen Vogels Brief und Kliegers Bericht aufmerksam. Vogel trachtete in erster Linie nach einem Austausch Thompson gegen Marcus, den Bürgerrechtler Schtscharanski hatte der DDR-Anwalt in seinem Schreiben nur nebenbei erwähnt. Klieger hingegen berichtete, Vogel wolle Schtscharanski für Thompson anbieten – was offenkundig eine Zumutung für die Sowjetunion gewesen wäre. Immerhin standen auf der Liste, die Vogel Klieger angeblich übergeben hatte, neun weitere Namen neben Thompson. Dabei handelte es sich jedoch ausschließlich um Ostdeutsche.

Das machte Meehan mißtrauisch. In einem Telex ans Außenministerium bezweifelte er, daß Vogel Rückendeckung durch die Sowjets habe; er vermute, daß der Anwalt auf eigene Faust einen spekulativen, im wesentlichen von ostdeutschen Interessen geleiteten Vorschlag unterbreite, »um die Marktbedingungen zu testen«.

Bei aller Sympathie, die er für Vogel hegte, achtete der Diplomat darauf, seine dienstlichen Aufgaben korrekt zu erfüllen, und dazu gehörte, daß er Äußerungen des Anwalts, die Angelegenheiten von politischem Gewicht betrafen, in Washington zu melden und zu interpretieren hatte. »Das war mein Job«, sagt Meehan, »persönliche Gefühle hatten sich da unterzuordnen. Ich glaube, daß es mir ohne große Schwierigkeiten gelang, objektiv zu sein, und sicherlich ohne das Gefühl widerstreitender Loyalitäten.«

Meehans Bedenken waren berechtigt, wie sich ein paar Tage später herausstellte. Auf dem Flughafen Köln/Bonn, wo Vogel seinen amerikanischen Freund auf der Durchreise traf, mußte der Anwalt zugeben, daß er noch keine Zustimmung hatte, Schtscharanski als Tauschobjekt für Thompson anzubieten. Er hoffe aber, eine russische Reaktion zu dem Vorschlag »in der nächsten Woche oder so« zu bekommen.

Unterdessen hatte Kalmanowitsch eine neue Variante ausgeknobelt, mit der er sowohl Meehan als auch Vogel zu ködern glaubte. Wenn Schtscharanski als Gegenleistung für Thompson freikäme und Marcus für mehrere chilenische Kommunisten eingetauscht würde, könnten doch alle Seiten zufrieden sein. Kalmanowitschs Kalkül schien plausibel: Den beteiligten Staaten drohte am wenigsten Schmach, je größer der Kreis der Austausch-Kandidaten war – so brauchte nicht jedem einzelnen Spion ein bestimmter nachrichtendienstlicher Schätzwert zugeordnet zu werden.

Ein weiteres Austausch-Modell kam durch Zeitungsberichte in die Diskussion. Unter Berufung auf »sehr zuverlässige Quellen in Ost-Berlin«, hinter denen offensichtlich Flatto-Scharon und sein Sekretär standen, meldeten westliche Blätter, die sowjetischen Behörden hätten grundsätzlich akzeptiert, Schtscharanski gegen eine Anzahl führender chilenischer Kommunisten und inhaftierter sowjetischer Agenten freizulassen. Verhandlungen darüber seien in den zurückliegenden acht Monaten zwischen dem Knesset-Abgeordneten und dem Anwalt Vogel geführt worden.

Die Sowjets wollten Schtscharanski jedoch, bevor sie ihn austauschten, vor Gericht stellen. Nach »Informationen aus Ost-Berlin« könne der Prozeß im März stattfinden. Der Angeklagte, der des Landesverrats beschuldigt werde, müsse möglicherweise mit der Todesstrafe rechnen.

Der Rabbi und der Kongreßabgeordnete

Es wurde höchste Zeit für Flatto-Scharon, sich neue Verbündete jenseits des Atlantiks zu suchen, die Druck auf US-Präsident Jimmy Carter ausüben konnten. Der Moralist im Weißen Haus mochte ja recht haben, standhaft darauf zu beharren, daß der Helsinki-Aktivist Schtscharanski kein Spion und folglich kein Handelsobjekt für einen Agentenaustausch war, sondern gratis freikommen mußte. Nur nutzte dem Gefangenen keine Prinzipienreiterei.

Ein Zufall spielte Flatto-Scharon in die Hände. Mitte Februar 1978 reiste der Rabbi Ronald Greenwald aus New York, Vizepräsident des Verbands der orthodoxen jüdischen Gemeinden Amerikas, zu einer Synagogen-Konferenz nach Israel. Flatto-Scharon hatte den Rabbi ein paar Jahre zuvor bei einer Geschäftsreise nach Amerika kennengelernt. Als der Knesset-Abgeordnete von der Ankunft des Geistlichen im Heiligen Land hörte, bat er ihn in sein feudales Heim und machte ihn dort auch mit Kalmanowitsch bekannt.

Ronnie Greenwald war 1934 in Narrowsburg geboren, einer 170 Meilen von New York entfernten Kleinstadt. Er hatte am jüdischen Telsche-Kolleg in Cleveland (Ohio) studiert und war mit 18 Rabbiner geworden. Später leitete er zehn Jahre lang eine Wirtschaftsschule in Sullivan County. Seit 1964 betrieb er ein Sommercamp für 1100 Kinder, das er zusammen mit einem anderen Rabbiner gegründet hatte. Damit war der hünenhafte, hemdsärmelige Workaholic aber noch längst nicht ausgelastet. Seinem Broterwerb ging er als Vizepräsident eines Wirtschaftskollegs in einem schäbigen Büro in Manhattan nach, von wo aus er mit allen möglichen Rohstoffen handelte: mit Aluminium, Phosphaten, Kupfer, Kunstharzen.

1972 hatte er mit großem finanziellen Einsatz die Kampagne zur Wiederwahl Richard Nixons unterstützt. Daß Nixon mittlerweile über die Watergate-Affäre gestürzt und sein republikanischer Nachfolger Gerald Ford abgewählt worden war, so daß nun der Demokrat Jimmy Carter im Weißen Haus regierte, übergingen Flatto-Scharon und Kalmanowitsch geflissentlich. »Das machte diesen Jungs überhaupt nichts aus«, scherzt der Rabbi über deren Unbekümmertheit, »denn sie waren sehr kreativ.« Sie wußten nämlich von den freundschaftlichen Beziehungen des Rabbi zu dem Kongreß-Abgeordneten Benjamin Gilman. Und der hatte, obwohl ebenfalls Republikaner, durchaus auch Einfluß auf Kollegen bei den Demokraten. Greenwald über den geselligen Gilman: »Der kann mit jedem.«

Mit Carters Amtsantritt im Januar 1977 waren »die Ost-West-Beziehungen schlagartig erkaltet«, erinnert sich der US-Diplomat Richard C. Barkley, der damals gerade zum stellvertretenden Leiter der Zentraleuropa-Abteilung im State Department berufen worden war. Aus dieser Position beobachtete er die Bemühungen Vogels um die Freilassung Thompsons, ohne jedoch selbst einzugreifen.

Barkley, 1932 in Chicago geboren, kannte sich in der Deutschland-Politik exzellent aus. Er hatte in Freiburg Europäische Geschichte studiert und seine Wehrpflicht für die U.S. Army in der Bundesrepublik abgeleistet, ehe er 1962 in den diplomatischen Dienst eintrat. 1971/72 war er persönlicher Referent von Botschafter Kenneth Rush in Bonn, anschließend ging er – wie vor ihm Francis Meehan – als Leiter der Ost-Abteilung an die West-Berliner US-Militärmission. Und noch einmal folgte er Meehan später (1988) nach: als sechster und letzter Botschafter der USA in Ost-Berlin.

Vogel und Barkley hatten sich 1973, bei einem Empfang der soeben eröffneten britischen Botschaft im Honecker-Land, kennengelernt. Er habe, erinnert sich Barkley, Vogel »dann ein paarmal gesehen und mit ihm gesprochen«. Barkley faszinierte an dem Ostdeutschen, daß er sich so »völlig anders benommen hat als die anderen DDR-Menschen, er war nicht verklemmt und hatte nicht den üblichen Argwohn uns Amerikanern gegenüber«. Vogel, sagt Barkley, sei »irgendwie eine komische Mischung: einerseits selbstbewußt, andererseits wirkt er manchmal etwas schüchtern, was er aber in Wirklichkeit gar nicht ist«.

Da die amtliche US-Politik mit den inoffiziellen Verhandlungen Vogels nichts zu tun haben wollte, blieb dem DDR-Anwalt nichts anderes übrig, als sich mit Privatleuten zu verbünden, um sein Ziel zu erreichen. Dabei nahm er in Kauf, daß der Leumund seiner zufälligen Partner nicht immer der beste war.

Vogel, Flatto-Scharon, Kalmanowitsch und Greenwald tüftelten eine neue Paketlösung aus, nachdem das Quartett erkannt hatte, daß mit Schtscharanskis Freilassung einstweilen nicht zu rechnen war. Nun überlegten sie, daß Thompson im Gegenzug für den Piloten Marcus und den 22jährigen Biologie-Studenten Alan Stuart Van Norman aus Minnesota freikommen könnte, der im August 1977 auf der DDR-Transitautobahn Berlin-Hof verhaftet worden war, als er ein ostdeutsches Ehepaar mit dessen kleinem Sohn im Kofferraum seines Wagens außer Landes schmuggeln wollte; Van Norman war zu einer zweieinhalbjährigen Gefängnisstrafe verurteilt worden.

Der Dreiecks-Deal, erinnert sich Vogel, sei im Hotel »Vier Jahreszeiten« in Hamburg ausgeheckt worden, Kalmanowitsch habe den Vorschlag ins Spiel gebracht. Er wisse nicht, sagt Vogel, ob es Kalmanowitschs »eigene Idee war oder ob er sie nur überbrachte«. Der Israeli besprach den Plan dann mit dem Abgeordneten Gilman, und erst der setzte schließlich einen Vertreter der Exekutive, den stellvertretenden Unterstaatssekretär für die Beziehungen zum Kongreß, Brian Atwood, über die Sandkastenspiele der Viererbande ins Bild.

Das State Department war über die privaten Initiativen zur Gefangenenbefreiung überhaupt nicht erbaut. Vorsorglich wies das Außenministerium am 2. März seinen Statthalter Meehan in der Bonner US-Botschaft an, erst Direktiven aus Washington einzuholen, bevor er sich mit solchen Gestalten wie Vogel, Flatto-Scharon oder Kalmanowitsch traf.

Greenwald verweist hingegen auf ein Gespräch, das er, »auf Wolfgangs Vorschlag«, mit Ex-Außenminister Henry Kissinger wegen Schtscharanski geführt habe. Nixons ehemaliger Chefdiplomat habe Greenwalds Kontakt mit Vogel ausdrücklich gutgeheißen. »Kissinger sprach über Vogel mit Respekt«, berichtet der Rabbi. »Die Russen denken nicht geradlinig«, habe ihm Kissinger erklärt, »aber mit Vogel können Sie reden, das ist eine ernstzunehmende Persönlichkeit.«

Die Carter-Administration hielt jedoch herzlich wenig von Anwälten, die Politik machen wollten. Verärgert nahm das State Department auch zur Kenntnis, daß sich Jack Wainwright, der Anwalt des auf Kuba inhaftierten CIA-Agenten Lawrence Lunt, um eine Einstweilige Verfügung mit aufschiebender Wirkung bemühte. Dadurch sollte die US-Regierung gezwungen werden, Thompson nur im Tausch gegen Wainwrights Klienten zu entlassen.

Gerade auch wegen dieses Verfahrens war der Regierung daran gelegen, jegliche Beteiligung an irgendwelchen Austauschgesprächen zu leugnen. Die Verhandlungen, über die gelegentlich in der Presse berichtet werde, betonte ein Sprecher des Außenministeriums, seien eine rein private Angelegenheit. Die Administration habe damit nichts, aber auch gar nichts zu tun.

Anwalt Wainwright hingegen versuchte ebenso nachdrücklich, die Regierung in die Pflicht zu nehmen. In seinem Schriftsatz, den Wainwright im Februar bei einem Washingtoner Gericht einreichte, argumentierte der Anwalt, die Regierung müsse auf einer Freilassung Lunts bestehen, weil Präsident Ford 1975 einem Austausch Thompsons gegen Lunt bereits zugestimmt und damals sogar schon eine entsprechende Pressemitteilung vorbereitet habe.

Damals war es Fidel Castro, der in letzter Minute einen Rückzieher machte. Zum Vorwand nahm Kubas »Maximo Lider« einige unfreundliche Worte, die Präsident Ford in einem Interview über ihn gesagt hatte, außerdem waren angebliche CIA-Verschwörungen zum gewaltsamen Sturz des kubanischen Diktators enthüllt worden.

Wainwrights Erfolgsaussichten vor Gericht waren gering, aber die Regierung wollte jedes Aufsehen vermeiden. Eine öffentliche Anhörung zu den früheren Bemühungen um Lunts Freilassung hätte nur wieder Emotionen geschürt, daß Washington einen loyalen Agenten schnöde im Stich lasse. Deshalb drängten Beamte des State Department den Kongreßabgeordneten Gilman, Lunt in das Austauschpaket einzubeziehen. Wainwright zog daraufhin seinen Antrag vor Gericht zurück.

Vogel wußte jedoch, daß Lunts Freigabe an eine Bedingung

geknüpft war, die Washington unter keinen Umständen erfüllen mochte: Kuba wollte im Tausch die puertoricanische Nationalistin Lolita Lebron, die 1954 bei einem Schußwechsel im Weißen Haus zwei Abgeordnete verletzt hatte und seither in einem Gefängnis in West-Virginia einsaß.

Da Greenwald über keinen eigenen Fernschreiber verfügte, sondern ein Telexgerät in einem benachbarten Büro mitbenutzte, hatten sich der Rabbi und seine Mitstreiter angewöhnt, Ticker-Nachrichten immer verschlüsselt zu übermitteln. Deshalb verwendete Vogel Codenamen, als er dem Rabbi sein Wissen über Lunts Chancen kundtat: Der »Fiddler«, gemeint war Castro, sei nicht geneigt, den auf der Zuckerrohrinsel festgehaltenen CIA-Agenten freizulassen, solange die USA nicht »Lulu« hergäben.

Immerhin gelang es Vogel, Washington und Havanna wieder zu Verhandlungen über Lunt zu bewegen. Greenwald signalisierte, daß Bewegung in die Sache gekommen war: »Jetzt auf offiziellen Kontakt vom akkreditierten Vertreter des Fiddler in Washington hinsichtlich Lulu warten«, kabelte er nach Ost-Berlin.

Ende März 1978 kam plötzlich Schtscharanski doch wieder ins Gespräch. Jedenfalls berichtete Kalmanowitsch dem Büro Gilmans, Vogel wolle in Kürze nach Moskau reisen und bis zum 10. April zurück sein. Vogel habe gesagt, er wolle die sowjetische Zustimmung zu dem Thompson/Schtscharanski-Tausch einholen, wobei auch die Fälle Lunt und Marcus gelöst werden könnten.

Nach seiner Rückkehr aus Moskau mußte Vogel in einem Brief, den er Kalmanowitsch für Gilman mitgab, kleinlaut einräumen, daß »in dem sehr komplizierten und schwierigen Schtscharanski-Fall eine Entscheidung derzeit nicht möglich« sei. Er wolle jedoch, schrieb Vogel, seine »Anstrengungen fortsetzen«. Eine Übereinkunft in den Fällen Thompson/Marcus/Van Norman könne »positive Auswirkungen auf ähnliche Vereinbarungen haben«.

Außerdem setzte Vogel, in deutscher Sprache auf seinem Kanzlei-Briefbogen, einen förmlichen Vertrag auf. Vogel formulierte flüchtig und in seiner grammatikalisch oft etwas eigenwilligen Advokatensprache.

Unter Ziffer 1 schrieb er: »Herr Kalmanowitsch übergibt

Rechtsanwalt Dr. Vogel bis zum 17. 4. 1978 *einen amtlichen Nachweis,* daß Herr Thompson am 30. 4. 1978 frei sein wird und an diesem Tag gemeinsam mit Rechtsanwalt Dr. Vogel von New York nach Berlin (West) reisen kann.«

Als Ziffer 2 hielt er fest: »Zug um Zug mit der Ausreise von Herrn Thompson aus Berlin (West) nach der DDR kommt Herr Norman nach Berlin (West) frei (S-Bahnhof Friedrichstraße).«

Schließlich unter 3: »Herr Miron kommt am 23. 4. 1978, 16.00 MEZ nach Südafrika und wird von seiner Ehefrau in Begleitung von Herrn Kalmanowitsch an der Grenze abgeholt. Der genaue Ort wird rechtzeitig bekanntgegeben.« Handschriftlich korrigierte Vogel einen Flüchtigkeitsfehler: »Herr Miron – das ist Miron Marcus.«

Der Rabbi in New York wurde von Flatto-Scharon durch ein verschlüsseltes Telex über das Ost-Berliner Verhandlungsergebnis informiert:

»Schabtai berichtet:
1. Das Treffen fand heute morgen statt – exzellente Ergebnisse.
2. Heute abend, 19 Uhr Ortszeit, kommt der Freund [= Vogel] zu Schabtai zum Abendessen und zum Austausch von Liebesbriefen.
3. Laura Lovelace [= ein anderer Codename für Lolita Lebron] ist unser wahrer Kumpel – der einzige, den wir als solchen betrachten.
4. Schab und Freund werden in die USA reisen. Sie haben die fernschriftliche Einladung von zwei Gastgebern – USA/Onkel Benny [= Gilman] und Israel/Sammy FS [= Flatto-Scharon] ...
5. Der Freund wird in den USA auf Onkel Tom [= Thompson] warten, um die Hütte zu räumen.«

Die US-Regierung erfuhr von der Absprache durch Kalmanowitsch, der, hinter dem Rücken seiner Mitstreiter, die beiden Vogel-Dokumente – den Brief an Gilman und den Vertrag – in die amerikanische Botschaft in Bonn trug.

Meehan berichtete am 12. April dem State Department, daß Kalmanowitsch an diesem Tag in die USA reisen und sich am 17. April wieder mit Vogel treffen wolle. Vogel habe Kalmanowitsch gesagt, wenn der Thompson/Van Norman/Marcus-Deal klappe, könne er Gilman versichern, daß Schtscharanski »innerhalb der nächsten zwei Monate« frei sei. Meehan war skeptisch: »Kalmanowitsch hatte keine weitere Information, was hinter dieser Bemerkung Vogels stecken könnte.«

Im weiteren Verlauf des Telegramms schilderte Meehan, wie er die Persönlichkeit Kalmanowitschs einschätzte: Er sei zwar »scharfsinnig«, scheine aber »einer Faszination zu erliegen«, und er fühle sich »unter starkem Druck, etwas für Thompson zu bekommen, solange noch die Möglichkeit besteht«. Marcus und Van Norman genügten ihm offenbar nicht, zumal Vogel »den Goldpokal, Schtscharanski, in Aussicht gestellt« habe. Vogel habe jedoch, »was typisch für ihn ist«, die Ankündigung »sehr vage gehalten und ohne sich wirklich festzulegen«.

Erst am 13. April – im letzten Stadium, als die privaten Vermittler alles schon unter Dach und Fach hatten – trafen die Austausch-Verhandler erstmals mit einem amerikanischen Regierungsbeamten zusammen. Jeffrey Smith, Rechtsberater im Außenministerium, empfing Gilman, Kalmanowitsch, Rabbi Greenwald und den Lunt-Anwalt Wainwright in seinem Büro.

Als Schaltstelle zu den Initiatoren des Deals wie als Koordinator zwischen den beteiligten US-Behörden war der 34jährige Smith die Idealbesetzung. Er hatte eine Ausbildung an der elitären Militärakademie Westpoint und ein rechtswissenschaftliches Studium absolviert. Zusammen mit Richard Barkley hatte er in den siebziger Jahren an den Verhandlungen mitgewirkt, bei denen schließlich vereinbart wurde, die Souveränität Panamas über die von den USA kontrollierte Kanalzone stufenweise bis zum Jahr 2000 wiederherzustellen. Und der schneidige, selbstbewußte Jurist verfügte über gute Drähte sowohl zur CIA wie auch zur Army.

Kalmanowitsch bestand darauf, daß er einen quasi-amtlichen Brief von Gilman brauche, den er Vogel zwei Tage später in Hamburg übergeben wolle. Darin müsse dem DDR-Unterhändler das offizielle Einverständnis der USA mitgeteilt werden, Thompson freizulassen. Smith betonte jedoch, daß das State Department Gilmans Brief nicht »unterschreiben« könne. Schließlich einigte man sich darauf, daß Gilman so formulierte: »Das Justizministerium hat uns ermächtigt zu erklären, daß die USA willens sind zu garantieren, daß Thompson am 30. April mit Vogel frei nach Ost-Berlin reisen kann, vorausgesetzt, daß die anderen Austauschfälle, die in Vogels Brief erwähnt wurden, akzeptiert sind.«

Am 15. April schrieb Francis Meehan an Kalmanowitsch den von Vogel geforderten »amtlichen Nachweis«: »Ich bin autorisiert, Sie im Auftrag der Regierung der Vereinigten Staaten zu informieren, daß ... Robert G. Thompson am 30. April 1978 aus dem Gewahrsam der Vereinigten Staaten entlassen werden und an diesem Tag mit Dr. Vogel von New York nach Berlin reisen kann, vorausgesetzt, daß a) Mr. Thompson dieser Transaktion zustimmt, b) Mr. Alan Van Norman gleichzeitig den amerikanischen Behörden übergeben wird und c) Mr. Miron Marcus, wie von Dr. Vogel vorgeschlagen, am 23. April an der Grenze zwischen Mosambik und Südafrika überstellt wird.«

Endlich war die US-Regierung über ihren Schatten gesprungen. Krampfhaft hatte sie sich bemüht, sich aus dem ersten Agentenhandel seit dem Austausch Abel/Powers, der auch einen Gefangenen in den USA betraf, herauszuhalten.

Am 16. April bot Vogel, wie Meehan nach Washington meldete, drei Alternativen für einen gleichzeitigen Austausch Thompsons und Van Normans an: In Frage komme der Checkpoint Charlie, er gebe aber zu bedenken, daß an dem Ausländer-Grenzübergang mitten in der Stadt »öffentliches Aufsehen schwerlich zu vermeiden« sei; ein anderer Weg sei, Thompson mit der S-Bahn von West-Berlin aus zum Bahnhof Friedrichstraße zu bringen, und Vogel würde mit Van Norman auf dem Bahnsteig warten; eine weitere Möglichkeit sei, daß nach Thompsons Ankunft in West-Berlin Vogel dort warte, bis auf seinen Anruf hin seine Frau den Studenten mit dem Auto über die Grenze gebracht habe, und auf dem Rückweg würde das Ehepaar den entlassenen KGB-Spion mitnehmen.

Am nächsten Tag rief Kalmanowitsch in der Bonner US-Botschaft an. Vogel habe ihm von einer »wichtigen neuen Entwicklung« berichtet. Präsident Carter habe am 7. April einen Brief an Generalsekretär Leonid Breschnew geschrieben, in dem er bestritt, daß Schtscharanski irgendeine Verbindung mit dem US-Geheimdienst unterhalten habe. Breschnew habe daraufhin KGB-Chef Jurij Andropow befohlen, er solle belegen, daß Schtscharanski tatsächlich mit dem US-Geheimdienst zusammengearbeitet habe. Die Folge davon sei, daß Schtscharanski im Mai vor Gericht gestellt werde.

Es sei jedoch nach Vogels Worten beabsichtigt, Schtscharanski schon in Kürze freizulassen. Vogel habe gesagt, Gilman könne fest damit rechnen, Schtscharanski im Juni zu bekommen. Da hatte sich der DDR-Anwalt schon wieder mal gewaltig geirrt.

Kalmanowitsch plante, am 21. April nach Südafrika zu fliegen. Er wollte, zusammen mit Gilman und Flatto-Scharon, seinen Landsmann Miron Marcus in Goba an der Grenze zwischen Mosambik und Swasiland in Empfang nehmen. Drei Tage später wollte Kalmanowitsch nach Deutschland zurückkehren und, wie der Israeli bekundete, zusammen mit Vogel und dessen Frau am 26. April nach New York reisen, um Thompson abzuholen.

Daß Helga Vogel ihren Mann in die USA begleiten würde, hatte allerdings nie zur Diskussion gestanden. Der Anwalt selbst hatte ja bereits einen Übergabemodus für Van Norman entworfen, der vorsah, daß seine Frau bei seiner Rückkehr aus den Staaten zeitgleich den Studenten von Ost- nach West-Berlin chauffieren sollte. Rückblickend meint Vogel, daß die DDR-Behörden seiner Frau die Mitreise von vornherein verwehrt hätten – wohl aus Angst, der Anwalt könnte im Westen bleiben. Vogel: »Vielleicht wollte man mich erst mal prüfen.«

Mosambik läßt einen Israeli frei

Miron Marcus, bestätigte das Außenministerium am 18. April in einem Telegramm an die US-Botschaften in Maputo, Pretoria, Tel Aviv und Ost-Berlin, war im Januar 1977 seinen Bewachern entkommen und in die US-Botschaft in der mosambikanischen Hauptstadt Maputo geflüchtet. Dort war ihm jedoch erklärt worden, daß man ihm weder Asyl noch Fluchthilfe gewähren könne. Das State Department hatte alle Botschaften angewiesen, Asylsuchende nur bei akuter Gefahr für Leib und Leben aufzunehmen; die einzige Ausnahme war der Budapester Kardinal Joseph Mindszenty, der 1956 nach dem gescheiterten Volksaufstand in Ungarn in der US-Gesandtschaft Zuflucht gefunden hatte und dort bis 1971 im Exil lebte. »Mit seiner Zustimmung« habe die Botschaft Marcus an das mosambikanische Außenministerium überstellt. Seither habe die diplomatische Vertretung keinen Kontakt mehr mit ihm gehabt.

Der US-Botschafter in Mbabane, der Hauptstadt des von Südafrika abhängigen Königreichs Swasiland, wunderte sich, daß die israelischen Diplomaten am Ort, mit denen er stets eng kooperierte, mit keinem Wort die vorgesehene Freilassung ihres ausgewanderten Staatsbürgers Marcus erwähnten. Dies könne bedeuten, kabelte der Diplomat an seine Zentrale in Washington, »daß sie a) über den Austausch informiert sind, aber nichts wissen von dem Interesse der US-Regierung« und deshalb nicht mit ihm darüber redeten, »oder daß sie b) von israelischer Seite nicht informiert worden sind«. Der Botschafter bat um Anweisung, wie er sich verhalten solle.

Aufklärung erhielt der amerikanische Statthalter in Mbabane einen Tag später durch die US-Botschaft in Tel Aviv: »Wir haben uns mit dem Büro des Knesset-Abgeordneten Flatto-Scharon in Verbindung gesetzt, der Initiator und treibende Kraft in Israel für einen internationalen Gefangenenaustausch unter Einschluß von Marcus gewesen ist. Seine Mitarbeiter sind nervös, weil sie befürchten, bei der für den 23. April terminierten Entlassung von Marcus könnte etwas schiefgehen. Sie wollen deshalb die Vorab-Kenntnis von dem Ereignis auf einen möglichst kleinen Kreis beschränken. Flatto-Scharon hat uns, unter Berufung auf den Ratschlag des israelischen Botschafters in Südafrika, Unna – der vollständig auf dem laufenden sein soll –, gebeten, das Thema nicht mit der israelischen Botschaft in Mbabane zu erörtern. Auch wenn Flatto-Scharon und seine Mannschaft vielleicht grundlos hypersensibel wegen der bevorstehenden Operation sind, würden wir empfehlen, daß Sie deren Bitte respektieren und daß Sie vermeiden, Ihre israelischen Kollegen in Mbabane vor dem Ereignis auf die bevorstehende Entlassung von Marcus aufmerksam zu machen.«

Am selben Tag, dem 20. April, informierte das State Department erstmals die Botschaft in Ost-Berlin, daß »der DDR-Anwalt Vogel vorgeschlagen« habe, Thompson gegen Van Norman und Marcus auszutauschen. Das Außenministerium riet zu einem diplomatischen Verwirrspiel: Die US-Vertretung in der DDR solle, als sei nichts geschehen, »das Verfahren über das Gnadengesuch« für Van Norman »fortsetzen und keinerlei

Wissen über die Entwicklungen gegenüber Vogel oder DDR-Behörden zu erkennen geben«. Allenfalls könne die Botschaft, falls Vogel von sich aus die Sache ansprechen sollte, »ganz abstrakt ihre Kenntnis bejahen«, aber sie dürfe keinesfalls auf den »sensiblen und engen Kontakt« Vogels zu Meehan anspielen.

Die US-Botschaft in Mbabane gab unterdessen dem State Department detaillierte Informationen über Flugpläne, Streckenentfernungen, Dienstzeiten der Grenzposten und Öffnungszeiten der für den Marcus-Austausch in Frage kommenden Flugplätze. Das Außenministerium bedankte sich für die »ausführliche Beschreibung der logistischen Probleme«. Washington äußerte jedoch die Besorgnis, »daß Flatto-Scharons Vorliebe für Heimlichtuerei zu Verärgerung bei Teilen der Südafrikaner und der Swasis führen könnte«. Die Beteiligung des Kongreßabgeordneten Gilman gebe dem Fall Marcus einen »amerikanischen Aspekt«, und die Südafrikaner seien »schon neugierig wegen des Zwecks seines kurzfristigen Besuchs«. Im Falle Swasiland, meinten die AA-Beamten in Washington, sei »mangelnde Abstimmung« mit den Regierungsbehörden »zumindest unhöflich«. Obwohl der Wunsch der Israelis, ihre Botschaft in Swasiland in Unkenntnis zu lassen, nicht recht verständlich sei, sollten, nach Ansicht des State Department, die südafrikanischen Regierungsstellen über den Zweck des Gilman-Besuchs unterrichtet werden.

Daß der Austausch ausgerechnet am Sabbat, noch dazu in der Passahwoche, stattfinden mußte, warf für die zumeist jüdischen Beteiligten die Frage auf, ob sie die Reise an diesem Tag überhaupt unternehmen dürften. Rabbi Greenwald legte die Schrift so aus, daß es in einem solch extremen Fall erlaubt sei. Er nahm zwei Koffer voller Matzen mit, ungesäuerte Fladenbrote, wie sie Juden während der Passahzeit essen.

Nach der Marcus-Freilassung schilderte die US-Botschaft in Mbabane minutiös den Ablauf der Aktion: »Der Kongreß-Abgeordnete Gilman kam am 23. April um 11.45 Uhr mit einem Privatflugzeug in Manzini an. Er befand sich in Begleitung des US-Bürgers Rabbi Greenwald, des Botschaftsrats in Pretoria David Bocskor, der Frau von Miron Marcus, seines Schwiegervaters Phillip Sussman, des Israeli Schabtai Kalmanowitsch und des südafrikanischen Reporters Geoff Dalglish ... Pünktlich um 17 Uhr erschien Marcus auf der mosambikanischen

Seite der Grenze mit einer Gruppe von etwa acht Afrikanern, von denen er freundlich Abschied nahm. Dann ging er allein zu der Gruppe, die auf der Swasi-Seite auf ihn wartete.«

Kalmanowitsch wollte, wie er selbst erzählt, die Identität des Freigelassenen überprüfen und sprach ihn auf Litauisch an, doch Marcus konnte kein Wort dieser baltischen Sprache. Dann fragte Ronnie Greenwald den Ankömmling auf Hebräisch: »Wissen Sie, welcher Tag heute ist?« Falls dies eine ernsthafte Testfrage gewesen sein sollte, hat sie der Rabbi verpatzt, denn er gab, mit Tränen in den Augen, die Antwort gleich selbst: »Es ist Passah, der Tag unserer Befreiung.«

Auf der südlichen Erdhälfte war jedoch Herbst, und es dämmerte bereits; deshalb drängte der Pilot, den Rückflug anzutreten. »Nach einigen bewegenden Minuten«, heißt es in dem Botschafts-Telegramm weiter, »fuhr die Gruppe zum Siteki-Flugfeld zum Start. Dieser wurde bei Sichtweite Null vollzogen, die Graslandebahn war nur von Autoscheinwerfern beleuchtet. Um 17.45 Uhr, zum letzten zulässigen Zeitpunkt, war das Flugzeug in der Luft und kehrte direkt nach Johannesburg zurück.«

Am Morgen des 24. April flog Meehan nach Berlin. Er war mit Vogel in Stanges Kanzlei verabredet. »Stange nahm an der gesamten Unterredung teil«, notierte Meehan, der überrascht war, daß der West-Berliner Anwalt »über alle Vorgänge« bestens Bescheid wußte. Vogel klärte den US-Diplomaten auf, daß er Bundeskanzler Helmut Schmidt »über die verschiedenen Fälle, an denen wir derzeit interessiert sind«, informiert habe, und so sei eben auch Stange im Bilde.

Wie sich der Fall Schtscharanski weiterentwickeln würde, wußte Vogel allerdings selbst nicht. Er gab Meehan zu verstehen, daß der Dissident nach einem Gerichtsverfahren aus der Sowjetunion ausgewiesen werden könnte, blieb jedoch, wie Meehan fand, »unbestimmt, was den Zeitablauf angeht«. Meehan hatte »den Eindruck, daß es nicht vor Juni möglich sein würde«.

Vogel erzählte Meehan, daß er am 26. April mit Kalmanowitsch in die USA fliegen werde. Er werde keinen Dolmetscher mitnehmen. Vogel hatte zwar erwogen, sich von seinem sprachkundigen schwedischen Freund Svingel begleiten zu lassen, aber im Gespräch mit Meehan war nun keine Rede mehr davon.

Vogel hatte das Reisefieber gepackt. Er fragte Meehan, wo er

Thompson übernehmen solle, und der Diplomat hatte »den Eindruck, daß er gern nach Lewisburg fahren würde, um einen Blick aufs Land außerhalb von New York und Washington werfen zu können«. In Klammern merkte er an: »Dies ist sein erster USA-Trip.«

Die USA müßten »eine Garantie haben, daß Thompson tatsächlich in die DDR gehen will«, gab Meehan zu bedenken. Die Amerikaner könnten ihn nicht dazu zwingen. Vogel antwortete, er könne sich persönlich Gewißheit verschaffen, was Thompson vorhabe. Er zweifelte jedoch nicht daran, daß der Ex-Spion mit ihm in die DDR reisen würde.

Dabei fiel Vogel ein, daß Thompson ein gültiges Reisedokument brauchte, Meehan solle sich darum kümmern. Meehan beruhigte den Anwalt, er könne wegen solcher Formalien unbesorgt sein. Ein Botschaftsangehöriger werde ihn und Thompson nach der Ankunft in Frankfurt abholen und nach Berlin begleiten. Trotzdem bat Vogel, »Vorkehrungen zu treffen, daß keine Schwierigkeiten eintreten, wenn Thompson den Boden der Bundesrepublik betritt«. In der West-Berliner US-Mission wollten sie dann auf Vogels Frau warten, die mit Van Norman aus Ost-Berlin kommen würde. Er wolle es so einrichten, sagte Vogel, daß seine Frau zum Zeitpunkt der flugplanmäßigen Ankunft der Gruppe die Grenze nach West-Berlin passiert. Ein Offizier der US-Mission solle seine Frau am Kontrollpunkt Invalidenstraße abholen und zur Mission begleiten.

Vogel erläuterte, damit wolle er sicherstellen, daß Van Norman im Wagen bleibt und tatsächlich zur Mission fährt. Denn seine Frau könne Van Norman nicht daran hindern, aus dem Auto zu springen, sobald sie West-Berlin erreicht haben. Helga Vogel, meldete Meehan weiter, werde einen »goldfarbenen Mercedes mit dem Kennzeichen IBA 0-66« fahren.

Jeff Smith und ein weiterer Beamter des State Department erörterten am 25. April mit dem Kongreßabgeordneten Gilman den Stand des Austauschverfahrens. Bisher war alles planmäßig verlaufen: Gilmans Reise nach Südafrika war erfolgreich abgeschlossen, Vogel hatte seine Ankunft in New York für den folgenden Tag avisiert und wollte dann nach Washington weiterreisen. Über Einzelheiten des Treffens mit Gilman sei noch nicht entschieden, aber Smith halte sich für ein Gespräch mit dem DDR-Anwalt bereit.

Die Vertreter des State Department schärften Gilman ein, jegliche Diskussion über Schtscharanski zu unterlassen. An der ersten Pressekonferenz nach Thompsons Freilassung sollten Gilman, Vogel, Kalmanowitsch, Smith und ein Dolmetscher des Außenministeriums teilnehmen. Es müsse »unbedingt der Eindruck vermieden werden, als ob *wir* verhandelt hätten«. Auf Fragen werde man allenfalls einräumen, daß »ein Beamter des State Department als Beobachter anwesend« gewesen sei.

Am 26. April trat Vogel in Begleitung Kalmanowitschs vom Frankfurter Rhein-Main-Flughafen aus den Flug nach New York an. »Ob es klappen würde mit dem Austausch«, erinnert sich Vogel, »habe ich bei meiner Abreise noch nicht gewußt. Ich bin erst mal hingefahren, um Thompson zu besuchen.« Schon beim Einchecken in Frankfurt wurden Vogel und Kalmanowitsch am Schalter fotografiert – der Israeli hatte für Publicity gesorgt, die dem DDR-Anwalt einerseits schmeichelte, die er aber andererseits für schädlich hielt.

Erst recht verwundert war er über den Empfang in New York. Rabbi Greenwald holte die beiden Reisenden direkt an der Gangway ab und brachte sie, ohne die übliche Paßkontrolle, direkt in die Ankunftshalle, wo TV-Journalisten und Kamerateams sie erwarteten. Sie fragten, zu Vogels Verblüffung, unumwunden nach Thompson. Noch erstaunter war er, als er kurz darauf in seinem Zimmer im Hotel Roosevelt den Fernseher einschaltete und plötzlich Bilder von seiner Ankunft sah – verstanden hat er ja nicht viel, nur merkte er, daß auch der Rabbi einen Medienauftrieb arrangiert hatte.

Im Capitol in Washington traf sich Vogel am Donnerstag, dem 27. April, mit Gilman. Anwesend waren auch Kalmanowitsch und ein Dolmetscher sowie Jeff Smith – »als Beobachter«, wie im Protokoll des State Department ausdrücklich vermerkt wurde. Vogel sagte, er habe seit einigen Wochen nichts mehr von den Kubanern gehört, aber er wisse, daß sie die Entlassung Thompsons in keiner Weise mit dem Fall Lunt verknüpfen wollten. Die Kubaner hätten absolut kein Interesse an Thompson. Innerhalb von zwei Wochen werde er Gilman jemand aus Kuba benennen, der ein Mandat von Castro habe, über einen Lunt/Lebron-Austausch zu verhandeln. Ebenfalls innerhalb von zwei Wochen nach seiner Rückkehr nach Berlin werde er Gilman mitteilen, ob der Kongreßabgeordnete nach Kuba eingeladen werde oder ob der Kubaner in die USA kommen würde.

Plötzlich flog die Tür auf, und Lunt-Anwalt Wainwright stürmte herein, in seinem Gefolge ein ebenfalls mit der Sache befaßter Kollege namens Hoffman. Wainwright beklagte lauthals, daß 1975 der Versuch abgebrochen worden sei, Thompson gegen Lebron auszutauschen. Hoffman wies darauf hin, daß er als Berater für das Verteidigungsministerium extra nach Havanna geflogen sei, um Lunt abzuholen. Vogel blieb völlig cool. Er kenne die Vorgänge von 1975 nicht, er sei damit nicht befaßt gewesen und folglich auch nicht dafür verantwortlich zu machen.

Der Protokollführer des State Department konstatierte: »Vogel beherrschte die Situation sehr gut und kannte seine Instruktionen.« Es sei nicht klar, was Vogel mit seiner Eingangsbemerkung gemeint habe, sein Kontakt mit den Kubanern sei seit ein paar Wochen abgerissen. In anderen Diskussionen habe der DDR-Anwalt den Eindruck erweckt, als stehe er in direktem Kontakt mit den Kubanern über ihren Botschafter in Ost-Berlin. »Vogel«, heißt es in dem Protokoll weiter, »war offensichtlich verärgert über die Mätzchen Wainrights und Hoffmans. Er war erleichtert, als sie gingen, und machte wenig schmeichelhafte Bemerkungen über Wainwright.«

Nachdem die beiden Lunt-Anwälte den Raum verlassen hatten, wandte sich die Runde dem Fall Schtscharanski zu. Vogel betonte, seine Äußerungen, die er gegenüber den US-Beamten mache, seien »strengstens vertraulich«. Das Thema sei »ein heißes politisches Eisen«.

Die DDR, berichtete Vogel, habe das Versprechen Moskaus gehabt, Schtscharanski im Gegenzug für chilenische Kommunisten freizulassen. Die sowjetische Führung habe jedoch ihre Meinung geändert. Jetzt werde ein Prozeß gegen Schtscharanski stattfinden müssen. Der Grund sei ein Brief von US-Präsident Carter an Breschnew, in dem daran festgehalten werde, daß Schtscharanski unschuldig sei und keine Verbindung zu den USA habe. Nun fühle sich Moskau herausgefordert zu beweisen, daß Schtscharanski ein Spion gewesen sei. Für die Sowjets sei es eine Prestigeangelegenheit.

Von Washington aus wurde Vogel in einer Limousine des

State Department, von einem schwarzen Fahrer mit Livrée, zum Staatsgefängnis von Lewisburg chauffiert. Ricey New begleitete ihn. Das Gefängnis, ein moderner Zweckbau, war, so Vogel, durch »mehr Mauern und Stacheldraht« gesichert, »als ich das aus Rummelsburg kannte«. Auch die Kontrollen, denen sich der Anwalt unterwerfen mußte, seien strenger gewesen: »Man kriegte einen unsichtbaren Stempel auf den Handrücken«, der nur unter ultraviolettem Licht zu sehen war, »und man mußte alles in einem Schließfach ablegen, sogar der Kugelschreiber wurde ausgetauscht«.

Als großzügig empfand der DDR-Anwalt die Atmosphäre im Besuchsraum, einem großen Saal, wo für die Gefangenen an Automaten Zigaretten, Getränke und Süßigkeiten gekauft werden konnten. Das Gespräch mit Thompson, der »ein umgängliches Verhältnis mit den Wärtern hatte«, sei »zeitlich nicht beschränkt« gewesen. Der 43jährige Thompson sah älter aus, als er tatsächlich war: Sein Haar war grau geworden, und sein Gesicht bedeckte ein ebenfalls grauer Vollbart.

Zurück in New York, frühstückten Vogel, Greenwald und Kalmanowitsch am nächsten Morgen gemeinsam im Coffee-Shop des Roosevelt-Hotels. Sie suchten sich einen ruhigen Ecktisch aus. Vogel, der sonst auf jedem Parkett selbstsicher auftrat, fühlte sich in der fremden Umgebung unwohl, zumal er von dem, was um ihn herum gesprochen wurde, nichts verstand.

Als er versuchte, seine Bestellung aufzugeben, blamierte er sich mit seinem bißchen Schulenglisch. »Porridge«, brummelte er schüchtern der Kellnerin zu. Schnippisch korrigierte sie ihn: »You mean oatmeal, Mister!« fauchte sie, »We don't have no porridge here.« Das doppeldeutige Wort »porridge« traf, angesichts der Vogel-Mission, dennoch ins Schwarze: »Porridge« ist ein Slang-Ausdruck für Knast.

Vorgesehen war, daß Thompson von zwei Gefängnisbeamten und Jeff Smith zum Pan-American-Terminal am Kennedy-Airport gebracht würde. Der Justitiar des State Department und der DDR-Anwalt wollten dann mit dem entlassenen Häftling und dem israelischen Vermittler Kalmanowitsch einen Nachtflug nach Frankfurt/Main antreten. Auf Vogels Wunsch hatte die US-Regierung nicht verlauten lassen, auf welche Maschine Thompson gebucht war. Die Reisepläne waren sogar so

345

geheim, daß nicht einmal Vogel wußte, wo auf dem Kennedy-Airport er Thompson treffen würde.

Um 18 Uhr kamen Vogel, Kalmanowitsch und Greenwald im Terminal an. Eine halbe Stunde vertrieben sie sich die Zeit in der First-Class-Lounge, während Reporter um sie herumschwirrten, die mitgekriegt hatten, daß Thompson mit einer PanAm-Maschine fliegen würde. Derweil reihte sich ein hochgewachsener, schlurfender Mann in Röhrenhosen und Sportjackett in die Schlange ein, um sein Gepäck für Flug 66 aufzugeben.

Es war Thompson. Vogel und New schüttelten ihm die Hand. Entgegen der mit Vogel getroffenen Absprache begann Thompson plötzlich mit einem Journalisten zu reden. Sein Name sei nicht Robert Thompson. Er sei auch nicht in Detroit geboren, wie das FBI behaupte, sondern in Leipzig. Seine Mutter sei Ostdeutsche, sein Vater Russe. Mit 12 sei er in die Sowjetunion gezogen. Wann und unter welchen Umständen er in die USA gekommen war, wollte er nicht sagen. Befragt, wieso er so gut Englisch spreche, antwortete er: »Ich mußte es lernen. Mein Leben hing davon ab.«

Eine weitere halbe Stunde gab er den Reportern Auskunft über sich und sein Leben im Gefängnis, wo er, wie er sagte, das Malen begonnen, ein juristisches Diplom erworben und sich mit Jimmy Hoffa, dem mafiosen Arbeiterführer, angefreundet habe. Die Verratshandlungen, derentwegen er verurteilt worden war, bereue er nicht: »Ich würde dasselbe noch einmal tun«, sagte Thompson, »ich tat meine Pflicht für die Menschlichkeit, und jeden Tag im Gefängnis glaubte ich mehr daran.«

Ein Beamter des US-Justizministeriums erklärte den Journalisten, in den Gerichtsakten gebe es keine Belege für Thompsons Behauptungen zu seiner Person, die er schon bei seinen letzten Gnadengesuchen aufgestellt habe. »Für uns ist das genauso rätselhaft wie für Sie.«

Kurz nach halb zehn bestieg Thompson mit seinen Begleitern das Flugzeug. Jeff Smith hatte Sorge gehabt, daß Thompson, der offensichtlich »psychisch nicht ganz auf der Höhe« war, in der Maschine verrückt spielen würde. Vorsichtshalber steckte er eine Rolle Nylonseil in seine Tasche, mit dem er Thompson notfalls an den Sitz fesseln wollte. Doch der Flug verlief, wie Smith hinterher erleichtert den US-Botschaften in Bonn und Ost-Berlin telegrafierte, »ohne Vorkommnisse«, Thompson sei »während der ganzen Reise entspannt, ruhig und kooperativ« gewesen.

Die Maschine traf verspätet in Frankfurt ein, so daß die Gruppe den Anschlußflug nach Berlin verpaßte. Das nächste Flugzeug kam eine Stunde später als geplant in Tegel an. Von dort fuhren sie zur US-Mission in der Dahlemer Clayallee. Helga Vogel war mit dem Studenten Alan Van Norman bereits eingetroffen, dessen Mutter aus den USA angereist war. Eine kurze Zeremonie – Smith verabschiedete sich von dem freigelassenen Spion per Handschlag und hieß den Studenten willkommen – und binnen weniger Minuten war der Austausch vollzogen. Thompson und das Ehepaar Vogel fuhren mit dem Auto des Anwalts durch ein Tor auf der Rückseite des Grundstücks, weil vorne eine Journalistenmeute lungerte. Um 13.30 Uhr überquerte der Wagen die Grenze an der Invalidenstraße. Am Hotel Newa nahm Stasi-Oberst Volpert mit dem unvermeidlichen Strauß roter Nelken den ehemaligen KGB-Kundschafter Thompson in Empfang.

Noch am selben Tag verbreitete die West-Berliner US-Mission eine Presseerklärung, deren Wortlaut schon zwei Tage vorher aufgesetzt worden war. Für die amerikanische Regierung war vor allem der Schlußsatz wichtig, mit dem sie sich aus der Verantwortung für den stattgefundenen Austausch wand: »Die Vereinbarungen, die zur Entlassung der Herren Thompson und Van Norman geführt haben, wurden hauptsächlich von dem Ost-Berliner Anwalt Dr. Vogel und dem Kongreßabgeordneten Benjamin Gilman (Republikaner/New York) ausgehandelt.«

Vogels Helfer, die der Regierung suspekt waren, wurden gar nicht erst erwähnt. Doch Greenwald und Kalmanowitsch waren schon zweieinhalb Wochen später wieder bei dem Anwalt in Ost-Berlin, um die Möglichkeiten für Lunt und Lebron sowie andere künftige Austauschfälle auszuloten. Obwohl das State Department Distanz zu den beiden Vermittlern hielt, waren die Beamten neugierig, was da vier Stunden lang in der Vogel-Kanzlei besprochen wurde.

Gilman horchte Greenwald und Kalmanowitsch aus und berichtete brühwarm an Smith, der das Gehörte zu Papier brachte. »Vogel sagte, er und seine Auftraggeber zögen es vor, die Kontakte in Sachen Lunt/Lebron informell auf den Vogel/Gilman-Kanal zu beschränken. Vogel bekräftigte, daß ihr Hauptinteresse ein 1:1-Tausch sei, Lunt für Lebron.« Vogel habe, »immer mit einem Hang zur Dramatik«, laut Gilman vorgeschlagen, daß der Austausch auf See stattfinden solle, »mit Booten, die von Miami und Havanna auslaufen und sich auf halbem Weg treffen«. Das sei, meint Vogel im nachhinein, wohl »nicht ernst gemeint gewesen, wir haben halt manchmal spintisiert«.

Der Rabbi brachte den Gedanken auf, wenn es mit einem Mann-gegen-Mann-Austausch nicht klappe, könne man doch weitere Personen in die Verhandlungen einbeziehen. Gilman bat deshalb Smith um eine Liste von Amerikanern auf Kuba, doch der lehnte ab, ihm eine solche Aufstellung auszuhändigen. Dies, fürchtete das State Department, könne sonst gedeutet werden, als sei die Regierung einem größeren Agentenhandel nicht abgeneigt.

Gilman und Wainwright baten Smith, das State Department solle durch den Bonner Botschaftsrat Meehan Kontakt zu Vogel aufnehmen, um die Aussichten für Greenwalds Vorschlag zu verifizieren. Smith widersetzte sich jedoch diesem Wunsch: Vogel habe »einen privaten Kanal gewählt«, und wenn die Regierung einen »offiziellen Kanal« eröffne, könne dies dazu führen, »daß wir Vogel in die Hände spielen«. Smith hielt es für »besser, zu warten, bis wir direkt von den Kubanern oder von Vogel angesprochen werden«. Ein solches Verhalten habe einen weiteren Vorteil: »Wenn es scheitert, können wir sagen, daß wir absolut keinen Kontakt mit Vogel hatten und an den Verhandlungen nicht beteiligt waren.«

Mitte Juni wurde Smith von Gilman informiert, daß Kalmanowitsch und Greenwald erneut bei Vogel in Ost-Berlin waren. Vogel habe seinen Besuchern gesagt, daß den Sowjets an zwei kurz zuvor in New Jersey festgenommenen Russen, Rudolf Tschernajew und Waldik Enger, gelegen sei, die bei der US-Marine spioniert hatten. Die Sowjets, habe Vogel angedeutet, würden sich darauf einstellen, Schtscharanski und eine weitere Person auf das bloße Versprechen hin auszutauschen, daß die beiden Russen kurz vor ihrem Prozeß freigelassen würden. Smith notierte: »Vogel behauptet, er habe die Sowjets gebeten, den Schtscharanski-Prozeß zu verschieben, um der US-Regierung Gelegenheit zu geben, ihr Interesse an einem solchen Handel zu bekunden.«

Gilman übergab Smith eine Liste mit den Namen von Chilenen, die er von Vogel erhalten hatte. An den inhaftierten Anhängern des 1973 durch einen Militärputsch gestürzten Präsidenten Salvador Allende seien die DDR und die Sowjetunion interessiert. Vogel habe gesagt, Schtscharanski könne für einen dieser Chilenen ausgetauscht werden, aber erst nach seinem Prozeß. »Jeder Austausch könne ein größeres Paket sein«, zitierte Gilman den DDR-Anwalt; damit werde »der Eindruck vermieden«, die US-Regierung sei »an einem Spion-gegen-Spion-Handel beteiligt«. Dies war genau das Konzept, das der findige Rabbi angeregt hatte.

Der Kongreß-Abgeordnete bat Smith, ihm den Standpunkt der US-Regierung zu diesem Vorschlag zu erläutern; Kalmanowitsch könne dann diese Auskünfte an Vogel weitergeben, meinte Gilman. Doch Smith winkte ab: »Wir sind nicht geneigt, Vogel irgendeine Antwort über diesen Kanal zu geben.« Die Regierung mißtraue diesem »Vogel-Kalmanowitsch-Greenwald-Gilman-Kanal«.

Smith regte an, Meehan solle sich so bald wie möglich mit Vogel treffen, »um dem State Department eine Einschätzung zu folgenden Punkten zu geben:

– Wurde korrekt beschrieben, was Vogel den anderen gesagt hat? Falls nicht: Welche Vorschläge und Möglichkeiten gibt es?

– Hat Vogel ein Mandat der Sowjets, den Fall Schtscharanski zu erörtern, oder fischt er nur?

– Warum benutzt Vogel den Kalmanowitsch/Gilman-Kanal, anstatt die Fälle mit Vertretern der US-Regierung direkt zu besprechen?«

Bei einem Bonn-Besuch am 21. Juni bekräftigte Vogel gegenüber Meehan, daß die Sowjets an den beiden Navy-Spionen von New Jersey interessiert seien. Vogel berichtete, er habe über seine Kanäle in Moskau angefragt, ob die Russen bereit wären, »Schtscharanski plus einen« für die beiden in den USA Inhaftierten freizulassen. Er warte nun auf eine Antwort.

Meehan berichtete darüber nach Washington und fügte seiner Schilderung einen »Kommentar« an: »Der Sinn von Vogels Bemerkungen war, daß der Ball im russischen Feld liegt und nun die Russen an der Reihe sind, auf den vorgeschlagenen

Handel zu antworten. Er sagte, er habe die Russen darauf hingewiesen, daß Schtscharanski einbezogen werden müsse. Er ist sich bewußt, daß Kalmanowitsch keine Angebote namens der US-Regierung machen kann, aber er geht von der Arbeitshypothese aus, daß es ein mögliches Interesse der US-Regierung gibt.«

Smith notierte Meehans Antwort auf seine Anfrage, wie Vogel einzuschätzen sei: »Wie bei Vogel üblich, fischt er den Strom auf und ab, um zu sehen, ob genug anbeißen, um ins Geschäft zu kommen.« Meehan habe deutlich gemacht, daß er »nur zuhört, nicht verhandelt«. Vogel sei sich »der Schwierigkeit einer exzessiven Publizität im Gilman-Kanal bewußt«, aber zugleich »neugierig zu sehen, was der Kanal hervorbringt«.

Die Charakterisierung, die Meehan von Vogel gab, bewirkte in Washington einen Sinneswandel. Am 29. Juni teilte das State Department seinem Bonner Statthalter mit, »daß die Diskussion über einen möglichen Austausch, der die Sowjets betrifft, nun direkt in Washington geführt wird«. Gilman sei darüber vertraulich informiert worden. »Falls Vogel uns im Namen seiner Auftraggeber etwas zu sagen hat, sind wir weiterhin interessiert, ihm zuzuhören«. Meehan solle »den Eindruck vermitteln, daß wir mit Vogel oder seinen Handlungen in der Vergangenheit nicht unzufrieden waren, aber daß wir es in diesem Fall vorziehen, mit den Sowjets direkt zu verhandeln«.

Schon tags darauf machte Anatolij Dobrynin, Moskaus Botschafter in Washington, dem US-Außenminister Cyrus Vance seine Aufwartung und schlug ihm vor, die USA sollten Enger und Tschernajew im Tausch gegen Schtscharanski und mehrere sowjetische Gefangene laufenlassen.

Auch den Kongreßabgeordneten Gilman versuchte das State Department aus den Verhandlungen herauszudrängen. »Unsere Überzeugung wächst, daß der Gilman-Kanal nichts bringt. Wir versuchen, ihn von weiteren Aktivitäten abzuhalten.« Gleichwohl blieb Gilman loyal und informierte das Außenministerium, »daß Rabbi Greenwald die USA heute in Richtung Europa verläßt und in den nächsten Tagen Vogel treffen wird«.

Gilman ließ sich nicht abschütteln. Ständig lag er den Beamten im Außenministerium in den Ohren, bis die ihm am 12. Oktober eine Liste mit chilenischen Gefangenen übergaben, wenn auch »nur ungern«. Smith betonte, »daß die Liste der US-Regierung durch eine private Gruppe in Chile besorgt worden sei, daß sie keinen offiziellen Status habe und daß Gilman die Tatsache, daß wir sie ihm übermittelt haben, nicht als Indiz für eine offizielle Beteiligung ansehen solle«.

Allein daß ein US-Parlamentarier in solch brisanten Angelegenheiten zu Rate gezogen werden mußte, empfand das State Department als degoutant. Erst recht galt dies für Gilmans überseeische Mitstreiter: »Es ist für uns nicht ersichtlich, ob Kalmanowitsch auf eigene Rechnung herumturnt, ob es wahr ist, daß er nicht mehr für Flatto-Scharon arbeitet oder wessen Interessen Vogel jetzt vertritt«, zählte Smith die Unsicherheitsfaktoren auf. Falls Vogel die sowjetischen Sondierungen vermittle, wolle man ihn »nicht entmutigen«, zeigte sich Smith generös. Aber: »Vielleicht fischt er auf eigene Rechnung oder arbeitet sogar für Flatto-Scharon, woran wir nicht interessiert sind.«

Meehan antwortete am nächsten Tag: »Mein generelles Gefühl hinsichtlich Vogel ist, daß ihm seine Auftraggeber genügend Spielraum lassen, um auf Fischfang zu gehen. Wenn etwas anbeißt, berichtet er den DDR- und Sowjet-Beamten und erwartet deren Instruktionen. Vogels Brot-und-Butter-Job ist der Gefangenenaustausch und die Familienzusammenführung zwischen DDR und BRD. Hier fließt das große Geld, und hier liegen die vorrangigen politischen Interessen beider Seiten. Geschäfte unter Einschluß von Russen, Chilenen, US-Bürgern, Israelis und anderen sind für Vogel esoterische Marginalien. Er versucht sich gern darin, weil es ihm die Chance eröffnet, auf der internationalen Szene außerhalb des DDR/BRD-Kontextes zu operieren.«

Vogels Kontakte zu Flatto-Scharon rissen schon bald nach dem erfolgreichen Deal um Thompson, Marcus und Van Norman ab. Am 7. Juni 1978 schickte der DDR-Anwalt dem israelischen Abgeordneten ein Fernschreiben, in dem er die Zusammenarbeit aufkündigte: »Leider kann ich für Sie nichts mehr tun, weil es immer Publicity gab und jetzt wieder gibt. Davor habe ich immer gewarnt.«

Mit Rabbi Greenwald hingegen pflegte Vogel über all die folgenden Jahre, trotz räumlicher Distanz und erheblicher Sprachbarrieren, freundschaftliche Kontakte. Die beiden Männer verständigen sich auf Jiddisch. Vogel erzählt, er habe dieses Idiom als Verteidiger von »Kaffeejuden« in den fünfziger Jahren gelernt, die sich unverzollten Kaffee besorgten und ihn auf dem West-Berliner Schwarzmarkt verhökerten. »Ich klung dir«, sagt Vogel, wenn er Greenwald einen Anruf ankündigt. Und »emes« bekräftigt er, wenn er betonen will, daß etwas »wahr« ist.

Dennoch gab es auch in dieser Beziehung zeitweilig eine Verstimmung. Der New Yorker Rabbi war, so erzählt er selbst, von amerikanischen Beamten angesprochen worden, ob er sich denn vergewissert habe, daß Vogel nicht womöglich NSDAP-Mitglied gewesen sei. Diese Anfrage habe er – arglos, wie Greenwald betont – an Kalmanowitsch weitergegeben, er solle doch mal nachforschen. Kalmanowitsch habe jedoch prompt Vogel von Greenwalds Zweifeln berichtet, und der Anwalt habe erzürnt in New York angerufen: »Rabbi, glaubst du auch, daß ich ein Nazi war?«

Um den aufgebrachten Partner zu besänftigen, kamen Greenwald, Gilman und Kalmanowitsch überein, der Kongreßabgeordnete solle, falls ein Austausch Schtscharanskis gelinge, Vogel für den Friedensnobelpreis vorschlagen. Natürlich, sagt Greenwald jetzt, sei das so ernst nicht gemeint gewesen, und zu jenem Zeitpunkt wäre es, da die Moskauer Haft des Dissidenten fortdauerte, ohnehin verfrüht gewesen.

Doch Flatto-Scharon, der sich als Knesset-Abgeordneter für vorschlagsberechtigt hielt und keinen Showeffekt ausließ, meldete schon alsbald Vollzug. Er informierte Nachrichtenagenturen, er habe Vogel, »diese große Persönlichkeit«, wegen dessen »weitreichenden humanitären Bestrebungen« in einem Brief an das norwegische Nobelpreis-Komitee für die Auszeichnung empfohlen. Greenwald hält das alles für Kokolores: »Ich habe einen solchen Brief nie gesehen. Flatto-Scharon ist ein Mensch, dem niemand glauben kann.«

Fünf Monate nach der Freilassung ihres Sohnes aus mosambikanischer Haft schrieb die Mutter von Miron Marcus an Vogel, sie habe gehört, daß der Anwalt um das für ihn bestimmte Honorar geprellt worden sei. Flatto-Scharon hatte Schabtai Kalmanowitsch im Namen der Familie Marcus mit einem Bündel Bargeld auf Reisen geschickt, doch das Geld kam bei Vogel nie an.

Die Mutter berichtete: »Es hat unserer Familie sehr viel Ärger bereitet, daß Sch. K. so unehrlich war und sich die Bedankung von Herrn S. angeeignet hat. Unlängst sprachen wir darüber mündlich mit Sch.'s gewesenem Chef. Er behauptet, Sch. arbeite nicht mehr für ihn, er habe ihn für eine unehrliche Handlung auch im Zusammenhang mit Mirons Befreiung vor einigen Monaten entlassen. Trotzdem wollte er aber nicht glauben, daß Sch. die für Sie bestimmte Bedankung in die eigene Tasche gesteckt hat.«

Vogel bestätigte der Mutter Marcus, daß er »insgesamt, einschließlich aller Auslagen und der Flugkarten nach den USA, 20000 DM (West) in bar erhalten« habe, »sonst nichts«. Dieses Geld, sagt Vogel, sei – neben der freiwilligen Zahlung von Vater Pryor – in all den Jahren das einzige Anwaltshonorar gewesen, das er in den Austauschfällen erhalten habe. Im übrigen seien seine Spesen und die Bezahlung seiner Tätigkeit in den Austauschfällen durch die MfS-Pauschale abgegolten gewesen.

Robert Glenn Thompson ließ sich unter dem Namen Gregor Best als Kunstmaler in Eggersdorf bei Strausberg nieder. Er besuchte bald nach seiner Entlassung Vogel in seiner Kanzlei, um sich zu bedanken, und brachte als Geschenk ein Bild mit, das er im Knast in Lewisburg gemalt hatte. Vogel hängte das grellbunte, abstrakte Gemälde (»Revolution auf dem Meer«), das so gar nicht zu seiner altdeutsch eingerichteten Kanzlei paßte, im Flur zum Warteraum auf.

Thompson/Best beauftragte den Anwalt, seiner nun in Tucson (Arizona) lebenden Mutter jeden Monat Geld zu überweisen. Vogel: »Als Bürger der DDR, der er dann ja war, hätte er die Genehmigung der Staatsbank gebraucht, und die hätte ihn gefragt, woher er denn die Dollar hat.« Vogel seinerseits verfügte durch seine West-Honorare über Devisen, die er nicht in die DDR einführen durfte. Am 18. August 1978 erteilte Jürgen Stange einen Dauerauftrag, daß von Vogels West-Berliner Sperrkonto Nr. 526/1599/00 bei der Diskonto-Bank monatlich 200 US-Dollar an Berenice Simmers überwiesen wurden. Das ging so bis 1990, doch erst in den letzten zwei, drei Jahren erstattete das MfS dem Anwalt die Zahlungen.

Nach dem Ende der DDR erzählte Thompson/Best dem englischen Abgeordneten Rupert Allason in Ost-Berlin, er sei Chef der für die CIA zuständigen Stasi-Abteilung in Markus Wolfs

HVA gewesen. »Er war niemals Chef irgendeiner Abteilung«, widersprach Wolf.

Ob es eine fixe Idee war oder ob der behauptete Geheimdienst-Job einen realen Hintergrund hatte, konnte auch Vogel nicht ergründen. Bei ihm erschien Thompson kurz vor der deutschen Einheit und fragte, ob er jetzt irgendwelche Schwierigkeiten bekäme. Vogel: »Ich habe ihm gesagt, er sei vom Präsidenten der USA begnadigt worden, da kann nichts passieren, es sei denn, er hätte nach dem Austausch noch weiter Kontakte gehabt und Nachrichtendienstliches getan. Da hat er mir beim Abschied gesagt, er glaube, es sei besser, wenn er außer Landes ginge.«

10. KAPITEL

»Da mußten wir richtig bluten«

*Der Osten entläßt 25 Gefangene
für vier Agenten im Westen*

Wolfgang Vogel konnte verschlossen sein wie eine Auster und rätselhaft wie eine Sphinx. Bei Verhandlungen setzte er ein Pokerface auf, das seine wahren Gedanken und Gefühle nicht erahnen ließ. Er taktierte cool und leidenschaftslos, wie das Milieu, in dem er tätig war, es gebot. Fast schien es, als wäre ihm die Rolle des George Smiley in John le Carrés Thrillern auf den Leib geschrieben.

Wolfgang Vogel läßt aber auch bisweilen seinen Gefühlen derart freien Lauf, daß er für sein Gegenüber ein offenes Buch ist. Er kann schrecklich sentimental sein und ehrlich mitfühlend. Mit seinem Charme und seinem verbindlichen Wesen gewinnt er rasch die Sympathien seiner Gesprächspartner.

Helga Vogel, seine 15 Jahre jüngere Frau, die er 1968 kennengelernt und sechs Jahre später geheiratet hatte, meint freilich, er sei ein schlechter Menschenkenner, der vertrauensselig oft auf falsche Freunde und liebedienernde Bittsteller hereingefallen sei. Diese hätten ihn ausgenutzt, ohne daß er das richtig begriff.

Vertraute Gesichter sind ihm wichtig. Neue Aufgaben packte Vogel am liebsten mit alten Bekannten an. Ricey New, der Kollege aus Washington, stand ihm bei schwirigen Fällen wiederholt zur Seite; Rabbi Greenwald, der schillernde Hans-Dampf-in-allen-Gassen, spornte ihn stets an; Francis Meehan, der amerikanische Freund seit dem ersten internationalen Austauschfall, erwies sich über Jahrzehnte als loyaler Partner.

Ausgerechnet Meehan war ihm nun abhanden gekommen. Anfang 1979 wurde der US-Diplomat als Botschafter nach Prag berufen. Er selbst, berichtet Meehan, habe »die Frage aufgeworfen: Sollte ich weiterhin das Vogel-Portfolio führen?« Er entschied sich dafür, das Makeln mit verbrannten Spionen nicht von der CSSR-Hauptstadt aus zu betreiben, und schlug dem State Department vor, »daß die Funktion bei der Botschaft in Bonn verbleiben sollte«.

Dort aber fühlte sich niemand so recht zuständig. Meehans Nachfolger am Rhein mochten sich des Vogel-Kanals nicht bedienen. Da der DDR-Anwalt in Deutschland keinen Ansprechpartner für US-Fälle mehr hatte, brauchte er einen neuen Türöffner zur Washingtoner Administration.

Zu einer Berufsgruppe in Ost-Berlin pflegte der Advokat besonders intensive Kontakte. In der DDR akkreditierte westdeutsche Journalisten, die in ihren Recherchemöglichkeiten sehr eingeschränkt waren und ihnen zugetragene Informationen nur schwer verifizieren konnten, fanden in Wolfgang Vogel einen verschwiegenen Gewährsmann, der ihnen half, Hintergründe aufzuhellen. »Ich habe festgestellt, daß aus dem Westen faire Journalisten kamen, mit denen man vertrauensvoll umgehen konnte. Wir haben immer offen miteinander gesprochen. Natürlich gab es Dinge, über die ich gar nicht reden oder die ich nur andeuten konnte, aber ich bin in all den Jahren kein einziges Mal enttäuscht worden.«

Der DDR-Anwalt und die West-Korrespondenten trafen sich meist bei Empfängen, etwa wenn die Ständige Vertretung der Bundesrepublik in Ost-Berlin Honoratioren und Kulturschaffende der DDR einlud. Bei solchen Gelegenheiten steckten die Medienleute Vogel regelmäßig Zettel zu, auf denen Namen von Ausreisewilligen notiert waren. Vogel reichte an Volpert diese Anliegen weiter, die er als besonders dringlich einstufte, deren Herkunft er aber nicht preisgab.

Seine erste Bekanntschaft mit einem Journalisten aus dem nichtsozialistischen Ausland hatte Vogel schon Anfang der sechziger Jahre gemacht. Anthony Grey von der britischen Nachrichtenagentur Reuters hatte sich als seinerzeit einziger West-Korrespondent in der »Hauptstadt der DDR« niedergelassen. In seinem Wohnbüro an der Schönhauser Allee hatte er eine Eröffnungsparty gefeiert, zu der auch Vogel eingeladen war. Vogel war stolz darauf, als junger Anwalt in diesen – aus seiner Sicht – illustren Kreis gebeten worden zu sein. Die Bewunderung war bald gegenseitig: Zum Jahreswechsel 1965/66 schickte Grey dem Anwalt Neujahrsglückwünsche mit der Bemerkung, dies sei »wahrscheinlich der einzige ›Wechsel‹, den Sie nicht arrangiert haben«.

Kurz darauf wurde Grey nach Peking versetzt und geriet dort in die Wirren der Kulturrevolution. Im Sommer 1967 stellten ihn die Roten Garden unter Hausarrest. Vogel bot an, die Chancen für eine Tauschaktion auszuloten, und beantragte ein Visum bei der chinesischen Botschaft in Ost-Berlin. Er mußte einen Packen Formulare ausfüllen und wurde nach vier Wochen zum Botschafter bestellt. Der Diplomat empfing den Anwalt in seinem riesigen Amtszimmer voller chinesischer Schnitzereien. »Ihr Antrag ist positiv entschieden worden«, sagte der Botschafter, »Sie können nach Peking fliegen«, aber er fügte mit hintersinnigem Lächeln hinzu: »Zurück fraglich.«

Dann wollte der Botschafter noch wissen, welche amtlichen Stellen in der DDR über den Antrag informiert seien, und Vogel antwortete, daß er die Sache mit dem Generalstaatsanwalt besprochen habe. Streit riet Vogel dringend von der Reise ab, und der Anwalt sah auch selbst ein, daß er kaum etwas hätte ausrichten können. Im Oktober 1969 wurde Grey aufgrund diplomatischer Vermittlungen in die britische Kronkolonie Hongkong abgeschoben.

Ein herzliches Verhältnis hatte sich zwischen Vogel und dem Fernsehjournalisten Lothar Loewe entwickelt, der im Dezember 1974 von den DDR-Behörden als Leiter des neuerrichteten ARD-Studios in Ost-Berlin zugelassen worden war. Bei den SED-Bonzen eckte der bullerige TV-Mann, der nie ein Blatt vor den Mund nahm, mit seiner Berichterstattung ständig an, zumal die elektronischen Medien auch von den DDR-Bürgern verfolgt werden konnten. Mehrfach wurde Loewe verwarnt, im Herbst 1976 forderte die DDR-Regierung die ARD auf, den mißliebigen Korrespondenten abzuberufen.

Für eine Freundschaft zwischen dem politisch rechtslastigen Loewe und dem Anwalt des SED-Regimes waren die Voraussetzungen mithin nicht günstig, und doch bildete sich alsbald eine arbeitsteilige Zweckgemeinschaft heraus. Denn Loewe engagierte sich wie kaum ein anderer Kollege für bedrängte Menschen in der DDR und fand bei Vogel ein offenes Ohr.

Die Buchhaltung des Anwalts zeugt von Loewes einschlägigen Aktivitäten. Auf seinen Karteikarten über Ausreisebegehren notierte sich Vogel stets unten rechts ein Kürzel des Bittstellers, der sich für den Republikmüden einsetzte und den er dann über den Fortgang seiner Bemühungen auf dem laufenden hielt. Besonders häufig tauchten dabei zwei Buchstaben auf, die auf den Listen der Häftlingsfreikäufe »lebenslänglich« bedeuteten; hier aber stand »LL« für Lothar Loewe.

Kurz vor Weihnachten 1976 hatte es Loewe mit der DDR-Führung jedoch endgültig verdorben, als er den Schießbefehl an der innerdeutschen Grenze scharf geißelte und schnoddrig-direkt kommentierte, in der DDR wisse »jedes Kind, daß die Grenztruppen den strikten Befehl haben, auf Menschen wie auf Hasen zu schießen«. Loewe wurde die Akkreditierung entzogen, binnen 48 Stunden mußte er das Land verlassen.

Unmittelbar nach diesem Vorfall erhielt der Journalist von Vogel ein persönliches Schreiben, das in West-Berlin aufgegeben worden war und in dem er ihm, wie sich Loewe erinnert, »seine volle Sympathie bekundet«. Loewe, so Vogel, habe es mit dem inkriminierten Satz »wohl gut gemeint, aber zu hastig gehandelt«. Den Schießbefehl abzuschaffen, sei »die Zeit noch nicht reif« gewesen.

Loewe nahm an, daß »Vogels Verhalten damals mit Volpert abgesprochen war«. Doch Vogel sagt, Volpert habe von dem Brief nichts gewußt. Obwohl der MfS-Offizier die Strafmaßnahme gegen den TV-Journalisten für falsch gehalten habe, mochte Vogel den Stasi-Mann lieber doch nicht einweihen. Loewes Rausschmiß, versichert Vogel, sei nicht von der Stasi initiiert worden, sondern vom SED-Politbüro.

Jahrelang durfte Loewe nicht mehr in die DDR einreisen. Erst im Sommer 1980 gestattete die Ost-Berliner Regierung, gedrängt von Herbert Wehner und Helmut Schmidt, dem inzwischen in Washington tätigen TV-Journalisten, das Grab seines Vaters in der Mark Brandenburg zu besuchen. Bei dieser Gelegenheit machte Loewe einen Abstecher nach Schwerin zum Privathaus des Anwalts.

Blitzschnell erkannte Vogel seine Chance. Er zählte dem

USA-Korrespondenten die Namen »von etwa 30 zu hohen Freiheitsstrafen zwischen 20 Jahren Zuchthaus und lebenslänglich verurteilten deutschen Spionen« auf, »die in DDR-Gefängnissen saßen, weil sie für den amerikanischen Geheimdienst CIA tätig gewesen waren«. Vogel fragte Loewe, ob dieser die Liste »an die richtige Adresse in Washington befördern« könne; er, Vogel, sei enttäuscht darüber, daß die USA »nichts für ihre Leute tun«. Er fand es empörend, daß die amerikanischen Geheimdienste Ost- wie Westdeutsche für Spionagetätigkeiten in der DDR rekrutierten, aber wenn diese laienhaften Zuträger von der Stasi enttarnt wurden, sich nicht mehr um sie kümmerten. Nur wenn amerikanische Landsleute geschnappt würden, engagierten sich die Auftraggeber für deren Freilassung.

Vogel wollte die Austauschpraxis wiederbeleben, die zum Stillstand gekommen war, seit Freund Meehan Deutschland verlassen hatte. 1977 bis Anfang 1979, also gerade auch in der entscheidenden Phase der Thompson/Marcus/Van Norman-Verhandlungen, war Vogels Vertrauter stellvertretender US-Botschafter in Bonn gewesen. Exakt zur selben Zeit war Richard Barkley stellvertretender Leiter der Zentraleuropa-Abteilung im State Department. Mit diesen beiden funktionierte Vogels Zusammenspiel, doch nun war Meehan in Prag und Barkley aus dem diplomatischen Dienst ausgeschieden. Deshalb schaltete Vogel seinen Duzfreund Loewe ein.

Der Fernsehmann zählt auf, welchen drei einflußreichen Amerikanern in der US-Hauptstadt er Kopien der Vogel-Liste übergab: »Erstens an den Leiter der Deutschlandabteilung im US-Außenministerium, Thomas Niles. Zweitens an einen hohen Beamten in der Deutschlandabteilung des Geheimdienstes CIA, John Mapother, und drittens an den Rechtsanwalt Thomas Farmer, den damaligen Vorsitzenden der ehrenamtlichen Geheimdienst-Kontrollkommission des Weißen Hauses unter Präsident Carter.«

John Mapother, 1922 in Kentucky geboren, war zweifellos der beste Deutschland-Experte der CIA. Schon als junger Soldat war er 1947 erstmals nach Berlin gekommen, wo er bei einem Vier-Mächte-Treffen seine erste persönliche Begegnung mit sowjetischen Offizieren hatte. 1952 trat er in den Dienst der CIA, als deren Resident er fünf Jahre in Wien wirkte, ehe er von

Washington aus die immer bedrohlicher werdende Deutschlandfrage für seine Regierung analysierte.

1961, »zehn Tage vor dem Bau der Mauer«, kehrte Mapother als »Reports Officer« der CIA nach West-Berlin zurück, wo er bald auch die Bekanntschaft Francis Meehans machte, der wenige Wochen nach ihm in die geteilte Stadt kam. Mapother blieb bis 1966 auf diesem Posten. Bei einem Dinner, das Meehan bald nach seinem Dienstantritt in Berlin gab, lernte Mapother nach eigenen Angaben auch Vogel kennen – doch der kann sich nicht an den CIA-Mann erinnern. 1972 gingen Meehan und Mapother, wieder gleichzeitig, an die Bonner US-Botschaft. Mapother erzählt, daß Meehan, kaum am Rhein eingetroffen, von Vogel eine Postkarte erhielt. Darauf stand, wie Mapother auf Deutsch zitiert: »Schön, daß Sie wieder im Lande sind.«

Zu jener Zeit, als Loewe ihn besuchte, war Mapother Chefanalyst im CIA-Headquarter in Langley (Virginia). Er habe, sagt der Geheimdienstler, Loewes Bitte jedoch nicht weitergegeben, weil er bei der CIA dafür berüchtigt gewesen sei, mit den Medien-Leuten auf zu gutem Fuß zu stehen. Man habe ihn geradezu als Sicherheitsrisiko eingestuft, nur weil er die Ansicht vertreten habe, daß man den Preßbengels zwar nicht direkt Geheimnisse verraten, sie aber auch nicht gänzlich unwissend lassen solle.

Weil sich die CIA in Deutschland nach seiner Ansicht ignorant verhielt und die falschen Leute in verantwortlichen Positionen saßen, die der Zentrale nur meldeten, was man dort hören wollte, quittierte Mapother zwei Jahre später verärgert den Dienst.

Auf seine ehemalige Firma läßt Pensionär Mapother gleichwohl nichts kommen. Er bezweifelt, daß es sich bei den Gefangenen in der DDR um CIA-Mitarbeiter gehandelt habe: »Einige andere Nachrichtendienste übernahmen weniger Verantwortung für die Operationen, die sie ausführten.« Denen habe »die Professionalität gefehlt«. Manche Agenten, die in der DDR aufgeflogen waren, behauptet Mapother, hätten deren amerikanische Führungsoffiziere oft einfach auf der Honorarliste stehenlassen. So hätten die Geheimdienstzentralen in den USA nichts von dem Personalschwund erfahren. Die Gelder für die eingesperrten V-Leute hätten sich die Führungsoffiziere in die eigenen Taschen gesteckt.

Diplomat Barkley teilt die Ansicht seines Kollegen Meehan und des Ex-CIA-Mannes Mapother: »Ich vermute, die meisten unserer Leute haben für das Verteidigungsministerium gearbeitet. Alle diese Leute wurden in der DDR sehr bald geschnappt, entweder weil sie von Spitzeln verraten wurden oder weil die Agentenführer zu naiv waren und ihnen das handwerkliche Können fehlte. Viele Leute hatten keine Ahnung, sondern wollten nur Spion spielen. Die Stasi war auf Draht, die hat unsere Leute sofort enttarnt.«

Eine Ausnahme von der deprimierenden Regel war Franz Saretzki. Der 1926 geborene Ökonom hatte als amerikanischer Maulwurf 17 Jahre unerkannt in der Staatlichen Plankommission der DDR gesessen. 1952 hatte ihn die CIA angeworben und ihm den Decknamen »Stein« gegeben. Seinen Auftraggebern lieferte er rund 1500 Filme mit 50 000 Aufnahmen von geheimen Dokumenten. Erst 1969 war er festgenommen und im Dezember 1971 vom Obersten Gericht der DDR wegen Spionage zu lebenslanger Haft verurteilt worden.

Eine Schwester des in Bautzen inhaftierten Wirtschaftsspions wandte sich im Sommer 1982 hilfesuchend an Vogel. Der DDR-Anwalt schrieb an seinen West-Berliner Kollegen Wolf-Egbert Näumann, der 1963 in die Rechtsschutzstelle der Bundesregierung eingetreten war, kurz nachdem das Büro in die Uhlandstraße 137 in Wilmersdorf umgezogen war: »Da mit Einbeziehung von hiesiger Seite aus nicht zu rechnen ist (CIA-Fall), möchten wir auf Wunsch des Mandanten ein Gnadengesuch einreichen, wenngleich wir uns wenig versprechen.« Vogel war selbst verblüfft, daß Saretzki dann doch im Austausch für einen DDR-Spion im März 1983 freikam.

Ob Loewe mit Vogels Liste in Washington tatsächlich etwas anstoßen konnte, erscheint fraglich. Jedenfalls trug Vogel sein Anliegen den Amerikanern auch selbst vor – ein wenig eigenmächtig, aber mit augenzwinkerndem Einverständnis seines Auftraggebers. Honecker, erzählt Vogel, habe ihm freie Hand gelassen: »Was Ihrer Aufgabe dient, das tun Sie.«

Am 18. November 1980, ein Vierteljahr nach Loewes Stippvisite bei Vogel, berichtete der Bonner US-Gesandte William Woessner dem State Department, der Anwalt habe ihm bei einem Gespräch in dessen Kanzlei erklärt, »daß nach einer Reihe von Festnahmen in der DDR nun etwa 30 Personen in Gewahrsam seien, an denen Bonn interessiert sei« – das lasse »wenig Spielraum für andere Fälle«.

Für die in der DDR inhaftierten Agenten der Amerikaner, zitierte Woessner den Anwalt, könne er »wenig tun, solange die USA niemand zum Tauschen haben«. Der Berichterstatter fuhr fort: »Sobald dies der Fall sei, könne man nach seiner Meinung etwas unternehmen. Er ging davon aus, hinzugezogen zu werden. Östliche Regierungen, sagte er, würden sich in solchen Fällen untereinander abstimmen, und er, Vogel, stehe normalerweise bereit, einen bestimmten Part zu übernehmen.«

Ohne den Namen Guillaume zu nennen, erwähnte Woessner in dem Gespräch mit Vogel, daß es »gewisse Personen im Westen« gebe, »an denen die Ostdeutschen großes Interesse« hätten. Vogel verstand die Anspielung, doch die USA konnten ihren Bonner Juniorpartner nicht zum Einlenken bewegen.

Vogel wird von der CIA ausgespäht

Die Bonner US-Vertretung mußte gleichzeitig einen peinlichen Vorfall nach Hause melden: Vogel, so die Telegramm-Nachricht Woessners, »erwähnte zwei neue Fälle, die Brüder Radke betreffend«. Vogel habe, »ohne seine Verärgerung zu zeigen«, sich beschwert, daß »einer von beiden vermutlich vom US-Geheimdienst beauftragt gewesen sei, über Vorkommnisse in Vogels Kanzlei zu berichten«.

Mit Vogels Hilfe hatten Kurt Radke und seine Frau die DDR 1975 verlassen dürfen. Bald darauf war die Ehe geschieden worden. Wohl als Folge davon geriet der Mann, der nun im West-Berliner Bezirk Steglitz lebte, auf die schiefe Bahn und war, so die US-Erkenntnis, »in eine Reihe von Vergehen verwickelt, darunter einige Versicherungsfälle, in denen ihn Vogel verteidigte«. Entgegen allen Usancen erlaubte ihm die DDR, seinen Anwalt in Ost-Berlin aufzusuchen – wahrscheinlich hatte er sich dem MfS verpflichten müssen.

Die CIA nutzte Radkes Reisemöglichkeiten und seine Labilität aus. Bei seinen Besuchen in Ost-Berlin nahm Kurt Radke auch Kontakt zu seinem Bruder Rainer auf, der in Potsdam-Babelsberg wohnte und als Techniker im DDR-Außenministerium arbeitete. Im Auftrag des US-Geheimdienstes beschwatzte Kurt seinen Bruder, ihm vertrauliche Informationen zu besorgen. Beide Brüder wurden am 18. März 1980 festgenommen. »Es gab«, wie Woessner konstatieren mußte, »hinreichende Belege, daß Rainer unter dem Codenamen ›Klaus‹ operiert hatte und daß die beiden Brüder in ständigem Radiokontakt zueinander standen, wobei sie Geräte benutzten, die ihnen der US-Geheimdienst zur Verfügung gestellt hatte.«

Der Gesandte schilderte, wie ihn Vogels Vorwurf getroffen hatte: »Ohne seine Stimme oder seine Mimik zu verändern«, habe der Anwalt weitererzählt, er sei »sehr ärgerlich darüber gewesen«, daß Kurt Radke sein Büro für die CIA ausspähen sollte. Der Diplomat flüchtete sich verlegen in die Ausrede, daß er »den Fall Radke nicht kenne und ihm die Geschichte merkwürdig vorkomme«. Gegenüber dem State Department kritisierte Woessner das Vorgehen: »Falls Vogels Behauptung stimmt, daß Kurt beauftragt war, über Vogel zu berichten, bezweifle ich sehr, daß solche Bemühungen in unserem wohlverstandenen Interesse liegen.«

Das Mißtrauen der Amerikaner gegenüber Vogel war indes größer als deren diplomatische Courtoisie. Immer wieder forschten sie das Umfeld des Anwalts aus, was Vogel nicht verborgen bleiben konnte. Schon bald nach dem Zwischenfall mit den Radke-Brüdern machte sich der US-Geheimdienst an Hannah Boetzel, eine Sekretärin Vogels, heran, die, nachdem sie das Rentenalter erreicht hatte, nach West-Berlin übergesiedelt war. Die Frau hatte sich im Notaufnahmelager Marienfelde angemeldet, um einen westdeutschen Personalausweis zu beantragen. Was ihr dort widerfuhr, fand sie so empörend, daß sie ihre Erlebnisse umgehend ihrem früheren Arbeitgeber schilderte.

Drei Tage nach der ersten Vorsprache sollte sie sich wieder bei der Behörde melden. Sie wurde dann zu einer amerikanischen Dienststelle in Zehlendorf gefahren, wo sie etwa fünf Stunden lang von einem US-Offizier vernommen wurde. Wenn sie die Fragen nicht beantworte, drohte der ihr, bekomme sie keinen Ausweis. Befragt wurde die Ex-Gehilfin über Vogels Gepflogenheiten und Geldgeschäfte, über Bürobetrieb und Publikumsverkehr, über seinen Lebenswandel und seine Mitarbeiter, wie Vogel die ersten beiden Leiter der Ständigen Vertretung Bonns in der DDR, Günter Gaus und Klaus Bölling, einschätze, wie die Prozedur bei Ausreisen von DDR-Bürgern ablaufe und Ähnliches mehr. »Sicherlich« könne sie »doch auch Namen von Angehörigen des Staatssicherheitsdienstes nennen, die ständig im Büro Vogel ein- und ausgingen«.

Vogel beschwerte sich beim Ost-Berliner US-Botschafter Herbert Okun, Hannah Boetzel sei »angestiftet und amtlich genötigt« worden, ihre Schweigepflicht als ehemalige Anwaltssekretärin zu brechen. Dies sei »nicht nur empörend«, sondern erfülle »auch einen strafrechtlichen Tatbestand«. Vogel forderte »eine rasche Aufklärung und Bereinigung«, sonst seien »Reaktionen für die Beziehungen zu den USA in humanitären Fällen unter meiner bisherigen Mitwirkung unvermeidlich«. Okun kam in Vogels Kanzlei und entschuldigte sich in aller Form, es habe sich um einen Übergriff eines untergeordneten Mitarbeiters gehandelt.

Nach dem Gespräch, das Vogel im November 1980 mit dem US-Gesandten Woessner geführt hatte, herrschte fast ein Jahr lang Funkstille zwischen Washington und Ost-Berlin. Weil keinerlei Reaktion erfolgte, unternahm Vogel einen neuerlichen Versuch, eine Gefangenenliste über Lothar Loewe an kompetente US-Unterhändler heranzuspielen. Er ließ dem Fernsehmann die Namen durch den schwedischen Vermittler Svingel überbringen.

In einem Brief an Vogel vom 23. Oktober 1981 meldete Loewe Vollzug: »Die mir von Carl Gustav übermittelte Liste habe ich inzwischen über einen befreundeten Gewährsmann dem stellvertretenden Direktor der CIA, Admiral Robert Inman, zuleiten lassen. Wie ich höre, hat Bob Inman für die Liste lebhaftes Interesse bekundet, und er hat auch sofort begriffen, daß es dem Ansehen von Geheimdiensten allgemein abträglich ist, wenn diese Dienste ihre ›aufgeflogenen‹ Mitarbeiter im Stich lassen ... Der stellvertretende CIA-Direktor hat die Liste seit etwa dem 20. September in seinem Besitz. In der kommenden Woche werde ich außerdem noch einmal meine Kontakte beim State Department in dieser Angelegenheit bemühen.«

Doch es rührte sich weiterhin nichts. Das änderte sich erst, als mit Jahresbeginn 1982 Richard Barkley in den diplomatischen Dienst zurückkehrte und als Botschaftsrat nach Bonn ging. Barkley erinnert sich: »Das State Department bat mich, sofort wieder Kontakt zu Vogel aufzunehmen. Francis Meehan war nicht mehr da, und unser Botschafter in Ost-Berlin war dafür nicht geeignet.« Der Chef der Sowjetunion-Abteilung im State Department machte Barkley klar: »Sie sind jetzt der einzige Ost-West-Kontakt.« Er habe also Vogel angerufen, doch der, wundert sich Barkley noch heute, »wußte schon alles – er wußte überhaupt immer schon vorher, was Sache war«.

Vogel hatte sein Ohr überall und, wie Barkley mit Respekt hinzufügt, »seine Finger überall drin«. Wann immer es in Bonns Ständiger Vertretung oder in den DDR-Botschaften der Westmächte irgendein gesellschaftliches Ereignis gab, war der umtriebige Advokat dabei. Er war immer zu einem Small-talk aufgelegt und schnappte die Personalia auf, die beim diplomatischen Tratsch gehandelt wurden.

Am 18. März 1982 besuchten Barkley und Jeffrey Smith, der Rechtsberater des State Department, Vogel in dessen Kanzlei. Smith legte ihm eine von Außenminister Alexander Haig unterzeichnete Vollmacht vor. »Darin werden«, so Vogel in einem Vermerk, »Mr. Smith und Mr. Barkley ausdrücklich ermächtigt, mit mir als dem Beauftragten der DDR-Regierung Austauschfälle zu besprechen und rechtsverbindlich zu verhandeln, auch soweit sie Drittländer – vor allem die UdSSR – betreffen.« Washington anerkannte damit offiziell den Ost-Berliner Anwalt als Bevollmächtigten seiner Staatsführung.

Über die während des Gesprächs erläuterten Gründe, warum sich die USA »zu dieser Initiative entschlossen« hätten, fertigte Vogel eine Gedächtnisnotiz:

»Erstens sei die BRD-Regierung offenkundig nicht bereit, sich für CIA-Agenten einzusetzen, weil wohl das Interesse an eigenen Agenten (BND, BVSA) Vorrang habe« [BVSA war das DDR-übliche Kürzel für das Bundesamt für Verfassungsschutz].

»Zweitens habe Lothar Loewe einem Bob Inman (stellvertretender Direktor der CIA) unter Vorhalt präziser Fälle mit einem publizistischen Skandal gedroht, sofern sich die Regierung der USA nicht unverzüglich um ihre in der DDR inhaftierten Agenten bemüht. Man wolle demzufolge Lothar Loewe informieren, daß man sich mit mir in Verbindung gesetzt habe.«

»Drittens solle fortan nur noch dieser jetzt gewählte direkte Weg benutzt werden (nicht mehr Gilman, Greenwald etc.). Viele Köche würden nur den Brei verderben.«

Barkley und Smith überreichten Vogel »drei Schriftstücke ... mit der Bitte, diese als erste Verhandlungsgrundlage zu verstehen«. Das »Hauptproblem«, gab Vogel zu bedenken, sei, »daß die amerikanische Regierung keine Gegenleistungen von Interesse zu bieten« habe. Die beiden Besucher erbaten Vorschläge von ihm, fragten auch, »ob etwas mit Geld zu machen« sei, was Vogel jedoch verneinte. Auch in westlichen Drittländern, boten die US-Abgesandten an, könne Washington sondieren, ob diese, beispielsweise die Schweiz, inhaftierte Ost-Agenten für ein Gegengeschäft offerieren würden.

Am 28. April teilte Vogel in einem Brief an Smith als erste Reaktion auf das »sehr nützliche und offene Gespräch hier in Berlin« mit, daß »Interesse« an einem Polen namens Marian Zacharski bestehe. Der Direktor der polnisch-amerikanischen Gesellschaft »Polamco« in Los Angeles, geboren 1951 in Gdynia, war im Juni 1981 festgenommen und im Dezember 1981 durch ein kalifornisches Bezirksgericht wegen Spionage zu lebenslanger Haft verurteilt worden. Vielleicht, meinte Vogel, lasse sich zusammen mit zwei in der Schweiz inhaftierten DDR-Agenten »ein Arrangement finden«, Smith solle ihm »die von Ihrer Seite gewünschte Gegenleistung benennen«.

Am 26. Mai schrieb Vogel erneut an Smith, diesmal mit einer »Antwort auf *zwei* Ihrer mir am 18.3.1982 übergebenen ›non-papers‹«. Daraus ist ersichtlich, daß die USA von der Sowjetunion sieben Gefangene forderte, aber nur bereit war, zwei in den USA Inhaftierte freizulassen. Wieder führte Schtscharanski die Wunschliste an.

Ein weiterer Name auf dem Smith-Papier war Anatolij Filatow, der am selben Tag wie Schtscharanski, am 14. Juli 1978, vom Militärkollegium des Obersten Gerichtshofs der UdSSR als Agent eines von der amtlichen Nachrichtenagentur TASS nicht näher bezeichneten »ausländischen Geheimdienstes« zum Tod durch ein Erschießungskommando verurteilt worden war. Sowjet-Botschafter Anatolij Dobrynin hatte Präsident Carter 1979 versichert, daß das Urteil nicht vollstreckt werde, doch seither hatte Washington keine Nachricht mehr erhalten. Filatows Schicksal gab Rätsel auf.

Der Sowjet-Diplomat Filatow war 1974 an seinem Dienstort Algier in eine »Honigfalle« getappt, wie das im Geheimdienst-Jargon hieß: Die CIA hatte ihn mit einer Frau in verfänglicher Pose fotografiert und dann erpreßt. Der Russe erhielt von den Amerikanern ein Funkgerät, eine Mini-Kamera in einem Gasfeuerzeug, unsichtbare Tinte, dazu einige zehntausend Rubel, harte Devisen sowie 24 Goldstücke aus der Zarenzeit. Nach Moskau zurückgekehrt, empfing er laut Anklage von der CIA chiffrierte Weisungen über Rundfunk und lieferte den Amerikanern fortan sowjetische Staatsgeheimnisse.

Filatow, von der CIA unter dem Decknamen »Trianon« geführt, erwies sich als fleißiger Spion. Er lieferte dem amerikanischen Geheimdienst erstklassige Informationen, die er zum Teil in toten Briefkästen deponierte, aus denen er im Tausch sein Honorar und neue Dienstanweisungen fischen konnte. Doch bald ließ die Qualität der Ware nach, woraus die CIA schloß, daß »Trianon« vom KGB umgedreht worden war oder, ohne sein Wissen, nur noch mit Spielmaterial ausgestattet wurde.

So übermittelte Filatow im April 1977 auf Mikrofilm ein Sechs-Seiten-Papier – die angebliche Abschrift eines Telegramms, das der Washingtoner Sowjetbotschafter Dobrynin an sein Politbüro geschickt hatte und in dem er über ein Frühstück mit Ex-Außenminister Henry Kissinger berichtete. Verschiedene Details der angeblichen Dobrynin-Aufzeichnung waren jedoch erkennbar falsch, weshalb die CIA das Material für eine gezielte Desinformation hielt. Unklar blieb für die Geheimdienstler, ob ihr Mann in Moskau ein doppeltes Spiel trieb oder, von der Konkurrenz enttarnt, in höchster Gefahr schwebte.

Die CIA wollte »Trianon« vorsichtshalber für den äußersten Fall wappnen: Am 15. Juli 1977 schlich sich eine Mitarbeiterin der Moskauer US-Botschaft in eine Nebenstraße der Sowjet-Metropole und versuchte, zwei Giftampullen in einem toten Briefkasten zu deponieren, wo sie Filatow abholen sollte. Doch sowjetische Geheimpolizisten in Zivil stellten die Frau und nahmen ihr die stille Post ab. Die CIA hörte nur noch, daß Filatow, obwohl ihn das Gift nicht erreicht hatte, angeblich Selbstmord begangen habe. Aber auch das gehörte offenbar zur Desinformation, denn ein Jahr später berichteten die sowjetischen Medien über das Todesurteil.

Im nachhinein konnte die CIA rekonstruieren, daß Filatow ihr nicht untreu geworden, sondern im März 1977 durch einen Verräter aufgeflogen war: Sanja Lipawski, der jüdische Arzt und gelegentliche CIA-Zuträger, der zur selben Zeit auch Anatolij Schtscharanski denunzierte, hatte mal wieder die Fronten gewechselt und beim KGB geplaudert. So konnte die Regierungszeitung *Iswestija* die Zeichnung eines toten Briefkastens am Wernadski-Prospekt nebst Foto seines Inhalts veröffentlichen. Seit Dobrynin Präsident Carter versprochen hatte, das Todesurteil werde nicht vollstreckt, hatten die Amerikaner nichts mehr von Filatow gehört.

Von alledem wußte Vogel nichts. Für ihn war Filatow nur einer von sieben Namen auf einer Wunschliste der Amerikaner, noch nicht einmal seinen Vornamen kannte er. Der Anwalt reichte das Papier an Volpert weiter, von dem er dann eine ebenso lapidare Absage bekam. Deshalb konnte Vogel in seiner Antwort auf die Smith-Anfrage auch keinerlei Detail-Aufklärung liefern, sondern dem US-Beamten nur pauschal übermitteln, daß in allen sieben Fällen »ein Austausch nicht möglich« sei. Floskelhaft fügte der Anwalt hinzu: »Ob sich die Situation zu einem späteren Zeitpunkt anders darstellt, bleibt abzuwarten.« Die Offerte der USA wies Vogel, entsprechend der Vorgabe Volperts, ebenso klar zurück: Der eine sei »ein Libanese, an dem man kein Interesse zeigt«, und auch für den anderen sehe er »keine Chance zu einem Austausch«.

»Gewiß«, räumte Vogel ein, »dieses Ergebnis ist nicht sehr ermutigend.« Er wisse aber aus Erfahrung, »daß oftmals nur langer Atem der Schlüssel des Erfolgs ist«. Und er bekräftigte: »Daß wir gemeinsam den in der DDR Inhaftierten durch Austausch helfen können, dabei bleibt es.« In dieser Hinsicht warte er auf ein »Signal« zu seinem Vorschlag vom 28. April – danach wollte die DDR 30 dort inhaftierte Agenten für den in den USA einsitzenden Polen Zacharski und zwei Ostdeutsche aus der Schweiz hergeben.

Obwohl Vogel zugesagt hatte, seine privaten Kanäle stillzulegen, mischte Ronnie Greenwald schon wieder mit. Am 15. Juni ließ der Rabbi telefonisch über die West-Berliner Anwältin Barbara von der Schulenburg, die im Auftrag des Innerdeutschen Ministeriums Ausreisefälle bearbeitete, mitteilen, er komme am 21. Juni nach Berlin und wolle ein Treffen mit Vogel vereinbaren.

Per Telex informierte die Anwältin Vogel über den Terminwunsch, der Rabbi »könne zu jeder Tageszeit«, und er habe Informationen »betr. poln. Fall«, die »dringend und wichtig« seien.

Außerdem verquickte Greenwald wieder mal Humanitäres mit Geschäftlichem. Er erinnere Vogel, so von der Schulenburg, »an die Zusage, Kontakte auf wirtschaftlichem Gebiet zu vermitteln«. Er, Greenwald, habe »hier im Bereich von ›Kupferkonzentraten‹ Möglichkeiten«. In einem weiteren Fernschreiben bat der Rabbi darum, für ihn »einen Termin mit der Firma Intrac zu vereinbaren«. Die Intrac war eine Außenhandels-Gesellschaft im weitverzweigten Koko-Reich des geschäftstüchtigen Stasi-Offiziers Alexander Schalck-Golodkowski. »Nach R[ücksprache] mit Dr. Volpert«, notierte Vogel-Sozius Dieter Starkulla, könne der Rabbi den Termin wahrnehmen. Vogel bestätigte per Telex an die Rechtsschutzstelle die Zeit, den Ort und den Gesprächspartner, Intrac-Generaldirektor Horst Steinebach.

Bei ihrem nächsten Treffen mit Vogel, am 25. Oktober, machten Barkley und Smith dem Anwalt Vorhaltungen, daß Greenwald und Gilman »weiterhin in Kontakt mit ihm stünden«. Ihre Erkenntnisse hatten die beiden US-Diplomaten aus erster Hand: Der Rabbi und der Kongreß-Abgeordnete erschienen regelmäßig bei ihnen zum Rapport und erzählten über ihre Gespräche mit Vogel, was der aber nicht wußte.

Ebenso verblüfft hatte der Ost-Berliner Anwalt nach Barkleys und Smiths letztem Besuch erfahren, daß sie »alles der Bundesregierung berichtet«, ihm aber »vorher nichts davon gesagt« hatten. »Wenn wir unsere Arbeit effizient fortsetzen wollten«, zitierten sie Vogel, »müßten wir offen und direkt zueinander sein«. Die beiden Amerikaner sagten ihm, sie wollten »künftig eng mit der Bundesregierung zusammenarbeiten«. Vogel lenkte ein: Er habe »keine Einwände dagegen, sehe darin sogar viele Vorteile«, er wolle aber gern wissen, wen sie in Bonn über ihre Gespräche informierten.

Smith brachte zwei Briefe mit, als Antwort auf Vogels schriftliche Offerte vom 28. April. Der eine betraf Vogels Vorschlag, die USA sollten den Polen Zacharski freilassen. Er sei, schrieb Smith, »ermächtigt«, über Zacharski zu verhandeln, wenn dafür Schtscharanski, Filatow und sechs Anhänger der Pfingstkirche, die in der Moskauer US-Botschaft Zuflucht gesucht hatten, ausreisen dürften.

So unverfroren wie der geforderte 1:8-Tausch war auch das Angebot, das Smith in dem zweiten Brief unterbreitete. Darin erklärte Smith, die USA seien bereit, den vom West-Berliner Landgericht im Juni 1982 wegen versuchter Spionage und Agententätigkeit zu dreieinhalb Jahren Haft verurteilten DDR-Bürger Jörg Wilke gegen vier DDR-Häftlinge freizulassen. Auf der Wunschliste der Amerikaner standen jedoch nicht etwa harmlose und unter Vorwänden verurteilte Regimekritiker, sondern eindeutig Geheimdienst-Mitarbeiter, unter ihnen der jahrelang unentdeckte CIA-Maulwurf Saretzki.

»Ich hoffe, daß dieser Vorschlag Sie zufriedenstellt«, schrieb Smith treuherzig – dabei mußte er doch wissen, daß eine solche Forderung für die DDR indiskutabel war. Gleichwohl antwortete Vogel am 2. November konziliant: Es sei »erfreulich«, daß es »endlich Bewegung« gebe. Allerdings könne es für Wilke nur einen aus dem Wunsch-Quartett geben, und auf keinen Fall könne dies Saretzki sein.

Zwei Wochen später reagierte Vogel mit »Bedauern, daß eine Lösung noch vor Weihnachten nicht gelungen« sei. In der Sache blieb Vogel unnachgiebig: Auf US-Seite, beharrte er, sehe man »die Relation *vom Casus her* nicht ausgewogen«.

Zu dem anderen Smith-Vorschlag wegen Schtscharanski und anderen, bedauerte Vogel, könne er sich leider »immer noch nicht äußern«. Er wolle jedoch »erfragen«, ob die US-Regierung »unabdingbar auf einer Gegenleistung aus der UdSSR« bestehe oder ob es, etwa für Zacharski, auch eine aus der DDR sein könne, zum Beispiel Saretzki. »Ein derartiges Arrangement«, lockte Vogel, »möchte ich in relativ kurzer Zeitspanne für realisierbar erachten.«

Wenige Tage zuvor, am 7. Dezember, hatte Washingtons Botschafter in Ost-Berlin, Herbert Okun, ans State Department berichtet, Vogel habe ihn bei einem Empfang »beiseite genommen, um mich über verschiedene Austauschfälle zu informieren«. Dabei hätten sie auch über den Aufstieg des KGB-Chefs Jurij Andropow zum Generalsekretär der KPdSU gesprochen. Botschafter Okun referierte Vogels »Ansicht, daß die USA Schtscharanski innerhalb von drei Monaten freibekommen könnten, vorausgesetzt, wir wenden uns seinetwegen einstweilen nicht an Andropow«.

Die Amerikaner durchschauten, daß Vogel versuchte, sie mit

Schtscharanski zu ködern, ohne von seinen Auftraggebern dazu ermächtigt zu sein. Der DDR-Anwalt mußte die US-Beamten deshalb davon abhalten, direkt mit Moskau über den Dissidenten zu verhandeln, weil dies seine Alleingänge bloßgestellt hätte. Vogels doppelbödige Strategie ging von der Überlegung aus, daß die Sowjets Schtscharanski eines Tages von sich aus auf die Tauschliste setzen würden, um den Störenfried loszuwerden, der eine Belastung für die Entspannungspolitik darstellte.

»Nach wie vor«, notierte Vogel nach dem nächsten Gespräch, das er am 1. März 1983 mit Smith und Barkley in seiner Kanzlei führte, seien die Amerikaner »primär interessiert an Schtscharanski, gegen diesen könnte sofort Marian Zacharski ausgetauscht werden«. Noch zeigten sich die Sowjets unzugänglich.

Zäh schleppten sich die Verhandlungen hin. Es wurde gefeilscht und geschachert. Wie Gewichte wurden Namen mal in die eine, mal in die andere Waagschale gelegt. Doch auf dem Agentenmarkt gab es keine gemeinsamen Eichmaße. »Wir haben immer gesagt: 1 zu 5«, so Vogels Faustregel, »statt zehn Jahre im Osten hätte man für gleichwertige Delikte im Westen zwei Jahre gekriegt.« Doch auch dieser Wechselkurs unterlag Schwankungen, je nach Angebot und Nachfrage. Und im Moment hatte die Sowjetunion ein reichhaltiges Sortiment in ihren Gefängnissen, während in den USA Knappheit an außer Dienst gestellten Spionen herrschte.

So traten die Unterhändler monatelang auf der Stelle. Die Verhaftung von Penju Kostadinow, Handelsattaché an der bulgarischen Botschaft in Washington, im September 1983 verschob die Gewichte zunächst nicht. Zwar war Kostadinow in flagranti erwischt worden: Ein V-Mann des FBI hatte ihm geheime Regierungsdokumente zur Atomwaffensicherheit angeboten, beim Übergabetreff war er gestellt worden. Aber die Bulgaren pochten darauf, daß ihr Mann diplomatische Immunität genieße.

Auch ein weiterer Besuch Barkleys bei Vogel am 17. Oktober 1983 brachte keine Fortschritte. Er ließ Vogel wissen, »daß wir in dieser Phase kein spezifisches Angebot machen können, das Kostadinow mit umfaßt«. Die Amerikaner wollten lediglich vorfühlen, »ob die Sowjets der Möglichkeit etwas abgewinnen könnten«, Kostadinow in einen Austausch gegen Schtscharanski, Filatow und andere einzubeziehen.

Vogel berichtete Barkley, er habe sich »bei den Sowjets erkundigt«. Konkret hieß das, daß er Volpert gefragt hatte. Im Fall Schtscharanski habe man ihm gesagt: »Noch nicht.« Bei Filatow sei die Antwort gewesen: »Nicht zutreffend.« Diese Antwort, gab Barkley Vogels Worte wieder, bedeute wohl, »daß Filatow wahrscheinlich ›nicht mehr da‹ sei«.

Zum ersten Mal vertraute Vogel seinem amerikanischen Gesprächspartner an, auf welchen Kanälen seine Gespräche mit den Sowjets abliefen. Die Kontakte würden »durch die DDR-Staatssicherheit gefiltert«. Die Stasi habe »einen unmittelbaren Kontaktmann in der sowjetischen Botschaft« in Ost-Berlin, »der die Informationen nach Moskau weiterleitet«. Vogel sagte Barkley, er habe einen »Verdacht, wer dieser Botschaftsangehörige ist«, sei sich aber »nicht absolut sicher«.

Barkley fand es »interessant, daß es die DDR-Staatssicherheit für nötig befindet, sich zwischen Vogel und die Sowjets zu setzen«. Er vermutete jedoch, »daß sie auf die exakte Weitergabe der Mitteilungen achten, da sie bestimmt nicht verantwortlich sein wollen, wenn etwas schiefläuft«.

Ein DDR-Physiker geht dem FBI in die Falle

Vogels Hinhaltetaktik änderte sich schlagartig am 3. November 1983. An diesem Tag wurde im Foyer des Sheraton Boston Hotels der ostdeutsche Physiker Alfred Zehe, der seit 1976 als Gastprofessor im mexikanischen Puebla lebte und lehrte und zu einem wissenschaftlichen Kongreß der American Vacuum Society in die USA gekommen war, unter Spionageverdacht festgenommen. Vorangegangen waren zwei Jahre dauernde Observationen und Ermittlungen durch das FBI und den Marine-Geheimdienst NIS (»Naval Investigative Service«).

Im Dezember 1981 hatte Bob Tanner, ein vom FBI als Agent angeheuerter Zivilangestellter des »Naval Electronic Systems Engineering Command« in Charleston (South Carolina) die

Washingtoner DDR-Botschaft aufgesucht und nach dem Militärattaché gefragt. Er erzählte, daß er in finanziellen Schwierigkeiten stecke und deshalb geheime Dokumente verkaufen wolle. Der Attaché, Dieter Walsch, ging darauf ein und traf sich in der Folgezeit sechsmal mit Tanner. Der überbrachte dabei »Hühnerfutter«, Spielmaterial also, das ihm von FBI und NIS zur Verfügung gestellt worden war.

Im Oktober 1982 wurde Tanner von Walsch nach Mexico-City beordert. In der dortigen DDR-Botschaft machte ihn der Konsularbeamte Fritz Joachim Stalbohm mit einem Mann bekannt, der als »wissenschaftlich-technischer Experte« die von Tanner gelieferten Informationen auf ihren Wert hin überprüfen werde. Erst später erfuhr Tanner den Namen des Spezialisten: Alfred Zehe.

Fortan behielt das FBI den Professor im Auge. Die amerikanische Bundespolizei registrierte, daß Zehe auffallend häufig in die USA reiste. Der Wissenschaftler stellte dem Marine-Techniker eine Spezialkamera und Filme zur Verfügung, um geheime Dokumente und Handbücher über Militärtechnologie zu fotografieren. Und Zehe händigte dem Doppelagenten bei drei Treffen, zwei in Mexico-City und einem in Ost-Berlin, insgesamt 11 500 Dollar aus.

Nachdem Zehe sein Hotelzimmer in Boston bezogen hatte, observierte das FBI den Wissenschaftler noch einmal 40 Stunden rund um die Uhr, ehe die Beamten zugriffen. Fast drei Stunden durchsuchten sie das Nachtquartier, wobei sie unter anderem einen 1983er Kalender Zehes fanden. Darin hatte der Physiker vier Treff-Termine mit Tanner in putzig-verschwörerischer Manier eingetragen: durch ein »Symbol, das einer Konifere oder einem Weihnachtsbaum ähnelt«, wie ein FBI-Spezialagent später vor dem Ermittlungsrichter darlegte.

Zehes Verhaftung löste emsige diplomatische Aktivitäten aus. John Kornblum, der Leiter der Zentraleuropa-Abteilung im State Department, überbrachte dem Geschäftsträger der DDR-Botschaft in Washington, Volker Laetzsch, und dem Konsularbeamten Christian Pech ein Aide-memoire, quasi die amtliche Benachrichtigung von der Festnahme. Laetzsch erklärte dem Amerikaner, Zehe habe in einem Telefongespräch mit der Botschaft beteuert, daß er unschuldig sei. Laetzsch bezeichnete die Verhaftung als Provokation und verlangte, daß Zehe umgehend freigelassen werde.

Der DDR-Konsularbeamte Pech besuchte den Professor am 5. November, einem Samstag, und noch einmal zwei Tage später im Plymouth County Gefängnis. Pech informierte Zehe, daß die DDR-Botschaft einen Verteidiger für ihn bestellt habe, den Anwalt Stanley Faulkner aus New York, der nach den Erkenntnissen des State Department »die DDR bereits früher in Zivilsachen vertreten hat«.

Der amerikanischen Botschaft in Ost-Berlin fiel auf, daß die offizielle Reaktion der DDR auf die Verhaftung Zehes »vergleichsweise gedämpft« gewesen sei. Zeitungsartikel hätten »kurz und meist nüchtern über Protestschreiben und Resolutionen berichtet, die von Hochschul- und Wissenschaftsgruppen ausgingen«. Nicht einmal das *Neue Deutschland* habe einen Kommentar zum Fall Zehe gedruckt.

Am 15. November informierte Barkley den Staatssekretär im Innerdeutschen Ministerium, Ludwig Rehlinger, über den Stand der Gespräche in Sachen Zehe zwischen US-Diplomaten und Vogel. Rehlinger, notierte Barkley, »zeigt sich weiterhin fasziniert von dem Eifer, den die DDR wegen Zehe zeigt, und drückte erneut seine Überzeugung aus, daß Vogels Besuch in den USA, wenn ehrlich gespielt wird, Zehes möglichen Tauschwert erhöhen könnte«.

Rehlinger sagte laut Barkley-Bericht auch, daß er aufgrund der Erfahrungen, die man in der Bundesrepublik in ähnlichen Fällen gemacht habe, erwarte, daß Vogel starken Druck ausüben werde, um Zehe so früh wie möglich auszutauschen. Die DDR sei »für gewöhnlich willens, einen hohen Preis zu bezahlen, um die politische Würdelosigkeit eines langwierigen öffentlichen Prozesses gegen einen ihrer Agenten zu vermeiden«.

Am 21. November suchten Barkley und Smith erneut Vogel in Ost-Berlin auf und berichteten anschließend dem stellvertretenden Unterstaatssekretär Tom Niles in Washington: »Wir sprachen, einschließlich Lunch, fast vier Stunden mit Vogel.« Der Anwalt habe sich erkundigt, »was unsere Wünsche im Gegenzug für Zehe und Kostadinow wären«. Die beiden Besucher erwiderten, auf jeden Fall müsse Schtscharanski in den Tausch einbezogen sein. Vogel antwortete, er habe seinen Auftraggebern gesagt, »daß ohne Schtscharanski die Amerikaner sich auf nichts einlassen würden«.

Vogel erläuterte, er habe diesen Standpunkt über seine Kontaktleute nach Moskau übermittelt und warte nun auf eine Antwort. Bemerkenswert fanden Vogels Gesprächspartner, daß der Anwalt wie selbstverständlich davon ausging, daß »die Antwort bezüglich Schtscharanski positiv sein würde«. Denn er fragte sie, »wo und wie wir es tun wollten« – als sei das Ob überhaupt nicht mehr strittig. Vogel schlug Berlin vor, »natürlich«, wie die Amerikaner anmerkten.

Berlin, begründet Vogel im nachhinein seine spontane Antwort, sei eben aus DDR-Sicht wegen der Präsenz der Alliierten »der einfachste Platz gewesen, wenn man sich schnell verständigen wollte«. Auf der Drehscheibe Berlin habe man alle Beteiligten »schnell an einem Ort versammeln können«.

Vogel kündigte an, er wolle möglichst schon am 24. November nach Boston kommen, um mit Zehe zu sprechen. Der Anwalt drückte aufs Tempo, weil er »aus Erfahrung wußte, daß man nichts auf die lange Bank schieben durfte«. Es konnte »ja immer politisch etwas dazwischenkommen«. So gab es gerade mal wieder Verstimmungen zwischen Bonn und Ost-Berlin, weil die DDR in Rückstand war mit humanitären Erleichterungen, die sie im Gegenzug für den von CSU-Chef Franz Josef Strauß im Sommer 1983 eingefädelten Milliardenkredit versprochen hatte; zur gleichen Zeit begann der Westen mit der angekündigten Aufstellung neuer Nato-Raketen, nachdem sich der Ostblock einer Abrüstung widersetzt hatte.

Gleich zu Beginn des Gesprächs mit Barkley und Smith entschuldigte sich der stets auf korrekte Umgangsformen bedachte Anwalt dafür, wie die DDR Harvey Silverglate als Zehes Anwalt ausgesucht und präsentiert hatte. Rabbi Greenwald, schwindelte Vogel, habe ihn angerufen, kaum daß Zehe verhaftet worden war und noch bevor er selbst durch einen Anruf vom Ost-Berliner Außenministerium informiert worden sei. Vogel sagte, Zehe habe die DDR-Botschaft telefonisch um einen Anwalt gebeten, und von dort sei »Druck ausgeübt« worden. Denn die Washingtoner DDR-Vertretung traute ihrem üblicherweise beauftragten Vertrauensanwalt nicht viel zu.

Tatsächlich hatte Vogel sogleich den Rabbi in New York angeklingelt und ihn gebeten, einen tüchtigen Anwalt zu vermitteln. Greenwald versuchte, den prominenten Strafrechts-Professor Alan Derschowitz von der Bostoner Harvard-Universität zu gewinnen. Der sagte jedoch ab, weil er bereits als Schtscharanskis offizieller Anwalt in den USA fungierte und keinen Interessenkonflikt riskieren wollte. Derschowitz gab Greenwald den Tip, sich an Silverglate zu wenden.

Eher pro forma hatte Vogel auch Barkley in der Bonner US-Botschaft gefragt, ob ihm die Regierung einen deutschsprechenden Anwalt in Boston empfehlen könne, und Barkley hatte die Bitte an Smith weitergereicht. Doch Vogel konnte ja nicht so naiv sein zu glauben, daß ihm die Washingtoner Administration einen erstklassigen Verteidiger für den Staatsfeind vermitteln würde. Barkley räumt ein: »Das konnte nicht in unserem Interesse sein.« Der pensionierte US-Diplomat erinnert sich, Smith sei »sauer« gewesen, als er gehört habe, daß Silverglate das Mandat bekommen habe. Silverglate war, so Barkley, an der ganzen Ostküste »als sehr gewiefter Anwalt bekannt«.

Die Diplomaten hatten den Eindruck gewonnen, daß Vogel die gegen Zehe erhobenen Vorwürfe »in der Substanz« für berechtigt ansah. Allerdings bezweifelte der DDR-Anwalt, daß die Taten des Wissenschaftlers strafrechtlich zu ahnden seien, weil er nicht in den USA spioniert habe, sondern allenfalls in Drittländern. Barkley und Smith erwiderten, die US-Gesetze über Landesverrat seien auch außerhalb des eigenen Territoriums anwendbar.

Vogel hielt dagegen, der Strafrechtsparagraph, nach dem Zehe beschuldigt werde, setze voraus, daß die übermittelte Information der nationalen Sicherheit Schaden zugefügt habe. Wie könne das sein, fragte Vogel, wenn das FBI nur Spielmaterial an Zehe ausgehändigt habe. Die beiden Besucher schwiegen.

Vogel sagte, Zehes in Dresden lebende Frau habe ihn beauftragt. Er zeigte den beiden Amerikanern ein Foto der Frau und eines kleinen Kindes. Vogel meinte, Zehe sei in eine Falle getappt: Er habe lediglich als Experte den Nutzwert nachrichtendienstlich beschaffter Informationen prüfen, aber doch nicht selbst spionieren oder Agenten führen sollen.

Ohne weiter auf Zehe einzugehen, sprachen die beiden Amerikaner den mysteriösen Fall Filatow an und sagten, sie würden Vogels Äußerung (»Nicht zutreffend«) kennen, aber sie bestünden darauf zu erfahren, ob er tot oder lebendig sei. Vogel versprach, bei den Sowjets weiterhin auf eine klare Aussage zu drängen.

Vogel trug seinen Wunsch vor, mit seiner Frau nach Boston zu fliegen, um Zehe am 24. November zu besuchen. Barkley und Smith versprachen, sie wollten Silverglate bitten, für seinen Ost-Berliner Kollegen eine Besuchserlaubnis bei Zehe zu beantragen. Der DDR-Anwalt stellte klar, daß es im Fall Zehe keine Austauschverhandlungen geben werde, solange der Professor nicht verurteilt sei. Auf diese Strategie werde er auch Silverglate festlegen.

Dieses Vorgehen widersprach Vogels sonstigen Gepflogenheiten, Prozesse gegen östliche Kundschafter im Westen möglichst zu vermeiden und schon vor der öffentlichen Verhandlung einen Austausch zu vereinbaren. Demnach muß Vogel im Fall Zehe felsenfest überzeugt gewesen sein, daß der Professor rechtlich nicht belangt werden könne.

Da Vogel die Abneigung der Diplomaten gegen seine privaten Helfer kannte, erwähnte er von sich aus, er wolle Rabbi Greenwald nichts von der bevorstehenden Reise erzählen. Die Besucher ahnten freilich, daß das Versprechen nicht viel bedeutete – Greenwald würde von Vogels Trip dann eben durch Silverglate erfahren. Er wolle nur ein oder zwei Tage in Boston bleiben, gab der Anwalt zu verstehen, aber er würde gern nach Washington kommen, um Jeff Smith zu besuchen, falls der »etwas Konkretes« für Schtscharanski anzubieten habe.

Vogel landete am Abend des 24. November in Boston und übernachtete im Parker House, einem der ältesten und vornehmsten Hotels der Stadt. Am nächsten Morgen suchte er Silverglate in dessen Kanzlei auf, von deren »Modernität und Effektivität« der DDR-Anwalt so fasziniert war, daß er Barkley begeistert vorschwärmte, das Büro sei »mit den neuesten Computern und elektronischen Geräten ausgestattet«. Die in ostdeutschen Amtsstuben noch spärlich verbreiteten Robotron-Monster aus heimischer Fabrikation, wie Vogel sie kannte, sahen daneben ziemlich alt aus.

Silverglate war »überrascht, daß Vogel kein Englisch sprach«. Er hatte ja davon gehört, daß der ostdeutsche Anwalt seit dem Abel/Powers-Fall vor nunmehr 21 Jahren etliche Probleme mit

US-Bürgern gelöst hatte, und konnte sich gar nicht vorstellen, daß ein so weitgereister Mann dieser Weltsprache nicht mächtig sein sollte.

Doch Silverglate, 1942 geboren, versteht etwas Jiddisch. Seine jüdischen Großeltern waren aus Rußland und Polen in die USA eingewandert, und »als kleiner Junge«, erzählt er, »sprach ich selbst etwas Jiddisch mit meiner Großmutter«. Zahllose Wörter der amerikanischen Umgangssprache, die deutschen Vokabeln ähneln, entstammen dem Jiddischen – »Shpiel« etwa meint Intrige, »Schlemihl« heißt Pechvogel, für Deutsche wie Amerikaner gleichermaßen zu erraten. So verständigten sich Vogel und sein Bostoner Kollege eher schlecht als recht.

Von Silverglates Büro fuhr Vogel zum Untersuchungsgefängnis. Auch dort war der Ostdeutsche, wie er Barkley anvertraute, »überrascht von den Annehmlichkeiten«, etwa daß Zehe »ein Fernsehgerät in seiner Zelle und Zugang zu jeder Art von Lektüre hatte«.

Wie Barkley tags darauf berichtete, war Vogel indes am meisten beeindruckt von der Diskussion mit Professor Derschowitz, die Rabbi Greenwald arrangiert hatte. Derschowitz sah zwar auch, daß die Position der Ankläger »einige juristische Schwächen« aufwies, daß aber alle Aktivitäten Zehes zusammengenommen, auch die außerhalb der USA, auf eine »Verschwörung« gegen die Vereinigten Staaten hinausliefen, was »der schlimmste Anklagepunkt« sei. Vogel, notierte Barkley in seinem Report ans State Department, sei »hinterher überzeugt gewesen, daß Zehe schuldig gesprochen würde«. Demnach hat Vogel während der ganzen Verhandlungen gebluff – er war selbst nicht von der Stichhaltigkeit seines Arguments überzeugt, daß Zehe nicht bestraft werden könne.

Ehe Vogel sein Bostoner Hotel verließ, um in die Bundeshauptstadt weiterzureisen, rief er Jeff Smith an und verabredete sich mit ihm für denselben Abend in Washington. Beim gemeinsamen Dinner fragte Vogel, was die US-Regierung für Zehe fordere. Der Regierungsbeamte antwortete, das einzige Angebot, das Washington unterbreiten könne, habe schon in seinem Brief vom Oktober 1982 gestanden, also beispielsweise Zehe und Zacharski für Schtscharanski und Filatow. Vogel antwortete wieder ausweichend, es gebe »ein Problem« mit Filatow.

Smith war das Versteckspiel leid. Ohne eine Freigabe Filatows oder wenigstens eine Antwort auf die nun wiederholt gestellte Frage, ob Filatow noch am Leben sei, würden sich die USA auf keinerlei Handel einlassen, erklärte Smith sehr bestimmt. Vogel wand sich: Die Sowjets ließen ihm keine Antwort auf diese Frage zukommen, aber aus der Art, wie sie darüber sprächen, ziehe er den Schluß, daß Filatow tot sei.

In einer Aktennotiz schrieb Smith später, Vogel habe anderntags gegenüber Meehan ohne Umschweife eingeräumt, daß Filatow bereits tot war. Smith erklärte sich die Offenheit damit, daß das Gespräch mit dem langjährigen Bekannten »weniger formeller Natur« gewesen sei. Vogel meint im nachhinein, er habe auch gegenüber Meehan »nur aus der Logik der Umstände gefolgert«, daß Filatow exekutiert worden sei. »Ich hatte keine Bestätigung, und die Dienste haben immer im Konjunktiv gesprochen, was die Sache im Dunst hielt.«

Francis Meehan, mit dem Vogel am nächsten Morgen frühstückte, war, nach Botschafter-Posten in Prag (1979/80) und Warschau (1980 bis 1983), in die US-Hauptstadt zurückgekehrt und lehrte jetzt als Politologie-Professor an der Washingtoner Georgetown-Universität. Die alten Freunde sahen sich zum ersten Mal seit vier Jahren wieder.

Obwohl sich Vogel im Fall Filatow durch Smith in die Enge getrieben fühlen mußte, ließ er sich sein Konzept in Sachen Schtscharanski nicht verderben. Mit einem Kniff versuchte er den Amerikaner zu überlisten. Den Standpunkt der US-Regierung, der Dissident sei ohne rechtlichen Grund inhaftiert, wollte Vogel durch ein Gnadengesuch aushebeln, das die Legitimität der Haft nachträglich bestätigen würde.

Zu Smith sagte Vogel deshalb, er brauche zwei Briefe von Avital an ihren Ehemann. In dem einen solle sie Schtscharanski auffordern, eine Bittschrift einzureichen. In dem anderen Brief solle sie dem Gefangenen mitteilen, daß er Vogels Instruktionen genau befolgen müsse. Nach seiner »Recherche im sowjetischen Recht«, zitierte Smith den DDR-Anwalt, sei ein Gnadengesuch »unabdingbar«.

Vogel hätte Schtscharanskis Frau gern während seines USA-Aufenthalts getroffen. Doch Smith log, sie sei zur Zeit in Israel. Er halte es auch nicht für ratsam, Avital zu treffen, bis dem Handel zugestimmt sei, schob der Außenamts-Jurist ein Argument nach. Die Amerikaner waren ungehalten darüber, wie die Ehefrau immer wieder öffentlich auf den leidigen Fall aufmerksam machte.

Obwohl sich Smith reserviert zeigte, schlug Vogel außerdem vor, Avital solle ein oder zwei Tage vor dem Austausch nach Berlin kommen. Zu diesem Zeitpunkt könne sie die Briefe für ihn vorbereiten, die er nach Moskau bringen und den Sowjets vorlegen werde, und dann kehre er mit Schtscharanski nach Berlin zurück. Diese Briefe, wiederholte Vogel mehrmals, seien eine reine Formalie.

Nach dem Frühstück mit Meehan luden Niles und Smith den ostdeutschen Anwalt und seine Frau zum Lunch ein. Niles bekräftigte, die Reagan-Administration sei strikt dagegen, daß Schtscharanski ein Gesuch auf Haftentlassung »aus welchem Grund auch immer« stelle. Ebenso lehne man ein Gnadengesuch von Ehefrau Avital ab; jeder Anschein eines Schuldeingeständnisses müsse vermieden werden. In Betracht komme allenfalls ein Brief von Schtscharanskis Mutter, die ohnehin schon an die sowjetische Führung geschrieben hatte.

Vogel kam dann auf den Fall Kostadinow zu sprechen. Dessen Prozeß, sagte Vogel mit leicht vorwurfsvollem Unterton, solle nun ja am 5. Dezember beginnen. Vogel hätte den Bulgaren gern ohne Gerichtsverfahren losgeeist. Also unternahm er einen letzten Versuch, das öffentliche Schauspiel doch noch zu vermeiden.

Der DDR-Anwalt lockte mit dem Argument, ein Austausch gehe nicht so leicht vonstatten, wenn der Prozeß schon begonnen habe oder Kostadinow gar bereits verurteilt sei. Doch Smith antwortete kühl, es sei wohl unmöglich, den Prozeß zu verschieben. Wenn er in letzter Minute noch abgewendet werden solle, werde es für Vogels Auftraggeber höchste Zeit, sich zu »bewegen«.

Als Smith gerade seine Notizen über das Vogel-Gespräch für den Bonner Botschaftsrat Barkley diktierte, erfuhr er, daß der Richter womöglich einem Antrag der Verteidigung stattgeben würde, den Prozeßbeginn auf Anfang Januar zu verschieben. Smith riet Barkley, er solle Vogel über diese Entwicklung unterrichten und anmerken, daß er von dessen Diskussionen mit Smith wisse. Smith: »Wenn er daraus schließt, wir hätten etwas mit der möglichen Verschiebung zu tun, um so besser.«

Zwar hatte das State Department auf die Entscheidung des Richters keinerlei Einfluß genommen und hätte es auch gar nicht gekonnt; aber Smith wollte Vogel vorspiegeln, das Ministerium habe die Justiz mit politischen Argumenten überzeugt. Smith schien tatsächlich zu glauben, der DDR-Anwalt sei mit dem Prinzip der Gewaltenteilung im demokratischen System nicht so vertraut und falle auf die Schummelei herein.

In dem Gespräch mit Smith hatte Vogel bereits Pläne geschmiedet, wie der Austausch inszeniert werden könnte. »Immer mit einem Hang zum Dramatischen«, notierte Smith, habe Vogel als Ort der Handlung die Glienicker Brücke vorgeschlagen. Smith war es egal: Der Schauplatz sei nicht so wichtig, aber die Brücke gebe sicher »eine gute Kulisse« ab.

Smith gab Barkley noch einige schriftliche Ratschläge mit auf den Weg. Nach seinem Gespräch mit Vogel solle er ein Treffen mit dem Bonner Staatssekretär Rehlinger vereinbaren und ihn über den jüngsten Stand seiner Verhandlungen mit Vogel informieren. Vielleicht habe Rehlinger »einige Einblicke in den Vorgang, die für uns nützlich sein könnten«. Barkley solle »auch den Punkt ansprechen, ob Vogel es für möglich hält, die BRD zu bitten, ausgleichendes Material beizusteuern«. Und Barkley könne Rehlinger fragen, »ob Vogels vorgeschlagener Zeitplan (15. Dezember) der BRD irgendwelche Probleme bereitet«.

Unter dem Datum vom 29. November 1983 verfaßte Richard Burt, der stellvertretende Leiter der Europa-Abteilung im State Department und spätere US-Botschafter in Bonn, für Außenminister George Shultz ein Memorandum, in dem er den Stand der Verhandlungen um Schtscharanski darlegte. Indem er Vogel als »Anwalt« in Anführungszeichen apostrophierte, machte Burt deutlich, daß er den Vermittler als bloßen Handlanger des DDR-Regimes betrachtete.

»Wie Sie wissen, haben wir mehrere Jahre lang einen indirekten Kontakt mit der Sowjetunion durch die Vermittlung eines ostdeutschen ›Anwalts‹, Dr. Wolfgang Vogel, unterhalten mit dem vorrangigen Ziel, die Entlassung von Anatolij Schtscharanski sicherzustellen.« In Klammern erläuterte Burt, wer dieser Anwalt in Gänsefüßchen war: »Vogel erlangte Berühmtheit in den frühen sechziger Jahren, als er den Powers/Abel-Austausch arrangierte, und er spielte seitdem eine zunehmend wichtigere Rolle beim Austausch von Häftlingen und neuerdings als politischer Unterhändler zwischen BRD und DDR.«

Die Möglichkeit, Schtscharanskis Freilassung auf dem Vogel-Kanal zu erreichen, habe sich durch die Verhaftung des bulgarischen Spions Kostadinow in New York im September verbessert, »obwohl ein zaghafter Versuch, Vogel wegen Kostadinow zu einem Kompromiß zu bewegen, auf seiner Seite nur geringfügig größeres Interesse weckte«. Die Lage habe sich jedoch »radikal verändert«, als das FBI einen DDR-Agenten in Boston verhaftet habe. »Vogel wurde nach Zehes Verhaftung sofort aktiv und zeigte deutlich, daß sich das Verhandlungsumfeld verändert hatte.«

Mit Billigung des Unterstaatssekretärs Larry Eagleburger und in enger Abstimmung mit Justiz, FBI und CIA habe das State Department seine Kontakte mit Vogel intensiviert, schrieb Burt seinem Chef auf. Bei seinem Besuch in den USA habe Vogel – »in eigener Verantwortung, aber basierend auf seiner Erfahrung, was auf sowjetischer Seite möglich ist« – einen Austausch vorgeschlagen, der vier osteuropäische Agenten einbeziehe: Zehe (DDR), Kostadinow (Bulgarien), Zacharski (Polen) und Otto Gilbert, »der eine doppelte amerikanisch-ungarische Staatsangehörigkeit besitzt«.

Vogel, so Burt in seinem Memorandum, wolle prüfen, ob die Sowjets einem solchen Austausch zustimmen würden. »Er verpflichtete sich, möglichst bis zum 5. Dezember mit einem ›Non-Paper‹ wiederzukommen, das die Bedingungen eines möglichen Arrangements darlegen soll.« Vogel hoffe, einen solchen Austausch am 15. Dezember in Berlin vollziehen zu können. Zwar seien, so Burt, Zweifel angebracht, »ob der angestrebte Zeitrahmen realistisch ist«. Aber Vogel sei »ein erfahrenes Schlitzohr«, und »wahrscheinlich hat er Grund zu der Annahme, daß er seine Seite dazu bringen kann, für das Arrangement zu diesem Zeitpunkt bereit zu sein«.

Burt wies den Außenminister darauf hin, daß die US-Regierung bestimmte Vorkehrungen treffen müsse. Für den Deal sei die Zustimmung des Präsidenten erforderlich. Da man nicht wisse, welche Vorschläge Vogel unterbreiten werde, empfehle er, daß Shultz vorab »den Präsidenten *mündlich* über unsere Vorgehensweise ins Bild setzen und sich seiner Zustimmung versichern« solle, die Verhandlungen mit Vogel fortzusetzen.

Euphorisch sah sich Burt bereits »dem langjährigen Ziel dieser Administration (und ihrer Vorgängerin) nahe«, der Freilassung von Anatolij Schtscharanski.

Jahrelang hatten die Amerikaner die kleine DDR mit souveräner Verächtlichkeit als bedingungslosen Satelliten Moskaus behandelt. Seit der ostdeutsche Staat jedoch nach der Aufstellung von »Pershing 2«-Raketen in der Bundesrepublik Ende 1983 neues Selbstbewußtsein demonstrierte, hatte sich der Stellenwert der DDR für die USA gewandelt: Indem Ost-Berlin nicht blindlings dem Moskauer Konfrontationskurs folgte, sondern, vor allem über die Kontakte zu Bonn, versuchte, den Ost-West-Dialog wenigstens auf Sparflamme zu halten, fand Washington den Honecker-Staat wegen seiner Differenzen mit den Sowjets intensiverer politischer Beziehungen wert.

Honecker erkannte die Gunst der Stunde und machte Druck auf Vogel, Zehe möglichst bald auszutauschen. Der Staatsratsvorsitzende kümmerte sich sonst nie um einzelne Agenten-Schicksale, doch nach Zehe, erinnert sich Vogel, habe er zwei- oder dreimal ausdrücklich gefragt. »Daß mir auch der Professor aus Dresden dabei ist«, schärfte Honecker seinem Unterhändler ein. Der DDR-Vorsteher brannte darauf, in die USA eingeladen zu werden.

Markus Wolf hingegen kann nicht verstehen, warum sich sein einstiger Staatschef so vehement für den Wissenschaftler einsetzte: »Zehe wollten wir gar nicht wiederhaben.« Die HVA ärgerte sich darüber, daß der Professor entgegen ausdrücklicher Weisung in die USA eingereist und so »aus reiner Tolpatschigkeit in eine Falle der amerikanischen Abwehr getappt war« (Wolf). Doch Honecker war die internationale Reputation wichtiger als der Ehrenkodex seiner Spionagetruppe.

Am 8. Dezember ging Barkley zu Rehlinger ins Innerdeutsche Ministerium und berichtete dem Bonner Staatssekretär, was er zwei Tage zuvor mit Vogel in Ost-Berlin besprochen hatte. Rehlinger zeigte sich nicht überrascht von Vogels Versuch, die US-Forderungen herunterzuschrauben: Dies, erläuterte er seinem Besucher, sei »ein normaler Beginn für ernsthafte Verhandlungen«.

Rehlinger überraschte Barkley seinerseits mit der Mitteilung, daß er sich am 5. Dezember – also einen Tag vor Barkleys Besuch in Ost-Berlin – mit Vogel getroffen hatte. Der DDR-Anwalt hatte dem US-Diplomaten von dem innerdeutschen Gespräch nichts erzählt. Rehlinger berichtete, er habe dem Ost-Anwalt klargemacht, daß der US-Präsident in einer hervorragenden Verhandlungsposition sei: Stimmten die Sowjets zu, Schtscharanski in das Austauschpaket einzubeziehen, könne Reagan für sich das Verdienst eines fruchtbaren Dialogs mit Moskau beanspruchen; würden sich die Sowjets jedoch verweigern, könne der Präsident weiterhin Moskau als hartherzig und inhuman vorführen. Vogel hatte der Analyse Rehlingers heftig beigepflichtet; daraus schloß der Bonner Staatssekretär, daß der DDR-Anwalt genau in diesem Sinne gegenüber den Sowjets argumentiert habe.

In den internen US-Protokollen schlagen sich auch Animositäten zwischen Bonn und Washington nieder. Barkley ärgerte sich, daß Rehlinger so »überheblich« auftrumpfte: »Natürlich hatten wir in der Vergangenheit Vogel auf ähnliche Weise die Bälle zugespielt«, kommentierte der Botschaftsrat etwas säuerlich; Rehlingers Einmischung habe, »wenn überhaupt«, doch nur Vogels vorgegebene Argumentationslinie gegenüber den Sowjets und den DDR-Kollegen gestärkt.

Rehlinger empfahl Barkley, die USA sollten mit ihrer Antwort an Vogel nicht zu lange warten. Aus seiner Erfahrung könne er sagen, daß man mit der DDR handeln müsse, »solange das Eisen heiß ist«. Nach Rehlingers Überzeugung würde die DDR weit entgegenkommen, um Zehe möglichst noch vor Weihnachten zurückzuholen.

Einer der Gründe für die guten Leistungen der DDR-Staatssicherheit sei, so Rehlinger, daß die Spitze des Ministeriums ihren Agenten die Überzeugung vermittle, ihnen unter allen Umständen zu helfen, wenn sie in Schwierigkeiten geraten. Rehlinger erklärte, er sei überzeugt, daß der gesamte Sicherheitsapparat neugierig beobachte, wie die Sache mit Zehe ausgehe.

Mitte Dezember gab es plötzlich einen Rückschlag, weil Bonn einen eigenen Wunsch fürs Tauschpaket anmeldete. Smith schrieb Vogel einen Brief, den Barkley am 13. Dezember überbrachte. Darin wurden im Gegenzug für Zacharski, Zehe und Kostadinow insgesamt 17 Inhaftierte vom Osten gefordert, darunter – auf besonderen Wunsch Rehlingers, der zuvor konsultiert worden war – Christa-Karin Schumann, die Lebensgefährtin des 1980 hingerichteten »Roten Admirals« Winfried Baumann.

Zwar räumte Smith ein, daß Schumann »ein neues Element auf unserer Seite darstellt«, aber Vogel wisse ja um das besondere Interesse der Bundesregierung an ihr. Angesichts der Bedeutung, die Zehe für die DDR, Kostadinow für Bulgarien und Zacharski für Polen hätten, halte er, Smith, eine solche Konstellation unter Einbeziehung von Frau Schumann durchaus für einen »ausgewogenen Handel«.

Auch wegen Filatow drängte Smith erneut. Wenn der CIA-Agent tatsächlich in der UdSSR exekutiert worden sei, könne die US-Regierung »nicht verstehen, warum die Sowjets Sie nicht autorisieren wollen, uns dies einfach direkt zu bestätigen«.

Die Amerikaner führten die Austauschverhandlungen wie eine Poker-Partie, und sie benutzten sogar selbst diese Metapher. »Wir sind uns im klaren«, schrieb Smith, »daß wir eine Menge verlangen, aber wir meinen, daß wir gute Karten haben und sie ausspielen sollten.«

Zugleich versuchte Smith, Vogel unter Zeitdruck zu setzen: »Eile ist geboten.« Die Verfahren gegen Zehe und Kostadinow seien anhängig, und »wenn wir etwas vor den Prozessen tun wollen, müssen wir uns sehr schnell bewegen«. Außerdem müsse man immer mit unerwünschter Publizität rechnen. Das State Department habe zwar den Kreis der Eingeweihten sehr klein gehalten, aber es gebe immer »das Risiko einer undichten Stelle«, je mehr Zeit verstreiche. »Wenn etwas durchsickert, können wir vor den Prozessen nichts mehr tun.«

»Leider habe ich schlechte Nachricht«, antwortete Vogel zwei Tage später, »mein persönliches Bedauern ist größer, als Sie ahnen.« Die Verantwortung trügen allerdings die USA, die seine »dringliche Bitte nicht beherzigt« hätten, »die an meine Seite in Washington gerichtete Gesamtforderung zu überprüfen und auf ein ausgewogenes Maß zu reduzieren«. Statt dessen habe ihm Barkley am 13. Dezember »einen neuerlichen Vorschlag überbracht, der bei genauerem Hinsehen Ihre ursprünglichen Vorstellungen aus Washington noch übersteigt«.

Nun würden »insgesamt 17 Personen gegen 3 gefordert«, und dies sei »nach allen herkömmlichen Erfahrungen unzumutbar und demzufolge nicht praktikabel«. Zudem müsse berücksichtigt werden, daß in den Fällen Zehe und Kostadinow

»Tatumstände eine Rolle spielen, die beide Verfahren aus juristischer Sicht äußerst fragwürdig erscheinen lassen«. Vor allem habe Zehe in den USA »überhaupt nichts getan«, was als Verstoß gegen die dortigen Gesetze angesehen werden könnte. Deshalb, insistierte Vogel, müsse er »nochmals darum bitten, für Leistung und Gegenleistung ein ausgewogenes und *beiden* Seiten zumutbares Verhältnis herzustellen«.

Hinzu komme, so Vogel, »daß die negative politische Gesamtlage«, die Nato-Nachrüstung und Reagans SDI-Projekt zur Stationierung von Laserwaffen im Weltraum, »ein Arrangement, wie Sie es gleich mir ersehen und erreichen möchten, wahrlich nicht erleichtert«. Solche Bedenken, warnte Vogel, »könnten sich noch verschlimmern und unsere Bemühungen absolut zerstören, wenn wir uns nicht beeilen, eine wirklich vernünftige Lösung herauszufinden«.

Vogel, der mit seinen Verhandlungspartnern stets rasch eine freundschaftliche Basis fand, ließ auch diesen Brief, in dem er in der Sache einen festen Standpunkt vertreten mußte, versöhnlich enden: Er hoffe, »daß unser persönliches Verhältnis aus der Verschiedenheit der Meinungen nicht Schaden nehmen möge, denn ich schätze Sie menschlich und in Ihren Fähigkeiten sehr hoch ein«. Vogel: »Wir dürfen die Hoffnung und unseren persönlichen Einsatz nicht aufgeben.«

Unmittelbar nach Weihnachten wurde Smith auf Europareise geschickt – ein Indiz dafür, wie sehr auch der US-Regierung an einem raschen Verhandlungserfolg gelegen war. Das durchschaute Vogel natürlich, der sich in einer starken Position fühlte.

Am 27. Dezember sprach Smith in Ost-Berlin fast zwei Stunden lang mit Vogel. Anschließend berichtete er seinem Kollegen Niles, Vogel habe ihm eingangs eine »Erklärung« übergeben, in der er bittere Klage darüber führte, wie Washington auf fast schon unterschriftsreife Vereinbarungen nachträglich immer wieder draufsattle und damit die ganzen Bemühungen torpediere.

In Washington, so Vogel, sei er der festen Überzeugung gewesen, daß einem Austausch Schtscharanskis und einiger anderer gegen Zacharski, Kostadinow und Zehe nichts mehr im Wege stehe. Zehe, meinte Vogel, habe jedoch keine hohe Strafe zu erwarten, »dieser Fall dürfte auch für die Beteiligten in den USA blamabel sein«. Ähnlich verhalte es sich mit Kostadinow.

Deshalb habe er um »eine wesentliche Reduzierung der erwarteten Gegenleistung« bitten müssen. Statt dessen sei die Forderung jedoch auf 17 zu 3 Personen erhöht worden. Und: »Es mußte noch dazu klar sein, daß der bis dahin überhaupt nicht erwogene Fall Schumann aus bekannten Gründen nicht lösbar ist.« Diese »Verfahrensweise«, rügte Vogel, habe auf seiner Seite »verwundert und verärgert«.

Geschickt machte der Anwalt Vorhaltungen, von denen er sich allerdings sogleich auch wieder distanzierte: »Es wird sogar der – von mir allerdings nicht geteilte – Argwohn laut, daß sich hinter derartiger Taktik in Wahrheit Desinteresse verberge, das man nur nicht offen eingestehen wolle.« Bei dieser Sachlage, hielt Vogel fest, »geht meine Seite davon aus, daß ein Arrangement unter Einbeziehung von Schtscharanski *derzeit* nicht möglich ist«. Wenn erst einmal die Prozesse gegen Zehe und Kostadinow stattgefunden hätten, würden »die Positionen klarer und somit die geforderten Gegenleistungen besser als heute zu beurteilen sein«.

Für Volpert fertigte Vogel indes einen Vermerk, der die unnachgiebige Position der Amerikaner noch zuspitzte. Das Papier dokumentiert, wie Vogel zwischen den Fronten lavierte, um beide Seiten zu größerer Flexibilität zu veranlassen. In Washington, so gab Vogel die Äußerungen Smiths für die Stasi-interne Auswertung wieder, sei man »verärgert, daß ein Ergebnis derzeit im Zusammenhang mit Schtscharanski nicht möglich sein soll«. Smith habe ihn, Vogel, nachdrücklich aufgefordert, daß die DDR einen klaren Standpunkt beziehen solle: »Wenn wir es mit Moskau nicht schaffen, dann sollten wir das offen sagen und nicht hinhaltend ausweichen«. Auf Schtscharanski jedenfalls könne Washington auf gar keinen Fall verzichten, »sonst hätte man sich ja auch schon früher mit der Volksrepublik Polen arrangieren können«.

Die polnische Regierung hatte sich direkt an Washington gewandt und gefordert, Zacharski aus humanitären Gründen zu entlassen, sein Vater sei gestorben. Das State Department ließ Warschau jedoch abblitzen: Schtscharanski sei auch ein humanitärer Fall. Deshalb wollten die USA die Verhandlungen weiter gebündelt über Vogel führen.

In seinem Vermerk notierte Vogel jedoch, daß Smith fragte, »ob es der DDR vielleicht lieber wäre, wenn man wieder direkt mit Moskau, Warschau und Sofia spräche«. Vogel: »Ich habe geantwortet, daß wir uns gewiß nicht danach reißen, unter fünf Staaten (UdSSR, USA, DDR, Polen, Bulgarien) zu koordinieren.« Dabei hatte er die Bundesrepublik, die eigene Interessen anmeldete, sogar noch vergessen. Doch ernst gemeint war der Verdruß an der eigenen Rolle ohnehin nicht.

Einen Tag später war Smith wieder bei Rehlinger, um ihn über das Gespräch mit Vogel zu informieren. Der Bonner Staatssekretär dankte dafür, daß der US-Diplomat den Fall Schumann vorgetragen hatte, denn es sei »wichtig, unser anhaltendes Interesse an ihr zu bekunden«. Vogels Antwort, von Volpert vorgegeben, war jedoch negativ, wie Smith berichtete: Sie könne nicht freigelassen werden, denn sie besitze Informationen, die zu Verhaftungen in Westdeutschland führen würden. Rehlinger winkte ab – dieses Argument kenne er schon.

Im Fall Zehe glaubte Rehlinger, daß Vogel falsch kalkuliere, wenn er deswegen auf einen Freispruch setze, weil der Physiker nur außerhalb der USA nachrichtendienstlich tätig gewesen sei. Der Westen, so Rehlinger, habe eine »starke Position, da die DDR jedes Aufsehen über ihre Spionage-Aktivitäten vermeiden« wolle, das bei einem Prozeß gegen Zehe unvermeidlich sei. Daß die DDR in der Bundesrepublik spioniere, sei allgemein bekannt. Es stelle jedoch eine andere Qualität dar, wenn ein DDR-Agent in den USA verurteilt werde – da sei die Ost-Berliner Führung »sehr verwundbar«, weil es ihr gerade erworbenes günstiges Image in den Staaten der Dritten Welt beschädige.

Rehlinger schlug vor, sofort Vogel anzurufen und ihm zu erläutern, daß aus westlicher Sicht überhaupt kein Zweifel an einem Schuldspruch Zehes bestehe. In Smiths Beisein telefonierte Rehlinger mit dem Ost-Berliner Anwalt. Dabei erfuhr er, daß Vogel gerade ein Telex an Smith geschickt hatte.

Die Antwort, die Vogel übermittelte, war zwar freundlich, aber wiederum hinhaltend. Smiths »gestern bewiesene Flexibilität«, schmeichelte Vogel, werde »sehr anerkannt« und werde »unser gemeinsames Anliegen sicherlich gut voranbringen«. Allerdings benötigten »die auf meiner Seite Beteiligten noch etwas Zeit«. Die Gründe könne er »heute nicht offenlegen«, er sei sich aber »sicher, daß Sie mich zu gegebener Zeit sehr gut verstehen werden«.

Vogel verwendete oft derart rätselhafte Leerformeln, die er auch später nicht auflöste. Die nichtssagenden Phrasen, erläutert Vogel, waren für den Hausgebrauch in der DDR bestimmt: So hielt er bestimmte Absprachen, die er mit Honecker getroffen hatte, vor Stasi-Minister Mielke und auch vor seinem direkten Partner Volpert verborgen; die ließen sich damit abspeisen und hakten nicht mehr nach.

Vogel schlug Smith vor, daß sie sich Anfang Februar 1984 wieder in seinem Büro treffen sollten. Dann werde er Smith »einen endgültigen Vorschlag unterbreiten können, der beiden Seiten ausreichend Rechnung trägt«. Vogel: »Hierbei berücksichtige ich auch Ihr Hauptinteresse« – ein kaum zu mißdeutender Hinweis, das Schtscharanski mit von der Partie sein solle. Er verstehe sehr gut, schrieb Vogel, wenn die USA bis dahin nicht mit den Prozessen gegen Zehe und Kostadinow warten könnten. Er gewann dem sogar eine positive Seite ab: »Vielleicht sind dann die Positionen noch klarer.«

Rehlinger und Smith analysierten gemeinsam das Vogel-Telex. Rehlinger meinte, daß die Konsultationen zwischen der DDR und der Sowjetunion über Schtscharanski wohl noch nicht abgeschlossen seien. Diese Einschätzung teilte Smith grundsätzlich, gab aber zu bedenken, Vogel habe weder schriftlich noch mündlich daran einen Zweifel gelassen, daß Schtscharanski zum Tauschpaket gehören solle. Smith folgerte daraus, daß der Konflikt weniger zwischen der DDR und Moskau ausgetragen werde, als daß sich darin vielmehr »die Entschlußlosigkeit innerhalb der DDR-Regierung« widerspiegele.

So sah es auch das State Department, das am nächsten Tag die Linie für eine Antwort Smiths an Vogel vorgab. »Die Gewißheit, daß der Zehe-Prozeß negatives Aufsehen erregen wird«, und die bisherige Rechtsprechung bei Spionage außerhalb des US-Territoriums könnten sich für Vogel als nützlich erweisen, »wenn er, wie seine Nachricht nahelegt, Schwierigkeiten hat, seine eigenen DDR-Behörden dazu zu bringen, den Handel abzuschließen«.

Damit Vogel dieses Argument bei den Entscheidungsträgern auf seiner Seite mit entsprechendem Nachdruck vortragen konnte, schrieb es Smith in seinen Antwortbrief ausdrücklich hinein. Die Prozesse gegen Zehe und Kostadinow würden bei ihrem nächsten Treffen im Februar in vollem Gang sein, denn in Amerika hätten Beschuldigte ein Recht darauf, daß ihr Prozeß möglichst schnell nach Anklageerhebung geführt wird. Und damit die für Vogel hilfreich gemeinte Drohung auch wirklich verstanden werde, fügte Smith hinzu: »Wie Sie wissen, wird es über beide Prozesse eine umfangreiche Berichterstattung in unseren Zeitungen und im Fernsehen geben.«

Das Gericht machte dem State Department jedoch einen Strich durch die Rechnung – wenigstens vorläufig. Es entschied Ende Januar 1984, daß Kostadinow diplomatische Immunität genieße. Die Regierung in Sofia ließ daher das DDR-Außenministerium wissen, daß sie nun natürlich keinen Anlaß mehr sehe, über einen Austausch Kostadinows zu verhandeln.

Auch die DDR fühlte sich nach einem juristischen Gutachten von Anwalt Silverglate in ihrer Überzeugung bestärkt, daß Zehe nichts passieren könne. In einem Vermerk vom 30. Januar 1984 faßte Vogel noch einmal zusammen: »Alle Rechtsverletzungen, die in der Anklage behauptet werden, sollen sich außerhalb der Vereinigten Staaten ereignet haben. Insbesondere Punkt 1 legt eine Verschwörung zur Last, an der die angeblichen Teilnehmer, außer dem Angeklagten, nicht identifiziert werden, und in der alle offenkundigen Handlungen in Mexiko und in der Deutschen Demokratischen Republik stattgefunden haben sollen. Punkt 2 bis einschließlich Punkt 8 legen schwere Vergehen zur Last, die von dem Angeklagten in Mexiko und in der Deutschen Demokratischen Republik begangen sein sollen. Die strafrechtlichen Bestimmungen, aufgrund derer der Angeklagte Zehe beschuldigt wurde ..., schweigen sich alle aus hinsichtlich ihrer extraterritorialen Reichweite. Ein Überprüfung der Geschichte der Rechtsprechung macht klar, daß sowohl der Kongreß als auch die Exekutivorgane des Spionagegesetzes beabsichtigen, daß das Gesetz extraterritoriale Reichweite *nur dann* hat, wenn es bezüglich des Verhaltens eines *Bürgers der Vereinigten Staaten* angewandt wird.« Daher müsse die Anklage »aus Mangel an Zuständigkeit« fallengelassen werden.

Gegenüber Barkley, der ihn am 31. Januar in seiner Kanzlei aufsuchte, erklärte Vogel, die Sowjets hätten einer Freilassung Schtscharanskis nur zugestimmt, weil die Ostdeutschen und die Bulgaren wegen Zehe und Kostadinow »beträchtlichen Druck ausgeübt« hätten. Nun könnten die USA aber »von der DDR kaum erwarten, daß sie über Personen verhandelt, deren baldige Freilassung ohnehin bevorsteht«. Unter diesen Umständen erscheine ein Besuch von Jeff Smith Anfang Februar, wie er verabredet war, wenig sinnvoll. Das Treffen wurde denn auch abgesagt.

Die USA beharrten jedoch auf ihrem Standpunkt. Sehr förmlich schrieb Barkley am 27. Februar an Vogel, Unterstaatssekretär Lawrence Eagleburger habe, »um jedes Mißverständnis auszuschließen«, ihn »im Hinblick auf jeden möglichen Austausch mit der US-Regierung bezüglich Zacharski, Zehe und Kostadinow« um eine Klarstellung gebeten: »Wir, die Vereinigten Staaten, sind nicht bereit, uns für einen Austausch der drei osteuropäischen Agenten einzusetzen, wenn dies nicht im Gegenzug die Freilassung von Anatolij Schtscharanski einschließt.« Barkley fügte hinzu, er verlasse sich darauf, »daß dies jeglichen weiteren Zweifel in diesem Punkt ausräumt«.

Für Volpert notierte Vogel, daß Mitte März »ein erneutes Treffen mit den Amerikanern vorgesehen« sei. »Ich werde es nochmals versuchen, ohne Einbeziehung von Schtscharanski voranzukommen, habe aber sehr wenig Hoffnung.«

Gleichzeitig schrieb er Barkley einen Antwortbrief auf Eagleburgers rigide Positionsbestimmung. Er habe sie »an zuständiger Stelle vorgetragen«, und sie sei »auch sehr gut verstanden worden«. Er hoffe, »in den nächsten 2 Wochen eine Reaktion zu erfahren«. Vogel bat Barkley, Grüße an Jeff Smith zu überbringen, dem er »für seine engelhafte Geduld immer wieder sehr, sehr zu Dank verbunden« sei.

Smith war jedoch unterdessen aus dem State Department ausgeschieden und hatte einen Posten als rechts- und außenpolitischer Berater der Demokraten im Verteidigungsausschuß des Senats übernommen. »Seit Jeff Smith gegangen ist«, klagte Niles in einem Fernschreiben an Barkley, »ist die Kommunikation mit der Justiz nicht mehr so leicht.« Als neuer stellvertretender Rechtsberater für die Durchführung von Gesetzen und für Geheimdienst-Angelegenheiten sei André Surena vorgesehen, teilte Niles mit. Sie müßten sich darüber unterhalten, welche Auswirkungen dieser Wechsel auf die Beziehungen des State Department zu Vogel habe. Denn der DDR-Anwalt, der sich am liebsten auf bewährten Bahnen bewegte, war sehr auf Smith fixiert.

Anfang Juli 1984 wurde Zehe gegen eine Kaution von 500000 Dollar aus der Haft entlassen. Die DDR-Botschaft in Washington und das DDR-Außenministerium mußten schriftlich versichern, daß sich Zehe zu allen Gerichtsterminen verfügbar hält, daß Zehe einen Radius von zehn Meilen rund um Boston nicht verläßt, daß er montags und freitags persönlich beim Bezirksgericht erscheint sowie dienstags, mittwochs und donnerstags telefonischen Kontakt hält.

Silverglate besorgte Zehe ein kleines Apartment im Bostoner Stadtteil Back Bay, nur einen kurzen Fußweg vom Gericht entfernt. Dem Anwalt, der seinen Mandanten gelegentlich besuchte, blieb nicht verborgen, daß der Professor nicht nur vom FBI, sondern auch von Mitarbeitern der DDR-Botschaft rund um die Uhr observiert wurde.

Am 18. September machte Barkley dem Ost-Berliner Anwalt seine Aufwartung. Er brachte einen Vermerk mit, in dem die Amerikaner ihr Interesse an »jeglichen Vereinbarungen, die Schtscharanski und/oder Sacharow betreffen«, erneuerten – die USA bezogen also spätestens zu diesem Zeitpunkt den sowjetischen Atomphysiker und Regimekritiker Andrej Sacharow in ihre Austausch-Überlegungen ein. Zugleich schlugen sie vor, wenigstens »einen gesonderten Austausch betreffs Kostadinow in Betracht zu ziehen«, wenn es denn schon zu keinem größeren Ringtausch kommen könne.

Die Amerikaner schienen sich nun sicher zu sein, daß das Oberste Bundesgericht die von Kostadinow durch Revision angefochtene Entscheidung des Berufungsgerichts bestätigen würde, wonach der Bulgare nicht durch diplomatische Immunität geschützt sei. Man rechne deshalb mit einer Verhandlung ab etwa Mitte November. »Das Beweismaterial gegen Kostadinow ist sehr stichhaltig, und wir haben kaum Zweifel am Ausgang des Verfahrens.« Wenn der Prozeß erst einmal begonnen habe, könne der Angeklagte nicht ausgetauscht werden, bevor ein Urteil gefällt sei. Dies dauere womöglich Monate. Wenn Kostadinow aber erst einmal verurteilt sei, würde sein Tauschwert schlagartig steigen – die östliche Seite werde dann erheblich mehr als bisher bieten müssen.

Deshalb, lockten die Amerikaner, wäre es zu Vogels Vorteil,

wenn er einen baldigen Austausch in Betracht ziehe, bevor Kostadinow vor Gericht erscheinen müsse. Ohne konkrete Vorschläge meldeten die Amerikaner ihr Interesse an Leuten an, »die zur Zeit in der DDR und in Polen festgehalten werden«.

Am selben Tag machte sich Vogel einen Vermerk, der günstige Aussichten für Zehe prognostizierte. In einem »Sensationsprozeß« sei in Los Angeles ein Mann von der Anklage des Rauschgifthandels mit der Begründung freigesprochen worden, FBI-Agenten hätten ihn provoziert und verleitet. Dem zwielichtigen Unternehmer John DeLorean, der den »Sportwagen des Jahrhunderts« hatte bauen wollen, aber nur eine Jahrhundertpleite produzierte, war vorgeworfen worden, er habe versucht, sich durch ein Kokaingeschäft zu retten, das 60 Millionen Dollar Gewinn versprach. Über Mittelsmänner hatte ihm das FBI verführerische Angebote gemacht, und ein Videofilm zeigte den ehemaligen General-Motors-Manager, wie er in einem Hotelzimmer vor einem Koffer voll Kokain saß und dann von seinen Geschäftspartnern verhaftet wurde, die sich als FBI-Agenten entpuppten. Doch die Jury sprach DeLorean frei: Sie mißbilligte, daß eine Bundesbehörde einen Verdächtigten arglistig in Versuchung führte.

Vogel sah darin eine Analogie zum Zehe-Verfahren: »Dieses Urteil bedeutet für die amerikanische Judikatur eine grundlegende Wende und hat auch Auswirkungen auf unseren Fall.« Zweifelsfrei habe der FBI-Agent Tanner das Geheimmaterial von sich aus angeboten. Ob dies als Provokation Zehes gewertet werden könne, da Tanner zunächst den DDR-Konsul kontaktiert hatte, müsse, so Vogel, erst noch geprüft werden, was »Zeit und Kleinarbeit« erfordere.

Doch die DDR war ohnehin darauf erpicht, den Prozeß in die Länge zu ziehen. Die Taktik der Verteidigung, die bereits vorhandenen Bedenken des Richters »mit immer neuen Anträgen zu erweitern«, wog Vogel ab, »ist richtig und besser als die Inkaufnahme einer derzeit möglichen Verurteilung«. Einen Schuldspruch zu revidieren sei »zeitlich und finanziell« allemal aufwendiger als der laufende Prozeß.

Allein der Verteidiger Silverglate hatte die an Devisen klamme DDR schon eine schöne Stange Geld gekostet. Alles in allem zahlte Vogel seinem Bostoner Kollegen 360 407,50 Dollar, die Volpert aus dem MfS-Etat lockermachte. »Da mußten wir richtig bluten«, ärgert sich Markus Wolf noch immer über die teure Aktion.

Am 12. Oktober trafen sich Niles und Barkley mit Vogel zum Mittagessen im Restaurant des Hotels Berlin im Westteil der Stadt. Wie Niles hinterher dem State Department berichtete, »lieferte Vogel interessante Hinweise auf erwartete Veränderungen in der Moskauer Führung« – eine unerhört prophetische Prognose, denn der neue Kremlchef Konstantin Tschernenko war erst acht Monate zuvor dem verstorbenen Jurij Andropow nachgefolgt, und wer konnte schon ahnen, daß der neue Generalsekretär ein halbes Jahr später selbst dahingerafft würde, so daß der Weg für den Reformer Michail Gorbatschow frei war? Vogel wundert sich selbst über den Vermerk in der US-Akte.

An seine geheimnisvollen Zukunftsdeutungen knüpfte Vogel die Hoffnung, daß nun nicht nur die Verhandlungen über Schtscharanski wieder flottgemacht werden könnten, sondern, so die erste zaghafte Andeutung von seiner Seite, »eventuell vielleicht« sogar Andrej Sacharow in die Abmachungen einbezogen werden könnte.

Die beiden US-Abgesandten brachten eine Namensliste mit, die Vogel wegen ihrer Länge in Erstaunen versetzte – nun wollten sie von der DDR sogar 24 Gefangene im Austausch für drei im Westen. Niles und Barkley betonten jedoch, daß es einen Unterschied zwischen professionellen Geheimdienstlern wie Kostadinow oder Zacharski und den in der DDR inhaftierten Feierabend-Agenten gebe.

Als Niles und Barkley dem DDR-Anwalt vorhielten, seine Seite spiele im Fall Zehe auf Zeit, protestierte Vogel gegen die angebliche Unterstellung. Entgegen seinem eigenen Vermerk behauptete er, seine Regierung – er selbst eingeschlossen – und die Zehe-Anwälte hätten unterschiedliche Auffassungen: Der DDR sei daran gelegen, den angeklagten Wissenschaftler möglichst schnell heimzuholen, die US-Anwälte hingegen wollten den Fall lieber vor Gericht notfalls bis zum bitteren Ende verhandeln.

Die amerikanischen Gesprächspartner schienen ihm dies abzunehmen: Vogel, formulierten sie in einer Anmerkung, sei sich »offenbar unserer Schwachstellen bewußt«; er habe jedoch »teilweise scherzend deutlich gemacht, daß er beträchtliche Unsicherheiten für den Ausgang sehe«.

In dem Gespräch bestätigte Vogel auch, daß die 68jährige Alice Michelson, die wenige Tage zuvor auf dem New Yorker Flughafen verhaftet worden war, als Kurier für das KGB gearbeitet habe. Die Frau, eine Ostdeutsche jüdischer Abstammung, war dem FBI in die Falle gegangen, als sie sich von einem Feldwebel der US-Army ein Tonband mit geheimen Informationen zuspielen ließ und damit eine PanAm-Maschine nach Prag besteigen wollte.

»Einer ihrer DDR-Verwandten«, übernahmen die Amerikaner den familiären Sprachgebrauch der Geheimdienstler, habe vor, Vogel aufzusuchen, und der wolle die Frage, ob die Agentin für einen Austausch in Frage komme, »bei den Sowjets aufwerfen«. Niles und Barkley hätten zu gern gewußt, wie Vogel es anstellen wollte, mit Moskau ins Gespräch zu kommen. Doch der, notierten sie enttäuscht, »sagte nicht, über welchen Kanal«.

Ende November reiste Vogel erneut in die USA, um Zehe und Anwalt Silverglate zu besuchen und mit ihnen den Prozeß vorzubereiten. Aus alter Anhänglichkeit hatte er Jeff Smith die USA-Visite angekündigt und wollte sich auch mit ihm treffen. In einem Antwortbrief bedauerte Smith, daß er zum Zeitpunkt des Vogel-Besuchs nicht in Washington sei. Er lud die Vogels jedoch ein, vor ihrem Rückflug zum Abendessen zu ihm nach Hause zu kommen, »wir wohnen ganz nah beim Dulles-Flughafen«.

Der HVA-Professor läuft zu den Amerikanern über

Am selben Tag, als Vogel nach Berlin zurückkehrte, wurden Karel Köcher und seine Frau Hana in New York festgenommen. Der Mann war angeblich als politischer Flüchtling aus der Tschechoslowakei in die USA emigriert. Er arbeitete zunächst für Radio Free Europe, ehe er Mitte der siebziger Jahre von der CIA als Übersetzer angeheuert wurde. Auch die Köchers waren gerade dabei, sich abzusetzen: Sie hatten tags zuvor ihre Wohnung an der East 89th Street, einer vornehmen Gegend, verkauft und einen Flug nach Zürich gebucht. Das FBI warf Köcher vor, ein vom Prager Geheimdienst StB eingeschleuster Illegaler zu sein, der mehr als zehn Jahre lang jedes CIA-Geheimnis, das er erfahren hatte, an seine heimatlichen Auftraggeber verraten habe.

Am 8. Dezember bat Tom Niles die Ost-Berliner US-Botschaft um einen diskreten Dienst »in einer sehr heiklen Angelegenheit«. Niles wollte, »ohne daß ein DDR-Bürger davon erfährt«, Erkundigungen über Alfred Zehes Ehefrau einziehen lassen: »a) Hat sie ein Ausreisedokument? b) Könnte sie, wenn wir ein Visum ausstellen, dies in Empfang nehmen und die DDR verlassen? c) Könnten Sie, wenn die Umstände es erfordern, mit ihr direkt in Kontakt treten, ohne Vogel einzuschalten?« Niles räumte ein, daß seine Fragen »etwas geheimnisvoll erscheinen«, doch er bat um Geduld: »Früher oder später wird alles klar werden.«

Die Amerikaner fädelten einen Coup ein, von dem Vogel keinesfalls vorab erfahren durfte: Zehe sollte überredet werden, in die USA überzulaufen. Niles vermutete durchaus richtig, daß Vogel unter Hinweis auf die in der DDR lebenden Angehörigen versuchen würde, Zehe von einem solchen Schritt abzuhalten.

Silverglate erinnert sich, daß es Zehes Idee gewesen sei, »sich dem FBI anzubieten«. Er sei jedenfalls überrascht gewesen und versichert, er habe den Ostdeutschen »nicht dazu ermutigt«. Der Bostoner Anwalt bekennt sich jedoch dazu, Zehe von diesem Schritt auch nicht abgehalten zu haben: »Als er sich entschieden hatte, es zu tun, half ich ihm, so gut ich konnte.« Am 21. Januar 1985 unterzeichneten Zehes Anwalt und Vertreter des US-Justizministeriums eine Vereinbarung, wonach der Agent die Seiten wechselte.

Während die Amerikaner Zehes Absprung vorbereiteten und damit der DDR ein Tauschobjekt abspenstig zu machen versuchten, verhandelten sie mit Vogel weiter. Der wurde jedoch zunehmend mißtrauischer. Schon Mitte Dezember hatte er Rehlinger, wie dieser wieder Barkley weitererzählte, »Zweifel über die amerikanischen Absichten« geäußert. Vogel zeigte zwar Verständnis, daß es schwierig sei, derlei Projekte »durch die amerikanische Bürokratie zu befördern«. Aber er sei bei den bisherigen Austauschverhandlungen, auch mit anderen Staaten, »noch nie auf eine solche Entschlußlosigkeit gestoßen«.

Barkley riet dem State Department, Vogel reinen Wein einzuschenken, um ihn nicht auf Dauer zu vergrätzen. Es sei offenkundig, »daß Vogels Geduld mit uns schwindet«. Aufgrund seiner bisherigen Erfahrungen müsse der DDR-Anwalt die amerikanische Haltung als Unfähigkeit oder Interesselosigkeit ansehen. Man brauche zwar nicht »überaus pessimistisch« zu sein, meinte Barkley, müsse aber, »die Möglichkeit ins Auge fassen, daß er den Kanal versperren könnte, wenn seine Frustration weiter zunimmt«. Vogel habe wiederholt darauf hingewiesen, »daß er seine Rolle nicht mehr wahrnehmen kann, wenn sein Vertrauen untergraben wird«.

Barkley argumentierte in seinem Telegramm ans State Department, die USA »müßten daran interessiert sein, den Vogel-Kanal offenzuhalten für künftige Fälle wie Schtscharanski und Sacharow«. Wenn in Washington seine Meinung geteilt werde, bitte er »dringend darum, nun Schritte zu unternehmen, damit Vogel eine klare und endgültige Antwort wenigstens zu den Dingen bekommt, denen wir zur Zeit nachgehen«.

Niles ließ sich mit seiner Antwort fast sechs Wochen Zeit. Unter strengster Geheimhaltung war Zehes Seitenwechsel vorbereitet worden, nun spielte das State Department Szenarien durch, wie die DDR reagieren würde. Sobald die Vereinbarung unterzeichnet war, konnte Zehes Fahnenflucht nicht länger verborgen bleiben: Das Gericht würde die hinterlegte Kaution freigeben, und der DDR-Konsul, der Zehe regelmäßig im Gefängnis besucht hatte, mußte informiert werden, daß seine Dienste nicht mehr benötigt würden.

Barkley, so Niles am 19. Januar 1985, solle sich darauf einstellen, daß Vogel ihm »sein Mißfallen über diese Entwicklung ausdrückt«. Niles empfahl dem Bonner Botschaftsrat, er solle »Unwissen vorschützen«, könne aber auch anmerken, »daß die DDR eine Chance hatte, Zehe zurückzubekommen, und sie verstreichen ließ«.

Als Silverglate der DDR-Botschaft mitteilte, daß sich sein Mandant in die Obhut des FBI begeben habe, schrillten sogleich auch in Ost-Berlin die Alarmglocken. Volpert bat Vogel, sofort nachzuforschen, was in den USA schiefgelaufen war. Ein Anruf Vogels bei seinem Kollegen Silverglate brachte keinen Aufschluß. Der Bostoner Anwalt rechnete mit heimlichen Lauschern in der Telefonleitung und berichtete nur Unverfängliches, was Vogel ohnehin schon wußte. Also rief der Ost-Anwalt den Rabbi Greenwald in New York an. Mit warnendem Unterton sagte Vogel, es sei »nicht gut für Zehe, in Amerika zu bleiben«, denn er habe eine Frau in der DDR, die ihren Mann sehr liebe.

Der Entscheidung, seinen Entschluß zu revidieren, wurde der Professor dadurch enthoben, daß die US-Regierung den Überläufer als wenig vertrauenswürdig einstufte und ihm Asyl verweigerte. Nun befand sich die Verteidigung in einer Zwickmühle: Zehe konnte vor Gericht auf »nicht schuldig« plädieren und auf seine Bereitschaft zum Überlaufen verweisen – das hätte ihn in der DDR endgültig zum Verräter gestempelt. Oder er bekannte sich, in der Hoffnung auf ein mildes Urteil, schuldig und versuchte, mit Ost-Berlin irgendwie klarzukommen.

Vogel übermittelte Zehe, via Greenwald, das Versprechen, daß er sich weiterhin für seine Freilassung im Rahmen eines Austauschs einsetzen wolle. Wenn Zehe zur Rückkehr entschlossen sei, könne er, Vogel, garantieren, daß er in der DDR keine Nachteile zu befürchten habe. Dieses Zugeständnis hatte Vogel seinem Stasi-Aufpasser Volpert abgerungen. Der war, wie sich Vogel erinnert, »ursprünglich nicht sehr geneigt, Zusicherungen zu geben«, zumal sich bei der HVA niemand für Zehes Verhaftung verantwortlich fühlte – der Professor sei ja auf eigenes Risiko in die USA eingereist.

Am 21. Februar schwenkte Zehe wieder um. Er bekannte sich in allen acht Punkten der Anklage schuldig. Schon fünf Tage nach dem Schuldbekenntnis verhandelte Vogel wieder über Zehe, als sei nichts passiert. Allerdings mied der Anwalt den direkten Kontakt mit den Amerikanern. Durch Rehlinger ließ er Barkley eine Liste übergeben, in der er für Zehe, Zacharski, Kostadinow und Michelson 21 inhaftierte West-Agenten anbot. Rehlinger berichtete Barkley, daß Vogel »offenbar echt verlegen« sei »wegen Zehes jüngster Manöver« und daß sich der Anwalt bemüht gezeigt habe, »sich von Zehes Ambitionen auf Fahnenflucht zu distanzieren«. Als »ziemlich kryptisch« empfand Barkley die Bemerkung Rehlingers, »wie alle Chemiker« (sic!) sei Zehe »ein Spinner« – das Zitat gab Barkley in seinem Bericht auf deutsch wieder.

Niles schlug vor, Rehlinger solle Vogel informieren, »daß wir sein Angebot als interessante und positive Entwicklung empfunden hätten« und daß Barkley direkt mit ihm in Kontakt bleiben wolle. Barkley solle dann Vogel besuchen und ihm bestätigen, daß die USA bei ihrem Vorschlag bleiben, »wie im vorigen Oktober festgelegt, nämlich daß die drei Geheimdienst-Offiziere, die sich in unserer Hand befinden, gegen 24 Leute ausgetauscht werden, die in der DDR und Polen inhaftiert sind«.

Für Zehe, Zacharski und Kostadinow die Herausgabe von 24 Gefangenen im Osten zu verlangen, war, das wußte auch Niles, ziemlich dreist. Vorsorglich argumentierte der stellvertretende Unterstaatssekretär, daß Zehe eine Woche zuvor gestanden und sich für schuldig erklärt habe. »Wir erwarten ein hohes Strafmaß entsprechend der Schwere der Taten, die er gegen die Vereinigten Staaten begangen hat.« Dennoch, ahnte Niles, werde Vogel »einwenden, daß wir zuviel verlangen«. Dann solle er eben einen Gegenvorschlag machen. Niles erwartete jedoch ein Einlenken, wenn die USA auch Alice Michelson in den Tauschhandel einbeziehen würden. Allerdings wollte Niles dann »auf der anderen Seite zusätzlich einen westdeutschen Staatsbürger auf die Liste setzen, der kürzlich von den Bulgaren festgenommen worden ist«.

Nicht nur mit dem DDR-Anwalt hatte das State Department Probleme. Auch das FBI, das wegen der Liste zu konsultieren war, erhob Einwendungen, die Niles jedoch flapsig abtat. »Das Bureau in Gestalt eines stellvertretenden Abteilungsleiters, d.h. nicht sehr wichtig«, mache »Schwierigkeiten«. Aber man werde sich »auf einer höheren Ebene einklinken«, schrieb Niles an Barkley, und er sei »sicher, daß wir ihre Zustimmung bekommen«. Niles kannte die Empfindlichkeit des FBI in solchen Dingen: »Sie wollen nicht gedrängt werden. Wir werden das Tempo drosseln müssen.«

Niles mokierte sich darüber, daß der Anwalt wieder Greenwald und andere private Helfer mitbringen würde, »die alles andere als hilfreich sind«. Der Beamte bedauerte, dies nicht unterbinden zu können. Er bat Barkley, Vogel darauf hinzuweisen, »daß er unsere Aufgabe keineswegs leichter macht, wenn er den Kongreß und externe Elemente mitbringt«. Der Vorwurf zielte auch auf den Abgeordneten Gilman, der indes schon lange nicht mehr in Erscheinung getreten war und nur noch private Kontakte zu Vogel unterhielt.

Zuversichtlich zeigte sich Niles, daß nach einem harten Urteil gegen Zehe ein Austausch leichter zu arrangieren wäre. »Falls Zehe, wie ich vermute, am 4. April zu etwa 25 Jahren verurteilt wird«, meinte Niles, werde der Richter »für weitere 60 Tage die ›Kontrolle‹ über ihn behalten«. Das bedeute, daß ein Austausch leichter zu arrangieren sei.

Kaum hatte Barkley das Telegramm von Niles erhalten, machte er sich auf den Weg nach Ost-Berlin, um Vogel »zu sagen, daß die Dinge positiv aussehen, obwohl es noch einige kleinere Probleme zu lösen gilt«. Barkley flocht aber auch ein, daß sich das State Department »ein bißchen Sorge« mache wegen Rabbi Greenwalds Beziehung zu ihm. Washington hoffe, Vogel werde die Verhandlungen in diesem entscheidenden Stadium nicht dadurch erschweren, daß er »den Rabbi zu genau über die Entwicklungen auf dem laufenden hält«.

Vogel gab zu, Greenwald erzählt zu haben, daß die Aussichten auf einen baldigen Austausch gut stünden. Der Anwalt rechtfertigte dies damit, daß er kaum anders habe handeln können, als Greenwald diese Einschätzung im Hinblick auf dessen enge und ständige Kontakte mit Silverglate zu vermitteln. Vogel versprach Barkley jedoch, den Fall nicht weiter mit Greenwald zu erörtern, solange auf der offiziellen Ebene noch keine Vereinbarungen getroffen seien.

Am 4. April wurde Zehe zu acht Jahren Gefängnis sowie einer Geldstrafe von 5000 Dollar verurteilt, die von der DDR-Botschaft in Washington bezahlt wurde. Zehn Tage nach dem Zehe-Urteil flogen Vogel und seine Frau nach New York, um Silverglate und den Michelson-Anwalt Leonard Boudin wegen der Vorbereitungen für den Austausch zu konsultieren. Ungeklärt war noch immer der strittige Diplomatenstatus des spionierenden Handelsattachés Kostadinow, der offensichtlich doch nicht in den USA akkreditiert und deshalb nicht gegen Strafverfolgung immun war. Kostadinow wurde schließlich zu zehn Jahren Haft verurteilt.

Boudin war am 9. Mai noch nicht informiert, daß der Austausch bevorstand. An diesem Tag schrieb er, ahnungslos, an Vogel einen Brief wegen der Vorbereitung auf den für den 1. Juli terminierten Beginn des Prozesses gegen seine Mandantin.

Am 18. Mai brach Vogel erneut in die Staaten auf, weil die US-Regierung schriftliche Erklärungen der Gefangenen verlangte, daß sie wirklich ausgetauscht werden wollten und in ihre Heimatländer zurückkehren würden. Erst danach könne man »mit den Entlassungsformalitäten beginnen«. Angeblich, so wurde Vogel gesagt, durften die amerikanischen Behörden diese Zusicherungen nicht selbst bei den Betroffenen anfordern.

Auf einer orangefarbenen Karteikarte hatte der Anwalt im Stenogrammstil sein Besuchsprogramm notiert: »Ankunft New York 18.5., 16.00 (Sonnabend)«. Gleich nach der Ankunft waren Treffen mit Rabbi Greenwald, Konsul Pech, Harvey Silverglate und der Anwältin Judith Levin aus der Boudin-Kanzlei angesetzt.

Am nächsten Tag sprach Vogel, im Beisein von DDR-Konsul Pech, mit Niles und Surena über die bevorstehenden Haftbesuche bei Michelson und Kostadinow in New York, bei Zehe in Lake Placid (Ohio) und bei Zacharski in Memphis (Tennessee). Das dichtgedrängte Programm wollte Vogel innerhalb von drei Tagen absolvieren.

Auf einer weiteren Karteikarte hatte Vogel auf Deutsch und Englisch Erklärungen vorformuliert, die von den zum Austausch vorgesehenen Häftlingen handschriftlich abgegeben werden sollten: daß sie nach ihrer Haftentlassung nach West-Berlin fliegen, dann in Begleitung Vogels nach Ost-Berlin und von dort in ihre jeweiligen Heimatländer weiterreisen wollten.

Für den Bulgaren Kostadinow hatte Vogel ein Blatt Papier mit kyrillischer Schrift bei sich: »Lieber Pentscho«, stand darauf, »diesen Zettel übergibt Dir ein Mann, der extra nach New York reist, damit er Dich sieht. Ich möchte, daß Du weißt, daß er ein sehr guter Freund unseres Landes ist. Deshalb kannst Du volles Vertrauen in ihn haben und mit ihm über alle Probleme und Fragen sprechen, die Dich interessieren. Ich hoffe, daß es Dir gutgeht, und erwarte mit Ungeduld Nachrichten von Dir. Mutter Jowka.«

Am Montag, dem 20. Mai, besuchten Vogel und seine Frau, die als seine Assistentin bei den Behörden angemeldet war, begleitet von der Anwältin Levin und dem DDR-Konsul Pech, im New Yorker Polizeigefängnis die KGB-Kurierin Alice Michelson. Sie wollte Vogels Nachricht, daß sie »Mitte Juni« freikomme, nicht so recht glauben. »Schweren Herzens, dann aber doch erleichtert«, wie Vogel beobachtete, erklärte sich Alice Michelson zu dem »erpreßten Schuldbekenntnis« bereit.

Gleich danach ging Vogel zu Kostadinow, einem, so Vogel, »gestandenen Mann«, der im selben Gefängnis einsaß. Der Anwalt gab dem Häftling den mitgebrachten Zettel von »Mutter Jowka«, Kostadinow bestätigte den Empfang auf der Rückseite.

Mit einem Mietwagen fuhren die Vogels am Spätnachmittag nach Lake Placid. Die Autofahrt dauerte sieben Stunden, aber eine Flugverbindung wäre erst am nächsten Tag möglich gewesen, und die Haftanstalt, in der Zehe untergebracht war, erwartete den Anwalt schon um 9 Uhr morgens. Vogel und seine Frau konnten unbeschränkt und ohne einen Aufsichtsbeamten mit ihm sprechen, wurden aber, wie der Anwalt notierte, »öffentlich abgehört« – gemeint war wohl: Die Lauscher gaben sich gar keine Mühe, die akustische Gesprächsüberwachung zu kaschieren. In der langen Unterhaltung mit Zehe gewann Vogel »die Überzeugung, daß er es nunmehr mit der Rückkehr ehrlich meint«.

Die dürre Mitteilung für die Stasi verschwieg, wie schwer es Zehe fiel, sich zur Heimkehr durchzuringen. Der Professor fragte den Anwalt offen, ob nicht seine Frau und seine Kinder in die USA ausreisen könnten, »wenn ich hierbleibe«. Aber Vogel konnte ihm keine Hoffnung machen.

Da Vogel, wohl nicht grundlos, annahm, daß das FBI noch einmal versuchen würde, ihn umzudrehen, versicherte er Zehe, »daß er daheim keine Bestrafung zu erwarten hat und sicher mit einer adäquaten Beschäftigung rechnen kann«. Er müsse allerdings »ehrlich Rede und Antwort stehen und Fehler offen bekennen«.

Fehler sah Zehe allerdings nur bei der DDR-Botschaft und bei seinen Anwälten. Mit seinem Übertritt habe er sich »selbst freischaufeln« wollen, da er an einen Austausch nicht habe glauben können. Silverglate habe es versäumt, »den dann auch eingetretenen Fall abzusichern, daß er den Test mit dem Lügendetektor nicht bestehen würde«. Er habe aber, beteuerte der Professor, nichts verraten, »sondern nur bestätigt, was man bereits wußte«. Über Vogel habe das FBI in Erfahrung bringen wollen, ob der Anwalt dem MfS angehöre, was er, Zehe, verneint habe.

Am frühen Nachmittag flogen die Vogels weiter nach Memphis (Tennessee) zu Zacharski, den sie frühmorgens am nächsten Tag besuchten. Vogel notierte: »Er liest die Grüße seiner

Frau und übergibt mir ein paar Zeilen für sie. Die geforderte Erklärung schreibt er ohne Zögern.« Nebenbei erfuhr Vogel von Zacharski, daß auch dessen Anwälte so horrende Honorare wie Silverglate und Boudin verlangt hatten. Dem einen hatte der DDR-Anwalt, als weitere Rate, gerade wieder 30 785,86 Dollar, dem anderen 63 420,43 Dollar in bar übergeben. Das Geld stammte von Volpert, und Vogel hatte es dem Rabbi bei einem früheren Berlin-Besuch mitgegeben, weil er sich selbst nicht traute, soviel Bares illegal in die USA einzuführen. Es reichte dennoch nicht: Für Boudin mußte Vogel aus eigener Tasche mehr als 40 000 Dollar vorschießen.

Am Nachmittag telefonierte Vogel mit der DDR-Botschaft in Washington und mit dem State Department, das Fotos von den freizulassenden 25 Gefangenen im Osten anforderte, für Vogel »offenkundig ein Test für unsere Ernsthaftigkeit«. Außerdem waren die Amerikaner neugierig, ob der Anwalt von allen vieren die gewünschten Erklärungen erhalten hatte. Auch »zum technischen Ablauf am 11.6.«, dem nun erstmals offiziell genannten Austauschtermin, wollte das Außenministerium Details von dem ostdeutschen Anwalt wissen.

Lapidar beschrieb Vogel in seinem Reisebericht fürs MfS den Verlauf des 23. Mai: »Wir ruhen aus und besichtigen Sehenswertes.« Tatsächlich verbrachte das Ehepaar den Tag beim Shopping in Miami. Bei einem feinen Herrenausstatter in der Einkaufspassage des Hotels Fontainebleau Hilton kaufte sich Vogel ein hellbeiges Jackett, das er gleich am nächsten Tag trug, als er von Richard Burt im US-Außenministerium empfangen wurde. Der Unterstaatssekretär bemerkte, schelmisch grinsend, die Neuerwerbung: »Sie haben also herausgefunden, daß man in Amerika noch interessantere Dinge tun kann, als Gefängnisse zu besuchen.«

Auf den lockeren Plausch folgte die entscheidende Abschlußsitzung, an der Kornblum, Niles und Surena vom Außenministerium, John L. Martin und Mark M. Richard vom Justizministerium sowie, wie Vogel notierte, »zwei namenlose Herren vom FBI« teilnahmen. Vogel übergab die Erklärungen der vier Gefangenen, die er in den letzten Tagen aufgesucht hatte, und erhielt einen neuen Entwurf für den Ablauf am 11. Juni. Vogel konstatierte, daß »offenkundig eine ziemliche Show mit viel Personen und Autos (auch Krankenwagen)« beabsichtigt sei. »Ich sehe aber keine Probleme, die wir nicht bewältigen könnten.«

Niemand hatte jedoch bedacht, daß die Glienicker Brücke wegen Bauarbeiten womöglich nicht für den Austausch benutzt werden könne. Bereits Ende der siebziger Jahre hatten die amerikanischen Militärbehörden die Sowjets auf die Reparaturbedürftigkeit der Brücke hingewiesen; der Berliner Senat sei bereit, die Arbeiten auf der westlichen Hälfte ausführen zu lassen. Erst reagierten Sowjets und DDR überhaupt nicht auf die US-Anfrage. Dann, als auch die östliche Seite die Notwendigkeit einer »Rekonstruktion« einsehen mußte, erklärte sich die DDR bereit, die Brücke instandzusetzen, wenn die Kosten vom Westen übernommen würden. Nun hüllte sich der Senat in Schweigen und ließ, zwischen Herbst 1980 und Herbst 1982, die westliche Brückenhälfte für 2,75 Millionen Mark sanieren. Die DDR-Regierung beharrte darauf, daß sie für die dringend erforderlichen Arbeiten an ihrem Brückenteil kein Geld habe; außerdem sei es Sache des Senats, weil das Bauwerk in erster Linie den Westalliierten als Übergang zu ihren Militärmissionen in Potsdam diene.

Nach langem Hin und Her gab der Senat auf Drängen der USA nach. Auch die West-Berliner Landesregierung mußte einsehen, daß es unsinnig wäre, die eine Brückenhälfte zu sanieren und die andere dem Verfall preiszugeben – einsturzgefährdet wäre am Ende die ganze Brücke gewesen. So wurde schließlich vereinbart, »in der Zeit vom 1. April 1985 bis 30. November 1985 eine Grundinstandsetzung der im Bezirk Potsdam gelegenen Brücken-Hälfte durchzuführen«, wie es in einer Erklärung des Senats hieß: »Während der gesamten Bauzeit wird der Verkehr über die Brücke durchgehend – wenn auch in eingeschränktem Umfang – aufrecht erhalten.« So konnte der Austausch stattfinden, allerdings nur auf einer Fahrspur.

Tom Niles war aus Washington gekommen, um mit Vogel am 10. Juni ein genaues Drehbuch auszuarbeiten, nach dem anderntags der Austausch erfolgen sollte. Nach diesem Protokoll, das Vogel und Niles unterschrieben, sollte die eigentliche Zeremonie um 18 Uhr auf der Glienicker Brücke stattfinden. »Ein früherer Termin am selben Tag« könne jedoch »von den beiden Seiten vereinbart« werden. »Angesichts der möglichen Komplikationen dieser Prozedur, die durch Unklarheit oder menschliches Versagen entstehen könnten, verpflichten sich beide Seiten zu einer flexiblen und barmherzigen Durchführung« – so die holprige, offizielle Übersetzung der Schlußbestimmung in dem Neun-Punkte-Papier.

Der Zeitrahmen war großzügig bemessen. Schon morgens um 10 Uhr sollte sich Vogel auf dem Flughafen Tempelhof überzeugen, daß die vier aus den USA eingeflogenen Gefangenen anwesend sind. Jeder einzelne sollte in Vier-Augen-Gesprächen mit Vogel nochmals versichern, daß die Rückkehr in die Heimat freiwillig erfolge. Jedem wurde garantiert, auch im Westen bleiben zu dürfen.

Zwei Stunden später sollten Burt und weitere amerikanische Beamte in Begleitung Vogels auf der Ostseite der Glienicker Brücke überprüfen, ob alle 25 Tauschpartner aus dem Osten anwesend sind. Auch hier könne jeder im persönlichen Gespräch mit Burt erklären, in der DDR bleiben zu wollen. Ehefrauen, Kindern und »anderen Verwandten« der 25 wurde die Zusage gegeben, daß sie bis zum 20. Juli nachkommen dürften. Donald Koblitz, ein Jurist in der West-Berliner US-Mission, wurde beauftragt, in unbeaufsichtigten Gesprächen mit allen in Frage kommenden Angehörigen die Nachzugswünsche zu verifizieren.

Anderntags ging alles viel schneller als geplant. Burt wartete bereits auf der Brücke, als Vogel mit seinem goldfarbenen Mercedes, Kennzeichen IS 92-67, von der Häftlings-Inspektion in Tempelhof kommend, an dem Schauplatz eintraf. Der Schlagbaum hob sich, Vogel und Burt fuhren zusammen auf die Ostseite, um nachzusehen, ob auch diese Gefangenen bereitstanden. Dann kehrten sie zurück und hielten neben einer Gruppe amerikanischer Beamter. Vogel stieg aus und gab das Startzeichen, daß die Prozedur beginnen konnte.

Von der westlichen Seite aus fuhr ein orange-rot-braun gestreifter Bus vor – ein Fahrzeug der BND-eigenen »Germering-Linie«, die sonst die Mitarbeiter aus der Region Pullach zum Dienst bringt. Nun holte der Geheimdienst-Transporter die Häftlinge aus dem Osten ab. Gleichzeitig stoppte ein dunkelblauer Chevrolet-Kastenwagen, in dem Zehe, Zacharski, Michelson und Kostadinow saßen.

Nach dem Austausch schilderte Richard Burt, der designierte Bonn-Botschafter, in einem Telegramm an Außenminister

George Shultz euphorisch den Ablauf der Übergabe: »Der Gefangenenaustausch war heute um 13 Uhr MEZ (7 Uhr Washingtoner Zeit) abgeschlossen. Der Austausch lief wie ein Uhrwerk ab. Die Zusammenarbeit zwischen den verschiedenen Vertretern der Exekutive war hervorragend. Er sollte als Beispiel dienen, wie das zwischenbehördliche Verfahren vor sich gehen kann und soll. Luftwaffe und Heer, sowohl in Washington als auch in Berlin, sorgten für perfekte Unterstützung. Die Zusammenarbeit im Justizministerium, sowohl der Strafrechtsabteilung als auch des FBI und der US-Bezirkspolizei, war ausgezeichnet. Die US-Mission Berlin, die selbst eine kombinierte Außenstelle von Außen- und Justizministerium ist, übertraf sich selbst. Kurzum, ich glaube, daß alle beteiligten Mitarbeiter der Exekutive stolz darauf sein können, was sie heute gemeinsam geleistet haben. Besonders hervorheben möchte ich die ausgezeichnete Arbeit von Tom Niles bei Planung und Ausführung des Austauschs.«

Von den 25 von der DDR und Polen Freigelassenen, so Burt weiter, hätten sich zwei »dafür entschieden, zu ihren Familien zurückzukehren«. Beide seien jedoch »in Kenntnis gesetzt worden, daß unsere Vereinbarung mit Vogel ihnen das Recht gibt, innerhalb von zwei Wochen mit ihren Familien in den Westen zu kommen, und ich persönlich glaube, daß beide von diesem Recht Gebrauch machen werden«.

Burt schwelgte in Emotionen: »Ich nehme an, daß ich für alle Beteiligten auf amerikanischer Seite sprechen kann, wenn ich sage, dies war eine unvergeßliche Erfahrung. Selten, vielleicht zu selten, sehen wir, wie sich unsere Anstrengungen, für die Freiheit zu arbeiten, für die Menschen auszahlen. Heute war eine Ausnahme, und es war bewegend für uns alle. Einige Skizzen mögen Ihnen ein bißchen von der Atmosphäre vermitteln: Als meine Kollegen von Außen- und Justizministerium und ich den Bus bestiegen, der die 25 zur Glienicker Brücke gebracht hatte, entbot ich einen kurzen Willkommensgruß und erklärte ihnen, was geschehen war. Als ich sagte, daß ich Präsident Reagan vertrete und in seinem Namen spreche, gab es spontanen Applaus. Anfänglich waren die 25 sehr angespannt und furchtsam; sie waren nicht instruiert worden, was gleich passieren würde, und waren verständlicherweise mißtrauisch. Nach und nach tauten sie auf, und als wir fertig waren, den eigentlichen

Austausch zu vollenden, waren sie entspannter. Auf der westlichen Seite der Brücke brach dann jedoch Fröhlichkeit aus; es gab Freudentränen, Umarmungen, aufgereckte Daumen und Victory-Zeichen, Menschen bekreuzigten sich – kurzum, eine äußerst bewegende Szene. In der VIP-Lounge in Tempelhof, wo sie auf ihren Abflug in die BRD warteten, erhielt die Gruppe einige weitere Dinge, die sie in den vergangenen Jahren entbehren mußten, wie etwa Sandwiches und Coke. Es wurde weiter gelacht und gejubelt. Noch einmal, es war ein dankbarer Anblick. Insgesamt glaube ich, daß wir alle stolz darauf sein können, was wir heute geleistet haben ...«

Aus jeder Zeile troff Selbstbewußtsein und Selbstgerechtigkeit, mit keinem Wort ging Burt auf die Zugeständnisse und Mühen der anderen Seite ein, nur ganz nebenbei erwähnte er den Verhandlungspartner Vogel. Den Lapsus bereinigte Tom Niles drei Tage später in einem persönlichen Brief an Vogel: »Viele Leute haben an der Planung und Umsetzung der Ereignisse vom 11. Juni 1985 teilgenommen. Einige spielten wichtige Rollen, aber Sie sind der einzige, dessen Rolle absolut wesentlich war, ohne den dieses ganze Projekt niemals verwirklicht worden wäre.«

Burt feierte den gelungenen Abschluß der jahrelangen Bemühungen mit dem DDR-Anwalt im Ost-Berliner Palasthotel. Vogel verschenkte Souvenirs: An einem Kiosk im Flughafen Tegel hatte er ein Dutzend metallene Modellnachbildungen des Brandenburger Tores gekauft und diese von einem Schreiner in seinem Wohnort Schwerin auf kleinen Holzsockeln befestigen lassen, in denen das Datum 11. 6. 1985 eingebrannt war.

Es war der größte Agenten-Ringtausch, der je stattgefunden hat. Mitten im amerikanisch-sowjetischen Clinch um Raketen- und Weltraumrüstung hatte der Osten 25 West-Späher gegen nur vier eigene Agenten hergegeben und dazu noch die Familienzusammenführung der Freigelassenen garantiert.

Die Relation sah nicht günstig aus für die DDR und ihre Bündnispartner. Gleichwohl, erinnert sich Markus Wolf, sei Mielke »sehr stolz auf diesen Erfolg« gewesen, »diente er doch dem Prestige des MfS gegenüber den Bruderorganisationen«. Die Geheimdienste Polens und Bulgariens seien an ihren beiden Agenten Zacharski und Kostadinow »brennend interessiert« gewesen, während seine HVA nur »mit einem zerstreuten Professor vertreten« gewesen sei.

Marian Zacharski, der Offizier des kommunistischen polnischen Geheimdienstes, blieb auch nach der Wende in seiner Heimat, unter neuen politischen Vorzeichen, seinem Metier treu. 1993 wollte ihn Staatspräsident Lech Walesa zum Geheimdienstchef berufen, wogegen die USA erfolgreich intervenierten.

Als General des postsozialistischen Geheimdienstes versuchte Zacharski im Sommer 1995, den Warschauer Ministerpräsidenten und früheren KP-Politiker Jozef Oleksy als ehemaligen Mitarbeiter des KGB zu entlarven. Oleksy, wollte Zacharski beweisen, habe jahrelang enge Kontakte zum Warschauer KGB-Residenten Wladimir Alganow gepflegt und ihm geheime Pläne der polnischen Regierung verraten. Zacharski flog nach Mallorca, um einem russischen Doppelagenten belastendes Material über Oleksy abzukaufen, doch die Ermittlungen gegen Oleksy verliefen im Sande, und Zacharski stand da als Wendehals und willfähriger Handlanger des abgewählten Präsidenten Walesa.

11. KAPITEL
»Vogel war gut im Kuhhandel«

*Honecker will den
Rummel auf der Glienicker Brücke*

Ihre »Kundschafter des Friedens« feierten die Kommunisten als Märtyrer, wenn sie in Feindeshand fielen, obwohl der westliche Strafvollzug relativ kommod war. In den Ost-Knästen hingegen wurden Agenten des Westens, tatsächliche oder fälschlich beschuldigte, als Werkzeuge der imperialistischen Kriegshetzer und daher besonders fies behandelt.

Valdice, ein zur Festung ausgebautes ehemaliges Kartäuserkloster nordöstlich von Prag, zählte zur Lager-»Kategorie 3«, wo Schwerstverbrecher ihre Strafen verbüßten: Verurteilte, die bei ihren Taten besonders brutale Gewalt angewandt, solche, die Verbrechen gegen die Menschlichkeit begangen hatten – oder Gefangene, die als Staatsfeinde galten.

Jaroslav Javorski, Häftling Nr. 01258, mußte an einem Schmelzofen Glasperlen schleifen, später, weil er die Hitze nicht aushielt und erkrankte, mußte er Glasperlen im Akkord auf Fäden aufziehen und Halsketten knüpfen. Als er sich beim Streit mit einem Mithäftling den rechten Fuß brach, wurde die Verletzung so unzureichend versorgt, daß der Fuß verkrüppelte.

Javorski, damals 31, war im Dezember 1978 von einem Prager Militärgericht wegen Spionage zu 13 Jahren Umerziehungslager verurteilt worden. Solche Anklagen waren im Ostblock leicht zu konstruieren. Die Prozesse wurden ohnehin im geheimen geführt, so daß kein Außenstehender nachprüfen konnte, ob die Vorwürfe auf Fakten beruhten oder aus der Luft gegriffen waren. Und willkürlich wurden nichtige Nachrichten zu Staatsgeheimnissen stilisiert.

An Jaroslav Javorski übte das Prager Regime Sippenhaft. Die Kommunisten rächten sich an ihm für seinen abtrünnigen Vater. Jiri Javorski, einst ein international bekannter Tennisspieler und Mitglied des tschechoslowakischen Daviscup-Teams, war Anfang der siebziger Jahre von einem Turnier in der Bundesrepublik nicht mehr in sein sozialistisches Vaterland heimgekehrt.

Jaroslav, der später legal in den Westen nachkam, »versuchte alles, um auch seine Braut zu sich zu holen«, die noch in Prag war, berichteten die in Heilbronn lebenden Eltern. Für sich und seine Verlobte Anna kaufte er für 2000 Mark in der Münchner Unterwelt miserabel gefälschte bundesdeutsche Pässe. Jaroslav reiste in die CSSR ein, mit dem Orientexpress wollte das Pärchen von der tschechoslowakischen Hauptstadt nach Istanbul fahren, doch an der bulgarisch-türkischen Grenze fielen die falschen Papiere auf. Die beiden Reisenden wurden verhaftet und nach Prag zurückgebracht. Die junge Frau erhielt ein erstaunlich mildes Urteil – zehn Monate Haft mit zweijähriger Bewährung. Daß er von seiner Freundin »reingelegt« worden sei, mochte Jaroslav dennoch nicht glauben: »Das bezweifle ich«, erklärte er auch später noch.

Seine Mutter Vera, das erfuhr Jaroslav sogar hinter Kerkermauern, »kämpfte wie eine Löwin« um seine Freilassung und »alarmierte die ganze Welt«. Ihr Sohn sei »physisch zerstört«, schrieb sie in der Zürcher *Weltwoche*. »Wenn nichts geschieht, weiß ich, daß ich ihn nie wiedersehen werde.« Jaroslav müsse »für die ganze Familie büßen«, weil sie in den Westen gegangen sei. Westdeutsche Politiker und Menschenrechtsorganisationen appellierten vergebens an die Prager Machthaber.

Kurz vor Weihnachten 1983 schrieben die verzweifelten Eltern an Wolfgang Vogel. Sie flehten den Anwalt an, ihren Sohn aus ungerechter und demütigender Haft zu befreien. Noch vor Neujahr versprach Vogel der Mutter: »Ich werde mein Möglichstes tun und Ihnen im März nächsten Jahres weitere Nachricht geben.« Solche Repliken waren Routine in Vogels stets überlaufener Praxis, wo sich an manchen Tagen bis zu hundert Ratsuchende in seinem Wartezimmer drängten; der Sachverhalt war nicht wirklich geprüft, der Termin stand weniger für Erledigung als für Wiedervorlage.

Tatsächlich mußte Mutter Javorski den Anwalt Ende März 1984 an die versprochene Antwort erinnern: »Bitte helfen Sie mir, immerhin sind es sechseinhalb Jahre, die unser Sohn im Gefängnis ist.« Nun mußte Vogel eingestehen, daß er nichts unternehmen könne: »Für einen Austausch ist dieser Fall von Bonn aus nicht vorgesehen« – auf den Wunschlisten, die hinüber- und herübergereicht wurden, stand der Name Javorski nicht. Vogel konnte den unglücklichen Eltern nur den Rat geben, über die bundesdeutsche Botschaft in Prag ein Gnadengesuch an den CSSR-Staatspräsidenten Gustav Husak zu richten.

Nachdem die Familie im Juli 1984 erreicht hatte, daß Jaroslav die BRD-Staatsbürgerschaft erhielt, wandte sich die Mutter erneut hoffnungsvoll an Vogel. Doch der konnte ihr noch weniger helfen als zuvor: Da der Sohn nun Bundesbürger sei, bestehe für die DDR »in dieser Angelegenheit keine Zuständigkeit«. Das Ritual, das sich in jahrelanger Austauschpraxis herausgebildet hatte, sah vor, daß im Osten Inhaftierte vom Westen angefordert werden mußten und umgekehrt. Der junge Tscheche stand jedoch auf keiner der Listen, die im Zusammenhang mit dem Fall Zehe angelegt worden waren.

Nach dem großen Ringtausch auf der Glienicker Brücke am 11. Juni 1985 nahm sich Rehlinger des Falles an. Am 13. August versicherte Vogel der Mutter Javorski, der Bonner Staatssekretär habe »die Dinge in Bewegung gebracht«, klarer werde man im November sehen. »Vielleicht«, orakelte der Anwalt, »gibt es eine gute Weihnachtsüberraschung.«

Die Mutter griff nach dem Strohhalm: »Ich weiß ganz genau, wenn Sie nicht einen ernsthaften Grund hätten, hätten Sie mir diese Nachricht sicher nicht übermittelt.« Als sich aber im November nichts rührte, packte sie doch die »Angst, ob die Verhandlungen überhaupt weiterlaufen, weil es so still geworden ist«.

Zwölf Tage vor Heiligabend ahnte Vera Javorski, daß der Weihnachtstraum wie eine Glaskugel zerbarst. Die Schuldigen sah sie in Bonn, und Vogel bestärkte sie in ihrer Vermutung: In einem Telefongespräch sah sie sich durch den Ost-Anwalt bestätigt, »daß die Bundesregierung nicht alles getan hat, was für die Freilassung unseres Sohnes nötig war«. Vogel konnte nur versprechen, »daß ich keine Möglichkeit auslasse, um Ihre Familie 1986 zu vereinen«.

Gleich im Januar ging es nicht nur im Fall Javorski plötzlich zügig voran. Auch für Anatolij Schtscharanski, um den Vogel und seine Verhandlungspartner seit beinahe neun Jahren erfolglos gerungen hatten, öffneten sich die Gefängnistore plötzlich fast wie von selbst.

Im März 1985 hatte das Moskauer Politbüro den Wunschkandidaten des KGB, Michail Gorbatschow, zum Nachfolger des verstorbenen KP-Generalsekretärs Konstantin Tschernenko gewählt. Durch den maroden Zustand der sowjetischen Wirtschaft war das Land im Vergleich mit dem Westen immer mehr ins Hintertreffen geraten. Die Erste Hauptverwaltung des KGB, der bestens informierte Auslandsgeheimdienst, war sich mehr als jeder andere Teil der Sowjet-Bürokratie darüber im klaren, daß der Westen die Sowjetunion wirtschaftlich weit überrundet hatte und diesen Vorsprung immer weiter ausbaute. Die Kapitalisten betrachteten das Rote Reich nicht mehr als eine den USA ebenbürtige Supermacht, sondern als eine Art »Obervolta mit Atomraketen«, wie der im selben Jahr in den Westen übergelaufene Londoner KGB-Resident Oleg Gordiewsky spöttelte.

Nur durch einen Wechsel in der sowjetischen Führung, glaubte das KGB, gebe es eine Chance, die ökonomischen Probleme des Landes in den Griff zu bekommen und westlichen Versuchen, sie auszunutzen, einen Riegel vorzuschieben. Unfähig zu begreifen, daß die eigentlichen Probleme im sowjetischen System selbst lagen, erhoffte sich die KGB-Führung von Gorbatschow neuen Schwung und die nötige Disziplin, um die wirtschaftliche Stagnation in der Sowjetunion zu überwinden und ein stabiles Kräfteverhältnis mit dem Westen herzustellen.

Als Gorbatschow Parteichef wurde, herrschte das KGB über ein riesiges Sicherheits- und Geheimdienstimperium mit mehr als 400000 hauptamtlichen Mitarbeitern innerhalb der UdSSR, 200000 Grenzschutzsoldaten und einem weitgespannten Netz von Informanten. Gorbatschow forcierte die Auslandsoperationen des KGB sogar noch, weil er überzeugt war, daß eine dynamische Außenpolitik einen dynamischen Nachrichtendienst erfordere. Er wollte über die westlichen Reaktionen auf seine außenpolitischen Initiativen umfassend informiert sein.

Das KGB leistete damit auch einen Beitrag zum »neuen Denken« der Ära Gorbatschow. Denn der neue Sowjetführer überwand die widersinnige Isolation, in die sich seine Vorgänger seit Stalin manövriert hatten. Mit ihren ideologischen Scheuklappen und ihrem Hang zu Verschwörungstheorien waren die Kremlfürsten unfähig gewesen, aus den Informationen des KGB vernünftige Schlüsse zu ziehen. Das Riesenheer von hauptamtlichen und inoffiziellen KGB-Mitarbeitern häufte zwar immer mehr Wissen über den Westen an. Es wuchs, so analysierte der KGB-Überläufer Gordiewsky, »langsam zu einer kritischen Masse heran«, das »schließlich Grundwahrheiten eines Systems unterhöhlte, das ohnehin bereits von innen heraus verfaulte«.

Die erste Begegnung zwischen Michail Gorbatschow und dem amerikanischen Vizepräsidenten George Bush, der anstelle des gerade krebsoperierten Präsidenten Reagan zur Tschernenko-Beisetzung nach Moskau gekommen war, verlief indes nicht eben verheißungsvoll, wie US-Außenminister George Shultz, einer der Teilnehmer des Treffens, überlieferte.

Als Bush bei dem neuen Kremlherrn die Einhaltung der Menschenrechte anmahnte und ihn konkret auf Schtscharanski und Sacharow ansprach, lief Gorbatschow rot an und rief erregt dazwischen, er wolle »gern über berufene Menschenrechtsverfechter nachdenken, um mit ihnen über diese Frage zu diskutieren«. Die USA jedoch, behauptete Gorbatschow, »verletzen Menschenrechte nicht nur auf ihrem eigenen Territorium, sondern auch jenseits ihrer Grenzen«. Und dann ließ er eine Schimpfkanonade los: »Die USA mißachten nicht nur die Menschenrechte einzelner Individuen, sondern ganzer Nationen und Länder. Sie unterdrücken die Menschenrechte brutal. Vor wenigen Minuten haben wir noch darüber gesprochen, daß wir einander nicht belehren sollten, wie wir unsere eigenen Angelegenheiten regeln.«

Trotz der anfänglichen Dissonanz begann Gorbatschow bald, sein Land von störendem Ballast zu befreien. Dazu gehörte, den lästigen Fall Schtscharanski endlich zu bereinigen, den der Westen zum Symbol für die Menschenrechtsfrage gemacht hatte. Im Frühjahr 1985, so erinnert sich Rehlinger, »erhielt Vogel ein Signal aus Moskau«. Tatsächlich hat Streit, der wohl über die Sowjet-Botschaft in Ost-Berlin einen Hinweis bekommen hatte, Vogel gegenüber eine Andeutung gemacht, daß man jetzt verhandeln könne, die Gegenleistung müsse aber »attraktiv« sein, und für die DDR müsse dabei auch etwas »abfallen«.

Schon wenige Wochen nach dem spektakulären Austausch im Juni 1985 auf der Glienicker Brücke flog der Ost-Berliner Anwalt nach Bonn, um dem Staatssekretär »ohne Kommentar« (Rehlinger) mitzuteilen, daß seine Seite nun auch über Schtscharanski zu verhandeln bereit sei. Der Osten sei an einem raschen Abschluß interessiert. Die positive Nachricht leitete die Bundesregierung sogleich nach Washington weiter.

Die interministerielle Arbeitsgruppe, die einst Jeff Smith ins Leben gerufen hatte, stellte wieder Listen mit ausgemusterten Agenten zusammen – solchen, die man fordern, und solchen, die man loswerden wollte. In Bonn tagte ein Sonderstab, dem, unter Vorsitz von Staatssekretär Rehlinger, Mitarbeiter des Kanzleramts sowie des Außen-, Innen- und Justizministeriums angehörten. Regelmäßig konsultierte Rehlinger den DDR-Anwalt Vogel und US-Botschaftsrat Olaf Grobel, um die östlichen und westlichen Agentenkataloge aufeinander abzustimmen.

Die Verhandlungen gingen zunächst flott voran, so daß Rehlinger bereits glaubte, einen Austausch für September oder Oktober 1985 ins Auge fassen zu können. Deshalb hatte er auch Mutter Javorski voreilig Hoffnung gemacht. Doch das Tauziehen zwischen den Ministerien in Washington und Bonn sowie zwischen den Geheimdiensten verlief zäher als erwartet. Alle beteiligten Stellen wollten ihre jeweiligen Interessen durchsetzen und blockierten sich dabei wechselseitig.

»Die Prioritäten der östlichen Seite«, beschreibt Vogel auch sein eigenes Dilemma, »waren nie so recht zu überblicken.« Soweit er das System durchschaute, »kam es vor allem darauf an, wie die einzelnen Führungsoffiziere der inhaftierten Agenten bei der Zentrale Druck machten«. Im Westen war die Rangfolge auf den Wunschlisten ziemlich klar: Wer am längsten saß, kam als nächster raus – wobei man von dem Prinzip auch schon mal abwich, um einem anderen wegen Alter oder Gebrechlichkeit den Vorzug zu geben.

Honecker bestärkte Gorbatschow darin, daß der Fall Schtscharanski auf die Dauer dem Ansehen der UdSSR abträglich sei. Er riet, bei der Freigabe jeden Anschein eines Schachers zu vermeiden, und warnte vor der Kalkulation der Geheimdienste, für den Bürgerrechtler ließen sich allemal mehr als zwei der eigenen Leute auslösen. Vogel hatte auf den SED-Chef in diesem Sinne eingewirkt.

Gegen sein eigenes Ministerium für Staatssicherheit setzte der Staatsratsvorsitzende die Freigabe zweier Agenten durch. Das MfS hatte sich gesperrt, den westdeutschen Kaufmann und BND-Konfidenten Dietrich N. sowie den DDR-Ingenieur und CIA-Mann Wolf-Georg Frohn nach Westen ziehen lassen.

Der 50jährige Karlsruher Dietrich Niestroj hatte als Firmenvertreter für medizinische Geräte im innerdeutschen Handel gearbeitet. Durch seine Tätigkeit hatte er Kontakt zu DDR-Instituten für Strahlentechnik bekommen und war 1978 vom Bundesnachrichtendienst angeworben worden, um bei seinen DDR-Reisen Nukleargeheimnisse auszuspähen. Bei einer Dienstreise in die DDR war Niestroj 1981 verhaftet worden. Im Oktober 1982 hatte ihn das Ost-Berliner Militärobergericht zu einer lebenslangen Gefängnisstrafe verurteilt.

Noch schwerer tat sich das MfS mit dem CIA-Agenten Frohn. Der 40jährige Ostdeutsche hatte in der Forschungsabteilung der Jenaer Zeiss-Werke gearbeitet und 1980 ebenfalls lebenslänglich bekommen. Ein CIA-Führungsoffizier in Hannover, der mit Frohn weitläufig verwandt war, hatte versprochen, ihn in die Bundesrepublik zu holen, wenn er dafür bestimmte Forschungsergebnisse zu optischen Präzisionsinstrumenten aus Jena mitbringen würde.

Der Osten konzentrierte sein Interesse auf drei in der Bundesrepublik inhaftierte Spione:

Detlef Scharfenorth, 43, ein Diplom-Volkswirt aus Ost-Berlin, hatte unter diversen Alias-Namen mindestens seit 1968 als Kurier, später als »Anbahner« und »Werber«, für das MfS in der Bundesrepublik gearbeitet. Er hatte Studenten mit monatlich 200 Mark »Unterstützung für ein bestmögliches Examen« (so sichergestellte Blanko-Verpflichtungserklärungen) geködert; sie sollten, als Perspektivagenten, Stellen bei der Deutschen Bank oder in Bonner Ministerien anstreben. Die westdeutsche Spionageabwehr war auf Scharfenorth aufmerksam geworden, als er bei der studentischen Jobvermittlung der Universität Köln

»Marktforscher« suchte – Interessenten sollten sich in einem Hotel bei einem »Dr. Detlev Gensel« melden.

Scharfenorth, der im September 1984 in Köln festgenommen worden war, machte sowohl im Ermittlungsverfahren als auch im Prozeß vor dem Oberlandesgericht Düsseldorf nur Angaben zur Person, aber nicht zu den gegen ihn erhobenen Anschuldigungen. Er wolle, begründete er sein Schweigen, irgendwann »wieder zurück, und Angaben zur Sache könnten mir da nur schaden«. Scharfenorth wurde zu vier Jahren Gefängnis verurteilt.

Jerczy Kaczmarek war hingegen erst im März 1985 verhaftet worden und hatte noch nicht vor Gericht gestanden. Der polnische Geheimdienstoffizier war in das Bremer Amt für Aussiedler und Spätheimkehrer eingeschleust worden, um zu erkunden, wie die Behörden in der Bundesrepublik Sicherheitsüberprüfungen bei Einwanderern aus Polen praktizierten.

Jewgenij Semljakow, 39, Mitglied der sowjetischen Handelsmission in Köln, war von einem Düsseldorfer Gericht zu drei Jahren Haft wegen Spionage verurteilt worden. Er war dabei ertappt worden, wie er sich elektronische Präzisionsmeßinstrumente, Richtfunkantennen und Hochfrequenztransistoren zur drahtlosen Datenübermittlung verschaffen wollte – lauter Geräte, die auf der Embargoliste der Nato für Militär- und Geheimdiensttechnologie standen. Schon einen Tag nach Semljakows Verurteilung am 6. September 1985 erhielt Vogel von Volpert Nachricht, daß die UdSSR ganz begierig danach sei, ihren Spion über einen internationalen Ringtausch zurückzuerhalten.

Ursprünglich wollte die DDR im Schtscharanski-Geleitzug auch ihren Hardthöhe-Spion Lothar-Erwin Lutze wiederhaben, einen jener »Romeos«, die Spionagechef Markus Wolf auf verführbare weibliche Geheimnisträger in Bonn angesetzt hatte. Lutze hatte sich an die Sekretärin eines Ministerialdirektors im Bonner Verteidigungsministerium herangemacht und sie geheiratet. Ehefrau Renate schleppte fortan Ablichtungen von Geheimakten ab, darunter Pläne des Nato-Pipelinesystems, und auch der Bundeswehr-Angestellte Lutze transportierte monatelang bündelweise Akten aus der Rüstungsabteilung im Kofferraum seines Wagens nach Hause, wo er sie in aller Ruhe fotokopierte.

Wie BND und Verfassungsschutz im Fall Guillaume kläglich versagt hatten, so machte der Militärische Abschirmdienst (MAD) im Fall Lutze keine gute Figur. Die MAD-Spezialisten hatten bei der Sicherheitsüberprüfung des Ehepaares offensichtlich geschludert. Ein Untersuchungsausschuß des Bundestags urteilte nach der Festnahme des Agentenpärchens über die Qualitätsarbeit der militärischen Abwehr: »Der MAD war im Fall Lutze nicht einmal in der Lage, eine Spionin zu entlarven, auf deren Verdächtigkeit er aus ihrer Umgebung mehrfach hingewiesen wurde.« Dabei seien die Lutzes keineswegs professionelle Meisterspione, sondern eher stümperhaft arbeitende Zufallsagenten gewesen.

Der Schaden, den die Lutzes angerichtet hatten, wurde gleichwohl hoch eingeschätzt, weshalb das Oberlandesgericht Düsseldorf bei der Strafzumessung hart an die im Gesetz vorgesehene Höchstgrenze ging. Für Markus Wolfs HVA war es Ehrensache, sich für diese Kundschafter stark zu machen. Doch die Stasi wollte Lutze bekommen, ohne Christa-Karin Schumann herzugeben, die Gefährtin des hingerichteten »Roten Admirals« Winfried Baumann. Die stand nun wiederum ganz oben auf der Wunschliste der Bonner, die ihrerseits über Lutze nicht verhandeln mochten.

Beide Seiten mußten erkennen, daß ein Beharren auf diesen beiden Personen zu einer totalen Blockade aller Verhandlungen führen würde. Beide Häftlinge wurden daher bei den weiteren Gesprächen ausgeklammert. Darauf wies Vogel später, im Sommer 1986, hin, weil Bonn sich als einseitig nachgiebig darstellte: »Der Fall Schumann Karin«, konstatierte Vogel, »war damals nicht im Gespräch und kann demzufolge auch heute nicht entgegengehalten werden.«

Mitten in den stockenden Verhandlungen erhielt Wolfgang Vogel von seinem Staat eine besondere Auszeichnung. Im September 1985, kurz vor seinem 60. Geburtstag, wurde der Anwalt mit dem Titel eines Honorarprofessors belohnt, den ihm die Akademie für Staats- und Rechtswissenschaft in Potsdam-Babelsberg verlieh. In seiner zweistündigen Antrittsrede (»Zu Problemen der Tätigkeit des Rechtsanwalts im Strafverfahren der Deutschen Demokratischen Republik«) vor einem erlauchten Publikum – dem Rektor, Professoren der Akademie, Vertretern des Justizministeriums, Staatsanwälten sowie gewichtigen Anwaltskollegen wie Friedrich Wolff und Gregor Gysi – kritisierte er die Beschränkungen, denen die Verteidiger während der Ermittlungsverfahren unterlagen. Vor allem die Vorschrift, wonach die Sprechgenehmigung in der U-Haft an die Bedingung geknüpft war, sich mit dem Beschuldigten nicht über den Tatvorwurf zu unterhalten, zog Vogel ins Lächerliche: »Wir sagen dazu scherzhaft ›Besichtigungsgenehmigung‹.«

Vogel nutzte die Gunst der Stunde auch, seine internationale Vermittlertätigkeit ins rechte Licht zu rücken. Das geschah nicht etwa spontan aus dem Stegreif, sondern war bereits in seinem Manuskript vorausschauend inszeniert. Unter der unverdächtigen Kapitelüberschrift »Wiedergutmachung« kam er plötzlich darauf zu sprechen, daß sich »auch für den politischen Schadensausgleich Praktiken herausgebildet« hätten, »die unkompliziert Austausch von Inhaftierten genannt werden«. Sie würden jedoch »als ein Tabu behandelt«.

Oberst Abel, berichtete Vogel vor dem Auditorium, habe nach seiner Freilassung gesagt, ihm sei »im Zeitpunkt schwerer Krankheit das Leben gerettet« worden. Ob ein Agentenaustausch von den Buchstaben des Gesetzes gedeckt werde, meinte Vogel, sei zweitrangig: »Unter dem Eindruck solcher lebensrettenden Hilfe für den betroffenen Kundschafter« komme man »von selbst« davon ab, »sich vielleicht an rechtlichen Konstruktionen zu stoßen, die politisch richtig und notwendig sind, ohne expressis verbis im Gesetzestext zu stehen«.

Vogels Ausführungen zielten auf Kritiker der Austauschpraxis innerhalb der DDR-Justiz, die sich auf geschriebene Gesetze beriefen, auch wenn die sonst das Papier nicht wert waren, auf dem sie standen. Die DDR setzte sich im Zweifel allemal über Paragraphen hinweg, wenn es höheren Zielen der Staatsführung diente.

Größere Probleme mit dem freihändigen Tauschhandel hatte die rechtsstaatliche Bundesrepublik, worauf Vogel in seiner Rede ebenfalls einging. Bis 1968 wurden Austauschvorgänge unter Berufung auf den »übergesetzlichen Notstand« gerechtfertigt, dann wurde, auf Betreiben des Generalbundesanwalts Max Güde, der Paragraph 153 c in die westdeutsche Strafprozeßordnung eingefügt, wonach »im öffentlichen Interesse« von einer Strafverfolgung abgesehen werden kann.

Daß die Strafprozeßordnung in diesem Punkt vor allem

wegen der Agentenfälle ergänzt wurde, war kein Geheimnis. »Ganz unverpackt«, sagte Vogel in seinem Vortrag, stelle der führende Kommentar zur Strafprozeßordnung von Theodor Kleinknecht als »Beispiel« für die Anwendung des neuen Paragraphen heraus, daß »eine Freilassungsaktion in einem anderen Machtbereich erreicht oder nicht gehindert werden« solle. Diese »Lex Güde«, so dozierte Vogel, sei eingefügt worden, weil der frühere westdeutsche Chefankläger »Austauschvorgänge formalisiert haben« wollte.

Darüber hinaus forderte Vogel Unerhörtes: Die DDR-Medien sollten über die Austauschfälle offen berichten und nicht mehr so tun, als würden nur die sozialistischen Staaten aus lauter Humanitätsduselei West-Agenten begnadigen – die Gegenleistungen waren bisher, wenn nicht verschwiegen, so doch heruntergespielt worden. Für seinen Vorstoß zog Vogel vorsichtshalber das 23 Jahre zurückliegende Beispiel Abel/Powers heran, und umständlich verklausulierte er sein Postulat, »daß solche durch Zeitablauf freigegebene Vorgänge ... zu geeigneter Zeit politisch und publizistisch ausgewertet werden sollten«.

Obwohl Vogel mit einem Honecker-Zitat endete (»Entschlossen wird unsere Partei Recht und Gesetzlichkeit weiter festigen«), verharrten die Zuhörer zunächst in eisigem Schweigen, bis der stellvertretende Generalstaatsanwalt Günter Wendland – Streit war krank und konnte nicht teilnehmen – zaghaft zu applaudieren begann. Erst dann spendeten auch die übrigen Gäste höflichen Beifall.

Daß die Vogel-Rede der Staatsmacht unangenehm war, zeigte sich auch an der Reaktion der Stasi. Am 25. Oktober 1985 verteilte der Leiter der Hauptabteilung IX, Generalmajor Rolf Fister, den Wortlaut des Referats an seinen Stellvertreter sowie die »Leiter der untersuchungsführenden Abteilungen, Bereiche und Arbeitsgruppen«. Fister bat um »Durcharbeitung und Standpunktbildung«, weil er »beabsichtige, nach Abschluß unserer Parteiwahlen eine Problemberatung zu diesem Themenkreis durchzuführen«. Vogels Vortrag durfte auf Weisung des Justizministeriums auch nicht in der Fachzeitschrift *Neue Justiz* abgedruckt werden.

Der Jubilar wurde jedoch mit einer literarischen Ehrung bedacht. In seinem gerade fertiggestellten Buch »Bronzezeit« widmete der Schriftsteller und DDR-Nationalpreisträger Hermann Kant, ein guter Bekannter Vogels, dem Anwalt eine Erzählung mit dem Titel »Die Sache Osbar«. Das Manuskript brachte der Autor überraschend als Geburtstagsgeschenk mit. Unverkennbar figuriert Vogel in Kants Prosastück als »Dr. Falke«, und auch sonst wimmelt es von Anspielungen.

Gleich zu Beginn der Parabel philosophiert der Ich-Erzähler, der eine 96-Millionen-Dollar-Schenkung aus den USA in die DDR transferieren soll: »Unser Land, denke ich mir, wird nicht die ideale Gegend für einen Juristen seines Kalibers sein. Es fehlt zwar nicht an Delikten, aber denen fehlt es am Format.« An anderer Stelle spricht der Erzähler davon, daß »verzagte Menschen Dr. Falkes Hauptfach waren«. Und schließlich zieht er sogar explizit einen Vergleich: »Es wird so ähnlich sein ... wie auf der Glienicker Brücke, wo sie ab und an Spione gegen Kundschafter tauschen.«

Die Formulierung »ab und an« war leicht übertrieben, denn bislang war die Brücke gerade zweimal Schauplatz solcher Gefangenen-Übergaben gewesen: 1962 im Fall Abel/Powers und nun, vier Monate zuvor, beim großen Ringtausch. Der dritte Austausch auf der Brücke war gerade in Vorbereitung.

Doch erst einmal wurden die Schtscharanski-Verhandlungen durch den Genfer Gipfel im November 1985 unterbrochen: Der neue Sowjetführer Gorbatschow wollte den für Moskau heiklen Fall vom Ausgang seines Treffens mit US-Präsident Ronald Reagan abhängig machen. Gorbatschow fürchtete, eine Entlassung des Bürgerrechtlers vor dem Gipfeltreffen könne ihm als Schwäche ausgelegt werden. Doch nachdem die Begegnung der beiden mächtigsten Männer der Welt harmonisch verlaufen war, durften die Austauschunterhändler fix zur Sache kommen.

Schon am 1. November 1985 berichtete die *Bild*-Zeitung, Gorbatschow habe sich bereit erklärt, außer Schtscharanski auch den Friedensnobelpreisträger Andrej Sacharow »in der zweiten November-Hälfte« freizulassen. Die Zeitungsmeldung, so wie sie formuliert war, brauchte nicht mehr zu bedeuten, als daß die Verbannung des Regimekritikers nach Gorki aufgehoben würde. Die USA verlangten neuerdings Schtscharanski und Sacharow immer in einem Atemzug, was als Forderung nach gleichzeitiger Entlassung in den Westen verstanden wurde. »Wir«, beschreibt Vogel die Haltung der DDR und der

Sowjetunion, »waren uns im klaren: Es geht nur einer nach dem anderen.«

Die *International Herald Tribune* zitierte am 21. Januar 1986 einen namentlich nicht genannten »Vertrauten« von Bundeskanzler Helmut Kohl, die Gespräche hätten vor dem Genfer Gipfel »nahe vor dem Erfolg« gestanden. »Die Tatsache, daß sie nun wieder aufgenommen werden, ... zeigt an, daß die Sowjetunion daran interessiert ist, das Klima zwischen Präsident Reagan und Generalsekretär Gorbatschow zu verbessern.« Der Informant, so die Zeitung, habe auch darauf hingewiesen, daß »ein DDR-Anwalt, Wolfgang Vogel, aktiv an den Verhandlungen beteiligt« sei.

»Kurz vor Weihnachten«, datiert Rehlinger, war das Paket »bis auf einige wenige Unklarheiten« geschnürt: »Es stand fest, welcher Häftling auf jeder Seite zur Entlassung kommen sollte. Das Einverständnis der beteiligten Staaten lag vor.«

Nun sollten die Absprachen in eine Vereinbarung gegossen und der technische Ablauf festgelegt werden. »Dieser letzte Akt«, betont Rehlinger, »bedurfte besonderer Vertraulichkeit. Es galt, in aller Ruhe und sehr sorgfältig alle Punkte aufzunehmen und verbindlich zu regeln.« Zumindest im Westen waren noch die rechtlichen Regularien zu erfüllen: Der amerikanische Präsident und das Bonner Staatsoberhaupt mußten die Begnadigungen unterzeichnen, für die noch nicht einmal die Gesuche gestellt worden waren.

Großes Brimborium in einem Tiroler Bergdorf

Einig waren sich die Unterhändler, daß nun keine Zeit mehr vergeudet werden sollte. Die beiden Deutschen, Rehlinger und Vogel, waren zudem darauf erpicht, den Abschluß mit großem Brimborium zu begehen. Doch Rehlinger hatte, wie jedes Jahr nach dem Dreikönigsfest, seinen Skiurlaub in dem Tiroler Wintersportort Gerlos gebucht. Also blieb ihm nur die Wahl, »den Urlaub abzusagen oder vorzuschlagen, das Treffen einfach an meinen Urlaubsort zu verlegen«. Vogel war's recht: Er machte zur selben Zeit Skiferien in Ellmau, einen Katzensprung von Gerlos entfernt.

Gerlos, fand der Bonner Staatssekretär, war zudem eine »rundum neutrale Lösung«. Sie ersparte den Amerikanern diplomatische Verrenkungen: Für die USA sollte Francis Meehan unterschreiben, doch der US-Botschafter in der DDR durfte diesen Akt nicht in Bonn vollziehen. Die Bundesregierung wiederum mochte die Zeremonie nicht in Ost-Berlin stattfinden lassen. So kam Rehlinger die Urlaubsausrede ganz gelegen.

Die Amerikaner hatten zunächst, wie gewohnt, die Aktion möglichst diskret abwickeln wollen, doch die sonst so medienscheue DDR war diesmal erkennbar auf Publicity versessen. »Daß die ostdeutsche Regierung einen großen Gag wollte«, merkte Francis Meehan schon daran, daß er eine umständliche Reise in das verschneite Bergdorf antreten mußte, um dort am 23. Januar 1986 ein Papier zu paraphieren, auf dessen Inhalt er nur marginalen Einfluß hatte. »Das Treffen war absolut nicht entscheidend«, versichert Meehan, »das Wichtigste war doch zuvor schon alles ausgehandelt.«

Aber die beiden Deutschen bestanden darauf, die schwierige Übereinkunft durch einen feierlichen Akt zu besiegeln. Rehlinger und Vogel legten Wert auf einen würdevollen, durch eine Urkunde besiegelten Abschluß der langwierigen Verhandlungen. Sie wollten sich, wie Vogel sagt, »gegenseitig schriftlich in die Pflicht nehmen und Mißverständnisse ausschließen«. Also mußte Meehan, von einer Konferenz aus Budapest kommend, vom Münchner Flughafen aus mit einem Wagen des US-Konsulats mehrere Stunden über eisglatte Alpenstraßen fahren.

Den Wirtsleuten vom »Gaspingerhof«, der Familie Hörl, hatte Rehlinger gesagt, daß ihm »geschäftlicher Besuch ins Haus stehe« und er »ein Zimmer für die Besprechung« brauche. Sie waren, meint Rehlinger, »nicht überrascht, denn in dem Urlaub hatte ich bisher mehr am Telefon gehangen, als mich am Schnee und den Bergen zu erfreuen«.

Der Hotelier ließ ein Apartment als Konferenzraum herrichten. Dort besprach das Trio, im Beisein des Botschaftsrats Olaf Grobel von der Bonner US-Vertretung und Rehlingers auf Geheimhaltung verpflichteter Sekretärin Monika Schumacher, die letzten technischen Details. Die Unterhändler feilten, vom späten Vormittag bis zur Kaffeestunde, an den wenigen Sätzen der »Vereinbarung«. Dazwischen blieb reichlich Zeit für ein ausgedehntes Mittagsmahl in der rustikalen Gaststube, auf der dem Hotel gegenüberliegenden Straßenseite und mit diesem durch einen Tunnel verbunden.

»Gerlos«, sagt Francis Meehan rückblickend, »war wie ein schlechtes ›B-Movie‹, wie wir das nennen« – ein billig heruntergekurbelter Film. »Die geeigneten Personen für den Austausch auszusuchen, war ohnehin nicht meine Sache«, erläutert der damalige Botschafter, »das wurde ja in Washington vorgenommen.« Er habe also nur seine Unterschrift dazu leisten können, ohne auf den Vertragsinhalt wesentlichen Einfluß zu haben. Das Ganze sei das Ergebnis eines »Kuhhandels« gewesen, sagt Meehan und fügt augenzwinkernd hinzu: »Vogel war gut im Kuhhandel.«

Weder Rehlinger noch er, betont Meehan, seien »autorisiert gewesen, das Protokoll zu unterschreiben. Vogel war der einzige Anwesende, der, für seine Auftraggeber bindend, unterzeichnen konnte«. Vogel ließ denn auch, an erster Stelle im Protokoll, festhalten, er sei »vom Vorsitzenden des Staatsrats der DDR bevollmächtigt, die Zusagen zu geben, daß Schtscharanski, Anatolij; N., Dietrich; Javorski, Jaroslav; Frohn, Wolf-Georg von den jeweils zuständigen staatlichen Stellen außer strafrechtliche Verfolgung gesetzt bzw. begnadigt werden. Alle genannten Personen sowie ihre Familienangehörigen können sich in ein Land ihrer Wahl begeben«.

Die beiden anderen Vertragspartner, Meehan und Rehlinger, konnten nur unter Vorbehalt »erklären«, daß das Ehepaar Karel und Hana Köcher sowie Jewgenij Semljakow, Jerczy Kaczmarek und Detlef Scharfenorth von westlicher Seite freigelassen würden. Meehan und Rehlinger unterschrieben auch nicht gleich in Gerlos, sondern nahmen je eine Kopie der Vereinbarung mit, die sie erst später gegenzeichneten. Somit war Vogel für die DDR einseitig in Vorleistung getreten: Er hatte ein bindendes Angebot abgegeben, seinen Partnern stand es, formal betrachtet, frei, es sich noch einmal anders zu überlegen.

Vogel konnte sich, wie er jetzt einräumt, nur »darauf verlassen, daß es in keiner Austauschsache je irgendwelche Probleme gegeben hat, wenn erst einmal eine solche Vereinbarung geschlossen war« – früher habe man derlei Abmachungen ja sogar nur per Handschlag besiegelt. Vogel: »Wenn es nur einmal nicht funktioniert hätte, wäre es einmal zuviel gewesen.«

Unter der unausgesprochenen Prämisse, daß die Regierungen in Bonn und Washington zustimmen würden, formulierten die Unterhändler in Gerlos ein Junktim: »Die unter ›1‹ und ›2‹ eingegangenen Verpflichtungen«, also die Freilassung der namentlich bezeichneten Gefangenen in Ost und West, »bilden eine Einheit. Die Leistungen werden Zug um Zug erbracht. Die Abwicklung erfolgt am 11. Februar 1986, 15.00 Uhr, in Berlin, Glienicker Brücke.«

»Voraussetzungen« für die Freilassung des Ehepaares Köcher, so bestimmte die Gerlos-Vereinbarung, waren »ein Schuldanerkenntnis des Ehemannes, der Verzicht des Ehepaares auf die amerikanische Staatsangehörigkeit sowie das Verlassen der USA von beiden«. Meehan war skeptisch, ob sich das Agentenehepaar dazu bereit erklären würde. Das State Department hatte ihn informiert, daß die Köchers nach ihrer Begnadigung in den USA bleiben und nicht in die CSSR zurückkehren wollten. Vogel, so wurde ausgemacht, werde »unverzüglich in den USA klären«, ob die drei Bedingungen erfüllt würden.

Der DDR-Anwalt mußte deshalb kurzfristig nach Amerika reisen. Karel Köcher saß seit 1984 in U-Haft. Hana Köcherova befand sich gegen eine Kaution von anderthalb Millionen Dollar auf freiem Fuß – dank jüdischer Solidarität. Das Geld für die Glaubensgenossin hatten amerikanische Juden aufgebracht.

Vogel war mit seinem weinroten Diplomatenpaß, der ihn als »Sonderbeauftragten der Regierung der DDR« auswies, nach Österreich gefahren. In diesem Personaldokument, 1979 ausgestellt und gültig bis zum 6. November 1989, war jedoch kein Visum für die USA eingestempelt. Um sich dies zu besorgen, hätte er zum Generalkonsulat nach München fahren müssen, das den Sichtvermerk jedoch nicht auf der Stelle erteilt hätte. Vogel hätte also zwei, drei Tage in München bleiben müssen, denn ohne den im Konsulat abgegebenen Paß hätte er nicht wieder nach Österreich einreisen können. Er brauchte den Paß aber auch, um auf der Fahrt von Gerlos zum Münchner Flughafen die deutsch-österreichische Grenze passieren zu können. Meehan wußte Rat: Er nahm, als er am Spätnachmittag des 23. Januar zur Rückfahrt von Gerlos aufbrach, die Pässe der

Vogels mit und ließ sie einige Tage später durch einen Kurier des Konsulats in deren Winterquartier Ellmau bringen.

Beinahe hätte es doch noch eine Panne gegeben, durch die das pingelig austarierte Tauschverfahren aus der Balance gebracht worden wäre. Die Vereinbarung von Gerlos mußte nun aber hundertprozentig erfüllt werden, oder sie wäre insgesamt hinfällig geworden. Wegen eines Maschinenschadens blieb Vogels Flugzeug in München-Riem zunächst am Boden. Erst mit zehnstündiger Verspätung, nach Mitternacht Ortszeit, kam der Anwalt in New York an. Die Adresse von Hana Köcherova kannte er jedoch nicht, und wo in der Riesenstadt hätte er sie ausfindig machen sollen? Er hatte sich lediglich mit dem CSSR-Konsul im Park Lane Hotel verabredet. Der Diplomat hatte dort auch einige Zeit gewartet, war dann aber gegangen, als Vogel nicht eintraf.

Für den DDR-Anwalt war es ein Horror: Mitten in der Nacht in einer fremden Stadt, in der er sich mangels Sprachkenntnissen auch nicht recht verständlich machen konnte, sollte er jemanden suchen, den er selbst nicht kannte. Das CSSR-Konsulat war natürlich um diese Zeit geschlossen, die Privatnummer des Konsuls wußte Vogel nicht. In seiner Not rief Vogel einen US-Diplomaten an, den er von früher kannte: William Woessner, der amerikanischer Gesandter in Bonn gewesen war. Der US-Beamte klingelte den DDR-Botschafter in Washington, Gerhard Herder, aus dem Schlaf, der wiederum den Prager Konsul in New York weckte. Von der DDR-Botschaft bekam schließlich Vogel Bescheid: Der CSSR-Diplomat werde am Morgen ab 8 Uhr wieder im Foyer des Hotels warten.

Diesmal verfehlten die Vogels den Konsul nicht. Er führte sie zu einem Diamantenhändler im jüdischen Viertel Manhattans, wo Hana Köcherova Unterschlupf gefunden hatte. Anschließend suchten sie gemeinsam Karel Köcher in der Haftanstalt auf, der überraschend bereitwillig die geforderte Erklärung unterschrieb. Zufrieden konnten die Vogels die Heimreise antreten.

Obwohl die Glienicker Brücke im Gerlos-Protokoll bereits als Schauplatz des Austauschs festgeschrieben war, versuchten die Amerikaner plötzlich, von diesem Ort wieder abzurücken. Meehan schützte organisatorische Probleme vor, um eine Alternative zu der schon symbolträchtigen Agentenschleuse durchzusetzen. An der Glienicker Brücke, die von West-Berlin her nur über die alte Reichsstraße 1 zu erreichen war, die einst Aachen und Königsberg verbunden hatte, werde es »einen entsetzlichen Medienrummel« geben, argumentierte der Ost-Berliner US-Botschafter.

Denn längst war durchgesickert, daß Schtscharanski beim nächsten Austausch dabeisein würde, auch wenn der Zeitpunkt noch geheimgehalten wurde. Die internationale Reportermeute würde sich schon rechtzeitig auf die Lauer legen. Doch die US-Regierung wollte um jeden Preis vermeiden, daß der Regimekritiker Schtscharanski wie ein gemeiner Agent über die Brücke abgeschoben und dabei gefilmt würde.

TV-Teams aus aller Welt, malte Meehan aus, würden dieses Nadelöhr, die einzige Straße nach Westen, blockieren und im Wettstreit um die beste Perspektive »sämtliche Baukräne in West-Berlin mieten«. Der US-Diplomat brachte deshalb die Waltersdorfer Chaussee ins Spiel. Diese südliche Ausfallstraße West-Berlins liege günstig zum DDR-Airport Schönefeld, so daß der aus Moskau einzufliegende Häftling Schtscharanski einen kurzen Weg in die Freiheit habe. Und auch von Tempelhof aus, wo der westliche Gefangenentransport landen sollte, sei dieser Übergang bequemer zu erreichen als die Glienicker Brücke.

Vogel dagegen fand, dies sei keine gute Idee. Während die Havel-Brücke zwischen West-Berlin und Potsdam nur von Militärfahrzeugen der Alliierten benutzt werden dürfe, herrsche am Übergang Waltersdorfer Chaussee reger Zivilverkehr, weshalb es nach Vogels Ansicht auffallen mußte, wenn die Grenze, und sei es nur für kurze Zeit, gesperrt würde. Gleichwohl war der Anwalt bereit einzulenken.

Von Ellmau aus, wohin er nach dem kurzen USA-Trip zurückgekehrt war, rief Vogel den Botschaftsrat Grobel in Bonn an. Der informierte Botschafter Burt, der die Nachricht wiederum sogleich seinem Ost-Berliner Amtsbruder Meehan weitergab: »Der Osten besteht nicht auf der Glienicker Brücke.« Vogel, übermittelte Burt, habe sogar einen eigenen Alternativvorschlag gemacht: Man könne die Leute doch gleich auf dem Flughafen Tempelhof übergeben, der damals – nach der Eröffnung des neuen West-Berliner Airports Tegel – nicht von der zivilen Luftfahrt, sondern nur von den US-Militärs benutzt wurde und wegen der Weitläufigkeit des Areals leicht gegen Schaulustige abzuschirmen sei.

Meehan wäre auch dieser Vorschlag recht gewesen. Denn reißerische Spekulationen in den Medien bestärkten ihn in seinem Bestreben, Schtscharanski aus der Agenten-Kirmes herauszuhalten. Tagelang veröffentlichten die Zeitungen bereits Mutmaßungen über das bevorstehende Ereignis. Und nicht einmal Politiker konnten den Mund halten: Der Warschauer Regierungssprecher Jerzy Urban bestätigte offiziell, daß der in der Bundesrepublik unter Spionageverdacht verhaftete 33jährige Pole Jerczy Kaczmarek unter den Heimkehrern sei. Ansonsten war bis dahin, Anfang Februar, kein Name, auch nicht der Schtscharanskis, amtlich bekannt gegeben worden. Unwirsch notierte Meehan in seinem Kalender, den er wie ein Tagebuch führte: »Vielleicht sollten wir es im Olympiastadion machen.«

Doch Vogel hatte sich mit seinem Zugeständnis, über einen alternativen Übergabeort zu diskutieren, zu weit vorgewagt. Denn das Aufsehen, das der bevorstehende Austausch erregen würde, brachte die DDR-Führung nun erst recht dazu, an der Glienicker Brücke festzuhalten. Am Freitag, dem 7. Februar, erfuhr Meehan von Burt, daß sich Vogel kleinlaut in Bonn gemeldet habe: Die DDR halte definitiv an der Glienicker Brücke fest.

Vogel hatte unterdessen, nach seinem eigenmächtigen Kompromißvorschlag, Honecker angerufen und dem SED-Chef von den Änderungswünschen der Amerikaner berichtet. Doch Honecker fertigte seinen Vertrauten, wie der sich erinnert, »kurz und flapsig« ab: »Das lassen wir so.«

Damit war für Vogel klar: »Diesmal wollte Honecker den Rummel.« Der DDR-Vorsteher sah die Chance, seinen von Mauer und Stacheldraht bewehrten Staat weltweit als Mittler zwischen den Supermächten zu präsentieren. Vogel wußte: »Außenpolitische Reputation hatte für ihn stets Vorrang.«

Diesmal war alles anders als sonst. »Dieses Geschäft verträgt kein Geschrei«, hatte Vogel immer wieder gepredigt, und das Dogma vom verdeckten Austausch enttarnter Agenten war zum unerschütterlichen Glaubenssatz im geheimen Gewerbe geworden. Im Feindesland gefangene Spione kehrten in aller Stille heim. Die Verschwiegenheit der Akteure verlieh der Handlung jene prickelnde Thriller-Atmosphäre um Spione, die aus der Kälte kamen.

Das Spektakel auf der Glienicker Brücke wurde aber auch von westlicher Seite sorgfältig einstudiert. Vier Tage vor dem

Termin inspizierte eine deutsch-amerikanische Delegation von hochrangigen Polizeiführern und vier Zivilisten die Brücke. Sie gingen bis zur Mittellinie, dem Grenzstrich zwischen West-Berlin und der DDR, der von dem in der Nacht gefallenen Schnee bedeckt war. Einer der deutschen Polizisten meinte: »Wir müssen bei den veränderten Witterungsbedingungen sehen, ob der Strich noch zu erkennen ist.«

Niemand hatte Anatolij Schtscharanski gesagt, was ihm bevorstand. Einen Tag vor dem Zusammentreffen der Unterhändler in Gerlos war er plötzlich aus dem Arbeitslager bei Perm im südlichen Ural herausgeholt und ohne ein Wort der Erklärung in eine Sondermaschine nach Moskau gesetzt worden. Er kam ins Lefortowo-Gefängnis, doch drei Wochen lang klärte ihn keiner auf, weshalb er in die Sowjet-Hauptstadt gebracht worden war.

Schon Tage zuvor war Anatolij Schtscharanski, wie er seinem Bruder in einem Brief berichtete, überraschend »besser behandelt« worden: Ein Arzt untersuchte ihn, und er durfte »länger lesen, spazierengehen und ausruhen«. Am Morgen des 10. Februar gab man ihm einen grauen Anzug, der für den schmächtigen Mann ein paar Nummern zu groß war, aber noch immer keine Erklärung. Mit einem KGB-Fahrzeug wurde er zum internationalen Flughafen Scheremetjewo gefahren und in eine Aeroflot-Maschine gesetzt. Vier KGB-Männer begleiteten ihn.

Doch dann, stellte Schtscharanski überrascht fest, flog das Flugzeug nicht ostwärts, zurück ins Lager, wo der Bürgerrechtler nach dreijähriger Gefängnishaft seit sechs Jahren als »Spion« einsaß; es ging, wie er am Stand der Sonne erkennen konnte, nach Westen. Als ihm auch noch eine Krawatte überreicht wurde, dämmerte dem Regimekritiker, was vorging – er sollte, endlich, abgeschoben werden.

Nach der Landung versuchte Schtscharanski erst einmal zu ergründen, wo er sich befand. Er las den Schriftzug »Interflug« an den parkenden Flugzeugen und die Buchstaben »DDR« und wußte nun, »ein bißchen enttäuscht«, daß er in Ost-Berlin angekommen war. Er wurde zu einem Auto geführt, wo ihn eine Frau auf Russisch begrüßte und sich als Übersetzerin vorstellte. Sie erklärte ihm: »Wir fahren jetzt zu Ihrem Anwalt, und der wird Ihnen alles erklären.« – »Oha«, staunte der Ankömmling, »ich habe hier schon meinen eigenen Anwalt.«

Das Empfangskomitee, bestehend aus zwei Stasi-Leuten und einem KGB-Offizier, brachte Schtscharanski in die Reiler Straße zu Vogel, der am Tag zuvor aus Ellmau zurückgekehrt war. Er begrüßte Schtscharanski an der Gartenpforte, schüttelte ihm herzhaft die Hand und stellte sich auf Englisch vor: »Lawyer Wolfgang Vogel.« Während die Begleiter im Auto blieben, führte Vogel seinen Gast ins Haus, wo er ihn mit seiner Frau und dem US-Botschafter Meehan bekanntmachte.

Francis Meehan hatte den Anwalt gebeten, nach Schtscharanskis Ankunft ein Treffen mit ihm zu arrangieren, das nun, zwischen 17.15 und 18.15 Uhr, wie der Diplomat präzise in seinem Tagebuch-Kalender festhielt, stattfand. »Er sah wie Lenin aus«, beschreibt Meehan seinen ersten Eindruck von Schtscharanski, »wenig Haare, allerdings kein Bart.«

»Der Mann war eingeschüchtert und ängstlich«, erinnert sich Vogel an die Reaktionen Schtscharanskis, der Meehan ungläubig zuhörte. Der Botschafter versuchte den Sowjetjuden behutsam darauf einzustimmen, was ihn anderntags auf der Glienicker Brücke erwarten würde.

»Ich mußte ihm sagen, daß es sich um einen Austausch handelt, und habe ihm klargemacht, daß die anderen Agenten waren«, berichtet Meehan. »Ich habe Schtscharanski aber auch gesagt, daß wir, die US-Regierung, in den Verhandlungen darauf bestanden haben, den Vorgang so zu arrangieren, daß er allein vorneweg über die Brücke geht.«

Er habe, erläutert Meehan, »von Washington strikt die Instruktion gehabt, daß wir das so machen sollten, das war für uns ein sehr wichtiger Punkt«. Um so erstaunlicher ist, daß Vogel, der bei der Unterhaltung in seiner Kanzlei neben Meehan und Schtscharanski saß, diesen Teil der auf englisch geführten Konversation überhaupt nicht mitbekam, weil ihm nicht alles übersetzt wurde.

Aus Vogels heutiger Deutung ist herauszuhören, daß er sich auch davor hütete, die Regieanweisungen der Amerikaner exakt zu erfahren. »Ich wußte aus den Vorverhandlungen, daß die US-Regierung Schtscharanski demonstrativ von den anderen absetzen wollte«, erläutert er. Ebenso war ihm klar, daß Moskau darauf bestanden hatte, den Dissidenten wie einen Agenten zu behandeln. Stasi und KGB wollten deshalb womöglich versuchen, den Ablaufplan der Amerikaner zu konterkarieren. Da schien es Vogel besser, das Vorhaben gar nicht so genau zu kennen: »Jetzt sollte die Uhr einfach ablaufen, wie sie eingestellt war.«

Als Schtscharanski nach einer Stunde Vogels Kanzlei verließ, wußte er nicht, wohin er von den immer noch vor dem Haus wartenden Bewachern gebracht würde. Auch Vogel und Meehan erfuhren es nicht, obwohl sie sich bei den Stasi-Leuten erkundigten, weil sie den prominenten Haftentlassenen am Abend gern noch einmal besucht hätten. Die Nacht verbrachte Schtscharanski, wie er selbst später aufdeckte, in einem KGB-Gebäude in Karlshorst. Er war »sofort überwältigt von einem berauschenden Aroma«, dem »vergessenen Duft von frischgemahlenem Kaffee«.

Seit Tagen drängelten sich auf der Westseite der Glienicker Brücke Hunderte von Fotografen, Kameraleuten und Reportern aus aller Welt. Eine Wohnwagenkarawane lagerte vor dem Übergang von West-Berlin nach Potsdam – genau so, wie es Meehan prophezeit hatte.

Durch eine schriftliche Anordnung des amerikanischen Stadtkommandanten John H. Mitchell war der Zeitraum, in dem der Austausch stattfinden würde, inzwischen auf 56 Stunden eingegrenzt. Das letzte Stück der Königstraße, das an der Havel gelegene Schloß Glienicke und ein Teil des Parks waren, unter Androhung von »Strafverfolgung«, gesperrt und durften nur mit »Sondergenehmigung des US-Beraters für öffentliche Sicherheit oder eines von ihm bestimmten Vertreters« betreten werden. »Diese Anordnung«, stand auf dem Flugblatt, das den Journalisten in die Hand gedrückt wurde, »tritt am 10. Februar 1986 um 12.00 Uhr mittags in Kraft und wird mit Wirkung vom 12. Februar 1986, 18.00 Uhr aufgehoben.«

Von amerikanischer Seite war wiederum ein minutiöses Szenario erstellt worden. Der Austauschtermin war inzwischen von 15 Uhr, wie im Gerlos-Protokoll vorgesehen, auf den Vormittag vorverlegt worden. Wahrscheinlich, vermutet Vogel, war durch die Ankunft der Häftlinge bereits am Vortag ein stundenlanges Warten bis zum festgelegten Termin von allen Beteiligten als überflüssig empfunden worden.

Möglicherweise war aber der im Protokoll beschriebene

Zeitpunkt auch nie ernst gemeint gewesen und nur eine Finte, falls der Inhalt der Vereinbarung durch eine Indiskretion bekannt geworden wäre. »Das haben wir oft gemacht«, sagt Vogel verschmitzt, »daß wir zum Beispiel auch am Telefon falsche Uhrzeiten genannt haben, die nur von den Eingeweihten richtig verstanden wurden.« Das Milieu hatte abgefärbt: Die juristischen Vermittler verhielten sich schon genauso konspirativ wie die Geheimdienste, in deren Interesse sie tätig waren.

Auch Staatssekretär Rehlinger lobte die umsichtige Vorbereitung: »Eine generalstabsmäßige Arbeit lag vor, in der für alle Eventualitäten Vorsorge getroffen worden war.« Jedenfalls für fast alle.

Kurz vor 9 Uhr versammelten sich auf dem Flughafen Tempelhof Botschafter Burt, Stadtkommandant Mitchell, der US-Gesandte in West-Berlin, John Kornblum, Botschaftsrat Grobel, ein Vertreter des US-Justizministeriums, mehrere US-Marshals, dazu Verbindungsoffiziere und eine Schar von Assistenten. Auch Rehlinger und Vogel trafen nacheinander auf dem stillgelegten City-Airport ein. Francis Meehan stieß, von seiner Ost-Berliner Residenz kommend, absichtlich erst als letzter zu der Gruppe, nachdem es zwischen ihm und Burt zu einem Streit gekommen war.

Wäre es nach Burt gegangen, hätte er seinen Ost-Berliner Amtsbruder von dem Treffen in Tempelhof ausgeschlossen. Burt wollte, daß Meehan nur auf der Potsdamer Seite der Glienicker Brücke an der Entlassung Schtscharanskis mitwirken sollte. Der Bonner US-Botschafter hatte vorgeschlagen, Meehan solle von Ost-Berlin aus zur Brücke fahren, den aus Sowjethaft entlassenen Bürgerrechtler von Vogel in Empfang nehmen und ihn über die Brücke in den Westen geleiten.

Meehan wies dieses Ansinnen zurück. Er bestand darauf, von Tempelhof bis zur Brücke stets in Vogels Nähe zu sein, falls es in letzter Minute irgendwelche Schwierigkeiten geben sollte. Der Streit wurde sogar dem State Department vorgetragen, und Washington entschied im Sinne Meehans.

Außerdem habe er »öffentlich deutlich machen wollen«, sagt Meehan, daß er nicht Teil des Burt-Teams aus der Bonner Botschaft und der West-Berliner Mission gewesen sei. Deshalb habe er sein Eintreffen bewußt so verzögert, daß er erst ankam, als die Vorbereitungen für die Ankunft der Gefangenen abgeschlossen waren und kurz bevor der Konvoi zur Brücke aufbrach. Nur hinterher, als die Zeremonie vollzogen war, fuhr Meehan brav von Potsdam aus um West-Berlin herum in seine Ost-Berliner Residenz zurück.

Eine amerikanische Militärmaschine vom Typ C 130 brachte jene fünf Häftlinge, die der Westen freigab. Sie sollten zunächst in einen Raum neben der VIP-Lounge des Flughafens geführt werden, wo Vogel allein ein Gespräch mit ihnen führen sollte.

Nach der Landung trat eine unerwartete Schwierigkeit auf. Der zuständige US-Marshal bestand darauf, daß Karel Köcher gemäß amerikanischer Vorschrift beim Verlassen des Flugzeuges mit Handschellen gefesselt werden müsse. Für die Ehefrau, die bereits in den USA auf freien Fuß gesetzt worden war, und für die drei Häftlinge aus der Bundesrepublik konnte diese Regel nicht gelten.

Das bedeutete eine Sonderbehandlung für einen einzelnen Gefangenen, die zudem nicht einleuchten konnte: Es bestand, so kurz vor dem Austausch, keinerlei Fluchtgefahr, zudem handelte es sich nur um wenige Schritte von der Maschine über das Rollfeld zum Flughafengebäude. Im übrigen war das Umfeld von Militärpolizei hermetisch abgeriegelt.

Rehlinger empfand die Situation als »unangenehm«. Botschafter Burt erklärte dem Bonner Staatssekretär, daß er gegenüber dem US-Marshal kein Eingriffs- oder Anweisungsrecht habe, eine Ausnahme könne nur Washington anordnen. Weil der US-Marshal hart blieb, bat Rehlinger, mit den Häftlingen allein im Flugzeug sprechen zu dürfen. Der westdeutsche Politiker überzeugte den Tschechen Köcher schließlich, daß amerikanisches Recht eine Fesselung beim Verlassen des Flugzeugs verlange.

Kurz darauf traf Vogel, von seiner Frau chauffiert, in Tempelhof ein. Der Anwalt überzeugte sich, daß alle fünf Freizulassenden anwesend waren. Im Konvoi fuhren die Unterhändler anschließend zur Glienicker Brücke: Ein Funkwagen mit Blaulicht vor Vogels goldfarbenem Mercedes, dann Meehan in seinem Buick-Dienstwagen, dahinter Burt und Rehlinger in der Limousine des Bonner US-Botschafters, schließlich zwei dunkelblaue Kleinbusse der US-Luftwaffe mit den fünf Gefangenen sowie weitere Begleitfahrzeuge. Um 10.42 Uhr kam die Wagenkolonne an der Grenze an.

Burts Dienst-Mercedes, Kennzeichen 100, wurde auf der Brücke sofort in Fahrtrichtung West-Berlin geparkt, damit der Wagen nach Schtscharanskis Eintreffen ohne verzögernde Wendemanöver gleich wieder wegfahren konnte. Der Bürgerrechtler sollte als erster und allein kommen, Burt und Rehlinger wollten ihn in Empfang nehmen und mit ihm den Schauplatz verlassen, ehe der eigentliche Austausch abgewickelt wurde. Rehlinger war »gespannt, ob die östliche Seite diese Vorstellungen nicht würde zu durchkreuzen versuchen«.

Nach der Ankunft auf der Brücke nahmen die beiden Botschafter die Örtlichkeit in Augenschein und verständigten sich noch einmal über das nun ablaufende Szenario. Burt trippelte ungeduldig, weil es ihm nicht schnell genug ging, aber auch, weil es ungemütlich kalt war. Es war ein grauer Tag, die Temperatur lag unter dem Gefrierpunkt. Vogel und Meehan fuhren mit ihren Autos auf die Potsdamer Seite, um die östlichen Gefangenen abzuholen.

»Es war eigentlich nicht abgesprochen«, sagt Vogel, und Meehan bestätigt es, daß der US-Botschafter in seinem Wagen den entlassenen Dissidenten zur Grenzlinie fuhr, aber er habe dies, so der DDR-Anwalt, »Meehan mehr aus freundschaftlichen Gefühlen heraus überlassen«. Vogel nahm auf dem Beifahrersitz in Meehans Limousine Platz, Schtscharanski und der Botschafter im Fond.

Auf der Glienicker Brücke bemerkte Schtscharanski sofort die aufgezogene rote Sowjetfahne. »Wie symbolisch«, stichelte er, »dies ist in Wahrheit nicht die Grenze Ostdeutschlands, sondern die Grenze des sowjetischen Imperiums.«

Während Burt und Rehlinger in der Mitte der Brücke warteten, kamen ihnen Meehan und Vogel mit Schtscharanski entgegen. »Wo ist die Grenze?« fragte Schtscharanski. »Genau hier, dieser dicke weiße Strich«, erhielt er zur Antwort. Mit einem Freudensprung hüpfte der befreite Dissident über die Linie. In diesem Moment rutschte seine Hose, die nur von einer dünnen Schnur gehalten wurde, und er mußte das Beinkleid mit einer Hand festhalten, als Burt und Rehlinger ihn in ihre Mitte nahmen und flotten Schrittes zum Wagen des US-Botschafters gingen, der sofort in Richtung Tempelhof losbrauste.

Die Fernsehkameras konnten jedoch nur die letzten Meter dieses Fußwegs erfassen und nicht den Moment, als Schtscharanski über die weiße Linie hopste. Die Amerikaner waren unsicher gewesen, ob Vogel oder die Russen zu guter Letzt nicht doch noch Schtscharanskis Sonderbehandlung vereiteln und mit allen vier Häftlingen gleichzeitig am Grenzstrich stehen würden. Sie hatten deshalb zwei dunkelblaue Kastenwagen der US-Luftwaffe als Sichtblende vor der Brückenmitte postiert. Durch die Teleobjektive der TV-Kameras sah es aus, als steige Schtscharanski aus einem der beiden Transporter, als er zwischen den Fahrzeugen mit Burt und Rehlinger hervortrat.

Wenige Minuten nach Schtscharanski wurden die anderen Gefangenen auf die Brücke geführt. Jaroslav Javorski, der wegen seines verkrüppelten Fußes humpelte, kam mit einer unförmigen Kopfbedeckung, um seinen im Lager kahlgeschorenen Kopf zu verdecken. Ein Polizist hatte ihm einen Filzhut gekauft.

Von dem Kastenwagen, der die Ost-Agenten von Tempelhof zur Glienicker Brücke gebracht hatte, gingen zuerst die Köchers über die Grenzlinie in den Osten, dann Semljakow und Kaczmarek. Einer nach dem anderen wurde von Abgesandten ihrer Heimatländer in Empfang genommen, der Pulk auf der Brücke zerstreute sich. Zuletzt stand der Stasi-Spion Detlef Scharfenorth mutterseelenallein herum, als Vogels goldfarbener Mercedes rückwärts auf ihn zubrauste. Der Anwalt stieg aus und brummte kopfschüttelnd: »Herr Scharfenorth, Sie haben wir beinahe vergessen.«

Um 11.31 Uhr wurden die Schlagbäume geschlossen, auf der Glienicker Brücke kehrte wieder der stille, graue Alltag ein.

Vogels Plädoyer für eine ungeschminkte Informationspolitik der DDR-Medien in Austauschfällen blieb auch diesmal unbeachtet. Die amtliche DDR-Nachrichtenagentur ADN verbreitete wiederum eine dürre, wenig erhellende Meldung: »Aufgrund von Vereinbarungen zwischen den USA und der BRD sowie der UdSSR, der CSSR, der VRP [= Volksrepublik Polen] und der DDR fand am Dienstag, dem 11. Februar 1986, ein Austausch von Personen statt, die durch die jeweiligen Länder inhaftiert worden waren. Darunter befanden sich mehrere Kundschafter.«

Die Verlautbarung, die der Sprecher der US-Mission in West-Berlin verteilte, war kaum aufschlußreicher. Sie zitierte lediglich eine in Englisch abgefaßte gemeinsame Erklärung von US-

Präsident Reagan und Bundeskanzler Kohl, in der sich beide zufrieden über die Freilassung des »aus Gewissensgründen« inhaftierten Anatolij Schtscharanski äußerten. Daß außerdem mehrere Agenten ausgetauscht worden waren, erwähnte das Papier mit keinem Wort.

Seine persönlichen Empfindungen »nach diesem endlich und doch noch gelungenen Austausch« schrieb sich Vogel unmittelbar nach vollbrachter Tat von der Seele. Er diktierte einen Text, in dem er sein Gefühl »mit dem des Chirurgen nach einer erfolgreichen, komplizierten Operation« verglich.

Der Jurist, der das Erfolgsgeheimnis seines Tauschhandels darin sah, daß sich keine Seite übervorteilt fühlen mußte, mahnte seine Auftraggeber zu Zurückhaltung. »Das Spektakulum«, das »schon im Vorfeld und auch heut'« zu beobachten gewesen sei, verheiße »im Blick in die Zukunft nichts Gutes, zumal wohl auch noch die öffentliche Siegerpose zu erwarten steht, vor der ich warnen möchte«.

Wem Vogels Mahnung galt, war klar, zumal sie ohnehin nur zur internen Verwendung bestimmt war: Diesmal war es Honecker, der die große Show gewollt hatte und die internationale Übereinkunft fürs eigene Prestige auszuschlachten trachtete. Der Anwalt nahm sich die Freiheit heraus, ungefragt seinem Staatsoberhaupt einen Rat zu erteilen.

Zugleich rechtfertigte Vogel den Agentenaustausch, der »nach allen mir bekannten Rechtsordnungen zulässig« sei. Er sei auch »kein Zirkus mit Akteuren in der Manege und Zuschauern«. Vielmehr gehe es um »Menschen in schwerster Bedrängnis«, wobei er unterstrich, daß von der Austauschpraxis auch kapitalistische Staaten profitierten: »Die nachrichtendienstliche Tätigkeit ist keinesfalls eine Einbahnstraße von Ost nach West.«

Nicht ohne Pathos formulierte Vogel seine Vision: »Wenn nun doch noch Staatsoberhäupter und Politiker mehrerer Länder« – und er ergänzte handschriftlich: »in einer Koalition der Vernunft« – »eine gute Lösung gefunden haben, möge dieses Beispiel ausstrahlen in die Regionen der großen Politik.«

»Schtscharanski«, resümiert Vogel heute, »wäre ohne Michail Gorbatschow nicht gelaufen. Wir haben ja neun Jahre um diesen Mann geredet, und nun plötzlich ging das. Das war nicht unsere Tüchtigkeit, daß wir uns da was Besonderes ausgedacht hätten. Gorbatschow hat grünes Licht gegeben – nicht ohne Eigeninteressen und nicht ohne Gegenleistung. Und er legte, offensichtlich unter dem Druck seiner Dienste und seiner Generalität, auch Wert darauf, Schtscharanski nicht als Dissidenten freizugeben, sondern als Spion. Deshalb mußte er mit auf die Glienicker Brücke.«

Schtscharanski legte seinen russischen Vornamen Anatolij ab und nannte sich Natan Scharanski. Mit seiner Frau Avital zog er nach Jerusalem, wo er als Held empfangen wurde. Verschiedene religiöse Gruppierungen und Parteien umwarben ihn, doch Scharanski gründete, nach jahrelanger politischer Abstinenz, die Einwandererpartei »Israel B'Alija«, die bei der Parlamentswahl Ende Mai 1996 sieben Sitze errang und eine Koalition mit dem Likud-Premier Benjamin Netanjahu einging. Scharanski wurde Industrie- und Handelsminister.

Westliche Kritik an dem Tauschhandel

Spätestens mit der Freilassung des Freiheitssymbols Anatolij Schtscharanski war Vogels Austauschpraxis, die er drei Jahrzehnte zuvor mit zaghaften Experimenten begonnen hatte, als Instrument der internationalen Politik etabliert. Gleichwohl gab es prinzipielle Kritik an dem Verfahren. Einwände erhob einen Tag nach dem Austausch im Februar 1986 die *Frankfurter Allgemeine*: Es gebe »zumindest dreierlei Bedenken gegen den Tauschhandel auf der Glienicker Brücke«.

Zum einen, mäkelte das meinungsbildende Leitorgan der westdeutschen Konservativen, könnte »man das einzelne Beispiel als für das Ganze gültig ansehen ..., als sei ein besseres Zeitalter menschenfreundlicher Vereinbarungen damit eröffnet« – zu jener Zeit galt der Osten nicht nur für Ronald Reagan noch als »Reich des Bösen«. Das »zweite Bedenken« der *FAZ* galt der »Verquickung« von Agenten, Fluchthelfern und Dissidenten: »Da werden in dem Handel kunterbunt vermischt Typen von recht verschiedener Wertigkeit.« Beide Argumente trafen zu – aber gab es eine Alternative?

Der dritte Kritikpunkt hingegen war nicht so einfach von der Hand zu weisen: Vogels Tauschgeschäfte, so der Vorwurf, stabilisierten die Spionagetätigkeit, weil das Risiko im Fall der Enttarnung kalkulierbar geworden sei. Die *FAZ*: »Agenten und Verräter jeder Art, so wird suggeriert, werden gegebenenfalls an der Glienicker Brücke ausgetauscht.« Unter Ost- und Westdeutschen sei die Ausspähung ohnehin »besonders leicht, da es keine Sprach- und kaum Tarnungsschwierigkeiten« gebe. »Einst drohte die Todesstrafe oder langjährige Festungshaft. Von solcher Abschreckung ist man jetzt weit entfernt: Wer sich erwischen läßt, muß eine Wartezeit ertragen und wird dann einfach des Feldes verwiesen.«

Natürlich, sagt Vogel, könne man aus den fast schon regelmäßigen Tauschgeschäften den Schluß ziehen, daß sie »zur Bereitschaft der Spionage und zur Effektivität beigetragen« hätten. Das sei aber nur »die leichteste Lesart«, man könne es auch anders betrachten. Die Geheimdienste hätten »durch die Rückkehr so manches Detail erfahren«, das Anlaß zum Überdenken der eigenen Praxis gegeben habe, etwa »was den Einsatz der Leute fragwürdig gemacht hat, ihren tatsächlichen Nutzwert, die Gründe ihrer Enttarnung und Beschwerden über den Arbeitsstil ihrer Führungsoffiziere«.

Auch Vogels Partner Rehlinger rechtfertigte die Austauschpraxis: »Zu allen Zeiten haben sich die Staaten besonderer Dienste bedient, um ihrerseits besondere Auskünfte über einen anderen Staat zu erhalten«, umschrieb er das Spionagegeschäft: »Das ist sicher nicht schön, aber es ist die Praxis. Daß dabei dann Mitarbeiter verhaftet und verurteilt werden, ist eine Folge dieses Geschäfts, und daß man sich dann um diese bemüht«, so Rehlinger, sei »einfach aus der Fürsorgepflicht heraus geboren«.

Die DDR, lobte Rehlinger, habe sich »schon mehrfach in der Vergangenheit gern als Mittler zwischen dem Ostblock und dem Westen in solchen Verhandlungen bemüht und auch bewährt«. Das stärke »ihre Reputation im Ostblock, aber auch ihre Reputation gegenüber dem Westen«.

Richard Burt, Washingtons Botschafter in Bonn, sandte Vogel diesmal einen freundlichen Brief. »Erinnern Sie sich des Augenblicks in meinem Büro letzten Mai in Washington, als wir uns einig waren, daß nach dem Austausch im Juni der nächste zu entlassende Häftling Anatolij Schtscharanski sein sollte? Ich bin erfreut, daß nach der anfänglichen Enttäuschung im September diese Vision nun Wirklichkeit geworden ist. Ich denke, wir können beide sehr stolz darauf sein, an der endlich erreichten Freilassung dieses ungewöhnlichen Mannes mitgewirkt zu haben.«

Er hoffe, schmeichelte Burt, »daß wir in Zukunft so erfolgreich zusammenarbeiten können, wie wir es in den letzten neun Monaten getan haben«. Denn, so der Botschafter, neue Aufgaben warteten schon: »Sie wissen, wer der nächste auf unserer Liste ist.«

Am 8. Februar 1986, drei Tage vor dem Schtscharanski-Austausch, hatte das französische KP-Organ *L'Humanité* ein Interview mit Michail Gorbatschow veröffentlicht. Darin hatte der Kremlchef klargestellt, daß die Sowjetunion nicht bereit sei, den Friedensnobelpreisträger Andrej Sacharow in den Westen ziehen zu lassen. Sacharow, der die sowjetische Wasserstoffbombe mit entwickelt hatte, war 1980 wegen seines Eintretens für die Menschenrechte aus Moskau nach Gorki verbannt worden. Gorbatschow sagte, Sacharow dürfe die Sowjetunion noch nicht verlassen, weil er »noch immer ein Träger von Staatsgeheimnissen« sei.

Zwar hatte Gorbatschow öffentlich einer Freilassung Sacharows eine Absage erteilt. Aber intern, glaubt Meehan, müsse Vogel gewußt haben, »daß die Sowjetunion bereit war, sich zu bewegen«: Als Schtscharanski, am Vorabend seiner Ausreise in den Westen, mit dem Ost-Berliner US-Botschafter und dem DDR-Anwalt in dessen Kanzlei zusammensaß, sagte Vogel, wie sich Meehan genau erinnert, daß er »nun mit Sacharow weitermachen« wolle.

Das Trio hatte eben die Frage erörtert, was Schtscharanski der Presse sagen solle. Der stets auf Diskretion bedachte Vogel meinte, es wäre gut, wenn der Befreite überhaupt nichts sagen würde – andernfalls werde es »noch schwieriger, am Sacharow-Fall zu arbeiten«. Meehan schließt aus der Bemerkung Vogels, daß er »da diesen Fall schon im Kopf« hatte.

Wer als Austauschpartner für Sacharow in Frage kam, war für Vogel auch bereits klar. Wenige Tage zuvor, am 31. Januar, hatte der südafrikanische Staatspräsident Pieter Willem Botha bei der Eröffnung der neuen parlamentarischen Sitzungsperiode in Kapstadt erstmals seine Bereitschaft bekundet, den eingesperrten Schwarzenführer Nelson Mandela »aus humanitären Erwägungen« freizulassen, eventuell gegen einen in Luanda festgehaltenen südafrikanischen Hauptmann, der einen terroristischen Anschlag auf eine Ölraffinerie in Angola verübt hatte, vielleicht auch für Schtscharanski, von dessen bevorstehender Freilassung Botha zu diesem Zeitpunkt noch nichts wußte, oder für Sacharow. Botha hatte den überraschenden Vorstoß erst in letzter Minute in sein Redemanuskript aufgenommen. Er schlug »Verhandlungen zwischen interessierten Regierungen« vor.

Ehe Vogel jedoch wieder als Vermittler auf Reisen gehen konnte, traf ihn zu Hause ein schwerer menschlicher Schlag. Am 15. Februar 1986, vier Tage nach dem grandiosen Spektakel auf der Glienicker Brücke, starb sein langjähriger Kompagnon Heinz Volpert unter merkwürdigen Begleitumständen.

Der Oberst hatte an einer mehrtägigen Kreisdelegiertenkonferenz der SED im MfS teilgenommen und sich das langatmige Geschwafel Mielkes angehört, der wieder mal über den Untergang des Kapitalismus und die paradiesische Zukunft der sozialistischen DDR dozierte. An jenem Samstag nachmittag setzte sich Volpert vor Schluß der Veranstaltung ab, um noch zwei Stunden Tennis zu spielen und anschließend in die Sauna zu gehen, die er im Keller seines Hauses in Rauchfangswerder, einer in den Zeuthener See hineinragenden Halbinsel im Südosten Berlins, eingerichtet hatte. Als er von dem Schwitzbad nicht zurückkehrte, sah Ingrid Volpert nach ihrem Mann und fand ihn gegen 22 Uhr leblos auf der Holzbank in der Sauna, ein Arm hing schlaff herunter, und aus dem rechten Mundwinkel rann eine dünne Blutspur. Sie alarmierte Vogel, der sogleich kam.

Das plötzliche Hinscheiden löste Zweifel aus, ob Volpert eines natürlichen Todes gestorben war, und die Geheimniskrämerei der Stasi trug das ihre dazu bei, die Gerüchte nicht verstummen zu lassen. Volpert sei topfit gewesen, erinnert sich Vogel: »Das war ein Gesundheitsprotz, hat auf jede Kalorie geachtet, kaum Alkohol getrunken, jeden Tag gejoggt und war jahrzehntelang Saunagänger.« Vogel: »Die Todesursache war mir rätselhaft.«

In Volperts Personalakte befindet sich der merkwürdige Befund einer »Tauglichkeitsuntersuchung«, die angeblich am 26. Juni 1984, also anderthalb Jahre vor seinem Tod, ausgeführt worden ist. Vom Verdacht auf eine »Lebererkrankung infolge fortgesetzten Alkoholmißbrauchs« war darin die Rede, von einem »überhöhten Fettspiegel im Blut« und einer »arteriellen Hypertonie, Schweregrad II«, einem besorgniserregenden Bluthochdruck. Für die Arbeit im MfS, so das Attest, sei Volpert daher »vorübergehend für 2 Jahre nicht geeignet«.

Der Leiter der Stasi-Hauptabteilung Kader und Schulung, Generalleutnant Günter Möller, tauchte nach der Todesnachricht sofort in Volperts Haus auf. Kurz darauf kam auch Mielkes Bürochef Hans Carlsohn. Der Stasi-Minister verweigerte später die Herausgabe des Obduktionsberichts des Armeekrankenhauses Bad Saarow an die Witwe.

War Volpert von den eigenen Genossen aus dem Weg geräumt worden? Spannungen mit seinen Vorgesetzten hatte es seit längerem gegeben. Die opulente Gegenleistung der DDR für die vier Ost-Agenten Zehe, Michelson, Kostadinow und Zacharski, die am 11. Juni 1985 über die Glienicker Brücke gingen, während gleichzeitig 25 West-Agenten in die Freiheit durften, wurde Volpert als unausgewogen angekreidet.

Mysteriös muß auch erscheinen, daß ein Genosse Plötz von der Disziplinarabteilung des MfS am 15. Juni 1985 – vier Tage nach dem umstrittenen Ringtausch – Volperts Personalakte kommen ließ und sie erst am 10. Januar 1986 – einen Monat vor der Freilassung Schtscharanskis – zurückgab.

Vor der Beerdigung im engsten Freundeskreis in Rauchfangswerder fand in Friedrichsfelde, an der »Gedenkstätte der Sozialisten«, eine offizielle Trauerfeier mit geladenen Gästen statt, hauptsächlich Mitarbeitern aus dem MfS. Vogels Anwesenheit war nicht erwünscht: »Ich durfte dort nicht hin.«

Bewegend für die Vertrauten Volperts war der Abschied auf dem kleinen Dorffriedhof. Volperts langjähriger Kampfgefährte Alexander Schalck-Golodkowski, mit dem Volpert 1970 an der Stasi-Hochschule in Potsdam-Golm durch eine gemeinsame Dissertation (Titel: »Zur Vermeidung ökonomischer Verluste und zur Erwirtschaftung zusätzlicher Devisen im Bereich ›Kommerzielle Koordinierung‹ des Ministeriums für Außenwirtschaft der Deutschen Demokratischen Republik«) promoviert worden war, hielt die Grabrede. Schalck befolgte Vogels

Rat, den Verstorbenen direkt anzusprechen und mit ihm Zwiesprache zu halten. Als der Sarg mit Volperts Leichnam in die Erde gesenkt wurde, fiel der gläubige Katholik Vogel (»So kannte ich das aus meiner schlesischen Heimat«) am offenen Grab auf die Knie.

Volperts Stelle als Vogels Stasi-Kontaktmann übernahm der 54jährige Generalmajor Gerhard Niebling. Der aus der Nähe von Eisenach stammende Thüringer, einst Stasi-Ermittler im Spionagefall der Grotewohl-Sekretärin Elli Barczatis, war seit Anfang 1983 Chef der »Zentralen Koordinierungsgruppe« (ZKG), die im Dezember 1975 auf Mielkes Befehl »zur Vorbeugung, Aufklärung und Verhinderung des ungesetzlichen Verlassens der DDR und Bekämpfung des staatsfeindlichen Menschenhandels« gegründet worden war. Den Stasi-Minister wurmte, daß immer mehr DDR-Bürger Ausreiseanträge stellten. Nieblings Truppe sollte diese Begehren »zurückdrängen und kontrollieren«.

Niebling war schon äußerlich nicht sportlich-elegant wie Volpert, sondern der Prototyp des Apparatschiks, ein pedantischer, fülliger Mann mit einer altmodischen ostdeutschen Hornbrille. Er verfügte über sehr viel weniger Fingerspitzengefühl und war bei weitem nicht so flexibel wie Volpert. Andererseits, rühmt Vogel, sei auch er verläßlich gewesen, »sein Wort galt«.

Bei Mielke stand er regelmäßig stramm: Der Stasi-Minister, so wurde in der Behörde kolportiert, konnte die dämlichsten Befehle geben, Niebling führte sie aus. Er war nicht so ehrgeizig wie Volpert und auch nicht so souverän: Anders als sein Vorgänger ließ sich Niebling nicht dazu bewegen, bei der Übergabe freigekaufter Häftlinge in Herleshausen mit Vogel über die Grenzlinie auf die westliche Seite zu fahren – er wartete lieber allein im Osten auf die Rückkehr des Anwalts. Niebling führte auch wieder den Gebrauch des Decknamens »Georg« für Vogel in Stasi-internen Schriftstücken ein.

Während Volpert Mielkes schriftliche Mitteilungen – etwa die Benennung der Wunschkandidaten für einen Austausch, Listen hochbestrafter Gefangener für den Freikauf oder Umfang der jeweiligen Freikaufaktion – stets selbst an Vogel überreicht hatte, trat Niebling nicht als Mittler in Erscheinung. Vielmehr erhielt Vogel die Mielke-Post nun durch Boten, die ihm jedesmal telefonisch von Mielkes Büroleiter Carlsohn angekündigt wurden.

Eine der ersten Amtshandlungen Nieblings in seiner neuen Funktion an Vogels Seite war die geheimdienstliche Aufklärung des Umfelds seines neuen Kompagnons: Er ließ am 28. April 1986 unter dem Decknamen »Rubin« einen »Sicherungsvorgang« anlegen, der am 16. Mai 1986 unter der Nummer XV 2818/86 für die ZKG registriert wurde. Die Maßnahme, über die Vogel nicht informiert wurde, galt der im Stasi-Jargon so genannten »Sicherung« der Anwaltskanzlei. Vogels Kollegen Dieter Starkulla und Klaus Hartmann sowie seine knapp 20 Angestellten wurden, neben einer Reihe von Personen mit persönlichem Kontakt zum Büro und seinen Mitarbeitern, überprüft, ob sie möglicherweise nachrichtendienstliche Verbindungen unterhielten.

Vogel und seine Frau waren für Nieblings Ermittler tabu. Die Stasi-Rechercheure wären sonst auf die Kontakte gestoßen, die der Anwalt in Honeckers Auftrag mit westlichen Politikern unterhielt. Diese Nebentätigkeit des Anwalts ging den Stasi-Mann nichts an.

Den großen Ringtausch im Juni 1985, den er selbst mit vorbereitet hatte, erlebte Richard Barkley nicht live. Der amerikanische Diplomat, bis dahin Botschaftsrat in Bonn, hatte die Bundesrepublik ein paar Tage zuvor verlassen und machte Urlaub in seiner Heimat Illinois, bevor er seine neue Stelle als stellvertretender Missionschef in Pretoria antrat. Freunde in Deutschland berichteten ihm am Telefon, wie das Spektakel abgelaufen war.

Im März 1986 erhielt Dick Barkley in Pretoria einen Anruf von Vogel, der seinen baldigen Besuch in Südafrika in Aussicht stellte. Barkley lud den alten Bekannten zu sich ein, hörte dann aber nichts weiter von ihm. »Erst später«, erzählt Barkley, »habe ich eine Postkarte von Vogel bekommen: ›Ich war in Südafrika, aber man wollte nicht, daß wir zusammentreffen.‹«

Statt dessen begegnete Vogel einem anderen Mitstreiter aus früheren Tagen wieder. In Bophuthatswana, dem südafrikanischen »Homeland«, hatte es Schabtai Kalmanowitsch, einst Abgesandter des israelischen Knesset-Abgeordneten Samuel Flatto-Scharon, zu Reichtum und politischem Einfluß gebracht. Mit den Präsidenten von Bophuthatswana, Lucas Mangope, und von Sierra Leone, Joseph Momoh, war Kalmanowitsch eng befreundet. 1985 soll Kalmanowitsch maßgeblich an dem Staatsstreich in Sierra Leone beteiligt gewesen sein, der Momoh an die Macht gebracht hatte. Offenbar als Gegenleistung erhielt er Schürfkonzessionen für Gold und Diamanten.

In dem Homeland hatte Kalmanowitschs Firma »Liat Finance Trade and Construction« Billighäuser für rund 300 Millionen Mark hochgezogen, ein nationales Sportstadion für 40 Millionen Mark gebaut und eine Reihe anderer staatlicher Bauten hingeklotzt. In Tel Aviv residierte er als »Handelsdelegierter« Bophuthatswanas in einem protzigen Missionsgebäude, das zugleich Hauptsitz seines weltweit operierenden Konzerns war. Liat-Niederlassungen gab es unter anderem auch in London, Frankfurt und Köln. Von den guten Beziehungen Kalmanowitschs im südlichen Afrika profitierte auch ein alter Bekannter aus Amerika: Ronnie Greenwald tätigte Anfang der achtziger Jahre lukrative Geschäfte mit Bophuthatswana.

Kalmanowitsch führte die Vogels gleich nach ihrer Ankunft in Johannesburg in die pompöse Urlauber-Oase Sun City – eine Art südafrikanisches Las Vegas voller Clubs und Casinos. Vom Jet, mit dem sie aus Frankfurt gekommen waren, stiegen Vogel und seine Frau direkt in einen Hubschrauber um.

Einziger politischer Gesprächspartner Vogels war ein Abgeordneter der Bauernpartei. Der Parlamentarier besaß eine riesige Farm, die Vogel mächtig beeindruckte. Doch in der Sache Mandela mußte der Anwalt unverrichteter Dinge wieder abreisen.

Auf Meehan wirkte Vogel bedrückt, als er ihn nach seiner Rückkehr aus Südafrika wiedersah. In seiner Euphorie, Sacharow und Mandela, den beiden großen Kämpfern für die Menschenrechte, zur Freiheit verhelfen zu können, war Vogel überstürzt aufgebrochen, ohne die Realisierungschancen wirklich ausgelotet zu haben. So wurde er während seines Aufenthalts am Kap von der Nachricht überrascht, daß Mandela keinesfalls das Land verlassen würde. Dies war für die südafrikanische Regierung aus innenpolitischen Gründen jedoch Voraussetzung für eine Freilassung des Schwarzenführers, so daß ein Austausch illusorisch geworden war. Deshalb wurde Vogel ein zuvor in Aussicht gestellter Besuch bei Mandela im Gefängnis auf Robben Island verwehrt.

Barkley ist überzeugt, daß Botha nur »der internationalen Öffentlichkeit Sand in die Augen streuen wollte«, aber seinen Vorschlag »nie wirklich ernst meinte«. Wäre Mandela außer Landes gegangen, vermutet Barkley, »hätte man ihn auch ohne Gegenleistung freilassen können«. Von seinem Südafrika-Trip blieben Vogel nur ein paar Erinnerungsfotos an eine Safari, die er mit seiner Frau unternahm.

Trotz des Fehlschlags seiner Südafrika-Mission behielt Vogel seinen Optimismus. Anfang Juli 1986 folgte eine, wie der Anwalt fand, »hoffnungsweisende Bemerkung« Gorbatschows in einer Tischrede beim Moskau-Besuch des französischen Staatspräsidenten François Mitterrand: »Wir sind«, erklärte der Kremlchef, »auch zu einer internationalen Zusammenarbeit im Bereich der humanitären Probleme bereit. Und das sind nicht nur Worte. Wir suchen auch in diesem Bereich nach praktischen Lösungen.«

Der Gorbatschow-Hinweis beflügelte öffentliche Spekulationen über einen womöglich unmittelbar bevorstehenden Austausch Mandela/Sacharow. »Wie im Fall Schtscharanski«, erinnert sich Vogel, »mußte die Interessenlage Gorbatschows berücksichtigt werden, aus Prestigegründen ein internationales Arrangement herauszufinden.«

Der Einsatz des sowjetischen Präsidenten für den schwarzen Bürgerrechtler Mandela hätte der Sowjetunion »Ansehen eingebracht«, und »gleichzeitig hätte sie sich eines Problemfalles entledigt, der ständig Beschwernisse mit sich brachte«. Umgekehrt, wußte Vogel, »galten diese Überlegungen auch für die Politik Bothas«. Er hätte »den Fall Mandela wenigstens entschärft und sich gleichzeitig der Befreiung Sacharows rühmen können«.

Ein Austausch zweier Systemgegner, Mann gegen Mann, wußte Vogel, kam für beide Seiten nicht in Betracht – sie konnten nur in einem Verbund mit mehreren Spionen in die Freiheit entlassen werden. So wollten die Südafrikaner gern jenen Hauptmann zurückhaben, der bei einem Kommando-Unternehmen in dem vom kommunistischen Kuba kontrollierten Angola abhanden gekommen war. Die Sowjets wiederum wünschten sich von Pretoria die vorzeitige Entlassung ihres Späher-Ehepaares Dieter und Ruth Gerhardt; der Mann war Werftkommandant der Marinebasis Simonstown gewesen.

Vogel sollte allerdings, auf Drängen des MfS, bei dieser Gelegenheit auch einige deutsche Fälle lösen, die schon lange auf der Warteliste standen – gewissermaßen als Provision für seine supranationale Maklertätigkeit. Mielke persönlich trug ihm auf: »Wir wollen auch etwas von dem Kuchen haben.«

Dazu gehörte etwa der Hardthöhe-Spion Lothar-Erwin Lutze, der 1978 aufgeflogen war. In seinem Fall waren es nicht Bonner Politiker, die sich querlegten, sondern die bundesdeutsche Justiz machte eine Prinzipienfrage daraus, an der, wäre sie so gestellt worden, auch alle früher praktizierten Tauschgeschäfte hätten scheitern müssen.

Im Juli 1984 hatte der Staatsschutzsenat des Düsseldorfer Oberlandesgerichts eine vorzeitige Haftentlassung Lutzes abgelehnt, weil der bei seiner Anhörung freimütig angekündigt hatte, er werde anschließend in die DDR übersiedeln. Daraus hatte das Gericht kühn gefolgert, daß sich Lutze erneut in den Dienst des MfS stellen und sich an dessen Aktivitäten gegen die Bundesrepublik beteiligen werde.

Lutze, so das Gericht, werde zwar kaum als Spion in den Westen zurückkehren – dazu sei ihm das Risiko zu hoch. Es müsse aber damit gerechnet werden, daß der Verurteilte, dessen Reststrafe ja nur zur Bewährung ausgesetzt würde, in dieser Zeit erneut den Straftatbestand des Paragraphen 99 des Strafgesetzbuchs (Agententätigkeit) erfüllen werde: Nach den Erfahrungen mit östlichen Agenten werde er »sofort vom DDR-Geheimdienst befragt werden, weil es ausgeschlossen erscheint, daß das MfS die Chance nachträglicher Ausforschung ausschlagen könnte«. Aber machten es die westdeutschen Nachrichtendienste mit Überläufern und Freigetauschten, die aus der Gegenrichtung kamen, nicht genauso?

Im Oktober 1985 hatte auch der Bundesgerichtshof eine vorzeitige Haftentlassung des Stasi-Spions verhindert, indem er entschied: »Die Fahrt zurück in die DDR nach Strafaussetzung zur Bewährung ist bereits der Beginn einer neuen Straftat. Es steht nämlich stets zu erwarten, daß nach Rückkehr das jeweilige Verfahren durch zuständige Behörden nach Anhörung des Verurteilten ausgewertet wird.« Der unter Auflagen entlassene Spion, so die vertrackte Logik des BGH, würde sofort neue Verratshandlungen begehen. Der frischgebackene Honorarprofessor Vogel zitierte in seiner Antrittsrede am 17. Oktober 1985 aus dem »erstaunlichen und vielleicht deswegen nicht veröffentlichten Beschluß« des BGH, der gerade drei Tage zuvor ergangen war und den Vogel umgehend von Lutzes westdeutschem Anwalt erhalten hatte.

Das Bundesverfassungsgericht bekräftigte im Dezember 1985 diesen Rechtsstandpunkt sogar noch, indem es eine Verfassungsbeschwerde Lutzes gegen zwei Beschlüsse des Bundesgerichtshofs und des OLG Düsseldorf erst gar nicht zur Entscheidung annahm, weil sie keine hinreichende Aussicht auf Erfolg biete: »Der Beschwerdeführer verkennt vor allem, daß die angegriffenen Entscheidungen auf einer positiven Überzeugung beruhen, der Beschwerdeführer werde nach seiner Übersiedlung in die DDR dem dortigen Geheimdienst bereitwillig sein gesamtes Wissen zur Verfügung stellen.«

Diese Einschätzung sei »aus verfassungsrechtlicher Sicht nicht zu beanstanden«, so die Karlsruher Richter. Lutze habe die Auffassung der Gerichte auch nicht »als sachfremd widerlegen« können, das bei ihm »noch vorhandene Wissen aus der Zeit vor seiner Verhaftung könne für den befragenden Geheimdienst noch von Bedeutung sein und dadurch abermals den Tatbestand des Landesverrats verwirklichen«. Bei einer »noch ausstehenden Reststrafe von zirka drei Jahren« habe sich den Gerichten »auch nicht der Gedanke aufdrängen« müssen, daß Lutze »nach Vollverbüßung der Freiheitsstrafe ohnehin kaum daran zu hindern sein wird, in die DDR überzusiedeln«.

In den Jahren davor hatte sich die Faustregel herausgebildet, daß Agenten meist nach Absitzen von zwei Dritteln ihrer Strafe für einen Austausch in Frage kamen. Die Begnadigung, in schweren Fällen durch den Bundespräsidenten, war dann nur eine Formsache. Voraussetzung war allerdings, daß die Austauschkandidaten nicht mehr über »frisches Wissen« aus ihrem Operationsgebiet verfügten. Allgemein galten, wie schon BND-Maulwurf Felfe wußte, fünf Jahre als ausreichende »Abkühlungszeit«.

Bei Lutze war diese Frist längst überschritten, also konnte die amtliche Begründung, warum er weiter in westdeutschem Gewahrsam bleiben mußte, kaum überzeugen. Lutze war vielmehr ein Faustpfand, das nicht herausgerückt wurde, solange sich die DDR der Entlassung von Christa-Karin Schumann widersetzte, der Gefährtin des 1980 hingerichteten Winfried Baumann.

12. KAPITEL
»Bewährter Kundschafter in hilfloser Lage«

Der Fall Marcus Klingberg

Von einem Tag auf den andern war der prominente israelische Wissenschaftler Marcus Abraham Klingberg spurlos verschwunden, wie vom Erdboden verschluckt. Außer ein paar Eingeweihten wußte niemand, was mit dem Epidemiologen und stellvertretenden Leiter des staatlichen Instituts für Biologische Forschung in Nes-Ziona, einer Kleinstadt etwa 25 Kilometer südlich von Tel Aviv, im Januar 1983 geschehen war. Jahrelang blieb der Aufenthaltsort des Professors ein wohlgehütetes Regierungsgeheimnis.

Der polnische Jude Klingberg, 1918 in Warschau geboren, war 1939 vor den Nazis nach Weißrußland entkommen, wo er ein Medizinstudium aufnahm. Als die Deutschen 1941 auch die Sowjetunion überfielen, meldete sich Klingberg freiwillig zur Roten Armee. Im Dezember 1944 kehrte Klingberg nach Polen zurück und leitete im Warschauer Gesundheitsministerium die Abteilung für Vorsorgemedizin. Seine gesamte Familie war im Ghetto oder in den Gaskammern umgekommen. Im Juni 1945 heiratete er eine Kollegin, die Mikrobiologin Wanda Jasinska, auch sie eine Jüdin, deren Familie ebenfalls bis auf eine Cousine umgebracht worden war. 1948, nach der Gründung des Staates Israel, wanderte das Paar in den Judenstaat aus. Sofort trat Klingberg in die Armee ein und wurde zwei Jahre später Chef der Vorsorgemedizin im Sanitätsdienst.

Klingbergs mysteriöses Verschwinden am 19. Januar 1983 wurde in der Öffentlichkeit erst zehn Monate später überhaupt wahrgenommen. Am 24. Oktober veröffentlichte *Maariv*, die größte israelische Abendzeitung, einen kurzen Artikel im Inneren des Blattes. Der Reporter Aaron Priel zitierte darin Klingbergs Frau, die gesagt habe, die Universität könne über den Verbleib ihres Mannes »alles erzählen«.

Aber ein Sprecher des Dekans der medizinischen Fakultät mochte die rätselhafte Abwesenheit des Forschers weder bestätigen noch dementieren, geschweige denn erklären. Kollegen am Nes-Ziona-Institut sagten, sie hätten gehört, Klingberg habe sich, möglicherweise wegen einer psychischen Erkrankung, in eine Klinik begeben, sie wüßten aber nicht wo. Ein Institutsmitarbeiter will einige Monate nach diesem ersten Artikel gesehen haben, wie Regierungsbeamte ohne jede Erklärung Klingbergs Akten und seine persönliche Habe aus seinem Arbeitszimmer abholten.

Am 7. November 1983 mutmaßte Priel in einem kurzen Nachfolgeartikel in *Maariv*, daß sich Klingberg in einem Schweizer Sanatorium aufhalte. Von da an bewahrte die israelische Presse Stillschweigen über den Fall, den die französische Tageszeitung *Le Monde* »die rätselhafteste Spionageaffäre der Nachkriegszeit« nannte. Selbst zwei Jahre später, im September 1985, konnte der britische *Observer* über den Verbleib des Professors nur spekulieren. Das Blatt wies darauf hin, daß Klingberg Zugang zu geheimen militärischen Informationen gehabt habe. Zudem habe der Israel-Zuwanderer während seines sowjetischen Armeedienstes Spezialwissen über tödliche Pilzgifte erworben, die von den Russen, wie die USA behaupteten, als Waffe in Südostasien und bei der Besetzung Afghanistans eingesetzt worden seien.

Eine kleine hebräisch-sprachige Zeitung in New York, *Israel Schelanu*, lüftete im Februar 1988 das Geheimnis. Der Experte für biologische und chemische Waffen, enthüllte das Blatt, werde unter dem Vorwurf, für die Sowjetunion spioniert zu haben, an einem unbekannten Ort gefangen gehalten. Die offenbar wohlinformierte Zeitung wußte auch schon zu berichten, daß Wolfgang Vogel von der Sowjetunion beauftragt sei, die Freilassung des verurteilten Spions zu betreiben. Die Kenntnisse des jüdischen Diasporablatts waren erstaunlich: Erst ein paar Tage zuvor, am 21. Januar 1988, hatte das KGB in einem internen Bericht erstmals bestätigt, daß »unser wertvoller Agent«

Klingberg (Deckname: »Rock«) im Januar 1983 »vom israelischen Geheimdienst unter dem Vorwurf der Spionage für die UdSSR verhaftet« worden sei.

Klingberg, so das KGB-Papier, sei »durch die Residentur des KGB in Tel Aviv für eine Zusammenarbeit mit uns aus ideologischen Motiven angeworben« worden und habe »wertvolle mündliche und dokumentarische Informationen militärstrategischen Charakters über chemische und bakteriologische Waffen« geliefert, »die für das Verteidigungsministerium der UdSSR von Interesse waren«. Klingberg sei für seine nützlichen Dienste mit dem Rotbannerorden ausgezeichnet worden.

Klingbergs Familie hielt sich jahrelang an das verordnete Schweigen – die Behörden hatten gedroht, die ohnehin restriktive Besuchserlaubnis ganz zu streichen. Erst Ende 1985 wagte Klingbergs einzige Tochter, die in Paris lebende Soziologin Sylvia Klingberg, den Anwalt Antoine Comte aufzusuchen. Der Advokat wandte sich, Anfang 1986, an die sowjetische Botschaft in der französischen Hauptstadt. Dort konnte er jedoch nichts ausrichten.

Klingbergs Frau hatte unterdessen den Anwalt Jakub Haglera in Tel Aviv engagiert. Haglera betonte, daß er den Fall nur innerhalb Israels vertrete und keinen Kontakt mit ausländischen Anwälten wünsche. Haglera, stellte das KGB befriedigt fest, »weiß nichts von den Kontakten der Tochter mit dem französischen Anwalt und uns«.

In einem Telefongespräch, das Sylvia Klingberg im Oktober 1986 mit ihrem Vater führte, kündigte der an, er werde sich in seiner Appellation ans Oberste Gericht Israels zur nachrichtendienstlichen Zusammenarbeit mit der Sowjetunion bekennen. Dies teilte die Tochter zwei Monate später, bei einem Besuch in Leningrad, einem dortigen KGB-Mitarbeiter mit. Doch die Sowjets waren auch durch diese Drohung nicht aus der Reserve zu locken; sie schwiegen weiter zum Fall Klingberg.

Die Tochter indes ließ nicht locker. Sie bedrängte Comte, seinen Ost-Berliner Kollegen Vogel einzuschalten. Diesen Tip hatte sie von der sowjetischen Botschaft in Paris erhalten. Am 26. Mai 1987 nahm Comte erstmals brieflich Kontakt mit Vogel auf, wobei er nur dunkle Andeutungen machte: Er bitte, schrieb Comte, um ein Treffen mit Vogel wegen einer »sehr heiklen Angelegenheit«, in der seine »Intervention notwendig«

sei. »Kommen Sie nach Paris? Oder soll ich mich nach Berlin begeben, um Sie in Ihrer Kanzlei zu treffen?« Comte fragte auch gleich an, ob Vogel Französisch oder Englisch spreche, »denn ich verstehe kein Wort Deutsch«.

Der Brief war zehn Tage unterwegs. Eine Woche nach Erhalt antwortete Vogel, er müsse schon ein bißchen mehr wissen: »Damit Sie nicht umsonst anreisen, sollten Sie mir brieflich andeuten, worum es geht. Erst dann kann ich beurteilen, ob ich helfen könnte.«

Außerdem riet Vogel dem Pariser Kollegen, die Korrespondenz über Reymar von Wedels West-Berliner Kanzlei zu führen – die Zustellung, mußte Comte annehmen, war so schneller gewährleistet. Es gab jedoch noch einen anderen Grund, den Vogel schamhaft verschwieg: Auf die Frage, ob er eine der beiden großen Fremdsprachen beherrsche, ging Vogel in seinem Antwortbrief nicht ein; eine Umleitung der Comte-Briefe hatte jedoch nebenbei den Vorteil, daß eine bei von Wedel beschäftigte Sekretärin die Korrespondenz übersetzen konnte.

Auch in seinem zweiten Brief mochte Comte keine präzise Aufklärung geben. »Es ist schwierig für mich, Ihnen schriftlich mehr Auskünfte über die Angelegenheit zu geben, die mich veranlaßt, mich mit Ihnen in Verbindung zu setzen.« Er könne nur soviel sagen, »daß sie in allen Punkten denen ähnlich ist, auf denen Ihre internationale Anerkennung beruht«.

Das »freundliche Schreiben« schmeichelte Vogel, und nun schlug er gleich »eine Begegnung im September an einem Montag gegen 19 Uhr im Büro von Herrn Rechtsanwalt von Wedel in Westberlin« vor. Für einen »verläßlichen Dolmetscher« wolle er sorgen, bot Vogel an.

Das Treffen fand wie geplant am 14. September 1987 statt. »Es geht um Klingberg«, hielt Vogel anschließend in einer Gesprächsnotiz fest: »Ich soll eruieren, ob Interesse an diesem Mann besteht.« Vogel hatte bei dieser Gelegenheit erstmals den Namen Klingberg gehört und von den gegen ihn erhobenen Vorwürfen erfahren. Er habe, notierte Vogel weiter, Comte »zugesagt, mit Hilfe des Generalstaatsanwalts der DDR nachzuforschen und im Zeitraum von ca. 2 Wochen zu reagieren.«

Doch Vogels versprochene Antwort ließ lange auf sich warten. Ungeduldig faßte Comte am 19. Oktober nach, seit der Begegnung vor fünf Wochen sei er ohne Nachricht – »ich weiß nicht, wie ich diese Nicht-Information deuten soll«. Als daraufhin weiterhin nichts geschah, fragte Comte am 9. Dezember erneut an: »Ihr Schweigen beunruhigt mich sehr, da ich nicht weiß, was ich meiner Mandantin erklären soll. Sie ist ungeduldig, und ich möchte nicht, daß sie in einer Weise handelt, die Ihrer Intervention in dieser Sache schaden könnte.«

Nun rührte sich Vogel mit einem knappen Zwischenbescheid, daß er leider erst jetzt Klarheit bekommen habe: »Die Bereitschaft, Ihrem Mandanten zu helfen, ist vorhanden. Auf welchem Wege, darüber muß nachgedacht und verhandelt werden. Sobald ich Ihnen geeignete Ideen vorschlagen kann, werde ich mich unerinnert melden. Sicher werden Sie sich auch Gedanken machen. Wir sollten zu gegebener Zeit ein weiteres Treffen vereinbaren.«

Spätestens seit November 1987 waren Vogels Aktivitäten in Sachen Klingberg der Stasi bekannt. Anzunehmen ist, daß das Mielke-Ministerium, das sich zu enger Kooperation mit dem KGB verpflichtet hatte, unverzüglich auch die »Freunde« ins Bild gesetzt hatte. Es gingen jedoch wieder Monate ins Land, in denen sich nichts rührte. Moskau schien es nicht eilig zu haben, den alten Mann aus dem Gefängnis zu holen.

Das KGB bekam vielmehr im Dezember 1987 ein weiteres Problem: Einen Tag vor Heiligabend wurde Schabtai Kalmanowitsch verhaftet. Der einstige Knesset-Angestellte, der 1977 Vogel eingeschaltet hatte, um den über Mosambik abgeschossenen jüdischen Piloten Miron Marcus aus der Haft zu befreien, war mit undurchsichtigen Geschäften zum Multimillionär geworden, hatte aber zugleich auch stets politische Strippen gezogen. Die israelische Spionageabwehr Schin-Bet bezichtigte den weltgewandten Unternehmer, für das KGB gearbeitet zu haben.

Vogel und Kalmanowitsch waren sich zuletzt im März 1986 in Südafrika begegnet, als der ostdeutsche Anwalt die Möglichkeiten für eine Freilassung Nelson Mandelas erkundete. Im Februar 1987 hatte Kalmanowitsch dem Ost-Berliner Anwalt das Amt eines Honorarkonsuls von Sierra Leone in der DDR angetragen. Vogel antwortete, da müsse er erst den Außenminister, seinen Freund Oskar Fischer, konsultieren. Bereits am nächsten Tag schickte er seine Absage: Die afrikanische Republik werde in der DDR diplomatisch durch ihre Botschaft in Moskau vertreten, und »bis jetzt machen die sozialistischen Länder keinen Gebrauch von der Möglichkeit, Honorarkonsulate einzurichten«. Der Verzicht auf den schönen Ehrentitel war Vogel nicht leicht gefallen.

Daß Kalmanowitsch im Kittchen saß, war noch nicht zu Vogel durchgedrungen, als er, ziemlich ratlos, am 25. Januar 1988 Ronnie Greenwald fernschriftlich um Hilfe wegen Klingberg anging. »Wann kommst Du in die DDR?« wollte Vogel vom Rabbi wissen und versuchte den Freund zu ködern: »Ich habe einen interessanten Fall für Dich.« Vogel war überzeugt, daß Greenwald darauf brannte, die Klingberg-Affäre bereinigen zu helfen. Tatsächlich telexte der Rabbi umgehend zurück, er plane seine Ankunft in Berlin für Montag morgen, dem 1. Februar, und würde Vogel gern am Abend desselben Tages treffen.

Erst durch Greenwald erfuhr Vogel von Kalmanowitschs Inhaftierung. Der hatte durch seine Ehefrau Tanja den Rabbi beschworen: »Sprechen Sie mit Vogel und bringen Sie mich hier heraus.« Was dem quirligen Juden konkret vorgeworfen wurde, erfuhr allerdings auch der Rabbi nicht. Bis heute ist Kalmanowitsch, der unterdessen wieder in Rußland offenbar lukrative Geschäfte macht und nach eigenen Angaben vornehmlich Wohnsiedlungen hochzieht, nichts über die damals gegen ihn erhobenen Vorwürfe zu entlocken.

Vogel bat den Rabbi bei dessen Berlin-Besuch, sich um einen Anwalt für Kalmanowitsch zu kümmern und dessen Ehefrau beizustehen. Tanja Kalmanowitsch selbst rief Vogel im Februar 1988 an und schilderte ihm, was ihrem Mann widerfahren war. Kurz darauf suchte sie, begleitet von einer Sekretärin aus Kalmanowitschs Frankfurter Liat-Filiale, Vogel in seiner Kanzlei auf. Derweil engagierte Greenwald in Tel Aviv den Anwalt Amnon Zichroni. Der hochangesehene Jurist hatte in den achtziger Jahren mehrfach an Verhandlungen über Geiseln im Libanon mitgewirkt. Während westliche Gefangene freikamen, wurde jedoch kein einziger israelischer Soldat freigelassen.

Zichroni brachte Ron Arad als potentielles Tauschobjekt ins Gespräch. Der Flugnavigator Arad, geboren 1958, und der Pilot des Flugzeugs, einer Phantom F-4E, waren am 16. Oktober 1986 nach dem Abschuß ihrer Maschine mit dem Fallschirm über dem Südlibanon abgesprungen. Die Israelis hatten damals Angriffe gegen Stellungen der Palästinensischen Befreiungsarmee bei dem Flüchtlingslager Mijeh Mijeh in der Nähe von Sidon geflogen. Beide Flugzeugführer waren in Gefangenschaft geraten; den Piloten hatte ein israelisches Kommando tags darauf befreien können, Ron Arad jedoch blieb verschollen.

Vogel erkundigte sich bei seinem Kollegen in Tel Aviv, ob es Beweise dafür gebe, daß die Spionage-Vorwürfe gegen Kalmanowitsch begründet seien. Zichroni versprach, sich zu erkundigen, gab Vogel indes nie eine Antwort. Zur selben Zeit, im Februar 1988, meldete der britische *Guardian*, Israel erwäge, Kalmanowitsch nach Moskau heimkehren zu lassen, falls die USA den israelischen Agenten Jonathan Pollard freigeben würden, der als Mitarbeiter des amerikanischen Navy-Geheimdienstes für die Israelis spioniert hatte. Ebenso spekulierte die Pariser Tageszeitung *Libération* am 13. Mai unter Hinweis auf das israelische Wochenblatt *Kuteret Rachit* über einen »Dreiecksaustausch«, der zwischen der Sowjetunion, den USA und Israel vorbereitet werde. Auch hier fiel der Name Pollard als denkbare Kompensation für Klingberg.

Jonathan Pollard, ein amerikanischer Jude, war im November 1985 verhaftet und zwei Jahre später zu lebenslanger Haft verurteilt worden, die er in einem Bundesgefängnis in North Carolina verbüßte. Er hatte der israelischen Botschaft in Washington geheime US-Dokumente zugespielt, zum Beispiel Angaben über sowjetische Waffenlieferungen an Syrien oder Satellitenfotos von syrischen und irakischen Fabriken, in denen Waffen und chemische Kampfstoffe hergestellt wurden. Pollards Frau Anne wurde wegen Beihilfe zu fünf Jahren Gefängnis verurteilt.

»In einer anderen Sache«, womit er den Fall Kalmanowitsch meinte, schrieb Vogel am 21. März 1988 an Maître Comte, habe er inzwischen »eine Begegnung mit Herrn Kollegen Amnon Zichroni« gehabt. »Ich meine, er verfügt über die Autorität, Ihr Anliegen bezüglich Prof. Klingberg realistisch und korrekt zu bewerten.« Er empfehle daher, Zichroni in Comtes »Mandat mit einzubeziehen. Wir könnten sodann zu dritt eruieren, was zu tun ist«.

Comte stimmte, wenn auch zögerlich, dem Vorschlag Vogels zu, Zichroni zu einem Dreier-Treffen hinzuzubitten. Am 13. Juni trafen sich die drei Anwälte in Comtes Kanzlei in der Rue de

Rivoli im Pariser Marais-Viertel. Comte berichtete, daß er Kontakt zur sowjetischen Botschaft in Paris habe, Zichroni hielt sich nach Vogels Eindruck »sehr bedeckt«.

In einem »Vermerk«, den Vogel als »Strategiepapier« bezeichnet, hielt der DDR-Anwalt die Gesprächsinhalte fest. Einleitend stellte er klar: »Der Fall Klingberg steht an erster, der Fall Kalmanowitsch an zweiter Stelle.« Auf östlicher Seite, war Vogel bedeutet worden, bestehe kein Interesse an Kalmanowitsch, doch habe er aus Anhänglichkeit seinen alten Bekannten in den Text »ausdrücklich mit eingearbeitet«.

Die Fakten im Fall Klingberg – biographische Daten, den bisherigen Verfahrensverlauf und medizinische Befunde – hatte Comte in einer »Note« zusammengefaßt und den Kollegen übergeben. Aus dieser Aufstellung, aus den Erzählungen der Tochter und aus zwei Zeitungsmeldungen ergab sich für Vogel, daß es sich bei Klingberg um einen »Überzeugungstäter« handelte.

»Man ist verwundert«, notierte Vogel, »daß ein Signal der Hilfe für ihn erst durch mich an RA Comte im Jahre 1987 gegeben worden ist.« Vogel fand es unverzeihlich, daß das KGB jahrelang nichts für seinen verdienten Kundschafter unternommen hatte. Die Russen verhielten sich in diesem Fall exakt so, wie Vogel es westlichen Geheimdiensten stets vorgeworfen hatte.

Als Problem erkannte Vogel, »daß noch ›Geheimnisse‹ aus der bis 1983 betriebenen Forschung vorhanden sein könnten. Eine diesbezügliche Überprüfung durch die israelischen Behörden sei im Gange«. Klingberg, erfuhr Vogel, sei unter dem falschen Namen Abraham Greenberg inhaftiert. Darum habe »die israelische Regierung auch die Stirn, auf mehrere Presseanfragen zu verneinen, daß ein Klingberg verurteilt worden sei«.

Vogel skizzierte sodann »4 Wege«, auf denen »grundsätzlich die Befreiung von Klingberg ausgehandelt« werden könnte:

– Ein klassischer Dreiecks-Tausch Israel/USA/DDR: Die Regierung in Jerusalem begnadigt Klingberg, Washington läßt das Ehepaar Pollard frei, und Ost-Berlin entläßt verurteilte Mitarbeiter eines US-Geheimdienstes, etwa das Ehepaar Walli und Fred Altenkrüger; einen Austausch dieser beiden Spione, die für die CIA tätig gewesen und vom Militärobergericht in

Ost-Berlin verurteilt worden waren, hatten MfS und Militärstaatsanwaltschaft bis dahin strikt abgelehnt, weil der Fall als außerordentlich schwerwiegend eingestuft wurde.

– Ein Tausch Mann gegen Mann: Klingberg gegen den israelischen Piloten Ron Arad, wobei Vogel zwei mögliche Verhandlungs-Adressaten nannte (»durch Einfluß der UdSSR und der DDR auf Syrien und den Iran«).

– Eine für die Regierung in Tel Aviv quantitativ günstigere Alternative: Klingberg gegen zwei im Libanon vermißte israelische Unteroffiziere, Joseph Fink und Rachamim Levi Alscheich (die beiden waren allerdings, was Vogel nicht wissen konnte, schon 1986 getötet worden; durch Vermittlung des Bonner Geheimdienstkoordinators Bernd Schmidbauer wurden ihre sterblichen Überreste 1996 gegen palästinensische Häftlinge ausgetauscht).

– Eine humanitäre Variante: Klingberg gegen mehrere in der Sowjetunion – nicht wegen Spionage – inhaftierte Juden, die nach Israel ausreisen wollen.

Er habe, schrieb Vogel, die drei ersten Möglichkeiten »als unwahrscheinlich bezeichnet«. Zichroni habe dem entgegengehalten, die israelische Regierung wisse sehr wohl, »daß die DDR sehr gute und die UdSSR gute Beziehungen zu Syrien und zum Iran unterhalten« – bemerkenswert ist die abgestufte Klassifizierung der Kontakte. Außerdem seien, Zichroni zufolge, Vogels »Verbindungen über Meehan und Burt nach den USA bekannt«.

Von Zichroni erfuhr Vogel, daß sich die Bundesrepublik »als Vermittler angeboten« habe, »man wolle sie aber heraushalten und direkt verhandeln«. Vogel verschleierte wiederum durch unpräzise Wortwahl (»man«), daß die Israelis das Heft nicht aus der Hand geben wollten.

Zum Fall Kalmanowitsch notierte Vogel, daß der Prozeß auf Antrag der Verteidigung »in den September vertagt« worden sei. Er, Vogel, glaube aber, »daß der Staatsanwalt Beweisnot hat« und dies der wahre Grund der Verschiebung sei. Außerdem habe er es abgelehnt, für Kalmanowitsch als Zeuge im Prozeß aufzutreten, »weil ich zur Sache nichts sagen kann und den Spionagevorwurf für frei erfunden halte«.

Zichroni beharre aber darauf, daß es um einen »sehr ernsten Fall der politischen Spionage« für das KGB gehe. »Zum Beweis«

habe der israelische Anwalt »die in Moskau bekannte Kontaktperson und Verbindungen seit 1974« erwähnt. Vogel vermutete, Zichroni wisse, daß Kalmanowitschs Ehefrau ihm einen Namen nebst Telefonnummer (»2212469 Moskau, Valeri«) genannt habe.

Falls zutrifft, daß Kalmanowitsch seit 1974 für das KGB gearbeitet hat, dann erscheint freilich auch sein Eintreten für Schtscharanski in einem anderen Licht: Als Kalmanowitsch im September 1977 bei Vogel in Ost-Berlin aufkreuzte, wäre er demnach nicht als menschenfreundlicher Helfer für jüdische Landsleute gekommen, sondern im Auftrag des KGB, der ein Faustpfand zum Verhökern anbot. Kalmanowitsch schweigt sich indes bis heute über seine Beziehungen zum KGB konsequent aus.

Am Schluß seines vierseitigen Vermerks kündigte Vogel eine weitere Begegnung mit Comte und Zichroni in Paris oder Genf an, sobald er sich »zu den vorgeschlagenen 4 Wegen äußern« könne.

Vogel ließ keine Zeit unnütz verstreichen. Schon am nächsten Tag setzte das MfS eine zusammenfassende »Information über die in Israel inhaftierten Prof. Klingberg und Kalmanowitsch« ans KGB ab. »Der bekannte Rechtsanwalt«, meldete die Stasi, ohne Vogel beim Namen zu nennen, habe mit dem Dreiergespräch seine »seit November 1987 laufenden Bemühungen« fortgesetzt, »in der Angelegenheit Klingberg einen Austausch zu erreichen«. Im Fall Kalmanowitsch habe er bislang »keine Vollmacht für eine Einbeziehung in Austauschbemühungen, weil bisher noch kein Bekenntnis zu einem operativen Kontakt des K. signalisiert worden war«.

Im Fall Klingberg sah die Stasi einen Hoffnungsschimmer. Israel, so faßte der Bericht die Vogel-Erkundungen in Paris zusammen, sei zur Begnadigung des Wissenschaftlers unter drei alternativen Bedingungen bereit: Entweder müsse die Sowjetunion durch ihren Einfluß auf Syrien und Iran die Freilassung Ron Arads durchsetzen; oder sie müsse erreichen, daß zwei »angeblich im Libanon verschwundene Israelis« freikommen; oder Moskau müsse Vorschläge machen, »welche inhaftierten Juden in der UdSSR begnadigt werden und nach Israel ausreisen dürfen«.

Auffällig ist: Der in Vogels Vermerk an erster Stelle genannte

Weg, ein Dreiecksgeschäft mit Klingberg, den Pollards und den Altenkrügers, wurde in der MfS-Mitteilung ans KGB überhaupt nicht erwähnt. Klingberg, hieß es in dem MfS-Papier, wolle »möglichst bald ausgetauscht werden, gesundheitlich gehe es ihm schlecht«. Es gebe jedoch noch ein Problem: Klingberg verfüge noch immer über Wissen um geheime Forschungen. Im Vergleich mit Klingberg sei der Fall Kalmanowitsch zweitrangig, notierte der MfS-Protokollant. Zichroni habe diesen Vorgang indes erneut als »sehr ernsten Fall der politischen Spionage für das KGB« gewertet. Das KGB hat Zichronis Behauptung, daß Kalmanowitsch seit 1974 eine geheime Verbindung nach Moskau unterhalten habe, auch im internen Schriftverkehr mit der Stasi nie widersprochen.

»Der bekannte RA«, so die immer wiederkehrende Stasi-Umschreibung für Vogel, habe einen Austausch Kalmanowitschs zurückgewiesen. Begründung: Man könne »einen ›Spion‹, dessen Schuld konstruiert sei«, nicht zum Tauschobjekt machen. Das Konzept, alles zu leugnen, scheine zudem aufzugehen, frohlockte die Stasi: Vogel habe den Eindruck gewonnen, »daß die Anklagebehörde Beweisnot hat, deshalb auch einen Prozeßtermin verschiebt«. Werde Kalmanowitsch für einen Austausch vorgeschlagen, so bestehe »nach Auffassung des RA« die Gefahr, daß dies »als Schuldbeweis gewertet« würde.

Auf die drei Alternativen, die in dem MfS-Papier aufgezählt waren, reagierte das KGB am 8. Juli 1988 mit skeptischen Anmerkungen: Ein Austausch Klingbergs gegen den in Syrien inhaftierten Ron Arad oder gegen zwei im Libanon festgehaltene Israelis berühre »den Bereich der zwischenstaatlichen Beziehungen«, die »Erzielung eines positiven Resultats in kurzer Zeit« sei daher »schwierig«; ein Austausch gegen Juden, die in der Sowjetunion festgenommen wurden, scheitere schon daran, »daß es zur Zeit in der UdSSR keine aus politischen Gründen inhaftierte Personen jüdischer Nationalität gibt«.

Zu Kalmanowitsch, so die Empfehlung der Moskauer Freunde, »sollte zweckmäßigerweise die abgestimmte Position beibehalten werden, die in Ihrem Schreiben vom 14. Juni 1988 dargelegt wurde« – keine Spionage-Tätigkeit zugeben, solange sie nicht bewiesen ist.

Am 20. Juli informierte Vogel seinen israelischen Kollegen, daß er »mit den beiden Wegen, die Sie primär vorgeschlagen haben, nicht vorankomme«. Er behauptete: »Insbesondere Washington geht nicht darauf ein.« Die USA waren nicht gewillt, den Israel-Spion Pollard zur Disposition zu stellen. Und der zweite Weg, Klingberg gegen Ron Arad, scheiterte schon daran, daß niemand wußte, wo sich der israelische Pilot befand und ob er überhaupt noch am Leben war – das letzte Lebenszeichen von ihm war, kurz nach dem Abschuß, ein Brief an seine Frau gewesen.

»Zum Erfolg führen«, meinte Vogel in dem Brief an Zichroni, könne der dritte Weg. Dazu benötige er jedoch »die Namen derjenigen Personen bzw. Familien, die aus Ihrer Sicht in Frage kommen könnten«. Am 5. August 1988 übersandte Zichroni seinem Ost-Berliner Kollegen eine Liste mit den Namen von sieben vermißten israelischen Soldaten. Als letzter aufgeführt war Ron Arad, »gefangen gehalten von der Amal seit Oktober 1986«.

Als Vogel die Liste erhielt, bemerkte er sofort einen »Dissens«: Mit dem dritten Weg habe er Personen in der UdSSR gemeint, »für die sich Ihr Land einsetzen möchte«. Vogel hatte das Mißverständnis allerdings selbst verschuldet: In seinem Vermerk vom 13. Juni, von dem auch Zichroni eine Kopie besaß, war als dritter Punkt ein Austausch von vermißten israelischen Soldaten gegen Klingberg erwähnt, ein Austausch gegen jüdische Zivilisten in der Sowjetunion folgte erst unter Ziffer 4. Da Vogel offenbar, wie die Stasi, den »ersten Weg« – Klingberg gegen die Pollards und die Altenkrügers – nicht weiterverfolgte, hatte er für seine Zählweise den ersten Punkt einfach gestrichen und die übrigen Vorschläge neu durchnumeriert. So war der vierte für ihn jetzt einfach die Nummer 3.

Das Geheimdienst-Milieu, in dem sich Vogel seit dreieinhalb Jahrzehnten bewegte, hatte ersichtlich auf ihn abgefärbt. Der Anwalt neigte zunehmend selbst zu geheimniskrämerischem Verhalten, das sich auch in seiner Ausdrucksweise niederschlug. Sachverhalte und Zusammenhänge, die den Adressaten nach seinem Dafürhalten bekannt sein mußten, deutete er meist durch vage-unverfängliche Umschreibungen an. Mit dieser kryptischen Methode hatte er sich diesmal allerdings selbst ein Bein gestellt und bei seinem Partner Verwirrung gestiftet.

Gleichwohl reichte Vogel die Zichroni-Liste, nach vorheriger mündlicher Ankündigung, Ende Dezember an den Bonner Nahost-Experten und weltweit erfahrenen Troubleshooter Hans-Jürgen Wischnewski (»Ben Wisch«) weiter. Den SPD-Politiker hatte Vogel kennengelernt, als Wischnewski Staatsminister im Kanzleramt war (Dezember 1976 bis September 1979 und April bis Oktober 1982). Über die Jahre hatte sich zwischen beiden ein enges Vertrauensverhältnis entwickelt, jedoch blieben beide stets förmlich beim Sie – erst seit Frühjahr 1996 sind die beiden per Du.

Auch in diesem Brief tastete sich Vogel erst einmal vorsichtig heran.»Fürs erste«, schrieb Vogel, »wäre mein Anliegen«, von dem Adressaten »eine Einschätzung zu erfahren«, ob dieser »Möglichkeiten« für die sieben vermißten Soldaten »herausfinden und gegebenenfalls vermitteln« könne. Der Polit-Pensionär Wischnewski, der kein Staatsamt mehr innehatte, weihte Staatssekretär Walter Priesnitz vom Innerdeutschen Ministerium, Nachfolger Rehlingers seit Mai 1988, auf Wunsch Vogels in das Vorhaben ein. Dem DDR-Anwalt war, wie er betont, »daran gelegen, die Bundesregierung mit einzubinden«. Den Kanzleramts-Minister Wolfgang Schäuble habe er zudem persönlich informiert, sagt Vogel, da er »die Rivalitäten zwischen Kanzleramt und Innerdeutschem Ministerium gekannt« habe.

Für Priesnitz hatte Vogel zuvor schon einen weiteren Vermerk aufgesetzt, in dem der Ost-Berliner Anwalt am 26. September den Stand der Austauschüberlegungen zusammenfaßte. Danach hatte Botschafter Meehan gerade die Bereitschaft der US-Regierung bekundet, für die Freilassung des Ehepaars Altenkrüger »eine Gegenleistung zu vermitteln«, und bei Vogel angefragt, ob er »eine Idee« habe.

Er habe Klingberg genannt, schrieb Vogel. Mit Israel gebe es ja einschlägige Erfahrung, Bonn habe 1974 den Austausch des in Israel verurteilten DDR-Spions Bernd Motl gegen Häftlinge in der DDR vermittelt. Zu überdenken sei mithin »ein mögliches Arrangement« Klingberg/Altenkrüger, »auszuhandeln durch Bonn« sei nur noch die Gegenleistung für Israel. Die Vermittlungsdienste der Bundesregierung könnten dadurch honoriert werden, daß die DDR inhaftierte BND-Agenten freilasse.

Als sich Vogel und Zichroni am 25. Oktober 1988 in West-Berlin trafen, berichtete der Israeli, daß er Klingberg in der

Zwischenzeit zweimal im Gefängnis besucht habe. Es gehe ihm »sehr, sehr schlecht«, eine Operation wegen seines Herzleidens sei dringend geboten. In Israel wolle er den chirurgischen Eingriff jedoch nicht riskieren, und »psychisch drehe er durch«, zitierte Vogel seinen Gast.

Klingberg könne »nicht verstehen, daß von Moskau bzw. aus der DDR keine Hilfe kommt. Schließlich habe er als Offizier seine Pflicht erfüllt«. Die Passivität der kommunistischen Regierungen sei um so unverständlicher, als die Israelis »zu einem Austausch längst bereit« seien, »obwohl er noch Geheimnisse habe« und im Falle seiner Übersiedlung in die Sowjetunion »nach Moskau gelangte Informationen auswerten würde«.

Als Gegenleistung, berichtete der jüdische Anwalt, wünsche Israel Ron Arad, als dessen Aufenthaltsort er Camp Dirani in Syrien angab – das Lager des Schiitenführers Mustafa Dirani. Moskau habe auf Damaskus »großen Einfluß«, lockte Zichroni den DDR-Anwalt, und Kalmanowitsch könne »möglicherweise in die israelische Gegenleistung einbezogen werden«.

Bisher, gab Zichroni zu bedenken, hätten die Israelis die laufenden Geheimgespräche mit den Sowjets über die Aufnahme diplomatischer Beziehungen noch nicht für Austauschverhandlungen genutzt. Die Israelis, betonte Zichroni, wollten »unsere Bemühungen nicht unterlaufen«. Wenn Vogel es jedoch für förderlich halte, bei den Sondierungen um einen Botschafteraustausch auch das Agentendrama zur Sprache zu bringen, seien die Israelis natürlich auch dazu bereit. Aber, versicherte Zichroni, auf keinen Fall wolle man »auf die bewährte DDR-Vermittlung verzichten«.

Am 5. Januar 1989 sandte Sylvia Klingberg einen von Vogel vorformulierten Brief an den sowjetischen Parteichef Michail Gorbatschow: »Das Leben meines Vaters hängt nur an einem Faden, und der befindet sich in Ihren Händen.« Es scheine, schrieb sie, daß er »jetzt Objekt eines Austauschs ist, doch bis zum heutigen Tag haben die Verhandlungen offenbar nicht viel gebracht ... Die Jahre vergehen, und mein Vater wird im Oktober 71.«

Sie beschrieb seine derzeitige Situation: »In Einzelhaft gehalten, eingesperrt in eine Zelle, ist er von der Außenwelt isoliert, aber auch von der Welt im Gefängnis. Jede Kommunikation mit anderen Gefangenen ist ihm untersagt. Was bleibt, sind nur die Besuche seiner Frau, meiner Mutter, zweimal im Monat.«

Sylvia Klingberg rühmte die Treue ihres Vaters zu seiner sowjetischen Wahlheimat und zur kommunistischen Ideologie. Eindringlich schilderte sie sodann die Einsamkeit des Agenten in Israel: Ihr Vater habe sich – so die für das MfS gefertigte Rückübersetzung ins Deutsche – »unsichtbare Mauern bauen« müssen, »um sich vom Rest der Welt zu trennen und darauf zu achten, daß sich kein Spalt öffnet, um die Wahrheit nicht entschlüpfen zu lassen«.

Da er seine politischen Überzeugungen nie habe preisgeben dürfen, habe sich die Kluft zwischen ihm und seiner Umwelt immer mehr vertieft: »Wie muß das Leben eines Menschen sein, der gezwungen ist, seine Gedanken zu verhüllen, seine Gefühle zu verstecken und Emotionen vorzutäuschen, die er nicht hat! Mir scheint, daß das Schwierige an diesem Leben nicht darin besteht, sich einem Regime entgegenzustellen, eine dominierende Ideologie abzulehnen. Das Schwierige an dieser Existenz ist, über eine so lange Zeit Ansichten und Sympathien vorzugeben, die dem Gewissen, der inneren Stimme zuwiderlaufen.«

»Es wäre sehr an der Zeit«, mahnte sie, »eine Initiative zu ergreifen, und ich rechne mit Ihrer wohlwollenden Intervention, Herr Generalsekretär.« Auf Empfehlung Vogels nahm die Briefschreiberin noch einen Passus auf: »Rechtsanwalt und Notar Prof. Dr. Wolfgang Vogel aus Berlin/DDR ist durch das Außenministerium der DDR als Vermittler beauftragt. Er steht mit Israel bereits in Verbindung und auch mit meinem Rechtsanwalt in Paris ... Rechtsanwalt Prof. Dr. Vogel würde es gewiß als Ehre empfinden, Ihnen, sehr geehrter Herr Generalsekretär, in jeder Hinsicht gewünschte Unterlagen übermitteln zu dürfen.«

Den Brief übergab Maître Comte der Pariser Sowjet-Botschaft. Am 13. Februar 1989 meldete das KGB seinem Ost-Berliner Bruderdienst, daß die diplomatische Vertretung in der französischen Hauptstadt das Schreiben an Gorbatschow weitergeleitet habe; es sei »inhaltlich identisch mit dem Brief, der über Rechtsanwalt Vogel übermittelt wurde«.

Das war nicht weiter verwunderlich, denn die Tochter hatte eine Kopie ihrer Endfassung auch an Vogel geschickt, und der hatte eine russische Übersetzung auf den kleinen Dienstweg gebracht. Drei Tage später erhielt Comte ein Telex seines Kollegen Vogel mit der Bestätigung: »Der Brief ist in Moskau eingetroffen.«

Kurz zuvor hatte Vogel von Wischnewski eine Antwort auf seinen Dezember-Brief erhalten. »Nach reiflicher Überlegung«, so Wischnewski, sei er »zu der Auffassung gekommen, daß ich in den angeschnittenen Fragen behilflich sein kann« – vor allem wegen seiner guten Beziehungen zur Amal-Bewegung.

Derweil nahm Vogel selbst Kontakte zu den Syrern auf. Am 17. Januar 1989 traf er sich mit dem syrischen Botschafter in der DDR, Feisal Sammak, einem Mitglied der Familie von Staatschef Hafis el-Assad. Der Diplomat hatte auch ein persönliches Interesse an dem Anwaltsbesuch: Der Syrer wurde bereits damals verdächtigt, bei dem Anschlag auf das französische Kulturzentrum »Maison de France« 1983 in West-Berlin, bei dem es einen Toten und 22 Verletzte gegeben hatte, mitgefingert zu haben – weshalb auch noch in den neunziger Jahren mit einem internationalen Haftbefehl nach ihm gefahndet wurde. Seinerzeit durfte er lediglich nicht mehr nach West-Berlin einreisen, und das sollte Vogel »in Ordnung bringen«. Der Anwalt versuchte es über einen Mitarbeiter der Ständigen Vertretung in Ost-Berlin, jedoch vergeblich.

Das MfS notierte hinterher: »Sammak sicherte seine Bereitschaft zur Unterstützung zu und übermittelte noch am gleichen Tage diese Information dem Leiter der Abteilung für innere Sicherheit des syrischen Geheimdienstes«, General Mohammed Nasief. »Bei diesem Gespräch wurden keine Detailfragen behandelt. Beide Seiten vereinbarten, darüber weitere Gespräche zu führen.«

Spekulationen um den Flugnavigator Ron Arad

Die KGB-Zentrale ließ, als Reaktion auf den Brief der Klingberg-Tochter, ausrichten, mit den israelischen Unterhändlern solle Vogel die Möglichkeit ausloten, Klingberg »gegen jemanden aus dem Personenkreis auszutauschen, dem die Ausreise aus der UdSSR aus ›Sicherheitsgründen‹ verwehrt wird«. Man müsse ja davon ausgehen, »daß nach Auffassung von Rechtsanwalt Vogel in Syrien und im Libanon keine Personen mehr am Leben sind, gegen die Klingberg ausgetauscht werden sollte«. Das war Vogels Szenario für den ungünstigsten Fall; in Wahrheit, sagt der Anwalt, habe er durchaus »die Hoffnung gehabt, daß die Gefangenen noch leben«.

Das KGB revidierte wenig später, am 3. März 1989, seine pessimistische Einschätzung. Ron Arad sei »im Herbst 1986 von Vertretern der Amal-Bewegung an die syrischen Behörden übergeben« worden. »Gegenwärtig« befinde er sich in einem Amal-Gefängnis in West-Beirut »unter Bewachung der Syrer«.

Weiter berichtete das KGB dem Sekretariat Mielke: »Die Unteroffiziere Baumel Zecharia, Zwi Feldman und Jehuda Katz wurden im Juni 1982 in einem Kampf im Raum der Ortschaft Nabi Jakub (Bekaa-Ebene) getötet, als sie versuchten, einen Panzer der syrischen Streitkräfte (T-72 sowjetischer Produktion) an sich zu bringen. Ihre Körper befinden sich vermutlich bei den Syrern in den Vororten West-Beiruts.«

Die Leiche des israelischen Unteroffiziers Samir Assad sei »bei der palästinensischen Organisation DFLP«, berichtete das KGB weiter. 1988 habe diese Organisation [»Demokratische Volksfront für die Befreiung Palästinas«] über das Internationale Rote Kreuz mit den Israelis verhandelt, aber die Forderung der DFLP, den Leichnam gegen »1 Tsd. Palästinenser« zu tauschen, die sich in israelischen Gefängnissen befanden, hätten die Israelis als zu hoch zurückgewiesen.

Außerdem bestätigte das KGB in diesem Schreiben, daß die Hisb Allah die israelischen Unteroffiziere Joseph Fink und Rachamim Levi Alscheich im Februar 1986 im Süden Libanons gefangen genommen hatte. »Einer von beiden (wer konkret, ist nicht bekannt)«, sei an den dabei erlittenen Verletzungen gestorben. Der andere befinde sich in der Hand der Hisb Allah, »vermutlich im Raum der Stadt Baalbek«. Tatsächlich waren beide tot.

»Mit dieser persönlichen Information« verband die KGB-Zentrale die Bitte, Mielke solle möglichst »präzisieren, welche praktischen Schritte hinsichtlich des Austausches der genannten Israelis gegen die Kundschafter des MfS, das Ehepaar Schulze und unsere Agentur Marcus Klingberg realisiert werden können und welche reale Unterstützung dabei die sowjetische Seite geben kann«.

Die Korrespondenz zwischen KGB und MfS belegt, daß Vogels Aktivitäten vom Moskauer Geheimdienst gesteuert wurden, der sich jedoch nie direkt mit dem Anwalt in Verbindung setzte, sondern alle Wünsche über die Stasi vortragen ließ.

Offenbar als Reaktion auf die KGB-Information fertigte das MfS ein undatiertes Papier, das die möglich erscheinenden Schritte zusammenfaßte:

1. Ron Arad komme als »Tauschobjekt« für Klingberg in Betracht. »Dazu«, schlugen die Verfasser vor, »sollten folgende Aktivitäten ausgelöst werden«:
   - »die Freunde«, also die Sowjets, sollten »Einfluß auf Syrien ausüben«;
   - »der RA«, also Vogel, solle »mit dem syrischen Botschafter in der DDR diesbezügliche Gespräche wieder aufnehmen«;
   - »der RA« solle Zichroni »das Angebot unterbreiten, einen Austausch der beiden Personen anzustreben«;
   - im Bedarfsfall könne außerdem »die erklärte Bereitschaft« des Bonner SPD-Politikers und Nahost-Kenners Wischnewski »zu Gesprächen mit der Amal-Bewegung in Beirut genutzt« werden.
2. »Was den in der Hand der Hisb Allah befindlichen Unteroffizier der israelischen Armee betrifft, werden keine Kontakt- und Einflußmöglichkeiten zu der Hisb Allah bzw. zu dem hinter ihr stehenden Iran gesehen« – anders als zu Syrien hatte die DDR keinen eigenen Draht zu den iranischen Mullahs. Daher, so der MfS-Vorschlag, sollten »die Freunde konsultiert« werden, »ob sie solche Möglichkeiten sehen, besonders für den Fall, daß Israel beide noch lebenden Gefangenen für Prof. Klingberg fordert.
3. »Für die Einbeziehung des Ehepaares Schulze/Schulze«, das für das MfS in Großbritannien spioniert hatte, biete »die neue Konstellation keine Basis«. In diesem Fall solle »weiter über die BRD versucht werden, einen Austausch zu arrangieren«, wobei »entsprechende Gegenleistungen der DDR an die BRD zu erbringen« wären. Die »Angelegenheit Treholt/Gordiewsky« müsse »zunächst abgetrennt« werden.

Der norwegische Diplomat Arne Treholt hatte seit 1968 Kontakte zum KGB unterhalten. Als sowjetischer Einflußagent beteiligte er sich 1972 aktiv an der Kampagne der norwegischen Arbeiterpartei gegen den EG-Beitritt seines Landes. Vor allem aber versorgte er die Sowjetunion mit geheimen politischen Dokumenten. Während der Seerechtsverhandlungen zwischen Moskau und Oslo 1977 hielt er das KGB über die norwegische Haltung auf dem laufenden und beeinflußte die norwegischen Unterhändler im Sinne seiner sowjetischen Auftraggeber. Ende 1978 wurde Treholt in die norwegische Uno-Vertretung berufen – zu einem für Moskau günstigen Zeitpunkt, da Norwegen gerade Mitglied des Sicherheitsrates geworden war. Anschließend, 1982/83, absolvierte Treholt ein Studienjahr an der norwegischen Militärakademie, wo er nach vorausgegangenem Sicherheits-Check Zugang zu höchst geheimen Nato-Papieren (»cosmic top secret«) hatte. Am 20. Januar 1984 war Treholt, inzwischen Pressesprecher des norwegischen Außenministeriums, auf dem Osloer Flughafen verhaftet worden, als er mit 66 geheimen Dokumenten im Gepäck zu einem Treffen mit seinem KGB-Führungsoffizier nach Wien fliegen wollte.

Der KGB-Offizier Oleg Gordiewsky, zuletzt Leiter der Londoner Residentur, hatte seit 1974 mit dem britischen Secret Intelligence Service (SIS, bekannter unter der Bezeichnung MI-6) in Verbindung gestanden. Im Mai 1985 wurde der Doppelagent telegrafisch nach Moskau beordert. Gordiewsky witterte eine Falle, hatte aber keine andere Wahl, als dem Befehl zu folgen. Zwei Monate später – während das KGB versuchte, Gordiewsky des Verrats zu überführen – gelang ihm die Flucht aus dem Sowjetreich: Entsprechend einem acht Jahre alten Geheimplan, den er mit dem MI-6 ausgeheckt hatte, gab er einem britischen Agenten an einer Moskauer Straßenecke heimlich das verabredete Zeichen, daß er bereit sei; anschließend fuhr er mit dem Zug nach Leningrad und schlug sich in die Wälder an der finnischen Grenze durch. Im Kofferraum eines MI-6-Wagens verließ Gordiewsky seine Heimat. Seine Familie mußte er zurücklassen; um deren Ausreise bemühte sich Vogel auf Wunsch des britischen Botschafters in Ost-Berlin, allerdings erfolglos.

Am 22. März 1989 trafen sich Vogel und Zichroni wieder im West-Berliner Hotel Savoy. Der israelische Anwalt, hielt Vogel fest, sei »hauptsächlich angereist, um sich erneut für Kalmanowitsch einzusetzen«. Der habe ebenfalls »einen Bittbrief an Gorbatschow gerichtet«; darin beklage er sich, daß ihn das KGB im Stich lasse. Bei der Strafzumessung – neun Jahre Gefängnis wegen Spionage – habe ihm das Gericht »strafmildernd seinen Einsatz für Juden in der UdSSR angerechnet«.

Nach Zichronis Überzeugung, so Vogel, wäre die israelische Regierung bereit, außer Klingberg auch Kalmanowitsch auszutauschen. Der wolle allerdings nicht in die Sowjetunion, sondern lieber nach Sierra Leone gehen: Der weltgewandte Litauer hatte neben der israelischen Staatsbürgerschaft auch die des westafrikanischen Staates erworben.

Klingberg für Ron Arad, notierte Vogel geradezu euphorisch, sei nach Zichronis Auskunft »sofort machbar«. Im Falle erfolgreicher Verhandlungen »könnte der Austausch in Berlin stattfinden« – die Formulierung läßt offen, wer von den beiden Anwälten diesen Schauplatz vorschlug. »Die Details müßten genau abgesprochen werden«, hielt Vogel fest, als sei das nur noch ein Klacks. In Wahrheit freilich hatte der schöne Plan einen entscheidenden Haken: Niemand wußte, wo Ron Arad versteckt gehalten wurde, wenn er überhaupt noch lebte. Vogel allerdings ging fest davon aus.

Was Mielke den sowjetischen Geheimdienst-Genossen über das Gespräch der Anwälte mitteilen ließ, klang weitaus nüchterner. »Der bekannte RA«, hieß es da, sehe »gegenwärtig keine Möglichkeiten, für den geplanten Austausch eine Freigabe des Ron Arad durch die syrische Seite zu erwirken«.

Während der MfS-Bericht ans KGB diktiert wurde, traf eine neue Nachricht aus Israel ein. »Soeben«, heißt es plötzlich mitten im Text, habe »der bekannte RA« von Zichroni die Mitteilung erhalten, »daß sowohl Klingberg als auch Kalmanowitsch beantragt hätten, daß der RA sie besuchen dürfe«. Die israelische Regierung habe dem Begehren bereits stattgegeben.

»Der RA«, formulierte das MfS indirekt als Frage ans KGB, »erwartet von uns einen Hinweis, ob er diesem Wunsche nachkommen solle.« Der Satz belegt, daß die Stasi in diesem Fall nur Zwischenträger für das KGB war, das die Vorgaben für Vogel festlegte.

Den fremden Auftrag und die eigene Absicht versuchte Vogel

immer wieder zur Deckung zu bringen. Daß der DDR-Anwalt die Freilassung Schtscharanskis betrieben hatte, bescheinigten ihm westliche Verhandlungspartner wie – der inzwischen als Berater im US-Senat tätige – Jeff Smith, der Vogel am 12. Februar 1986 von Washington aus schriftlich dazu gratulierte. Objektiv war der Erfolg jedoch eher die Konsequenz aus Vogels Bemühungen um Ost-Spione in westlichen Gefängnissen. Ebenso habe ihn, versichert Vogel, das Schicksal Ron Arads »stärker motiviert« als die Befreiung sozialistischer Kundschafter, obwohl er allein dafür ein Mandat hatte.

Zufall oder nicht: Am 25. April 1989 empfing das Ost-Berliner Politbüro-Mitglied Egon Krenz im Haus des SED-Zentralkomitees eine syrische Delegation, an ihrer Spitze Said Hammade, »Mitglied der Regionalleitung der Arabischen Sozialistischen Baath-Partei, Vorsitzender der Freundschaftsgesellschaft Syrien-DDR und Präsident des Revolutionären Jugendverbandes Syrien«, wie das protokollarisch stets präzise *Neue Deutschland* anderntags berichtete.

Vogel sondiert im Nahen Osten

Die Antwort aus Moskau auf die Stasi-Anfrage vom 3. April ließ lange auf sich warten. Sie kam am 25. Mai, wenige Tage bevor Vogel nach Israel aufbrach. Die Sowjets hatten unterdessen, wie sich aus der Mitteilung ergibt, die Frage eines möglichen Austauschs von Klingberg und Kalmanowitsch gegen Ron Arad »an die syrische Seite herangetragen«. Es würden »Maßnahmen getroffen, um den Erhalt der endgültigen Antwort der syrischen Seite zu beschleunigen«.

Dem Anwalt Vogel ließ das KGB ausrichten, er solle den Gefangenen bei seinem Besuch »übermitteln, daß von uns alle Maßnahmen zu ihrer Freikämpfung unternommen werden«. Außerdem solle er »auch eventuelle Bitten, die sie haben, entgegennehmen« und das KGB »über den moralischen und physischen Zustand der Häftlinge informieren«.

Über seine Israel-Reise, die er mit seiner Frau Helga am

28. April antrat, fertigte Vogel einen sechs Seiten langen Erlebnisbericht. Der Anwalt genoß es sichtlich, daß er von den Israelis wie ein hochrangiger Diplomat behandelt wurde: In Wien, wo das aus Frankfurt/Main kommende Ehepaar in eine El-Al-Maschine umstieg, sei er »im Transitraum erwartet« und »ohne Paß-, Zoll- und Sicherheitskontrolle« zum Flugzeug geleitet worden. Rechtsanwalt Zichroni habe sie in Tel Aviv »direkt am Rollfeld« abgeholt und »wiederum ohne jede Kontrolle« aus dem Gebäude ins Hotel gebracht, wo sie »als Gäste des Auswärtigen Amtes« logierten.

Beim Abendessen mit Zichroni sowie Uri Lubrani, dem Libanon-Beauftragten der israelischen Regierung, und Ori Slonin, dem persönlichen Assistenten von Verteidigungsminister Jizchak Rabin, wurde Vogel auf den Häftlingsbesuch eingestimmt. Er sei, notierte Vogel, »sehr höflich gebeten« worden, »auf die Vorgeschichte und den Hergang der Verhaftungen ebenso wie auf die Prozesse nicht einzugehen«. Es sei »außerordentlich schwierig gewesen, die Sprechgenehmigungen für mich zu erwirken«, fühlte sich Vogel geschmeichelt: »Noch nie habe ein ausländischer Anwalt – zumal aus einem sozialistischen Land – eine so weitgehende Gelegenheit erhalten.« Man wolle aber »ein Zeichen setzen, um mit dem geplanten Austausch voranzukommen«.

Natürlich sei »strengste Geheimhaltung geboten«, referierte Vogel, das »verstehe sich von selbst«. Der Kreis der Mitwisser sei sehr eng gezogen, »nur 2 Minister im israelischen Kabinett seien eingeweiht«. Im nachhinein stellte sich heraus, daß damit neben Verteidigungsminister Rabin von der Arbeitspartei der Likud-Führer Jizchak Schamir gemeint war, der mit einer Großen Koalition das Land regierte.

Geheimgehalten werden sollte der Plan vor allem vor Israels wichtigstem Verbündeten, wie die Gesprächsteilnehmer betonten. »Den Amerikanern habe man nichts gesagt«, zitierte Vogel, weil »nicht auszuschließen« sei, daß die »versuchen würden, ihre eigenen Interessen bezüglich ihrer Geiseln im Libanon einzubringen«. In Gefangenschaft befanden sich zu jener Zeit der Beiruter AP-Büroleiter Terry Anderson und der Chefbuchhalter der Amerikanischen Universität Beirut, Joseph Cicippio; der Marine-Oberstleutnant William Higgins war nach israelischen Geheimdienst-Informationen wahrscheinlich bereits kurz nach seiner Entführung im Februar 1988 im nordlibanesischen Bekaa-Tal an den Folgen von Foltern gestorben.

Für Israel hätten aber »die uns bekannten 7 Fälle absolute Priorität«, notierte Vogel, der Klingbergs Namen in seinem Vermerk immer mit der ersten Silbe abkürzte und versehentlich »Aron« statt Arad aufschrieb: »Zunächst sollten wir gemeinsam den Austausch Kling/Aron angehen, um dann den nächsten Fall anzupacken.«

Einen Vertragsentwurf, den ihm die Israelis vorlegten, mochte Vogel nicht akzeptieren: »Es waren zu sehr die Israel interessierenden und zu wenig diejenigen Inhaftierten berücksichtigt, die jetzt und später für die DDR und die anderen sozialistischen Staaten von Interesse sind oder werden könnten.«

Er habe deshalb einen Gegenentwurf konzipiert, notierte Vogel – und rechtfertigte sich für seine Eigenmächtigkeit: »Ich durfte das für richtig halten und nicht meine Rückkehr abwarten. Zuviel Zeit wäre verloren gegangen. Und die briefliche wie auch telefonische Verständigung ist erschwert.« Vogel stieß bei seinen Verhandlungspartnern, zu seinem eigenen Erstaunen, auf keinerlei Widerspruch: »Man war sofort einverstanden.«

Vogel bestand darauf, von Klingberg wie von Kalmanowitsch eine handschriftliche Erklärung zu erhalten, daß sie aus freien Stücken ausgetauscht werden wollen, über Klingbergs Gesundheitszustand zudem ein ärztliches Attest. Der gewiefte Anwalt differenzierte dabei wieder, daß er Kalmanowitsch »mehr privat besuchen« würde, »da ich immer noch nicht wüßte, was ihm angelastet werde«. Dies, merkte Vogel – scheinheilig oder schlitzohrig – an, »wollte man mir nicht so recht abnehmen«: Die Russen wüßten »sehr genau, worum es geht«.

Vogel nutzte die Gelegenheit, die Rolle der DDR herauszustreichen, obschon sein Vermittlungsauftrag zwei KGB-Agenten galt. Ins Protokoll nahm er Polit-Phrasen auf, etwa daß er es als »große Verantwortung« empfinde, »für die sozialistischen Staaten und insbesondere meinen Staat der DDR daran mitwirken zu können, daß internationalen Gewaltakten vorgebeugt« werden könne.

Anderntags, am 29. Mai, fuhr das Ehepaar Vogel mit Rechtsanwalt Zichroni vormittags zu Klingberg nach Aschkelon, nachmittags zu Kalmanowitsch nach Netanya. »Beide Begegnungen«, schrieb Vogel hinterher auf, »waren menschlich außerordentlich bewegend.« Die beiden Gefangenen hätten sein »plötzliches Erscheinen wie ein Wunder in auswegloser Lage gewertet«.

Klingberg, schon fast 71 Jahre alt, seit sechs Jahren eingesperrt und in der Haft schwer erkrankt, war nach Vogels Beobachtung »in einer deutlich schlechten Verfassung, ergreist und depressiv, mutlos, enttäuscht, daß sich Hilfe erst jetzt durch die DDR-Vermittlung anzeigt« – wieder rückte der Anwalt die Rolle seines Staates in den Vordergrund.

Man werde »wohl in Moskau Gründe gehabt haben, so lange zu warten«, sagte Klingberg entschuldigend, aber der »Schwebezustand« sei für ihn schrecklich gewesen. Er sei immer davon ausgegangen, »daß man ihm in seinem Alter schnell helfen würde, sollte er in Schwierigkeiten geraten«.

Vogel versuchte ihm zu erklären, daß es problematisch gewesen sei, »für ihn ein geeignetes Austauschpendant zu finden«, und »auch jetzt sei es noch nicht zum Greifen nahe«. Er könne sich »zeitlich ... noch nicht festlegen«, sagte Vogel, werde aber alles daran setzen, ihn »mit DDR-Hilfe so schnell wie nur irgend möglich zu befreien«.

Klingberg äußerte Verständnis, daß der Anwalt seine Frau »wegen der gebotenen Geheimhaltung« nicht aufsuche. Sie sei zwar »absolut verläßlich«, was sie in der Vergangenheit immer wieder bewiesen habe; sie werde aber »von Journalisten beobachtet, die gewissermaßen röchen, daß sich da etwas tun könnte«.

Klingberg übergab Vogel eine handschriftliche, auf Englisch verfaßte »Erklärung«, in der er zunächst in fünf Punkten seine Erwartungen zusammenfaßte:

»1. Ich möchte Sie um Ihre Hilfe bitten.
2. Ich möchte frei sein, aus dem Gefängnis entlassen werden und in die Sowjetunion übersiedeln.
3. Ich möchte betonen, daß sich meine Gesundheit verschlechtert hat und ich unter vielen Krankheiten leide. Ich bin fast 71 Jahre alt und brauche spezielle Behandlung (medizinische Behandlung).
4. Ich hoffe, daß mein Fall aus humanitären wie medizini-

schen Gründen eine vordringliche Entlassung aus dem Gefängnis rechtfertigt.
5. Ich werde der Anweisung von Prof. Vogel und Rechtsanwalt Zichroni folgen.

Ich nehme die Gelegenheit wahr, all den Persönlichkeiten und Behörden zu danken, besonders der Regierung der DDR für ihre großzügige Hilfe für meine Entlassung.

Der Besuch von Herrn Zichroni sowie von Ihnen und Frau Vogel ist von großer Bedeutung für mich und für meine Moral.«

Der Abschied war tränenreich, »auch bei Helga und mir«, wie Vogel eingestand: »Nach der Umarmung folgte ein langes hinter uns Hersehen. Es war schmerzlich, einen jahrelang bewährten Kundschafter in seiner hilflosen Lage zurücklassen zu müssen.«

Kalmanowitsch, vermerkte Vogel, sei »ebenfalls in keiner guten Verfassung: mutlos und gezeichnet«. Und er sei »enttäuscht, daß man sich nicht zu ihm bekennen will«. Vogel erläuterte ihm, daß »der Verhandlungsweg verbaut« sei, solange er als Anwalt nicht einmal erfahren dürfe, was man Kalmanowitsch überhaupt anlaste. Im Falle seiner Entlassung, die Vogel »im Zusammenhang mit Kling/Aron für möglich« hielt, wolle er »zunächst nach Moskau«, sagte Kalmanowitsch. Später ziehe er auch Sierra Leone in Erwägung. Seine inzwischen von ihm geschiedene Frau wolle in Israel bleiben.

Am Abend unterschrieben Vogel und Zichroni eine »Übereinkunft«, die auf Vogels Wunsch um zwei Anhänge ergänzt worden war. In dem Entwurf der Vereinbarung, den Zichroni vorbereitet hatte, war nur ein einziger Vertragszweck genannt: »Der Staat Israel erstrebt mit allen ihm zur Verfügung stehenden Möglichkeiten, die Lokalisierung, Freilassung und Heimkehr aller ihrer Gefangenen und Vermißten zu erreichen.« Partei A (Vogel für die DDR) und Partei B (Zichroni für Israel) würden »zur Erreichung dieses Zieles alle ihnen verfügbaren Möglichkeiten« einsetzen und »ihre Unternehmungen gegenseitig« abstimmen.

Eine vergleichbare Zweckbestimmung für das von Vogel vertretene Anliegen, vor allem die Freilassung Klingbergs, fehlte jedoch. Unter Ziffer 2 war lediglich beschrieben, daß Vogel »ein Mandat seiner Regierung« habe, »sich für Bürger sozialistischer Staaten und auch andere Personen einzusetzen, die im Ausland inhaftiert oder in anderen Schwierigkeiten sind«.

Ein Anhang war ohnehin notwendig, weil die Gefangenen, deren Freilassung Israel wünschte, konkret benannt werden mußten. Vor allem aber konnte sich Vogel nicht auf eine bloße Beschreibung seiner Aufgabe einlassen, ohne daß ihm im israelischen Erfolgsfall eine Gegenleistung zugesichert wurde. Also setzte der DDR-Anwalt noch einen zweiten Anhang auf, der von einer eilends aus dem Außenministerium herbeigerufenen Schreibkraft aufgenommen wurde.

Darin gab Vogel (»Partei A«) zunächst zu Protokoll, »daß sie in den letzten Monaten viele Anstrengungen unternommen hat, um die Lokalisierung und Freilassung der im Anhang A genannten Personen zu ermöglichen«. Zur Zeit könne jedoch nur die Freilassung von Ron Arad »in Erwägung gezogen und verhandelt« werden.

Nachdem »Partei A« Klingberg gesprochen habe, werde sie darauf drängen, »im Gegenzug alsbald eine geeignete Identifikation« von Ron Arad der »Partei B« vorzuweisen, »nach Möglichkeit durch einen Besuch von Arad wie im Fall Klingberg«. Arad und Klingberg sollten dann »Zug um Zug« ausgetauscht werden.

Unabhängig davon würden laut Anhang B »die Verhandlungen bezüglich der anderen Personen (Anhang A) und der von der Partei A zu benennenden Gegenleistung mit dem Ziele fortgeführt, alsbald einen weiteren Austausch zu vollziehen«. Von Kalmanowitsch, den Vogel laut seinem Vermerk als »Beipack« zusammen mit Klingberg für Arad auslösen wollte, war in dem ganzen Vertrag nicht die Rede.

Auf Vogels Wunsch wurde in den Anhang B auch noch der Passus aufgenommen, »Partei B« werde »erwägen, ›Partei A‹ eine Gegenleistung auch an weitere Drittländer vorzuschlagen«. Dies sei, erläuterte Vogel in seinem Vermerk, »eine perspektivische Frage, später auch für DDR-Anliegen in Drittländern einzutreten«, wie dies im Fall des MfS-Agenten Bernd Motl geschehen sei – der in Israel inhaftierte DDR-Kundschafter war 1974 »der BRD zur Verfügung gestellt worden als Gegenleistung für einen in der DDR inhaftierten BRD-Spion«.

Anders als sonst unterzeichnete Vogel den Vertrag ausdrücklich unter Vorbehalt: »Meine Unterschrift und damit die gesamte Übereinkunft ist nur für den Fall rechtswirksam, daß ich von meiner Regierung die Zustimmung erhalte.«

In seinem Vermerk drückte Vogel seinen Wunsch aus, die DDR-Regierung solle sich »insoweit so schnell wie nur möglich« äußern. Er bitte deshalb »um Entscheidung bis zum 8.6.«. An diesem Tag war Vogel zu einer auswärtigen Sitzung des Bremer Tabakkollegiums nach Innsbruck eingeladen, und Zichroni hatte avisiert, ebenfalls dorthin zu kommen. Ersatzweise, so Vogel, hätten er und sein israelischer Kollege einen Termin am 12. oder 13. Juni in Ost-Berlin in Aussicht genommen. Am Ende kam weder der eine noch der andere Treff zustande, es gab eine Begegnung beim Deutschen Anwaltstag in München. Und eine Antwort erhielt die israelische Regierung erst im Dezember 1989, also nach der Wende, als DDR-Außenminister Oskar Fischer nach weiteren Beratungen mit Vogel seinen Botschafter in Brüssel anwies, den Israelis auf diplomatischem Weg das Einverständnis Ost-Berlins mitzuteilen.

»Helga und ich sind in Israel wie Staatsgäste behandelt worden«, erinnert sich Wolfgang Vogel an seine Nahostreise. Allerdings hatte seine Mission ja auch einen politischen Aspekt: Honecker hatte ihn beauftragt, die Aussichten auf Aufnahme diplomatischer Beziehungen zwischen der DDR und Israel auszuloten. Die Ostdeutschen, die wie ihre sozialistischen Bruderländer im Nahostkonflikt immer die Partei der Araber ergriffen und den Judenstaat als Aggressor verdammt hatten, waren an einer Normalisierung ihres Verhältnisses zu Israel interessiert.

Honecker hatte – etwa zur selben Zeit, als Vogel seine Visite in Tel Aviv vorbereitete – mit dem Vorsitzenden des Jüdischen Weltkongresses, Edgar Bronfman, über einen Botschafteraustausch gesprochen. Der scheiterte aber, wie sich Vogel erinnert, daran, daß Bronfman »als Voraussetzung eine Wiedergutmachungsleistung verlangt hat, die sehr hoch war, und das Geld hatte Honecker nicht«.

Gleichwohl betrachtete Vogel, der vor seiner Israel-Reise auch DDR-Außenminister Oskar Fischer konsultiert hatte, ein in Tel Aviv von ihm und Lubrani, dem Sonderbotschafter des israelischen Außenministeriums, unterzeichnetes Dokument als »Vorstufe für diplomatische Beziehungen«.

Vogel wundert sich, daß sein Reisebericht aus Israel, allerdings ohne den Vertragsentwurf, beim Schalck-Untersuchungsausschuß in Bonn aufgetaucht ist. Den Vermerk, sagt Vogel, habe er »fürs Außenministerium gemacht, und ich weiß bis heute nicht, warum der Schalck den hatte«. Von ihm habe er das Papier jedenfalls nicht bekommen, beteuert Vogel, der sich die Weitergabe an den Koko-Chef nur damit erklären kann, daß »darin die Rede ist von Schiffen, die als Gegenleistung an Syrien geliefert werden sollten«.

Nach seiner Rückkehr aus Israel meldete sich »ein Herr Nahas« bei Vogel. Der Besucher, Leiter des amtlichen syrischen Reisebüros in der Lietzenburger Straße in West-Berlin, »kam zu mir und sagte, er biete sich als Vermittler an. Der war natürlich geschickt worden«. Vogel kannte den Syrer bereits: Dessen Bruder war liiert mit einer in der DDR lebenden Frau, und Vogel hatte für sie die Ausreisegenehmigung besorgt.

Nahas bot Vogel an, er könne nach Syrien fliegen, das Ticket bekomme er von ihm. Vogel »ging davon aus, daß ich in Damaskus mit einem syrischen Geheimdienstler zusammentreffen würde«. Als Gegenleistung, so Nahas, erwarte Syrien von der Sowjetunion Schnellboote – eine brisante Forderung, weil damit vom Mittelmeer aus Guerillaaktionen gegen Israel hätten unternommen werden können.

Vogel versucht sich noch immer einen Reim auf die Offerte zu machen: »Mein Eindruck von dem Nahas war, daß dies kein Geplänkel gewesen ist.« Wenn aber das Angebot, nach Syrien zu reisen, ernst gemeint war, dann, so Vogel, »konnte man daraus nur den Schluß ziehen, daß mindestens einer der Beteiligten lebte, und das war meines Erachtens Ron Arad«.

Vogels Überlegungen, ob er nach Damaskus reisen solle, wurden hinfällig, weil eine israelische Militäraktion die Verhandlungen zum Scheitern brachte. Im Juli entführte ein israelisches Kommando den proiranischen Scheich Abd el-Karim Ubeid aus der südlibanesischen Stadt Dschibschit – ein Indiz dafür, daß die Israelis wußten, daß der Iran und nicht Syrien Ron Arad gefangen hielt. Kurz zuvor, so ist zu vermuten, war der Pilot von der Amal-Miliz an die Hisb Allah weitergereicht worden. Der frühere Amal-Geheimdienstchef Dirani behauptete später, er habe Arad an die proiranische Gruppe »verkauft«.

»Durch die jüngsten Ereignisse Israel/Hisb Allah«, beklagte Vogel am 7. August in einem Brief an Comte, »ist eine Situation eingetreten, die unser gemeinsames Anliegen beträchtlich erschwert. Dennoch dürfen wir nicht kapitulieren.« Vom selben Tag stammt ein Vermerk Vogels, der darauf hindeutet, daß Moskau nicht mehr nur die Anwaltsschiene benutzte, sondern nun auch auf direktem Weg verhandelte. »Die UdSSR«, notierte Vogel nach einem Telefonat mit Zichroni, »habe im Iran auch über Klingberg und Kalmanowitsch gesprochen.«

Am 23. August informierte das KGB den Stasi-Minister Mielke, daß die »syrischen Partner« unwillig seien. Gegenwärtig sei »um die gefangenen Israelis eine allzu große Aufmerksamkeit konzentriert. Auf sie erstrecken sich die Bedingungen Tel Avivs zur Freilassung des ›Hisb Allah‹-Führers Scheich Ubeid. Zugleich spielt hier auch das Problem der amerikanischen Geiseln im Libanon und der in israelischen Kerkern befindlichen Palästinenser hinein. Den Worten der Partner zufolge muß jetzt abgewartet werden, bis sich die entfachten Leidenschaften abgeschwächt haben. Die Partner werden ihrerseits unsere Bitte weiter im Auge behalten, halten es aber für zweckmäßig, zu ihrer möglichen praktischen Regelung später zurückzukommen, wenn sich eine günstige Situation herausgebildet hat«.

Anfang September traf sich Vogel mit Zichroni in Wien. »Mit den bisherigen Ergebnissen unserer Kontakte«, notierte Vogel, sei der Kollege aus Tel Aviv »sehr, sehr unzufrieden«: »Wenigstens hätte er ein Signal, ein Lebenszeichen von Arad erwartet, nachdem ich Gelegenheit hatte, Klingberg und Kalmanowitsch im Gefängnis in Israel zu besuchen«. Vogel legte Zichroni seine »Schwierigkeiten« dar, »eine für Syrien bzw. die Hisb Allah attraktive Gegenleistung herauszufinden«. Die Erwähnung zweier möglicher Adressaten zeigt an, daß Vogel nicht mehr sicher war, ob sich Ron Arad noch im Machtbereich Syriens befand.

Trotz der Unstimmigkeiten habe er sich mit Zichroni »schließlich im Guten geeinigt«: Der Israeli werde »alsbald direkte Kontakte mit der UdSSR auf einem bereits vorhandenen Kanal (Auswanderung von Juden) aufnehmen«. Im Gegenzug werde er Klingberg, Kalmanowitsch, Scheich Ubeid und »mehrere zu hohen Strafen verurteilte Palästinenser« gegen die sieben vermißten israelischen Soldaten einschließlich Ron Arad anbieten.

Zichroni wolle, fügte Vogel ausdrücklich hinzu, »den vorhandenen Kontakt zur DDR über mich erwähnen, um mit offenen Karten zu spielen«. Im Falle eines Scheiterns wolle er »mit demselben Angebot auf mich zurückkommen«. Eventuell solle dann auch noch die Bundesrepublik mit den hier unter Terrorismus-Verdacht inhaftierten Brüdern Mohamed Ali und Ali Abbas Hamadi einbezogen werden. Vogel schwärmte: »So würde sich eine Konstellation für einen größeren Ringtausch ergeben, die nicht so ohne weiteres von der Hand gewiesen werden sollte.« Auch über Treholt und andere KGB-Spione könne »in solchem Rahmen gesprochen werden«.

Doch dazu kam es nicht mehr. Durch die »Oktober-Ereignisse«, wie Vogel den Sturz Honeckers und den Niedergang der SED-Herrschaft umschreibt, sei sein Auftrag »hinfällig geworden«, wurde »alles nicht weiterverfolgt«. Dadurch, so Vogel, sei »der Beweis offen geblieben, was daraus geworden wäre«.

Tamar Arad, die Ehefrau des vermißten Navigators, teilte Mitte Dezember 1989 mit, israelische Regierungsvertreter hätten sie darüber informiert, daß ihr Mann nun im Gewahrsam iranischer Behörden sei. Tel Aviv verfüge über einen »untrüglichen Beweis«, daß Hauptmann Arad lebe und daß ihn die schiitischen Milizen »in allerjüngster Zeit« an den Iran übergeben hätten.

Daß Ron Arad »eine gute Chance hat, noch am Leben zu sein«, glaubt auch Ronnie Greenwald, der parallel zu Vogel wieder mal auf eigene Faust einen Tauschhandel zu initiieren versuchte. Denn in Sachen Ron Arad, davon ist der Rabbi überzeugt, habe Vogel schlechte Karten gehabt: »Er hatte die Russen, aber nicht die Syrer hinter sich, mit denen er obendrein keinerlei Erfahrungen hatte. Vogel hatte auch keinen Einfluß auf die am Nahost-Konflikt beteiligten Regierungen, und auch die untergehende Sowjetunion hatte 1989 in dieser Region keine Autorität mehr.«

Er hingegen, sagt Greenwald, »kenne einige Leute, die enge Verbindungen zu den Iranern und zu [dem libyschen Diktator] Gaddafi haben«. Mit denen habe er verhandeln wollen – doch die Gespräche haben entweder nicht stattgefunden, oder sie verliefen im Sande. Ebenso wenig Erfolg brachte eine Reise des Rabbi, die er zusammen mit dem Syrer Nahas zu Anwalt Comte nach Paris unternahm.

Greenwald verfolgte frühzeitig »einen anderen Gedanken«, den der listige Strippenzieher geschickt streute: »Die Israelis sollten mir Klingberg für Jonathan Pollard geben, und die Russen sollten ›Top Hat‹ geben.«

»Dieser Fall ist nicht verhandelbar«

»Top Hat« war der FBI-Deckname eines legendären Agenten – eines Russen, der seit 1960 für die Amerikaner gearbeitet hatte. Die CIA führte ihn unter dem Codewort »Beep«. Sein bürgerlicher Name war Dimitri Poljakow. Der gebürtige Ukrainer, Jahrgang 1921, war im Zweiten Weltkrieg Offizier bei der sowjetischen Artillerie und studierte nach dem Krieg an der Moskauer Frunze-Akademie, dem Gegenstück zur US-Militärakademie West Point. Anschließend trat er in die GRU, den militärischen Geheimdienst der Sowjetunion, ein. 1956 kam er nach New York: Von der sowjetischen Uno-Vertretung aus dirigierte er Spione, die in den USA ohne den Schutz diplomatischer Immunität arbeiteten.

Im November 1961 nahm der GRU-Oberst und Uno-Diplomat Kontakt zum FBI auf, doch schon im Jahr darauf wurde er nach Moskau zurückbeordert. Die Amerikaner verloren dadurch vorübergehend den Kontakt zu Poljakow, aber der neue Posten verschaffte ihm Einblicke in die Infiltrationsmaßnahmen der GRU gegen die CIA. 1966 wurde Poljakow Militärattaché an der sowjetischen Botschaft in Burma, wo die CIA ihn führte. Poljakow lieferte dem US-Geheimdienst alles, was die Sowjets über die Streitkräfte Chinas und Vietnams in Erfahrung brachten. Während CIA-Direktor James Angleton noch lange dem Glauben anhing, die Sowjetunion und China seien ein monolithischer Block, bestärkte Poljakow in den sechziger Jahren die USA, daß Moskau und Peking getrennte Wege gingen. Aufgrund dieser Informationen begannen US-Präsident Richard Nixon und sein Außenminister Henry Kissinger, den Kontakt zu China zu suchen.

Als Poljakow 1974 zum General befördert wurde, bekam er Zugang zu praktisch allen Geheimnissen der Geheimdienste.

Er übergab den Amerikanern die sowjetische »Wunschliste« für ausländische Militärtechnologie – die GRU hatte den Auftrag gegeben, das den Sowjets fehlende Know-how im Westen zu beschaffen, gegen Geld oder durch Diebstahl. Die Liste zeigte klar auf, wo die sowjetische Militärmaschinerie Lücken und Mängel hatte. Und sie ermutigte später US-Präsident Ronald Reagan, knallhart westliche Restriktionen für den Technologie-Export in kommunistische Länder durchzusetzen.

Am 30. Oktober 1989, an Vogels 64. Geburtstag und mitten in den Wende-Wirren in der DDR, kam Dick Barkley, seit 1988 Washingtons Mann in Ost-Berlin, in die Kanzlei. Der Botschafter überbrachte einen Brief und eine mündliche Nachricht des stellvertretenden US-Außenministers Lawrence Eagleburger. »Es wird angefragt«, notierte Vogel, »ob ich berechtigt sei, im Bedarfsfall Erklärungen entgegenzunehmen, ›die sich für die Beziehungen USA/DDR ergeben könnten und offiziell vielleicht nicht so gut geeignet wären‹.« Er habe, so der Anwalt, »erwidert, daß ich bei meiner Regierung nachfragen würde«.

Daß der delikate Auftrag, der so umsichtig in die Wege geleitet wurde, Dimitri Poljakow betraf, erfuhr Vogel erst am 26. Januar 1990, als ihm das State Department durch Eagleburger offiziell das anwaltliche Mandat erteilte. Vogel legte darüber wieder einen Vermerk an (»Betr.: Spionagefall in Moskau«).

»Vor dem Obersten Gericht der UdSSR«, faßte Vogel den Sachstand zusammen, »ist kürzlich ein sowjetischer Diplomat wegen langjähriger Spionage für die CIA zum Tode verurteilt worden.« Das war insofern nicht ganz korrekt, als der Prozeß – was die Amerikaner aber damals noch nicht wußten – schon zwei Jahre vorher abgeschlossen worden war. Die Verbindung der CIA zu Poljakow war im Juli 1986 plötzlich abgerissen. Eagleburger, so Vogel, habe ihn beauftragt, sich »in Moskau zu bemühen und einen Austausch vorzuschlagen«.

Die USA hatten »zwei wegen Spionage für den KGB zu hohen Strafen Verurteilte« anzubieten, aber »auch andere Kombinationen« seien möglich. »Den Kontakt soll ich pflegen über den Botschafter der USA in der DDR, Richard Barkley.« Er habe, schrieb Vogel auf, »das Mandat angenommen und erklärt, daß ich unseren Ministerpräsidenten Hans Modrow, unseren Außenminister Oskar Fischer und den Gesandten der UdSSR in der DDR Dr. Igor Maximytschew informieren werde«.

Der sowjetische Diplomat Maximytschew hatte, wie er noch genau weiß, Vogel am 25. April 1989 bei einem Empfang des US-Botschafters Barkley kennengelernt. Vogel sei für ihn »als Gesprächspartner vor allem als Vertrauter der DDR-Führung interessant« gewesen. Von nachrichtendienstlichen Dingen, versichert Maximytschew, habe er jedoch immer die Finger gelassen: »Während meiner ganzen diplomatischen Laufbahn war ich grundsätzlich bestrebt, Berührung mit den Geheimdiensten jeglicher Obedienz möglichst zu vermeiden.« Die Vokabel »Obedienz«, die aus dem katholisch-kirchlichen Sprachgebrauch stammt, bedeutet soviel wie Gehorsamspflicht oder auch Anhängerschaft.

Maximytschew kann auch noch genau datieren, daß Vogel ihn »wiederholt, insbesondere am 21. November 1989 und am 16. Januar 1990«, also nach der ersten Eagleburger-Anfrage, gebeten habe, »ihm einen dringlichen Kontakt mit einem sowjetischen Anwalt zu verschaffen, der von der UdSSR-Führung das Mandat hätte, Gespräche zur Lösung eines humanitären Falles im Interesse der USA durch Personenaustausch zu führen«. Vogel habe dabei »angedeutet, daß es sich um einen inhaftierten und zum Tode verurteilten US-Agenten in Moskau handele und die Sache keinen Aufschub dulde«.

Das sowjetische Außenministerium habe, so Maximytschew, auf seine Anfragen zu diesem Thema nicht reagiert. »Inoffiziell« sei er »an die KGB-Vertretung in Karlshorst verwiesen« worden. »Denselben Gedanken« habe auch Vogel gehabt, »als sich die Sache nicht vom Fleck rührte«.

Für den 20. Februar 1990 hatte Maximytschew in der Botschaft Unter den Linden ein Treffen zwischen dem Chef der Karlshorster KGB-Vertretung, Anatolij Nowikow, und Vogel arrangiert. Er habe jedoch »absichtlich vermieden, bei dem Gespräch anwesend zu sein«. Deshalb wisse er »wirklich nicht, wovon und wie gesprochen wurde«.

Vogel bestätigt zwar, daß Maximytschew »bei der Unterredung nicht dabei sein wollte«, aber er habe ihn nachdrücklich darum gebeten, »weil es nach meiner Erfahrung immer gut war, in einer solchen Situation einen Zeugen dabeizuhaben.« Mag sein, daß Maximytschew mehr weg- als hingehört hat, denn, so Vogel: »Der hat sich nicht sehr wohl gefühlt dabei.«

Vogel erinnert sich, daß der sowjetische Dienst-Mann, »ein kleiner untersetzter, unscheinbarer Mann, der wenig gesprächig war«, stereotyp in hartem Deutsch stets einen Satz wiederholte, wenn er nach Poljakow gefragt wurde: »Dieser Fall ist nicht verhandelbar.« Wenn Vogel nachhakte, ob Poljakow denn noch lebe, betete der Russe wieder sein Sprüchlein herunter: »Dieser Fall ist nicht verhandelbar. Sagen Sie das den Amerikanern.« Dem KGB-Mann, erinnert sich Vogel, »war kein Nebensatz zu entlocken, der Mann war eine Mumie«. Vogel »ahnte, daß das Schlimmste geschehen war, aber eine Bestätigung habe ich auch nicht bekommen«.

Gewißheit gab es erst einige Monate später, als die *Prawda* meldete, Poljakow sei bereits am 15. März 1988 hingerichtet worden. Der Super-Maulwurf Aldrich Ames, der erst zur Deckung seiner Schulden, dann aus Habgier für annähernd fünf Millionen Dollar dem KGB neun Jahre lang CIA-Dokumente verkauft hatte und im Februar 1994 verhaftet wurde, hatte Poljakow – ebenso wie mindestens neun weitere Doppelagenten – verraten. »Top Hat«, rühmte CIA-Direktor James Woolsey, sei »das Kronjuwel« des US-Geheimdienstes gewesen: Seine Arbeit »half uns nicht nur, den Kalten Krieg zu gewinnen, sie verhinderte auch, daß der Kalte Krieg heiß wurde«.

Auch über den Londoner Residenten Gordiewsky klärte Ames das KGB auf. Obwohl der Russe von den Briten geführt wurde, hatte er auch einen CIA-Decknamen (»Tickle«). Am 16. Mai 1985, demselben Tag, als Gordiewsky nach Moskau gerufen worden war, hatte Ames von den Russen seinen ersten Sold, 50 000 Dollar, erhalten. Den Argwohn gegen Gordiewsky konnte Ames mithin noch nicht ausgelöst haben, doch trug er wohl entscheidend dazu bei, den Verdacht zu bestärken: Am 13. Juni 1985, einen Monat vor Gordiewskys Flucht aus der Sowjetunion, übergab Ames dem Washingtoner KGB-Vertreter Sergej Schubakin, offiziell Militärattaché der Sowjetbotschaft, eine Plastiktüte mit Papieren, die Gordiewskys Doppelspiel belegten.

Marcus Klingberg sitzt immer noch, mit schwerem Herzleiden und Parkinsonscher Krankheit, in Einzelhaft in einem israelischen Gefängnis. Erst Anfang 1994 hatte die Justiz in Jerusalem offiziell bestätigt, daß der Wissenschaftler zu 20 Jahren Haft verurteilt worden war. Im Januar 1997 lehnte Israels Oberster Gerichtshof einen Antrag Klingbergs ab, die Reststrafe zu erlassen. Der Professor, argumentiert der israelische Geheimdienst, verfüge noch immer über geheimhaltungsbedürftiges Wissen, dessen Preisgabe der Sicherheit des Staates schaden könne.

13. KAPITEL

»Meine Seite wird durchhalten«

*Ex-BND-Chef Kinkel und
die Gefährtin des »Roten Admirals«*

Der vermeidbare Tod des »Roten Admirals« Winfried Baumann hat Klaus Kinkel, den damaligen Präsidenten des Bundesnachrichtendienstes, nach eigenem Bekunden »saumäßig geschlaucht«. Den Karrieremann Kinkel, der mit Protektion des FDP-Chefs Hans-Dietrich Genscher nach dem Bonner Regierungswechsel im Herbst 1982 vom BND-Häuptling zum Justiz-Staatssekretär in Bonn aufgestiegen war, bedrückte vor allem, daß er an das tödliche Versagen seines Dienstes ständig öffentlich erinnert wurde – und gemahnt, wenigstens an einer Überlebenden etwas wiedergutzumachen.

Dafür, daß Christa-Karin Schumann im Westen nicht in Vergessenheit geriet, sorgte deren Bruder, der Heidelberger Medizinprofessor Wolf-Dieter Thomitzek. Regelmäßig demonstrierten der Arzt und seine Frau Ruth vor der DDR-Vertretung in Bonn und am Checkpoint Charlie in Berlin mit Pappschildern und Transparenten, auf denen sie »Freiheit für Dr. Karin Schumann« forderten. Hilfe erhoffte sich der Schumann-Bruder vor allem von der CSU, und tatsächlich ging es bei den stillen Treffs zwischen dem bayerischen Ministerpräsidenten Franz Josef Strauß und und dem DDR-Devisenbeschaffer Alexander Schalck-Golodkowski auch um das Schicksal der Baumann-Gefährtin.

Aber die Stasi-Führung um Erich Mielke blockierte einen Austausch der Ärztin. Das MfS fürchtete, daß die Frau im Westen den ganzen Fall Baumann noch einmal hochspielen würde. Außerdem glaubte die Stasi, daß Schumann zuviel wisse. Baumann hatte ihr, als seine Herzbeschwerden ihn in Todesangst versetzten, die Namen von 22 DDR-Agenten in der Bundesrepublik genannt. Selbst wenn sie den Zettel zerrissen hatte, als es Baumann besser ging, konnte niemand sicher sein, was sie davon im Gedächtnis behalten und was ihr Baumann sonst noch alles erzählt hatte.

Diskret suchte Kinkel einen Draht nach Ost-Berlin. Am 10. Februar 1983 fertigte der DDR-Staatsanwalt Carlos Foth eine Niederschrift über ein Gespräch mit dem Bonner Justiz-Staatssekretär. Nach einer neuen Runde der innerdeutschen Rechtshilfeverhandlungen, die zwei Tage zuvor stattgefunden hatten, habe ihn Kinkel, so Foth, während des gemeinsamen Mittagessens der beiden Delegationen »wegen des Falles einer Ärztin Dr. Schumann« angesprochen.

Wie umständlich sich Kinkel im Dialog mit dem DDR-Juristen an sein Problem herantastete, schilderte Foth in seinem Gedächtnisprotokoll. Kinkel habe erklärt, »daß die Bezugspunkte des Falles mit seiner bisherigen Tätigkeit zusammenhängen«; dabei sei der Staatssekretär »auch auf seine Herkunft und die in seiner Heimatstadt Hechingen früher benachbarte Familie Friedrich Wolf«, die Eltern des DDR-Spionagechefs Markus Wolf, zu sprechen gekommen. Vater Wolf, ein jüdischer Dramatiker (unter anderem »Cyankali«, 1929), hatte in der südwürttembergischen Kleinstadt als Arzt praktiziert und 1933 emigrieren müssen.

Die Baumann-Gefährtin Schumann, erklärte Kinkel laut Foths Niederschrift, sei »von seiten der DDR völlig zu Recht zu 15 Jahren Freiheitsentzug verurteilt« worden. Die Frau habe »bereits dreimal auf der Austauschliste gestanden«, die DDR habe sie »jedoch bisher stets gestrichen«, obwohl die Bundesregierung für sie den langjährigen Spion im Bonner Verteidigungsministerium Lothar-Erwin Lutze angeboten habe, »an dem die DDR doch stark interessiert sei«. Für die Haltung der DDR habe er, so wird Kinkel von Foth zitiert, »volles Verständnis«, weil die Baumann-Freundin »wohl noch zuviel wisse«.

Kinkel ließ, dem Vermerk zufolge, anklingen, daß er sich »für die Erfüllung jedes anderen oder weiteren Wunsches der DDR einsetzen wolle«, wenn nur der Fall Schumann gelöst würde.

Der Ex-BND-Präsident klagte, der Schumann-Bruder, »ein Professor der Medizin«, übe »einen unerhörten Druck auf ihn« aus: Er verlange von ihm, »jetzt wo er Staatssekretär im Bundesjustizministerium sei und solche Verhandlungen führe«, daß er sich »entsprechend für die Ärztin einsetzen« müsse.

Staatsanwalt Foth reichte das Kinkel-Lamento an den stellvertretenden DDR-Generalstaatsanwalt Karl-Heinz Borchert weiter. Borchert war, vor allem wegen seiner engen Verbindung zum MfS, die Graue Eminenz der Generalstaatsanwaltschaft. Er schickte die Notiz an den Leiter der Stasi-Hauptabteilung IX (»Untersuchung«), Generalmajor Rolf Fister, mit der »Bitte, die entsprechenden Linien zu informieren«.

»Unsererseits«, betonte Borchert in seinem Begleitschreiben, »gibt es in diesem Falle keinen Einfluß auf eine wie auch immer geartete Entscheidung.« Foth werde, falls dies überhaupt notwendig erscheine, »bei der nächsten Rechtshilferunde im Herbst nur darauf hinweisen, daß man solche Dinge auf den Ebenen lassen solle, wo sie bisher gewesen sind«, also bei Vogel und Rehlinger. Die Verhandlung über die Rechtshilfe »solle man damit nicht belasten«. Auch Fister wußte, wo die Dinge hingehörten: Die Foth-Notiz reichte er an Stasi-Minister Mielke weiter.

Ohne Schumann wollte sich Bonn jedoch überhaupt nicht mehr auf neue Austauschverhandlungen einlassen. Die DDR reduzierte im Gegenzug die anderen humanitären Gaben: Häftlings-Freikäufe (»H-Aktion«) und Ausreise-Genehmigungen zu Verwandten im Westen (»F-Aktion«, was für Familienzusammenführungen stand).

Den Ernst der Lage umriß Vogel am 14. November 1983 in einem Brief an Rehlinger, in dem er sich ausdrücklich auf Honecker berief: »Was ich Ihnen heut aufschreibe, ist hier an höchster Stelle abgestimmt. Ich sehe Bedeutung für das weitere Geschehen auf dem Sie und mich bewegenden Gebiet.« Es gehe um die »dritte Säule der humanitären Beziehungen« der beiden Staaten, »die Austauschpraxis«. Diese liege, so Vogel bedauernd, »seit Monaten brach, was auf die Dauer für die anderen Säulen (H-Aktion und Familienzusammenführungen) Nachteile zur Folge haben muß«.

Vogel stellte in einem beigefügten Papier Berechnungen über die Gleichwertigkeit der von ihm zum Austausch vorgeschlagenen Agenten an. Beide Seiten, regte Vogel an, sollten je sechs Gefangene freigeben, die er auch konkret benannte. Die Summe der jeweils verbleibenden Haftzeiten enthielt, gemessen an Vogels 1-zu-5-Faustregel für die innerdeutschen Wechselkurse im Agenten-Strafmaß, wohlweislich einen Bonus für den Westen: Die sechs in der Bundesrepublik Inhaftierten, die Vogel in die DDR zurückholen wollte, hatten, wie der Anwalt pingelig addierte, zusammen noch 10 Jahre, 3 Monate und 28 Tage zu verbüßen, die sechs in der DDR noch 31 Jahre, 11 Monate und 23 Tage. Das Verhältnis war also etwa 1 zu 3.

Wieder appellierte Katholik Vogel an den Christdemokraten Rehlinger, den Gefangenen eine Festtagsfreude zu bereiten: »Wird das Pokern um eine Verabredung noch vor Weihnachten fortgesetzt, sehe ich am Ende, daß nicht nur Ihre und meine Seite leer ausgehen, sondern vor allem der Hilfe Bedürftige, die zum Weihnachtsfest daheim sein könnten, ohne Hoffnung sind.«

Rehlinger antwortete schon drei Tage später, er nehme Vogels Ausführungen sehr ernst. Es sei »richtig, daß wir seit Anfang dieses Jahres keine Vereinbarungen über einen Austausch mehr schließen konnten«. Er, Rehlinger, habe jedoch »im Laufe der Monate immer wieder« bei Vogel nachgefragt, »ob nicht ein Arrangement möglich wäre«, und dem DDR-Anwalt erklärt, »für alles offen zu sein«.

Eine Übereinkunft sei jedoch nicht zustande gekommen, »weil von Ihrer Seite die Einbeziehung von Frau Dr. Sch. verweigert wurde«. Rehlinger: »Noch im Sommer habe ich Sie unter Berufung auf Ihren Brief, in dem Sie die Verhandlungsfähigkeit des Falles mitgeteilt hatten, angesprochen, ob nicht doch eine Lösung zu finden sei. Sie haben damals erwidert, das Jahr sei noch nicht zu Ende.«

Nun aber stehe seit geraumer Zeit fest, »daß es in diesem Jahr nicht mehr zu einer Vereinbarung, in die Frau Dr. Sch. einbezogen ist, kommen würde«. Deshalb habe er, so Rehlinger, »meinerseits den Vorschlag unterbreitet, die festgefahrene Situation dadurch zu wenden, daß ein Austausch geringeren Umfangs eingeleitet würde«. Rehlinger unterstrich, »daß dieser Gedanke von meiner Seite gekommen ist« – Bonn wollte unter keinen Umständen als Bremser erscheinen.

Die Bundesregierung habe ein konkretes Angebot unterbreitet, auf das Vogel mit einem »wesentlich umfangreicheren« reagiert habe. Vogels Offerte sei »hier sehr sorgfältig geprüft« worden. Es bestünden jedoch »hinsichtlich einiger Fälle erhebliche Hindernisse«, eine »Begnadigung erreichen zu können, da das Strafende noch weit ausstehe«. Eine »einfache Aufrechnung der Strafreste«, hielt Rehlinger seinem ostdeutschen Verhandlungspartner entgegen, halte er als alleinigen Beurteilungsmaßstab »nicht für ausreichend«.

Bonn habe daher wiederum »ein Gegenangebot gemacht, welches dieser Tage noch modifiziert worden ist«. Rechtsanwalt Wolf-Eckhard Jaeger, der für kurze Zeit Jürgen Stanges Nachfolge angetreten hatte, und Ministerialrat Klaus Plewa seien beauftragt, mit Vogel darüber zu sprechen.

Rehlinger warnte die drängelnde DDR vor unziemlicher Eile. »Mir ist sehr daran gelegen, die Dinge rasch zu fördern«, versicherte der Staatssekretär. »Aber es muß auch Zeit bleiben, verhandeln zu können.« Gegenseitige Schuldzuweisungen seien unangebracht. »Der gegenwärtige Sachstand«, so Rehlinger versöhnlich, »gibt m. E. keine Veranlassung, daß eine Seite der anderen eine Verhandlungsführung vorwerfen kann, die negative Auswirkungen auf andere Bereiche haben könnte.« Nach seiner Einschätzung, meinte der Bonner Spitzenbeamte, »sollte es immer noch möglich sein, schnell zu einer Vereinbarung zu kommen«. Rehlinger: »Sie wissen, daß mich das Schicksal der Betroffenen ebenfalls sehr bewegt. Es wird von mir als Verpflichtung angesehen, nichts unversucht zu lassen, um zu helfen.«

Während Vogel mit den in Bonn seit einem Jahr regierenden Christdemokraten zäh feilschte, pflegte er weiterhin gute persönliche Beziehungen zum sozialdemokratischen Ex-Kanzler Helmut Schmidt, an denen auch Honecker sehr gelegen war. Als Schmidts 65. Geburtstag am 23. Dezember 1983 näherrückte, beratschlagte der Staatsratsvorsitzende mit dem Anwalt, was er aus diesem Anlaß schenken solle.

Man habe ihm, plauderte Honecker, zu einer Marx-Büste aus Meißner Porzellan geraten. Wer die Ratgeber waren, ließ Honecker offen – er sprach immer nur von »meinen Genossen«, wenn er den Gesprächskreis oder gar Namen nicht nennen wollte. Vogel war entsetzt über den nach seiner Meinung geschmacklosen Vorschlag. »Schmidt ist Christ«, belehrte Vogel seinen Staatschef, er würde sich wohl »über ein Geschenk mit einem religiösen Motiv freuen«. Er, Vogel, denke deshalb beispielsweise an eine Krippe. »Eine Krippe?« fragte Honecker ungläubig. »Ja«, sagte Vogel, »eine Weihnachtskrippe.« Im atheistischen SED-Staat, in dem Weihnachtsengel zu »Jahresendfiguren« säkularisiert worden waren, galt Vogels christlicher Fimmel als verschroben.

Gleichwohl erhielt er von Honecker freie Hand, ein Präsent für Schmidt auszuwählen. Der Anwalt kannte im Erzgebirge einen 90jährigen Holzschnitzer, der nach alter Tradition ausdrucksvolle Darstellungen der Heiligen Familie, der Hirten und ihrer Tiere sowie der Heiligen Drei Könige fertigte. Aus derselben Werkstatt hatte Vogel schon zweieinhalb Jahre zuvor zu Herbert Wehners 75. Geburtstag eine Holzfällerfigur besorgt, und nun kaufte er dem Handwerker die gleiche Krippe zweimal ab – eine behielt er für sich selbst. Mit der anderen flog er nach Hamburg, wo er morgens in Schmidts Haus im Stadtteil Langenhorn der erste Gratulant war.

Mit solchen Freundlichkeiten kontrastierte die Sturheit Ost-Berlins in Sachen Christa Schumann. So wurde denn auch der nächste Vorschlag der DDR vom 20. März 1984, obschon darin die Zahl der in einen möglichen Austausch einbezogenen Personen aufgestockt war, in Bonn wieder abgeblockt. Nach einem Telefonat mit Rehlinger notierte Vogel, die neue Offerte »bringe man beim Kanzleramt und bei den ›Diensten‹ nicht durch«. Bonn bitte um eine »Aufbesserung«. Rehlinger bot einen zusätzlichen Ostagenten, Bernd Athner, an und lockte damit, daß die Bundesregierung obendrein »den doppelten H-Preis (ca. 200000,-)« zahlen würde. Er habe, so Vogel, »sein Befremden über diese Forderung angebracht, jedoch nichts erreicht«.

Das Klima wurde immer gereizter, kleine Pannen wurden beckmesserisch ausgeschlachtet. So beschwerte sich Rehlinger am 30. August 1984 bei Vogel, daß sich die – schon im Vorjahr für diesen Sommer vereinbarte – Entlassung einer BND-Agentin aus DDR-Haft verzögert habe: »Dies ist das erste Mal, daß eine Vereinbarung zwischen uns nicht genau eingehalten wird.« Rehlinger kritisierte, daß Vogel »nicht Gelegenheit genommen« habe, mit ihm »vorher darüber zu sprechen«. Der Ost-Anwalt solle bedenken, »daß Übereinkünfte gerade auf diesem Gebiet sorgfältig beobachtet werden« müßten, »hier darf kein Schatten fallen«.

Den Vorwurf wollte Vogel nicht auf sich sitzen lassen. Die Verzögerung sei schließlich geringfügig gewesen: »Der Aufschrei wegen weniger Tage ist nicht nur unangemessen, er verrät auch Uneinsichtigkeit.« Die wenigen Verzugstage seien in der »komplizierten Prozedur begründet« gewesen und »auf Ihrer Seite bei solcher Gelegenheit auch schon vorgekommen«.

Dann aber wurde Vogel grundsätzlich: Es sei die Bundesregierung gewesen, die »die jahrelang geübte Praxis unterbrochen und damit verändert« habe, indem sie sich darauf festlegte, »daß ohne Einbeziehung des Falles Schumann kein Austausch mehr stattfinden könne«.

Vogel beschuldigte Bonn und warnte: »Eine derartige Stagnation hat es im Austauschverfahren noch nie gegeben, auch nicht im Falle Guillaume. Zur Zeit nicht lösbare Fälle haben in dieser Hinsicht nie zum totalen Stillstand geführt, wie er von Ihrer Seite derzeit für angebracht gehalten wird. Möge man es dabei belassen. Meine Seite wird durchhalten. Wie aber die zahlreichen wegen unbestreitbarer Spionage verurteilten Bundesbürger freikommen sollen, vermag ich mir nicht vorzustellen.« Vogel zeigte sich tief verärgert: »Solche Umgangsart hat mich persönlich getroffen. Ich werde diesen unliebsamen Vorfall sehr gut im Gedächtnis verwalten.«

Die demonstrative Unnachgiebigkeit stand in krassem Gegensatz zur realen ökonomischen Lage der DDR, die sich mit ihrer Sturheit im Fall Schumann ins eigene Fleisch schnitt. Denn die trotzige Verweigerung der Häftlingsfreikäufe als Reaktion auf den stockenden Agentenaustausch bedeutete, daß sich der Mangel-Staat selbst um die überlebensnotwendigen Deviseneinnahmen brachte. Mielkes Halsstarrigkeit in Sachen Schumann ließ Vogel keinen Spielraum. Ratlos notierte er am 12. November 1984, in einem Vermerk für Rehlinger und Plewa, noch einmal: »Dieser Fall ist leider z.Zt. nach wie vor unlösbar. Zu einer Prognose bin ich außerstande.«

Auch DDR-Goldfinger Schalck-Golodkowski, der gar nicht schnell genug Valutamark hereinscheffeln konnte, wie die devisenhungrige DDR verbrauchte, suchte mit Franz Josef Strauß nach Möglichkeiten, die Blockade zu überwinden. Gegenüber Mielke erlaubte sich der dicke OibE, so das Stasi-Kürzel für einen »Offizier im besonderen Einsatz«, indes keine Widerworte. Beflissen machte Schalck den Stasi-Boß glauben, er habe seinem CSU-Spezi eine Lektion erteilt, »daß Fragen der Humanität keine Einbahnstraße sein können, wo nur die DDR Wünsche der BRD großzügig erfüllt«.

Im Jahr 1984, notierte Schalck in seinem Vermerk für den Minister, sei kein Gefangenenaustausch möglich gewesen, »da nach unserer Kenntnis der Bundeskanzler angewiesen hat, daß nur bei Entlassung der verurteilten Schumann sich etwas ›bewegen‹ würde«. Er habe Strauß erklärt, daß Zusicherungen von Vertretern des Ministeriums für Innerdeutsche Beziehungen »unrealistisch« seien, »die Schumann bei ihrer Entlassung in die BRD nicht zu den ihren Fall betreffenden Fragen zu vernehmen«.

So vergingen zwei weitere Jahre, ohne daß sich Bonn und Ost-Berlin in den Fällen Schumann und Lutze näherkamen. Erst als Anfang 1987 die Planungen für einen Staatsbesuch Honeckers in der Bundesrepublik Gestalt annahmen, nutzte Vogel die ihm günstig erscheinende Gelegenheit für einen neuen Vorstoß. Dabei war der Anwalt darauf bedacht, Argumente beizusteuern, mit denen die DDR dem Anschein entgegentreten konnte, sie habe sich öffentlichen Kampagnen gebeugt. Seinen Vorschlag machte Vogel dem Generalstaatsanwalt Wendlandt »in ausdrücklicher Abstimmung mit der Mandantin«.

Nach einem Haftbesuch bei Christa-Karin Schumann am 19. Februar 1987 fertigte Vogel für Honecker einen Vermerk, den er auch dem Bonner Ministerialdirektor Walter Priesnitz zuleitete. Mit solchen Gesten demonstrierte Vogel in Bonn immer wieder, daß er mit offenen Karten spielte. Honecker informierte er persönlich, weil sich der Staatsratsvorsitzende wegen der totalen Blockadepolitik aller MfS-Instanzen eine Entscheidung im Fall Schumann selbst vorbehalten hatte.

In dem Papier schilderte Vogel seine Eindrücke von der körperlichen Konstitution der Gefangenen und regte an, einen unverdächtigen Zeugen zu bitten, die Frau ebenfalls in Augenschein zu nehmen. »Sie macht einen gesundheitlich absolut intakten Eindruck«, schrieb der Anwalt. »Man könnte sie einem bei uns akkreditierten Journalisten (vielleicht Merseburger) durchaus vorstellen. Sie würde lediglich eine auch öffentlich tragbare Einschränkung machen, daß sie zuweilen Probleme mit dem Blutdruck hätte. Dagegen bekäme sie aber gute Medikamente ... Sie würde auch bestätigen, daß sie von ihrem Bruder in der BRD in eine schwerwiegende Militärspionage hineingezogen worden ist.«

Dem Ost-Berliner ARD-Fernsehkorrespondenten Peter Merseburger war Vogel, ähnlich wie dessen Vorgängern Lothar Loewe und Fritz Pleitgen, in gegenseitiger Sympathie und Wertschätzung verbunden. Er konnte sicher sein, daß der TV-Journalist die gewünschte Bestätigung abgeben würde. Dann, meinte Vogel, »wäre die These der ›lebensbedrohlichen Erkrankung‹ und der Verurteilung lediglich ›wegen versuchter Republikflucht‹ öffentlich und glaubwürdig widerlegt«.

Die DDR-Mächtigen erboste vor allem, daß der Heidelberger Professor seine Schwester ständig zu einem Menschenrechtsfall hochzustilisieren suchte. Christa-Karin Schumann, so behauptete Thomitzek immer wieder, sei keine BND-Agentin, sondern sitze nur deshalb im Gefangnis, weil sie zusammen mit Baumann die DDR habe verlassen wollen.

Der Professor, hielten die DDR-Behörden dagegen, wisse es besser: Er selbst habe seine Schwester mit dem BND in Kontakt gebracht und sich persönlich als BND-Kurier zu Baumann betätigt – was tatsächlich zutraf. »Der Fall Schumann«, so Vogel damals zum SPIEGEL, sei »ein klassischer Spionagefall«, und »kein Staat der Welt« lasse sich »in solchen Dingen unter Druck setzen oder gar erpressen«.

Ehe sich die DDR auf eine Freilassung der Baumann-Gefährtin einließ, bestand sie erst einmal auf Vorkasse. Deshalb durfte Lothar-Erwin Lutze, der Spion von der Bonner Hardthöhe, am 1. April 1987 endlich gen Osten ziehen. Zusammen mit ihm konnten zwei Ost-Agenten minderen Ranges in die DDR ausreisen, ein vierter Wunschkandidat des MfS, ein Bundesbürger, zog es aus familiären Gründen vor, im Westen zu bleiben.

Im Gegenzug ließ die DDR ebenfalls vier Häftlinge frei, drei Westdeutsche und einen DDR-Bürger. Dabei erlebte Vogel eine jener Szenen, die er zu den erfreulichen Momenten seines aufreibenden Jobs zählte: Honeckers Spezialist fürs Humanitäre, der nach so vielen Jahren eigentlich abgebrüht sein mußte, war zutiefst gerührt, als ihm die vier, eine Frau und drei Männer, in einem Separee des DDR-Grenzübergangs Wartha um den Hals fielen.

In das Mitgefühl mischte sich bei Vogel auch Befriedigung. Denn die vier aus dem Ost-Knast beklagten sich über ihre Arbeitgeber im Westen – der DDR-Anwalt sah sich bestätigt, daß die westlichen Geheimdienste sich zu wenig um ihre verbrannten Spione kümmerten. Zwei der befreiten Häftlinge hatten für den BND in Pullach, die beiden anderen für das Kölner Bundesamt für Verfassungsschutz die deutsche Ost-Republik erkundet. Dafür waren sie zu Haftstrafen zwischen sieben und zwölf Jahren verurteilt worden.

Warum es so lange gedauert habe, wollten die vier von Vogel wissen. Man habe ihnen doch versprochen, daß sie sich nicht sorgen sollten, falls sie geschnappt würden: Die Chefs in Pullach und Köln würden sie schon rasch wieder rausholen. In Wahrheit mußten sie zwischen drei und fünf Jahren auf ihre Freiheit warten. Und daß sie nun überhaupt freikamen, hatten sie vor allem der Furcht der Geheimdienstchefs um den eigenen Nachwuchs zu verdanken: Unter ihren in Bautzen einsitzenden Mitarbeitern könnte sich herumsprechen, wie die Dienste ihre Leute im Stich ließen.

Deshalb brachen die westdeutschen Sicherheitsbehörden mit einer eisernen Regel: Erstmals räumten sie öffentlich ein, daß die Heimkehrer in Wartha tatsächlich Agenten und nicht bloß harmlose Bürger waren. Die Stasi lohnte den neuen Bekennermut: Der Deal vom 1. April 1987 nutzte den westdeutschen Agentenführern mehr als den Ost-Berlinern. Die bekamen nur Spione frei, die ohnehin nicht mehr lange hätten brummen müssen. Ihr Star Lutze wäre ein Jahr später sowieso entlassen worden, und die drei anderen MfS-Kundschafter saßen lediglich Strafen zwischen 15 und 30 Monaten ab.

Den Herzenswunsch der Bonner mochte die DDR aber auch diesmal noch nicht erfüllen: die Freilassung der Ärztin Christa-Karin Schumann, die nun schon siebeneinhalb Jahre in Bautzen zubrachte. Doch Vogel arbeitete beharrlich daran, den Fall möglichst geräuschlos zu lösen und so endlich die Zustimmung der Stasi zu erhalten.

In einem Brief, den Christa-Karin Schumann am 20. Juli 1987 an ihren Bruder schrieb (»Eben ist Herr Prof. Dr. Vogel bei mir«), kündigte sich ein Ende des jahrelangen Nervenkriegs an – der Anwalt habe ihr gesagt, »daß er einen gangbaren Weg gefunden hat«. Dieser Weg, schärfte sie ihrem Bruder ein, müsse aber »in der Stille gegangen werden«, weshalb sie ihn inständig bitte: »Halte still, unternimm bitte nichts mehr in der Öffentlichkeit.« Nur Vogel könne ihr »jetzt hier im Moment helfen«, dies sei wohl ihre einzige Chance. Schumann: »Ich flehe Dich an, vertraue Prof. Dr. Vogel und vertue diese Chance nicht durch Aktionen Deinerseits. Ich danke Dir für alles, was Du für mich getan hast, aber rausholen kann mich eben nur Prof. Vogel und nicht öffentlicher Druck.«

Vogel und Rehlinger signierten am 30. Juli 1987 eine dürre Vereinbarung. Unter dem Briefkopf des Bundesministeriums für Innerdeutsche Beziehungen besiegelten die beiden Unterhändler, daß am 12. August 1987 um 16 Uhr am Grenzübergang Herleshausen fünf Menschen die Seiten wechseln sollten – Christa-Karin Schumann und der Verfassungsschutz-Agent Wilhelm Wilms von Ost nach West, drei in der Gegenrichtung.

Wilms, der nach außen hin in Wedel bei Hamburg einen Tabakladen geführt hatte, war vom Kölner Bundesamt vor allem auf die Kontakte zwischen DKP und SED angesetzt worden und hatte sich regelmäßig mit Verwandten in der DDR getroffen; 1981 hatte er sich zum Schein vom MfS anwerben lassen, doch zwei Jahre später war er bei einem DDR-Besuch aufgeflogen und zu lebenslanger Haft verurteilt worden.

Der Preis, den Bonn für Christa-Karin Schumann zahlen mußte, war hoch, denn unter den dreien, die aus westdeutscher Haft entlassen wurden, befand sich ein namhafter Spion, der noch viele Knastjahre vor sich gehabt hätte: Manfred Rotsch hatte als Abteilungsleiter der Münchner Rüstungsfirma MBB dem KGB über das geheime Innenleben des neuen Kampfflugzeugs Tornado berichtet, wofür er eine achteinhalbjährige Haftstrafe erhalten hatte. Davon hatte er nun gerade mal ein Jahr abgesessen.

Das Papier dokumentiert auch das unterschiedliche Rechtsverständnis der beiden deutschen Staaten: Die Bundesrepublik »begnadigt« die drei Agenten, die DDR »entläßt in die Bundesrepublik«. Rotsch hatte zunächst nicht in die DDR gehen wollen, ließ sich dann aber doch überreden und durfte nach einigen Monaten zurückkehren.

Noch nach der Wende in der DDR tat der Pullacher Geheimdienst unwissend. »Zu den Aspekten des Komplexes Baumann«, hieß es in einem Schreiben des BND vom 31. Juli 1990 an das Bonner Kanzleramt, »liegen dem BND keine gesicherten Informationen vor. Die Hinrichtung von B. wurde nach unserer Kenntnis nicht offiziell bestätigt. Rechtsanwalt Prof. Dr. h.c. Wolfgang Vogel machte jedoch im August 1987 eine Andeutung, die als sicheres Indiz für die Exekution gewertet werden kann.«

Oft mußte sich der BND gar nicht dumm stellen, weil er wirklich nichts wußte. Den bevorstehenden Bau der Berliner Mauer 1961 hatten die Pullacher, wie auch die Brüder von der CIA, ebenso verschlafen wie die Verhängung des Kriegsrechts in Polen zwanzig Jahre später; Bundeskanzler Schmidt wurde von der Entwicklung in Polen überrascht, als er sich gerade im Honecker-Staat aufhielt. Noch 1988 schätzte der BND die Zahl der hauptberuflichen Stasi-Mitarbeiter auf rund 30 000, als es schon dreimal soviel waren.

Nach der Wende belustigte sich der ehemalige DDR-Spionagechef Markus Wolf über die einstige Konkurrenz: »Der BND hat immer behauptet, er sei wegen der hohen DDR-Strafen sehr vorsichtig gewesen und konnte deshalb nicht so erfolgreich sein.« Dies sei, so Wolf, »eine reine Schutzbehauptung, es sind ja reihenweise Agenten hier verhaftet worden«, mit der Vorsicht könne es also nicht weit her gewesen sein. Für die DDR sei dies ein Vorteil gewesen: »Wir hatten immer ein Austauschäquivalent und konnten bis 1:12 arbeiten, aber auf die hohen Strafen in der DDR hat kein hochmoralischer westdeutscher Dienst Rücksicht genommen.«

Auch über Wolfgang Vogel hatte der bundesdeutsche Geheimdienst, solange die DDR existierte, nur lückenhafte Erkenntnisse. Zwar tat der BND nach der Wende so, als habe er schon 1974 »sicher« gewußt, daß Vogel dem MfS angehöre. Doch in einem neunseitigen Dossier über den DDR-Anwalt vom 1. Dezember 1988 zog die Pullacher Behörde ganz andere Schlüsse: »Vermutungen, Vogel selbst sei Angehöriger des MfS, können als wenig wahrscheinlich eingeordnet werden.«

Auch sonst enthielt das BND-Papier (»Verschlußsache/Nur für den Dienstgebrauch«) viele Fehler und Ungenauigkeiten. Vogels Wohnort »am Teupitz See« vermuteten die Geheimdienstler in Mecklenburg, weil sie offenbar nur jenes Schwerin, die jetzige Landeshauptstadt, kannten. Die Verleihung der Professur verlegten sie ins falsche Jahr, und zu Markus Wolf dichteten sie ihm eine »Duzfreundschaft« an, die nie bestanden hat.

Die Gesamtbeurteilung klang durchaus positiv: Vogel, so der BND, pflege »den Stil eines wohlhabenden, spätbürgerlichen Rechtsanwalts und Notars«; er beherrsche »instrumental das gespaltene Denken und Sprechen, ohne Loyalität zu verletzen«; und er besitze »Einfühlungsvermögen für beide Seiten«.

Ihre Einschätzung konnten die Geheimdienstler auch bequem durch Zeitungslektüre und TV-Berichterstattung gewinnen. Denn Vogel war zunehmend zu einem Medienstar geworden, der bei all seinen Aktionen vor Mikrofonen und Fernsehkameras Statements abgab. Und der Anwalt schien allgegenwärtig zu sein: Verhandelte er gerade noch in Washington über internationale Agenten-Transfers, tüftelte er schon wieder in Bonn an Häftlingslisten, vereinbarte er in Berlin Familienzusammenführungen und pendelte als Honeckers inoffizieller Chefdiplomat zwischen den beiden deutschen Hauptstädten.

Bonner Botschaften als Schleichwege in den Westen

In aller Stille sorgte Vogel obendrein dafür, daß besonders komplizierte Rechtsfälle gelöst werden konnten: Immer wieder suchten Ostdeutsche Zuflucht in westlichen Botschaften und in Bonns Ständiger Vertretung in Ost-Berlin, um so ihre Ausreise zu erzwingen, die ihnen zuvor meist von den zuständigen Behörden für Inneres verwehrt worden war.

Was seinerzeit kaum bekannt war: Auch über die westdeutschen Botschaften in Bulgarien, Ungarn, Polen, Rumänien und der Tschechoslowakei, sogar in Äthiopien, Pakistan und Kuba versuchten DDR-Bürger, ihrem Staat zu entrinnen. Und erst lange nach der Wende offenbarte Vogel: »Auch in Ost-Berlin sind mehr westliche Botschaften Orte der Zuflucht von DDR-Bürgern gewesen, als bisher veröffentlicht.« So beherbergten auch die Vertretungen Schwedens, Frankreichs, Großbritanniens, Dänemarks und der Schweiz DDR-Abtrünnige.

Am 19. Januar 1984, einem Freitag, trafen sich sechs DDR-Bürger zwischen 19 und 43 Jahren im Ost-Berliner Zentrum. Ihren Plan hatten sie sich genau zurechtgelegt. Sie warfen ein Schreiben an den Staatsratsvorsitzenden, das Honecker über ihr Vorhaben informieren sollte, in einen Briefkasten. Dann gingen sie, mit einem Brief an US-Präsident Ronald Reagan in der Tasche, in dem sie ihn um Schutz und Hilfe für ihre Übersiedlung in ein »demokratisches Land« baten, in die US-Botschaft in der Neustädtischen Kirchstraße und ersuchten um politisches Asyl. In dem Brief an Reagan hieß es: »Wir bitten Sie um Schutz vor Verfolgung durch DDR-Sicherheitsorgane. Uns steht die Inhaftierung bevor. Wir haben den Behörden der DDR mitgeteilt, daß wir in unbegrenzten Hungerstreik treten, da uns die Ausreise aus der DDR verweigert wird.« Von der Botschaft aus rief die Gruppe den ARD-Hörfunkkorrespondenten Eckart Bethke an. Der Radiomann verbreitete umgehend die Nachricht von der Botschaftsbesetzung.

Die sechs Eindringlinge verlangten von den Amerikanern, die sie notdürftig in einem Vorraum des Botschaftsgebäudes einquartiert hatten, direkt in den Westen gebracht zu werden. Nur: »So einfach, wie die sich das vorgestellt hatten, funktionierte das nicht«, sagt Vogel. »Die Amerikaner konnten ja nicht zum DDR-Außenministerium gehen; da hätte man gesagt, ihr seid für die Leute gar nicht zuständig, nur für Amerikaner, aber nicht für DDR-Bürger.« Auch ein Hungerstreik, den die Besetzer begannen, half angesichts der Rechtslage nicht weiter.

Der Gesandte der US-Botschaft wandte sich hilfesuchend an den Leiter der Ständigen Vertretung Bonns, Hans Otto Bräutigam. Der rief Vogel in seinem österreichischen Urlaubsort an und bat ihn, sofort nach Ost-Berlin zurückzukehren, wo der Anwalt am Sonntagmorgen eintraf. Am Sonntagnachmittag fuhren der Bonner Diplomat und der DDR-Unterhändler gemeinsam zur Ost-Berliner US-Botschaft und redeten mit den Leuten.

Die Sache wäre kaum so schnell und geräuschlos über die Bühne gegangen, wenn die DDR nicht vor allem darauf bedacht gewesen wäre, ihr außenpolitisches Image aufzupolieren. Generalstaatsanwalt Streit informierte Vogel telefonisch über eine gerade beendete Sitzung des SED-Zentralkomitees: Dort sei man der Meinung, daß der Botschafts-Fall bis zum nächsten Tag gelöst sein müsse, denn da komme der französische Außenminister Claude Cheysson in die DDR-Hauptstadt, um das französische Kulturzentrum Unter den Linden zu eröffnen.

Vogel mochte nicht glauben, daß das Führungsorgan der Partei so überstürzt auf eine schnelle Problemlösung erpicht sein sollte. Das Sextett einfach nach West-Berlin zu schaffen, erschien ihm wie eine Einladung an Nachahmer. Auch Bräutigam warnte: »Wenn wir das machen, treten wir eine Lawine los, das wird das Ende der Botschaften sein.« Vogel war »klar, das würde nicht unter der Decke bleiben, und dann gibt es gleich wieder Nachschub in der Botschaft«.

Vogel wollte es weiter mit geduldigem Zureden versuchen. Doch »um Mitternacht«, erinnert er sich, rief ihn Honecker an. Vogel bestürmte den Staatschef, man dürfe die Leute »nicht im Hauruck-Verfahren ausreisen lassen«, weil die Gefahr bestehe, »daß wir den Strom insgesamt nicht mehr bewältigen können«. Aber Honecker beharrte darauf: »Ich will, daß die sofort und direkt ausreisen.«

Zusammen mit Bräutigam brachte Vogel die sechs DDR-Abtrünnigen zur Caritas nach West-Berlin – »ohne westliche Gegenleistung, wie damals behauptet worden ist«. Der Anwalt sah sich alsbald bestätigt: »Es dauerte gar nicht lange, da waren wieder elf drin bei den Amerikanern.« Unterstaatssekretär Lawrence Eagleburger dankte Vogel gleichwohl schriftlich für dessen »Hilfe in dieser Sache«.

Gegen den öffentlich erhobenen Vorwurf, Vogel habe gegebene Zusagen nicht eingehalten, nahm Kanzleramtsminister Philipp Jenninger den DDR-Anwalt in Schutz: »Vogel ist ein Mann, auf dessen Wort Verlaß ist. Er hat stets die mit uns getroffenen Vereinbarungen eingehalten und sich dabei gerade in schwierigen Fällen als hilfreiche Instanz erwiesen.«

Das sei er auch jetzt gewesen, als es darum gegangen sei, eine »humane Regelung« für die sechs Zufluchtsuchenden in der US-Botschaft zu finden. Jenninger über Vogel: »Gerade diejenigen, die ihn länger kennen, wissen, daß er nicht nur die Berufsbezeichnung Rechtsanwalt trägt, sondern auch nach Kräften bemüht ist, sich im Rahmen des ihm Möglichen zum Anwalt derer zu machen, die ihn um seine Hilfe bitten. Seine Tätigkeit trägt dazu bei, daß der Begriff von der ›Koalition der

Vernunft< dort nicht Worthülse bleibt, wo es um die Linderung des menschlichen Leides geht, das die Spaltung Deutschlands bis heute verursacht. Dabei weiß er so gut wie wir, daß sein Bemühen nur Einzelfälle betreffen kann, nicht aber zur Beseitigung des Grundübels selbst beizutragen vermag.«

Wie Vogel warnend vorausgesagt hatte, wurden die diplomatischen Vertretungen binnen kurzem zur Drehtür für DDR-Ausreiser. Nun aber war die DDR-Führung nicht mehr bereit, so kulant zu verfahren. »Alle Handlungen, eine Übersiedlung unter Einbeziehung der Ständigen Vertretung der BRD in der DDR, von Botschaften der BRD in anderen sozialistischen Staaten und weiteren diplomatischen Vertretungen zu erzwingen«, hieß es in einer MfS-»Orientierung« aus dem Jahr 1984, »sind frühzeitig und vorbeugend unter Ausschöpfung aller Potenzen des sozialistischen Rechts konsequent zu unterbinden.«

Der stellvertretende DDR-Außenminister Kurt Nier intervenierte bei Bräutigam. »Am Ende einer diplomatischen Veranstaltung in der Residenz des Leiters der Ständigen Vertretung«, so Nier in einem Vermerk vom 23. Februar 1984, habe er Bräutigam um ein Gespräch gebeten. »Ich erklärte, daß ich mit ihm Fragen besprechen möchte, die im Zusammenhang mit bestimmten Vorgängen in der Vertretung der BRD in der DDR und anderswo stehen.«

Es gehe ihm darum, so der Vize-Außenminister, »im beiderseitigen Interesse Belastungen unserer Beziehungen zu verhindern«. Nier erklärte Bräutigam, seinem Vermerk zufolge, »daß ich ihm die Rechte und die Pflichten, die sich für eine diplomatische Mission und ihre Mitglieder aus der Wiener Konvention ergeben, nicht im einzelnen darzulegen brauche«. Dazu gehöre »die Achtung der Gesetze und Bestimmungen des Empfangsstaates ebenso wie die Tatsache, daß die Räumlichkeiten der Missionen nicht für Zwecke mißbraucht werden dürfen, die mit den Aufgaben der Mission unvereinbar sind«. Eine diplomatische Vertretung könne »bekanntlich nur die Interessen der eigenen Staatsbürger im Aufenthaltsland wahrnehmen«.

Die Bonner Quasi-Botschaft an der Hannoverschen Straße konnte jedoch, selbst wenn sie es gewollt hätte, keinen DDR-Bürger am Betreten des Gebäudes hindern. Und waren sie erst einmal drin, gebot das westdeutsche Grundgesetz, sie wie

Bundesbürger zu behandeln. Die Bonner Diplomaten konnten die Zufluchtsuchenden aus rechtlichen Gründen nicht auf die Straße setzen, aus praktischen Gründen aber auch nicht nach West-Berlin bringen – eine Zwickmühle, in der Vogels ausgleichendes Geschick gefragt war.

Ende Juni 1984 kamen nach und nach wieder 59 DDR-Bürger in die Ständige Vertretung. Erst zeigte sich die DDR-Führung unnachgiebig. Deren »Konzept«, wußte Bräutigam, sei gewesen, die Abtrünnigen »hier schmoren« zu lassen, und jeder im Land sollte »wissen, daß die hier schmoren«. Das Bonner Kanzleramt rief Vogel am 27. Juni um Hilfe und bat ihn, in die Hannoversche Straße zu kommen. Dort erwartete ihn, neben dem Hausherrn Bräutigam, auch der Bonner Staatssekretär Rehlinger. Der »wiederholte«, wie es in einem von Vogel verfaßten und von beiden unterschriebenen Gesprächsprotokoll heißt, »die Erklärung von Mitgliedern der Bundesregierung, daß über die Ständige Vertretung der Bundesrepublik Deutschland eine Ausreise aus der DDR nicht erzwungen werden kann«.

Für diejenigen, die zu diesem Zeitpunkt im Gebäude waren, sicherte Vogel jedoch Straffreiheit wegen ihres Aufenthalts in der Ständigen Vertretung zu. »Nach Verlassen der Ständigen Vertretung« sei ihnen »die Möglichkeit eingeräumt, die zuständigen Organe der DDR aufzusuchen und einen Antrag auf Ausreise zu stellen«, wobei Vogel lapidar versprach, »diese Anträge würden genehmigt werden«.

»Ergeben sich im Ausreiseverfahren Probleme (Schulden, Grundstücke etc.)«, stellte Vogel »anwaltliche Unterstützung« in Aussicht. Da war ihm ein spezielles Problem allerdings noch nicht bewußt: Einer der Botschaftsbesetzer war Unteroffizier der Volksmarine und militärischer Geheimnisträger. Ein vertrackter Fall also, wobei erschwerend hinzukam, daß der Soldat ohne seine 17jährige Freundin nicht ausreisen wollte, deren Eltern aber dagegen waren. Die Freundin kam zu Vogel in die Kanzlei, ebenso der Unteroffizier, begleitet von einem Beamten der Ständigen Vertretung. Das Mädchen erklärte seinem Freund, in der DDR bleiben zu wollen, er solle allein gehen – was er schließlich auch tat.

Rehlinger hatte in der Ständigen Vertretung das »Papierchen entworfen«, auf dem er anmerkte: »akzeptiert von Dr. Jenninger«, dem Staatsminister im Bonner Kanzleramt. Gemeinsam fuhren der westdeutsche Staatssekretär und der Ost-Berliner Anwalt zu Vogels Kanzlei. Von dort brachte der Anwalt die »Niederschrift« zu Honecker ins ZK-Gebäude.

Inzwischen war es weit nach Mitternacht geworden, weshalb Vogel das abgezeichnete Protokoll (»Einverstanden. E. Honekker. 28. 6. 84«) erst anderntags durch einen Boten zurückerhielt. Der Anwalt ließ die Vereinbarung noch einmal auf einem Kanzleibogen ins reine schreiben und zur »Chefsache« stempeln. Dies war nun, fand Vogel, »ein Garantieschein für die Menschen in der Ständigen Vertretung«.

Vorzeigen konnte er ihnen das Dokument, wegen der darin enthaltenen internen politischen Absprachen, jedoch nicht. Zwei Tage lang sprachen Rehlinger und Vogel mit jedem einzelnen, um sie von dieser Lösung zu überzeugen. Vogel bekennt heute: »Das größte Problem war, daß die Menschen, die hier in ihrer Not versammelt waren, von mir mehr erwartet haben, als ich geben konnte.« Versprechen konnte er nur Straffreiheit und eine Ausreisegenehmigung innerhalb einer »überschaubaren Frist« – bis spätestens 1. September sollten alle außer Landes sein. Das wurde auch in allen Fällen eingehalten, die gesetzte Frist sogar unterschritten.

Die Unterhändler in der Ständigen Vertretung wußten, daß die Stasi von einem Nachbargebäude aus mit Richtmikrofonen die Gespräche mithörte. »Deshalb«, erzählt Rehlinger verschmitzt, »sind wir miteinander etwas formeller umgegangen als sonst« – der unter ihnen übliche lockere Ton hätte womöglich Mißtrauen im MfS gegen Vogel geweckt.

So belauschte die Stasi auch, wie Vogel in der Normannenstraße anrief und mit Volpert die einzelnen Fälle besprach. Die von der Hauptabteilung II gesammelten »Informationen« geben, da die Lauscher weder Vogels Gesprächspartner noch die Hintergründe der Verhandlungen kannten, die Inhalte auf skurrile Weise wieder.

»Herr Vogel, DDR-Rechtsanwalt, z.Zt. Ständige Vertretung der BRD«, heißt es da etwa, »spricht mit einem Herrn, Tel. 5593617«. Ganz Schlaue erkannten dabei selbst, daß es sich um die »MfS-Dienststelle/Lichtenberg« handelte, einige kriegten sogar den Vornamen (»Heinz«) des Gesprächspartners mit.

Mit Volpert mußte Vogel klären, ob wegen eventueller Vorstrafen, akuter Haftgründe oder sonstiger Versagungsgründe die Ausreise verweigert würde. Zwischendurch dokumentierten die heimlichen Mithörer aber auch die Stimmung in der Ständigen Vertretung: »Herr Vogel spricht davon, daß alles sehr schwer ist, er aber gut unterstützt wird, und die Leute, die ihn unterstützen, weiter gehen, als sie normalerweise verantworten können. Um Heinz die Lage zu beschreiben, bemerkt Herr Vogel, daß das, was sie in ›KM‹ haben, das reine ›Zuckerlecken‹ ist« – »KM« stand, was der geheime Ohrenzeuge wohl nicht wußte, für Karl-Marx-Stadt, wo Vogel und Volpert regelmäßig die Entlassungsgespräche über die freigekauften Häftlinge führten. Bei Vogels Unterredungen mit den Gefangenen war Volpert zwar nicht zugegen, aber was dort besprochen wurde, wußte er sicher aufgrund der angebrachten Wanzen.

Von der Hannoverschen Straße sei er »mit großem Unbehagen in mein Büro zurückgefahren«, beschreibt Vogel seine Gefühle. »Denn dort stand eine Schlange von Ausreise-Antragstellern, denen ich solche Zusagen nicht geben konnte, die ich in der Ständigen Vertretung gegeben hatte.« Auch die West-Partner sahen das Dilemma: Die Zufluchtsuchenden in der Ständigen Vertretung drängelten sich an denen vorbei, die geduldig auf die amtliche Bewilligung ihres Ausreiseantrags warteten.

Als alle Zimmer und Flure in der Ständigen Vertretung von Republikmüden belegt waren, mußte das Haus zeitweilig wegen Überfüllung geschlossen werden. Vier DDR-Bürger, die am 27. Juni vor der verriegelten Bonner Vertretung standen, versuchten es daher ersatzweise bei der US-Botschaft. Der Arzt Bernd Schnappauf und seine Frau baten dort für sich und ihre beiden Kinder um politisches Asyl.

Weil die Botschafterin Rozanne Ridgway nicht anwesend war, erledigten subalterne Botschaftsangestellte den Fall unprofessionell. Sie überwältigten den mit Selbstmord drohenden Mediziner, stellten ihn durch drei Ampullen mit je fünf Milliliter Analgin ruhig und trugen ihn vor die Botschaft, wo er und seine Frau sofort von Vopos festgenommen wurden. Das Bezirksgericht Frankfurt (Oder) verurteilte ihn im September 1984 wegen »Beeinträchtigung staatlicher oder gesellschaftlicher Tätigkeit« zu 18 Monaten Gefängnis. Den Nothelfer für solche Fälle, den DDR-Anwalt Vogel, hatte die US-Botschaft diesmal nicht alarmiert.

Vogel, ohnehin von seinem ganzen Wesen her harmoniesüchtig, verfaßte bisweilen Lobeshymnen und Grußadressen, um seine Gesprächspartner hüben wie drüben freundlich zu stimmen – manchmal sogar ohne konkreten Anlaß. So bestätigte Vogel dem US-Botschafter Meehan in einem Brief vom 21. April 1988, daß er »Gelegenheit« gehabt habe, »dem Vorsitzenden des Staatsrates zu empfehlen, daß eine wohlwollende Überprüfung Deiner Anliegen veranlaßt werden sollte« – es ging um Eheschließungen zwischen Amerikanern und Ostdeutschen sowie deren Ausreisen aus der DDR. Der Anwalt fügte hinzu: »Du hast mir erlaubt, Herrn Honecker für sein ganz persönliches Engagement im Namen Deiner Regierung zu danken. Das habe ich getan.«

Die Eloge war eine rein taktisch begründete Schmeichelei. Meehan hat seine Tagebuchaufzeichnungen aus dem Frühjahr 1988 noch einmal durchgesehen und keinen Anhaltspunkt gefunden, worauf sich Vogels Bekundung bezogen haben könnte. Meehan erklärt sich den Brief so: »Vogel erzählte mir oft, Honeckers Eitelkeit sei grenzenlos. Ich nehme an, er dachte, ein Brief, der die Dankbarkeit der US-Regierung wofür auch immer enthielte, könne nur nützlich sein – für ihn, für uns oder für beide. Ich erinnere mich jedenfalls nicht, einen Auftrag aus Washington gehabt zu haben.«

Zu den Gefälligkeiten, die gratis ausgetauscht wurden, zählten auch ehrenvolle Berufungen. So ernannte der britische Botschafter in Ost-Berlin, Nigel Broomfield, im Juli 1988 Vogel zu seinem »Ehrenamtlichen Rechtsberater« – eine »persönliche Vereinbarung zwischen Ihnen und mir«. Vogel, hielt der Botschafter fest, sei »bereit zu kostenloser Rechtsberatung, wenn unsere Botschaft eine solche benötigt«, und Vogel dürfe sich öffentlich »als mein Rechtsberater bezeichnen«, wenn er dies wolle. Und er könne auch das Anwaltsverzeichnis »Kimes International Law Directory« von der Ernennung in Kenntnis setzen – eine »Form der Schleichwerbung«, wie sich Vogel belustigt, von der er jedoch keinen Gebrauch machte.

Ebenso hatte das österreichische Außenministerium den DDR-Anwalt zum Rechtsberater für seine Botschaft in Ost-Berlin bestellt. Juristischen Rat erteilte Vogel zudem der Schweiz, Schweden, Frankreich, den Niederlanden, Dänemark und Simbabwe.

Auch privat hielt sich der polyglotte Jurist gern im kapitalistischen Ausland auf. Vor allem zog es Vogel immer wieder in die Berge nach Österreich, wo er regelmäßig Skiferien verbrachte. Zugleich wuchs das Selbstbewußtsein des Anwalts, der auch schon mal seinem Staatsoberhaupt schnippisch Paroli bot. Scheinbar launig piekste der für seine Humorlosigkeit berüchtigte Honecker seinen Unterhändler bei einem Empfang des britischen Außenministers Geoffrey Howe während dessen DDR-Besuchs im April 1985. Warum er denn immerzu in Österreich urlauben müsse, pflaumte der Staatsratsvorsitzende seinen Unterhändler vor dem versammelten diplomatischen Korps an; skilaufen könne er schließlich auch zu Hause im Erzgebirge. Schlagfertig konterte Vogel: Honecker gehe ja auch in der Schorfheide zur Jagd und nicht im Berliner Zoo. Da Honecker vor allem Späße nicht ertragen konnte, die auf seine Kosten gingen, war das Verhältnis zu Vogel zeitweilig getrübt.

Die Stasi lauscht im Innerdeutschen Ministerium

Die Stasi war stets im Bilde, worüber Vogel im Westen verhandelte – nicht nur durch Vogels Vermerke. Mielke ließ den Anwalt hinter dessen Rücken kontrollieren. Generalstaatsanwalt Streit hatte dem Unterhändler schon mal zur Warnung verraten: »Bevor du zurück bist, wissen wir Bescheid.«

In Bonn konnte der Unterhändler keinen Schritt unbeobachtet tun, denn überall waren Kundschafter plaziert, und auch im Innerdeutschen Ministerium, wo Vogel regelmäßig verkehrte, hatte das MfS mindestens einen Lauscher sitzen. So verzeichnete eine »Information A/29528« vom 6. November 1984 (»Streng vertraulich«), »durch eine inoffizielle Quelle« seien »aus dem Bereich des Bundesministeriums für innerdeutsche Beziehungen Hinweise erarbeitet« worden, »die in Verbindung mit der Zusammenarbeit der Regierungen der beiden deutschen Staaten im humanitären Bereich stehen«. Der Fall betraf Häftlingsfreikäufe.

Diese Hinweise basierten »auf Aussagen« des Leiters der Abteilung Z, Hans-Georg Baumgärtel, und des Leiters des Referats »Besondere Bemühungen«, Klaus Plewa. Die Art der Zitierung legt den Schluß nahe, daß Vier-Augen-Gespräche der beiden Beamten abgehört worden waren. Die Quelle wurde jedoch nie enttarnt. »Baumgärtel und Plewa erörterten Fragen, die im Zusammenhang mit den von dem DDR-Rechtsanwalt Dr. Vogel, Wolfgang, für die sogenannte zweite Folge der zur vorzeitigen Haftentlassung und Ausweisung ins westliche Ausland vorgesehenen DDR-Bürger zusätzlich ›angebotenen‹ Personen stehen.«

Der Hintergrund: Vogel hatte Plewa »zusätzlich zur zweiten Folge« 135 Personen benannt, die, »bei entsprechenden finanziellen Gegenleistungen«, aus DDR-Haft ins westliche Ausland ausreisen dürften. Plewa hatte den Grund für die scheinbar großzügige Offerte durchschaut: Alle 135 hatten »in absehbarer Zeit Strafende«, und die DDR wollte auch für diese Leute noch »den vollen Preis als Gegenleistung« herausschlagen.

Daraus ergebe sich, meldete der Späher, »nach übereinstimmender Auffassung von Baumgärtel und Plewa für das BMB eine sehr schwirige Situation«. Das Ministerium müßte nämlich rund 12 Millionen Mark bezahlen, im Etat für 1984 seien aber nur noch zwei Millionen. Andererseits könne »die Ablehnung dieses Angebotes auch ›politische‹ Auswirkungen unter den Betreffenden haben«. Vogel werde in diesem Fall »mit Sicherheit folgende Argumentation bringen: Wenn ihr das Angebot ablehnt, dann sagen wir den betreffenden Personen, ihr könntet schon im westlichen Ausland sein, aber die Bundesregierung wollte euch ja nicht«.

Plewa hatte die rettende Idee: Der DDR solle klargemacht werden, daß das Häftlingsgeschäft für 1984 bereits abgeschlossen sei, aber daß die 135 zusätzlich für die erste Folge 1985 aufgenommen werden könnten. Diesem Vorschlag folgte auch Staatssekretär Rehlinger. »Ergänzend« zu der vorangegangenen Information, notierte die Stasi, seien »zuverlässig Hinweise erarbeitet« worden, wonach Rehlinger in diesem Sinne entschieden habe. Damit werde laut Baumgärtel und Plewa verhindert, daß der Bundesregierung »im Rahmen einer schäbigen Geldabschöpfung (die 1984 besonders schlimm gewesen sei) Geld aus dem Kreuze geleiert und wofür nichts gegeben wird«.

Daß die Stasi Vogel nicht aus den Augen ließ, wenn er mit Bonner Regierungsvertretern Gespräche führte, belegt auch eine »Information« (»streng vertraulich«) vom 8. Oktober 1986 über »Hinweise zu einer geplanten Sondermaßnahme im humanitären Bereich«. Dabei ging es um ein fünf Tage zuvor zwischen Rehlinger und Vogel geführtes Gespräch, in dem unter anderem von einem DDR-Häftling die Rede war, der im Mai 1962 als Soldat fahnenflüchtig und im November 1978 bei einer Transitreise verhaftet worden war. An dem Mann, der nun schon acht Jahre inhaftiert war, hatte Bonn etwas gutzumachen, denn er hatte sich, so Vogel, »von einer amtlichen Stelle beraten lassen, ob ihm auf dem Transitweg etwas passieren könne«, und die beruhigende Auskunft war ersichtlich falsch gewesen.

Rehlinger, berichtete der Stasi-Späher, sei »bestrebt, diese Person zwar in eine Maßnahme einzubeziehen«, wolle aber »durchsetzen, daß die Gegenleistung von BRD-Seite niedriger gehalten wird«. Der Bonner Beamte weigere sich, »die vom DDR-Rechtsanwalt angeblich gestellte Forderung ›mal drei‹ zu akzeptieren«. Wieder mal fochten Bonn und Ost-Berlin ihren Grundsatzstreit aus: Die DDR wollte einen Austausch, die Bundesregierung bestand auf Freikauf. Vogel war deshalb gehalten, analog zum Wechselkurs der Haftstrafen in den Austauschfällen den dreifachen Kopfpreis zu verlangen, der schließlich zähneknirschend auch bezahlt wurde.

Vogel wies, der Stasi-Information zufolge, darauf hin, daß in der Vergangenheit auch schon Gegenleistungen »mal fünf« erbracht worden seien, was Rehlinger als »interessant« bezeichnet habe. Der Staatssekretär, der von solchen Umrechnungskursen der Reststrafen beim Häftlingsaustausch überrascht schien, habe »sofort Assoziationen zu den Behauptungen des ehemaligen Abteilungsleiters des BMB«, Edgar Hirt, hergestellt, der wegen der Veruntreuung von Freikauf-Geldern verurteilt worden war.

Ohne nähere Erläuterung referiert das Stasi-Papier, Rehlinger halte es für »möglich, daß der DDR-Rechtsanwalt ohne Belege Geld erhalten haben könnte, wie es Hirt behauptet«. Der Satz könnte als Verdächtigung verstanden werden, daß Vogel etwas in die eigene Tasche abgezweigt hat; Vogel meint, daß es sich wohl um eine – unzutreffende – Schutzbehauptung Hirts gehandelt habe. Fest steht, daß der Anwalt nicht Urheber jenes Stasi-Papiers ist: Vogel hätte sich gewiß nicht selbst mit einem solchen Vorwurf belastet.

Derweil antichambrierte Vogel im Bonner Kanzleramt, um für seinen Staatsratsvorsitzenden die höheren Weihen eines Staatsbesuchers zu erhalten. Doch immer wieder wurde der Termin für die Visite, die Honecker so sehnlich wünschte, verschoben. Die Kohl-Regierung sah keine Eilbedürftigkeit, den Ost-Berliner Regenten zu empfangen, aber auch Gorbatschow war, wie Honecker nach der Wende Vogel anvertraute, lange Zeit gegen den Besuch gewesen.

Als der SED-Generalsekretär schließlich im September 1987 nach Bonn kommen durfte und ihm, unter Abspielen der DDR-Hymne, der rote Teppich ausgerollt wurde, war Christa-Karin Schumann eines der Gastgeschenke. Mielke hatte die Baumann-Gefährtin zwar immer noch behalten wollen, aber der Staatschef setzte sich gegen die Staatssicherheit durch.

Der SPD-Fraktionsvorsitzende Hans-Jochen Vogel hatte seinen Berater Dieter Schröder im Sommer 1987 beauftragt, »bei dem Staatssekretär Honeckers zu sondieren, ob Prof. Vogel die Annahme des Bundesverdienstkreuzes genehmigt werden würde«. Den Vorstoß hatte Vogel, wie Schröder meint, »nach meinem Verständnis nicht ohne Vorabsprache mit dem Bundespräsidenten« unternommen. Schröder erhielt zur Antwort, daß die westdeutsche Auszeichnung für den ostdeutschen Anwalt, trotz aller Fortschritte in den Beziehungen der beiden Staaten, nicht opportun erscheine. Honecker selbst nahm seinen Vertrauten, der dem Ordensschmuck nicht abgeneigt gewesen wäre, beiseite und verpflichtete ihn zum Verzicht: »Nicht wahr, das machen wir doch nicht?«

Im Mai 1988 wurde Rehlinger von Berlins Regierendem Bürgermeister Eberhard Diepgen zum Justiz- und Bundessenator berufen. Seine Nachfolge als Beauftragter der Bundesregierung für Verhandlungen mit der DDR in humanitären Angelegenheiten trat Walter Priesnitz an, der schon 1959 als wissenschaftlicher Assistent im damaligen Ministerium für Vertriebene, Flüchtlinge und Kriegsgeschädigte und anschließend zwei Jahre im Bonner Innenministerium tätig und seit dieser Zeit stets mit deutschlandpolitischen Fragen befaßt war. Nach einem Ausflug in die Kommunalpolitik war Priesnitz 1985 nach

Bonn zurückgekehrt, diesmal als Ministerialdirektor ins BMB, wo er nun zum Staatssekretär aufrückte.

Die Fluchtwelle, die im Sommer 1989 über Ungarn rollte, kündigte das Ende der DDR an. Am 11. September gestattete die Budapester Regierung den rund 6500 DDR-Flüchtlingen im Land die Ausreise über Österreich, weil Verhandlungen mit Ost-Berlin über eine Lösung der Flüchtlingsfrage zu keinem Resultat geführt hätten und die Lage an der Grenze unerträglich geworden sei. Ungarn setzte ein zweiseitiges Abkommen mit der DDR außer Kraft, das beiden Staaten untersagt hatte, Bürger des jeweils anderen Landes ohne Ausreisegenehmigung ihres Herkunftslandes in den Westen ausreisen zu lassen. In den folgenden Wochen nutzten noch mehrere tausend Ostdeutsche den Transit via Ungarn.

Zur selben Zeit kletterten Tausende von DDR-Bürgern über den Zaun der Prager BRD-Botschaft. Honecker schickte seinen Feuerwehrmann Wolfgang Vogel in die CSSR-Hauptstadt. Der neue Vorsitzende des Ost-Berliner Anwaltskollegiums, Gregor Gysi, wurde ihm, wohl als Aufpasser (wie Priesnitz argwöhnte), zur Seite gestellt. Stasi-Generalleutnant Niebling organisierte derweil in der Prager DDR-Botschaft die vorübergehende Heimkehr der Flüchtlinge. Er bestellte die Busse und traf Vorkehrungen, daß DDR-Behörden den Passagieren während der Fahrt und zu Hause kein Haar krümmten.

Zusammen mit Vogel mühten sich die Bonner Staatssekretäre Priesnitz vom Innerdeutschen Ministerium, Jürgen Sudhoff und Dieter Castrup vom Auswärtigen Amt sowie der Ständige Vertreter in Ost-Berlin, Franz Bertele, den ungebetenen Gästen eine vorübergehende Heimkehr in die DDR nahezulegen. Die große Mehrheit weigerte sich, mochte nichts mehr auf Versprechen geben, sondern wollte sofort und auf kürzestem Weg in den Westen.

Vogel hatte, wenn der Druck im Kessel zu groß geworden war, mit seinen Ausreise-Zusagen an Botschaftsbesetzer immer wieder ein Ventil schaffen können. In diesem Sinne schrieb Vogel (»z.Zt. in Botschaft der Bundesrepublik Deutschland in Prag«) am 26. September einen Brief an den im selben Haus befindlichen Staatssekretär Priesnitz. Darin wiederholte der DDR-Unterhändler eine vier Tage zuvor im Bonner Kanzleramt mündlich gegebene »Garantie, daß alle mir am 26. 9. 1989 benannten Personen, die sich im Botschaftsgebäude aufhalten, im Zeitraum von sechs Monaten, gerechnet ab Rückkehr, in die Bundesrepublik ausreisen können«. Das solle nach und nach erfolgen, die Sechs-Monats-Frist solle »nach Möglichkeit unterboten werden«.

Der Prager BRD-Botschafter Hermann Huber ließ unter den mehreren tausend DDR-Deutschen im Palais Lobkowitz »Personalbögen« verteilen, die er Vogel zwei Tage später mit einem Anschreiben überreichte: »Meine Mitarbeiter haben sich erlaubt, die Personalbögen mit einem roten V zu markieren, wo die betreffenden Personen zu erkennen gegeben haben, daß sie bereit wären, auf der Basis der von Ihnen in der Botschaft gemachten Zusagen auf Straffreiheit und Ausreise innerhalb von sechs Monaten nach Rückkehr in die DDR, die Botschaft zu verlassen.«

Vogel versprach, daß selbst die ausreisen könnten, deren Einberufung zum Militär anstehe. Und mit Blick auf Straftäter unter den Flüchtlingen sagte er, keiner brauche zu befürchten, nicht vom Angebot der Straffreiheit erfaßt zu werden; Schulden allerdings müßten vorher bezahlt werden.

Doch dann überstürzten sich die Ereignisse, schon vier Tage später war auch diese Übereinkunft überholt: Außenminister Genscher verkündete vom Balkon der Botschaft den im Park campierenden Menschen, daß ihrer Ausreise in die Bundesrepublik nichts mehr im Wege stehe. Nur um den Schein zu wahren, daß die DDR-Bürger aus ihrem eigenen Staat und nicht über ein Drittland aussiedelten, mußten sie in verplombten Zügen noch einmal über DDR-Territorium fahren.

Bis in den Oktober hinein hatte Vogel an der Beseitigung der Botschaftskrisen mitgewirkt, hatte nicht nur in Prag und Warschau vermittelt, sondern auch in sämtlichen westlichen Vertretungen in Ost-Berlin, die allesamt von ausreisewilligen DDR-Bürgern aufgesucht worden waren. Bei diesen Verhandlungen erkannte Vogel, »daß es dem Ende zugeht«. Daß die »politische Unruhe« eine andere Qualität erreicht hatte, zeigte sich für ihn an dem »zunehmenden Wagnis der Ausreisewilligen«, die mit demonstrativen Handlungen und um jeden Preis die Entlassung aus der DDR-Staatsbürgerschaft ertrotzen wollten.

Die Zahl der Inhaftierungen wuchs in erschreckendem Maß, die Kinder der Verhafteten wurden in Heime gesteckt. Viele

DDR-Bürger wurden von Bekannten und Nachbarn denunziert, wenn sie sich auf den Weg in die CSSR und nach Polen aufmachten; sie wurden oft kurz vor der Grenze gestellt und in grenznahen Haftanstalten eingesperrt. Waschkörbeweise erhielt Vogel Ende September und Anfang Oktober Hilferufe von Angehörigen und Freunden dieser Gefangenen. Die Bundesregierung gab dem Anwalt zu verstehen, daß sie nicht bereit sei, diese in Massen eingefangenen Flüchtlinge als politische Häftlinge freizukaufen.

Vogel war ratlos, wie er sich verhalten sollte. Dreieinhalb Jahrzehnte hatte er seinem Regime loyal gedient. Nun war es vom Untergang bedroht, und niemand konnte vorhersehen, zu welchen Mitteln eine zusammenbrechende Staatsführung greifen würde, um ihre Existenz zu retten. Schemenhaft zeichnete sich die Möglichkeit einer Wiedervereinigung ab, und dann würde auch Vogel, das war ihm klar, nicht nach seiner Treue zur DDR-Führung beurteilt, sondern an seinen Taten als ehrenwerter Rechtsanwalt gemessen.

Ihm sei, angesichts der Verhaftungswelle, »der Kragen geplatzt«, sagt Vogel, und so rang er sich am 13. Oktober 1989, einem Freitag, zu einer öffentlichen Erklärung durch, die ihn erstmals offen in Gegensatz zu seinen staatlichen Auftraggebern brachte. Er setzte eine Stellungnahme auf und bat seine Frau, sie fernschriftlich an die Deutsche Presseagentur durchzugeben. Helga Vogel erbleichte, als die den Text las. Erst versuchte sie, ihren Mann davon abzuhalten, die Erklärung abzuschicken. Doch er beruhigte sie, auch sich selbst Mut zusprechend, daß ihnen nichts passieren werde: »Ich glaube, daß sie mich noch brauchen.«

Vogels Stellungnahme wurde im Westen als sensationell empfunden. »Ich sehe in den zahlreichen Strafverfahren wegen ungenehmigten Verlassens der DDR via Ungarn, CSSR oder Polen eine Verletzung des Prinzips der Gleichbehandlung der Bürger vor dem Gesetz«, prangerte der Anwalt die Praxis der Staatsorgane an. Es sei »unvertretbar, einerseits Sonderwege nach der BRD zuzulassen und andererseits für analoges Verhalten Haftbefehle zu verkünden«. Auch die »Strafverfahren gegen Demonstranten, die keine Gewalttätigkeiten begangen haben«, seien »juristisch bedenklich«. Vogel: »In beider Hinsicht sehe ich mich als Rechtsanwalt in der Pflicht, Korrekturen und rechtsstaatliche Praktiken anzumahnen. Die Freilassung der Betroffenen duldet keinen Aufschub.«

Das war starker Tobak für die Stasi. Mielke persönlich rief den Anwalt in dessen Kanzlei an: Honecker und er seien von Vogel zutiefst enttäuscht, er falle ihnen mit diesem Statement in den Rücken. Vogel, befahl Mielke, solle sich in seinem Büro zur Verfügung halten. Mit Bangen warteten der Anwalt und seine Frau bis 21 Uhr. Als sich bis dahin niemand meldete, fuhren sie nach Hause nach Schwerin, wobei ihnen, wie sie bemerkten, zwei Wagen folgten, aber nichts passierte.

Der letzte Austausch zwischen Bonn und Ost-Berlin

Als Vogel und der Bonner Staatssekretär Priesnitz einen Tag vor der aufsehenerregenden Presseerklärung des Anwalts wieder einmal ein Papier unterschrieben, auf denen Häftlingsnamen standen, ahnten sie beide nicht, daß dies die letzte schriftliche Vereinbarung über einen wechselseitigen innerdeutschen Agentenaustausch sein würde. Am 20. Oktober, so bekräftigten die beiden Verhandlungspartner, sollten der in München-Stadelheim einsitzende Ingenieur Reiner Selch und aus Ost-Berliner Haft der Kranfahrer Rudolf Maag entlassen werden.

Selch hatte schon einmal, zwei Jahre zuvor, als eine der Gegenleistungen für Christa Schumann auf der Austauschliste gestanden, war dann aber auf westlichen Wunsch wieder gestrichen und durch einen anderen Spion ersetzt worden. Selch wurde in einem Münchner Spionageprozeß noch als Zeuge gebraucht.

Rudolf Maag aus dem sächsischen Glauchau hatte sich, wie es in dem 1985 ausgesprochenen Urteil des Militärobergerichts Berlin hieß, Anfang 1984 gegenüber seinem im schwäbischen Backnang wohnenden Bruder Günter bereit erklärt, »militärische und wirtschaftliche Informationen gegen Bezahlung zu sammeln und diese mittels Geheimschreibverfahren an Deckadressen des BND zu versenden«.

Rudolf Maag (Deckname: »Olbert«) lieferte »mittels 4 geheimschriftlichen Briefen an den BND Informationen über 4 Militärtransporte der GSSD [«Gruppe der Sowjetischen Streitkräfte in Deutschland»] und der NVA auf Schienen und Straßen sowie Verlademöglichkeiten im Raum Glauchau«. Dabei habe er, so das Urteil, »Zeitpunkt, Ort und Bewegungsrichtung der Transporte« verraten, außerdem »Anzahl, Art und Zustand der Panzer u. a. Militärfahrzeuge«. Und er »beschrieb die bauliche Beschaffenheit und den Zustand der Eisenbahnrampen von Glauchau und Mosel, die für die Verladungen von Militärtechnik genutzt werden«. Das Gericht hielt dafür eine Strafe von 13 Jahren für angebracht.

Vogel hatte Rudolf Maag und seiner Frau nach dem Urteil geraten, »zurückhaltend und besonnen« zu bleiben. Als Erika Maag nach gut drei Jahren noch immer kein Anzeichen für eine vorzeitige Haftentlassung sah, schrieb sie am 17. Dezember 1988 an Vogel einen Brief: Sie habe von ihrem Mann erfahren, daß drei Tage zuvor »wieder ein Austausch von Spionen vorgenommen worden« sei. Ihr Mann und sie seien sich »keiner Schuld bewußt«, gegen Vogels Rat verstoßen zu haben. »Nun hätte ich gerne gewußt«, schrieb Erika Maag, »nach welchen Kriterien so ein Austausch vorgenommen wird, damit wir uns danach verhalten können.« Vogel erläuterte der Frau mündlich, daß er dazu nicht befugt sei, er sich aber weiter intensiv um ihren Mann kümmern werde.

Das Abkommen, das Vogel und Priesnitz wenige Tage vor der Wende in der DDR unterschrieben, war geschäftsmäßig formuliert wie immer, die sich abzeichnenden Umwälzungen fanden noch keinen Niederschlag. So wurde ein Zusatz aufgenommen, der sich nach dem Fall der Mauer am 9. November rasch als hinfällig erwies: »Ehefrau Erika Maag und vier Kinder reisen innerhalb 4 Wochen, gerechnet ab 21. 10. 89, nach Möglichkeit früher aus.« Und hinzugefügt wurde der stereotype Satz, der stets als Schlußfloskel unter den Vereinbarungen stand: »Im übrigen gelten die für einen Austausch üblichen Modalitäten. Die Unterzeichner vereinbaren Stillschweigen.«

Business as usual auch noch am 17. Oktober – dem Tag, als Honecker gestürzt wurde. Vogel schickte Erika Maag ein »dringliches Telegramm« nach Glauchau, daß sie ihren Mann vor seiner Entlassung in Berlin sprechen könne: »Bitte suchen

Sie mich am 20. um 12.30 Uhr auf und bringen Sie alle pers. Unterlagen Ihres Mannes mit.«

Am 16. Oktober 1989 informierte der West-Berliner Rechtsanwalt Reymar von Wedel seinen Kollegen Vogel, verschiedene Personen seien wegen des in Bautzen einsitzenden, zu lebenslanger Haft verurteilten Republikflüchtlings Bodo Strehlow an den evangelischen Bischof Martin Kruse herangetreten. Von Wedel erkundigte sich, ob die »Chance einer vorzeitigen Entlassung« bestehe.

Bodo Strehlow, 1957 in Fürstenberg/Havel geboren, hatte nach dem Abitur vier Jahre bei der Nationalen Volksarmee gedient, zuletzt als Obermaat der Grenzbrigade »Küste«. Am 5. August 1979 hatte er versucht, in den Westen zu fliehen. Auf einer Patrouillenfahrt überraschte er seine Kameraden und sperrte sie unter Deck. Dann nahm er Kurs in Richtung Westen. Die anderen Marinesoldaten konnten sich jedoch befreien und überwältigten Strehlow mit Waffengewalt. Dabei trug er schwere Verletzungen davon. Er wurde fast völlig taub und auf dem linken Auge blind.

Vier Jahre nach dem Urteil des Militärobergerichts Neubrandenburg vom April 1980 schrieben die in Magdeburg lebenden Eltern an Vogel. Sie baten den Anwalt, »uns bei dem an den Generalsekretär der SED und Vorsitzenden des Staatsrates, Genossen Erich Honecker, gerichteten Gnadengesuch weitere Hilfe und Unterstützung zu geben«. Vogel konnte jedoch nichts ausrichten, weil die Bittschrift bereits durch die Militärstaatsanwaltschaft abschlägig beschieden worden war.

Im Juli 1985 wandte sich der Bautzener Gefangene selbst an Vogel. Im Falle einer Haftentlassung, schrieb er, wolle er in die Bundesrepublik übersiedeln, und »in dieser Angelegenheit«, also der Ausreise, bitte er Vogel um »Rat und Beistand«. In der Folgezeit setzten sich verschiedene Privatpersonen und Institutionen für Strehlow ein, unter anderem die Internationale Gesellschaft für Menschenrechte, die SPD-Politiker Johannes Rau und Hans-Jochen Vogel sowie ehemalige Bautzen-Häftlinge. 1989, noch vor der Wende, erstattete Strehlow Strafanzeige gegen zwei Stasi-Mitarbeiter, die ihm bei einem Besuch im Gefängnis Grapefruitsaft angeboten hatten; kurz darauf war der Häftling zusammengebrochen. Strehlow ist überzeugt, daß die Stasi ihn mit Gift umbringen wollte.

Durch Honeckers erzwungenen Rücktritt am 17. Oktober 1989 hatte Vogel seinen bisherigen Auftraggeber verloren. Der neue DDR-Premier Hans Modrow, der in der West-Presse als eine Art ostdeutscher Gorbatschow vorgestellt wurde, war geneigt, den Unterhändler weiter zu beschäftigen. Der vormalige Dresdener SED-Bezirkssekretär Modrow fragte daher den seit 1986 pensionierten Ex-HVA-Chef Markus Wolf um Rat, der sich ebenfalls auf die Seite der Reformer geschlagen hatte. Modrow, so hat Wolf die Stimmungslage in Erinnerung, »war wohl etwas zögerlich in bezug auf eine Generalvollmacht« für Vogel.

Am 20. November bat Honeckers Nachfolger Egon Krenz den Anwalt zu einer Unterredung ins Staatsratsgebäude. Er betonte, er habe bewußt diesen Ort und nicht die Parteizentrale nebenan gewählt, um zu dokumentieren, daß Vogels Tätigkeit, wenn er sie denn fortführen wolle, eine andere Qualität erhalten solle.

Vogels Mandat wurde ohne Abstriche erneuert. Nur seine Anbindung an das MfS wurde aufgehoben. Die von nun an gültige Regelung beschrieb Vogel in einem Vermerk vom 27. November 1989, der durch die Unterschriften des neuen Ministerpräsidenten Modrow und des im Amt verbliebenen Außenministers Oskar Fischer beglaubigt wurde.

»Im Ergebnis meiner Beratungen mit dem Vorsitzenden des Staatsrates, Genossen Egon Krenz, v. 20.11. und mit Genossen Wolfgang Herger [Nachfolger von Krenz im Politbüro] v. 21.11.«, gab Vogel zu Protokoll, »gehe ich als Beauftragter des Vorsitzenden des Staatsrates für humanitäre Angelegenheiten für die Erledigung meiner Aufgaben von folgenden Voraussetzungen aus:

1. Soweit meine Aufgaben Vorgänge DDR/BRD betreffen, ist für mich Genosse Karl Seidel [Leiter der Abteilung BRD im Ministerium für Auswärtige Angelegenheiten] zuständig.
2. Soweit meine Aufgaben internationale Vorgänge betreffen, ist für mich Genosse Hans Jochen Vogl [Hauptabteilungsleiter Internationale Beziehungen im DDR-Außenministerium] zuständig.
3. Parallel ist für mich der Minister für Justiz und der Generalstaatsanwalt der DDR zuständig, soweit es um Vorgänge geht, die in diese Zuständigkeiten fallen. Erforderliche Abstimmungen mit dem Amt für Sicherheit erfolgen auf diesem Wege.«

Die Allzuständigkeit der Stasi war erloschen. Das Ministerium für Staatssicherheit, inzwischen in »Amt für nationale Sicherheit« (AfnS) umbenannt und vom Volksmund zur »Nasi« verkürzt, hatte nun auch in Vogels Häftlingsgeschäften nichts mehr zu sagen. »In Bautzen«, so Vogel, »redeten die nicht mehr mit.«

Am 2. Dezember, einem Sonnabend, waren die Vogels zu einem Empfang mit Abendessen in die Residenz des Bonner Vertreters Franz Bertele in der Kuckhoffstraße in Pankow eingeladen. Das Paar wollte gerade dorthin aufbrechen, als sich am Telefon Alexander Schalck-Golodkowski meldete. Er sei in großer Not und brauche anwaltlichen Beistand.

Die Bitte traf Vogel überraschend, denn der Koko-Chef war ihm nie besonders grün gewesen; Schalck, sagt Vogel, habe ihn immer als Konkurrenten empfunden. Tagsüber war Schalck noch in Stuttgart gewesen, um dort mit dem Kanzleramtsminister Rudolf Seiters über einen Devisenfonds zu verhandeln, der DDR-Bürgern auch nach dem zum Jahresende beschlossenen Wegfall des »Begrüßungsgeldes«, 100 West-Mark pro Kopf, Reisen in die Bundesrepublik ermöglichen sollte. Nach dem Gespräch mit Seiters war Schalck über den West-Berliner Flughafen Tegel nach Ost-Berlin zurückgekehrt.

Das Ehepaar Vogel fuhr zu Bertele, doch der Anwalt kündigte dem Bonner Vertreter gleich an, daß er im Laufe des Abends möglicherweise telefonisch weggerufen werde. Bertele zeigte sich, wie Vogel feststellte, erstaunlich informiert, denn der West-Diplomat sagte ihm auf den Kopf zu, daß es wohl Probleme mit Schalck gebe. Es war durchgesickert, daß das Politbüro Schalck das Vertrauen entzogen hatte.

Der Anruf kam tatsächlich. Gegen 22 Uhr fuhr Vogel zu Schalcks Dienststelle in der Wallstraße. Dort saß Schalck hinter seinem Schreibtisch, hatte eine Pistole vor sich liegen und beschwor Vogel zitternd und schluchzend: »Wenn du das Mandat nicht übernimmst, erschieße ich mich.« Schalck berichtete, daß ihm der neue Nasi-Chef Wolfgang Schwanitz erklärt habe, er könne ihn nicht länger halten. Vogel erkannte, daß Schalck jederzeit mit seiner Festnahme rechnen mußte, und riet ihm, schnellstens abzuhauen.

Schalck schrieb Modrow noch einen irreführenden Brief: »Ich fahre nicht in die BRD, nach Westberlin oder Nato-Staaten«, beteuerte er und bettelte: »Gib mir persönlich die Chance, in geordneten Verhältnissen über fast 40 Jahre im Dienste unseres Staates nachzudenken.« Dann setzte er sich in sein Auto und passierte gegen 0.40 Uhr den Grenzkontrollpunkt Invalidenstraße in Richtung West-Berlin.

Vogel war kaum zu Hause angekommen, als Schalck sich am Telefon meldete und ihm mitteilte, er sei nun in Tegel. Daraufhin rief Vogel, mitten in der Nacht, den DDR-Generalstaatsanwalt Wendlandt an und informierte ihn, daß sich Schalck in den Westen abgesetzt habe. Wendlandt wußte sogleich, daß ihn nun der Vorwurf treffen würde, Schalck nicht rechtzeitig sistiert zu haben, und daß sein Rücktritt nun unvermeidlich sei.

In der Nacht brachte Schalcks Fahrer drei Koffer nach Schwerin, die brisante KoKo-Unterlagen enthielten, so etwa Protokolle der Gespräche, die der DDR-Devisenbeschaffer in früheren Jahren mit dem CSU-Chef Franz Josef Strauß und anderen westdeutschen Spitzenpolitikern geführt hatte, und Unterlagen über die Einfuhr von Embargowaren. Die Übergabe dieser Papiere hatte Vogel mit Schalck nicht verabredet. Vogel nahm die Koffer entgegen und brachte sie ungeöffnet in seine Kanzlei.

Frühmorgens am Sonntag, dem 3. Dezember, erfuhr Modrow von Schalcks Verschwinden. Er entband den Leiter der Abteilung Kommerzielle Koordinierung sofort von seinem Posten. Die Generalstaatsanwaltschaft der DDR leitete ein Ermittlungsverfahren gegen Schalck ein und ließ seine Amtsräume in der Wallstraße durchsuchen. Am 6. Dezember, spätabends um 22.40 Uhr, stellte sich Schalck in der West-Berliner Justizvollzugsanstalt Moabit.

Modrow war an einer Auslieferung Schalcks nicht interessiert. »Der soll bleiben, wo er ist«, sagte er zu Vogel. Schalcks West-Berliner Anwalt Peter Danckert nahm indes Kontakt mit Vogel auf; die beiden Anwälte trafen sich am 10. Dezember in Jürgen Stanges Kanzlei in der Furtwänglerstraße. Der Ort wurde gewählt, um Aufsehen zu vermeiden, denn die Anwälte rechneten damit, daß Journalisten ihnen auflauern würden. Auf Danckerts Bitte ließ sich Vogel bei der West-Berliner Staatsanwaltschaft in Sachen Schalck vernehmen. Die Frage von Staatsanwalt Wolfgang Pietsch, ob Schalck in der gewendeten DDR ein rechtsstaatliches Verfahren zu erwarten hätte, wenn die West-Justiz ihn überstellen würde, verneinte Vogel. Daraufhin entschied der Ankläger, Schalck nicht der DDR zuzuführen.

Am Morgen des 5. Dezember durchsuchten Mitarbeiter des DDR-Generalstaatsanwalts Vogels Büro, nachdem gegen den Anwalt erstmals Vorwürfe im Zusammenhang mit den Ausreisebedingungen für DDR-Bürger erhoben worden waren. Vogel wurde festgenommen und konnte deshalb einen für 10 Uhr vereinbarten Termin bei Egon Krenz nicht wahrnehmen. Als der Anwalt nicht erschien, glaubte der Interims-Staatschef: »Jetzt will der mit mir auch nichts mehr zu tun haben.« Am Abend desselben Tages wurde Vogel jedoch wieder auf freien Fuß gesetzt.

Bei seiner vorläufigen Festnahme war es Vogel jedoch gelungen, sich der drei Aktenkoffer Schalcks zu entledigen, die er dem Generalstaatsanwalt zuvor vergebens zur Übernahme angeboten hatte. Der Anwalt übergab die Behältnisse dem die Durchsuchung leitenden Staatsanwalt, dieser brachte sie zunächst ins Ministerium des Innern, und von dort gelangten sie, neu geordnet, zum stellvertretenden Generalstaatsanwalt Harri Harrland.

Am 6. Dezember verkündete die DDR-Regierung eine Amnestie für alle, deren Strafmaß drei Jahre nicht überschritt. Die Definition der Begünstigten war jedoch unklar: Weiterhin in Haft bleiben sollten unter anderem wegen »Rowdytums« Verurteilte und damit möglicherweise auch politisch motivierte Häftlinge, an deren Freikauf Bonn stets interessiert war.

Zwei Tage später wurde Vogel von Modrow empfangen, der sich für die Verhaftung des Anwalts entschuldigte; sie sei »irrtümlich« erfolgt. Vogel wußte über den neuen Premier aus den West-Medien, daß sich mit ihm die Hoffnung verband, Glasnost und Perestrojka, Transparenz und Umbau des Staatsapparats, würden nun auch in der DDR verwirklicht. An eine schnelle Wiedervereinigung dachte zu diesem Zeitpunkt noch niemand. Modrow versprach, Vogel bei seinem Bemühen zu unterstützen, alle politischen Häftlinge bis Jahresende aus den DDR-Gefängnissen zu entlassen.

Nach der Wende in der DDR bildeten die politischen Häftlinge in Bautzen einen Gefangenenrat. »In Bautzen«, erinnert sich Vogel, »waren noch 45 hauptsächlich nachrichtendienstliche Fälle. Die damalige Generalstaatsanwaltschaft war noch nicht ermächtigt, die Leute zu entlassen.« Die Häftlinge traten in einen Streik. Der evangelische Gefängnispfarrer Erhard Simmgen versuchte zu vermitteln, konnte die aufgebrachten und ungeduldigen Protestierer jedoch nicht beruhigen.

Vogel hatte von Modrow gehört, daß für den 19. Dezember eine Begegnung des neuen DDR-Premiers mit Bundeskanzler Helmut Kohl in Dresden verabredet war. Kohl habe gedroht, er werde das Treffen absagen, wenn die Situation in Bautzen nicht bereinigt sei. Vogel: »Wir standen also in zweierlei Hinsicht unter Zugzwang – wegen der Revolte im Gefängnis und wegen des Treffens der Regierungschefs.« Zudem hatte auch Frankreichs Staatspräsident François Mitterrand seinen Besuch in der DDR angesagt, und der sollte nicht von einer Rebellion politischer Gefangener überschattet werden.

In einer von acht Häftlingen, darunter von Bodo Strehlow, unterzeichneten Resolution am 10. Dezember wurde gefordert, eine von der Anstaltsleitung bereits zugesagte Untersuchungskommission zu bilden, an der »unabhängige, demokratische Parteien und Gruppen« beteiligt werden müßten. Die Kommission müsse bis zum 22. Dezember ihre Arbeit aufgenommen haben. Bis zu diesem Tag, forderte der Gefangenenrat, müßten auch »alle amnestierten sowie die auf der Basis § 349 [Strafaussetzung zur Bewährung] zu behandelnden Gefangenen entlassen sein.«

Zwei Tage später präsentierte sich Vogel in einem Schreiben an den Gefängnisleiter »als Anwalt aller Mandanten, die sich in Ihrer Einrichtung befinden und wegen politischer Tatbestände verurteilt sind«. Er habe fürs erste eine Namensliste zusammengestellt. Für diese Mandanten habe er »Gnadenerweise bzw. möglichst unverzügliche Strafaussetzung gemäß § 349 StPO angeregt«.

Dies könne er, so Vogel, jedoch »nicht jedem einzelnen schriftlich erklären«. Daher bat er den Anstaltsleiter, für Freitag, 15. Dezember 1989, um 13 Uhr eine Versammlung der Gefangenen zu organisieren. Dies war der letztmögliche Termin, wenn die Dresdner Begegnung zwischen Kohl und Modrow nicht gefährdet werden sollte. Vogels Aufstellung umfaßte 28 »nachrichtendienstliche Fälle«, sechs Personen, »die wegen

Verratsverhandlungen verurteilt wurden«, sowie eine Gesamtliste aller 123 Inhaftierten, außerdem 24 Personen mit der hinzugefügten Frage »Amnestiert?«.

Vogel beschreibt Jahre später, wie er die Versammlung erlebte: »Das war eine eisige Atmosphäre in dem sogenannten Kultursaal in Bautzen. Die Leute hatten einen Sprecher, Bodo Strehlow. Die wollten aber nur von mir und nicht von Priesnitz eine bindende Zusage. Ich habe gesagt: Ihr müßt auch Priesnitz beauftragen. Da gab's Knatsch. Sie sagten, das kommt nicht in Frage. Die Bundesregierung hat ja bis jetzt nichts für uns getan, sonst wären wir ja nicht mehr hier. Wir haben jahrelang auf unseren Austausch gewartet. Da habe ich versucht, sie zu beruhigen und ihnen zu sagen, daß ich das besser weiß. Ich sagte: ›Wir, vor allem Dr. Priesnitz, haben versucht, Sie hier rauszuholen, aber das ist am Widerstand der DDR gescheitert.‹ Wir haben dann allmählich eine friedliche Atmosphäre bekommen und einen Kompromiß geschlossen, der auch schriftlich fixiert wurde.«

Vogel versprach, im Beisein des Bonner Staatssekretärs, mit seiner Zahnbürste selbst in den Knast einzurücken, wenn bis Heiligabend nicht der letzte dieser Häftlinge frei sein würde. Die Abmachungen hielt der Anwalt in einem Vermerk fest:

»1. Staatssekretär Dr. Walter Priesnitz, meine Frau, Rechtsanwalt Worner (Ausschuß Volkskammer) und ich waren am 15. 12. 89 in Bautzen. Es ist gelungen, die aufgebrachten Häftlinge zu beruhigen. Sie haben ihren Streik und andere gefährliche Reaktionen aufgegeben unter folgenden Bedingungen:
 – Entlassung bis spätestens 23. 12. 89,
 – Entlassung über und mit Hilfe Büro Rechtsanwalt Vogel nach Westberlin.
 Beides ist gewährleistet in Kooperation mit Staatsrat (Semmler), Generalstaatsanwalt (Harrland), MdI (Generalmajor Lustig), Anstaltsleitung Bautzen (Alex).
2. Der Ministerpräsident kann mithin seinen Besuchern aus der BRD und Frankreich guten Gewissens versichern, daß dieses Problem bereinigt ist. Weniger Grenzfälle (teils politisch, teils kriminell) nehme ich mich an und stimme mich ab mit Staatssekretär Priesnitz.

3. Unsere Anliegen an die BRD (5 Fälle) – einschließlich der Interessen aus Moskau – werden noch vor Weihnachten, 1 Fall bis Jahresende berücksichtigt.«

Die Freilassung der Bautzener Häftlinge war mithin nicht mehr an ein Gegengeschäft geknüpft. Vielmehr hofften Modrow und Vogel nur noch auf westliche Kulanz für die fünf Agenten des MfS und des KGB, die noch in der Bundesrepublik in Haft waren.

Priesnitz ging jedoch, wie Vogel, noch immer davon aus, daß die DDR vorläufig, wenn auch mit demokratisierten Strukturen, weiterbestehen würde. Andernfalls hätte es keinen Sinn ergeben, daß noch immer Austauschverhandlungen geführt und der DDR noch einmal 50 Millionen West-Mark für freigelassene Häftlinge gutgeschrieben wurden.

Zum letzten Mal gebrauchte Priesnitz das Wort »Austausch« am 18. Dezember und auch da schon nur noch in Anführungszeichen. Unter Hinweis auf »unsere mündliche Vereinbarung zum ›Austausch‹« versicherte der Bonner Unterhändler in einem Brief an Vogel: »Die von Ihrer Seite angeforderten Personen werden am 22. 12. 1989 entlassen und können sich entscheiden, wohin sie gehen wollen.« Voraussetzung sei, daß der Anwalt umgehend eine Bestätigung abgebe, »wonach die von mir benannten Personen ebenfalls am 22.12.89 entlassen werden und hingehen dürfen, wohin sie wollen«.

Noch am selben Tag gab Vogel, von Modrow und dem amtierenden DDR-Generalstaatsanwalt Harri Harrland dazu ermächtigt, die gewünschte Zusicherung. »Der größte Teil« der Entlassenen, umriß Vogel den weiteren Ablauf, »wird durch mein Büro nach Westberlin gefahren und Herrn Rechtsanwalt Näumann übergeben«. Nachdem seit dem 9. November ohnehin allen DDR-Bürgern das »Recht auf ständige Ausreise« zugebilligt worden war, hätte sich Vogels Nachsatz eigentlich erübrigt: »Soweit sich einzelne dafür entscheiden, zunächst in der DDR zu bleiben, um Vermögensfragen und andere Probleme zu klären, steht auch für diese der Ausreise zu jedem gewünschten Zeitpunkt nichts im Wege.«

Die Bautzener Häftlinge wurden nach und nach in Vogels Kanzlei in der Reiler Straße gebracht. »Weil das Grenzregime noch funktionierte, mußten wir angemeldet sein am Übergang Invalidenstraße, damit wir mit den Leuten durchkamen, denn die hatten außer einem Entlassungsschein aus Bautzen keine Papiere.« Jedesmal, wenn eine Fahrt mit Ex-Häftlingen anstand, telefonierte der Anwalt mit Generalmajor Lustig vom Ministerium des Innern.

Vogel und seine Frau fuhren mit den Freigelassenen nach West-Berlin ins Bundeshaus. Dort warteten zu ihrer Begrüßung auch »Herren in Schlapphüten, die mir freundlich die Hand gaben, aber keinen Namen nannten«. Vogel »fiel auf, daß sich einige der Ex-Häftlinge und diese Leute kannten. So hat wohl auch Markus Wolf den Guillaume begrüßt, als der heimkehrte«.

Aus westdeutscher Haft wurden im Gegenzug vier Häftlinge entlassen – alle vier wollten allerdings nicht in die DDR, sondern in der Bundesrepublik bleiben. Am 21. Dezember begnadigte Bundespräsident Richard von Weizsäcker die langjährige KGB-Agentin im Bundespräsidialamt Margret Höke und die ehemalige Kanzleramts-Sekretärin Elke Falk. Ebenfalls freigelassen wurde das Reutlinger Ehepaar Wolfgang und Sybille Hatko, das angeklagt war, für das KGB örtliche Kasernen ausspioniert zu haben.

Margret Höke war ein typisches Opfer der »Romeo«-Falle. Sie war 32, als ein gutaussehender Mann sie an einer Telefonzelle ansprach. Sie ließ sich von ihm einladen und verliebte sich in ihn. Franz Becker, wie sich der 27jährige nannte, gab sich als Lehramtsstudent aus, war aber in Wahrheit als KGB-Führungsoffizier auf die Sekretärin angesetzt worden. Mit derselben Methode war auch Elke Falk umgarnt und in Verratshandlungen verstrickt worden.

Margret Höke hatte zwischen 1971 und 1985 unter anderem Zugang zu Nato-Akten gehabt und der Kreml-Führung in dieser Zeit rund 1800 geheime Schriftstücke zukommen lassen. Im August 1987 war sie zu acht Jahren Haft verurteilt worden. Im Keller ihrer Wohnung hatten Beamte des Bundeskriminalamts ein Beweisstück gefunden: einen Kleiderbügel mit einem Hohlraum für Filmnegative und Zahlencodes. Elke Falk hatte von 1975 bis 1985 als Sekretärin im Kanzleramt und in mehreren Ministerien Protokolle des Kabinetts und des geheim tagenden Bundessicherheitsrats sowie Geheimdienst-Unterlagen an das KGB weitergegeben.

Die letzte Agentenaktion verlief völlig unspektakulär. Als

sich das Tor des Kölner Gefängnisses Ossendorf für Margret Höke öffnete, gab es weder ein Blitzlichtgewitter der Fotoreporter noch Gedrängel der Fernsehteams, wie es sonst bei den Entlassungen begnadigter Spione der Fall war. Margret Höke erfuhr erst unmittelbar vor ihrer Freilassung, daß ihr früherer Vorgesetzter die Gnadenurkunde unterschrieben hatte.

Termingerecht konnte Vogel am 22. Dezember in einem Fernschreiben an Priesnitz Vollzug melden: »Ab dem 24. 12. 89 gibt es in den Gefängnissen der DDR keinen einzigen politischen Häftling mehr. Alle Listen, die Grundlagen unserer Gespräche waren, übergebe ich heute mit den Entlassungsdaten Herrn Rechtsanwalt Näumann. Dieses Zeugnis der Zeit ist eines der Ergebnisse der Begegnung von Bundeskanzler Helmut Kohl mit Ministerpräsident Modrow in Dresden.«

Als alles längst vorbei war, merkte die Bundesregierung, daß die juristische Bewertung der Freilassung unklar geblieben war. Handelte es sich um eine Begnadigung? Oder um eine Entlassung auf Bewährung? Weil Ordnung sein mußte, fragte Rechtsanwalt Näumann am 16. Januar 1990 bei Vogel an. »In der Geschwindigkeit der Abwicklung der ›28‹ kurz vor Weihnachten ist nichts bis zu mir durchgedrungen und auch nachträglich nichts zu ermitteln, welcher Art die Entscheidung der staatlichen Organe der DDR gewesen ist.« Ihn interessiere, ob es sich um einen »Erlaß der Strafe« handle, »falls ja, mit Wirkung von wann«, oder »ob der Strafrest zur Bewährung ausgesetzt worden ist«.

Die Rückfrage ist ein Beleg dafür, daß zu jener Zeit auch von westlicher Seite – und Näumann handelte ja auf Weisung Bonns – noch nicht an Wiedervereinigung gedacht wurde. Die penible Unterscheidung zwischen Straferlaß und Aussetzung auf Bewährung hätte nur bei fortbestehender Zweistaatlichkeit eine Rolle gespielt, da die der Strafe zugrunde liegenden politischen oder geheimnisverräterischen Delikte in der Bundesrepublik ohnehin nicht mehr verfolgt wurden, also auch eine Rückfalltat ausschied.

Am 1. Februar 1990 – Gorbatschow und Modrow hatten bei dessen Moskau-Besuch soeben die Weichen in Richtung deutsche Einheit gestellt – ließ der DDR-Premier dem bewährten Unterhändler Vogel eine neue Vollmacht ausfertigen, »zur Rechtsberatung und Vermittlung je nach Absprache zwischen beiden deutschen Staaten und multilateral«. Eine Einschränkung machte Modrow: »Grundsätzliche Erklärungen bedürfen meiner ausdrücklichen Zustimmung.«

Das Papier blieb bedeutungslos. In der untergehenden DDR gab es für den Ost-West-Vermittler Vogel nichts mehr zu tun. »Insoweit«, sagte Vogel, als Journalisten ihn im Frühjahr 1990 nach seinem Status befragten, »bin ich ein glücklicher Arbeitsloser.«

EPILOG

»In Mielkes Augen zu nachgiebig und kompromißbereit«

Zeitzeugen über Wolfgang Vogel

Wolfgang Vogel wurde oft als der »Vertraute« des DDR-Staatsratsvorsitzenden Erich Honecker bezeichnet. »Ich gelte als sein Vertrauer«, sagte Vogel vor Jahren selbst, zitiert von Ben Witter in der *Zeit*, »und man geht bei Ihnen wohl davon aus, daß ein Vertrauter auch ein Freund sein muß.«

So eng, wie die Begriffe suggerieren, war das Verhältnis nie. Er habe an Honecker, erläutert Vogel die Beziehung zu seinem Auftraggeber, »vor allem im Abstand zu Ulbricht die Entspannung namentlich im innerdeutschen Verhältnis geschätzt«. An die zwanzig Jahre waren Honecker und sein »persönlicher Beauftragter« sehr förmlich miteinander umgegangen. Vogel redete Honecker als »Genosse Staatsratvorsitzender« an, der sagte »Genosse Rechtsanwalt«, später »Genosse Professor« zu ihm. Der Generalsekretär empfing den Juristen »in der Regel zwei- bis dreimal im Jahr« in seinem Dienstzimmer im ZK-Gebäude, so erzählte Honecker im nachhinein, und »selbstverständlich« habe er auch gelegentlich mit ihm telefoniert, »allerdings«, schränkte er ein, »nicht sehr häufig«.

Zwar konnte Vogel »die Nummer eins« zu jeder Zeit anrufen, er wurde auch stets vorgelassen, wenn er in dringenden Fällen bei den Pförtnern an einem Seiteneingang des ZK-Gebäudes klingelte. Die Empfangsherren, besonders ausgesuchte und verschwiegene Leute, führten den Besucher in einen Mittelhof und übergaben ihn der Obhut weiterer Sicherheitskräfte, die ihn im Fahrstuhl ins Allerheiligste brachten, Honeckers Arbeitszimmer in der ersten Etage rechts. Privat verkehrten der Staatschef und sein Emissär nie miteinander.

Erst kurz vor Weihnachten 1989, als Honecker unter Hausarrest gestellt war, bat er Vogel zum ersten und einzigen Mal ins Funktionärs-Ghetto Wandlitz. Honecker hatte Vogel und Friedrich Wolff zu seinen Verteidigern bestellt, nachdem die DDR-Generalstaatsanwaltschaft gegen den zurückgetretenen Staatschef Ermittlungen wegen Hochverrats, Vertrauensmißbrauchs und Untreue zum Nachteil sozialistischen Eigentums aufgenommen hatte.

Als das Ost-Berliner Stadtgericht das einstige Staatsoberhaupt am 30. Januar 1990 nach einer Nacht Untersuchungshaft im Gefängnis Rummelsburg wegen seines schlechten Gesundheitszustandes auf freien Fuß setzte, war Honecker faktisch obdachlos. Denn zum selben Zeitpunkt war ihm das Domizil in Wandlitz gekündigt worden.

Der Pastor Uwe Holmer, Leiter der Hoffnungstaler Anstalten für alte, psychisch kranke und gebrechliche Menschen in Lobetal nördlich von Berlin, erbarmte sich des Entmachteten: Obschon seine Familie im atheistischen SED-Staat drangsaliert worden war und die Kinder wegen ihres christlichen Glaubens keine weiterführende Schule hatten besuchen dürfen, räumte der Geistliche von einem Tag auf den anderen zwei Dachstuben frei und nahm den gestürzten Machthaber nebst Ehefrau Margot, der ehemaligen Volksbildungsministerin, »privat« in seinem Pfarrhaus auf.

Helga Vogel begleitete ihren Mann stets zu den Mandantengesprächen. Eines Tages im Frühjahr 1990 boten die Honeckers dem Ehepaar Vogel bei einer solchen Begegnung überraschend das Du an. Verdutzt erwiderte Vogel nur: »Unsere Vornamen sind ja bekannt.« Er habe, sagt Vogel, »diese Geste als Zeichen der Dankbarkeit für die Betreuung gewertet«.

Die regelmäßigen Besuche setzte Vogel auch fort, nachdem General Boris Snetkow den Honeckers im April 1990 Unterschlupf auf dem Gelände des sowjetischen Militärhospitals Beelitz südlich von Potsdam gewährt hatte: Erst bewohnten das abgedankte Staatsoberhaupt und seine Frau eine Zwei-Raum-Wohnung im Erdgeschoß einer altdeutschen Villa, später, nachdem Margot Honecker einen Herzinfarkt erlitten hatte und weil auch der 77jährige Ex-DDR-Chef ständiger medizinischer Betreuung bedurfte, zogen sie auf eine Krankenstation um.

Als Vogel selbst im Oktober 1990 wegen des Verdachts auf Bauchspeicheldrüsenkrebs ins Krankenhaus mußte, legte er alle Mandate, die er noch hatte, nieder, auch das für Honecker. Obwohl sich die Krankheit nicht bestätigte, begann der Anwalt, seine Praxis nach und nach abzuwickeln.

Gleichwohl besuchte der Spezialist fürs Humanitäre seinen ehemaligen Auftraggeber weiterhin aus mitmenschlichen Gefühlen. Die Vogels brachten Honecker, der von der russischen Garnisonsküche verpflegt wurde, jedesmal sein Lieblingsessen im Henkelmann mit: Kassler mit Sauerkraut.

Die letzte persönliche Begegnung mit Honecker hatte Vogel Anfang März 1991. Daß er Deutschland wenige Tage später mit einem sowjetischen Militärflugzeug heimlich in Richtung Moskau verlassen würde, verriet Honecker jedoch nicht. Er machte lediglich eine vage Andeutung, die Vogel erst im nachhinein als einen versteckten Hinweis erkannte: »Wer weiß«, sagte Honecker zum Abschied, »ob wir uns nochmal wiedersehen.« Vogel schrieb diese Äußerung damals der Niedergeschlagenheit des Schwerkranken zu.

Am Schluß eines vierseitigen Rechtfertigungsschreibens, das Honecker Anfang 1990 während seines Aufenthalts in der Berliner Charité eigenhändig in eine Schreibmaschine tippte, rühmte er sich der Lösung humanitärer Probleme. Er vergaß freilich zu erwähnen, daß er die in seiner Amtszeit selbst angerichtet hatte oder jedenfalls anrichten ließ.

»Viele Probleme in den zwischenmenschlichen Beziehungen von Bürgern der beiden deutschen Staaten«, lobte sich der vorgebliche Menschenfreund, »konnten gelöst werden durch die engen Kontakte, die ich mit Herbert Wehner pflegte, den ich seit 1934 kannte aus gemeinsamer Arbeit. Seine Initiativen zu gutnachbarlicher Zusammenarbeit und zur Lösung menschlicher Probleme fanden stets meine konstruktive Unterstützung. Wir arbeiteten kameradschaftlich zusammen. Sein Rat war von mir geachtet.«

In diesem Zusammenhang würdigte Honecker auch die Rolle seines Sonderbotschafters: »Ich bin W. Vogel und seiner Frau Helga zu großem Dank verpflichtet, die den Kontakt zu

H. Wehner und seiner Frau Greta ständig aufrecht hielten und pflegten.«

Aus dem chilenischen Exil schrieben Margot und Erich Honecker am 14. Juni 1993 – wenige Tage bevor Wolfgang Vogel für ein halbes Jahr in Untersuchungshaft genommen wurde – einen Brief: »Wir haben so oft an Euch gedacht, besonders nachdem auch Ihr für Euer Wirken im Interesse der Menschen auf eine solche Weise ›belohnt‹ werdet, auch von vielen, die sich Eure Freunde nannten.«

Dem Brief fügte Honecker eine bislang unveröffentlichte Eidesstattliche Versicherung bei, in der er über seine Zusammenarbeit mit Vogel berichtet: »Mit Wolfgang Vogel hatte ich direkt und persönlich seit ungefähr 1971 zu tun. Mir war zuvor bereits bekannt, daß er anwaltliche Aufträge für Erich Mielke und für Josef Streit ausgeführt hatte.«

Das Treffen 1973 zwischen Herbert Wehner und ihm, schreibt Honecker, sei »durch die Vermittlung von Wolfgang Vogel« und »auf Wehners Bitte« zustandegekommen. Dabei sei es »sowohl um politische als auch um humanitäre Fragen« gegangen. »Seit diesem Treffen ist Wolfgang Vogel bis zum Ende meiner Amtszeit im Oktober 1989 als mein persönlicher Beauftragter in humanitären Fragen tätig gewesen. Ich habe mich für ihn als Beauftragten deshalb entschieden, weil er diskret sein konnte, ein ausgezeichneter Verhandler war und sich als versierter Rechtsanwalt erwiesen hatte. Ich schätzte seinen Rat, weil er sich stets um sachliche Problemlösungen bemühte und keine eigenen Machtinteressen mit seiner Tätigkeit verband.«

Vogel habe »weder in einem offiziellen noch in einem inoffiziellen staatlichen Dienstverhältnis« gestanden und »keine eigene Entscheidungsbefugnis« gehabt. Vogel habe vielmehr großen Wert darauf gelegt, »daß er als Anwalt mit Vollmacht beauftragt wurde«, dementsprechend habe er »nur vermitteln, beraten, vorschlagen« können.

»Es wäre auch absolut verfehlt, den Status von Wolfgang Vogel als staatliche Auftragsverwaltung unter dem Deckmantel der Anwaltstätigkeit zu beschreiben. Vielmehr war er im eigentlichen Sinne als Anwalt tätig, daher auch nicht im dienstrechtlichen Sinne weisungsabhängig etwa von Erich Mielke.« Auch ihm, Honecker, sei daran gelegen gewesen, diesen Anwaltsstatus zu erhalten, »weil mir klar war, daß seine Funktion als glaubwürdiger Vermittler und Berater im Rahmen des Mandats nur so gewährleistet wäre«.

Er sei davon ausgegangen, daß Vogel »die von ihm im Rahmen des Mandats entfaltete Tätigkeit abrechnete«. Was Vogel dabei verdiente, habe er konkret nicht erfahren; »mir war allerdings bekannt, daß seine Honorareinnahmen aus diesem Tätigkeitsbereich so bemessen waren, daß man ihn schwerlich als Anwalt mit niedrigem Einkommen oder vermögensmäßig als armen Mann bezeichnen konnte«.

Kontakte mit der Staatssicherheit seien im Rahmen dieser Tätigkeit unumgänglich gewesen; »schließlich berührten fast alle seine Aufträge sicherheitsrelevante Fragen«. Er erinnere sich jedoch, schrieb Honecker, daß »das Verhältnis Mielkes zu Wolfgang Vogel keineswegs spannungsfrei« gewesen sei. So habe ihn Vogel etwa »in den Fällen Christa Schumann und den Austauschfällen mit den USA um Unterstützung gegen die Absichten von Erich Mielke« gebeten, ebenso in einigen Botschaftsfällen. »In den Augen Mielkes war Wolfgang Vogel in seinen Empfehlungen häufig zu nachgiebig und kompromißbereit.«

Ihm sei »sogar erinnerlich, daß Wolfgang Vogel sich gegen Vorgaben, die er nicht vermitteln wollte, mündlich und schriftlich gewehrt hat«. Im Jahr 1982 sei »die Unzufriedenheit des MfS« mit dem Anwalt so weit gegangen, »daß dort seine Ersetzung durch einen anderen Anwalt betrieben wurde«. Honecker betonte, er habe »derartige Ansinnen jedoch zurückgewiesen und dafür gesorgt, daß Wolfgang Vogel in diesem Mandat blieb«. Vogel habe nach seinem Eindruck im MfS »auch Feinde und Neider« gehabt.

Seit Jahren war Wolfgang Vogel neuen Nachstellungen ausgesetzt. Mit großem Verfolgungseifer versuchte der Oberstaatsanwalt Bernhard Brocher, den Mann ins Gefängnis zu bringen, der so vielen Menschen zur Freiheit verholfen hat. Die von dem Staatsanwalt aufgebotenen Belastungszeugen, die einst Vogels Hilfe zu schätzen wußten, verwickelten sich vor Gericht in Widersprüche und rückten von ihren früheren Aussagen vor dem Staatsanwalt ab; der Ankläger hatte sie offensichtlich suggestiv befragt, um seine Anschuldigungen überhaupt begründen zu können.

Das Urteil, das die 6. Große Strafkammer des Landgerichts

Berlin in einem ersten Verfahren im Januar 1996 gefällt hat (zwei Jahre Freiheitsstrafe auf Bewährung und 92 000 Mark Geldstrafe), ist nach den Ergebnissen der Beweisaufnahme unverständlich. Was der Gerichtsvorsitzende Heinz Holzinger in der Urteilsbegründung vortrug, kommentierte die SPIEGEL-Gerichtsreporterin Gisela Friedrichsen, habe »Hybris gegenüber der Vergangenheit« ausgedrückt: »die Hybris selbstgerechter Menschen, die im nachhinein genau wissen, wie moralisch integer sie sich verhalten hätten, wären sie an der Stelle der Unwürdigen gewesen«.

In einem zweiten, grundsätzlicheren Prozeß wurde Vogel im November 1996 von derselben Strafkammer unter Vorsitz desselben Richters freigesprochen. Das Gericht stellte nach 35 Verhandlungstagen fest, »Anhaltspunkte dafür, daß der Angeklagte ... die Ausreisewilligen bei Beratungen in seiner Kanzlei direkt durch Gewalt oder Drohung unter Druck gesetzt« und die »Unterstützung des Ausreisebegehrens von der Überlassung eines Grundstücks oder Hauses abhängig gemacht« habe, hätten sich in der Beweisaufnahme »nicht ergeben«.

Oberstaatsanwalt Brocher verstieg sich in seinem Plädoyer zu der Schmähung, Wolfgang Vogel sei »der größte Menschenhändler des Jahrhunderts« gewesen. Käme das Wort nicht aus dem Munde dieses Juristen, es wäre eine zutreffende, respektvolle Kennzeichnung der Lebensleistung Wolfgang Vogels.

Daß Vogel ausreisewillige DDR-Bürger um ihre Häuser erpreßt habe, kam einigen Dutzend von ihnen erst in den Sinn, als sie nach der Wende die neuen Marktpreise für ihre einst leichten Herzens hergegebenen Immobilien erfuhren. Zu Honeckers Zeiten hätten manche ihre Großmutter verkauft, um dem Arbeiter-und-Bauern-Paradies zu entkommen. Damals fiel ihnen der Verzicht leicht, weil Haus- und Grundbesitz in der DDR keinen materiellen Wert darstellte. Wer nicht selbst in seinem Häuschen wohnte, sondern vermietete, erzielte nichts als Verluste: Die Mieteinnahmen deckten bei weitem nicht die Aufwendungen, die zur Erhaltung der Bausubstanz notwendig gewesen wären, weshalb ja in der DDR die Häuser verfielen.

Genauso absurd war das Steuerstrafverfahren gegen Wolfgang Vogel. Der Ankläger warf Vogel vor, er habe dem DDR-Fiskus Steuern auf seine Einkünfte vorenthalten, die ihm die Bundesregierung – in West-Mark auf ein West-Konto – bezahlt hat.

Der ehemalige Staatssekretär Ludwig Rehlinger erklärte dazu schlüssig, daß Vogel diese Einnahmen schon deshalb nicht bei seinem Finanzamt habe deklarieren können, weil sonst die mit Bonn vereinbarte Geheimhaltung verletzt worden wäre. Und: Wenn Vogel dennoch diese Einkünfte hätte versteuern müssen, hätte Rehlinger »in Anbetracht des Umfangs, der Qualifikation, seiner Kosten und dem hohen Wert seiner Tätigkeit für in Not befindliche Deutsche eine höhere Pauschale für vertretbar gehalten«. Will heißen: Die Bundesregierung hätte dann eben draufgelegt, was ihm die DDR von diesen Einkünften abgezogen hätte.

In einem Verfahren vor dem Berliner Finanzgericht, das die wegen angeblicher Steuerhinterziehung ergangenen Steuerbescheide aufhob, haben alle Zeugen aus der früheren DDR-Finanzverwaltung bekundet, daß Vogel von der Steuerpflicht für seine Westeinkünfte befreit gewesen sei. Diese Erkenntnis mußte der Staatsanwalt auch schon gehabt haben, als er im Sommer 1993 den ehemaligen DDR-Unterhändler und dessen Frau wegen der angeblichen Steuerhinterziehung in Untersuchungshaft nehmen ließ – was die Frage nahelegt, ob sich der Ankläger nicht einer Freiheitsberaubung im Amt schuldig gemacht hat. Drei Wochen saß Helga Vogel in Untersuchungshaft, erst nach sechs Monaten wurde der Haftbefehl gegen Wolfgang Vogel außer Vollzug gesetzt.

Der Staatsanwalt stützte sein gesamtes Anklagekonstrukt auf die Hypothese, daß Vogel nicht als Anwalt, sondern als hochrangiger Stasi-Mitarbeiter seine geheimen Missionen unternommen habe. Dagegen stellte das Berliner Landgericht fest, »eine führende Funktion innerhalb des MfS«, die Vogel »als Entscheidungsträger gekennzeichnet hätte«, sei aus den penibel untersuchten Beziehungen Vogels zur Stasi »nicht herzuleiten«.

Vom Vorwurf der Erpressung sprach der Bundesgerichtshof Vogel im August 1998 frei. Das Verfahren wegen Steuerhinterziehung stellte das Landgericht Berlin im Juli 1998 ein.

»Außer zu Mielke und Volpert, später zu Carlsohn und Niebling sowie zu den für den Freikauf zuständigen MfS-Mitarbeitern in Karl-Marx-Stadt«, sagt Vogel, habe er »zu niemandem in diesem Sicherheitsbereich Kontakt« gehabt, »vor allem nicht zu Markus Wolf und seiner HVA«. Das habe ihn gewundert, räumt Vogel ein: Immerhin waren es vornehmlich Wolfs Leute, die er aus westlichen Haftanstalten herausholte. Aber er sei »nicht böse« darum gewesen, daß er keinen persönlichen Draht zum Spionagechef hatte.

Er habe Wolf »zum ersten Mal nach der Wende getroffen«, berichtet Vogel. Der ehemalige HVA-Chef »kam ins Büro, als er einen persönlichen Rat brauchte«. Wolf habe ihn gefragt, warum sie sich nie begegnet seien. Vogel gab die Frage zurück. Wolf habe die Abstinenz damit begründet, daß er »nicht gedurft« habe, »Honecker und Mielke wollten das nicht«. Wolf bestätigt: »Vogel war für uns immer tabu.« Der Anwalt glaubt, er sei vorsorglich »von Kontakten zur HVA ferngehalten worden, um nicht nachrichtendienstlich abgeschöpft zu werden«.

Verwunderlich ist daher, wie Markus Wolf in seinen Memoiren angeblich aus Berichten zitiert, die Vogel über seine Gespräche etwa mit Herbert Wehner gefertigt hatte – wenn auch, wie Wolf behauptet, in der von Mielke »redigierten« Fassung, über die sich der ehemalige Spionagechef in seinen Tagebüchern Notizen gemacht haben will. Die Original-Vermerke Vogels sind verschwunden; sie sollen, so Wolf, »während der Wendewirren nach Westdeutschland gebracht« worden sein. Aber auch Vogels Kopien sind verschollen; der ehemalige Unterhändler vermutet, daß die Papiere nach einer der vier staatsanwaltschaftlichen Durchsuchungs- und Beschlagnahmeaktionen nicht zurückgegeben wurden oder aber in einen falschen Ordner geraten sind, so daß er sie noch nicht wieder aufgefunden hat.

Sicher ist sich Vogel allerdings, daß Herbert Wehner die ihm durch Wolf zugeschriebenen Äußerungen etwa über Helmut Schmidt oder über eine mögliche militärische Intervention in Polen nicht getan und er sie folglich auch nicht aufgeschrieben habe. Es sei »kompletter Blödsinn«, sagt Vogel, wenn Wehner in die Nähe von Verrat gerückt werde.

Obwohl Vogel seit Beginn der Großen Koalition 1966 bis zum Ende der sozialliberalen Regierung 1982 und darüber hinaus auch in der Zeit der schweren Krankheit Wehners bis zu dessen Tod Anfang 1990 engen und häufigen Kontakt mit dem Bonner SPD-Politiker hatte, blieben die beiden Männer stets beim förmlichen Sie; nur mit Greta Wehner duzen sich die Vogels seit geraumer Zeit. Vogel, schreibt dessen anderer langjähriger

Bonner Verhandlungspartner Rehlinger, habe »ein Gefühl der Verehrung« für Wehner empfunden; das duldete keine plumpe, kumpelige Vertraulichkeit.

Für Rehlinger »ist es ein Phänomen, daß Vogel sich die ganze Zeit ... hat halten können«, zumal er erst so spät, Anfang der achtziger Jahre, in die SED eingetreten sei. Rehlinger vermutet, Vogel habe »die wechselnden Zeitläufte überstanden, weil er im Grunde immer Anwalt geblieben ist, zwar der öffentlichen Beachtung nicht abhold, aber nicht von dem Drang beseelt, eine Karriere in einem öffentlichen Amt zu machen«. So sei er »ein Außenseiter im Gefüge« der DDR geblieben, »der niemandem im Weg stand, der keinen Stolperstein für andere darstellte und deshalb gelitten wurde«.

Mit Bewunderung erinnerten sich auch zwei Amerikaner, mit denen Vogel um Spione gedealt hatte, des ostdeutschen Advokaten. In einem gemeinsamen Brief an das Berliner Landgericht setzten sich im November 1993 der amerikanische Kongreßabgeordnete Benjamin Gilman und Jeffrey Smith, der ehemalige Rechtsberater im US-Außenministerium, für Vogel ein, der beim Spione-Handel zugleich ihr Widerpart und Mitstreiter war.

Gilman rühmte Vogel als einen »Mann von höchster Moral und Integrität«, der »immer sein Wort gehalten« habe. Es sei unbestreitbar, daß die US-Regierung »viele ihrer außenpolitischen Ziele ohne seine Hilfe nicht hätte erreichen können«.

Smith, beim Austausch der Agenten ein Jahrzehnt lang engster US-Partner des DDR-Anwalts, unterstrich, daß Vogel die »sehr heiklen Verhandlungen, die das Leben vieler Menschen betrafen, mit größter Umsicht und Aufrichtigkeit« geführt habe. »Als direktes Ergebnis von Dr. Vogels Anstrengungen« seien, so Smith, »Dutzende, vielleicht gar Hunderte von Menschen« freigelassen worden, »die ihr Leben riskiert haben, um westliche Regierungen mit Informationen zu versorgen«.

Die Anwaltslizenz, die ihm in Zeiten der Ost-West-Konfrontation seine Rolle als Unterhändler ermöglicht hatte, gab Vogel am 4. Juni 1991 zurück. In seinem Begleitschreiben an die Berliner Justizsenatorin Jutta Limbach merkte er bitter an, daß er sich »auch aus Gründen meiner persönlichen Enttäuschung über die Umkehr meines früheren Regierungsmandats« in den »endgültigen Ruhestand« verabschiede. Mit dem »Regierungsmandat« meinte der DDR-Anwalt den Auftrag, den ihm Bonn erteilt hatte.

Der (West-)Berliner Anwaltskammer, die ihm dreieinhalb Jahrzehnte zuvor den Weg aufs internationale Parkett geebnet hatte, indem sie seine Westzulassung unterstützte, schickte Vogel unter dem gleichen Datum eine Art Abschiedsgruß: »Als Anwalt im Kalten Krieg bis in die Zeit auch nach der Wende habe ich Ihr Wohlwollen für meine Tätigkeit sui generis auf den erforderlichen unkonventionellen Wegen dankbar empfunden.«

Den anrührendsten Dank für seine Lebensleistung stattete Greta Wehner zu Vogels 70. Geburtstag ab. Sie vermachte dem passionierten Uhrensammler »zu treuen Händen« Herbert Wehners Taschenuhr. »Sie hat viele Puffe ertragen müssen«, schrieb sie dazu, deshalb habe man vor langer Zeit schon eine Bergmanns-Schutzhülle dazugekauft. »Auch der Hülle sieht man die Belastung an, doch das Uhrwerk ist auch heute noch in Ordnung.« Wie die strapazierte Uhr könnten »das Herz und die Seele eines Menschen ... unendlich viel mehr an Druck und Belastung überstehen, wenn Freunde auch in schweren Zeiten als Hülle vorhanden sind«.

Danksagung

Wolfgang Vogel habe ich persönlich erst kennengelernt, als die DDR bereits von der Weltbühne verschwunden und ihr vormaliger Unterhändler in den Ruhestand gegangen war. Ich war damals, Anfang der neunziger Jahre, Leiter des Berliner SPIEGEL-Büros, und so kam es, daß ich wiederholt mit ihm über die von der Staatsanwaltschaft gegen ihn erhobenen Anschuldigungen gesprochen habe. Die Vorwürfe und seine Entgegnungen haben sich in mehreren SPIEGEL-Artikeln niedergeschlagen. Wolfgang Vogel wußte also, daß ich ihn als Journalist aus kritischer Distanz betrachtete, aber fair berichtete. Deshalb stimmte er, nach kurzem Zögern, um Ostern 1995 meinem Vorschlag zu, die noch unerzählte Geschichte der unter seiner Mitwirkung ausgehandelten Agentenaustauschfälle in einem Buch aufzuschreiben. Wir haben seither Dutzende von Gesprächen geführt, manche in seinem Haus in Schwerin bei Berlin, die meisten in seinem neuen Domizil im oberbayerischen Schliersee. Etappenweise haben wir meist mehrere Tage hintereinander Akten gewälzt und in Papieren gestöbert, wobei Wolfgang Vogel jeweils die Zusammenhänge und Hintergründe erläuterte.

Für die großartige Geduld und die Gastfreundschaft, die Wolfgang Vogel und seine Frau Helga dabei aufbrachten, bin ich beiden herzlich dankbar, ebenso für seine Offenheit und sein Vertrauen, mir ungeschminkt und unzensiert alle ihm verfügbaren Materialien zur Verfügung zu stellen. Wolfgang Vogel hat das Manuskript auf sachliche Richtigkeit gegengelesen, aber zu keinem Zeitpunkt auch nur versucht, auf den Inhalt Einfluß zu nehmen.

Ich danke auch allen, die mir als ehemalige Gesprächs- und Verhandlungspartner Vogels, als einstige Nutznießer seiner geheimen Missionen oder als Angehörige von Ex-Häftlingen Auskunft gegeben haben:

Botschafter a.D. Richard C. Barkley in Springfield (Virginia),
Prof. Dr. Heinz Felfe in Berlin,
Außenminister a.D. Oskar Fischer in Schliersee,
Rabbi Ronald Greenwald in New York,
Rechtsanwalt Arnold Heidemann in Berlin,
Schabtai Kalmanowitsch in Berlin,
Rechtsanwalt Donald Koblitz in Berlin,
Egon Krenz in Berlin,
John C. Mapother in Potomac (Maryland),
Botschafter a.D. Francis J. Meehan in Helensburgh (Schottland),
Rechtsanwalt Ricey S. New in Washington D.C.,
Rechtsanwalt Harvey A. Silverglate in Boston,
Markus Wolf in Berlin.

Schriftliche oder telefonische Auskünfte erteilten freundlicherweise:

Benjamin A. Gilman, Mitglied des Repräsentantenhauses, Washington D.C.,
John C. Kornblum, designierter US-Botschafter in der Bundesrepublik, Bonn,
Lothar Loewe, Berlin,
Heiner Lomosik, Rödental,
Igor F. Maximytschew, ehemaliger Gesandter an der sowjetischen Botschaft in der DDR, Moskau,
Engelbert Nelle, MdB, Bonn,
Frederic L. Pryor, Swarthmore (Pennsylvania),
Amnon Zichroni, Rechtsanwalt, Tel Aviv.

Dem in Washington lebenden Historiker Dr. Axel Frohn und dem Chefkorrespondenten der *New York Times*, Craig R. Whitney, danke ich dafür, daß sie mir Akten der CIA und des State Department besorgt bzw. überlassen haben.

Als Lektor habe ich meinen Kollegen Wolfram Bickerich gewinnen können, der – als ehemaliger SPIEGEL-Ressortleiter Deutsche Politik und langjähriger Bonn-Korrespondent mit der Materie bestens vertraut – das Manuskript mit großer Sorgfalt durchgesehen und verbessert hat; ihm gilt mein besonderer Dank. Für Anregungen und Hinweise bei der Entstehung des Buches danke ich meinen SPIEGEL-Kollegen Dieter Bednarz, Dr. Walter Knips, Siegfried Kogelfranz, Dr. Rolf Rietzler, Ulrich Schwarz und Mareike Spiess-Hohnholz sowie Jens Dehning, Lektor im Hoffmann und Campe Verlag.

Die Dokumentation besorgte Heiko Buschke. Dankbar für etliche Fundsachen aus dem SPIEGEL-Archiv bin ich dem im Juni 1996 verstorbenen Kollegen Günter Johannes.

Literatur

James Adams: Sellout – Aldrich Ames and the Corruption of the CIA; New York, 1995.

Inge Albrecht: Wir sind doch kein Hotel – Fluchtort Botschaft (Film); Berlin, 1996.

Hellen Battle: Every Wall Shall Fall; Old Tappan (New Jersey), 1969.

Michael R. Beschloß: Mayday – Eisenhower, Khrushchev and the U-2 Affair; New York, 1986.

Thomas Blees: Glienicker Brücke – Ausufernde Geschichten; Berlin, 1996.

Margret Boveri: Der Verrat im 20. Jahrhundert, 4 Bände; Reinbek, 1956–60.

Wolfgang Brinkschulte, Hans Jörgen Gerlach, Thomas Heise: Freikaufgewinnler – Die Mitverdiener im Westen; Frankfurt/Main-Berlin, 1992.

Wolfgang Buschfort: Das Ostbüro der SPD 1946–1958 – Ein Nachrichtendienst im geteilten Deutschland; Bochum, 1990.

Anatoly Dobrynin: In Confidence – Moscow's Ambassador to America's six Cold War Presidents (1962–1986); New York, 1995.

James B. Donovan: Der Fall des Oberst Abel; Frankfurt/Main, 1964.

Robert McFarlane with Zofia Smardz: Special Trust; New York, 1994.

Heinz Felfe: Im Dienst des Gegners – Autobiographie; Berlin/DDR, 1988.

Karl Wilhelm Fricke: Die DDR-Staatssicherheit; Köln, 1989.

Robert M. Gates: From the Shadows; New York, 1996.

Oleg Gordiewsky, Christopher Andrew: KGB – Die Geschichte seiner Auslandsoperationen von Lenin bis Gorbatschow; München, 1990.

Oleg Gordiewsky: Next Stop Execution; London, 1995.

Martin Gilbert: Sharansky – Hero of Our Time; London, 1986.

Frank Hagemann: Der Untersuchungsausschuß Freiheitlicher Juristen 1949–1969; Frankfurt/Main, 1994.

Hans-Josef Horchem: Auch Spione werden pensioniert; Herford, 1993.

Helmut Müller-Enbergs (Hg.): Inoffizielle Mitarbeiter des Ministeriums für Staatssicherheit – Richtlinien und Durchführungsbestimmungen; Berlin, 1996.

Peter-Ferdinand Koch: Das Schalck-Imperium lebt; München, 1992.

Janusz Piekalkiewicz: Weltgeschichte der Spionage; München, 1988.

Diether Posser: Anwalt im Kalten Krieg – Ein Stück deutscher Geschichte in politischen Prozessen 1951–1968; München, 1991.

Heinrich Potthoff: Bonn und Ost-Berlin 1969 – 1982; Bonn, 1997.

Peter Przybylski: Tatort Politbüro II; Berlin, 1992.

Mary Ellen Reese: Der deutsche Geheimdienst – Organisation Gehlen. Berlin, 1996.

Ludwig A. Rehlinger: Freikauf – Die Geschäfte der DDR mit politisch Verfolgten 1963–1989; Berlin und Frankfurt/Main, 1991.

Peter Richter, Klaus Rösler: Wolfs West-Spione; Berlin, 1992.

Friedrich-Wilhelm Schlomann: Operationsgebiet Bundesrepublik – Spionage, Sabotage und Subversion; Frankfurt/Main-Berlin, 1989.

Helmut Schmidt: Die Deutschen und ihre Nachbarn; Berlin, 1990.

Erich Schmidt-Eenboom: Der Schattenkrieger – Klaus Kinkel und der BND; Düsseldorf, 1995.

Jens Schmidthammer: Rechtsanwalt Wolfgang Vogel – Mittler zwischen Ost und West; Hamburg, 1987.

Friedrich Schulz: Die Justiz in Berlin; Berlin.

Natan Sharansky: Fear No Evil; New York, 1988.

George P. Shultz: Turmoil and Triumph – My Years as Secretary of State; New York, 1993.

Peter Siebenmorgen: »Staatssicherheit« der DDR – Der Westen im Fadenkreuz der Stasi; Bonn, 1993.

Werner Stiller: Im Zentrum der Spionage; Mainz, 1986.

Reymar von Wedel: Als Kirchenanwalt durch die Mauer; Berlin, 1994.

Tim Weiner, David Johnston, Neil A. Lewis: Betrayal – The Story of Aldrich Ames, An American Spy; New York, 1995.

Craig R. Whitney: Advocatus Diaboli – Wolfgang Vogel, Anwalt zwischen Ost und West; Berlin, 1993.

David Wise: Nightmover – How Aldrich Ames Sold the CIA to the KGB for $4.6 Million; New York, 1995.

Markus Wolf: Spionagechef im geheimen Krieg; München, 1997.

Michael Wolffsohn: Die Deutschland-Akte – Tatsachen und Legenden; München, 1995.

Peter Wyden: Die Mauer war unser Schicksal; Berlin, 1995.

Namenregister

Abel, Rudolf Iwanowitsch 12, 63, 81f., 84–87, 90, 93, 102, 104ff., 107, 109–121, 123ff., 127f., 131f., 134, 220, 302, 310, 337, 418ff.
Abel, Helen 84, 86f., 90–94, 98f., 104, 112–115, 128, 169
Abel, Lydia 114, 117, 128
Abrassimow, Pjotr 174, 204
Adenauer, Konrad 17, 66, 135, 145, 157, 189
Ahrens, Wilfried 129
Alexander, Myrl E. 315
Alganow, Wladimir 408
Allason, Rupert 353
Allende, Salvador 50, 349
Alscheich, Rachamim Levi 455, 463
Altenkrüger, Fred 454, 457, 459
Altenkrüger, Walli 454, 457, 459
Ames, Aldrich 480
Anderson, Terry 469
Andropow, Jurij 247, 337, 370, 394
Angleton, James 477
Apel, Erich 244
Arad, Ron 452,f., 455–458, 460, 463f., 466, 469, 471f., 474ff.
Arad, Tamar 476
Assad, Samir 463
Athner, Bernd 487
Atwood, Brian 332

Bachmann, Günther 65f., 70f., 73
Backlund, Sven 191
Bahr, Egon 196, 223–227, 232
Bamler, Joachim 284f., 287ff.,294
Bamler, Marianne 284f., 287–291, 294
Bamler, Rudolf 284
Barczatis, Elli 79f., 441
Baring, Arnulf 190, 225, 230
Barkley, Richard C. 331f., 336, 359, 361, 364ff., 369, 371f., 374–378, 380f., 381, 390f., 394–399, 400, 442, 444
Barsig, Franz 168
Barzel, Rainer 143, 145ff., 157, 277
Battle, Helen 306ff.
Baumann, Ruth 256
Baumann, Winfried 255–264, 482f., 490, 492f.
Baumgärtel, Hans-Georg 503
Beater, Bruno 56, 59ff.
Behling, Kurt 39, 41
Behrend, Heinz 96
Behrendt, Hans Rudi 286f.
Behrendt, Maria 286f., 294
Beitz, Berthold 144
Benda, Ernst 201
Benjamin, Hilde 23, 43, 163, 194
Benster, Heinz 151, 153–156, 159–162, 298
Benster, Hilde 159–162
Berger, Götz 283
Bergmann, Fräulein (Helferin von Pryor) 100f.
Berry, John 320ff.
Bertele, Franz 506, 513
Best, Gregor Alexander s. Thompson, Robert Glenn
Best, Gregor s. Thompson, Robert Glenn
Bethke, Eckart 495
Bierling, Josef s. Zeller, Josef
Blake, George 244
Bloch, Edmond 285
Bocskor, David 340
Boetzel, Hannah 363f.
Bohlmann, Helmuth 71
Bölling, Klaus 364
Boom, Erna 234
Borchert, Karl-Heinz 484
Botha, Pieter Willem 438f., 444
Boudin, Leonard 400, 403
Brandt, Willy 146f., 154, 165, 187, 191, 214, 223, 225, 228, 231f., 236–239, 242, 254, 264, 267f.
Brandt, Helmuth 161
Brandt, Rut 147
Bräutigam, Hans Otto 495–498
Breschnew, Leonid 239, 303, 337, 344
Brocher, Bernhard 526f.
Bronfman, Edgar 473
Broomfield, Nigel 501
Bruce, Duane F. 103ff., 107–111, 127
Brunner, Ernst 35, 37

Bücher, Ewald 153
Burger, Eduard 186, 193
Burghardt, Gottlieb 54–61
Burghardt, Ilse 54f., 57f., 60
Burmester, Charlotte 188
Burmester, Greta s. Wehner, Greta
Burt, Richard 381ff., 403, 405ff., 426f., 431ff., 437f.
Bush, George 413

Canou, Robert 285
Carlsohn, Hans 440, 528
Carstens, Karl 267
Carter, Jimmy 330f., 337, 344, 366, 368
Castro, Fidel 323, 333f., 343
Castrup, Dieter 506
Cheim, Hans-Gerhard 260
Cheysson, Claude 496
Chruschtschow, Nikita 88ff., 93, 110, 128
Cicippio, Joseph 469
Clemens, Hans 180ff
Coburger, Karli 80
Cohen, Leontina 309–312
Cohen, Morris 309–312
Commichau, Werner 38–42, 44, 46ff., 52ff., 57, 64, 76, 132f.
Comte, Antoine 449f., 453f., 456, 461f., 474, 477
Cozart, Reed 112
Cramer von Laue, Konstantin 67 s. Kramer
Czaja, Herbert 239

Dahlmeyer, Horst 227
Dalglish, Geoff 340
Dankert, Peter 514
Davis, Angela 321
de Maizière, Clemens 42f., 97
de Maizière, Lothar 42
Delorean, John 393
Derschowitz, Alan 376, 378
Diepgen, Eberhard 505
Dinse, Otto 143f.
Dirani (Chef des Amal-Geheimdienstes) 474
Dobrynin, Anatolij 350, 366ff.
Doe, John s. Jakowlew, Anatolij
Donovan, James B. 81f., 86, 90–94, 98f., 111–121, 123f., 128ff., 318
Donovan, William 82
Drake, Dieter 266

Dreßler, Gerhard 272
Drews (angeblicher Vetter von R. Abel) 114, 116f., 119
Durweiler, Philipp 270

Eagleburger, Larry 382, 391, 478, 496
Ebert, Friedrich 228
Ehmke Horst 225, 235f.
Eisenhower, Dwight D. 88ff.
Enger, Waldik 348
Erben, Rolf s. Tanz, Rudolf
Erdmann, Horst 33f.
Erhard, Ludwig 21, 144, 154, 157

Falin, Walentin 239
Falk, Elke 519
Farmer, Thomas 359
Faulkner, Stanley 374
Fechner, Max 18, 22, 25f.
Feldmann, Zwi 463
Felfe, Heinz 166, 174, 179–186, 192–196, 198, 200–210, 219, 245, 445
Felfe, Elisabeth 183f., 203
Felten, Peter 265ff.
Filatow, Anatolij 366–369, 372, 376, 378f., 385
Fink, Joseph 463, 544
Fischer, Gerhard 96
Fischer, Oskar 451, 473, 479, 512
Fisher, Genrich Matwejewitsch 131
Fisher, William Genrichowitsch s. Abel, Rodolf Iwanowitsch
Fister, Rolf 419, 484
Flatto-Scharon, Samuel 325–332, 335, 338ff., 351ff., 442
Ford, Gerald 331, 333
Förster, Rudolf 146f.
Foth, Carlos 483f.
Franke, Egon 277ff.
Frenzel, Alfred 166–176, 178f., 192f.
Friedenau, Theo s. Erdmann, Horst
Friedrichsen, Gisela 13f., 527
Fritsch, Helga 211–214
Fritzen, Marianne 144
Frohn, Wolf-Georg 415, 423
Frucht, Adolf-Henning 50, 200, 243
Fruck, Hans 218
Fuchs, Klaus 78, 313
Fuhrmann, Peter 138f., 182

Gaddafi, Muammar el 476
Gaus, Günter 189, 239–242, 364

Gehlen, Reinhard 48, 201
Geier, Friedrich-Wilhelm 69
Geißler, Alfred 69f., 72, 74ff., 107, 135, 147
Geißler, Christel 70, 73f.
Genscher, Hans-Dietrich 228, 236f, 482, 507
Gerhardt, Dieter 444
Gerhardt, Ruth 444
Gerlach, Manfred 227
Gerold, Karl 174, 178
Gilbert, Otto 382
Gilman, Benjamin 331–338, 340, 342ff., 347ff., 350ff., 366, 369, 399, 530
Girnus, Wilhelm 189
Godet, Brigitte 281f., 284, 286, 288
Godet, Charles 281–285
Goldfus, Emil R. s. Abel, Rudolf Iwanowitsch
Gorbatschow, Michail 394, 412ff., 420f., 435f, 438, 444, 460f., 466, 505, 512, 520
Gordiewsky, Oleg 413, 464f., 480
Gorny, Bernard 282ff., 286f.
Grabert, Horst 226f.
Graver, William 121
Greenberg, Abraham s. Klingberg, Marcus Abraham
Greenglas, David 78
Greenwald, Ronald 330ff., 334ff., 340f., 343, 345–352, 355, 366, 368f., 375–378, 398–401, 403, 443, 452, 476f.
Grey, Anthony 356f.
Grinew, Michail 92, 175, 328, Grobel 426
Grobel, Olaf 414, 422, 426
Grois, Franz 172, 296f.
Grüber, Heinrich 161
Güde, Max 167, 418
Guillaume, Günter 79, 228, 234–239, 243ff., 250, 254f., 264, 266ff., 272f., 362, 417, 488, 519
Guillaume, Christel 234, 243, 264ff.
Gysi, Gregor 418, 506

Haglera, Jakub 449
Haig, Alexander 365
Hallstein, Walter 65
Hamadi, Ali Abbas 476
Hamadi, Mohamed Ali 476
Hammade, Said 467

Hammarskjöld, Dag 164
Hansch, Ernst 189
Harrland, Harri 517f.
Hartmann, Klaus 442
Hatko, Sybille 519
Hatko, Wolfgang 519
Hayhane, Reinho 81
Heckscher, Henry 22
Hedecke, Margarete 59f.
Heidemann, Arnold 64ff., 68–76
Heidemann, Marie-Luise 64
Heinemann, Gustav 155, 158, 200f., 214, 227
Hekmatdjou, Parvis 299
Hennecke, Adolf 167
Herder, Gerhard 425
Herger, Wolfgang 512
Hering, Horst 257f., 260ff., 273f., 276
Hering, Gerti 273
Heuß, Theodor 75
Higgins, William 469
Hill, Kenneth 319
Hirt, Edgar 253, 268f., 276ff., 504
Hitler, Adolf 23, 35, 48
Hoensbroech, Benedikt Graf von und zu 148f., 155, 158ff., 162f., 298
Hofé, Günter 148f., 155f. 161f.
Hoffa, Jimmy 346
Hoffman, Anwalt 344
Höke, Margret 519f.
Holmer, Uwe 523
Holzinger, Heinz 527
Honecker, Erich 9, 14, 188, 191, 222, 224, 226–233, 238f., 242f., 249, 251, 253, 262, 270, 274f., 361, 389, 409, 414, 427, 435, 473, 476, 484, 486f., 489, 495f., 499, 501f., 505f., 509, 511f., 522–527, 529
Honecker, Margot 523, 525
Hoover, J. Edgar 99
Hopmeier, Fritz 155, 159f.
Houston, Lawrence R., 93, 99
Howe, Geoffrey 502
Huber, Hermann 507
Huonker, Gunter 275
Husak, Gustav 411

Inman, Robert 364f.

Jäger, Wolf-Eckhard, 486
Jagusch, Heinrich 162, 168, 182

539

Jahn, Horst 270
Jakowlew, Anatolij 313
Jasinska, Wanda s. Klingberg, Wanda
Javorski, Jaroslav 409–412, 423, 434
Javorski, Jiri 410
Javorski, Vera 410f., 414
Jenninger, Philipp 496–499
Jeschke (Oberleutnant) 39
Johde, Werner 18f., 24f.,28ff., 34, 38
John, Otto 72

Kaczmarek, Jerczy 416, 423, 427, 434
Kadgien, Karl-Heinz 262
Kaiser, Jakob 20, 71
Kalmanowitsch, Schabtai 325f., 328–332, 334–338, 340f., 343, 345–352, 442f., 451–457, 460, 466f., 469–472, 475
Kalmanowitsch, Tanja 452, 456
Kant, Hermann 419f.
Katz, Jehuda 463
Kaufman, Irving R. 78
Kaul, Friedrich Karl 94, 97, 136–139, 148–153, 155f., 158–163, 182, 298, 306
Kennedy, John F. 89, 93, 144
Kennedy, Robert 99
Khavari, Ali 299ff.
Kielinger, Valentin 68
Kiesinger, Kurt Georg 187, 194, 199, 201, 205, 216
Kinkel, Klaus 257, 261, 264, 482ff.
Kischke, Martina 173–179, 192, 311
Kissinger, Henry 323, 332f., 367, 477
Kleinknecht, Theodor 419
Klieger, Noah 325, 327f.
Klimow, Anatolij 181
Klingberg, Marcus Abraham 447–464, 466f., 469–472, 475 477, 480f.
Klingberg, Sylvia 449, 454, 460ff.
Klingberg, Wanda 447ff., 470
Kluck, Heinz 212
Knoll (Unterleutnant) 52, 55
Knudsen, Bent 297
Kobbelt, Fritz 218
Koblitz, Donald 404
Köcher, Hana 395, 423ff,.432, 434
Köcher, Karel 395, 423ff, 432, 434
Köcherova, Hana s. Köcher, Hana
Kohl, Helmut 223, 277, 421, 435, 516, 520

Kohl, Michael 223–226, 229
Koniecki, Dieter 173
Königsberg, Martha 286, 294
Korber, Horst, 212
Kornblum, John 373, 403
Korotkow, Vitali 180
Korznikow, Nikolai 123
Koslow, Alexej Michailowitsch 276f.
Kostadinow, Penju 371, 374, 380, 382, 384–387, 389–394, 398–402, 405, 407, 440
Kostadinow, Jowka 401
Kramer, Freiherr von 66 s. Cramer
Kranick, Peter 285, 287ff., 294
Kranick, Reneé 285ff., 289ff.
Krautwig, Carl 157, 199
Krehel, Peter 315–320
Kreisky, Bruno 165
Krenz, Egon 9, 229, 467, 512, 515
Kroger, Helen und Peter s. Cohen, Leontina und Morris
Kroll, Hans 183
Krombholz, Werner 241
Kruse, Martin 511
Kümpfel, Traude 133
Kunow, Katharina 46–49

Laetzsch, Volker, 373
Laurenz, Karl 79f.
Leber, Georg 235
Lebron, Lolita 334f., 343, 347f.
Leck, Jens 265
Lemmer, Ernst 71 143, 157
Levin, Judith 401
Lightner, Alan 123f.
Limbach, Jutta 530
Lipawsky, Sanja 324
Lipschitz, Joachim 97
Lison, Horst 146f.
Lody, Carl Hans 77
Loebinger, Lotte 188
Loewe, Lothar 357–361, 364f., 490
Loginow, Jurij 219ff.
Lomosik, Christian 39
Lomosik, Heiner 39
Lorenz, Hermann 263
Lovelace, Laura s. Lebron, Lolita
Lovett, William 308
Lübke, Heinrich 135, 171, 205f.
Lubrani, Uri 473, 468
Lunt, Lawrence Kirby 323, 333f., 336, 343f., 347f.
Lustig (Generalmajor) 517, 519

Lutze, Lothar-Erwin 416f., 445f., 483, 489ff.
Lutze, Renate 416

Maag, Erika 510
Maag, Günter 509
Maag, Rudolf 509f.
Makinen, Marvin 112–115, 119, 121
Mandela, Nelson 439, 443f.
Mangope, Lucas 442
Mania, Alfred 266
Mania, Inge 266
Mapother, John 359ff.
Marcus, Miron 323, 325, 329, 332, 334–338, 339f., 351, 353, 451
Martin, John L. 403
Martin, Ludwig 201
Mata Hari 77
Matern, Hermann 189
Maximytschew, Igor 478f.
Meehan, Francis J. 101, 111, 118, 122, 125ff., 145f., 149, 305f., 309, 327, 329, 331f., 335ff., 340ff., 348–351, 355f., 359f., 365, 379f., 423–427, 429–433, 443, 501
Meir, Golda 327
Melzheimer, Ernst 80
Mende, Erich 156ff.
Merseburger, Peter 489f
Mewis, Karl 222, 229
Michell, John H. 430f.
Michelson, Alice 395, 398–401, 405, 440
Mielke, Erich 20, 59f., 70, 125, 136, 151, 156, 218f., 221f., 230, 232f., 239, 245–249, 262, 269, 302f., 323, 389, 439, 441, 463, 466f., 474, 484, 488, 502, 509, 525f, 528f.
Mindszenty, Joseph Kardinal 338
Mischnick, Wolfgang 226f., 230
Mitbauer, Axel 211f.
Mitterand, Francois 444, 516
Modrow, Hans 478, 512–516, 518, 520f.
Mohr (Oberrichter) 74
Möhring, Hans 244f.
Möhring, Irma 244f.
Möller, Günter 440
Momoh, Joseph 443
Montes, Jorge 50
Motl, Bernd 459, 472
Murphy, Joseph 123

N., Dietrich 415, 423
Nahas (Leiter des syrischen Reisebüros, Berlin) 474, 477
Nasief, Mohammed 462
Naumann, Walter 193, 204
Näumann, Wolf-Egbert 260f., 361, 518, 520
Nelle, Engelbert 134ff.
Netanjahu, Benjamin 436
Neumann, Oskar 152, 154
New, Ricey 304–308, 318, 345f., 355
Niebling, Gerhard 80, 441f., 506, 528
Nier, Kurt 497
Niles, Thomas 359, 374, 380, 386, 391, 394–401, 403f., 406f.
Nixon, Richard 89, 319, 321, 331, 477
Nollau, Günther 227f., 236f.
Nöller, Hans Günter 75f.
Nordmann, Joe 292–295
Nová, Elsa 169
Nowikow, Anatolij 479

Oettinger, Hans von 296
Okun, Herbert 364, 370
Oleksy, Jozef 408

Panzram (Staatssekretariat für das Hoch- und Fachschulwesen) 194
Pastor (peruanischer Staatsbürger) 147f.
Pech, Christian 373f., 401
Peres, Schimon 327
Petrenko, Boris 173
Pietsch, Wolfgang 514
Piscator, Erwin 188
Pleitgen, Fritz 490
Plewa, Klaus 245, 486, 488, 503
Poljakow, Dimitri 477f., 480
Pollard, Anne 453f., 457
Pollard, Jonathan 453f., 457f., 477
Posser, Diether 150–155, 158–161
Powers, Francis Gary 12, 63, 87–94, 99, 102, 104, 111–116, 118–121, 123f., 127f., 130, 132, 134, 175, 337, 419f.
Powers, Oliver 90f.
Priel, Aaron 448
Priemer, Josef 62–68, 70f., 74f., 113, 135f.
Priesnitz, Walter 459, 489, 505f., 509f., 517f., 520

Pryor, Frederic L. 100–107, 110–118, 122, 124–128, 134f.
Pryor, Mary 101, 103–111, 125
Pryor, Millard 110
Pryor, Millard H. 101, 103–111, 125, 353

Rabin, Jizchak 468
Radke, Kurt 362f.
Radke, Rainer 363
Rau, Johannes 511
Reagan, Ronald 406, 413, 420f., 435f., 478, 495
Redl, Alfred 77
Rehlinger, Ludwig 13, 143, 145, 157, 163, 199, 208, 220f, 239, 264, 374, 388f., 396, 398, 411, 413f., 421ff., 431ff., 437, 484ff., 487f., 492, 498f., 503ff., 528, 530
Reichert, Arthur 282f.
Reichert, Brigitte s. Godet, Brigitte
Reinartz, Rudolf 16, 18, 20, 25–31, 163ff.
Richard, Mark M. 403
Ridgway, Rozanne 500
Rietig, Wolfgang 271
Ronneburger, Uwe 268f.
Rosenberg, Ethel 78, 81, 310
Rosenberg, Julius 78, 81, 310
Rosenthal, Walter 45
Roßmann, Walter 64
Rotsch, Manfred 492
Rudenko, Roman 92, 175
Rush, Kenneth 331

Sacharow, Andrej 324, 392, 394, 397, 413, 420, 438f., 443f.
Salinger, Pierre 124
Salm, Ülo 260f.
Sammak, Feisal 462
Sanne, Werner 223f.
Saretzki, Franz 361, 370
Schaffhauser, Volker 192, 204
Schalck-Golodkowski, Alexander 100, 369, 440f., 474, 482, 488f., 513ff.
Schamir, Jizchak 468
Scharanski, Natan s. Schtscharanski, Anatolij
Scharf, Kurt 139f.
Scharfenorth, Detlef 415f., 423, 434
Schäuble, Wolfgang 459
Scheel, Walter 214

Scheringer, Richard 152, 154
Schischkin, Iwan 85, 114f., 117–121, 123f.
Schmidbauer, Bernd 250, 455
Schmidt, Helmut 227, 230, 242ff., 251, 253f., 254, 275, 277, 341, 358, 486f., 493
Schnappauf, Bernd 500
Schröder, Dieter 505
Schröder, Fritz 70f.
Schröder, Richard 66f.
Schtscharanski, Anatolij 303, 323–330, 332, 334–338, 341, 344, 348ff., 352, 366, 368–372, 375–384, 386f., 389–392, 394, 397, 412–416, 420, 423, 425–431, 433–436, 439, 440, 444, 456, 467
Schtscharanski, Avital 324, 379f.
Schubakin, Sergej 480
Schulenburg, Barbara von der 368f.
Schulze, Ehepaar (MfS-Spione in Großbritannien) 464
Schumacher, Kurt 188
Schumacher, Monika 422
Schumann Christa-Karin 256, 258–261, 384f., 387f., 417, 446, 482–485, 487–492, 505, 509, 526
Schumann, Maurice 293
Schwanitz, Wolfgang 513
Seebacher-Brandt, Brigitte 228
Seeger, Hans-Jürgen 271
Sehring, Helmut 144
Seichter, Ilse 293
Seidel, Karl 223, 512
Seiters, Rudolf 513
Selch, Reiner 509
Semljakow, Jewgenij 416, 423, 434
Semmler (Staatsrat) 517
Seydoux, Francois 148
Shultz, George 381f., 406, 413
Silverglate, Harvey 375–378, 390, 392f., 395ff., 401ff.
Simmers, Berenice M. 316, 353
Simmgen, Erhard 516
Slonin, Ori 468
Smith, Jeffrey 336, 342f., 345–351, 365f., 369ff, 374–381, 385–392, 395, 414, 467, 530
Snetkow, Boris 523
Sobolyk, Robert 124
Sommer (Stasi-Leutnant) 49, 62, 68f., 74
Sonntag, Peter 193, 204

Sorge, Richard 77
Sorgenicht, Klaus 80
Soulez-Larivière, Daniel 292
Spangenberger, Dietrich 146f., 153, 199
Spengler, Kurt 271f.
Springer, Axel 144f.
Springer, Rosemarie 144
Stalbohm, Fritz Joachin 373
Stalin, Josef 17, 21, 24, 92, 310
Stammberger, Wolfgang 135
Stange, Jürgen 129f., 132f., 136, 139ff., 143–148, 150, 153–157f., 169ff., 173–176, 186, 195f. 209f., 220 224, 241, 244f., 250ff., 278ff., 282ff., 287, 289, 291, 294f., 305, 309, 311, 320f., 341, 353, 485, 514
Stark, Wilhelm 133, 139
Starkulla, Dieter 369, 442
Steinbrecher, Herbert 282ff., 286f., 289ff.
Steinbrecher, Vera 282
Steinebach, Horst 369
Stiller, Werner 245, 257
Stone, Shepard 101
Stoph, Willi 238
Strauß, Franz Josef 216, 375, 482, 488f., 514
Strehlow, Bodo 511, 516f.
Streich, Manfred 271
Streit, Josef 35, 51, 60, 84, 118, 136, 140, 193, 197, 213f., 216f., 240f., 269, 302, 311f., 357, 495, 502, 525
Sudhoff, Jürgen 506
Surena, André 391, 401, 403
Sussman, Phillip 340
Svingel, Carl-Gustav 164f., 191, 195f., 202f., 341, 364
Swenson, Erich-Albert s. Koslow, Alexej Michailowitsch

Tanner, Bob 372f., 393
Tanz, Rudolf 45
Tenger, Robert 288, 290–293
Thälmann, Ernst 187
Thedieck, Franz 143
Thomitzek, Ruth 482
Thomitzek, Wolf-Dieter 256, 482, 484, 490ff.
Thompson, Robert Glenn 302ff., 308f., 311–323, 327ff., 331ff, 334–337, 339, 343, 345ff., 351, 353f.

Tornau, Udo 70, 74f.
Toth, Robert 324f.
Treholt, Arne 464f. 476
Trinka, Edmund 220
Tschentscher, Ernst-Gustav 269f.
Tschernajew, Rudolf 348, 350
Tschernenko, Konstantin 394, 412f.

Ubeid, Scheich Abd el-Karim 474f.
Ufer, Werner 211–214
Ulbricht, Walter 18, 20, 22ff., 30f., 100, 110, 132, 136, 152, 187–190, 222, 306, 522
Unger, Familie 287f., 291
Unna, (israelischer Botschafter) 339
Urban, Jerzy 427

Van Altena, John 305ff.
Van Norman, Alan Stuart 332, 334–339, 342, 347, 351
Vance, Cyrus 350
Verner, Paul 223ff.
Verner, Waldemar 255
Vockel, Heinrich 68
Voelkner, Hans 292ff.
Voelkner, Rosemarie 292ff.
Vogel, Hans-Jochen 505, 511f.
Vogel, Eva 27–30, 96 108, 210f.
Vogel, Helga 338, 342, 347, 355, 508, 523f., 528
Vogel, Lilo 96, 211
Vogel, Manfred 96, 211
Volpert, Heinz 50ff., 56f., 60, 62, 66–69, 71f., 95–98, 102f., 107, 110, 124, 126f., 129f., 133, 136ff., 141–144, 148ff., 153–156, 158, 173, 186, 191, 200, 208f., 211, 218f., 221, 241, 245, 285, 304, 312, 347, 356, 358, 368f., 387ff., 391, 393, 397f., 403, 439ff., 499f., 528

Wainwright, Jack 333, 336, 344, 348
Walesa, Lech 408
Wallenberg, Raoul 165
Walsch, Dieter, 373
Weber, Helmut 265
Weber, Sigurd 265
Wedel, Reymar von 139–143, 149, 155–158, 163ff-, 186, 450, 511
Wegener, Joachim und Marianne s. Bamler, Joachim und Marianne
Wehner, Herbert 178, 187–192, 195, 198–202, 204f., 213–217, 219, 222,

543

224–232, 239, 242ff., 274, 358, 487, 524f, 529f.
Wehner, Greta 195, 202, 229, 525, 530f.
Weigelt, Justizinspektor 44f.
Weihe, Friedrich 46–50
Weil, Jean Louis 285
Weise, Helmut 138
Weizsäcker, Richard von 519
Wendland, Günter 419, 489, 514
Whitehill, Franklin 305
Wilke, Jörg 370
Wilkinson, Fred 123
Willich, Jutta von 52f.
Wilms, Wilhelm 492
Windisch, Gernot 116, 121
Winn, David 316
Wischnewski, Hans-Jürgen 459, 462, 464
Witter, Ben 9
Woessner, William 361–364, 425
Wolf, Markus 125, 218f.233f., 237f., 243, 246ff., 250, 254, 263f., 354, 394, 407, 493f., 512, 519

Wolff, Friedrich 97f.,295, 418, 483, 523, 529
Wollweber, Ernst 23f., 56
Worner, Anwalt 517

Yazdi, Feridun 297–301
Yazdi, Hossein 297–301
Yazdi, Morteza 298–301

Zacharski, Marian 366, 369, 371, 378, 382, 384–387, 391, 394, 398f., 401ff., 405, 407f., 440
Zaisser, Wilhelm 23
Zakrzowski, Liane 255
Zakrzowski, Winfried s. Baumann, Winfried
Zarapkin, Semjon 174
Zecharia, Baumel 463
Zehe, Alfred 372–378, 382–386, 388–402, 405, 440
Zeller, Josef 257f., 274
Zichroni, Amnon 452–460, 464ff., 468, 470f., 475f.
Zinke, Johannes 134f.